내
낚싯대 위에
내려앉은
나비 떼

내
낚싯대 위에
내려앉은
나비 떼

초판 1쇄 발행 2020년 7월 1일

지 은 이 이매
발 행 인 권선복
편   집 유수정
디 자 인 김소영
전 자 책 권보송
발 행 처 도서출판 행복에너지
출판등록 제315-2011-000035호
주   소 (07679) 서울특별시 강서구 화곡로 232
전   화 0505-666-5555
팩   스 0303-0799-1560
홈페이지 www.happybook.or.kr
이 메 일 ksbdata@daum.net

값 20,000원
ISBN 979-11-5602-818-5   (03810)

도서출판 행복에너지는 독자 여러분의 아이디어와 원고 투고를 기다립니다. 책으로 만들기를
원하는 콘텐츠가 있으신 분은 이메일이나 홈페이지를 통해 간단한 기획서와 기획의도, 연락
처 등을 보내주십시오. 행복에너지의 문은 언제나 활짝 열려 있습니다.

장편
소설

내
낚싯대 위에
내려앉은
나비 떼

이 매

도서
출판 행복에너지

이 이야기는 허구(虛構)다.

독자들 중 몇몇은 이 글의 캐릭터들 중 하나가

자신의 캐릭터와 겹친다는 느낌을 가질 수도 있을 것이다.

'웬일이니?'

하면서…….

그러나 그대여,

괘념치 말라.

그 또는 그녀는

결코 당신이 아니다.

…………

세상에는

당신보다 더 당신 같은 삶을 살아가고 있는 사람들이 있다.

그것도 무척이나 많이…….

…………

…………

…………

또한

당신인들 어떠리.

차례

1. 부임

참 맑고도 파란 하늘이었다. 버스에서 내려 담배 한 개비를 입에 물면서 바라본 이른 봄의 하늘은 우리들이 상상 속에서 언제나 그리워해 왔던 바로 그 하늘빛으로 거기 있었다. 뺨에 와 닿는 공기는 파란 하늘 때문에 더욱 차갑게 느껴지고 하늘은 차가운 공기 때문에 더욱 파랗게 다가왔다. 지난 가을 모든 것을 빼앗긴 황량한 들판 저쪽에서 한 떼의 바람이 몰려 왔다. 나뭇가지를 울리고 전깃줄을 흔들면서 바람은 두꺼운 겨울 외투를 뚫고 살갗을 파고들어 내 가슴속까지 스미고 있었다. 나는 깊이 숨을 들이마셨다. 담배 연기가 쏴 - 하는 느낌과 함께 목구멍으로 넘어갔다.

완행버스는 그렇게 길고도 꼬불꼬불한 황톳길을 마치 거북이처럼 끙끙거리며 기어와서 나를, 이 파란 하늘과 황량한 들판과 차가운 대기 속에 던지듯이 내려놓고는 뒤도 돌아보지 않고 떠나 버렸다. 먼지조차도 차가움에 눌려 조금 피어오르다가 이내 가라앉았다.

담배를 비벼 끄고 막 이불 보따리와 책 보퉁이를 들어 올리려 하
는데 뒤에서 인기척과 함께 굵은 목소리가 흘러들었다.

"새로 부임하시는 선생님이십니까?"

듬성듬성한 반백의 머리카락에 반(半) 대머리를 번쩍이면서 두
꺼비같이 큰 입을 가진 코트 차림의 남자가 나를 바라보며 반색을
했다. 그렇다고 대답하며 나는 또 한 사내 쪽으로 시선을 돌렸다.
검은 골덴 작업복 차림의, 왼쪽 뺨에 마마 자국 같은 것이 조금 남
아 있는 그는 이미 다 알고 있다는 듯한 익숙한 표정을 지으며 잔잔
히 웃고 있었다. 반백이 말했다.

"들어드리지요, 조 주사. 새로 오신 선생님이신 것 같은데……."

학교는 인가와 뚝 떨어져서 산기슭 아래쪽에, 탱자나무 울타리
로 둘러싸인 2층짜리 콘크리트 슬래브 건물과 운동장으로 이루어
져, 자리 잡고 있었다. 교실의 유리창들은 깨끗한 오전 11시쯤의
햇살을 받아서는 그것을 되쏘아 내고 있었으므로, 마치 많은 눈을
가지고서도 실상은 조금도 보여 주지 못하는 다화면 텔레비전 같
았다. 비늘처럼 파닥이는 눈부신 빛의 입자들 때문에 교사(校舍)의
모습이 얼른 눈에 들어오지 않았다.

"어지간하지요?"

J중·종합고등학교라는 교명이 왼쪽 콘크리트 기둥에 양각되어
있는 교문을 지나며 대머리 사내가 말을 걸어 왔다. 그렇다는 대답
이 나오리라고 예상한 듯한, 보조사 '요'만 살짝 올라가는 말투였
다. '어지간히도 골짜기지요?'라는 의미로 그의 말을 이해한 나는
그를 바라보며 슬쩍 웃어 주었다.

이른 봄의 운동장에는 몇 무더기의 자갈들과 함께 바람이 술렁거리고 있었다. 교문 밖에서는 보이지 않던, 슬레이트로 지붕을 얹은 교실 세 칸짜리의 교사(校舍)가 운동장 저 왼쪽에 자리 잡고 있었고, 교문에서 똑바로 약 50미터쯤 떨어져서 오른쪽 담 옆에 난데없이 로댕의 〈생각하는 사람〉이 이제 막 얼음으로부터 풀려난 듯한 연못을 지키며 발가벗고 앉아 있었다. 저 사람은 무얼 저렇게 골똘히 생각하고 있을까? 고향을 떠나, 시간도 떠나, 겨울도 아니고 봄도 아닌 이 을씨년스럽고도 서글픈 계절의 어중간한 추위 속에서, 고즈넉한 시골 학교 한 구석에 흰 페인트를 입은 모조품으로 앉아, 아직도 자신이 '단테'인 양 착각하면서 인간 존재의 의미를 캐고 있는 것일까? 그의 하얀 몸뚱이를 보자 발끝에서부터 갑자기 소름이 밀려 올라왔다. 저 나상처럼 나도 지금 발가벗겨져 있다는 생각이 문득 스쳐 지나갔다. 무엇이, 어떤 필연이 나를 이런 외진 환경 속으로 끌고 온 것일까? 나는 끌려 온 것일까, 아니면 제 발로, 나의 의지로 지금 여기 서 있는 것일까? 교무실로 향하는 복도를 걸으며 유리창에 비치는 나의 어설픈 몰골을 훑으면서 괜스레 심각해지는 생각을 나는 애써 떨쳐 버리고 있었다.

"고생은 좀 되겠지만 거기도 정 붙이고 살면 좋은 뎁니다. 최 선생님을 그리 보내는 것은 지금 그 학교가 최 선생님 같은 인재를 필요로 하는, 사람 인 자, 재목 재 자, 인재 말입니다, 일을 해야 할 학교이기 때문입니다."

한쪽 입술을 아래로 내려뜨려 약간의 틈을 만든 뒤 거기로 담배 연기를 입김처럼 흘리면서, 인재라는 낱말을 아무한테나 써먹을 것 같은 김 장학사가 말했다.

"출신도 국립 사대겠다, 군대도 갔다 왔겠다, 한창 거침없이 일할 나이 아닙니까?"

김 장학사는 S군 교육장이 발행한 임명장을 내게 건넨 후 일 타령을 하면서 급하게 말을 이었다. 일을 해야 할 학교라고? 한창 일할 젊은 나이라고? 학교가 무슨 막노동판 같은 데도 아닌 바에야 학생들 가르치고 착하게 이끌고 하면 되는 거지 – 하기야 그것도 일은 일이다. 그런데 교사가 당연히 해야 하는 교수 – 학습 활동이나 상담 활동을 '일'이라고 강조하지는 않았을 것이다 – 무슨 일 타령이란 말인가. 오히려 한창 사랑할 젊은 나이의 교사들은 도시 쪽으로 발령을 내어, 군대 있을 때 고무신 거꾸로 신고 달아나 버린 순자(順子) 대신에 이번에는 평생을 더불어 살 수 있는 신붓감이라도 빨리 만들 수 있도록, 심신이 쓸쓸한 총각 교사가 연애라도 실컷 할 수 있도록 배려해 주는 게 이제 별 볼 일 없는 나이가 돼 버린 장학사 영감의 바람직한 임무가 아니겠는가.

저 영감의 의도는 빤한 것이다.

내 앞에 그 학교로 발령을 받은 처녀 교사가 임지에 갔다가 이런 골짜기에서 청춘을 허송할 수는 없다고 발령장을 찢어 버린 후 자기 집으로 가 버렸다는 얘기를, 교육청에 가기 전에 머뭇거리는 심정으로 잠깐 들른 시외버스 정류장 옆 다방에서 나는 이미 들은 바였다.

새로운 직장에 대한 호기심보다는 낯선 곳에 적응해야만 하는 불안감 때문에 잠을 설친 나는 새벽에 D시의 주거지 – 작은어머니 집 – 를 출발하였던 것이다. 버스 차창 밖으로 스쳐가는 3월말 이른 아침의 국도변 풍경은 머릿속의 자질구레한 상념들이 쳐놓은 커튼에 가려 버렸다. 잡념에 지친 내가 살짝 잠이 들었는가 싶었는데 어느 새 버스는 S군의 S읍 정류소로 진입하고 있었다. 버스 정류소에서 약 100미터쯤 떨어진 왼쪽에 군 교육청 건물이 암울한 회색빛으로 서 있었다. 저기로 들어가는 순간 나는 직장인이 되어 버리는 것이다, 상사의 명령에 죽고 사는……. 나에게 주어진 자유의 시간을 조금이라도 더 연장시켜 볼 요량으로 나는 정류소 옆의 2층 다방으로 들어갔다. 건물 옆 벽에 붙어 있는 나무 계단의 삐거덕거리는 소리가 유난히도 크게 귀를 울렸다. 아침 시간의 다방에는 손님이 보이지 않았다. 정장 차림에 짐 보따리를 든 내 모습이 어색했는지 '어서 오세요.'를 외치려던 한복 차림의 마담이

"어서 오……."

에서 말끝을 흐려 버리고는 어디에 앉을까를 고민하며 두리번거리는 나로부터 시선을 거두지 않았다. 손님이 없었으므로 나는 난로 옆 따뜻한 자리를 찾아가서는 털썩 소리도 크게 엉덩이를 내던졌다. 쿠션의 기능이 상실되어 버린 소파가 깊숙이 내려앉았다. 알루미늄 쟁반에 물 컵을 받쳐 든 마담이 치맛자락 스치는 소리를 내며 사뿐사뿐 다가왔다. 내 시선을 맞받아치며 물 컵을 내 앞에 내려놓은 그녀가 조심스럽게 말을 건넸다.

"혹시…… 선생님?"

나는 놀라는 눈빛과 함께 입을 약간 벌리면서 그녀를 바라봤는

데 – 바라봤다는 표현을 용서하시라. 그녀는 서 있었고 나는 앉아 있었지만 그녀를 쳐다보는 나의 시선은 거의 수평에 가까웠다 – 나의 그런 표정을 긍정의 메시지로 받아들인 그녀는 미소와 함께 왼손으로 치맛자락을 여미며 가볍게 맞은 편 좌석에 엉덩이를 걸쳤다. 교육청 부근에서, 그것도 정장 차림에 보따리를 들었다면 십중 칠팔은 이 지역에 부임하는 교사일 것이었다. 그렇지만 나는 놀라는 눈빛을 보내 그 통찰력을 인정함으로써 그녀의 기분을 고조시켜 주었다. 뭐 밑져야 본전 아닌가. 화장이 좀 과하다 싶었지만 그녀는 동그스름하고 아기자기한 얼굴을 가진 40대 중반 정도의 아줌마였다. 그녀가 엉덩이를 들이밀어 자신의 몸을 좌석에 폭 파묻었다.

"어떻게 아셨어요?"

하면서 내가 다정한 웃음을 보내자 그녀는

"물장사 20년에 그걸 모르겠어요? 안 그래도 선생님은, 뭐랄까, 선생님 같은 선량함이 척 보여요."

하면서 자신의 커리어를 자랑하고 나서, 자신이 선택함으로써 상대방을 기쁘게 했을 것 같은 '선량함'이라는 낱말에 대하여 본전이라도 뽑으려는 듯이

"모닝 커피 한 잔 어때요? 저도 한 잔 가지고 올까요?"

하고 그 얄팍한 장사 수완을 발휘하는 바람에 나는 없는 돈에다 졸지에 속절없이 두 잔 값이 얼마인지를 헤아려야만 했다. 달디단 커피에 달걀 노른자를 동동 띄운 한국식 모닝 커피를 앞에 놓고 마담과 나는 이야기를 나누었다. 내가 군대를 제대했으며 S군의 J중학교

로 발령을 받았다고 얘기를 꺼내자 그녀가 갑자기 알은체를 했다.

"J중학교요? 어머 거기 가시는구나."

내가 J중학교를 잘 아느냐고 묻자 그녀는 다음과 같은 얘기를 풀어놓기 시작했다. 지난 3월초에 어떤 예쁘장한 처녀 선생님 한 명이 이 다방에 들러서 마담에게 M면과 J중학교에 대해서 이것저것 물어보더라는 것이었다. 그런데 다음날, 바로 전날의 그 처녀 선생님이 점심때쯤 다시 이 다방에 들러서는 몹시 침통한 표정으로 창쪽 자리에 앉아 하염없이 창밖을 내다보면서, 혹 손수건으로 눈가를 찍어내기도 하면서, 한참을 그렇게 있더라는 것이었다. 마담이 아는 체를 하면서 그녀 앞에 앉아 그 이유를 묻자 그 여 선생님은 온통 산으로 둘러싸인 데다가 있을 곳도 변변찮은 그런 데에서 몇 년씩이나 보낼 생각을 하니 가슴이 답답하더라면서 집이 있는 C시의 사립 학교나 알아봐야겠다고 말하더라는 것이었다. 그러고 나서 그 선생님은 자신의 가방에서 임명장을 꺼내더니

"이제 이건 필요 없겠죠?"

하면서 그 소중한 임명장을 두 쪽으로 쫙 찢어 버리더라는 것이었다. 기념으로 남겨 두어도 괜찮을 그 임명장을 찢기까지 하는 행동으로 봐서 마음을 먹어도 단단히 먹었을 것같이 보이더라는 것이었다.

"골짜기는 골짜기인가 봐요. 그 선생님 후임이 바로 선생님인가 봐요. 그런데 선생님은 남자니까 괜찮겠죠, 뭐."

가슴이 답답해져 왔다. 무언가에 눌려 내 몸이 내려앉는 듯한 느낌 때문이었는지, 내 몸을 푹 파묻어 버린 소파 때문이었는지는 모

르겠지만 좌석에서 몸을 일으키려 해도 뜻대로 잘되지 않았다. 양손에 든 짐 보따리를 보고 마담이 내 앞에서 다방 문을 열어 주었다. 고마움의 마음을 전하려고 뒤돌아본 나의 시선과 연민이 담긴 듯한 마담의 눈빛이 잠시 마주쳤다.

노회(老獪)한 영감 같으니라고. 한껏 추켜올려 놓으면 젊은 기분에 무슨무슨 사명감이라도 번쩍 생겨서 갑자기 자기가 이 세상에서 유일한 페스탈로찌적 교사가 된 것 같은 착각에 빠지게 하려는, 그래서 이 몸이 아니면 벽지의 그 학생들은 그야말로 목동 잃은 양들이 되어 모두 악의 구렁텅이로 빠져들게 될지도 모른다는 이중의 착각에 사로잡히게 하려는 의도인 것을 내가 왜 모르겠는가.

알지만 어쩌겠는가. 내가 당장 갈 데가 어디 있는가? 집 한 채, 방 한 칸 변변한 것 없는 놈이 먹여 주고 재워 주는 곳이라면 유치환 선생처럼 아라비아 사막에라도 가겠다. 집은커녕 전세, 아니 사글세 얻을 땡전 한 푼 없어서 여기까지 오는 차비도 작은집에서 빌려 온 놈이 무슨 찬밥 더운밥 가릴 처지냐. 그저 '예, 예.' 하면서 허리를 90도로 꺾고는 '여기라도 보내 주셔서 감지덕집니다.' 하는 표정을 지으며, 거부해서는 안 된다는 절대성을 스스로에게 부여하면서, 청하는 악수를 위하여 손을 내밀 수밖에 없었다. 톱밥을 태우는 난로 건너편에서 무엇인가 열심히 끼적거리고 있던, 하관이 몹시 빨아 역삼각형 얼굴을 가진, 두꺼운 안경을 쓴 여자 하나가 이쪽을 흘깃거리고 있었다.

교무실에는 벌겋게 달아오른 무쇠난로를 가운데 두고 몇 명의 교사들이 난로 주위를 둘러싸듯 서 있었다. 먼저 아는 체를 한 사람은 교감 선생님이었는데 그는 후줄그레한 양복에 까무잡잡한 얼굴색이 교묘하게도 조화를 이루는 50대 후반의 사나이였다. 뒤를 이어 너도나도 손을 내밀며 자신들의 관등(?) 성명을 대기 시작했다.

　"안 그래도 걱정하고 있었심더. 워낙 꼴째기다 보이 선생들이, 그것도 젊은 선생들이 겁을 묵고 안 올라 카능기라. 학기는 시작됐고 우짜꼬 캤는데 이래 키도 크고 꺼무튀튀하고(그는 '꺼무튀튀'라고 말할 때 자신의 오른손바닥을 나의 왼쪽 팔뚝에 대고 이렇~게 나를 올려다 보았다.) 잘생긴(여기서는 '잘생긴'이라는 말을 해도 될까 하는 순간적인 망설임이 그의 눈빛에 잠시 머무르는 것을 내가 느꼈다.) 총각 선생이 떡~ 나타나이, 그것도 제대까지 하고 보이 금상첨화라. 이래 좋은 일이 어데 있겠노."

　정이 뚝뚝 듣는 듯한 교감 선생님의 말씀이었다. 덩달아 내 기분도 좋아지려고 했지만 그러나 걸고넘어질 게 하나 있었다. 다른 것 다 놔 두고 거기에 '꺼무튀튀'를 꼭 넣어야 했었는지를 모르겠다는 것이다. 나는 '꺼무튀튀'라는 낱말이 천하고 탁하고 거친 거무스름한 색이라는 느낌을 가지고 있다고 생각한다. 그런 얼굴색을 가진 당사자가 그런 말을 들을 때면 자신이 마치 가래 터 종놈 같은 취급을 받고 있다는 생각을 떨쳐 버릴 수 없는 것이다. 그보다는 같은 검은 색이라도 차라리 '까무잡잡'이 훨씬 더 세련되고 섹시한 표현이 아닐는지……. '까무잡잡'은 왠지 비싼 돈 들여가며 일부러 썬탠한 것 같은 느낌을 가지고 있는 낱말로 여겨지는 것이 나만의 색감인지도 모르겠다. 어쨌거나 저쨌거나 하여튼 초면에는 얼굴색에 대한 언급은 안 하는 게 피차 덜 어색한 대면이 될 것이다. 정말로 '꺼무튀튀'한 나는 그런 언급으로 인하여 의기소침해지는 콤플렉스를 겪어야만 하니까……

옛날에, 옛날도 아니지, 입대하기 두어 달 전이었다. 경상북도의 Y고등학교에 잠시 근무하면서 D시에 다니러 왔을 때, 작은어머니께서 나에게 맞선을 주선해 주신 적이 있었다. 그때 D시에는 내가 마땅히 있을 곳이 없었으므로 왔다 하면 신세질 데가 작은집밖에 없었으니까 - 작은집은 그때 쌀집(쌀 등의 곡식을 파는 가게)을 했으므로 밥 걱정은 안 했다 - 숙모께서 콩으로 메주를 쑨대도 - 이게 아닌 것 같다. 콩으로 메주를 쑤니까 - 아니, 콩으로 팥죽을 끓인대도 '아, 그 된장 맛있다.' 하고 아양을 떨어야 할 입장이었다. 그런데 그 위대하신 숙모께서 어느 날, 좋은 처녀가 있다고, 아버지가 어느 대학 학장이라고, 특히 돈도 많다고, 너도 공부 더 하고 싶을 테니까 그런 데 장가가면 요샛말로 끝내준다고, 그렇게 말씀하시면서 주선해 주신 맞선 자리였다. 생글생글 웃으면서 Y고등학교로 놀러 온다고 해 놓고 한 번도 오지 않은 순자 생각은 아예 나지도 않았다. 그러니 내 마음인들 어땠으랴. 그때 내 나이 20대 초반이었지만 하루라도 빨리 작은집 신세를 벗어나려면 그 처녀와 따뜻한 가정을 꾸려야만 할 수밖에 없었을 것이고, 그러려면 그 처녀에게 잘 보여야 하지 않았겠는가. 숙모께서는 이런 말씀도 덧붙이셨다.

"니 나이 아직 적으니까 지금 당장 어찌하라는 말이 아니고 척 보고 마음에 들면 쫌 사귀다가 적당한 나이 되면 결혼해도 되잖아, 그지?"

그러나 스물두 서너 살이 장가가기에는 이른 나이라는 견해에 대해서 나는 동의하지 않는다. 고등학교 동기였던 영어교육과 친구는 대(代)를 이어야 한다는 자기 아버지의 말씀에 순종하여 대학교 3학년 때 선을 보고 장가를 가 첫애를 사내아이로 쑥 낳아서 대를 이었으며, 영어영문학과의 한 친구 또한 그 당시만 하더라도 별로 흔하지 않았던 속도위반 — 그 정확한 의미를 그때는 잘 몰랐었다 — 으로 인해서 대학교 4학년 봄에 장가를 갔으니까 그런 친구를 곁에 두고 있었던 나는 20대 초반의 남자라도 얼마든지 한 가정의 가장이 될 육체적 자질을 갖추고 있다고 보는 것이다.

그래서 맞선 전날 — 토요일 오후였지, 아마 — D시에 도착하자마자 동네 목욕탕엘 갔다. 거기서 내가 한 일은 주로 얼굴색을 환하게 만드는 일이었다. 준비해 간 초록색 이태리 때타월로 주로 얼굴을 집중 공략한 결과 목욕탕의 거울 속에서는 제법 — 표나게 하얘지지는 않았어도 불그스레하게 — 혈색 좋은 총각으로 거듭나 보이는 것이었다. 그런데 다음 날 R호텔 커피숍으로 가서야 나는 원래의 내 얼굴색을 간직하고 나올 걸 하는 뼈저린 후회를 하게 되었다. 처녀의 언니라는 젊은 아줌마가 내 옆으로 와서 내 얼굴을 한참이나 들여다보더니,

"원래 까마딱지가 이래 많심니꺼? 까마딱지에는 약도 없다 카던데……."

하고 묻는 것이었다. 웬 까마딱지? 내가 얼굴은 좀 검어도 피부의 질에는 언제나 자신이 있었던 터라 — 사실 태생적으로 얼굴 검은 사람 치고 피부 거친 사람 별로 없는 법이다. 최근에 외국 갔다 온

내 친구에게서 들은 얘기에 의하면 흑인 여자들의 피부가 그렇게 보드랍다고 한다 – '참 이상한 말씀 다 하십시오.'라는, 약간은 억울한 표정을 지으며 가만히 그녀를 지켜보다가 슬그머니 화장실로 가서 그 발언의 근원을 캐 보기로 했다. 아뿔싸, 화장실의 거울 속에 비친 나의 얼굴은 온통 주근깨투성이였다. 이게 웬일인가 싶어 가만히 생각해 보니 전날 목욕탕에서 때타월로 얼굴을 너무 심하게 밂으로써 상처가 난 곳마다 피가 배어 딱지가 앉아 있었던 것이다. 그리하여 그날의 맞선은 그야말로 딱지로 인하여 딱지를 맞고 말았던 것인데……. 그런데 내가 퇴짜를 맞은 이유가 꼭 주근깨만은 아니었을 것이라는 막연한 생각도 안 드는 것은 아니다. 처녀 언니의 그 지적은 첫인상부터 뭔가 마음에 들지 않는 후보 매부(妹夫)를 앉혀 놓고 거부할 꼬투리를 모색하던 중, 우선 눈에 띄는 주근깨를 물고 늘어짐으로써 맞선의 분위기를 냉랭하게 만들어 버리려는 작전이었을는지도 모른다.

지금 생각해 보면 그 당시 작은어머니의 때 이른 맞선 제의는 자신이 견고하게 엮어 놓은 울타리 안으로 시도 때도 없이 들락거리는, 잔소리로 통제하기에는 좀 버거운, 손님인지 아닌지 아리송한, 그래서 성가실 수밖에 없는 큰집 장조카를 견제 내지는 방출하기 위한 의지의 표출이 아니었겠나 싶기도 하다.

이런 기억이 몇 년이나 지난 지금도 새로운데 교감 영감님의 그 '꺼무튀튀'에 내가 열 받지 않을 수가 있단 말인가. (그러나 한편으로 생각해 보자면 교감 선생님의 얼굴빛 또한 나보다 더했으면 더했지 덜한 편은 아니었으므로, '초록은 동색'이라는 말마따나 교감 선생님은 얼굴 색깔로 당신과 나를 동류(同類)로 묶어 버림으로써, '꺼무튀튀'로 인하여 이때까지 당신이 혼자 느끼고 계셨을 소외 의식으로부터 벗어나려 하셨는지도 모르겠다. '봐라, 나만큼 시커먼 사람도 있잖아.' 하면서……) 그러나 어쩌랴, 여기 아니면 밥 먹을 곳이 없는데……. 감정을 숨긴 채 나는 사람 좋아 보이는 웃음을 웃지 않을 수 없었다. 다음으로 여러 선생님들의 질문 공세가 시작되었다.

"군대 가기 전에 어디 계셨는데요?"

"Y고등학교에 있었습니다."

"아, 고추 많이 나고 담배 농사 많이 짓는 데요?"

"예."

"군대 제대하고 좀 쉬셨네요?"

"발령 대기 상태가 한 달 정도 됐습니다."

"키가 몇 센칩니까?"

"180 조금 넘습니다."

"와, 음악 선생 두 배는 되겠다."

"본(本)이 어딥니까?"

"경줍니다."

이리하여 그들의 심문은 끝없이 계속되었으며, 그들은 학기 초의 약간의 여유와 한가로움을 신참들을 향한 심문으로 때우는 것이었으며, 신참들 또한 달아오른 난로 옆에서 뜨거워지는 자신의 바지를 어느 새 그들처럼 두 손바닥으로 비벼대는 것이었으며…….

2. 시작

벽들이 나를 둘러싸고 있었다. 그리고 벽들은 서서히 나를 향하여 다가오고 있었다. 나는 온몸을 비틀면서 벽을 밀어내고 있었다. 그러면 그럴수록 사방의 벽들은 더욱 강한 힘으로 나를 옥죄어 오는 것이었다. 온몸에서는 땀이 마구 흘러내렸으며, 나는 기진한 상태로 앓는 소리만 끙끙댈 뿐이었다. 거의 압사 직전까지 갔을 것이다. 희미한 어떤 소리가 나의 눈을 뜨게 했다. 휴우우-. 나는 잠겼던 숨을 한꺼번에 내뱉었다. 바람이었을까. 문풍지 바르르 떠는 소리가 나의 눈을 뜨게 했을 것이다. 형광등 불빛이 아리게 동공을 후비며 파고들었다.

여기는 어디인가? 나와 네 개의 벽들이 동시에 실존을 주장하는 동굴과 같은 공간에서 나는 더 이상 나아갈 곳이 없는 처절한 심정이 되어 형광등 불빛과 함께 흔들리고 있었다. 창호지를 얇게 바른 손바닥만 한 창문이 이쪽의 밝음과 저쪽의 어둠을 경계 짓고 있었다. 우중충한 벽지의 색깔과 그 한쪽에 덩그러니 걸려 있는 양복 한 벌, 양 쪽이 약간 거무스름하게 변색되어 가고 있는 형광등 하나, 그리고 황토색의, 제법 벌어져 있는 문틀과의 틈을 문풍지로 가려 놓은 출입문…….

아하, 하숙방이었구나.

전날 오후, 조 주사의 안내로 전문적인 하숙집인 이곳에 나는 방을 하나 정했던 것이다. 사실 하숙비가 선불일까 봐 은근히 겁을 내고 있었던 나는 봉급을 타서 그 값을 치르면 된다는 조 주사의 말에, 겉으로는 덤덤한 척 내색은 안 했지만, 뛸 듯이 기뻤다. 만약 선불이었다면 영락없이 학교 숙직실 신세를 져야 했을 것이고, 그랬다면 이 정도 작은 규모의 촌마을에서는 지역 유지(?)로 대접받는다는 교사의 체면을 확 구겼을 것임에 틀림없었을 것이었다. 더구나 하루 세 끼를 빵이나 라면으로 때워야만 했을 그 궁상스러움이라니! 그것을 면하게 해 준 것만 하더라도 이곳은 나를 위한 신의 가호가 속속들이 작용하고 있는 축복받은 땅임에 틀림없었다.

붉은 녹을 이기지 못하여 군데군데 퍼런색의 페인트가 벗겨져 있는, 상처투성이의 패잔병 같은 철 대문을 반쯤 열고 들어서자 제일 먼저 나를 맞이한 것은 누런 토종 개 한 마리였는데, 그놈은 다가가는 나를 흘깃 쳐다보고는 저쪽으로 슬그머니 사라져 버렸다. 새로운 방문객에 대하여 상당히 여유 있게 대처하는 걸 보면 그놈도 하숙생들이 남긴 밥알이나 얻어먹고 사는 자기 주제를 잘 알고 있는 듯하였다. 조 주사가 그놈을 멍한 눈으로 바라보더니 말을 붙여 왔다.

"빨리 복날이 와야지, 원. 이 집에 올 때마다 침이 넘어가서 저녁 밥만 축이 더 나는 기라. 그라고 절마는 오리지날 똥개라서 남 주기 아까바요."

"그게 그렇게 맛있어요?"

"쥑이지요. 아니, 아직도 안 잡숴 보셨나베. 내가 올해 확실히 갈 차 드릴게 올 여름을 같이 기다리 보입시다."

조 주사의 과장된 말투 때문에 한층 더 미안해진 나는 용서를 구하는 마음으로 그놈을 한 번 더 바라보았다.

여덟 개의 방이 네 개씩 2열 횡대로 마주보고 있는 가운데로 7~8평 정도의 시멘트 바닥이 공간을 형성하였고, 그 안쪽에 수도 꼭지가 하나 뎅그러니, 마치 사막 한가운데 지친 모습으로 뿌리박고 있는 외로운 선인장처럼 서 있었다. 공간 위로는 연두색 반투명 플라스틱 지붕이 그런 대로 아늑한, 낭만적 분위기를 자아내는 데 일조를 하고 있었다. 내 방은 수도꼭지 바로 옆, 그러니까 제일 안쪽 방으로 정해졌다.

나와 종씨임을 몇 번씩이나 강조하면서 벌써부터 자기 집 식구가 다 된 것처럼 호들갑을 떨던 주인 아주머니는 허리와 엉덩이의 구분이 불가능할 정도의 굵은 몸을 지니고서도 민첩하게, 내가 쓸 방을 빗자루로 쓸고 걸레로 훔치면서 말을 붙여 왔다.

"최 성생님, 처음 발령이라요?"

아주머니는 '선생님'의 '선'을 무엇 때문인지 '성'으로 발음했다. 자음동화가 일어날 환경이 아닌데도 말이다. 뒤 음절 '생'의 'ㅇ' 때문이리라. 그러면 왜 '선샌님'은 아니냐고? 그건 아주머니에게 물어 볼 일이다.

"아뇨."

"어디 지셨는데(계셨는데)?"

아주머니의 질문은 계속 되었으며, 나는 어쩐지 빚을 덜 갚은 빚쟁이처럼 속절없이 그 방 앞에 엉거주춤 서서 그녀의 호기심을 충족시켜 주어야만 했다.

그날 저녁 하숙집에서의 첫 번째 식사 시간이 찾아왔다. 식당은 부엌 앞쪽의 시멘트 바닥이었는데, 위에는 슬레이트로 지붕을 얹고, 옆으로는 두꺼운 투명 비닐을 둘러쳤으며, 가운데에는 6인용 포마이카 식탁이 두 개 이어져 이루어진 10인용 식탁이 놓였고, 그 양쪽에 네 개씩의 의자가 비치된, 비교적 푸근한 느낌을 주는 공간이었다. 하숙생들은 나를 포함하여 모두 6명이었는데, 초등학교 교사 1명, 중·고등학교 교사가 나까지 3명, 순경이 2명이었다. 통성명이 끝난 뒤, 예외 없는 질문 공세를 나는 동류의식과 함께 기꺼운 마음으로 응할 수 있었다. 중·고 교사들 중 한 명은 올 3월 1일 이 고등학교로 발령을 받은 분이었는데 그는 50대 중반의 깡마른 체구에 키도 자그마한, 그러나 처음부터 친근감이 느껴지는 착한 눈빛을 하고 있었다. 또 한 사람의 중학교 교사는 신사 같은 느낌을 은연 중 풍기는, 금테 안경을 쓴 멋쟁이였는데 담당 과목을 영어라고 소개하면서 입술을 한쪽으로 비틀어 조용히 웃었다.

"우리, 신입생 환영회는 며칠 후로 미루면 어떨까요? 오늘 제가 선약이 있어서…… 제가 빠지면 되겠습니까?"

잘생긴 초등학교 교사가 말했다. 그러자 옆에 앉아 있던 순경들 중 한 명이 참 좋은 생각이라고 하면서 실은 자기도 오늘 근무조이기 때문에 그러는 것이 좋겠다는 의견을 내놓았다.

"자, 그렇다면 할 수 없지. 한 명이라도 빠지면 재미없으니까 며칠 뒤로 날을 잡읍시다."

멋쟁이 영어 교사가 숟가락으로 식탁을 세 번 쳤다.

답답했던 꿈의 후유증 때문이었는지 일어나긴 했어도 찜찜한 기분이 영 가시지 않았다. 방문을 열기 바쁘게 나는 또 한 차례의 답답함에 시달려야 했는데 그것은 기다렸다는 듯이 방 안으로 쳐들어온 짙은 안개로 인한 것이었다. 약 4미터 거리의 저쪽 방문도 보이지 않는 걸 보면 어지간히도 지독한 놈인 모양이었다. 그렇지만 이내 안개 입자들은 약하게 불어오는 바람을 따라 이리저리 살랑거리면서 스스로 그 농담(濃淡)을 조절해 나갔다. 바람은 안개와 상극이라고 하지만 부드러운 바람은 안개를 제 마음대로 부릴 수 있는 마술사였다. 이상도 하지, 회색빛 도는 하양의 단일한 색깔로만 생각해 왔던 안개는 어느 새 온갖 무채색의 잔치를 펼치고 있었다. 좀 전에 답답함을 강요했던 그 안개가 이제는 내 눈 앞에서 한 폭의 살아 움직이는 수묵화로 걸려 있었다. 그 한 폭의 수묵화에서는 졸졸졸 물 흐르는 소리도 들리는 것 같았다. 물소리까지도 들리는 수묵화라고? 지나치다고? 아니, 지나친 게 아니라 나는 분명히 듣고 있었다. 안개 그림이 들려 주는 물소리. 나는 그 물소리를 확인이라도 하겠다는 듯이 여우처럼 귀를 쫑긋 세웠다. 이게 정말 무슨 소리지? 안개의 울음소리? 그것은 현실성이 떨어진다. 그러나 옛날 애기에 의하면 안개는 원한 맺힌 여자의 한 서린 눈물이 화(化)한 것이라고 하지 않는가. 미세하기 짝이 없는 안개 입자들이라도 이렇게 온 세상을 덮어 버릴 정도의 양으로 존재한다면 그 여인은 참으로 많은 한을 가졌던 것일 게다. 자기의 모든 것을 바쳐 사랑했던 이로부터 어느 순간 이유 없는 버림을 당하고 그 상처를 삭여 낼 수 없어 죽음을 선택한 여인. 흘러도 흘러도 마르지 않는 눈물이 미세한 물방울이 되어 약한 바람을 타고 이승을 떠도는 게 안개라면 그럴 수도 있을 것이겠다. 안 당해 본 사람은 모르니까, 실연의 충격을……. 그런데 사실 말이 나왔으니 말이지만 가만히 듣고 있으려니까 그 소리는 어쩌면 신음소리 같기도 했다. '졸졸졸'이 아니고 '낑낑낑' 같은……. 안개같이 고상한 자연물이 낸다고 하기에는 좀 시원찮은, 뭔가 억지로 하려고 할 때의 그 힘듦. 하고는 싶은데 잘 되지 않을 때의 그 끙끙거림.

이제 나는 그 소리의 진원을 찾아 트레이닝복을 걸치고 방을 나왔다. 안개는 내 몸을 감쌌고, 안개 속에 내 몸만 한 공간만을 허락받은 채 나는 안개에 의지하면서 서서히 움직이기 시작했다. 미지의 삼림을 헤쳐 나가는 탐험가처럼 안개의 정글 속으로 천천히……. 한 2미터쯤 나아갔을까? 맞은편 세 번째 방의 문이 열려 있었다. 이 방의 주인이라면 그 멋쟁이 영어 선생님? 아니, 아니지. 착한 눈빛의 선생님이었다. 열려 있는 문의 안쪽은 안개와 어둠이 뒤섞여 음침한 동굴 같았다. 그 음침함 속에서 예의 그 소리가 새어 나오고 있었던 것이다. '낑, 낑', '으흐', '흐히' 같은 기괴한 소리를 따라 나는 그 방의 문턱에 걸터앉았는데, 그때 내 눈 속에 들어온 것은 두 다리를 자신의 목 뒤로 올리고 두 손바닥으로 방바닥을 짚은 채 튀어나오려는 눈알을 껌뻑거리는 착한 눈빛 강 선생님의 요가 자세였다. 강 선생님은 자신의 착한 눈빛을 스스로 파괴하면서 해괴한 자세를 취한 채 나를 바라보았다. 그리고는 튀어나오려는 눈알로 나를 향해 입 꼬리만 살짝 올라가는 표정을 취했는데 그것은 웃음이었을까, 힘들어 짓는 찡그림이었을까.

교무실은 교실 2칸짜리 넓이였다. 전날 피곤하겠다며 일찍 퇴근하라는 교감 선생님의 배려로 선생님들과 인사도 제대로 하지 못하고 학교를 나왔던 나는 이날 아침 정식으로 부임 인사를 하게 되었다. 대구 고보를 나왔다는, 자존심이 머리카락조차 다 쓸어가 버린 듯한 빛나는 교장 선생님의 소개로 나는 이제 이 학교의 정식 선생님이 되었다. 나에 대한 교장 선생님의 장황한 소개를 귓전으로 흘려들으며, 그 부끄러운 '여러 사람들 앞에 홀로 서기'를 끝내고, 잘 부탁한다는 말로 나는 부임 인사를 마쳤다. 30여 명의 선생님들은 저마다 비슷한 말씀들로 나를 환영해 주었다.

나는 부임하지 않은 교사 때문에 공석이었던 고등학교 3학년 1반의 담임을 맡게 되었다. 젊은 교사가 마음껏 자신의 능력을 발휘할 수 있도록 배려한 인사라고 교감 선생님이 침을 튀겼지만 느낌상 아무래도 아무도 맡지 않으려고 이리 빼고 저리 뺀 결과인 것 같았다. 자신도 모르는 능력을 어째서 생판 처음 보는 J중·종합고등학교 교감 선생님이 먼저 알고 계신단 말인가. 이 학교는 중학교 9학급, 고등학교 9학급으로 이루어진, 이런 촌마을로서는 제법 번듯한 규모의 교육기관이었다. 그래서 이 M면(面)은 S군(郡) 안에서도 교육에 관한 한 콧대깨나 높일 만한, 즉 고등 교육 활동이 잘 이루어지고 있음으로써 S군(郡) 안의 다른 면들보다는 문화적 수준이 적어도 몇 단계는 높은 축에 드는 면이라고 자부하는 곳이었다. 학교의 규모가 군(郡) 내에서의 면(面)의 문화적 위상을 좌우하는 것이었다. 고등학교 3학년은 인문계 남녀 공학 1학급, 상과(商科) 남 1학급, 상과 여 1학급으로 구성되어 있었는데 내가 그 인문계 남녀 공학 3학년 1반의 담임이 된 것이다. 교실에 처음 들어선 순간, 나는 '에이~' 하는 약간의 실망스러운 중얼거림들과 함께 '학생 생활 12년에 저런 인상은 또 처음이네.'라는, 내가 생각하기에도 다소 과장적인 푸념들을 접해야 했는데, 그것은 꺼무튀튀하고 별로 호감 가는 얼굴이 아닌 나를 본 학생들의 첫 반응이었다. 내 얼굴은 아무래도 젊은이들이 좋아할 타입은 아닌 모양이었다.

자, 이제 어떻게 한다? 알다시피 갓 전역한 젊은 남자의 머릿속에 지식이라고 남아 있는 건 아무것도 없다. 또 알다시피 군대라는 사회에서는 입대 전의 모든 경험들이 아무런 쓸모가 없을뿐더러 오히려 거치적거리는 잡념 나부랭이나 생기게 하는 백해무익한 것으로 치부된다. 오로지 눈치 보기와 줄 잘 서기만이 자신의 무사안일을 보장하는 무기가 되는 ─ 이런 말이 있다. 사회에서 똑똑하게 굴던 놈은 군대 갔다 오면 어리버리해지고, 사회에서 얼간이같이 행동하던 놈은 군대 갔다 오면 약아빠진 놈 된다는 말 ─ 그런 곳. 그런 곳이 바로 군대이다. 동시에 치마 두른 여자에 대한 관심만 지대해지는 곳이다. 그런 상황에서 웬 두음법칙이며 웬 음절의 끝소리 규칙이, 또는 웬 소월의 출생과 죽음의 비화이며 웬 논설문의 구성일까 보냐. 그래서 나도 마음 턱 놓고 모든 것을 깡그리 잊어 먹었다. 잊어 먹은 게 아니라 잊기로 노력함으로써 군대 생활에 빨리 적응하고자 애를 썼던 것이었다. 그렇게 2년 7개월을 보냈다. 그런데 이제 와서 고3 담임이라니. 이런 망발이 어디 있는가? 그러나 어쩌겠는가, 이것이 나의 밥줄인 것을…….

그날 저녁부터 나의 결사적인 교재 연구가 시작되었다. 우선 참고서를 출판사별로 사 모았으며, 이제는 누렇게 변색조차 되어 가는 대학교 때의 구닥다리 책들을 다시 펼치게 되었던 것이다. 그로부터 거의 매일을 나는 새벽 1~2시까지 교재 연구에 매달려야 했는데, 그것은 가상 질문을 설정해 놓고 그 질문을 거쳐서 또 다른 질문이 나올 것에 대한 대비를 하느라고 자료를 찾아대는 시간이었다. 예를 들면 이런 것이다.

"선생님, '카프'가 머 하는 거래요?"

'나의 침실로' 같은 시나 〈개벽〉 같은 잡지들을 언급하다 보면 으레 '카프'는 나오게 되어 있다. 나는 잠시 생각하는 척하다가 – 사실은 전날 저녁에 그 철자를 몇 번이나 외웠던 것인데 학생들에게는 내가 평소에도 알고 있었던 것이라는 인상을 주어 실력이 있다고 인정을 받아야 하므로 – 칠판에다 머뭇거리면서 'Korea Artist Proletariat Federation(원래는 에스페란토식 표기인 Korea Artista Proleta Federatio로 써야 하지만 '에스페란토어'라고 하면 그걸 또 질문할까 봐 영어로 써버린다.)'이라고 쓴다. 그러면서 대문자 K, A, P, F에 붉은 분필로 동그라미를 친다.

"이렇게 네 단어의 이니셜, 즉 첫머리 글자들을 모아 읽으면 'KAPF', 즉 '카프'가 됩니다."

그러고는 분필을 검지와 중지 사이에 끼우고 설명을 시작한다.

"예, 'KAPF'는 '조선 프롤레타리아 예술가 동맹'이란 단체로, 1925년 김기진, 박영희 등의 문인들을 중심으로 결성된 프롤레타리아 문학인들의 전위적 단체입니다. 여기서 '전위(前衛)'란 뜻은 그런 계급을 앞장서서 이끌고 지도하는 행위 또는 집단을 의미하는 것입니다. 프랑스 말로는 '아방-가르드(avant-garde)'라고 하지요. 당시 대다수의 젊은 문인들은 사회의 하층 계급인 노동자, 농민들의 궁핍하고 비인간적인 삶에 관심을 가졌으며, 예술적, 즉 문학적 행위를 통하여 그들의 비참한 삶을 폭로, 고발하려고 했던 것입니다. 따라서 이 단체는 성격상 공산주의와 그 맥을 같이 합니다. 그런데 그런 행위는 제국주의의 노선에 엇나가는 것이었으므로 일본 제국주의자들은 1차, 2차에 걸쳐 'KAPF'의 구성원들을 검거해 버렸습니다. 'KAPF'의 구성원들이 공산주의를 신봉했다기보다는 그런 이데올로기를 일본 제국주의와의 대결을 위한 도구로 인식했다는 것이지요. 그것으로 인해서 'KAPF'는 1935년 해체되었고, 그 구성원들은 지하로 숨어들었습니다."

"프롤레타리아가 뭐래요?"

"그런 건 사회 시간에도 나올 텐데……."

"나와도 몰라여. (웃음) 샘님이 갈차 줘여."

"예. '프롤레타리아'는 'proletariat(e)'로 쓰는데 그 뜻은 주로 무산 계급, (물질적) 최하위 계층 등으로 풀이됩니다. '프롤레타리아'와 '카프'를 연결시켜서 다시 말하자면, 'KAPF'는 이 사회의 무산 계급, 즉 노동자나 농민들을 위한 문학을 하는 사람들의 동맹이라는 뜻입니다. 그들을 착취하는 자본가나 지주들과의 투쟁을 선동하고 궁극적으로는 자본가나 지주들, 즉 부르주아들이 구축한 세계 질서를 뒤집어엎고 노동자, 농민의 세상을 만드는 것을 목표로 삼는, 목적 문학을 표방하는 단체라고 볼 수 있습니다. 따라서 문학의 본질적 측면에서는 수긍할 만한 단체가 아닌 것이죠, 'KAPF'란 단체가……."

"그라믄 목적 문학은 머래여?"

이쯤 되면 약간의 짜증이 나의 눈가에 머무르게 되지만 절대로 내색을 해서는 안 된다.

"목적 문학이란 순수 문학과 그 추구하는 바가 다른 위치에 있는 문학인데, 예술을 위한, 즉 문학 자체를 위한 문학이 아니라, 문학을 통해서 어떤 목적을 이루려는 성격의 문학이라고 말할 수 있습니다. 예를 들면 시를 통하여 교훈을 주려고 한다든가, 소설을 통하여 무식한 사람들을 깨우치려 한다든가, 독자들을 선동하려고 한다든가 하는 것들이 목적 문학의 범주에 드는 것들입니다. 문학의 본질적 측면에서 보면 거리감이 생기는 성격의 문학입니다."

이런 경우를 몇 번씩 겪어 내는 과정 중에서 별 의미도 없고 쓸데도 없는 질문일망정 그 질문에 선뜻 답을 못하고 우물쭈물하는 교사를 발견하는 순간 학생들은, 마치 눈 속의 토끼를 찾아낸 늑대처럼, 자신들의 질문이 무슨 대단한 것인 양 우쭐대면서

"야, 야. 저 선생 실력이 머 저래여? 여까지 쫓기 오는 걸 보민 다

알쪼여."

하는 말로 당장 그(그녀)를 실력 없는 선생으로 낙인찍어 버리는 것이다. 동시에 저들 스스로 자신들이 사는 곳을 유배지로 만듦으로써 평소 감추어 놓았던 자학성을 드러내기도 하는 것이다. 그러니잠이야 오든 말든 그날 교수–학습의 분량에 대해서는 꼬리에 꼬리를 무는 교재 연구가 필수적인 것이다. 몇 번을 막힘없이 대답하고나면 그 뒤에는 실력 있는 선생이라는 평판이 따라다니게 된다. 이렇게 한번 위치에 오르게 되면 그 위치는 좀처럼 허물어지지 않게되는 것이다. 그런 상태에서는 설령 어떤 질문에 대해서 대답을 잘못하고 잘 모르겠다면서 다음 시간에 가르쳐 주겠다고 얘기했다치자. 그 다음의 반응은 이렇다.

'야~, 저 선생은 실력이 있으면서 솔직하기까지 하네. 선생도 사람인데 잘 모르는 게 있기 마련이지. 그런 걸 이해 못 할 우리가 아니지. 그리고 자존심을 꺾으면서까지 정확한 지식을 우리들에게전달해 주려고 애쓰는 게 눈에 보이네. 진짜 멋있네.'
라는 것이다. 일 년에 한 번 가질까 말까 한 배려심까지 동원하면서.사람들의, 특히 학생들의 심리는 참으로 묘하다. 군중 심리에다 어떤 선입견까지 적극적으로 작용하기 때문에 처음에 그것을 잘 이용할 줄 알아야 별 무리 없이 1년을 마음 편케 보낼 수 있는 것이다.

　두 번째 학교에서의 나의 교직 생활은 이렇게 어설프게 전개되기 시작했다.

3. 만남

M면의 6월은 여과 없이 내리쬐는 햇볕이 온 세상을 장악한다. 도시의 먼지와 매연은 하늘로부터의 햇빛까지도 조금은 누리끼리하고 시들시들하게 만들어 버리지만 청정하기 그지없는 이곳의 대기는 그야말로 거칠 것 없이 곧바로 그 햇살을 지상으로 쏟아붓게 길을 터 준다. 별로 넓지 않은 들판도 이때에는 시퍼런 색깔로 넘치는 생명감을 뿜낸다. 산들이 갈매가 되기에는 아직 시간이 좀 남았지만 들판은 찰랑찰랑 넘칠 듯 말 듯한 논물과 더불어 생동감 요동치는 푸른빛의 배경으로 자리 잡는다.

6월의 초반은 대체로 조금의 심적 여유가 있다. 학기말 고사도 치르려면 아직 많이 남았고 학기 초의 긴박감도 약간은 풀어지는 시기니까.

"오늘 날씨가 죽이는구먼. 어이, 최 선생. 우리 오늘 수봉 골짜기 고디 잡으러 갈래? 다슬기 말이야. 국 끓여 먹으면 맛도 좋고 눈도 밝아지고. 어때?"

어느 토요일, 아침부터 들뜬 목소리로 이 선생이 분위기를 잡았다. 그는 여 선생 한 명을 점찍어 두고 있었다. 가정 선생인데 얼굴도 선생 치고는 매력 있으며 성격도 차분하고 깔끔해서 전공을 살려 주부가 되기에는 나무랄 데가 없는 사람처럼 보였다. 게다가 그녀는 이 선생의 고등학교 후배이기도 했다.

"어때, 최 선생?"

2교시 들어갈 준비를 하느라고 대답할 때를 놓친 나에게 이 선생이 확인하듯 재차 물어 왔다. 나야 물론 대찬성이지. 이 시골 벗어나 봤자 갈 곳도 변변찮은데 외로운 주말의 오후에 같이 놀아 줄 사람이 있다는 게 얼마나 위안이 되는데……. 그래서

"좋지요. 말로만 들었던 수봉 골짜기 구경도 좀 하고……. 우리 외에 같이 갈 사람 있어요?"

하고 물었더니, 이 선생이 갑자기 내 귀에 입을 갖다 대면서

"저기 정 선생하고 박 선생을 내가 데리고 갈게. 니는 따라만 오면 돼."

이러는 것이다. 이게 웬 떡이냐. 꿩 먹고 알 먹는다더니 고디 줍고 미팅하고……. 박 선생이 바로 그 가정 선생이다, 이 선생이 찍고 있는. 정 선생은 물리 선생이다. 얼굴이 작으면서 달걀형이라면 예쁘겠는가? 그렇겠지만 눈이 조금 튀어나와서 애완견으로 치면 스피츠 종을 닮았다. 예쁨과 그저 그럼 사이에서 항상 고개를 갸웃거리게 만드는 야릇한 얼굴이다. 이런 정 선생을 내가 좀 좋아하는 편이다. 남자가 여자 좋아하는 데 무슨 이유가 필요하겠냐만 구

태여 그 이유를 따진다면 사실 군대다 뭐다 해서 최근 이삼 년 동안 여자와 말 주고받아 본 것이 손꼽을 정도밖에 안 되는 총각의 사정을 헤아려 보면 알 것이다. 또한 이 촌마을에서 마음 놓고 말 걸어 볼 수 있는 여자가 몇이나 있겠는가. 말 상대조차 귀해빠진 이 시골에서 치마만 두르면 그게 그만인 거지 얼굴 따지는 건 사치가 아니겠는가. 그러니까 여자가 어지간만 하면 다 사랑의 대상으로 올려놓는 것이다, 꼭 변명처럼 들릴지 몰라도.

"아니, 수봉 골짜기를 아직 안 가 봤어? 여기서 갈 데는 거기밖에 없는데 요 몇 달 동안 뭐했어?"

아예 핀잔이었다. 그 정도로 좋은가?

점심을 먹고 네 사람은 동네 어귀에 모였다. 되들이 주전자, 갈아 입을 옷, 수건, 라면, 버너, 냄비 등등을 챙기고 옷도 간편하게, 기분도 즐겁게…….

"어떻게 꼬셨어요?"

앞서서 동네를 벗어나고 있는 이 선생을 바짝 따라가면서 내가 슬쩍 물었더니,

"안 꼬셨어. 저희들인들 이 화창한 계절에 집에 안 가면 뭐하고 놀 거야? 저들 상대는 우리밖에 더 있어? 그냥 가자니까 다들 환영이더군. 그리고 둘 다 아직 수봉에 안 가 봤대. 최 선생도 이번에 가면 자꾸 가잘걸? 끝내주는 데야."

우리는 앞서거니 뒤따르거니 하면서 2차선 아스팔트 옆 가로수 길을 걸었다. 때로는 내가 이 선생과 또는 정 선생과 짝이 되어 그

야말로 백주의 데이트가 진행되고 있었다. 이 선생은 거의 대부분의 시간을 박 선생 옆에 바짝 붙어 소곤거리고 키득거림으로써 그가 설정해 놓은 오늘의 목표를 무난히 달성하고 있는 것처럼 보였다. 그 목표가 무언지는 확실하지 않지만 뭐 그런 것 아니겠는가?

"저, 정 선생님. 같이 근무해도 이야기 나눌 시간이 별로 없어요, 그죠?"

내가 드디어 수작을 걸었다. 그랬더니 기다렸다는 듯이

"그렇네요. 그런데 최 선생님은 휴일에도 집에 잘 안 가시던데요?

"예, 잘 안 가죠."

"왜 그러세요? 여기가 좋아요?"

이크, 이러다가 눈치 채겠네. 나는 일부러 여유 있는 척하면서 정 선생의 눈치를 살폈다. 내 형편을 알고 그러는 것 같지는 않았다. 사실 2~3개월 동안 말을 나누어 볼 시간이 별로 없었던 것이다. 시골이라는 데가 워낙 좁은 지역 사회인 데다가 그놈의 보수적인 성향 때문에 남녀 간의 미팅이 몹시도 제한적이었다. 더구나 처녀 총각 교사들의 행각은 면민들의 주요 관찰 대상이 되어 있기도 하였거니와, 서로가 몸조심하는 게 이롭다고 선배 교사들은 뼈 있는 농담들로 우리들이 다소곳하기를 강요하는 분위기였던 것이다. 실제로 저녁밥 먹고 심심해서 〈민들레 다방〉에 들러 1시간 정도 시간을 때우고 나면 다음 날 아침부터

"어제 재미 좋았다며?"

"커피 마시러 가 놓고 손은 왜 잡았대?"

등등의 질투(?) 어린 핀잔들을, – 잡지도 않은 손까지 언급하면 슬슬 화가 치밀어 오르기도 한다 – 여기서 살림하고 있는 선생님들로부터 들어야만 했다. 그들은 귀도 많았고 입도 여러 개였다.

"도시보다야 여기가 좋죠. 공기도 깨끗하고……."

"그래요? 전 여기가 싫어요. 불편해요."

"하기야……. 애인도 만나고 하셔야죠."

슬쩍 떠보았더니

"호호호. 애인요? 그런 거 안 키워요, 저는. 최 선생님은 애인 있으세요?"

화살이 나에게 바로 돌아왔다. 에라, 사실대로 말해 버리자.

"저요? 저에게는 연상의 애인이 있었는데 군대 있는 동안 고무신 거꾸로 신었어요."

"어머나, 그런 일이 있긴 있군요. 저는 말로만 들었는데……."

"그런 일 많죠. 남자가 군대 가면 남아 있는 여자는 어쩐지 허전해지는가 봐요. 그 허전한 마음은 그냥 열려 있죠. 그리고 남자 친구 제대 날짜를 꼽아보면 한없이 멀어 보이고……. 황금 같은 청춘 시절에 군대 2년 반은 너무나 가혹한 거예요, 남자에게나 여자 친구에게나……. 그러니까 군대 간 남자를 애인으로 둔 여자들 눈에는 어지간한 남자들은 다 자기 애인보다는 더 나아 보이게 되는가 봐요, 단지 곁에 존재한다는 이유만으로도요. 그러니까 그냥……."

"그냥 뭐요?"

"그냥 마음을 열어 버린다는 거죠."

4. 순애와 순자

순자(順子)가 그랬다. 그 통통하고 예뻤던 순자가……. 순자는 셋째 누나 옥자(玉子)의 친구의 동생이었다. 볼 때마다 시집가라고 채근하는 아버지와의 사이가 별로 좋지 않았던, 순자 언니 순애(順愛)에게는 우리 집이 그녀의 피난처였다. 그래서 내가 대학 신입생일 때부터 한 달이면 보름 이상을 그녀는 우리 집에서 빈둥거렸다. 그 당시 우리 집은 방 두 칸짜리 전세였는데, C동에 자기네 번듯한 적산가옥 - 2층에다가 다다미방이 4개나 있는 - 을 두고도 내 느낌으로는 거의 매일을 우리 집에서 개개는 것 같았다. 순애 누나는 참 예뻤다. 통통하게 살 오른 볼에다 그린 것 같은 쌍꺼풀, 조그맣고 오똑한 코에 작고 동그란 얼굴. 키가 좀 작은 게 흠이라면 흠이지만 여자가 삼대[麻莖(마경)]같이 키만 커 봤자 어설퍼 보일 뿐이라는 게 내 여성 신체관이다. 여자에게 있어서 키는 미스 코리아나 모델이나 할 때의 상품성으로 작용할 뿐이라는 것이다. 그래서 학교에 갔다 온 내가 오동통하고 아담한 순애 누나를 처음 본 즉시 첫눈에 반해 버렸다. 그런데 성격은 또 왜 그렇게 화끈한지. 처음 보자마자 대뜸

"애, 네가 옥자 동생이니? 어쩜 키가 이렇게 크니? 얼굴만 좀 하였으면 완벽했을 건데……. 하여간 영감님은 웬 균형을 그리 좋아하는지, 원."

이러는 것이다. 그 영감님이 누군지도 모르는 내가, 초면이어서 우물쭈물 어쩔 줄 몰라 하고 있으려니까

"애 좀 봐. 누나 친구한테 내외하려고 하네. 누나 친구는 누나야, 알아?"

이러면서 깔깔깔 웃은 후 내 어깨를 탁 치더니,

"저쪽 방에 가서 옷 갈아입고 씻어. 당분간 너네 집 신세 좀 질 테니까 우리 서로 불편하게 생각 말기다, 알았지?"

그날부터 그렇게 동거가 시작되었다. 두 누나와의 동거는 참 기분 좋은 경험이었다. 우선 누나들은 수적으로 약자인 나를 왕자처럼 떠받들어 주었다. 모든 음식은 나를 기준으로, 요리까지는 아니더라도, 조리되었다.

"옥자야, 잔치국수 쟤가 좋아하니?"

또는

"순애야, 최 모 씨의 아들 모 봉우는 양배추 삶은 걸 그렇게 좋아하데."

식이었다. 그러니 밖에서 변변찮게 취급되는 나였어도 일단 집에만 들어오면 살맛 나는 것이었다. 그러면서 누나들은 또 남자의

행동이나 심리에 대해서 궁금한 것들을 나를 통해서 풀기도 하려는 것 같았다.

"얘, 남자들은 너처럼 다 잘 안 씻니? 내의를 하루에 한 번씩 안 갈아입어? 하여튼 짐승이 따로 없어."

그러면서 웬 땀 냄새는 그렇게 맡으려고 하는지, 원. 아니, 밖에서 또는 학교에서 축구나 무슨 운동 같은 것을 한 후에 안 씻고 들어오면 땀 냄새야 당연히 나는 것 아닌가? 여자들 자기들은 뭐 냄새 안 나냐? 누나들 방을 거쳐서 내 방으로 들어가야 하는 구조이므로 발가락만을 이용해서, 즉 토우 스텝으로 내가 재빨리 그 방을 지나칠라치면

"얘, 이게 무슨 냄새야? 봉우야, 이리 와 봐."

하면서 잽싸게 내 앞으로 와서는 내 어깨에도 못 미치는 그 키를 해가지고 내 냄새를 맡기 시작하는 것이다. 내가 부끄러워서 재빨리 내 방문을 열고 들어가려고 하면 따라오면서까지 냄새를 맡고는

"빨리 씻어. 안 씻으면 밥 안 줘."

특히 순애 누나가 이러는 것이다.

순애 누나는 한번 우리 집에 오면 일주일 또는 열흘씩 눌러 있다가 간다. 갈 때는 다시는 안 올 것처럼 작별 인사도 거창하게 한다.

"잘 지내. 좀 자주 씻고."

이러면서 괜히 가만 있는 남자 껴안고는 한참을 놓아 주지 않는다. 그래서 내가 슬쩍 몸이라도 빼려는 몸짓을 할라치면

"얘, 또 언제 볼지 모르는데 아쉬워."

하면서 해외로 떠나는 남자 애인 보내듯이, 공항의 이별처럼, 더욱

꼭 안는 것이다. 그러고 나서는 한 이삼 일 지나면 김치랑 마른 반찬이랑 주렁주렁 양손에 매달고는 문을 쾅쾅 발로 차면서

"문 열어, 문. 팔 떨어져 나가겠네."

마치 개선 장군의 입성처럼 우리 집을 찾는 것이었다.

누나들의, 특히 순애 누나의 스스럼없는 행동과 생활은 나에게도 큰 소득을 가져다주었는데 그것은 여자들을 대할 때 전에 없는 자신감이 생긴다는 것이었다. 항상 '꺼무튀튀'에 주눅이 들어서 또래 여자들 앞에 잘 나서지도 못했던 내가 나의 그 약점을 별로 대수롭지 않게 여기기 시작했다는 것이다.

"애, 남자는 꺼무튀튀해도 아무 관계없어. 또 그걸 좋아하는 여자들도 있는 거야. 그러니까 미리 기 죽을 필요가 없어. 그걸 매력으로 여기는 여자만 잘 만나면 네가 어디가 어때서? 기 죽지 마. 그리고 애인 생기면 인사시켜 주고……."

이렇게 남자 기운을 북돋워 주니까 왜 자신감이 안 생기겠는가. 셋이서 고스톱이라도 치는 때면, 더구나 오동 광으로 피 하나짜리 오동 피 건져 보겠다고 냅다 두들겼다가 불행하게 설사라도 해 버릴라치면 그 예쁜 얼굴을 내 코앞에 바짝 들이밀고는 — 입김까지 느껴지는 거리이기 때문에 그럴 때면 내가 내 얼굴을 겁 먹은 듯이 뒤쪽으로 물려야 했다 — 약 올린다고

"봉우야, 똥 쌌네. 왜애? 속이 안 좋아?"

그 예쁜 입에서 그 듣기 불편한 '똥'이라는 낱말을 거침없이 내뱉는다. 그러면서 피 두 장으로 쳐 주는 빨간 오동 쭉지, 피 한 장짜리 까만 오동 쭉지, 오동 광(光) 등 무려 석 장을 함께, 그것도 제일 영

양가 없는 오동 외피로 냉큼 집어삼키고는

"똥 먹고 배부르기는 또 처음이네. 자, 피 한 장씩 꿀랄리('내라'는
뜻의 속어)!"

이러면서 자기의 배를 손바닥으로 통통 두드리는 것이다. 그러
니 아무리 나보다 다섯 살이나 많은 누나라도 어찌 사랑스럽지 않
았으랴.

똥이라는 말이 나왔으니 말이지만 사실 똥이라는 말은 아무리
생각해 봐도 내 입에 올리기 싫은 낱말이다. 어떤 대장(大腸) 전문
여의사가 TV에 나와서 자기는 똥이 제일 예쁘고, '또옹~' 하면서
정답게 발음해 주고 싶고, 제일 소중한 낱말이라고 활짝 웃어가면
서 말하는 걸 들은 적이 있었다. 그 여의사는 얼굴도 참 예뻤는데
그 소리를 들으면서 내가 생각한 것은

'참, 직업이 사람을 더럽게 만드는구나.'

였다. 그렇지만 나도 그녀의 견해가 잘못되었다고 말하지는 않겠
다. 사실 똥이 배설되지 않으면 동물이라는 건 죽은 목숨 아닌가.
그것도 똥이 가득 찬 배를 움켜쥐고 이리저리 뒹굴다가 그야말로
더럽게 죽어갈 것이 아닌가. 그리고 사람이란 매일이거나 많이 잡
아도 며칠에 한 번씩은 자신의 그것을 보면서 살아가야 하는 존재
인 것이다. 그래서 똥의 소중함이라기보다는 배설 행위의 중요함
은 나도 대학물 정도는 먹은 사람이고, 더구나 대학 본고사 입시에
서 국사와 생물을 선택 과목으로 치렀으므로 뭐 지구과학이나 물
리나 화학을 선택한 누구보다도 더 잘 알고는 있다. 똥거름을 준 채

소의 맛이 그렇지 않은 경우보다 얼마나 더 달콤하고 맛있는지는 어른들의 말씀으로 이제는 상식이 되었다. 과수원의 열매들도 때깔에서 벌써 차이가 난다고 하지 않는가, 똥 먹은 것과 못 먹은 것이…….

우리 할머니 전차분 씨가 일본에 사실 때 맹장염에 걸렸는데 당시로서는 충수돌기 제거 수술이 비교적 큰 수술이었던 모양이었다. 열었던 배를 다시 꿰매고 나서 그 수술이 잘되었다는 걸 확인하는 절차가 바로 환자의 방귀 소리를 듣는 것이라고 했다. 장남인 아버지께서는 삼사 일 동안을 자신의 어머니 옆에 앉아 그 방귀 소리를 문자 그대로 학수고대했건만 목이 아무리 길어져도 그 방귀 소리는 좀처럼 들리지 않더라는 것이었다. 온 식구가 가족 한 명을 잃을지도 모른다는 두려움 속에서 오로지 방귀 소리에 매달려 며칠을 보낸 끝에 – 거의 일주일은 되었을 거라고 아버지께서는 회상하셨다 – 환자께서는 드디어 '뽀옹' 하고 소리도 예쁘게, 이름 그대로 차분하게 방귀를 밀어 내셨다는데 그 일주일 동안의 썩은 냄새가 온 병실에 스멀스멀 번져 나가는 그 시간 동안, 부끄러워 어쩔 줄 모르는 할머니를 가운데 눕혀 놓고 온 식구는 그 오래 되고 썩은 냄새를, 마치 메주콩 삶는 구수한 냄새 맡으려고 몰려드는 동네 아줌마들 마냥, 서로서로 맡아 보려고 가운데로 가운데로 자신들의 코를 들이밀었다는 것이었다. 사람이 회생했음을 알리는 그 방귀 소리야말로, 이 세상 그 어떤 소리보다도 아름다웠을 것이었다.

냄새 얘기가 나온 김에 한 번 걸고 넘어가 보면, 우리가 흔히 인간적인 차원에서 무언가에 접근하고 싶을 때 언급하곤 하는 '사람

냄새 나는 세상'이라고 할 때의 그 '사람 냄새'의 크나큰 비중을 차
지하는 게 바로 방귀 냄새라는 걸 당신은 눈치 채고 계시는가? 교
무실이나 사무실같이 여러 사람들이 장시간 앉아 버티는 공간에,
특히 점심시간이 지난 나른한 오후의 시간대에, 출입문을 열고 들
어서는 순간, 우리는 무언가 찝찝한, 표현하기에는 좀 난해한 공기
의 맛을 코끝으로 감지하게 되는데 그게 바로 넓은 공간의 공기에
희석된, 그 공간의 구성원들이 알게 모르게 뿜어 낸 방귀 냄새라는
것이다. 남성들이야 아무 데서나 풍풍거리니까 그들이 중심이 되
어 있는 공간은 말할 필요도 없거니와, 아무리 향수나 화장품 향기
로 온몸을 감싼 여성들이 많이 모여 있는 공간이라 하더라도 그런
인위적 향들을 제압하면서 공간을 지배하는 건 바로 텁텁하면서도
퀴퀴한, 그러면서도 구수하고 따뜻한 사람 냄새, 즉 방귀 냄새인 것
이다. 그걸 느끼지 못하고 이때까지 살아오셨다면 이제부터라도
바짝 신경 써서 맡아 보며 살아보시라. 물론 사람 냄새라는 표현이
단순히 후각적인 의미만을 가지지는 않는다는 것을 국어 교사인
내가 어찌 모르겠는가마는 그런 사람 냄새가 감각, 즉 후각적으로
도 실제로 존재한다는 것을 여러분들에게 일깨워 주고 싶은 나의
욕구가 이 지면을 조금 할애하게 만든 것이다. 방귀 냄새에 민감하
게 반응하는 삶을 지양해 주시는 것도 한편으로는 인간적으로 사
는 또 하나의 배려적 차원에서의 조건이 될 수 있는 것이다. 불편했
다면 용서하시라.

  그렇지만 내 귀를 거슬리게 하는 건 그 똥이라는 낱말이 갖고 있
는 어감인 것이다. 똥이라는 낱말이 내 성대를 거쳐 입술 밖으로 내

던져지는 순간 나는 갑자기 내가 그 똥과 같이 더러운 존재가 되면서 맨땅에 패대기질 당하는 물기 많은 배추처럼 내 인격의 여지없는 추락감에 사로잡히게 되는 것이다. 그 소리는 나를 비천하게 만들며 나아가 이때까지 쌓아놓은 내 인격이 심하게 훼손됨과 동시에 – 훼손될 인격도 없지만 말이다 – 순수하지 못하고 더러운 때가 덕지덕지 묻어 있는 속물적인 존재로 나를 끌어내리는 느낌을 꽉꽉 심어 주기 때문이다. 그리하여 평소에 똥보다 더 더러운 꼴을 당한다 하더라도 나는 내 입에서 똥이란 소리를 함부로 내뱉지 않으려고 부단히 노력하면서 살고 있다.

고상한 척한다고 욕해도 좋다. 내가 고상하게 놀지 않는다는 사실은 이 세상 모든 내 친구들이 다 알고 있다. 그렇다 하더라도 그대가, 똥이라는 낱말을 지나치게 싫어하는 것으로 인하여 나 보고 고상한 척하는 존재라고 일반사회과 이우홍처럼 비웃는 한이 있더라도 나는 감수하겠다는 말이다. 그만큼 나는 똥이라는 낱말이 싫다. 내가 똥이라는 낱말을 이렇게 극단적으로 싫어하는 이유야 안 되겠지만 어릴 때 이런 일이 있기는 있었다.

초등학교 2학년 6반이었던 나는, 다음에 나올 내용과 별 상관은 없지만, 공부를 곧잘 했던가 보았다. 당시의 초등학교는 2부제 수업을 해야 할 정도로 반당 학생 수가 많았다. 20평 남짓한 교실에 어린아이들일망정 60명씩을 꽉꽉 채우고 또 다른 60명은 오후 2시에 학교에 가야만 했다. 나는 그날, 4월 며칟날, 오후반이었고 책걸상이 모자란 교실에서는 선생님의 교단을 책상 삼아 빙 둘러 앉은 열댓 명의 아이들을 포함하여 60명이 몽당연필에 침을 묻히고 있었다. 산수 시간이었다. 선생님은 칠판에 계산 문제를 내고 계셨고 교단 둘레의 나와 아이들은 선생님의 흔들리는 몸통 때문에 가려지는 칠판의 숫자들을 보려고 이리 기웃 저리 기웃하면서 한창 문제를 베끼고 있었다. 바로 그때 내 배에서 심한 뒤틀림이 시작되었다. 갑자기 변의가 느껴졌던 것이다. 왜 하필이면 그 시간대에 갑자기였는지는 나도 모른다. 초등학교 2학년 때의 기억임을 양지하시라. 태어나서 처음으로 느껴진 공식석상에서의 변의였다. 그 뒤틀림은 명치 아래에서 시작되어 복부를 차례대로 훑고 나서 드디어 대장을 거쳐 항문을 자극하기 시작했다. 나는 힘을 꼬옥 주어 괄약근을 오므렸다.

이제 별로 유쾌하지 못한 얘기니까 그만해도 된다고? 아니, 말이 나온 김에 계속하겠다. 당신이 이때까지 읽어 주었다면 앞으로의 내용도 읽어야겠다는 준비된 마음가짐이 당신에게는 있는 것이니까. 그리고 약속하건대 나는 이날 이후부터는 평생 '똥'이라는 낱말을 내 입에 올리지 않을 것이니까.

나는 한시도 긴장을 늦출 수가 없었다. 조여진 항문은 자꾸만 벌어지려 하였다. 나는 계속해서 힘을 주었는데 이제는 항문 끝이 간질간질하기까지 하였다. 한 차례의 진통이 지나갔다. 나의 이마를 비롯한 신체의 모든 땀구멍들이 열리기 시작했다. 땀이 송골송골 맺히기 시작했다. 나는 곁눈질로 주위를 슬쩍 살폈다. 동환이는 연필심에 침을 묻히고 있었고, 며칠 전에 나한테 눈두덩을 오지게 차여 거기 멍이 든 복수(계집애)는 공책에 괴발개발 숫자를 쓰고 있었다. 진통이 또 시작되고 있었다.

　지금 와서 하는 얘기지만 나는 그때까지도 화장실이라고는 우리 집의 허술한 재래식 변소 그곳밖에 모르고 살아온 애였다. 우리 집이 아닌 바깥에서 큰 볼일을 처리한다는 건 나에겐 어불성설(語不成說)이었다. 우리 집 바깥에서 큰 볼일을 처리해야 한다는 건, 그런 행동은, 뭔가 자기 자신에게 충실하지 못하고, 계획적으로 시간을 다루지 못하는 막무가내식의 삶이며, 자기 몸을 함부로 굴리는 듯한 천박한 행위로 그때의 나에게는 인식되던 것이었다.

　진통은 전과 같은 코스로, 그러나 아까보다 좀 더 빠르게 나의 내장을 훑어 내렸다. 나는 이를 악물었다. 괄약근에 힘을 주었지만 그놈의 똥은 자꾸만 삐질거리며 조여진 근육의 틈을 노리고 새어 나올 것만 같았다. 나는 심호흡과 더불어 그 두 번째의 진통도 가까스로 넘겼다. 이제 내 얼굴은 땀으로 범벅이 되어가고 있었지만 나는 자세 하나 흩트리지 않고 칠판의 숫자들을 베끼고 있었다. 아, 그러나 언제까지 참을 수 있단 말인가. 그날의 기억이 수십 년 전의 그날을 후회하고 있는 지금의 내 뇌리에 생생하게 머물러 있다. 세 번째 진통이 시작되고 그것이 내 내장에서 꿈틀거리며 전과 동(同)으로 진행된 막바지 무렵, 나는 나도 모르게 벌떡 일어섰다. 일어나서 무얼 하려 했는지는 모르겠다. 아니, 일어서려고 다리에 힘을 주는 순간 나의 똥은 이때까지 통제당하고 있었다는 사실에 분노라도 하듯 내 괄약근의 견고한 긴장을 허물어뜨리면서 비집고 나오기 시작했다. 아, 나는 주저앉아 버렸다. 나는 모든 것을 잃어버렸다. 세상이 나만 남겨두고 막 사라지고 있었다. 이때까지 참고 참았던 내 인내, 정성, 노력들이 수포로 돌아가고 있었다. 그것은 나의 아래쪽에서 계속 삐져나오다가 드디어는 봇물 터지듯 터져 나오기 시작했다. 이제 어쩔 수 없었다. 나는 체념했다. 그리고 그것이 분출되어 나오는 오랜 시간을 필기도 잊은 채 멍하니 느끼고 있었다. 함께 나는 소리? 다행스럽게도 소리만은 나의 괄약근이 대장 깊숙이 빨아들이고 있었다. 에이, 그게 가능키나 한 소리냐고? 가능하다고 나는 확언할 수 있다. 여러 사람이 같이 타고 있는 엘리베이터 안에서 당신이 방귀를 참을 때의 그 상황을 떠올려 보시면 수긍하실 것이다. 그런 경험이 없다고? 당신은 신(神)이다! 신이라고? 신은 방귀와 관련이 없겠는가? 확신컨대 신이 있다면 신은 분명히 방귀를 뀌었을 것이다. 성경에 나오니까. 구약성서 〈창세기〉가 그것을 증명한다. 왜냐하면 인간의 형상이 신을 본뜬 것이므로 인간의 모든 행위 플러스 알파(전지전능)가 신의 행위가 되는 것이다. 따라서 신은 인간보다 차원 높은 방귀를 구사할 것이다. 더 큰 소리, 더 진한 냄새……. 여기서 나의 언급은 수정되어야 한다. 당신은 소화기관이 없는 신이다!

그런데 이게 웬일인가. 서서히 나는 쾌감에 젖어들기 시작했던 것이었다. 그랬다. 그것은 쾌감이었다. 배설의 쾌감을 나는 그때 뼈가 오그라들 정도로 느끼고 있었으며, 그 순간만은 오히려 그 행위를 즐기고 있었다고 고백하고 싶다. 느긋해지기까지 했다.

분필로 칠판 위에 내가 다 아는 산수 문제들을 써 가던 담임선생님이 순간 분필질을 멈추셨다. 그러더니 학생들 쪽으로 얼굴을 돌리셨다. 그리고는 킁킁거리며 냄새를 맡기 시작하셨다. 선생님의 코의 방향이 내가 앉아 있는 쪽을 향했을 때 그 순간 나는 얼음이 되었다. 동시에 나는 아무렇지도 않은 표정을 애써 지으며, 칠판의 문제들에 집중하는 척, 좀 더 과장적으로 이리저리 기웃거리며 그녀의 시선을 무시해 버렸다.

"이기 무신 냄새고?"

그녀는 미간을 있는 대로 찌푸리며 혼잣말처럼 뇌까리고는 다행스럽게도 자신의 코의 방향을 다시 칠판 쪽으로 돌리면서 고개를 갸우뚱거리셨다. 그녀가 냄새의 진원지를 눈치 챘던 것은 아니었을까? 알았으면서도 그것이 밝혀진 뒤에 자신에게 부담될 여러 가지 행동들을 미리 상정하고 – 예를 들면 화장실 데려가서 남의 애 똥 치우고 씻겨 주기, 헌 바지 구하러 다니기 등 – 그 귀찮고 더러운 남의 아들 뒤치다꺼리에 자신의 힘을 쏟아야 할 바엔 차라리 몰랐다는 듯이 넘어가자는 심산이 아니었을까? 아니면 갑자기 훅 하고 끼쳐 와서 자신의 코를 자극한 그 냄새가 안 씻고, 안 닦고, 며칠째 같은 옷만 입고 다니는 60여 명의 어린아이들의 종합적인 체취라고 판단한 것이었을까? 묘한 것은 나의 좌우에 앉아 문제를 베꼈던 동환이와 복수는 나에게 이상한 눈길을 한 번도 주지 않았다는 것이다. 그런데 걔들이라고 코가 없었을쏜가. 그것도 좌청룡 우백호로 앉아 있었는데……. 아마 당시 걔들의 뇌리를 지배한 건 '설마'였을 것이다. 냄새야 났겠지. 그런데

'공부 잘 하고 착한 봉우가 설마 똥을 쌌을라고…….'

'똥을 쌀 리가 있나, 교실에서. 아무리 똥 냄새가 진동을 한다고 하더라도…….'

'더럽지만 학교에는 변소도 있는데 설마······.'

때에 따라서는 '설마'가 사람을 잡기도 하는 것이므로 그까짓 냄새 정도 잡기야 아무것도 아니었을 것이다.

그날의 수업을 마치고 나는 약간 어기적거리는 걸음걸이로 집으로 돌아왔다. 나의 똥은 이미 내 엉덩이와 내의 사이에서 어느 정도 말라 있었으며, 교실에서 몇 시간 동안을 앉아서 비비적거렸기 때문에 편평하고 납작하게 고정되어 있었으므로 적당한 점성으로 내의에 들러붙어 흘러내리지는 않았다. 등에 지고 다니는 책가방을 던져 놓고 나는 재빨리 우리 집 변소로 뛰어 들어갔다. 상태를 확인하고 싶은 심리였을까. 똥은 적당히 꼬들꼬들해져 있었다. 냄새도 별로 자극적이지 않았다.

엄마가 우리 집 변소에 대고 말했다.

"우리 장남 왔네. 변소 가는 기 급했나?"

나는 학교에서 팬티에 똥을 싸 붙이고 왔다는 말을 엄마에게 차마 할 수가 없었다. 그것은 평소 엄마에 대한 내 이미지의 관리 차원이었다. 어머니의 관점에 의하면 똑똑하기로는 이 최씨 집안에서 누구도 따라올 자가 없으며 생긴 것 또한 외탁을 한, 초등 2학년생답지 않은 늠름한 모습이었기 때문에 – 나에 대한 어머니의 관점을 누구보다도 내가 잘 파악하고 있었기 때문에 – 나는 나를 그렇게나 잘 봐 주시는 어머니를 절대로 실망시킬 수 없었던 것이다. 나는 버티어 보기로 했다, 적어도 들키기 전까지는······. 나는 나의 똥을 팬티에 붙여 놓은 채로 저녁밥을 먹었고 숙제를 했다. 그날 밤 방바닥에 식구들이 잘 이불을 깔고 있던 어머니가 코를 킁킁거렸다.

"어데서 콤콤한 냄새가 나네. 방바닥은 닦았는데?"

"내 발이가? 씻었는데?"

아버지는 자신의 양 발을 양손으로 들어 올려 이쪽저쪽 냄새를 맡아 보기도 하셨다. 긴장한 나는 얼른 방 한쪽 구석으로 뒷걸음질 쳤다. 그날의 내 잠자리는 그 방구석이었다. 그리고 그날 밤은 무사히 넘어갔다. 다음 날도 나는 아침밥을 잘 퍼 넣었으며, 오전에는 아이들과 골목에서 술래잡기를 잘도 했으며, 오후에 학교에 가서 수업도 잘 받았으며, 밤에는 잠도 잘 잤다. 나는 팬티에 싸 붙인 똥이 더 이상 이질적으로 느껴지지 않을 정도의 경지에 도달하고 있었다. 체화되는 느낌을 점점 강하게 이어가고 있었다고나 할까. 잘 마른 똥에서는 냄새도 별로 나지 않았다. 그렇게 3~4일이 지나갔다. 그런 상태로 그 동안 변소에도 두어 번 다녀왔다.

B시에 살고 계셨던 외할아버지께서 오래간만에 딸네 집에 나들이를 오셨다. 외할아버지는 내가 생각하기에 참 신비로운 분이셨다. 엄마의 말씀에 의하면 등에 걸망 하나 둘러메고 전국 방방곡곡을 떠돌아다니신다는 것이었다. 외할아버지의 벗겨진 머리통, 허연 수염, 스님이 입는 승복 같은 회색 두루마기 등이 쇠도끼 빠진 연못에서 금, 은도끼 들고 솟아오르시는 신선 할아버지 같았다. 외할아버지께서 오신 날 저녁, 공교롭게도 나와 외할아버지 단둘이 안방을 지키고 있었는데 여느 때와 마찬가지로 나는 내 똥을 팬티에 빈대떡처럼 붙인 채 자유롭게 놀고 있었다. 바로 그때였다.

"이기 무신 냄새고?"

외할아버지는 당신의 길쭉한 콧대 아래의 펑펑한 콧구멍을 벌름거리기 시작하셨다. 담임선생님이나 엄마의 경우, 냄새를 추적하기 위한 의지가 퍽 약했던 것으로 우리는 알고 있다. 그런데 외할아버지는 아니었다. 외할아버지는 자신의 코로 감각되는 냄새를 드디어 추적하기 시작하셨다. 마치 먹이를 찾아 헤매는 하이에나처럼, 또는 똥 냄새를 막 맡은 굶주린 똥개가 코를 지면에 딱 붙이고 자신의 향기로운 먹이를 향하여 한 발씩 한 발씩 내딛는 것처럼 외할아버지는 네 발로 온 방바닥을 쿵쿵거리며 돌아다니기 시작하셨다. ─ 외할아버지, 죄송합니다. 다만 문학을 위해서입니다 ─ 나는 외할아버지와 거리를 두기 위해서 조심조심 내 몸을 윗목으로 옮기기 시작했다. 그 속도에 맞추어 외할아버지도 점점 나를 향하여 다가오기 시작하셨다. 다가오실수록 냄새가 점점 짙어지는가 보았다.

"야한테서 나나?"

외할아버지는 나를 향하여 흘깃거리시면서 또는 고개를 갸웃거리기도 하시면서 나에게 바짝 붙었다. 외할아버지의 코는 이제 나의 아래쪽을 향했으며 드디어 냄새의 진원지를 찾아내고야 마셨다.

"봉우 요놈, 요리 와 봐."

외할아버지는 그 강한 악력으로 내 종아리 한쪽을 꽉 움켜쥐고, 아, 나의 바지를 벗겨 버렸다.

"에헤이, 이기 뭐꼬?"

거기에는 이제 일주일이 막 되어가는 나의 납작한 마른 똥이 빈대떡의 상태를 지나 메밀 부꾸미처럼 팬티에 들러붙어 있었던 것이다.

"에미야, 이놈 봐라. 똥 싸 붙인 꼴 쫌 봐라."

부엌에서 봄나물을 다듬고 있던 어머니는 화들짝 놀라 방으로 뛰어들어 왔으며 벌린 입을 다물지 못했다.

그날 어머니는 나를 씻기면서 자책하셨다. 동시에 그때까지의 나에 대한 어머니의 높은 평가도 그날을 시작으로 급전직하하고 말았다.

"에휴, 에미라는 게 아~ 옷도 신경 안 쓰고 메칠 갈아입히지도 않았디만 이런 사단이 나고 말았네. 야, 이 문디야. 철썩(내 엉덩이 때리는 소리)! 우째 그리 둔하노. 그렇기 찝찝한 걸 메칠 씩이나 달고 댕기는 기 말이 되나. 철썩! 아이구, 에미라는 기 우째 아~한테서 나는 냄새도 못 맡았겠노. 이놈에 콧구멍에만 살이 올라가 꽁꽁 맥힜나. 그라마 숨은 우째 쉤노. 입으로 쉤나. 야, 이노무 머스마야. 철썩! 똥 자부동 깔고 앉아서 밥이 잘도 넘어가더나."

그 외에도 어머니는 최씨 집안의 흐리멍덩함, 가진 건 쥐뿔도 없으면서 쓸데없이 강하기만 한 자존심, 나의 장래에 대한 비관적 전망 같은 푸념들을 늘어놓음으로써 평소에 쌓여만 있었던 당신의 스트레스를, 나의 똥을 계기로, 풀긴 푸신 것 같았다. 나의 똥 사건은 그 후 나의 참을성으로 미화되어 한동안 식구들의 입에 회자되었다. 사실인지의 여부는 책임지지 않겠다.

그 사건 이후부터였는지는 모르겠지만 나는 똥이란 낱말을 참으로 싫어하게 되었다. 요즈음의 학생들 중에는 수업 시간 중에 화장실 가고 싶으면

"샘예, 똥 쫌 싸고 오겠심더."

라고 정면 돌파를 시도하는 놈들이 있다. 내 시간에 그렇게 싸가지 없는 말을 거침없이 내뱉는 그런 놈은 화장실 다 갔다. 나는 수업 결손을 각오하면서 5분에서 10분 정도의 긴 잔소리로 그놈의 진을 다 빼 놓는다.

"야, 이 자슥아. 니는 수업 시간에, 특히 국어 시간에 뭐 배웠노? '똥 쫌' 싼다꼬? 에라이, 이 원초적 저질아. 너거 아부지 앞에서도 그 레 함부로 씨부리나? 사람은 혐오스러운 낱말들을 입에 올려야 할 때 그런 낱말을 직접적으로 표현하지 않고 좀 고상하게 말하려는 욕구를, 즉 그런 낱말들은 될 수 있으면 자신의 입으로 나타내지 않 고 빙 돌려 말하려는 욕구를 가지고 있는 기라, 이성적인 존재니까. 너거들도 알아 놔라. 이런 걸 완곡어법이라고 한단다. 니는 '우리 할배 죽었심더.'라고 말하나? '우리 할아버지께서 돌아가셨습니다.' 라고 말하잖나. 그런데 똥은 와 그대로 여과 없이 내뱉어 버리노, 어이? 내가 그런 식으로 말 하지 마라고 평소에 가르쳤나, 안 가르 쳤나, 어이? 안 되겠다. 요놈 요거 양식(良識) 있는 지성인 만들라카 마 사랑에 매를 쫌 대야 되겠다. 엎디리라. 똥이 쏙 들어가서 입으 로 튀어나오게, 즉 화장실 안 가도 되도록 내가 조치를 취해 주께."

그놈은 똥이 쏟아지기 직전에야 괄약근에 힘을 있는 대로 주느 라고 양 허벅지를 딱 붙인 걸음새를 해 가지고 복도 벽을 의지한 채 옆 걸음으로 화장실로 향하게 된다.

쓸데없는 어릴 때 얘기로 분위기를 혼탁하게 만들어서 미안하기는 하다.

　이렇게 누나들과의 꿈같은 동거 시간이 흐르고 있었다. 학교 끝나면 갈 데가 없어서 똑같이 갈 데 없는 친구 동진이랑 걸어서 한 시간 정도 걸리는 시내 중앙통으로 진출하여 이리저리 헤매던, 그러면서 우리들같이 할 일 없다고 생각되는 몇 팀의 무리들을 보고 또 보고 하던, 그렇게 몇 시간씩 빌빌거리던 내가 너무나 착실한 모범생이 된 것도 바로 그 무렵이었다. 집 - 강의실 - 도서관(?) - 집, 이렇게 이등변삼각형만 그렸으니까.

　어느 날, 그날은 오후 수업이 꽉 차 있어서 늦게야 집으로 왔다. 누나들은 없고 문은 열려 있었는데 웬 앙증맞은 여자 신발이 한 켤레 눈에 띄었다. 이건 또 뭔가 싶어 방문을 열었더니 방 안에서 배를 깔고 엎드려 만화책을 보며 킬킬거리고 있던 웬 여성 한 명이 놀란 듯 발딱 일어나는 것이었다. 내가 황급히 문을 닫아 주고는 당황스러워서 부뚜막에 신라 때 처용이처럼 처량하게 앉아 있으려니까 - 그러니까 이제 집 구조를 알겠는가? 쪽문을 열면 부엌, 부엌에서 부뚜막 밟고 올라서면 누나 방, 누나 방에서 미닫이를 통과하면 나와 아버지 방, 거기서 창문으로 내다보면 주인집 마당, 이런 구조였다 - 방문이 빠끔히 열리면서 그 여자가 나를 보고

　"들어오세요."

라는 것이었다, 마치 제가 주인인 것처럼. 내가

　"괜찮습니다. 여기 있을게요."

했더니, 그녀가

"저는 언니 잡으러 왔어요. 순애 언니요."

하면서 나보다 먼저 자신을 소개하는 것이었다. 아니, 순애 누나를? 그렇다면 옥자 누나가 얘기하던 그 예쁜 은행원? 그제서야 나는 그 여자의 얼굴을 찬찬히 살펴볼 수 있었는데, 첫 인상이 '이게 웬 떡이냐.'였다. 아니, 아니, 그 여자의 얼굴이 떡이라는 얘기가 아니고 내 복에 이런 미인을 볼 수 있다는 경험 자체가 '웬 떡'이냐는 것이었다. 우선 순애 누나와 참 많이도 닮았다. 누가 한 공장 제품이 아니랄까 봐 작고 오동통한 얼굴, 오똑한 코, 그린 듯한 쌍꺼풀, 키 작은 것까지 몹시도 닮았다. 그런데 순애 누나보다 좀 더 균형이 잡혀 있다고나 할까?

언젠가 옥자 누나가 이런 말을 한 적이 있었는데

"애, 봉우야. 순애 동생 순자가 있는데 지금 은행에 다녀, 상고 나와서. 그런데 C동에서는 미녀 자매로 소문이 자자해. 한 번 놀러 오라고 할까?"

그래서 내가

"뭐 하러 그래? 애인 만들 것도 아니고, 그러지 마."

라고, 황금 보기를 돌같이 하신 최영 장군처럼, 아름다움에 현혹되지 않는 사나이임을 과시한 적이 있었다. 미쳤지, 내가……. 그 미녀를 지금 내가 보고 있는 것이었다. 나는 그녀 얼굴에서 눈을 떼지 못한 채 방으로 들어가서는 통성명을 했다. 알다시피 이름은 순자, 5대 시중은행 중 한 곳에 지금 다니고 있으며 – 그런 점으로 보면 빌빌거리는 순애 누나보다 백 배는 낫다 – 오늘은 아버지의 명을 받들어 언니를 잡으러 왔다는 임무까지 내게 얘기를 하는 것이었다. 그런데 계속해서 내 얼굴을 요렇게 빤히 쳐다보면서 얘기하는 걸 보니까 얘도 제 얼굴에 어지간히 자신이 있는 모양이었다. 여자란 얼굴이 예쁘면 모든 게 용서될뿐더러 스스로도 이렇게 근거 없는 자신감까지 가지게 되는 것인가?

"키 크고 멋있네요."

통통하고 자그마한 손을 내밀면서 그녀가 말했다. 내 손에 쏙 들어오는 예쁜 손이었다. 요런 손을 가진 사람들이 부자로 산다는 말을 들은 적이 있었다, 제법 두께감이 나가는……. 그리고 자신이 키가 작으니까 키 콤플렉스로 인해서 키 큰 남자가 멋있게 보이는 모양이었다. 그래서 나도

"듣던 대로 미인이시네요."

했더니 순자는 대번에 반색을 하면서

"언니가 그래요? 걔는 나하고 맨날 싸우면서 그래도 말은 바로 하고 다니는가 보네."

이러는 것이다. 참 뭐라 그럴 수도 없고. 실제로 예쁘니까 할 말이 없었다. 이렇게 해서 순자와 나는 첫 인사를 나누게 되었던 것이다. 알고 보니까 나보다 두 살이 많았는데 그런 것쯤이야 예쁜 얼굴만으로도 상쇄될 수 있다고 나는 생각했다.

5. 수봉 계곡

미루나무 가로수 늘어선 길 옆 오른편으로는 길을 따라 시퍼런 논들, 논이 끝나는 저 건너편으로는 야트막한 산들이 살짝살짝 솟아 이어져 있고, 왼편으로는 사과 과수원들이 쭉 이어지면서 과수원 옆으로 강둑이 한없이 계속되는 장면은 6월의 더위 속에서도 우리들의 기분을 고양시켰다.

"강에서 고기 잡아 봤어? 붕어는 물론이고 팔뚝만 한 메기가 버글버글해."

나보다 1년 먼저 이곳에 부임한 이 선생은 아는 것도 많다. 나보다 사대 2년 선배라고 하는데 처음 만났을 때부터 그냥 말을 까 버리는 선수를 치는 바람에 맞먹을 기회를 놓쳐 버렸다. 이 선생은 자신의 오른 팔뚝을 내 눈 앞에서 이렇게 흔들거리면서 메기의 거대함을 실감시켰다.

간혹 완행버스가 먼지를 뒤로하면서 스쳐 달려가고 농산물을 실은 트럭이 잊을 만하면 한두 대씩 지나갈 뿐인 2차선 넓이 정도의 비포장 지방도 — 면사무소 소재지의 경계를 넘어서자 거짓말처럼 아스팔트 길이 사라졌다 — 는 낮인데도 우리 일행들의 발자국 소리만 울릴 정도로 고즈넉했다. 15미터쯤 되는 콘크리트 다리를 건너고 흙으로 쌓아 올린 4~5미터 정도의 구조물들이 여기저기 서 있는 동네를 지나 걷기를 1시간여. 우리들은 수봉 골짜기 입구에 도착했다. 20여 호 남짓한 작은 마을을 오른쪽에 끼고, 왼쪽은 소나무가 군데군데 바위 틈에 뿌리내려 비비 꼬여 있는, 40~50미터가 넘을 듯한 높은 절벽이 계곡 안쪽으로 이어지고 있었다. 그 아래 맑은 물이 흐르는 개울을 따라 나 있는 좁은 길을 10분 정도 걸어 들어가자 본격적인 숲길이 전개되기 시작했다. 수많은 나무들이 좌우로 울창하게 배치되어 있는 황토 사잇길은 숲이 풍겨 주는 청량감으로 인하여 걷는 것 자체가 삼림욕을 하는 기분이었다.

물은 보이지 않았지만 물소리가 아주 가까이서 들리는 숲길을 헤치고 얼마쯤 나아가자 드디어 시야가 훤하게 트여 왔는데, 아, 이래서 수봉 골짜기라고 하는가. 폭 20미터 정도의 계곡이 양쪽에 시퍼런 산을 거느린 채 거기 열려 있었다. 바위와 물의 조화. 엄청난 양의 계곡물이 바위를 피하며 흐르고 있었다. 바위는 물의 흐름을 방해하는 게 아니라 물이 흐르지 않을 자리에 놓여 있었고, 물은 또 그런 바위를 해치지 않으려고 요리조리 자신을 비틀면서 자신의 품성대로 아래로 흐르고 있었다. 때로는 넓은 암반 위를 얕게, 때로는 바위 아래에 아담한 소를 이루며 물은 바위와 더불어 살아 있었다. 물빛은 그 투명함으로 물밑에 전개된 또 다른 세계를 보여 주고 있었다. 물밑에는 온갖 모양의 자갈들이 모래와 섞이면서 하나의 질서를 형성하고 있었는데 그것은 바로 어울림이었다.

자연(自然)이란 스스로 그러한 것. 투명한 물과 자갈들과 굵고 가는 모래는 누가 시키지 않았는데도 자신들의 있을 자리를 참으로 묘하게 골라 거기 있었다. 이끼 하나 낄 시간도 주지 않고 맑은 물은 그렇게 몇 백 년을 흘러왔는가 보았다. 그리고 돌은 물이 있음으로써 가치 있는 것으로 재평가 받는 존재라는 것이 바로 여기서 증명되고 있었다. 평범하게 생긴 돌들도 물과 함께면 새삼스럽게 그 존재가 신비스러워지는 것이었다. 더불어 이름 모를 물고기들이, 어떤 건 제법 손바닥 길이를 넘어설 것 같은 크기로 먹음직(?)스럽게 유유히 바위들 사이를 헤엄쳐 다니고 있었다.

우리들은 완전히 넋을 잃었다. 여 선생들의 호들갑스러운 탄성이 전혀 어색하게 느껴지지 않는 정경이었다. 그렇게 한참 동안을 탄성 반, 입 벌림 반으로 보내며 우리들은 계곡의 입구에서 멍청하게 서 있었다. 계곡의 물소리와는 또 다른 굉음을 들으면서…….

"자, 또 올라갑시다. 감탄은 거기 가서 따따불로 해도 되니까……. 지금부터는 계곡 트레킹이 좋습니다. 다칠지도 모르니까 신발 신고 물 따라 올라갑시다."

이 선생이 앞장섰다. 첨벙거리면서, 서로에게 물도 끼얹으면서, 깊은 곳은 제법 허벅지까지 오는 물을 따라 그렇게 계곡을 10여 분 올랐을 때 아까부터의 굉음의 주인공이 거기 있었다. 그것은 바로 50여 척 높이의 꾸불거리며 떨어지는 폭포였다. 시꺼먼 바위들을 병풍처럼 둘러친 한가운데서 이무기는 그렇게 중력과 사투를 벌이고 있었다. 강렬한 승천의 욕망으로 그놈은 절벽 주위에 몇 그루의 소나무를 디딤돌처럼 배치해 놓고서 그것들을 사다리 삼아 하늘로 올라가 보려 했겠으나 아무리 용을 써도 그는 아이작 뉴턴을 극복할 수 없었던 것이다. 결국 이무기는 승천을 이루지 못하고 추락을 거듭하면서, 그러면서 안타까움과 회한의 비명을 끊임없이 온 골짜기가 떠나가도록 흘리고 있었다. 폭포 아래쪽은 떨어지는 이무기의 무게를 고스란히 온몸으로 버티는 바람에 시퍼렇게 멍들어 버린 물이 깊이를 알 수 없을 정도로 고여 있었다. 소의 넓이는 20평이 조금 더 될 것 같았다.

"이게 용추폭포야."

이 선생이 폭포 소리를 이기려고 큰 소리로 외쳤다.

"명주실꾸리 하나가 다 들어간대. 거짓말이겠지?"

거짓말이나마나 그 투명한 물빛으로도 바닥을 보이기를 거부한다면 깊은 건 사실이었다. 이 선생은 폭포를 등지고 마른 입술을 혀로 적시며 말을 계속했다.

"그런데 옛날에 저 밑 동네와 뚝 떨어진 산기슭에 홀아비하고 예쁜 딸이 살았대. 아비는 산적같이 우락부락하게 생겼는데 딸은 그렇게 예뻤대. 유전적으로 보면 아버지가 못생기면 딸이 예쁘고, 어머니가 못생기면 아들이 남자답게 생긴대. 미확인 학설이지만 그런 것 같기도 해. 이 아비가 욕심을 풀 길이 없었던지 자꾸만 딸에게 이상한 짓을 하려고 했대. 과년한 딸은 아비의 그런 행동이 미칠 듯이 싫었을 거 아냐? 어느 날 아비는 나무하러 가는 길에, 딸에게 산나물을 캐러 가자면서 동행을 요구했대. 아비의 속셈을 눈치

채고 있었지만 딸은 어쩔 수 없이 나물바구니를 들고 아비를 따라 나선 거야. 이 폭포 저 위쪽에서 나무를 하던 아비가 옆에서 나물을 캐던 딸에게 못된 짓을 하려고 덤벼들었을 때, 딸은 그 나물바구니를 덮어쓰고 저 위에서 뛰어내린 거야. 흰 옷 입은 처녀의 몸이 저 용추의 소용돌이치는 물속으로 빨려 들어갈 때, 그제서야 아비는 폭포 위 나무를 붙잡고 딸을 부르며 통곡을 했지만 딸의 흰 모습은 용추의 소용돌이를 따라 돌고 돌아서 마침내 보이지 않더라는 거지. 시체도 떠오르지 않았다는 거야. 집으로 돌아온 아비가 뒤늦게야 자책하며 한 달여를 보냈는데 어느 날 아침, 겨우 몸을 추스르고는 일을 하러 집을 나서던 아비가 개울가로 나왔을 때, 거기 한 달 전에 용추에 빠져 죽은 딸의 시신이 바위에 걸려 있었다는 거지. 딸을 장사지낸 아비는 그 후 자기 집 헛간에서 목을 매 숨졌다는 이야기가 이 용추폭포에 매달려 있어. 지금도 매년 한두 명씩은 여기서 희생당한대. 원혼이 끄는 모양이지? 저기 폭포 옆에 그릇 엎어 놓은 것 같은 돌 하나 있지? 저게 그 처녀의 나물바구니라는 거야. 그 처녀는 아직도 이 소에 살고 있어."

이야기를 끝내자마자 이 선생은 옆에서 입까지 반쯤 벌리고 넋을 놓은 채 듣고 있던 박 선생에게 갑자기 '왁' 하고 고함을 질렀으며, 박 선생은 엉겁결에 '꺅' 하는 비명과 함께 엉덩이를 뒤로 빼면서 자갈밭에 주저앉아 버렸다. 모두들 한바탕 웃었다.

"자, 터를 잡아야지. 감탄만 하고 있을 게 아니라……."

전공이 지구과학답게 편마암이니, 화강암이니, 규암이니, 또 한참을 떠들어대던 그가 폭포 아래 오른쪽에 있는, 높이가 약 5미터쯤 되는 바위를 가리켰다. 바위는 직육면체를 닮았는데 위가 평평해서 사람 10명쯤은 아주 편안히 쉴 수 있는 공간을 형성하고 있었다. 바위 뒤로는 또 다른 바위가 우뚝 솟아 병풍처럼 보였고 그 병풍바위에서 울창하게 가로로 비스듬히 뻗은 수십 그루의 소나무가 자연의 그늘막이 되고 있었다. 깎아지른 바위의 아래쪽에는 폭 5~6미터의 모래사장이 약 10미터 정도의 길이로 투명한 물과 맞닿아 있었다. 6월의 햇살이 물속을 훤히 비추어 물은 어른거리는 제 그림자와 함께 자신의 내장까지도 바위 위의 우리들에게 고스란히 다 드러내고 있었다. 송사리 외에는 이름을 알 수 없는 물고기들이, 계곡인데도 어떤 놈은 손바닥만 한 길이를 가지고 신나게 유영을 즐기고 있었다. 그렇다면 이 계곡의 물은 마를 날 없이 항상 이렇게 수량을 유지했는가 보았다, 저 물고기가 저렇게 클 만큼. 그 물밑 바위에 뭔가 새까만 것들이 다닥다닥 붙어 있었는데 그건 마치 바위의 주근깨 같았다. 여기를 봐도 저기를 봐도 온통 새까만 주근깨투성이였다. 실패한 맞선의 슬픈 기억이 떠오르게시리……

그런데 바위의 주근깨처럼 보였던 그것들이 바로 다슬기였던 것이다.

"최 선생, 저거 보여? 저게 고디야, 다슬기. 많지? 잡는 게 아니라 손으로 쓸면 돼, 이렇게."

하면서 이 선생은 손바닥으로 바위를 슥 쓸어 올리는 동작을 취했다.

"어이, 박 선생, 정 선생. 이리 올라와 봐. 자연이 만들어 준 침대야."

아까부터 경치에 취하여 넋을 놓고 경치만 바라보다가 이제는 모래사장에 퍼질러 앉아 저희들끼리 뭔가 재잘거리면서, 까르륵거리면서 손을 맞잡고 있던 여 선생 둘이서 이쪽 바위를 올려다보았다. 그리고

"우리 먼저 다슬기 잡으러 들어갈게요."

하면서 그녀들은 그 맑은 물속으로 살짝살짝 걸음을 옮기기 시작했다. 둘 다 청반바지에 하얀 블라우스를 걸쳤는데 물 가운데로 걸어 들어가는 걸 보니까 허리까지 잠기고 있었다. 맑은 물속의 두 처녀들. 얼굴은 그만두자. 유난히 짧아 보이는 두 다리도 물속이니까 그러려니 하고 용서하기로 하자. 이로써 족하지 않은가? 여 선생들은 두 손으로 상대방에게 물 공격을 퍼붓기도 하고 첨벙거리며 도망도 다니면서 잘도 놀고 있었다.

"박 선생, 장난 그만 쳐. 고디 다 숨어 버리겠네."

이 선생이 소리쳤다.

"네, 알았어요. 이제 잡아 볼게요."

그러면서 박 선생은 자신의 허리까지 오는 물속에서 허리를 굽혀 다슬기를 쓸기 시작했다.

"어머, 정 선생. 이거 좀 봐."

박 선생은 자기 손 안에 들어온 몇 마리의 다슬기가 마냥 신기한 듯 정 선생에게 자신의 손바닥을 펴 보였다. 그 다슬기들보다 나는 박 선생의, 물에 젖어 몸에 착 달라붙은 블라우스가 더 신기했는데 내 평생 그런 장면은 처음 보는 것이기 때문이었다. 블라우스 안의 속옷은 왜 또 고혹적인 노랑이었을까. 그러나 박 선생은 전혀 그런 걸 개의치 않는 듯한 몸짓이었다. 아니면 인식하지 못했거나……

"와, 정말 알도 굵네. 시장에서 파는 것보다 훨씬 큰데."

하면서 정 선생은 자기도 허리를 굽히면서 물속의 다슬기를 쓸기 시작했다. 순간 나는 침을 꿀꺽 삼켰다. 이번에는 정 선생 차례로구나. 그때 옆에서 잠자코 그 광경을 내려다보고 있던 이 선생이 신음처럼

"잠깐."

이라고 혼잣말로 내뱉으면서 쏜살같이 바위 아래로 내려가서는 물속으로 첨벙첨벙 뛰어드는 것이었다. 그리고는 허리를 굽혀 다슬기를 쓸기 시작했는데 이상하게도 그의 시선은 물속이 아니라 줄곧 찰랑거리는 수면 쪽에 고정되어 있었다. 잠시 후 그가 허리를 펴고 일어서더니 나를 향하여

"어이, 최 선생. 빨리 내려와서 고디 잡아. 한 마리라도 더 건져가게."

하고 손나팔을 만들어 외치면서 한쪽 눈을 찡긋거렸다. 무슨 꿍꿍이가 있는 것인가. 나도 재빨리 내려가서는 그들과 함께 다슬기를 줍기 시작했다. 몸을 굽히니까 찰랑거리는 수면이 바로 눈앞에서 반짝이고 있었다. 그 황홀한 눈부심을 나는 기억한다. 빛으로 이루어진 수많은 열 십(十)자들이 뭉쳐서 또는 저 혼자 그렇게 반짝이면서 눈을 못 뜰 정도의 현란함을 나에게 선사하고 있었다. 그 보석들의 모태 속으로 허리를 굽혀 다슬기 몇 마리를 건져 올렸는데, 고개를 드는 순간, 아……, 아……, 아, 그때 나는 보았다. 바로 1~2미터 앞에, 손을 뻗으면 닿고도 남을 바로 그곳에, 정 선생의 그 하얗고 오동통한 거기가 맑고 깨끗한 물에 반쯤 잠긴 채 물살에 흔들리

고 있는 것을……. 물은 갓 쪄내어 동그랗게 잘 부풀어 오른 두 개의 찐빵이 형성하고 있는 골 사이로 스며들면서 가볍게 출렁이고 있었다. 부드러운 물살은 정 선생의 그 아름다운 부분을 감상하듯 어루만지고 있었다. 물조차도 흘러가야만 하는 자신의 본분을 망각하고 다만 거기서 맴돌고 있을 뿐이었다. 받쳐 주는 속옷으로 인하여 두 개의 찐빵은, 더욱 고혹적이게도 그 꼭지 부분을 살짝 감추고 있었다. 달라붙은 듯 처진 듯 정 선생의 젖가슴은 그렇게 내 눈을 부시게 하고 있었다. 나는 물이 되고 싶었다. 저기서 흐름을 거부한 채 그 골짜기로 오르내리기만 하는 물이……. 시선을 돌리려 했지만 그 장면이 무슨 자석이나 되는 듯 내 눈은 자꾸만 거기로 끌려가고 있는 것이었다.

"어때? 많지? 벌써 한 주먹이나 잡았어."

가까이 다가온 이 선생이 두 손바닥을 펴 보이며 자기의 전과를 자랑할 때에서야 나는 그 터질 듯한 유혹으로부터 시선을 거둘 수가 있었다. (그렇다고 해서 지성인씩이나 되는 내가 넋이 빠지게 홀려서 다른 낌새들은 무시한 채 정 선생의 거기에만 시선을 고정시켜 놓고 있었다는 생각은 하지 말아 주셨으면 좋겠다. 내가 묘사를 좀 길게 하기는 했지만 나도 있는 눈치 없는 눈치 살펴 가면서 흘깃거린 것일 뿐이다. 정 선생은? 물론 아무 눈치도 채지 못했을 것이라고 단언할 수 있다. 그 후의 정 선생의 행동을 보면 짐작할 수 있는 것이니까…….)

나를 내려오라고 부른 장본인인 이 선생이 공범자로서의 야릇한 눈길을 나에게 보내면서

"최 선생, 담을 그릇 좀 가져와."

하고는 또 엎드릴 때에서야 나는 그 달콤 섭섭한 감정을 애써 숨기면서 냄비를 가지러 물 밖으로 나갔다.

아, 황홀하여라!

이 세상의 모든 여자들은 아름답다. 얼굴의 생김새는 제각각일 수 있겠지만 여자들은 그녀들이 소유하고 있는 젖가슴 그것 하나만으로도 충분히 아름다우며, 남자들로부터 사랑받을 수 있는 필요 충분 조건을 다 갖추고 있는 것이라고 나는 단정 지어 말할 수 있다. 더구나 그런 아름다움을 갖추고 있으면서도 내숭의 'ㄴ'도 무기 삼지 않은 우리 정 선생, 박 선생은 얼마나 더 아름다운 존재들인가! 나는 먼저 그녀들을 창조한 본질로서의 신(神)에게, 다음으로 실존하는 그녀들에게 무한히 감사드렸다. 그녀들은 또한 그런 아름다움을 갖추고 있으면서도 이 선생과 나를 마치 한 식구나 되는 듯이 스스럼없이 행동해 주었다.

'정 선생이 내 애인이었으면……'

하고 나는 생각했다.

'그림의 떡이잖아.'

라는 생각도 동시에 떠올랐다. 다음 순간 나는 그런 생각밖에 떠올리지 못하는 자신의 머리('대가리'라고 비하하고 싶다.)를 콕콕 쥐어박으며 자책했다. '그림의 떡'이라는 표현은 '떡'이라는 어감이 주는 천박하면서도 야릇한 느낌을 의도적으로 즐기려는 것처럼 보이는, 너무나 수준 미달인 몰상식한 것에 다름 아니었으므로. 조물주가 창조한 그런 위대한 예술 작품을 두고 단지 소유하고 싶다는 속물근성만을 속으로나마 품고 있었다는 점에 대하여 나는 돌아올 때까지 죄책감을 떨쳐버릴 수가 없었다.

우리는 거의 한 냄비만큼의 다슬기를 잡았다. 안 먹어도 배가 부른 느낌으로 다가오는 이 넉넉함은 단순히 다슬기를 많이 건졌다는 성취감 때문만은 아니었으리라. 무한한 이 맑은 물과 그 물을 보석으로 재창조하는 빛나는 햇살과 안정된 바위들과 푸른 나무 그늘, 더구나 착하디 착한 두 여 선생들과 그녀들의 찐빵 같은 젖가슴과 선배 이 선생이라는 조합을 가진 나는 그날, 끝 모를 행복감에 라면이 불어터지는 것도 알지 못했다.

나중에, 수봉 골짜기를 떠난 지 20여 년이 지나, 나는 그때의 감정을 지워 버리기가 아까웠으므로 이렇게 졸작의 글이라도 남겨놓을 수밖에 없었다.

계곡(溪谷)에서

산의 허리에서부터 계곡은 시작된다.

신라 적 절을 하나 지나고
문둥이 할머니의 움막을 몰래 돌아
몸을 감싸는 소나무 참나무 떡갈나무들을 가까스로 달래고 나면
어느 새 껍질을 벗어버리는 나의 시야
계곡은 거기 숨어 있었다.

물살에 발목 잡힌 채 암반을 걸으면
잠시도 머무르지 않는 물그림자에 하늘이 돌고
엎드려 젖가슴 간지럽힐 깊이에서
진화 느린 다슬기들의 물빛 사랑을 손에 담는다.

송사리 떼의 유영에 잠시 막혀 버리는
나의 언어……
그들의 몸짓에는
그들 몰래 이어져 들어간 할아비 적 자유가
은빛의 파닥이는 시가 되어 살고 있다.
무한의 안타까움을 입질하는 송사리 떼의 달관이
부럽다.

물이 허리를 감는 소에 이르자
하늘을 향하는 몇 마리 이무기들의 울부짖음
중력과의 처절한 사투에 지쳐 추락하는
아픈 전설 몇 자락

시공(時空)은 바위 위에 자신의 이름을 새기며 돌아나가고
세월에 떠밀리면서도
더러는 새로운 만남으로 머무른 돌들이
고향처럼 묵직해지는 계곡의 오후

산그늘은 점점 꼭대기를 향하고
나는 초승달 달빛을 마시며
그렇게 그렇게 작은 돌이 되고 싶었다.

일상의 저쪽쯤에서 계곡은 시작된다.

6. 방학

    나에게 방학은 고통이었다. 직장으로서의 학교 생활에서 처음으로 맞이하는 여름 방학 – 초임이었던 Y고등학교에서는 여름 방학이 시작되자마자 빡빡 기러 군대 갔으니까 – 이었으나 갈 데가 없었던 것이다. 갈 데가 없다는 것이 고통씩이나 준다는 것을 과장된 표현이라고 한다면 나는 그 견해에 찬성하지 않는다. 누구는 이렇게 말할 것이다. 하숙집에 남아서 밥 먹고 자고 하숙비 내면 아줌마도 좋아할 것 아니냐고. 물론 그렇다. 아줌마가 손해 보는 건 아니니까. 그렇지만 말이다. 방학인데도 하숙집에 남아 있으면 우선 아줌마가 이상하게 생각할 것 아닌가? 아줌마 생각에

    '왜 갈 집이 없을까? 근본 없이 떠돌아다니는 사람이 어쩌다가 선생이 되어가지고는 젠체하며 선생입네 으스대는 것 아닌가? 그러면 별 볼 일 없는 사람일세. 내가 좀 함부로 대해도 뭐 별 일 없겠네, 갈 데가 없는 사람이니까. 내가 함부로 대해도 최 선생 편을 들어

줄 사람은 아무도 없어 보이니까 이런 기회에 우리 시어머니나 남편한테 받아 온 내 스트레스나 좀 풀어 보자.'

이러면서 그때부터 나를 얕보기 시작하면 어쩔 것인가?

"최 성생, 설거지 쫌 해여. 나 점빵 갔다 올께여."

또는

"최 성생, 강새이 새끼한테 이거 쫌 갓다 조여."

이렇게 심부름을 빙자한 구박을 시도하기라도 하면 어쩔 것인가? 그러면 근본 터전이 없는 내가 뭐 반발이라도 할 수 있을 것인가.

또 한편으로는 혼자 남아 있는 내 신세를 생각해 보라. 다른 선생님들 모두 다 따스한, 따스한? 여름이니까 서늘한, 자기 가정으로들 돌아갔으므로 같이 시간 보낼 사람 하나 없는데 혼자서 뭘 어쩌란 말인가? 교재 연구? 방학 때, 그것도 푹푹 찌는 여름 방학 때 시골 하숙집 방구석 한쪽에 처박혀 열심히 교재 연구를 하라고? 그런 주문은 나보고 판·검사가 왜 안 되었느냐고 반문하는 것만큼이나 어리석은 것이다. 그렇지 않은가? 방학 때 교재 연구를 할 정도의 노력과 정성으로 법 공부에 매달렸다면 진작에 사법고시 톱 끊었겠다. 음, 그러면……. 일직이나 숙직을 도맡아 해 보라고? 그러면 해 달라고 임무를 맡기는 선생님들이 겉으로는

"최 선생, 미안하고 고마워요. 덕분에 잘 쉬겠네."

하겠지만 속으로는

'저 선생 저거 고아 아냐? 아니면 태생적으로 고독을 즐기는 사람인가? 아, 일직, 숙직비 챙기려고 그러는구나. 그 알량한 돈 몇 푼 때문에 가족들과 의를 끊는구나, 끊어.'

이럴 것 아닌가? 그야말로 가족들과 의(誼)까지 끊어 버리는 비정한 수전노가 되어 버리는 것이다. 따라서 이런저런 눈치 보면서 혼자 남아 있다는 건, 그건 바로 고통이라는 것이다.

이제 남아 있는 하숙생이라고는 순경 아저씨 두 사람과 나뿐이었다.

"방학이어서 선생님들은 좋겠네요."

미국 영화배우 그레고리 펙의 턱만 닮은 김 순경이 저녁을 먹으면서 말을 걸어왔다.

"예, 좀 쉴 수 있죠."

속마음과 다르게 내가 대답했다.

"그래도 월급은 나오죠?"

평소에 별 말이 없으면서 자신이 순경이라는 직업을 가지고 있음을 한시라도 잊어서는 안 된다는 듯이 언제나 약간 삐딱한 시선으로 상대방의 혐의점을 찾아내려 한다는 느낌을 주는 성 순경이 물었다. 그는 알고 있었을 것이다, 방학이어도 교사들에게 월급이 나온다는 사실을. 그러면서도 구태여 물어서 확인하려는 것은 그 사실이 자신이 생각하기에 약간은 부당하다는 것을 은연 중 나에게 경고해 주려는 의도라고 나는 생각했다.

"예, 나오고 말고요."

이렇게 다짐하듯이 약간은 높은 언성을 택하여 내가 대답한 것은 '당신의 질문 의도를 간파하고 있으니까 그런 유치한 발상은 이제 그만하라.'

는 느낌을 그에게 심어 주려는 것이었다.

말이 나온 김에 하는 말이지만 방학은, 교사들에게 있어서 방학은 휴가와 같은 노는 개념이 아니다. 일반 사람들 중에는, 더구나 교사를 아들, 딸로 두고 있는 사람들조차도 더러는

　'선생하면 가르치기는 쬐끔 가르쳐 놓고 놀기는 배가 터지게 놀고⋯⋯. 참, 나 원, 월급 거저먹네, 거저먹어. 하는 일이 뭐 있다고 매달 17일은 물론이고 방학 때조차 나보다 더 받아먹어?'

　이렇게 속으로 투덜대면서 그 질시의 눈초리를 구태여 거두려 하지 않는 분들이 있다는 것이다. 그래서 방학 기간에는 월급을 주지 말아야 한다는 망발을 서슴지 않고 내뱉는 목소리도 있다. 그것도 스승님들의 가르침 덕분에 높은 자리나, 글줄로 먹고 사는 자리에 올라서는 말발 좀 먹혀 들어간다고 함부로 떠들어대는 사람들이 있다는 말이다. 핀트가 약간 어긋나는지는 몰라도 모(某) 전(前) 국회의원은 학교 다닐 때 선생한테서 배운 게 하나도 없고 저 혼자 공부해서 모 대학에 들어갔다는 말을 싸가지도 없이 거침없이 내뱉기도 했었다. 욕이 입 밖으로 곧 나오려고 하지만 욕을 시작했다가는 이 이야기가 욕으로 끝나 버릴 것 같아서 이쯤에서 참고 말겠다.

　그러한 생각을 가진 일부 사람들이여! 오해 마시라. 교사들에게 있어서의 방학은 언제나 매일 매일이 비상 대기 근무인 것이다. 방학이라는 커리큘럼은 몇 달 간의 학업에 진이 빠져 버린 ─ 우리나라의 앞날을 이끌고 갈 학생들이 어릴 때부터 진이 빠져 흐물흐물한 체력을 가지게 되면 미래의 우리나라가 유지되지 않을지도 모르니까 ─ 학생들의 체력을 회복시키려고 짜 놓은 것이지 교사를 위한 복지 차원의 프로그램이 아니다.

교사들은 그 매일 매일이

'혹시 준달이가 등산 갔다가 독사한테 물리지나 않았는지, 혹시 희숙이가 빨래를 하다가 손목을 삐지나 않았는지, 혹시 할머니가 편찮으시다던 종문이가 상(喪)을 당하지나 않았는지……'

등등의 '혹시'가 계속 이어지면서 아이들 걱정으로 오매불망하며 전전긍긍하는 기간인 것이다, 방학이란……. 거기다가 방학 기간 중에도 일직에, 숙직에, 공문 처리에, 비상 소집에……. 이렇게 몇 번씩이나 학교에 들락날락하다 보면 어느새 방학은 끝나 버리고 개학날이 되면 스승이나 제자나 서먹서먹한 감정으로 다시 만나 면학을 위한 분위기를 추슬러야 하는 것이다.

"댁에 가셔야겠네."

성 순경의 말에 암묵적 동조를 했을지도 모를 김 순경이 다시 물어 왔을 때 순간적으로 대답할 적절한 내용이 떠오르지 않아 좀 당황했지만 나는

"예, 아버지하고 좀 보내야지요."

하고 얼버무렸다. 그래서 나도 D시에 있을 곳이 있는 척하고 M면을 떠날 수밖에 없었던 것이다. 왜 D시에 있을 곳이 없었냐고? 순자와의 만남이 있었던 그 전셋집은 내가 군대에 가 버렸고, 순애 누나가 강원도의 탄광촌으로 시집을 가 버렸고, 옥자 누나가 바닷가 P시로 시집을 가 버림으로써 유지할 필요가 없어졌으므로. 아버지? 아버지는 그 당시 지인(知人)의 농장에 얹혀 계셨다. 옥자 누나는 내가 군대에서 고참 생활을 누리고 있을 때 시집을 가 버렸다.

나에게는 알리지도 않은 채. 알렸으면 특별 휴가라도 나갔을 텐데 우리 아버지가 워낙 준법 정신(?)이 강하셨고 또 남에게 신세지기를 무지무지하게 싫어하는 분이었으므로 — 나라[國家]에조차 신세지기를 싫어하신 것 같다. 일상생활 하는 것 자체가 나라에 신세지는 것으로 생각하는 나는 그런 아버지의 핏줄이 확실하다 — 군대 생활하는 애를 누나가 시집가는 것 등과 같은 보잘것없는 일로 부른다는 것은 국가에 대하여 누를 끼치는 행위 정도로 인식하신 것 같았다.

아버지 자신이 6·25의 와중(그때 아버지는 30대 초반이셨다.)에서 마루 밑에도 숨고 이불 사이에도 숨음으로써, 또는 겁도 없이 일거리나 양식을 구하러 큰길로 나섰다가, 모자라는 병력 보충에 혈안이 되어 흰자위를 희번덕거리면서 눈알을 굴려대던 헌병들의 불심 검문에 걸려 꼼짝 없이 전장(戰場)으로 끌려갈 판이 되었을 때에, 갑자기 눈앞에 일본말밖에 할 줄 모르는 아내와 어린 세 딸들의 얼굴이 어른거려, 이렇게 잡혀 가서는 안 되겠다 싶었던 나머지 저도 모르게 임기응변으로

"와따시와 닙뽄진(日本人)데스(나는 일본 사람입니다). 와따시와 도로보자 나이 데스(나는 도둑이 아닙니다). 콘나 고또와 고꾸사이호우(國際法)니 한시마스(이런 행위는 국제법에 어긋납니다)."

라고 일본 사람 흉내를 내며 양쪽 어깨를 들썩거리면서 두 팔까지 벌려 떨어대었던 결과, 그 멍청한 헌병이

"일마 이거 머라꼬 씨부리노. 생긴 거는 로스께 잡종겉이 생긴 놈이 말은 쪽바리 말을 씨부리 쌓네. 우리 한국 놈 아인 기 학실하

네."

라고 중얼거리면서

　"알았다, 일마야. 저리 꺼져뿌라. 이래 댕기지 말고 집 구석에 콕 처백히 있으란 말이다."

하면서 속아 넘어가자 뒤도 돌아보지 않고 그 위기 상황을 벗어나려고 했을 때, 그 순간에도, 그래도 나를 낳을 머리는 있으셨던지

　'이크, 잘도 속였네. 그렇다고 여기서 바로 돌아서면 집에 가라는 소리는 알아들은 것이 되니까 내가 거짓말했다는 것이 들통 날지도 모르므로 이 말도 못 알아들은 것으로 연기해야겠다.'

라는 생각을 굴리며 그 의심 가득한 눈초리로 째려보는 헌병 앞에서 조마조마한 심정을 숨기면서 고개도 갸웃거려 보고 엉뚱한 곳을 손가락으로 가리키기도 하는 등의 쓸데없는 행동으로 얼마간 궁싯거리는 척을 한 결과, 그 헌병이 다시

　"일마가 집에 가라 카는데도 와 이래 귀찮키 구노."

하면서 죄 없는 아버지 귀싸대기를 한 대 철썩 올려붙인 후에

　"맞네, 맞아. 일마 이거 집에 가라는 말도 못 알아듣는 거 보이끼 내 혼또니 쪽바리네."

라는 말과 함께 M1 소총 개머리판으로 아버지의 어깻죽지를 두어 번 쿡쿡 쳐 주어 도망가도 잡으러 안 가겠다는 자신의 의지를 내보이고 나서야 드디어 작전이 완벽하게 먹혀들었음을 인지한 당신께서 골목 입구까지는 게걸음으로 비실거리며 걷다가 골목 안에 들어서자마자 걸음아 나 살려라 하고 등짝에 불붙은 듯이 달아남으로써, 또는 길거리에서 막무가내이면서도 똑똑한 헌병에게 결국에

는 정말로 붙잡혀 다른 징집 대상자들과 대열을 이루고 앉아 수송 차량이 오기를 하릴없이 기다리고 있다가 무개 트럭에 오르기 직전, 말 그대로 그야말로 꽁지 빠지게 달아남으로써 가까스로 군대에 끌려가지 않았다는 사실을, 군대 갔다 온 사람이 훈장 탄 걸 자랑하듯이, 아버지는 손짓, 발짓과 더불어 무슨 무용담처럼 말씀하시곤 했었다. 따라서 군대의 '군'자도 체험하지 않으신 당신으로부터 나라를 대상으로 시집살이하는, 의무적으로 군대 생활을 해야만 하는 쫄병들의 심정에 대한 이해를 기대하기는 어려웠을 것이었다. 배고픈 시절의 군대 쫄병들에게조차도 면회 한 번이 콩알만한 별사탕 몇 개 들어 있는 건빵 열 봉지보다 더 사기를 진작시킬 수 있다는 사실을, 즉 면회의 가치를 아버지는 인식하지 못하셨던 것 같았다.

따라서 군대 생활 30개월 동안 아버지를 포함하여 우리 집 식구는 단 한 번도 면회를 오지 않았다. 그걸 나는 이렇게 해석한다. 우선 면회를 오게 되면 국방의 임무를 수행하고 있는 아들의 시간을 빼앗는 것이 되고 그런 행위는, 특히 호시탐탐 재남침의 기회만을 노리고 있는 북한 괴뢰군과 코 앞의 거리 정도에서 대치하고 있는 현 상황에서의 막중한 국방 행위를 허술히 수행하게 되는 결과를 유발함으로써 적에게 빈틈을 보이게 되는 일종의 이적 행위가 된다는 것이었다. 다음으로, 집에서보다 더 잘 먹고 더 편히 잘 자는 애에게 괜히 찾아갔다가는 그야말로 쓸데없는 향수만 잔뜩 집어넣고 오는 꼴이 되어 근무에 소홀하게 만들 수 있다는 대단하고도 깊은 사려의 반영이라는 것이었다. 그게 아니라면 그렇게 기나긴 30

여 개월 동안 나를 위하여 코빼기 한 번 비치지 않은 그 불가사의를 나는 해독할 수가 없는 것이다. 그렇다고 해서 내가 버린 자식이었느냐 하면 그건 또 아니었던 게, 장남인 아버지는 딸 셋을 내리 가지신 후에 당신의 장남인 나를 탄생시킴으로써 꼬추의 위대함(?)을 뼈저리게 체험하신 분이었던 것이다. 따라서 내가 우리 집안에서 있으나 마나 한 존재가 아니라는 확신 – 중·고등학교에서는 있으나 마나 한 존재였다 – 이 나에게는 있었다. 초등학교 1학년 말에 학력우수상을 받아, 1년 동안 학교에 코빼기의 'ㅋ'도 들이밀지 않은 우리 엄마에게, – 코빼기 안 비치는 게 우리 집안의 전통인 듯도 하다 – 치맛바람 꽤나 몰고 다녔던 다른 멋쟁이 엄마들과 함께 단체 사진 찍힐 기회를 준 게 누군데? 최근 몇 십 년 동안 우리 집안에서 그런 공식적인 상 받아 본 적 있는 사람 있으면 나와 보라고 그래, 진짜.

코빼기 얘기가 나왔으니 말인데 아무래도 아버지는 코빼기와는 좋은 인연이 아니었던 것 같았다. 거의 안 내밀었을 뿐만 아니라 어쩌다 마음먹고 내민다는 게 안 내미는 게 훨씬 좋았을 경우에만 내밂으로써 욕을 먹곤 했으니까.

내가 초등학교 6학년 때, 중학교 입학시험의 결과가 난 직후였으니까 학년말쯤이었을 것이다. 당신의 장남이 그 좋다는 K중학에 입학이 확정된 후 아버지는 그야말로 붕~ 뜬 기쁨을 견디지 못하고 내가 다니던 S초등에 그 귀하신 코빼기를 내미신 것이었다. 얼마나 좋으셨으면 식구들 입에 넣을 쌀 걱정 뒤로 물리시고 학교를 찾으셨을까. 당신의 노력이 최상의 결과를 내었다는 뿌듯함도 함께 작용했을 것이었다. 여기서 노력이란 낱말을, 나를 생산하기 위한 활동이었을 것이라고 입 꼬리 슬쩍 올리며 눈치 빠른 척하시는 오버는 물론 하지 않으셨으면 좋겠다.

그때에는 중학교 입학시험 과목이 음악, 미술, 체육을 포함한 전 과목이었다. 그 당시 나에게 가장 취약했던 것은 체육, 그중에서도 던지기였다. 달리기, 던지기, 철봉, 넓이뛰기(제자리 멀리 뛰기) 등이 체력 시험의 주종목들이었는데 각 종목에 기준점을 설정해 놓고 그것을 넘지 못할 경우 심각한 감점을 받음으로써 다른 과목들 점수가 좋더라도 체육 실기 때문에 낙방하는 경우가 종종 발생되는 상황이었다. 입학시험일 바로 전날, 저녁에서 밤까지 아버지는 집 옆의 묵은 밭 공터에서 나에게 야구공 던지기 훈련을 시키셨다.

"뽈(ball)을 공중으로 던지는 각도를 잘 조절하란 말이야, 요렇게."

그러면서 아버지는 던지기 시범을 직접 보이셨는데 40대 후반의 장정이 중학교 입학시험 던지기의 기준을 넘는 건 파리채에 파리 잡히듯 안 봐도 뻔한 결과 아니었겠는가. 그런데도 당신은 자신이 확보한 거리에 나 보란 듯 만족하시는 표정으로, 수십 번의 시도 중 겨우 한두 번 운 좋게 그 기준 거리를 통과하는 나에 대한 연민의 시선을 숨기지 않으셨다.

'야 – 가 저거 엄마 닮았나?'
하는 의미의 고개 갸웃거림과 함께.

달밤에 체조라는 말이 있지만 그렇게 달밤에 야구공 던지기 연습을 한 결과인지는 몰라도 하여튼 합격이라는 좋은 결실을 맺게 되자 아버지는 당신의 훈련 방식에 대한 만족감과 아울러 주체할 수 없는 기쁨으로 들뜨셨을 것이었다.

복도 쪽 유리 창문에 웬 낯선 얼굴이 쓱 모습을 드러내자 할 일 없이 잡담이나 나누고 있던 학년말 6학년 학급 60여 명의 시선이 확 그쪽으로 몰렸다. 동시에 그 시선들이 내 쪽으로 일시에 U턴을 했다.

"와, 진짜 닮았네. 봉우야, 너거 아부지 맞제?"

내 짝 장석호가 아이들의 궁금증을 풀어 주겠다는 듯이 내 옆구리를 쿡쿡 찌르며 확신에 찬 질문을 던졌다. 책을 보고 있던 내가 창문 쪽으로 눈길을 돌렸을 때, 나를 발견하신 아버지의 웃음 가득한 얼굴이 클로즈 업 되면서 나의 시야에 가득히 들어왔다.

"붕어빵이다, 붕어빵!"

아이들이 저마다 외쳐댔다. 나는 좀 창피스러워서 시선을 읽고 있던 책으로 곧바로 돌려버렸다. 복도에서 한참을 서성거리던 아버지는 마침내 창문으로부터 멀어져 가셨다. 지금도 남아 있는 의문점 하나가 있다. 잘생긴 아버지와 못생긴 내가 어째서 아이들 눈에 붕어빵으로 보였는가 하는 점 말이다. 우리 반 애들이 부자(父子) 얼굴의 어디에서 공통점 내지는 닮은 점을 찾아내었는지를 나는 아직도 모르겠다는 얘기다.

그날 종례 시간이었다. 훤칠하고 잘 생긴 담임선생님께서 교탁에 왼쪽 팔꿈치를 대시고 짝다리 짚은 폼으로 말씀을 시작하셨다.

"평소에는 코빼기도 내비치지 않던 사람이 자기 애 K중학에 합격시키자마자 냉큼 나타나서는 말로만 고맙다느니, 감사하다느니 한바탕 떠들고 가네."

그러면서 시니컬한 표정으로 내 쪽을 흘깃거리셨다. 나는 그 냉소적인 눈길의 의미가 나를 향한 것일 줄은 꿈에도 생각할 수 없었다. 나와 담임선생님과는 6학년 1개년을 통틀어 돈과 관련된 몇 번의 대화밖에 이루어지지 않은 사이였기 때문이었다. 말이 대화지 그것은, 가령 시험지 값 ─ 당시에는 중학교 입시 준비로 거의 매일 모의시험을 치렀으므로 갱지 사용이 참 많았다. 그걸 핑계(?)로 선생님들은 공부 좀 하는 애들의 엄마들로부터 시험지 값이라는 명목을 붙여 기부금을 내게 하는 것이었다. 아마 빠듯한 학교 예산이 거기까지는 지원되지 않았을지도 모를 일이었다. 물론 선생님의 요구 이전에 알아서 자진 납부하려는, 즉 치맛바람 드날리면서 새 앙쥐 하수구 드나들듯 하루가 멀다 하고 학교에 왔다리갔다리하는 극성 엄마들이 차고 넘쳤지만, 나처럼 공부는 좀 하는데 학부모의 관심이나 지원이 전혀 없는 아이들에게는 선생님이 직접 따로 불러서 그 민망한 '시험지 값 좀 가져오라.'는 말씀을 하셔야 하는 것이었다. 나 한 몸 그걸 안 냄으로써 학급의 운영이나 담임선생님의 입시 실적이 지장을 받게 될 것이라는 심각한 표정과 함께 ─ 을 가져오라든가, 기성회비를 왜 아직 안 내었느냐 등의 일방적 질책뿐이었다. 만약에 내가 공부라도 못했다면 단언컨대 담임교사와 학생 간에 상담이라고 불릴 수 있는 단 한 번의 대화도 허용되지 않았을 것이었다. 담임선생님은 하늘이고 나는 땅이었다. 대화보다 더 자주 맞닥뜨린 것은 담임선생님의 몽둥이와 나의 엉덩이였다. 모의시험 한 문제 틀리면 엉덩이 한 대, 지각하면 엉덩이 다섯 대. 그러니까 내가 천재가 아닌 이상 늘상 100점은 불가능한 것이었고, 초등학교 6학년 초에 가정 형편상, 학교와 가까웠던, 내가 태어났던 D동을 멀리하고 버스 통학으로 등교해야 했던 B동으로 이사를 갔으므로 지각은 거의 매일, 따라서 나의 엉덩이는 매일 담임선생님의 몽둥이 세례 ─ 군말 같지만 나를 때릴 때 선생님의 팔뚝 힘줄이 더 굵어지시는 것 같았다 ─ 를 받아야만 하는 것이었다.

많이 섭섭하셨는지 선생님은 혼잣말인 양하면서도 우리에게 다 들릴 정도로 크게 말씀을 이어나가셨다. 여전히 내 쪽을 흘깃거리시면서,

"못 들어갈 애를 생고생 다해서 넣어 놨는데 말로 때우고 치우네. 그러려면 찾아오지를 말든가."

초등 6학년 3반의 눈치 빠른 애들 중에는 그 말씀이 나와 우리 아버지를 겨냥한 화살임을 단박에 알아차렸을 것 같기도 하지만 당시의 나는 그야말로 100% 순진한 애였기 때문에 ─ 좀 뭣한 얘기지만 MB도 고1 학년말 때에야, 그것도 옆 짝 최동훈이 비웃음과 함께 가르쳐 줘서 알았다. (우리 전직 대통령 MB를 고1 학년말부터 알고 지냈다는 얘기가 아니라 Tuberculosis를 TB로 줄이듯이 Masturbation을 MB로 줄인 것이다.) 알고 나서는 누구에게도 뒤지지 않을 만큼 열과 성을 다하여…… ─ 아무리 담임선생님의 멘트가 바로 나에게 꽂히는 돌직구라 했더라도 그 위대하시고 절대적이신 담임선생님께서, 좋건 싫건, 보잘것없는 나를 종례 시간의 주인공으로 언급한다는 자체가 상상 못 할 일이었던 것이다.

위의 언급은 중학교에 진학해서 세상 물정과 이성에 어느 정도 눈을 뜨게 된 후, – 떴다고 해 봤자 외눈박이 시야였겠지만 – 초등학교 4학년 때 내 짝꿍 계집애와의 추억을 되새겨 보다가 불현듯 떠오른 6학년 말의 사건에 대한 주체적 판단이지만, 하여튼 아버지의 미숙한 코빼기 내밀기는 생각해 볼 필요가 없음으로써 모르고 그냥 조용히 넘어갈 수도 있었을, 초등학교 6학년 3반 담임선생님의 섭섭한 속마음까지 내가 나중에라도 알아차리고 혼자 얼굴을 붉혀야 하는 부담을 나에게 안겨 주기도 한 것이었다.

7. 이별

　그런데 나에게도 딱 두 번 누군가가 면회를 온 적이 있었는데 그건 우리 식구가 아니라 두 번 다 바로 순자였다. 면회를 두 번이나 오다니? 내가 입대 전에 순자와의 사이에 무슨 특별한 러브 라인 (love line)이라도 구축해 놓은 것이나 아닌지 여러분들이 의심하는 눈초리를 보낼 법도 하지만 사실 군대 가기 전 순자와 나는 별로 특별한 관계가 아니었다. 입대 전에 모 대학 학장 딸과 선 본 사건만 봐도 그걸 알 수 있을 것이다. 처음 순자가 자기네 언니 잡으러 우리 집에 와서 나와 만난 이후, 그녀는 한 달에 한 번쯤 우리 집에 왔다. 물론 순애 누나 잡으러⋯⋯. 와서는 3대1이 된 상태에서 (물론 내가 1이다.) 고스톱도 치고, 또 옥자 누나가 노래를 좋아하고 잘 부르기 때문에 내가 기타를 잡고 그 당시에 유행하던 포크 송들을 같이 부르기도 하고 그래서 하여튼, 홍복(洪福)스럽게도, 세 미녀들과 화기애애하게 지낸 것은 맞는 얘기지만, 그런 가운데에서도 나는 하나의 철칙을 염두에 두어야 했었는데 그것은 바로 순자와는 개인적으로 사귀지 말라는 옥자 누나의 명령 때문이었다.

"봉우야."

"응?"

"너 순자 어떻게 생각해?"

어느 날, 순자가 와서 순애 누나를 잡아간 날 밤에 저쪽 방에서 옥자 누나가 넌지시 물어왔다.

"어떻게 생각하긴……. 별 생각 없어."

"순자가 예쁘긴 예쁘지? 키가 좀 작아서 그렇지만……."

"응, 예뻐."

"그런데 봉우야, 순자 걔 개인적으로 사귀지 마. 알았지?"

"왜?"

"순자는 내가 볼 때 여자가 너무 기가 센 것 같아. 너는 순해 빠진 애잖아. 만일에 둘이 사귀거나 결혼을 하게 되면 니가 걔한테 꼼짝 못할 거야. 니가 잡혀 살아야 될 거야."

"응? 그건 사람에 따라 다르지 않을까? 내가 지금 순자하고 사귀겠다는 게 아니라, 이를테면 그렇다는 거지. 즉 상대성이 있다는 얘기지. 내 말은 강한 남자 잡는 약한 여자도 있을 수 있고, 강한 여자 잡는 부드러운 남자도 있을 수 있다는 얘기지."

그렇게 길게 말할 필요도 없었는데 나도 모르게 장황한 설명을 붙이고 말았다.

"봉우야, 여자는 같은 여자를 보는 눈이 있어. 남자들은 우선 여자가 이쁜가 안 이쁜가부터 생각하면서 일단 이쁘기만 하면 성격

가리지 않고 덤벼들지만, 여자 눈에는 같은 여자니까 성격 같은 게 먼저 보인단다. 순자 걔는 성격이 좀 못됐어. 우리들하고 있을 때는 상냥하고 쾌활하지만 저희 동네에서는 인물 값하느라고 동네 머슴 애들한테 얼마나 쌀쌀맞게 구는지 몰라. 소문이 짜ー해."

"그 동네 애들이 귀찮게 구니까 그렇겠지, 뭐."

사귀려는 마음이 없었다고는 해도 나는 어디까지나 순자를 예쁘고 명랑한 처녀로 내 맘 속에 남겨 놓고 싶었다.

"한 번은 자기네 집 앞에서 말 걸려고 기다리는 머슴애한테 바가지로 물을 퍼부었다지 뭐니."

"진짜? 와 대단하네. 순자 걔 매력 있네."

그런 순자였다는데 나한테는 참 상냥하게 친절하게 잘 대해 주었다. 어떨 때는 순애 누나를 자기가 전날 잡아 갔는데도 헐레벌떡 뛰어와서는

"언니 안 왔어요?"

이러기도 하는 것이었다. 그런 날 옥자 누나라도 없으면 나는 큰 낭패를 만나는 것이었다. 아무도 없는데 말[馬]만 한 처녀 총각이, 해 저문 저녁 무렵, 한 방에 있다고 생각해 보라. 그럴 때면 나는 저쪽 방 한구석에서 움직이지를 못하고 땀이 흐르는 손바닥을 무릎에 닦아 가면서 계속 긴장하고 있어야 했다. 순자는 또 어땠겠는가? 그녀도 이미 와 버린 상태에서 바로 돌아가려니까 자신이 나를 이상하게 생각한다는 인상을 나에게 줄까 봐 그러지는 못하고 조금이라도 앉아 있어야 한다는 의무감에 누나 방에 쪼그리고 앉아 옥자 누나가 올 때까지 긴장 상태를 유지하고 있는 것처럼 보였다.

간혹 어쩌다가 둘만 한 방에 있을 때가 있었는데 그럴 때는 긴장이 극에 달하여 어떤 말이라도 하지 않고는 돌아 버릴 것 같은 상태가 되어 버리는 것이었다. 섣불리 자리를 피하는 등의 무모한 행동을 했다가는 상대방의 마음에 오해를 심어 줄지도 모르는 것이므로 그런 극한 상황 속에서도 꼼짝 없이 자리는 꿰고 있어야 했다.

"영화 좋아해요?"

내가 좀 떨면서 묻는다.

"좋아해요."

순자가 손바닥을 옷에 닦으면서 대답한다.

"배우는 누가 좋아요?"

말을 이어가기 위해 안간힘을 쓰면서 나는 억지로 질문거리를 찾는다.

"응, 알랑 드롱. '아듀 라미'에 나오는 알랑 드롱은 잘생겨서 좋고, 찰슨 브론슨은 멋있어서 좋아요."

이때는 자기의 오른손 집게손가락을 오른쪽 뺨에 대고 대답을 하는데 그 모습이 깨물어 주고 싶다. 그 모습이 너무 귀여워서 찰슨 브론슨이 아니라 찰스 브론슨이라고 정정해 줄 엄두조차 내지 못한다.

"아, 그래요? 나는 찰톤 헤스톤이 좋던데. 커크 더글러스도 좋고."

한참 동안 말이 없을 때는 그야말로 미칠 지경이 된다. 이럴 때는 순자가 가 버리면 좋겠으나 그래도 안 가는 게 낫다. 순자도 그런 생각인지 땀은 연신 닦으면서도 자리를 뜨려고 하지 않는다. 이런 상태로 그녀와 3년여를 보냈으니 나와 그녀가 특별한 사이가 아니었다는 나의 말에 별로 무리가 없을 것이다.

그런 그녀가 군대에 있는 나만을 위하여 면회를 온 것이었다. 그것도 크리스마스 이브에 말이다. 훈련소를 마치고 자대로 배치받은 지 한 두어 달쯤 흘렀을까? 아직 토요일 외출은 꿈도 꾸지 못할 새까만 쫄병 시절이었다. 그해 예수님이 태어나시기 전날은 토요일이었고, 태어나시려면 아직도 몇 시간이나 남았을 이른 저녁, 나는 그날 식기 당번이었다. 식기 당번이란 자신이 속한 내무반(요즘 군대 용어로는 '생활관'이라고 한단다. '내무반'이 일본산 용어이므로 바꿔 쓰기로 한 모양이다.)의 식기함 열쇠를 가지고 식당 앞에 가서 식사 시간에 맞추어 식기함을 열어 놓고 식사가 모두 끝나면 식기함을 닫는 당번이었는데, 저녁을 먼저 먹고 식사 시간이 끝날 때까지 식기함 옆에 서 있으면서 오는 고참들에게마다 '단결!'이라는 구호도 힘차게 경례를 해야 하며, 나중에 식기 개수를 확인하면서 몇몇 고참들이 귀찮아서 좀 덜 닦은 식기는 꺼내어 깨끗이 닦아 놓아야 하는 임무도 동시에 가지고 있는 직책(?)이었다. 그 내무반의 쫄병 서열에 속하는 서너 명이 돌아가면서 하는 당번이었다. 그날도 식사 시간이 끝나서 막 식기함을 잠그려고 하는데 바로 위 고참이 헐레벌떡 달려왔다. 나는 '단결!'하고 외치면서 경례를 했다. 그는 오른손 검지 하나만을 모자 창에 슬쩍 갖다 대는 둥 마는 둥, 경례 받는 행동으로만 봤을 때는 왕고참 뺨이라도 칠 수 있을 것같이 시건방지게 경례를 받더니만 재빨리 말을 꺼냈다.

"야, 최 이병. 누가 면회 왔대. 빨리 면회소에 가 봐, 열쇠 주고. 내가 잠그고 갈게."

"저한테 말입니까? 그래도 되겠습니까 말입니다."

"야, 나는 부대 있을 건데 면회 왔으면 니가 가야지. 임마, 축하한다."

축하한다는 말이 전혀 어색하지 않았다. 이때까지 한 번도 누군가가 면회를 온 적이 없었으며 고향도 여기 서울과는 몇 백 킬로미터 떨어진 D시에다가 내무반에서도 나 자신에 대한 얘기는 전혀 하지 않는 과묵한 쫄병으로, 입을 나불거릴 만한 군번도 아니었지만, 말하자면 신비주의(?)를 고수하는 그 당시의 나였으니까 고참들 눈에는 내가 천애의 고아로 여겨지기도 했을 것이고 따라서 그 귀한 면회는 당연히 축복받을 만한 사건이었을 것이다. 한 일병은 내 어깨를 툭툭 쳐 주었는데, 그는 그때 분명 발뒤꿈치를 들어 올려야 했을 것이다. 그때까지 나는 그렇게 작은 키 ─ 내무반 청소 문제로 그가 나를 때린 적이 있었는데 그때 그는 폴짝 뛰면서 자신의 오른손바닥으로 내 왼편 뺨을 가격했다 ─ 의 정상인을 본 적이 없었던 것이다. 그를 보고 있으면 우리나라의 모병, 아니 징병 제도의 공정성을 평가할 수밖에 없겠지만, 한편으로는 사지 멀쩡하고 나보다 더 건강한 내 친구들이 도시락 옆에 끼고 부대로 출·퇴근하는 방위로 빠지는 걸 볼 때, 'There is no rule but has some exceptions.' 라는 영어 격언을 우리나라 징병관들이 지나치게 좋아한다는 의구심 또한 버릴 수 없는 게 그 당시 징집 현실이었다(그때 방위로 빠진 애들은 우리 현역들이 뭐가 빠지게 뻥뻥이 치고 빡빡 길 동안 남는 시간을 활용, 대학

원 등록해서 공부 더 해 가지고 지금은 대부분 교수가 되어 있다).

의외의 상황을 접한 나는 부리나케 위병소 옆 면회소로 뛰어갔다. 부대 정면에서 봤을 때 위병소의 오른쪽에 퀀셋으로 면회소가 설치되어 있었다. 약 30평 정도 될까 말까 한 면회소에서는 초코파이, 빵, 우유 같은 것들을 팔고 있었다. 나는 면회소 문을 조금 열고 나를 찾아온 면회객이 누군지를 찾아보았다. 그 시각의 면회소는 파장 분위기여서 텅 비어 있었는데 그 중간쯤에 저쪽으로 얼굴을 돌린, 검고 두꺼운 외투로 온몸을 감싼 웬 여자의 뒷모습이 눈에 띄었다.

'저 여잔가?'

하면서도 나는 좀 의아했다. 그 당시에 나한테 면회를 올 여자는 없었기 때문이었다. 뒤태를 보면 옥자 누나는 아니었다. 긴장된 분위기를 마른 침으로 삼키며 그녀 앞으로 다가갔는데……, 그런데 이게 웬일인가. 그녀는 바로 송순자(宋順子)였던 것이다. 약간은 초췌한 얼굴에, 검고 두꺼운 외투가 그녀의 조금은 빵빵한 몸매를 더 빵빵하게 만들면서 그녀는 나를 보자 자리에서 발딱 일어섰다. 순간 나는 아무 말도 하지 않았다. 아니, 말이 나오지 않았다. 그저 '어-, 어-' 하면서 그녀를 멀뚱히 쳐다볼 뿐이었다. 곧 이어 나는 나의 차림새를 훑어보기 시작했다. 그것은 그녀의 놀란 듯한 시선이 내 몸을 위에서 아래로 훑어 내려오는 시간과 일치했는데, 그때는 내 몰골이 상대방에게 어떻게 보일까 하는 등의 사치스러운 생각을 미처 하지 못했던 순간이었다. 흙 묻은 작업화를 신고 내 다리 길이보다 훨씬 짧은 군복 하의에, 위에는 헐렁한 상의를 걸치고 어울리지 않는 이등병 계급장의 작업모를 머리에 얹은 내 모습은 내가 봐도 참 빈티 줄줄 흐르는 각설이였다. 실망스럽다는 표정을 애써 감추면서 그녀는 내 앞에 다소곳이 앉았다. 나는 할 말이 생각나지 않았다. 할 말보다는 내무반이 어떻게 돌아가고 있는가가 먼저 걱정거리로 다가왔다. 그때까지 단 한 번도 내무반 출입 시각을 어기지 않았고 또 어길 수도 없었던 서열 최하위의 쫄병으로서 청소는 누가 하고나 있는지, 고참들은 어떤 생각들을 하고 있는지, 이렇게 여자와 앉아 있는 걸로 또 집합 기합이나 없을는지 등등 수많은 생각들이 머리를 온통 뒤숭숭하게 만들었다. 순자와의 만남으로 인한 기쁨에 앞서 내무반의 상황이 먼저 떠오른다는 건, 한마디로 군기가 바짝 들어 있다는 증거였다.

"의외죠?"

순자가 첫 말을 띄웠다.

"예."

나는 얼굴도 못 들고 대답했다. 정말 의외였다. 무엇이, 어떤 감정이 그녀를 이 크리스마스 이브에, 그것도 불원천리 이곳까지 오게 만들었을까? 청춘 남녀가 예수님을 핑계 삼아 데이트하기에 가장 좋은 이 성탄 전야에 여기까지 온 걸 보면 그녀에게 애인이 없는 건 확실했다. 그렇다면 그녀는 나를 애인으로 생각하고 이렇게 찾아온 것일까? 순자와 나는 한참 동안을 아무런 말없이 마주 보고 앉아 있기만 했다. 짧은 겨울 해 때문인가, 퀀셋 천장에서 아래쪽으로 길게 드리워진 갓 쓴 백열등들이 하나 둘 불을 밝히기 시작했다. 왼쪽으로 비스듬히 기울어 있던, 면회소 둥근 벽시계의 바늘이 바야흐로 허리를 곧추세우고 있는 중이었다.

이윽고 순자가 천천히 입을 열었다. 그것도 단도직입적이었다. 그녀도 지금 자신의 행동이, 관심이 사랑으로 이어지는 과정에서 거치고 고민하고 갈등하고 해야 할 순간순간들을 바로 몇 단계 뛰어넘어 버린 것임을 스스로 시인하고 있는 것 같았다.

"봉우 씨가 여름에 군대 간다고 했을 때, 저는 생각해 봤어요. 봉우 씨는 나에게 뭘까? 언니 친구의 동생? 단순한 말 상대? 그런데 옥자 언니 방에서 둘이만 있었을 때의 그 감정은 무엇이었을까? 그때는 너무너무 어색해했죠, 우리 둘이?"

"예."

"어색함은 서로에게 관심이 지나치다는 표시가 아닐까 하고 생각해 봤죠. 봉우 씨가 8월에 입대한 후, 직장에 나가서도 좀 멍청해질 때가 많았어요. 봉우 씨는 나를 어떤 존재로 생각하고 있었을까? 나에게 관심이 있긴 했던 걸까? 갑자기 허전해지는 걸 견디기 어려웠어요. 봉우 씨가 대학생이었을 때에는, 졸업하고 Y고등학교에서 근무하고 있었을 때에는 느끼지 못했던 허전함을 입대한 후에 왜 그렇게 심하게 느끼게 되었는지 몰라요. 그때는 보고 싶으면 갈 수 있다는 여유가 있었기 때문이었을까요? 한 번도 가진 않았지만요."

결단코 말하건대 그때까지 순자와 나는 마음 놓고 뽀뽀 한 번을 나눈 적이 없었다. 대학 2학년 때 처음 만나 꼬박 3년 동안을 우리는 주로 집에서 누나들과 함께 있었으며, 집 밖에서 만난 것은 손가락으로 꼽을 정도였다. 그것도 내가 갑자기 돈(예를 들자면 갑작스럽게 잡힌 미팅에 드는 경비나, 같은 과 동진이하고 몇 시간이고 헤매다가 배가 고파 도저히 움직일 힘이 남아 있지 않을 때 허기를 이겨내기 위한 짜장면 값이나 등등)이 필요하게 되어 그걸 빌리러 은행으로 직접 찾아간 경우 두세 번을 제외하면, 한두 번 커피 마시고 한두 번 저녁 같이 먹은 것 외에는 따로 만날 일이 없었던 것이다, 자그마치 3년 동안……

안 보면 보고 싶기야 했다. 순애 누나가 우리 집에 와 있으면

'언젠가 순자가 오겠지.'

하는 기대감이 언제나 나를 들떠 있게 만들기야 했다. 그 예쁘고 통통한 얼굴이 아른거릴 때도 있기야 했다. 어떨 때는 그 톡톡 튀는 목소리가 들리는 것 같아서 캠퍼스 한쪽 구석 플라타너스 가로수 늘어선 '연인의 길'에서 뒤를 돌아다보기도 했다. 그것이 사랑의 초기 감정이었을까?

아, 생각났다. 대학교 4학년 마지막 사범대 페스티벌에 순자를 파트너로 데려간 적이 있었다. 학생회관 강당에서 열렸던 그 페스티벌! 나는 가난한 사범대 졸업반 학생이었으며 순자는 4년차 은행원이었다. 장기 자랑 때 나는 박상규의 히트곡이었던 '조약돌'이라는 노래를 불러서 테니스채를 상으로 받았으며 그때 순자를 무대 위에 세워 놓고는

"두 사람이 어떤 관곕니까?"

라고 사회 보는 우리 과 상호한테 그렇게 질문하라고 미리 짜 놓은 걸 잘 물어 준 사회자 상호에게

"애인입니다."

라고 대답했으며(그때 순자는 손가락으로 내 옆구리를 폭 찔렀다),

"그러면 봉우 씨가 애인 분을 한 번 포옹해 줘야 이 테니스 라켓을 상으로 드리겠습니다. 여러분! 두 사람이 용기를 낼 수 있도록 박수 부탁 드립니다."

라는 사회자의 멘트에 이어 시끌벅적한 환호와 박수 속에서 중인 환시리(衆人環視裏)에 멋쩍은 듯이 포옹을 한 번 한 적이 있었다. 그때 내 품 안에서 살짝 떨고 있었던 순자의 어깨를 나는 이제 기억해 낼 수 있었다. 그것이 사랑이었을까? 그날 밤 K대학교에서 얼마 멀지 않은 순자네 집까지 순자를 배웅해 주느라고 걸어가면서 나누었던 대화는 이랬던 것 같다.

"재미있었어요?"

"네, 아주 즐거웠어요. 데리고 가 주셔서 고마워요."

그날따라 몹시도 조신했던 순자의 말투도 이제 느껴지는 듯하다. 순자는 그날, 하고 싶은 말이 많았던 것 같았다.

"그런데 봉우 씨."

"예."

"교육학과 제대 복학생 있죠, 봉우 씨가 형이라고 불렀던."

"예."

"그 사람하고 선봤어요, 제가."

"예? 만수 형이랑요?"

"네. 봉우 씨, 제가 이래 봬도 선볼 나이예요. 봉우 씨보다 두 살 많은 거 알고 있죠?"

"아, 그랬군요. 그래서 만수 형이 '봉우야, 인터셉트하지 마.'라고 했구나. 나는 그것도 모르고…….”

그녀의 마지막 질문에 대한 즉답을 피하며 나는 약간 딴전을 피웠다. 그래도 순자는 나이 얘기를 이어갔다.

“뭐, 한 번 보고 치웠으니까 관계는 없지만 제 나이가 스물다섯이에요. 부모님은 급하대요, 제가.”

“순애 누나는요?”

“걔는 버린 자식이래요. 안 간다는데 할 말 있나요?”

나는 갑자기 할 말이 생각났다. 이 말이 그때 왜 떠올랐는지 그건 나도 모른다.

“순자 씨, 저는 내년에 군대 가야 해요.”

“네? 아, 네. 가야죠, 군대. 몇 년이에요, 요새?”

“30개월. 끔찍하죠? 그것도 교련 혜택 3개월 받아서……. 안 갈 수는 없고. 돈 없고 빽도 없고…….”

“그러면 내년 초에 졸업하고 발령 받고 근무 좀 하다가 가겠네요?”

“그럴 것 같아요. 아, 대한민국이여.”

“봉우 씨는 연상의 여자를 어떻게 생각해요?”

나이가 그날 그녀의 화두인 것 같았다.

건강한 성인 남녀 사이에 나이가 무슨 상관이랴. 남자가 서너 살 많아야 한다는 관습의 근거는 도대체 어디에 그 뿌리를 두고 있는 것인가? 성(性)에 대한 헤게모니를 여자 쪽에서 쥐게 되는 게 인권적(人權的)인 측면에서 바람직한 방향이라면 오히려 여자 쪽 나이가 약간 더 많은 것이 여러 모로 괜찮을 것이다. 남자의 나이가 상대적으로 많아야 한다는 것은 남자에게 가장(家長)으로서의 지위를 강제하려는 가부장적 관습의 폐해인지도 모른다. 옛날의 '꼬마 신랑'은 어떻게 해석하느냐고? 그때는 단지 남자라는 것만으로도 여자에 대하여 절대적 권위를 행사할 수 있는 관습에 파묻힌 사회였지만, 오늘날처럼 남녀 평등이라는 분위기가 무르익어 가는 사회에서 남자는 나이로라도 그 권위를 유지하려는 몸부림을 칠 수밖에 없는 것이다.

나는 잠시 숨을 고르고 나서 솔직히 대답했다.

"저야 불문(不問)이죠. 푸근한 느낌이 좋아요."

순자 집이 가까워졌다. 가로등도 드문드문 서 있는 골목길에는 인적이 끊어져 있었다. 나는 순자의 어깨에 내 팔을 슬쩍 걸쳤다. 거부의 느낌은 들지 않았다. 나는 지그시 힘을 주어 내 쪽으로 그녀를 끌어당겼다. 저항 없이 끌려오는 느낌. 그러나 그녀 집 앞이었다. 나는 팔을 풀고 순자를 돌려세웠다. 그리고는 순자의 두 뺨을 내 두 손으로 감쌌다. 한참 동안 나는 순자의 빛나는 눈동자 속에 있었다.

"잘 자요."

내 욕심으로부터 나는 순자를 놓아 보냈다. 가만히 서서 나를 쳐다보고 있던 순자의, 촉촉해서 빛났던 눈동자를 기억한다.

"조심해서 가요."

순자는 돌아보면서 테니스 라켓 든 손을 흔들며 집으로 들어갔다.

나는 그때까지, 뽀뽀 정도는 몰라도, 키스의 경험은 없었다고 말할 수 있다. 후술하겠지만 대학교 2학년 초가을, 고3짜리 나의 제인 폰다와의 뽀뽀 세례 사건 이후로 입술을 포함한 나의 구강 구조는 개점 휴업 상태였다. 밥만 먹고 말만 하고 하품만 한다고 입의 임무가 완성되는 건 아니지 않은가. 알지만 어쩌겠는가, 상대를 못 만난 걸. 벽 보고? 거울 보고? 〈선데이 서울〉 보고? 기회 없음을 순수 혹은 순진으로 가장하면서 나는 그렇게 살아왔다. 이 세상 어느 남자인들 그런 상황에서 순자를 그냥 보내고 싶었겠는가. 고백하건대 하고 싶었지만 엄두가 나지 않았다. 집으로 돌아오는 길 내내 나는 후회에 후회를 거듭하였다. 진짜로 나는 나에 대하여 짜증이 났다. 순진을 가장한 나의 용기 없음과 닦지 않았을 것 같았던 나의 이빨에 대하여…….

나는 벽을 치며 울고 싶었다. 그날 밤 내가 어리보기, 즉 머저리라는 사실을 C동의 가로등들은 다 알았을 것이다.

"여기 오기 전에 저는 몹시 망설였어요. 오고 싶은 마음은 굴뚝 같은데 봉우 씨의 마음도 모르고 찾아온다는 것이 저의 망설임을 배가시켰어요. 미칠 것 같았어요. 저의 집까지 배웅해 줬던 그날 밤, 저는 봉우 씨와의 입맞춤을 기대했어요. 살짝, 그러나 달콤하게요. 나는 이제 봉우 씨의 여자가 된다는 설렘도 함께요. 봉우 씨가 그냥 돌아서는 바람에 저는 아쉬움 속에서 집으로 들어갔지만 갑자기 봉우 씨가 그리워지기 시작했어요. 봉우 씨에 대한 저의 사랑은 그날부터 시작된 것 같아요. 적어도 이 사람은 한번 사랑하면 변하지 않을 것이라는 확신과 함께요."

순자의 말은 계속되고 있었다. 자신의 온 마음을 나를 향해 쏟아

붓고 있었다. 나는 고개를 숙인 채 그냥 듣고 있었다. 슬픈 이야기는 아니었다. 가면은 썼을망정 그래도 상대적으로 순박한 쪽이었고 따라서 용기도 없었던 나의 마음을 대신해 주는, 정말로 듣고 싶고 하고 싶었던 얘기들이었다. 내가 해야 할 말들을 순자가 하고 있었다.

"버스를 타면서도 얼마나 주저했던지……. 그냥 내리고 싶었어요. 봉우 씨는 저를 두 살 많은 누나로, 다정한 말 상대로 생각하고 있는데 내가 갑자기 나타나면 얼마나 당황해 할까. 그래서 막 내리려고 하는데 이미 버스는 출발해 버렸어요. 그냥 주저앉아 버렸어요. 눈물이 났어요. 눈을 감고 있는데 눈물이 넘쳐흘렀어요. 가만뒀죠, 뭐. 그러다가 잠든 것 있죠. 참 어처구니가 없어서……. 화장실에서 화장 고치고 이렇게 온 거예요. 눈이 좀 부었죠?"

나도 눈물이 났다. 내가 왜 눈물을 흘렸는지 그 이유는 지금도 모르겠다. 엉엉 울고 싶었지만 군인 체면에 소리를 낼 수는 없었다. 순자도 울고 있었다. 그 그린 듯한 쌍꺼풀 아래 맑은 눈동자를 받치고 있는 눈자위에 눈물이 그렁그렁 맺혔다가는 소리 없이 굴러 내렸다. 전보다 약간은 수척해진 듯한 그녀의 두 뺨 위로…….

면회소의 오 상병이 내 어깨를 툭툭 쳤다. 나는 갑자기 현실로 돌아왔다. 벌떡 일어나서 그에게 경례를 붙였다. 면회소 카운터 안으로 그가 나를 데리고 들어갔다.

"애인이야?"

애인일까?

"예, 그렇습니다."

"왜 울고 그래, 임마. 내가 너희 고참들한테 니 외박 보내라고 얘기할 테니까 여기서 좀 기다려. 얘기 더 하고 있어."

"아니, 괜찮습니다. 얘기 다 끝났습니다. 외박 나가도 할 게 없습니다."

오 상병은 이상하다는 눈빛으로 나를 물끄러미 쳐다보았다.

"아니야, 임마. 이 부대는 그런 건 잘 봐주는 데야. 서울하고도 Y 동 아냐?"

"예, 얘기하고 있겠습니다."

나는 순자 앞에 다시 앉았다. 순자가 웃고 있었다. 그 사랑스럽던 표정. 갑자기 이 세상이 뚜벅뚜벅 걸어서 나에게로 왔다.

'어이, 덤벼 봐, 어디 한번!'

나는 속으로 이렇게 외치면서 어깨를 활짝 펴고 그놈을 노려보았다. 나의 위세에 주눅이 들었던지 그놈은 곁눈질을 흘낏거리면서 비실거리는 옆걸음으로 사라져 버렸다. 이 세상 모든 일들이 만만해 보였다. 나는 이제 겁날 게 하나도 없었다. 남은 군대 생활 26개월? 그건 아무것도 아니었다. 얼차려? 유격? 웃기지 마라 그래. 어떤 고생도 견딜 수 있을 것 같았다. 순자의 마음을 얻은 나에게 이 세상은 그야말로 아무것도 아니었다.

"고마워요. 그리고 사랑해요, 순자 씨."

나는 나직이, 그리고 진심을 담아 속삭였다.

"제가 해야 할 말을 순자 씨가 대신 하게 해서 정말로 미안해요. 보초를 서면서 보름달이 보이면 순자 씨 얼굴을 떠올렸어요. 그 예쁜 눈동자도 늘 생각났어요. 제가 입대하면서 이런 얘기를 못 한 건 용기도 용기지만 30개월이라는 부담을 순자 씨에게 지우기 싫었던 이유도 있었어요. 30개월 후면 순자 씨가 스물여덟이 되니까."

순자는 웃으면서 울고 있었다. 아름다운 눈물이 한없이 쏟아지고 있었다. 그 눈물을 닦으려 하지도 않고 순자는 계속 웃고 있었다.

"이제 저는 아무것도 겁날 게 없어요. 군대 생활 잘 할게요. 언제나 순자 씨 생각하면서 건강하게 보낼게요."

그리고 순자는 갔다. Y역에서 밤기차를 타고 간다고 했다. 나는 위병소 앞에서 순자를 보냈다. 뒷모습이 애처로워서 다시 부르고 싶었다. 동향(同鄕)이어서 나를 잘 봐주던 위병소 헌병 하사가 아는 체를 했다.

"오, 이쁜데? 애인이야?"

"예, 그렇습니다."

"외박 안 나가?"

"못 나갑니다."

군기가 빠진 채 터벅터벅 걸어서 내무반으로 갔다.

"단결! 이병 최봉우, 면회 마치고 돌아왔습니다."

내무반은 난리가 아니었다. 외박을 보내자는 고참들과 아직 안 된다는 고참들이 서로 떠들썩하게 얘기를 나누고 있었다. 마침내 의무반 허 상병이 말했다.

"신 병장님, 봉 하사님! 제가 책임지겠습니다. 오늘 당직 사령이 우리 선임하사님이신데 제가 말씀 드려서 최 이병 외박증 끊겠습니다."

"난들 왜 안 보내고 싶겠어? 얘가 서울 지리도 모르고, 또 면회소 오 상병 말에 의하면 지금 기분도 꿀꿀한데 혹시 무슨 일이 있을까 봐 그러는 거지."

전라도 이리 출신인 내부반장 봉 하사가 나를 슬쩍 보며 걱정기 어린 눈을 껌벅였다. 표준말에 전라남도 억양은 그런 대로 궁합이 잘 맞았다.

"괜찮다니까요. 선생하다 온 놈이 그만한 분별력 없을까요? 그렇지, 최 이병?"

허 상병은 나를 보며 눈을 껌뻑거렸다.

"저는 괜찮습니다. 고참님들 명령에 따르겠습니다."

"허 상병, 니가 알아서 해."

점잖은 신 병장이 한마디 거들었다. 허 상병이 나를 불렀다.

"야, 최 이병."

"예, 이병 최봉우."

"지금부터 내 명령대로 실시한다. 외출복으로 갈아입어. 실시!"

"실시!"

그때 저쪽 구석에서 책을 읽고 있던 서울 토박이 법무부 현 병장 이 나섰다.

"봉우야."

나는 바지에 다리를 꿰다가 부동자세가 되어 대답했다. 외출복 바지가 내 무릎에 걸려 있었다.

"예, 이병 최봉우."

"애인 갔어?"

"예, 갔습니다."

"지금 어디쯤 있겠니?"

"아마 Y역에 있을 것 같습니다."

"기차 탔을지도 모르겠네."

"예, 그렇습니다."

그는 같은 부서의 곽 일병을 불렀다.

"야, 경훈이."

"예, 일병 곽경훈."

"지금 사무실에 가서 Y역 TMO에 전화해서 헌병 송 하사 찾아서 역 대합실에 방송하라고 해. 3520부대 최봉우 이병 면회 오신 분께서는 기차 타지 말고 대합실에서 기다리시라고 말이야. 최봉우 이병이 나간다고. 무슨 말인지 알겠어?"

"예, 알겠습니다."

"내 지시 사항 다시 말해 봐."

"예, Y역 TMO에 전화를 합니다. 헌병 송 하사님을 찾습니다. 역 대합실에 방송하라고 전달합니다. 3520부대 최봉우 이병 면회 오신 분께서는 기차 타지 말고 대합실에서 기다리시라고 말입니다. 최봉우 이병이 나간다고 말입니다."

"잘했어. 실시!"

"실시!"

그는 재빨리 뛰어나갔으며 그때까지 부동자세였던 나는 재빨리 외출복 바지를 허리춤으로 끌어 올렸다.

Y역은 한산했다. 토요일의 크리스마스 이브도 서울의 변두리 기차역을 연인들로 붐비게 만들지는 못했다. 그들은 짝지어 M거리를 맴돌거나, P극장에서 서로 손을 잡고 어둠에 깊숙이 파묻혀 있거나, S홀에서 사랑의 건배를 부딪치고 있을 것이었다. 겨울의 가운데에서 그들은 서로의 체온으로 이 차갑고 고독한 계절을 이겨내고 있을 것이었다.

Y역 대합실에는 그러나 순자가 없었다. 방송한다고 했는데 안했나? 그럴 리는 없을 것이다. 군단 법무부의 말이라면 자다가도 벌떡 일어나 박박 기어야 하는 게 직할 헌병대니까. 그렇다면 순자가 이미 가 버렸나? 그럴 수는 있겠다. 시간대별로 D시(市), B시(市)행 기차는 많으니까. 그러면 어떻게 하나? 나에게 허락된 시간은 일요일인 다음날 아침 8시까지였으므로 나는 아침 8시를 넘기지만 않고 복귀하면 된다. 여기서 밤을 새우고 7시에 출발해서 부대까지 걸어가면 된다. 그러면 아침 7시 30분쯤 될 것이다. 대합실은 약간 추웠으나 군인 정신으로 충분히 버틸 만했다. 몇 개월 만에 부대라는 울타리를 이탈한 나의 눈에 바깥 세상은 눈요깃거리가 대단히 많았으나 그때는 시선을 따라 다닐 만한 정신이 아니었다. 더구나 서울 지리도 모르는 촌놈이 아무 데나 호기심에 끌려 싸돌아다니다가 길이라도 덜컥 잃어버리기라도 한다면 의도치 않은 탈영이 되어버릴 것이었다. 나는 단 한 발짝도 이 대합실을 벗어나지 않을 것이다! 딱딱한 나무 벤치에 엉덩이를 붙이고 나는 하염없이 기다렸다. 안 온다고, 이미 갔다고 편안히 생각하면서 '부대를 잠시라도 벗어난 게 어디냐.'는 심정을 만들며 오히려 느긋한 마음이 되어

가고 있었다. 깜빡 졸았는가 싶었는데 눈을 떠 보니 대합실의 시계가 9시를 막 가리키고 있었다. 그때였다. 저쪽에서 걸어오고 있는 순자를 내가 발견한 것이었다. 나는 벌떡 일어났다. 순자도 눈을 동그랗게 뜨면서 걸음을 멈추었다.

"안 갔어요?"

급하고 반가운 마음에서 나오는 첫 마디가 '안 갔어요?'였다. 마치 가기를 바라기라도 한 것 같은 빌어먹을 주둥아리 같으니라고…….

"막차를 끊었어요. 저기서 차 한잔하고 왔어요. 봉우 씨 생각하면서…….."

"역에서 하는 방송은 못 들었어요?"

"무슨 방송요?"

"최봉우 이병 나온다고 면회 오신 분은 기다리라는…….."

"아니, 못 들었는데……. 그런 방송을 해도 돼요? 군대에서 그런 사적인 방송을?"

"여기가 우리 부대 관할이래요. 그래서……. 하여튼 차표 무르고 나갑시다."

"어딜요?"

"어디든. 일단 대합실에서 나갑시다."

잠시 머뭇거리던 순자가 차표를 무르고 왔다.

"돈 다 내어 주네요."

"시간이 되기 전이어서 그런 모양이죠?"

순자와 나는 대합실을 벗어났다. 거기도 건물 안이라고 바람을 막아 줬는지 밖으로 나오자 기다리고 있었다는 듯이 차가운 바람이 둥근 역 광장을 휘이 돌아 우리를 스치고 지나갔다. 순자는 목도리로 입까지 칭칭 감아 돌렸다. 그리고는 자기의 오른손으로 나의 왼팔을 잡았다. 나는 가만히 있었다.

"외출복과 작업복은 천지 차이네요."

"그래요?"

"아까는 꼭 그-지 같더니 지금 보니까 신사 같아요. 옷이 날개란 말이 맞는가 봐요."

순자는 '거지'를 서울 지방 말투인 '그-지'로 힘주어 길게 발음하면서 나를 놀렸다. 나는 킥킥 소리를 내면서 웃었다. 우리는 무작정 밤거리를 걸었다. 서울이라곤 해도 변두리 지역은 가로등의 수효라든지, 다니는 사람들이라든지, 아니면 늦은 시간이어서 그랬는지 영 한산하고 어두웠다. 바람은 점점 더 심하게 길바닥을 훑어대면서 우리들 사이로도 들락날락했다. 순자와 나는 그 틈을 메우려고 몸을 더 꼭 붙였다. 나는 순자에게 보고를 했다.

"내일 아침 8시까지 들어가면 돼요."

"그러면 봉우 씨, 우리 어디 좀 따뜻한 데로 들어가요."

그런데 나에게는 돈이 없었다. 이것저것 생각할 겨를도 없었던 것이다. 집에서 면회 한 번 오지 않은 내게 돈이 있을 리 없었다.

"순자 씨, 돈 있어요? 제가 준비를 못 해서……."

"차비 빼고 얼마 없는데요. 오늘 내려갈 생각으로 왔기 때문에……."

"그러면 역 가까운 데로 가서 여인숙에라도 들어가요. 밤새도록

애기나 하면서 보내요, 우리. 집에는 뭐라 하고 나왔어요?"

"친구네 집에 간다고 했어요. 괜찮을 거예요."

우리는 역 광장 맞은편에 있는 허름한 여인숙으로 들어갔다. 사람 한 명이 겨우 드나들 정도의 좁은 골목을 5미터쯤 들어가자 시골 상점의 유리문 같은 여인숙 출입문이 나왔는데 그 문을 드르륵 여니까, 오른쪽에 붙어 있는, 작은 창문을 열어 둔 카운터에서 웬 툽툽한 손 하나가 불쑥 튀어나와 숙박비를 선불로 요구하였고, 들어온 골목과 같은 폭의 공간을 가운데 두고 양쪽으로 대여섯 개의 방들이 마주보고 있었다. 방들 앞에는 그래도 구색을 갖춘답시고 툇마루가 양쪽으로 길게 이어져 있어 골목보다 운신의 폭은 더 좁아졌다. 숙박비는 순자 차비를 빼고 빠듯했다. 우리가 빌린 맨 끝 방은 3평이 될까 말까 했는데 벽이 온통 신문지로 도배되어 있었다. 우리는 미지근하나마 아랫목이라고 생각되는 곳에 나란히 앉았다, 이불을 같이 덮고……. 나는 순자의 어깨를 꼭 안아 주었다. 순자도 편안하게 기대 왔다. 옷은 입은 채로였다.

"우리 결혼하면 잘 살 수 있겠지요?"

나도 모르게 내 입에서 결혼이라는 단어가 툭 튀어 나왔다. 달리할 말이 있었겠는가. 결혼이 사랑의 완성이라는 등식은 그 시대의 누구나가 가지고 있었던 생각이었으니까. 그리고 나는 결혼을 생각할 만큼 순자를 사랑하기 시작했으니까.

"옥자 언니가 뭐라고 안 할까요?"

마치 시누이의 눈치를 살피는 것 같은 표정이 되어 순자가 걱정스럽게 물어 왔다.

"생판 모르는 사람보다 오히려 잘됐다고 하지 않을까요?"

나름대로의 해석을 붙여 내가 대답했다. 그때 옆방에서 몸의 어딘가를 연속적으로 꼬집히는 듯한 여인의 목소리가 들려왔다. 이 세상에 태어나서 처음 듣는 소리였다. 소리는 베니어판에 신문지만 발라 놓은 두 방 사이의 바람벽을 여과 없이 통과하였다. 본능이었을까. 나는 가슴이 콩닥콩닥 뛰기 시작했다. 그러면서 순자를 볼 낯이 없어졌다. 순자가 나를 보더니 방그레 웃었다. 나도 웃으면서 순자를 더욱 꼭 안아 주었다. 그러면서 어느 새 우리들은 입술을 포개고 있었다. 나는 순자의 오동통하고 조그마한 입술에 나의 입술을 오랫동안 붙여 놓고 있었는데 그 긴 시간은 언제나 너무 짧게 느껴졌기 때문에 나는 떼려다가 다시 붙이고 또 떼려다가 또 다시 붙이곤 했다. 입술이 닿은 채로 너무 오래 그 상태를 유지했으므로 나중에는 윗입술이 주먹만 하게 부풀어 오른 느낌이었다. 좀 부끄러운 고백이지만 그 다음 단계에서 나는 실패를 맛보고 말았는데 그것은 속절없이 허둥대기만 한 내가 너무나 바짝 얼어붙은 순자의, 아니 여자의 빳빳하게 들러붙어 버린 허벅다리의 긴장을 풀어 줄 수 있는 요령을 그때까지 터득하지 못하고 있었기 때문이었다. 우리 둘이 함께한 첫 번째 크리스마스는 그렇게 밝아 오고 있었다. 우리들은 서로를 꼬옥 안은 채, 살짝살짝 졸기도 하면서, 그렇게 밤을 보냈다.

새벽 바람은 차가웠다. 몇 안 되는 사람들이 새벽의 거리를 바쁘게 오가고 있었다. 처다보지도 않았겠건만 그들의 시선이 부담스러워 우리는 바람 탓을 하며 고개를 더 숙이고 걸었다. 개찰구로 들어가며 뒤돌아보는 순자에게 나는 거수 경례를 했다.

"최 이병, 어제 외박 나갔다며? 자네 애인도 볼 겸 나하고 같이 나
갔으면 좋았을 걸."

사대 화학과를 졸업하고 나보다 삼 개월이나 먼저 와서 막 일병
을 단 이택구가 나에게 말을 걸었다. 사대 동기였으므로 사석에서
는 말을 놓는 사이였다. 같은 부대에 있다는 것만으로도 큰 위로가
되는 친구였다.

"나가긴 나갔는데 돈이 없어서 그냥 돌려보냈어. 빌빌거리다가
들어왔지, 뭐. 4월에 다시 오겠대."

"꽃 피는 봄날에 님이 오신다고? 잘 됐네. 그때는 같이 나가서 잘
놀아보자."

그 4월이 오고 있었다. 부대 담장 위 둥글게 돌돌 말린 긴 철조망
사이사이로 보이는 바깥 세상의 수양버들도 그 푸르름이 점점 더
짙어지고 있었다. 4월의 첫째 주 토요일에 순자가 왔다. 이 일병은
'돈 걱정은 하지 말고 M동 낙지 집으로 순자를 데리고 오라.'고 했
다. 나는 약속된 7시에 순자와 함께 거기로 갔다. 그러나 이 일병은
거기 없었다. 나는 M동에는 낙지 집이 한 군데밖에 없는 줄 알았
다. 순자와 나는 차비 빼고 버스비밖에 없었다. 우리는 버스 뒷좌석
에 앉아 말없이 서울 시내를 누볐다. 그리고 순자는 밤차로 내려갔
다. 내 변명의 편지는 가서는 돌아오지 않았다. 5월이 가고, 6월이
가고, 7월이 가고 있을 때 나는 휴가를 갔다.

순자는 시집을 가 버렸다. 옥자 누나는 그렇게 자기를 살갑게 대

하던 순자가 갑자기 시집을 가 버렸다고 의아해했다. 그러면서 겹
겹이 봉한 편지 한 통을 나에게 전해 주었다. 그때까지 순애 누나도
옥자 누나도 시집을 안 갔는데 순자만 시집을 갔다.

사랑했던 봉우 씨

이런 편지를 쓰게 될 줄은 몰랐어요.
우리들의 만남이 이 세상 영원할 줄 알았는데…….

그날 저는 부푼 희망을 안고 서울로 가는 기차를 탔죠.
4월의 따듯한 대기와 연초록의 초목이 뿜어대는 대지의 젊음이
저를 들뜨게 했죠.
그 싱그러움이 기차 안까지 솔솔 스며들고 있었어요.
갑자기 봉우 씨가 그리워지고 보고 싶어지기 시작했어요.
저는 스스로에게 속삭였죠.
'지금 가잖아. 그리운 이에게로…….'

봉우 씨를 본 순간을 어떻게 표현해야 할까요?
마치 거대한 벽 같았어요.
착 달라붙으면 스며들어 버릴 것 같은…….
그래서 봉우 씨와 하나의 절벽이 되어 버릴 것 같았어요.
제 눈을 보셨죠? 제 눈동자 속에 봉우 씨를 담고 싶었어요.
그때 미래의 제 평생을 저는 보고 있었어요.

봉우 씨와 저, 그리고…….

식당에서 친구 분을 못 만났을 때

저는 차라리 잘 되었다고 생각했죠.

우리 둘만으로도 충분하고 넉넉하다고…….

저녁을 못 먹었을 때도 저는 함께 있어서 좋다고 생각했어요.

시내버스를 타고 서울의 거리를 바라만 보아야 했을 때,

저는 조금의 당혹감을 느꼈어요.

'이게 아닌데.' 하고요.

Y역에서 기차표를 끊을 때, 무슨 의미인지 눈이 조금 아렸어요.

플랫폼에서 손을 흔드는 웬 남자를 보는 순간,

저는 치미는 슬픔과 분노를 감당하기 어려웠어요.

………………

………………

………………

저를 맞이하는 일이 그렇게 어려웠나요?

왜 그런 소홀함밖에 준비하지 못하셨나요?

한 남자만을 위하여 매일매일을 손꼽아 기다리다가

애드벌룬만큼이나 부푼 가슴을 안고 찾아간 한 여자를,

자신의 모든 것을

맡기고 기대고 싶어 미칠 것 같았던

한 여자를

왜 당신은 그런 우유부단과 무력감으로 밀어내셨나요?

저를 사랑하셨나요?

아니에요.

당신은 저를 사랑하지 않았어요.

달을 보면서 저를 그리워하셨다구요?

아니에요.

당신은 참 그리움이 뭔지 모르는 사람이에요.

그리움은 기다림이에요.

기다림은 준비하는 마음이에요.

며칠 동안을 앓아누웠어요.

은행에는 사직서를 내고 저는

버림받은 벙어리 오리새끼가 되고 말았어요.

몇 년 동안의 미적지근한 만남과

몇 달 동안의 열정이 합쳐진 결과는

저를 이렇게 나락으로 팽개쳐 버리더군요.

의욕이 없어져요.

그 사랑과 보고 싶음과 그리움과 기다림의 결과는

저에게 무엇이었나요?

잘 지내요.

저에게 평생 지울 수 없는 상처로 남아 있을 봉우 씨.

제가 당신을 사랑했던 그 몇 달 간의 열정만을 기억하며

저는 이제 떠나겠어요.

영원히 아물지 않을 아픈 상처를 마음의 곳간에 감추면서…….

197×. 6. 28
춤쨔

편지는 이렇게 끝나고 있었다. '순자'를 '춤쨔'로 만들어버린 눈물방울과 함께……. 아, 나의 무능력함이여! 나의 무기력함이여! 나는 순자에게 진심으로 미안함을 느꼈다. 머리카락을 쥐어뜯어 버리고 싶은 충동을 느꼈지만 불행히도 나의 머리카락은 겨우 1센티미터였고, 탈영? 나는 용기 없음을 무기 삼아 그 기회를 놓쳐버렸다. 이제 순자와 나 사이에는 아무것도 남아 있지 않았다.

아니, 순자가 선물해 준 예쁜 상아 도장 하나 외에는…….

순자 생각은 시도 때도 없이 나를 찾아왔다. 부대에 있을 때는 여군 하사들만 보여도, 야간 보초를 설 때에도, 제대 후에는 건널목에서 신호가 바뀌기를 기다릴 때에도, 길을 걷다가 순자만 한 키의 여자가 옆을 스쳐 지나갈 때에도, 통통한 얼굴을 가진, 귀염성 있는 여 점원이 내 상품을 계산하고 있을 때에도 순자는 내 머릿속을 자

신의 얼굴로 점령해 버리는 것이었다. 그럴 때면 나는 꼼짝도 못 하고, 그곳이 꼼짝해야만 될 장소 – 예를 들면 건널목의 한가운데나, 손님들이 내 뒤에 줄지어 서 있는 마트의 계산대 같은 – 라 하더라도, 한참 동안을 멍청하게 서 있을 수밖에 없었다. 그다음 순서로 나는 그런 상황을 만들어 그녀를 놓쳐 버린 자신에 대하여 지독한 자책을 함으로써 스스로가 만드는 스트레스의 나락 속으로 자신을 떠밀어 넣어 버리는 것이었다. 그리고 이러한 과정은 거의 공식이 되다시피 해 버렸다. 전역 직후라는 그 희망차고 아름다웠던 시간들 속에서도 나는, 마땅한 입성이 없었으므로 개구리복(예비군복)을 아무렇게나 걸치고는 혼잡하기 이를 데 없는 백화점의 좁은 통로를 미친 듯이 두리번거리며 걷는다든지, 많은 사람들이 우글거리는 재래시장을 이 구석 저 구석 샅샅이 훑으며 돌아다닌다든지 하는 행위를 되풀이할 수밖에 없었던 것이다. 심지어 어떤 날은 그녀가 재직했던 S시장 앞의 S은행 D지점 입구에서 한나절 동안이나 서성거리기까지 했다. 왜냐하면 나는 우연을 가장해서라도 그녀를 보고 또 만나야만 했었으니까. 그래서 우리들의 인연이 끝나지 않았음을 하나님에게 증명해야만 되었으니까.

그녀의 친정집(사대 페스티벌 후 그녀를 바래다 주었던) 앞에 진(陳)이라도 치지 왜 안 그랬냐고? 사실 못 견디게 그녀가 보고 싶었을 때, 나도 그런 생각을 안 해 본 건 아니었지만 아무리 그래도 그런 행위는 용기가 아니라 만용(蠻勇), 즉 누군가에게 억지로 떼를 쓰는 듯한 행동으로 느껴졌기 때문에 시도할 수가 없었던 것이다. 인연이란 것은 인력으로는 어쩔 수 없는 자연스러움과 함께 이루어지는 것이라고 나는 지금도 그렇게 믿고 있다. 핀트야 약간 다르지만 '열 번 찍어 안 넘어가는 나무 없다.'는 속담도 요즈음 같은 성(性)의 역차별 시대 – 여성의 인권만 인권이고 남성의 남성성은 여지없이 변태 또는 성추행으로 내몰려 버리는 – 에는 그 도끼가 이제까지 찍어 넘겨 성공시킨 그 짝짓게 해 주기(?)의 공적을 함부로 자랑하면 안 되는 상황이 되고 말았다.

그러나 한 달여에 걸친 이러한 나의 몸부림은 가슴속에 메꿀 수 없는 웅덩이 하나만 더 깊게 헤집어 놓은 채 아무런 소득도 없이 막을 내리고 말았다. 복직의 명령이 떨어진 것이었다. 끊어진 순자와의 인연을 이어 보려는 도로(徒勞)로부터, 난데없이 끼어들어 무위도식하는, 별로 사랑스럽지도 않은 조카를 대하는 작은어머니의 부담스러운 시선으로부터 벗어나기 위해서라도 교육청의 그 명령은 참으로 시의(時宜) 적절(適切)한 것이었다.

대체 효과(Substitution Effect)라는 것이 있다. <사랑학 개론> 같은 연애 지침서나 저명한 심리학자의 연애학에 등장하는 이론이라기보다는, 뭐, 나나 내 주위 친구들의 경험에 뿌리를 둔 이론이기 때문에 독자 여러분들이 받아들이지 않아도 할 말은 없겠지만 일단 여기 소개는 해 보겠다.

A 남자와 B 여자가 서로 사귀었다. A는 B를 열렬히 사랑했다. B가 A에게 무덤덤했는지 혹은 열렬한 사랑을 보냈는지는 모르겠다. 별로 상관없는 상황이니까. 그런데 B가 A를 떠나 버렸다. 미칠 것 같았던 A는 B가 아닌 C 여자를 사귐으로써 B로부터 버림받은 상처를 빠른 시간 내에 씻어낼 수 있게 되었다는 것이다. 그런데 S.E

의 핵심은 버림받은 사랑에 대한 강도가 강할수록 A가 C를 찾는 시간이 단축된다는 것이며 그 치유의 효과가 배가(倍加)된다는 것이다. 물론 앞 사랑에 대한 아련함이야 앙금처럼 남아 있겠지만 그런 감정은 무시해도 괜찮을 정도라는 것이다. 우리들 삶의 주변에서도 그런 예를 볼 수 있다. 잉꼬 부부로 소문난 한 쌍의 남녀 중 어느 한 쪽이 세상을 떠나게 되면 나머지 한 명이 의외로 빨리 재혼의 과정을 밟게 되는 것을, 적어도 나는, 자주 보아 왔다. 강렬했던 사랑을 상실했을 때 더욱 뜨거운 사랑이 그 허전함을 치유할 수 있다는 것이다.

그런 까닭이었는지는 모르겠으나 정 선생이 내 눈에 보이기 시작한 것이었다. 절절했던 순자 생각보다는 언뜻언뜻 스쳐가는 정 선생 생각이 그 비율을 높여갈 무렵 나는 여름 방학을 맞이하게 된 것이었다.

나의 교사로서의 첫 여름 방학은 아버지의 골방에 앉거나 누워 정 선생 쪽으로 기울어가는 내 생각을 아직도 약간의 애틋함이 누룽지처럼 눌어붙어 있는 순자 쪽으로 애써 끌어당겨 본다든지, 아버지를 도와 농장의 한 구석에 한 길 깊이 정도의 구덩이를 판다든지, 가물어 조금씩 갈라지고 있는 땅바닥에서 겨우 버티고 있는 묘목들에 생명의 지하수를 대어 준다든지 하는 등등의 작업을 하다가 끝나 버렸다.

8. 수사

9월도 중순에 접어들었을 때 이상한 사건이 터졌다. 대위 출신으로 교련 과목을 맡고 계신 최 선생님이 붉으락푸르락한 얼굴로 교무실에 들어오시더니 대뜸 쪽지 하나를 내 책상 위에 던지는 것이었다.

"어이, 최 선생. 쪽지 한번 봐. 요런 싸가지 없는 노무 새끼 같으니라고!"

나는 화들짝 놀랐다.

"예? 저요?"

"아니, 아니. 그 쪽지 쓴 놈 말이야. 똥통에 콱 처박아 버릴 놈 같으니라고!"

최 선생님은 열이 오를 대로 올라서 거의 이성을 상실한 상태였다.

교련 최 선생 보아라.

떵떵한 몸으로 하루 종일 운동장에서 교련 가르친다고 수고가
많다.

그런데 너는 싸가지가 없다.

왜 그런고 하니 너는 인간 차별을 너무 한다.

야, 뚱땡이 최 교련아.

너는 공부 못하는 사람은 인간으로도 보이지 않냐?

왜 그렇게 인간 차별을 하냐?

공부 잘하는 놈은

아무리 교련 못해도 봐주고 옷 안 입고 와도 봐주고

그러면 안 되지.

우리들은 땡볕에 선착순 시켜 놓고

니는 혼자 나무 그늘에 앉아서 히히덕거리고 자빠져 있냐,

이 돼지 같은 놈아!

야, 이놈아.

평소에 나는 너가 싫었다.

그리고 과목도 과목 같잖은 교련 선생도 선생이냐?

군대나 다시 가서 뺑뺑이나 돌려라.

너도 같이 돌아라, 영원히⋯⋯.

나는 니가 싫다.

제발 내 눈 앞에서 사라져라.

이 악랄한 놈아.

P.S 니는 나를 찾지 못한다.

찾을 생각하지 마라.

이런 내용의 쪽지였다. 성격이 괄괄한 최 선생님은 분해서 얼굴이 벌겋게 달아올라 어쩔 줄 모르고 계셨다. 교감 선생님이 문제의 쪽지를 읽으시는 동안 최 선생님은 온통 찡그린 표정으로 교감 선생님 쪽을 노려보고 계셨다. 모르는 사람이 보면 교감 선생님이 그런 쪽지를 쓰라고 학생을 꼬드긴 것을 최 선생님이 눈치챈 것으로 착각할 것 같은 분위기였다. 드디어 최 선생님이 뚜벅뚜벅 교감 선생님 앞에 가 섰다. 그 분풀이를 교감 선생님께 하려는 것 같았다.

"교감 선생님, 어째야 하겠습니까?"

"우짜나 마나 일단 범인부터 잡아야 되지 않겠심니꺼."

"교감 선생님이 잡아 주십시오."

"어허, 최 선생. 내가 머 형사 코롬보도 아이고 나보고 우짜라꼬 자꾸 내보고 머라 캐 쌓노."

"그놈 안 잡으면 나 내일부터 출근 안 할랍니다."

"하아, 참 답답이네 답답이라. 잡능 기 어데 쉽겄나."

곤경에 처한 교감 선생님의 시선이 강 건너 불구경하듯 입까지 벌리고 멀뚱히 서서 두 분의 말다툼을 감상하고 있던 나를 향했다.

"어이, 키 큰 최 선생. 자네가 좀 나서 보능 기 어떻겠노?"

"예? 저 말입니까?"

내가 화들짝 놀라면서 오른손 검지로 나를 가리키자

"그라마 여~ 자네 빼고 누가 있노?"

교감 선생님은 활용 안 하셔도 될 권위주의를 내세우시면서 웬 구세주나 만난 것처럼 교련 최 선생님과의 대화의 방향을 내 쪽으로 바꾸어 버렸다.

"저라고 뭐 뾰족한 수가 있겠습니까? 턱도 없습니다."

내가 손사래를 치면서까지 거부의 의사를 분명히 밝혔건만 평소에 나를 만만히 보고 계셨던 교감 선생님은 결국 나에게 그 골치 아픈 임무를 떠넘기고야 마셨다.

"그래도 젊은 머리가 잘 돌아가재. 머리 함 써 보소, 응?"

당황한 나의 시선이 선배인 이 선생을 찾았으나 그는 미동도 없이 출석부만 열심히 내려다보고 있었다.

이렇게 해서 젊다는 죄로 나는 임시 수사반장이 되어 버렸다. 교무실 전체가 침울한 분위기로 빠져 들었다.

"이런 놈들을 제자라고 가르쳐야 되나?"

"막 가는 학교네, 막 가."

여기저기서 미지의 그놈을 향한 독설들이 쏟아지고 있었다. 막막하였다. 자, 어떻게 한다? 우선 이런 짓을 할 만한 놈들을 골라내어야 했다. 울며 겨자 먹기로 나는 수사에 착수하지 않을 수 없었다.

"최 선생님, 이 쪽지 어디서 보셨어요?"

"2층으로 올라가는 계단 중간에 떨어져 있었어. 내가 주워서 펴보니까 그런 내용이지 뭐야."

"어딘지 저와 함께 가 보시죠."

나는 정말로 〈형사 콜롬보〉의 피터 포크처럼 오른손 집게손가락을 굽혀 그 둘째 마디를 오른편 이마에 대고 한쪽 눈을 찡그리면서(실제로 나의 시력은 짝짝이이다.) 학생과장 최 선생님을 앞세웠다. 2층으로 오르려면 15칸짜리 계단을 두 번 올라가야 하는데 그 쪽지는 두 번째 계단 위에서 3분의 1 지점에 접힌 채 놓여 있었다는 것이었다. 나는 그 쪽지가 3학년 상과 남자반에서 나온 것으로 확신했다. 3학년 1반은 남녀 합반 인문계이며 위치는 1층, 3학년 2반은 2층 남자 상과반, 3학년 3반은 2층 여자 상과반이었고 쪽지가 발견된 계단은 3학년 2반과 제일 가까운 곳이었으니까.

사실 말이 나왔으니 말이지만 교련 과목은 제식 훈련을 비롯하여 총검술, 분열 등 육체적으로 학생들을 힘들게 하는 과목이었다. 또 다시 발발할지도 모를 적의 침략에 대비하여 고등학교 이상의 학생들은 대한민국의 젊은이라는 죄로 그 이상야릇한 교련이라는 과목을 이수해야만 하는 것이었다. 자연히 학생들로부터 원성이 빗발치게 되어 있었고 그 타깃은 고스란히 교련 교사 쪽으로 쏠리게 마련이었다. 어지간히 덕이 있고 인간성 좋은 분이라도 교련이라는 과목만 맡게 되면 그 선생님은 학생들로부터 원망과 타도의 대상이 되고 마는 것이었다. 더구나 이렇게 교사 수가 얼마 안 되는 시골 학교에서는 학생과를 담당하는 과목이 체육 아니면 교련일진

대 특히나 학생들이 민감하게 반응하는 두발이라든지 복장에 대한 제재도 학생과에서 맡게 되니 학생과장이면서 동시에 교련 교사이 기도 한 최 선생님에 대한 학생들의 반응은 안 봐도 뻔한 것이었다.

우선 학생들에게는 이런 내용의 쪽지가 발견되었다는 것을 비밀에 부쳐야 했다. 그래야 증거 인멸의 시간을 주지 않기 때문이었다. 한마디로 기습 작전을 펴야 용의자 검거가 용이한 것이었다.

나는 이렇게 생각했다.

문제의 그 쪽지는 공책 한 장을 쭉 찢어서 적은 것이기 때문에 공책에 남아 있는 찢긴 흔적과 쪽지의 찢은 흔적을 맞춰 보아 일치하면 그 공책의 주인이 바로 범인이 되는 것이라고. 이렇게 머리를 굴려 놓고 나는 한참 동안 뜸을 들였다. 이런 난제를 너무 쉽게 풀어 버리면 사람들은 자기들도 해결해 낼 수 있는 것으로 착각을 하고는 오히려 문제를 풀어 버린 당사자의 능력을 대수롭지 않은 것으로 치부해 버리거나 뒤에서 당사자를 깎아 내리는 작업들을 벌이기 시작한다. 즉, 누구나 해결할 수 있는 문제를 힘도 안 들이고 껌 씹듯이 잠깐 풀어 놓고는 생색을 내느니, 저 척하는 꼴 좀 보라느니 하는 등의 뒷담화를 시도하는 것이다. 그러니까 이런 때일수록 그 사건이 대단히 접근하기 어려운 것이며, 동시에 이 문제를 해결하는 자야말로 아이큐가 자신들은 생각도 못 할 정도로 높은 사람이라는 인식을 가지게 해야 하는 것이다. 그리하여 이 문제를 해결한 이후에도 그러한 뒷담화나 비아냥거리는 등의 분위기가 아예 터를 잡지 못하도록 그 싹을 애초부터 잘라 버리고 나가야 하는 것이다. 존경까지는 바라지 않더라도 결코 만만히 볼 상대가 아님을 이런 기회에 각인시켜 놓아야 하는 것이다.

나는 한동안 교무실 유리창 옆에 붙어 서서 운동장을 내다보며 생각에 잠겨 있는 듯한 표정을 지었다. 그런 다음 나는 무슨 판단, 혹은 결단이라도 내린 것처럼 비장한 표정으로 교감 선생님의 책상에 두 손바닥을 올려놓고 그의 눈을 빤히 내려다보았다.

"교감 선생님, 지금 즉시 3학년 2반 학생들을 운동장으로 내 보내 주십시오. 빠를수록 좋습니다."

나는 단호한 어조로 교감 선생님에게 명령하였다. 교감 선생님에 대한 나의 시건방진 이 명령조는 조금 전 교사인 나를 '자네'라고 불러 나의 기를 꺾음으로써 자신이 처한 총체적 난국을 나를 이용하여 벗어나려 했던 그 얄팍한 권위주의에 대한 앙갚음으로 봐도 좋을 것이었다.

"어이, 최 선생. 뭐 작전이라도 세웠능교?"

"지금 그런 말씀 드릴 정도로 한가하지 않습니다. 빨리 조치해 주십시오."

나는 거의 윽박지른다는 느낌을 줄 정도로 교감 선생님을 다그쳤다.

"어-, 어-, 알았어, 알았어. 빨리 내 보내께."

교감 선생님은 나의 등등한 호기에 기가 눌렸는지 꼬리 내린 강아지 형상으로 학생과장 최 선생님에게 애들을 운동장으로 내 보내라는 지시를 내리셨다. 그러다가

"쪼매마."

하시고는

"학생과장이 방송하믄 안 되겠제? 아~들이 이상하게 생각할 거니께. 내가 마이크 잡으께."

하시면서 그래도 나름대로는 머리를 굴리시는 것이었다.

"에, 친애하는 3학년 2반 학생 여러분. 10월이 되마 우리 핵교가 교련 검열을 받게 돼 있십니다. 3학년 2반이 우리 핵교 교련 검열의 중심이 되어야 할 반이니께 수업 중이지마는 잠깐 밖에서 교련 검열에 대한 지시 사항이 있을 꺼니께 질서를 잘 지키민서 운동장으로 나가기 바랍니다. 질서 지키민서 빨리빨리 나가세요."

학생들은 수업 시간인데도 운동장으로 나가라는 교감 선생님의 지시를 반갑게 받아들였다.

"살다 보이 이런 일도 있네여."

"아직 멀었는데 벌써 시작하는구만. 이제부터 지옥 시작이구마."

투덜거리면서도 우선 수업을 안 하니까 좋은 것이었다. 학생들이 우르르 운동장으로 나가자 나는 문제의 그 쪽지를 가지고 3학년 2반 교실로 갔다. 40여 명의 학생들이 몇 권씩 가지고 있는 공책을 하나하나 조사해 본다는 게 쉬운 일은 아니었으나 우선 평소에 문제성이 있는 학생들의 것부터 하나씩 조사해 나가기로 수사 전략을 짰다. 학생당 3권씩이라도 120권이 넘는 양이었다. 그렇더라도 찾아만 낸다면 그만한 다행이 없겠으나 만약 실패한다면 이 사건은 미제로 남을 가능성이 컸다. 고3 정도 되는 남학생들이니까 이 시간 이후면 거의 눈치를 챌 것이기 때문이었다. 공부 머리하고 이런 머리는 원래 따로 노는 것이니까 문제아로 찍힌 학생들일수록 이런 눈치는 더 빠삭한 것이다.

나는 교실 뒤쪽부터 수사를 시작하였다. 원래 농땡이들은 뒤쪽에 앉는 법이다. 그들은 가능한 한 교사로부터 멀어지려는 속성을 가진다. 그리고 맹목적으로 교사를 사갈시(蛇蝎視)한다. 그리하여 교사의 농담에도 잘 웃지 않는다. 웃으면 그를 인정해 주는 꼴이 되기 때문이다. 그저 냉소를 던져 줄 뿐이다. 냉소를 자주 던지고 잘 투덜거리는 놈일수록 그들 사회에서 영웅이 된다. 교사를 존경하고 추종하는 학생들에 대한 적개심도 동시에 가진다. 기회가 생기기만 하면 그들에게 시비를 걸고 주먹다짐을 벌인다. 내가 고등학생 때 뒤쪽에 앉아 봤기 때문에 나는 그들의 행태에 대해서 잘 안다.

9. 해결

    말이 났으니 말이지만 나도 한때는 서울의 S대를 꿈꾸는, 전교 50등 이내에 드는 똑똑한 학생이었다. 고등학교 1학년 때의 얘기다. 그 당시 내가 다녔던 고등학교는 재수생을 포함하여 매년 100명 이상의 학생들이 S대에 진학하는, 그야말로 지방의 명문 고등학교였다. 중간이나 기말 고사를 치르고 나면 전교 50등까지의 석차가 복도 벽 여기저기에 나붙었다. 나는 더 위로 치고 올라가지는 못했지만 언제나 40~50등 사이를 맴도는 석차를 유지했었다. 이 성적을 3학년까지 끌고 간다면 S대는 굳혀 놓은 당상이었다. 그런데 그때는 내 키가 1년에 15~16센티미터씩 자라던 때였다. 영양도 부족했을 텐데 어째서 그때 내 키가 그렇게 콩나물같이 쑥쑥 자랐는지는 아직도 미스터리다. 그렇지만 이런 건 있었다. 나는 아직도 내 키가 그때 갑자기 미스터리하게 커진 이유를 이것 외에는 찾아내지 못하겠다.

아버지의 벌이가 시원찮음을 보고 어머니께서는 주인집 눈치를 보면서 염소 한 마리를 키웠던 것이다. 순자를 만났던 그 전셋집이 아니고 그 전에 전에 살았던 전셋집이었다. 그 당시 우리가 세든 집의 구조는 이랬다. 30평 정도의 대지에 점포 딸린 방이 하나, 그 점포와 붙어서 안방이 자리 잡았고 거기에 딸린 부엌, 부엌 옆에 3평 정도의 작은 방, 그 방과 직각으로 붙어 있는, 그 집에서 제일 큰 방. 그러니까 대문에서 보면 'ㄷ'자형이 아니고 'ㄷ'자형의 반대로 배치된 건물에 도합 4개의 방이 있었는데 살고 있는 가족도 4팀이었다.

점포 딸린 방은 쌀가게 하는 방씨 아저씨네가 세 들어 살았다. 식구가 5명이었는데 아들, 딸 그리고 그 집에서 만든 늦둥이 아들 – 지금 생각하면 그런 열악한 조건에서 늦둥이까지 만든 방씨 아저씨는 참 대단한 아저씨라는 생각이 든다 – 이 그 구성원이었다. 큰아들은 이미 장가갈 나이가 다 된, 그리고 생긴 건 자신 있다는 듯이 얼굴을 언제나 15도 상향으로 치켜들고 다니는, 깔끔하게 빗질하고 포마드 바른, 기름기 자르르한 2:8 머리 스타일을 하고서 사람들을 쳐다볼 때 조금은 가소롭다는 듯한 시선을 던지는, 자동차 수리 기술을 가지고 있어서 당시로는 제법 쏠쏠한 수입을 올리는 이십 대 후반의 총각이었는데, 방 하나에서 그 총각을 포함하여 온 식구가 기거를 했다. 그런 상황임에도 굴하지 않고 늦둥이를 만든 아저씨에게 대단하다는 찬사를 보내는 것이 어찌 대단한 일일 수 있으랴.

부엌 딸린 안방은 주인집 방이었는데 피(皮)씨 아저씨가 주인이었다. 부부의 나이에 비해 어린 아들을 두었는데 그 어린 아들은 아저씨가 어디서 낳아 온 애라는 말이 있었다. 말하자면 아줌마가 석녀(石女)라는 얘기였는데, 그러나 아줌마는 석녀답지 않게 행동에 거리낌이 없었다. 피씨 아저씨는 마부를 하셨다. 한 필의 수말에게 마차를 끌게 하고는 주로 D역과 미창을 연결해 주는 짐을 운반하는 일을 하셨다. 벌이가 제법 괜찮았던 것 같았다. 아저씨는 참으로 말이 없었다. 지금 생각해 봐도 피씨 아저씨의 목소리는 기억되지 않는다. 그러나 참으로 어진 분이었다. 인사를 하면 말없이 피식 웃어 주시는데 나에게는 그게 참으로 좋은 인상으로 다가오는 것이었다. 그에 비하면 주인집 아줌마는 약간의 푼수 끼가 있었다. 입은 뻐드렁니 때문에 툭 튀어나왔는데 언제나 조금 열려 있는 그 입을 한시도 가만두지 않았다. 그러면서 욕도 잘했다. 동시에 19세 미만이 들으면 교육상 해롭겠다고 생각되는 말들도 거리낌 없이, 수시로 툭툭 던졌으므로 나는 어떤 말들이 또 나를 야릇하게 만들까 하는 기대감 반, 호기심 반으로 그 아줌마의 말에 귀를 기울이거나 그 입을 주시하곤 했었다.

피씨 아저씨는 집 앞의 길 건너편 작은 웅덩이 옆에 마구간을 지어 놓고 거기서 말을 재웠는데 나는 그 근처에도 가기 싫었다. 냄새도 냄새려니와 중학교 생물 선생님으로부터 들은 얘기가 나의 뇌리를 지배하고 있었기 때문이었다. 생물 선생님은 여자 분이셨는데 참 아담하고 예뻤다. 수업 시간에는 도톰한 입술로 둘러싸인 자그마한 입으로 우리들을 별천지로 안내하기를 잘하셨다. 우리들이 궁금해 하던 생식(生殖)에 대하여 선생님께서는 아주 차분하고도 자세하게 설명을 잘해 주셨다. 여자의 입을 통해서 듣는 그 분야는 공부 외적인 무엇까지 더해져서 참 야릇하면서도 뜨거웠다. 그 선생님의 말씀 왈, 그 무서운 성병의 원인균인 스피로헤타가 말의 배설물에 섞여 있다는 것이었다. 그래서 말의 배설물 위에는 절대로 쉬를 하면 안 된다는 것이었다. 쉬의 줄기를 타고 그 무서운 균이 올라와서 몸 안으로 들어간다는 것이었다. 그리고 목욕탕에 가서는 탕 둘레에는 앉지 말기를 당부하셨다. 거기도 성병 균들이 진을 치고 있다는 것이었다. 나는 지금도 목욕탕에 가면 그때 그 선생님의 말씀이 귀를 울린다.

그 집에서 제일 작은 방에는 두세 살짜리 아들을 둔 젊은 부부가 살았었다. 아들 이름이 '성일이'였던가? 나는 왜 하필이면 거꾸로 하면 우리를 못살게 구는 '일성'이 되어 버리는 이름을 그 귀여운 애한테 붙였을까 하고 생각하면서 그 부부를 싫어했다. 그 애는 나중에 얼마나 그 이름 때문에 놀림을 당할까 생각하면서…… 거기다가 성도 '김'씨였다. 그 김씨 아저씨는 책을 외판하는 분이었는데 주인 아주머니 뺨치는 걸쭉한 입심만은 내가 참 좋아하는 것이었다. 사춘기 나의 성 교육은 그 두 분이 담당했다고 해도 과언이 아니다.

"성일이 아부지, 책 쫌 팔았능개?"

해가 뉘엿뉘엿 서쪽으로 떨어질 때쯤이면 마당 좁은 집의 식구들은 처진 어깨에 피곤이 더께로 쌓여 아예 팔을 축 늘어뜨린 채로 하나둘씩 모여 들었다. 좁은 마당 더 좁은 평상 위에 앉아 있던 주인 아주머니가 고개를 푹 숙이고 들어오는 김씨 아저씨에게 말을 건다.

"아, 아줌망교? 말 마소. 요새는 대문도 안 열어요. 대낮에 문 걸어 잠가 놓고 무신 볼 일들을 그렇게 보는지……."

김씨 아저씨는 주인 아주머니가 마침 잘 물어 주었다는 듯이 푸념을 시작한다.

"요새는 진짜 인심조차 꽉 걸어 잠가 놓으이끼내 우리 겉은 사람은 살지를 못하겠네. 얼굴을 봐야 말이라도 붙이고 말을 붙여야 하다못해 책 한 권이라도 팔아 묵을 낀데……."

"밖에서 문 함 뚜디리 보지, 와. 무신 일 하는지 물어보기라도 하구로."

"그라다가 일 방해했다꼬 귀싸대기 맞으라꼬요?"

"요새 사나들 중에 일 올키 하는 놈이 어딨노? 전부 지 혼자 껄떡거리다가 하산하지. 옳은 놈들이 어데 있다꼬."

"참 내. 아줌마가 아직 맛을 못 본 모냥이네. 내만 해도 밤에는 펄펄 날아요, 날아."

"그걸 누가 믿노? 지금도 눈동자가 개개 풀렸구마는."

"돈 버는 거하고 그거 하고는 다르지요. 그나저나 아줌마, 인자 빨간 거 쫌 고마 입으소. 처녀도 아이민서 아직도 빨간 거 입고 유세하는 것도 아이고……."

"아이고, 언제 봤노? 그런 눈치 있으마 열린 대문 하나라도 더 살피제."

"내가 봤능교, 어데. 아줌마가 보이 줬지. 다리 쩍 벌리고 앉아 있으이끼내 안 보이고 우짜노."

"하기사 봐 봤자 머 하겠노, 쭈굴쭈굴한 거."

"쭈굴쭈굴한 기 보이기는 하나, 뭐. 숲이 꽉 우거져가 그거는 숲 때문에 주름살도 안 질 끼라."

"참, 내 한 개 물어 보자. 성일이 아부지는 잡고 누나, 그냥 누나?"

"머를요? 아, 그거요? 그야 잡고 노야지 안 그라마 아무 데나 튀잖아요. 바지에도 튀고……. 그란데 그건 와 물어요, 갑째기?"

"잡고 누마 노상 보겠네?"

"요새는 돈도 안 되민서 바쁘기는 와 그리 바쁜지 그거 볼 새도 없어요."

그러면서 둘이서 낄낄대는 걸 학교에서 일찍 돌아온 나는 방문 옆에 바짝 붙어 마른 침을 꼴깍꼴깍 삼키면서 엿듣곤 했다. 그럴 때면 나는 내 아랫배보다 더 아래쪽 그 부분에서의 불안한 꿈틀거림을 까닭 모를 죄책감과 함께 느끼곤 했었다. 그럼에도 불구하고 나는 그들의 대화가 오래오래 지속되기를 바라 마지않았다.

그 집에서 제일 큰 방, 그러니까 집의 가장 안쪽에 길게 들어 앉아 있는 방이 바로 우리 식구들의 방이었다. 천장은 낮았으며 방은 두 개를 하나로 터놓은 듯이 길쭉했다. 방 중간쯤에 툭 튀어나온 벽체 때문에 하나의 방이 크고 작은 두 개의 방으로 나뉜 것 같았다. 자연스럽게 그 작은 쪽은 누나의 것이 되어 버렸다. 나도 시험 공부할 때는 핑계 삼아 거기서 밤을 새우고는 했다. 커튼을 치면 완전히 독립이 되는 기분이었으니까.

이런 좁은 집이었으므로 마당에서 염소를 키우는 것은 언감생심 (焉敢生心)! 말도 안 되는 소리였고, 가엾은 우리 염소는 따라서 마구간이 있는 물웅덩이 옆 한쪽에서 먹고 자고를 해야 했다.

불쌍한 우리 염소! 나는 지금도 우리 염소를 떠올릴 때면 미안한 마음을 감출 길이 없다. 어느 도시의 후미진 동네 한 구석에서, 성경의 용어를 빌리자면 한 뙈기의 푸른 초장도 용납되지 못한 냄새 나는 마구간 옆에서, 무거운 쇠사슬에 목을 맡긴 채 우리의 염소는 그 크기만 한 젖통을 이리저리 흔들면서 하릴없이 기다려야만 했을 것이다. 새끼를 키우기 위한 희망적인 기다림? 아니었을 것이다. 무거운 젖통이 인위적으로 가벼워지기를, 다시 말하면 우리 어머니의 젖 짜는 손길로 빨리 그 젖통의 무게가 줄어들기만을 기다려야 했을 것이다.

그 암염소의 유난히도 큰 젖통은 새벽에 어머니가 염소젖을 짤 때, 한 번에 1리터가 넘는 젖을 제공해 주는 것이었다. 어머니는 그것을 살짝 끓여 살균을 해 가지고 200밀리리터 들이 유리병 5개를 채워서 당신이 집에서 손수 만든 국방색 병 주머니에, 마치 파일럿이 항공용 점퍼 팔뚝에 볼펜 꽂듯이 우윳병을, 아니, 염소젖병을 꽂는다. 그러면 내 동생이 그걸 어깨에 메고 네 군데의 집으로 배달을 나가는 것이었다. 나? 나는 장남이었고, 또 공부를 해야 했으며, 또 내성적이었고, 또 남아 있는 한 병의 우유를 마셔야 했으며, 또…….. 후후후……..

말이 그렇다는 거지 그렇다고 해서 내가 우리 집 형편도 모르는 척하며 공부를 해야 한답시고 매일매일을 탱자탱자 책장만 넘기다가 책이나 베고 잠이나 퍼질러 잤을 거라고 추측하면서,

'그놈, 없는 집안에서 그래도 장남이라고 티는 확실히 냈네.'

라고 손가락질을 하지는 말아 주셨으면 좋겠다. 그랬더라도 나는 장남답게 우리 집 모든 식구들의 생명줄을 쥐고 흔드는 위치에 있었던 것이다. 무슨 말이냐 하면 상수도가 집집마다 들어오지 않았던 시절이었던 그때, 나는 우리 집에서 가장 힘들었던 식수 공급자였기 때문이었다. 내가 바로 우리 집의 물지게 담당이었던 것이다. 물지게라면 아시겠는가? 등에 지는 부분은 지게처럼 생겼는데 당시의 내 키보다 더 긴 튼실한 각목이 등판 위쪽에 가로로 쫙 뻗어 붙어 있어 그 양쪽 끝에 철사를 드리우고 그 철사 아래쪽 끝에는 갈고리를 달아 놓은 게 바로 물지게였다. 한쪽에 대두 한 말은 족히 들어가는 원통형 양철 물통을 양쪽에 걸고 나는 거의 매일을 새벽에, 그 달콤한 새벽잠의 유혹까지 가까스로 뿌리치면서 집을 나서곤 했다. 마당까지 상수도가 들어오는 집은 그 당시 우리 동네에는 없었으니까 집집마다 제일 만만한, 그러면서도 책임감만은 가장(家長) 못지않은 구성원이 물지게 담당이 아니었겠나 하고 생각해 볼 수 있다. 제일 가까운 물 파는 집은 우리 집에서 2킬로미터가 넘는 새마을 회관에 있었다. 약간이라도 시간을 늦추어 버리면 흔들리는 양철 물통의 단진자 운동을 양손으로 요령껏 죽이면서 아무리 냅다 뛰어가도 하나의 수도꼭지를 향하여 물지게꾼들이 장사진을 치고 있기가 일쑤였다. 겨우 차례가 되어 양쪽 양철 물통이 찰랑거릴 정도로 10원어치의 물을 받아서는, 이제는 2킬로미터가 넘

는, 그것도 약간 오르막의 귀갓길을, 조금이라도 힘을 덜 들이기 위하여 양철 물통의 흔들림과 박자를 맞춘답시고 엉덩이를 좌우로 씰룩거리면서, 오다가 한두 번쯤은 쉬기도 하면서, 그렇게 물지게로 물을 져 나르면서 우리 집의 식수를 내가 공급했던 것이다. 엄청난 일이 아닌가? 아무리 겨울이라도 물지게로 물을 나르는 그 과정은 온몸이 땀으로 촉촉하게 젖어 들었다. 집을 나설 때의 약간 서글픈 감정만 뺀다면 그것은 충분히 힘이 드는, 그렇지만 수행할 때마다 어떤 뿌듯함조차 선사해 주는 상쾌한 일이었다. 우리 식구의 목숨이 나에게 달려 있었다는 게 아니겠는가! 사랑하는 우리 식구들에게 매일 물을 공급하기 위해서 나는 3박 4일의 설악산 수학여행을 갈 수가 없었다. 덕분에, 진짜로 덕분에, 190센티미터는 족히 되었을 나의 키는 그 물지게의 무게에 눌려 183센티미터에서 멈추고 말았다. 키가 덜 큰 게 왜 덕분이냐 하면, 아무리 큰 키가 주목받는 이 시대일망정 인간의 키가 185센티미터를 넘어 버리면 그건 매력이 아니라 기형으로 봐야 한다는 게 나의 지론이기 때문이다. 지나치게 작은 키만 기형이랄 수 있는가? 지나친 것은 크건 작건 기형인 것이다! 이 세상에서 지나치게 큰 키는 몇몇 구기 종목의 선수들에게 있어서만이 제한적으로 그 효용을 발휘하는 것일 뿐이라고 나는 생각하기 때문이다. 유전학에서도 환경 적응에 유리한 우성은 작은 키가 아닌가. 많이 먹어야 하므로 마이너스 생산적임과 동시에 에너지 소모적인 인간들 같으니라고……, 키만 큰 인간들이여! 한편, 토요일 오후나 일요일의 한가한 때면 나는 어머니, 동생 봉달이와 함께 집에서 조금 떨어진 궁디산(엉덩이를 닮은 산) 아래로 꼴을 베러 다니기도 했다. 가난한 한 집안의 구성원으로서 나도 편안히 공부만 한 건 아니었다는, 즉 할 건 하고 살았다는 얘기다.

약간은 노릇노릇하게 냄비 바닥에 눌어붙은 젖누룽지와 함께 바닥에 깔린 나머지 염소젖은 우리 식구가 한 모금씩 마셨다. 그런데 한 번씩 배달을 못 하게 될 때, 예를 들면 어느 집에서 그만 먹겠다는 둥, 어느 집에서 며칠 쉬겠다는 둥 등의 이유가 생기게 되면 남은 것은 처리를 해야 했는데 그 처리를 아버지께서는 멋지게 해내셨다.

내가 태어나기 전, 아버지는 D시에 주둔해 있던 미군 부대에서 식당 허드렛일을 하는 하우스 뽀이(아버지의 발음이다.)를 잠깐 하셨다고 한다. 전쟁 통이나 그 직후에 그런 직업을 가졌다는 것은 대단한 특혜가 아닐 수 없었다. 어떻게 아버지가 거기 들어가게 되었는지 — 강제 징집을 피하려고 도망 친 곳이 하필 미군 부대였는지도 모르겠다 — 나는 당연히 모르겠다. 광복 직후 일본서 갓 건너온 신원 불명의, 30대 초반에서 중반의, 빽이라고는 흰 토끼 새겨진 일제 란도세루도 채울 수 없을 정도로 전무했던 남자가 그런 대단한 데에서 일을 하게 된 것은, 지금 생각해 보면 미국 사람을 닮은 아버지의 준수한 외모 덕이 아니었겠는가 싶기도 하다. 그때 누나들은 코쟁이 최씨네 딸이라고 지칭되곤 했다고 한다. 훤칠한 키에(당시에는 남자 키가 175센티미터 정도만 되어도 훤칠한 쪽에 속했단다.), 아주 조금 매부리 닮은 코가 높고, 쌍꺼풀진 눈이 컸으며, 얇은 입술을 가졌던 젊은 아버지의 형상은 이국적 매력을 충분히 풍겼을 것이다. 이왕이면 다홍치마라고 자기네들 심부름 시키려는 사람을 뽑을 때, 이놈저놈 못 믿을 놈들 천지에서 그래도 자기네들과 닮은 놈(?)을 뽑는 게 형태적 유사성에서 오는 안정감이라도 획득할 수 있는 방안이 아니었을까? 하는 게 내 보잘것없는 상상력이다. 하여튼 그때 우리 누나들은 소시지며, 통조림이며, 버내너(아버지의 발음이다.)며를 마음껏 먹었다고 한다, 그런 배고픔의 시절에……

그런 아버지였기에 남아도는 염소젖은 훌륭한 음식 재료였다. 우선 감자를 삶아서 으깬다. 그리고 거기에 염소젖을 부어 섞는다. 다른 반찬은 없을뿐더러 필요도 없다. 그걸 식구들이 삥 둘러 앉아 퍼먹는 것이다. 그 해롭다는 삼백(三白)의 하나인 염화나트륨도 들어 있지 않다. 달콤한 설탕도, 밀가루도 없다. 쌀이 귀해서 밥해 먹기가 아까웠으므로 우리 식구들은 밥보다 더 밥다운 먹을거리를 챙기게 되었던 것이다. 그리하여 나는 그로부터 몇 년 뒤, 한 해에 십 몇 센티미터씩 키만 자라게 된 원인을 바로 '염소젖에 으깬 감자'라는 요리에서 찾게 되는 것이다.

그렇게 키는 커 갔으나 디테일한 성장에 더 필요했던 비타민A, C 등의 공급이 소홀했던 모양이었다. 내 눈은 점점 나빠져 갔다. 키는 자꾸만 커지고 눈은 더욱 더 나빠졌으므로 교실에서의 나의 자리는 자동적으로 뒤로 뒤로 밀리게 되었고, 드디어 칠판의 글씨는 나를 외면하기에 이르렀다. 이것은 맞는 말이다. 내가 외면한 게 절대로 아니다. 보이기만 한다면 공부에 대한 나의 의지는 그때까지는 식지 않았으니까. 수학 시간이면 나는 선생님의 손의 궤적을 따라 그게 x인지 y인지를 판별해야 했으며, 따라서 x^2인지, y^3인지, z^4

인지는 아무래도 놓칠 수밖에 없었다. 자연히 나의 성적은 키의 자람과 반비례 되어 추락에 추락을 거듭하였다. 그리고 또 자연히 나는 교실 뒤쪽 문화에 젖어들 수밖에 없었는데, 그 문화란 것들은 이를테면 십 원짜리 동전을 놓고 교과서 쪽수를 들추어 끗발이 높은 쪽이 먹는다든지(37쪽은 0, 123쪽은 6 같은 방법이다.), 그 당시 유행하던 대중 가요의 가사를 베끼면서 삽화를 그려 넣는다든지, 수업 중에 도시락을 까먹으면서 선생님에게 안 들키기 내기를 한다든지 등과 같은 것들이었다. 그런 일들이 거듭될수록 나는 거기에 재미를 느끼기 시작했고, 뒤쪽 아이들과 친해졌으며, 그래서 이제 학교에서 잘나가는 아이 축에 끼어들게 되었던 것이다. 안경을 왜 안 썼냐고? 그때 우리 집은 안경 같은 사치품을 걸칠 만한 형편이 아니었으며 더구나 안경은 소위 잘나가는 아이들이 혐오하는 물건이었다. 안경은 공부할 때만 필요한 것이었고, 잘나가는 아이들은 공부를 하면 안 되었으므로……. 이런 생각도 든다. 잘나가는 아이들은 싸움도 자주 하게 되는데 안경이 없어 싸워야 할 대상이 흐릿하게 보여야 자기보다 잘 싸울지 못 싸울지 판단도 못 한 상태에서, 그야말로 '눈에 뵈는 게 없이' 용감하게 덤벼들 수 있지 않겠는가 하는 생각 말이다.

이렇게 해서 나는 교실 맨 뒤쪽의 세계를 경험하게 된 것이었다.

예닐곱 명이나 뒤졌을까? 용의자는 생각보다 일찍 발견되었다. 박상출이라는, 학교에서 알아주는 농땡이의 책가방을 다 뒤지고 나서 책상 서랍에 들어 있던 그놈의 두 번째 공책을 펼친 순간, 공책 중간쯤에서 한 장이 찢어져 나간 흔적을 발견하게 되었던 것이다. 나도 모르게 가슴이 두근거리기 시작했다. 이렇게 쉽게 찾아내다니. 이거 진짜로 찾아낸 것일까?

사실 등 떠밀려 수사반장이 되었지만 찾아내려는 희망이나 의지는 별로 없이 시작한 수사였다. 그 많은 학생들 중 그런 짓을 한 한 놈을 어떻게 찾는다는 말인가? 더구나 전문 수사관도 아니고 단지 젊다는 이유 하나로, 찾아보라는 교감 선생님의 미적지근한 명령 하나로 그놈이 찾아질 수 있다는 말인가? 그렇다면 세상에 안 될 일이 없겠다.

"어이, 최 선생. 수업 잘하시오."

하면 수업을 잘하게 되고,

"돈이 딸리는데 주택복권 1등 한번 되시오."

하면 1등에 당첨되어 버리는 그런 현실은 아니지 않은가? 찾으리라는 기대는 접어 둔 채로 대충 시늉만 하다가 말려는 게 나의 의도였다. 그렇게 어영부영하다 보면 학생과장 최 선생님의 화도 좀 누그러질 것이고, 교감 선생님도

'하, 그놈(여기서 '그놈'은 바로 나다.), 시키니까 하는 시늉이라도 내네. 요새 젊은이답잖구먼.'

하고 속으로 나를 좀 괜찮게 생각해 주실 것이 아니겠는가? 이런 마음으로 시작한 수사였다. 그런데 이렇게 덜컥 찾아 버린다면 어떤 결과가 초래될 것인가? 나는 한 장이 찢어져 있는 공책을 앞에 펼쳐 놓고 생각하기 시작했다. 백에 하나, 아니 오십에 하나, 아니 일에 하나 상출이란 놈이 범인이라면 그의 입지는 어떻게 될 것인

가? 학생들에게 그는 영웅으로 대접받을 것인가, 아니면 용의주도하지 못한 돌대가리로 매도될 것인가?

반 전체의 의견은 여러 가지가 나올 수 있을 것이다. 교실 뒤쪽에서 그는 영웅이 될 수 있을 것이다. 그런 행위를 시도했다는 것 자체가 자신의 희생을 무릅쓰고 교실 뒤편의 불만을 대신 표출해 준 존재가 되었으므로……. 희생? 희생이 될 것을 각오한 행동이었을까? 아닐 것이다. 그는 발각되지 않을 것이라는 영웅적 확신하에서 일을 저질렀을 것이다. 그런데 그만 들켜 버렸다. 이런 경우, 교실 뒤쪽은 그래도 같은 배를 탄 갱 집단으로서의 의리를 가지고 실컷 두들겨 맞고 온 당사자를 위로하면서 밤에 동네 뒤 으슥한 산기슭쯤에 모여 실패담과 교사들에 대한 험담을 안주 삼아 위로주라도 몇 잔 기울일 것이다.

'야, 우리 하는 짓이 늘 그렇지, 뭐.'

라고 자조하면서…….

반면 착실한 학생들은, 가르치는 선생님에게 갖은 욕을 섞어, 그것도 비겁한 방법으로 선생님을 매도한 그를 경멸할 것이다. 마음속으로는

'돌대가리 같은 너희들 하는 짓이 이런 결과밖에 더 나오겠냐.'

고 비웃으면서……. 선생님이 어디 우리를 괴롭히고 싶어 뺑뺑이를 돌리겠느냐는, 교육과정상의, 또는 원활하고 효율적인 수업을 위하여 어쩔 수 없이 그러지 않겠느냐는, 즉 그들은 교사의 입장을 이해부터 하려고 마음먹을 것이다. 스승의 그림자도 밟으면 안 된다는 옛 사고를 가진 시골의 할아버지들이 아직도 이곳에는 건재

하니까 그들의 손자들이라면 군사부일체란 말쯤은 쉽게 떠올릴 수 있겠으므로……. 실제로 아침 일찍 출근한다고 논둑길을 바삐 걸어가노라면 새벽부터 논일을 보러 나오신 할아버지들께서 저쪽 논 가운데에서 내가 보든 안 보든 손자, 손녀의 스승에게 허리를 깊숙이 굽히면서 인사하는 경우를 종종 만나는 것이었다, 아직 새파란 내게……. 나도 황송해서 할아버지보다 허리를 더 굽혀 인사드리면 저쪽에서는 또 나보다 더 굽혀서……. 결국 어느 한쪽이 코를 땅에 박고 나서야 그 인사 절차는 끝이 나는 것이었다. 돈 맛을 안 시골 인심이 도시의 그것보다 더 각박하다고들 해대지만 그렇지 않은 시골이, 또는 시골 인심이 아직도 훨씬 많이 남아 있음을 나는 자신 있게 얘기할 수 있다.

나는 두근거리는 가슴을 손까지 동원하여 쓸어내리며 주머니에서 그 쪽지를 꺼냈다. 그리고는 조심스럽게 공책의 찢긴 흔적에 쪽지를 갖다 대었다. 위에서부터 톱니처럼 생긴 흔적을 따라 끝까지 맞추어 나갔는데 결국 그 쪽지의 진원지는 그 공책이었던 것이다. 야릇한 쾌감이 밀려들었다. 박상출이란 놈의 앞길에 드리운 먹구름을 걱정하기보다는 찾아낸 나의 능력이 갑자기 대견스러워지고
'이것 보라지.'
하는 마음이 가슴 속에서 꿈틀거리기 시작했다. 수사관들이 그런 열악한 근무 조건을 불평하면서도 왜 손을 놓지 못하는지 조금 이해가 될 것도 같았다. 결정적 증거를 찾았을 때의 그 쾌감! 더구나 오리무중의 모호함 속에서도 경험의 원용(援用)이나 논리성을 초월

한 직관에 의해 범인을 체포했을 때 그들이 누리게 될 그 승리감과 자기 만족감이 바로 이런 게 아니겠는가. 이렇게 사소한 문제를 해결함에도 이러한 자기 만족이 따를진대, 온 세상, 온 나라를 뒤흔든 엄청난 사건을 해결했을 때의 그들의 정신적 만족감은 뭐라고 말로도 표현 못 할 그 무엇이 아니겠는가.

'아! 상출아, 미안하다. 그러나 너의 반발 방법은 유치했으며 그 죄가 이렇게 벌로 맺음하는구나.'

수사를 종결지으면서 교감 선생님이나 다른 선생님들로부터 받은 그 엄청난 찬사는 생략하기로 하겠다. 단, 박상출을 색출해 낸 교사가 누구였느냐에 대한 해답은 학생들에게 주지 않기로 했다. 그것은 천재를 보호하려는 교감 선생님의 지혜로우신 결단이셨다. 상출이는 그날 오후와 그 다음날 하루 종일 교무실 학생과장 최 선생님 자리 옆에 꿇어앉아 수십 장의 반성문을 써야 했으며, 반성문 쓰는 사이사이에 교무실의 온갖 잔심부름을 다해야 했으며, 수업 들어가고 나오는 많은 선생님들의 잔소리 또는 꿀밤을 감수해야 했고, 드디어는 교사 모독죄라는 교칙에 의해 일주일간 유기 정학을 당해야 했다.

10. 나와 고독

가을은 바람과 함께 온다. 좀 더 문학적으로 얘기해 본다면 가을은 바람에 실려서 온다. 가을바람은 하늘의 구름부터 말끔히 제거하고 나서 들판의 초록을 누렇게 퇴색시키며 드디어는 얇은 와이셔츠 속으로 파고들어 가슴 속에 구멍을 하나 뚫어 놓고는 그 속을 갖은 상념들로 채우게 만드는 것이다. 그러므로 가을은 생각이 많아지는 계절이라는 것이다. 아, '사색의 계절'이라는 표현이 원래 있었구나. D와 같은 대도시와는 달리 M면의 가을은 왜 또 그렇게나 짧은지 모르겠다.

말이 나왔으니 말인데 우리나라가 봄, 여름, 가을, 겨울이라는 사계절을 가지고 있다는 진리는 이제 수정되어야 하지 않을까? 봄은 '보'라고 발음하는 순간 'ㅁ'으로 넘어가기도 전에 여름에 잡아먹혀 버리고, 여름은 상대적으로 '여어르음'이라고 불러야 할 만큼 길게 이어져 우리들의 혀를 내두르게 하며, 가을은 또 '가'라고 한 음절도 끝내기 전에 겨울 속으로, 마치 가라고 해서 가 버리듯이 정말 가 버리고, 그 대신 겨울은 '겨어우울'만큼 길어져 우리의 옷깃을 오래도록 여미게 한다. 그래서 그 절대적 진리 같았던 봄, 여름, 가을, 겨울이라는 계절의 명칭도 이제는 '보, 여어르음, 가, 겨어우울'로 바뀌어야 할 것 같다.

웃기지 말라고? 나는 웃기려고 이렇게 말하는 게 결코 아니다. 나한테 웃기지 말라는 당신, 그러면 하나 물어봅시다. 세상에 절대적 진리라는 것이 존재하는가? 생명 있는 존재가 사멸된다는 것만 뺀다면 – 사실 이것도 틀린 말일지 모르겠다, 사후 세계에 대한 지식이 없는 상태에서는……. 하느님과 사람의 중간자라고 자부하는 기독교 목사님들의 52%도 천당에 대한 확신은 없다고 고백했다지 않는가. 나 또한 바람처럼 왔다가 이슬처럼 사라지는 게 피존재자(이는 특정종교를 상정한 용어가 아니고 존재로서의 인간을 낮추어 표현한 것이다. 사실 인간이 저의 의지로 이 세상에 존재하게 된 것은 아니지 않은가. 그러니까 접두사 '피'자가 붙는 건 당연한 것이다.)의 의무이자 권리라고 생각한다. 양인자가, 〈킬리만자로의 표범〉이라는 노래 가사에서, 살았다는 흔적이라도 남겨야 한다고 조용필을 통하여 울부짖었다지만 나는 삶에 대한 그 찐득찐득한 미련이 거북하다. 설사 남겨진 흔적이 있다손 치더라도 그것도 언젠가는, 그것도 빠른 시간 안에, 없어질 것이기 때문이다. 따라서 '무(無)'가 존재의 본질이다 – 모든 것은 가변적이며 상대적이다. 소크라테스는 절대적 진리를 부르짖으면서도 '악법도 법'이라는 궤변을 중얼거리면서 그 쓰디쓴 독배를 삼켰다는데, – 이 말이 소크라테스의 중얼거림이 아니라는 견해도 있다고 한다. 어쨌든 나는 학교에서 그렇게 배웠으니까 지금 와서 그 여부를 검증받을 필요는 없다고 본다 — 살아서 그가 대결의 상대로 삼았던 궤변론자들의 논리를 그는 죽으면서 따라가고 말았다. 자연법주의자들의 법이 '정의'를 뿌리로 해서 세상의 선(善)을 덮어 보호해 주는 줄기와 잎이라면 그의 마지막 말은 철저한 궤변이었던 것이다. '악법도 법'이라는 말이 자신의 삶을 이어갈 절대적인 근거를 잃어버렸다는 자기 고백처럼 들리는 것은 나만의 생각일까? 그 시대의 현명한 사람들은 거의가 소피스트로 존재했을 것이다. 그들의 몇몇 궤변이 오늘날의 우리들을 당혹스럽게 하긴 하지만 인간을 '만물의 척도'로 내세운 그들이야말로 인본주의의 선구자들에 다름 아니며 그들이 선봉으로 삼은 것이 바로 상대적 진리라는 것이다. 즉 그들은 유한한 것은 상대적일 수밖에 없다는 기본에 온전히 충실했다는 얘기다.

그것이 아니라는 인간을 불태워 죽이기까지 했던 하느님의 천동설은 죄송하지만 지동설(지구를 돌리다가 돌아가신 영혼들에게 가호 있으라!)로, 시·공간의 절대성은 물체의 질량으로 인하여 공간이 휘게 됨은 물론 물체의 속도로 인하여 시간도 빨라지거나 느려진다는 상대성으로 이미 바뀌어 있지 않은가. 우리네 짧은 수십 년의 인생 행로에서도 엄마, 아빠 말만 철석같이 믿었던 어릴 때 불변적 진리로 인식되던 것들이 얼마 지나지 않은 자의식 성장의 청소년기에 그것의 헛됨을 이미 알게 되고, 결혼 전의 진실들이 결혼하고 나면 거짓말이 되어 버리는 경험들은 어른이 된 누구나 한두 번씩 겪어 본 것들이 아닌지…….

사계절보다는 차라리 봄과 가을을 여름과 겨울의 전령사쯤의 자격으로 인식하는 것이, 마음으로부터 대비를 함으로써, 알러지로 인한 질환이나 감기 예방에 도움이 되는 삶의 지혜인 것 같기도 하다. 우리들은 아깝지만, 낭만의 봄과 우수의 가을을 떠나보내고 이제 '보여름'과 '가겨울'이라는 두 계절을 가지고 살아가야 한다는 것이다. 이제 한반도에서는, 조금 과격한 표현이 될지는 몰라도 적어도 남한에서는, 봄과 가을이라는 계절을 기대해서는 안 된다는 것이다.

그렇게 M면의 가을은 추수할 시간만 아주 조금 허락한 뒤 겨울 속으로 떠나고 말았다. 다 벗겨진 황량한 들판은 어디 한곳 정 붙일 데 없는 삭막한 풍경으로 내 뻥 뚫려 있는 가슴 속에 자리 잡았다. 바람 부는 초겨울의 들판, 어느 논둑길의 중간쯤에 하염없이 서 있어 본 적이 있는가? 없다면 말을 하지 말기를……. 그때 세계는 나를 내팽개쳐 버린다. 바람 따라 들판을 건너고 산을 넘어 세계의 한 구석에라도 끼어들고 싶지만 세계는 자기만의 견고한 울타리를 두른 채 나를 국외자(局外者)로 취급하면서 자신들의 변경 바깥으로 쫓아내려고 기를 쓴다. 또 한편 보편적 인간은 자신의 의지에 의해 자아 의식을 간직함으로써 세계가 둘러놓은 울타리 안에서 안주할 수도 없다. 그러므로 세계가 나를 버림으로써, 한편으로는 자신의 의지로 인하여 인간은, 나는, 하나의 외로운 존재가 될 수밖에 없다. 사람은 고독하다. 인간의 본질은 고독이다. 한 걸음 더 나아가 고독이라는 존재는 인간을 잠시도 편안하게 내버려 두지 않는다.

심심하게 하고 빈둥거리게 만들며 남자는 여자를, 여자는 남자를 생각나게 한다. 책을 읽어도 머리는 언제나 휑하게 비어 있고 이 세상이 나를 무시한다는 생각과 함께 간혹 죽음이라는 단어를 떠올리게도 한다. 이러한 인식은 내가 인간들 중에서 처음으로 가지는 생각이 아니라 까마득한 옛날의 인간들도 그렇게 생각해 온 것들인 것이다. 쇼펜하우어나 니체같이 고독과 절망을 화두로 삼은 철학자들의 이름이 왜 보통 명사처럼 인구(人口)에 회자(膾炙)되어 왔겠는가.

자아 의식은 고독과 유의어이다. 내가 나라는 의식은 다른 누구도 대신할 수 없는 나만의, 나에 대한 인식이기 때문이다. 나는 왜 나일까? 나는 왜 소심하고 가난하고 못생긴 나일까? 내가 내가 아니라 잘생기고 돈 많은 누구라면 어떻게 될까? 내가 재벌 회사의 회장이라면, 내가 텔레비전 틀 때마다 지겹게도 등장하는 톱스타라면 무엇이 달라질까? 그런데 독자여! 나를 누구와 바꾸어 그 자리에 나를 앉혀 놓고 생각해 보라. 텔레비전을 틀어 놓고 쟤가 나라면 하고 생각해 보라. 만족이 되는가? 나의 전 인격과 오각과 일감이 만족감으로 충일되는가? 내가 바로 그 나인가? 아닐 것이다. 내가 지금의 나보다 수십, 수백 배 넉넉하고 행복하게 보이는 존재로서의 내가 된다 하더라도 무언가 채워지지 않는 어색함이, 꼬집어 말할 수는 없어도 무언가 미진한 심리의 덩어리가 본래의 나를 서글프고 불안하게 만들 것이다. 오히려 나는 나인 것이 참으로 다행이라고 가슴을 쓸어내리기까지 할 것이다.

삶의 결과는 누구나 똑같이 맞이할 수밖에 없는 죽음이므로 당연하게도 삶의 가치란 결과에 의존하는 것이 아니라 과정에 있는 것이다. 내가 어떠어떠한 과정을 밟아 누구가 된다면 그것은 내가 노력하고 내가 열정을 바쳐 이루어낸 실존인 것이므로 나의 자아가 용납하고 만족할 것이지만, 바로 지금 누구와 1:1의 치환으로 내가 누구가 되어 버린다면 아무 노력도 기울이지 않고 잘나가는 누구로 변해 버린 나를 보아야 하는 나는 찝찝함에서 벗어날 수 없는 것이다. 바꾸어 말하면 나는 그들을 부러워하기만 할 뿐, 그들이 되고 싶지는 않다는 말이다. 이러한 심리는 내 속에 막연하게나마 나를 믿는 구석이 있기 때문이다. 바로 이것이 자아 의식이다. 나는 나일 수밖에 없다. 나는 나로서 일에 몰두하고, 나로서 100원을 얻어 즐겁고, 나로서 실수하여 후회한다. 후회하고 있는 나에게 새로운 용기를 불어넣으면서 나는 주먹을 불끈 쥐는 것이다. 그러므로 나는 아무도, 다른 누구도 대신할 수 없는 나이다. 바로 이 때문에 고독은 인간인 이상 피해 갈 수 없는 조건이 된다.

시간을 거슬러 올라가 보자. 생각이라는 것이 형성되기 시작한 까마득한 옛날부터 인간의 조건은 고독이었다. 고독을 느끼기에 인간이었으며 그것이 또한 그를 괴롭히는 모순덩어리로서의 존재인 인간. 그리하여 인간은 존재의 조건이면서 자신을 괴롭히기도 하는 고독으로부터 도망쳐야만 하는 부조리의 존재가 된 것이었다.

고독으로부터 탈출할 수 있는 방법은 없는 것인가? 뻔히 알면서도 인간은 고독이라는 상황에 당하고 있어야만 한단 말인가? 토끼의 가죽을 벗기다가 문득, 나무 꼭대기에 달려 있는 먹음직스러운 산복숭아를 따고 싶다가 문득, 누군가가 토끼의 귀를 잡아 주었으면, 누군가가 엉덩이를 받쳐 주었으면 하고 인간은 그 누군가의 존재를 필요로 하기 시작했을 것이었다. 말[言]이 없던 시대부터 나름대로 머리 굴리기를 몇 천, 몇 만 년. 인간이 드디어 찾아낸 방법은 바로 공동체 형성이었다. 그 속에서 서로 어울림으로써 잠시나마 고독을 잊어 보려는…….

결혼의 의의를 생각해 본 적이 있는가? 공동체 형성의 일등 공신이며 고독을 이기기 위한 인간 최대의 발명품이 바로 결혼이라는 것이다. 여기서 결혼을 통해서만 종을 보존할 수 있다는 웃기는 얘기는 하지 말도록 하자. 결혼이란 것은 가능만 하다면 하루 24시간, 일 년 365일을 혼자가 아닌 둘이서 보낼 수 있는 장치이며, 남녀 둘이서 함께 있어도 아무 탓을 받지 않도록, 아니 함께 있을수록 금슬이 좋다는 관용어를 탄생시킬 만큼 떳떳하게 허락된 문화이다. 그 허락을 얻기 위하여 우리는 비싼 돈 들여 청첩장을 돌리고 음식을 대접하지 않는가. 붙어 있어도 봐 달라고……. 물론 이때까지 뿌린 것을 거두어들이는 쏠쏠한 그 무엇도 있겠지만…….

그렇다면 결혼이라는 제도가 고독을 물리칠 수 있는 완벽한 장치인가? 유한하므로 본원적일 수밖에 없는 인간의 고독을 극복할 수 있는 제도인가? 부분적으로는 그럴 수 있다. 순간적으로는 그렇게 느끼기도 할 것이다. 그러한 느낌에만 매달리며 인간은 수천 년동안 오늘날과 같은 결혼 문화를 유지하여 왔다.

이제 냉철해질 시간이다. 결혼 제도에 대하여 다시 생각해야 할 시기가 왔다는 말이다. 결혼 제도가 우리들로부터 훔쳐 간 것은 없는가? 고독을 벗어나게 하는 그 부분적이고 순간적인 시간을 제공한 후 그것이 자행한 폭거는 바로 인간 최대의 덕목인 자유를 빼앗아 버렸다는 것이다. 상대방에게 매이고, 눈치 보고, 애들 보고, 장보는 마누라 뒤에 검은 비닐봉지 몇 개 들고 쫄쫄 따라다니고, 오늘 저녁의 메뉴를 무엇으로 할까 찡그리고, 흰 빨래, 색깔 빨래 가려서 해대는 사이에 자유는 우리가 미처 따라갈 엄두를 내지 못할 정도까지 저만큼 앞서 가 버린 것이다. 그리하여 어쩌다 혼자 있을 수 있는 자유의 시간이 되면 우리는, 또는 당신은, 난데없이 닥쳐 온 자유에, 소금밭에서 쏟아지는 소낙비 만난 소금꾼처럼, 허둥지둥 당황하면서 오히려 그것을 거추장스럽게 생각해 버리는 것이다.

결혼이라는 제도가, 특히 결혼 제도들 중에서도 일부일처라는 이 제도가 우리들에게 베푼 것은 과연 무엇인가? 인간들의 일상적 삶 속에서 수천 년 간 이어온 이 제도를 역사책에 등장하는 지도자들은 과연 지켜 내고 솔선하였는가? 그 성군으로 추앙받고 있으며, 백성들에 대한 사랑이 누구보다도 깊었다던 세종대왕조차도 그 제도를 비켜가지 않았는가. 집단의 우두머리들은, 또는 지배 계급들은 피지배 계급들을 일부일처라는 결혼 제도로 묶어 놓고는 자기네들은 할 일 다 하고 볼 일 다 보면서, 하나 옆에 하나라는 일부일처의 패키지야말로 공동체 유지에 최선이라는 명분으로 일반 대중을 세뇌시켜 온 것이었다.

사랑이라고? 남녀 간의 사랑이 본능적이라고? 사랑해서 결혼한다고? 그런 길들여진 문화 행태에 속지 말라. 사랑이란 것은 본능이 아니라, 인간의 DNA 속에 자신도 모르게 수만 년, 아니지, 많이 잡아 봐야 몇천 년 동안 문화적으로 유전되면서 형성된 잠재의식의 표출에 지나지 않는 것이다. 적어도 본능이라는 이름으로 불리려면 그것은 지속적이라는 속성쯤이라도 가지고 있어야 하지 않겠는가, 남녀 사이에 있어서는…… 그러나 남녀 사이의 사랑이 보편적으로 지속성을 가진다는 데 대해서는 나는 동의하지 않을 것이다.

자식에 대한 어미의 사랑 – 보살핌 – 이 본능이라는 견해에는 동의한다. 인간 아닌 동물들도 그렇게 하고 또 그래야 종족이 유지되니까. 그런데 이런 얘기도 있다. 참고하시도록…….

우리와 지리적으로만 가까운 동양의 어느 나라가 한창 제국주의라는 병에 걸려 헤어나지 못하고 있던 그때, 그 나라에서 일어난 일이라고 한다. 어느 여자 교도소에 몇 개월밖에 안 된 영아를 데리고 들어온 죄수가 있었다. 그 여 죄수는 한시도 그 젖먹이를 자기 품에서 떼어놓지 않고 알뜰살뜰 보듬고 보살폈다는 것이다. 주위에서는 그 여 죄수의 모성애가 지극하다고 입들을 모았다. 그런데 불행하게도 그 여 죄수는 생체 실험의 대상, 즉 마루타가 되어 버렸다. 자기와 같은 인간에게, 자신들처럼 우월하여 선택된 인간들을 더 우월하게 만들기 위한 연구라는 미명하에, 생체 실험을 자행하는 모순덩어리 인간들에게 저주 있으라! 그런 발상 자체가 그들의 비인간적인 야만성을 스스로 폭로하는 것임과 동시에 그들이 이 지상에서 가장 열등함으로써 폭력적인 종족임을 증명하는 것이다. 한때 저 쇳덩어리 하켄크로이츠를 향하여 오른팔을 쳐들어댔던 자들은 그래도, 진심인지는 모르겠지만, 무릎이라도 꿇었지. 저 제국주의 침략의 기호적 상징인 욱일승천기를 부끄러운 줄도 모르고 오히려 자랑스럽게 휘둘러 대는, 역사 인식이 전무(全無)할 뿐만 아니라 그런 무지(無知) 내지는 철면피적인 자신들만의 열등한 속성조차도 자신들의 후손에게 교육시키려 하는, 따라서 자신들의 후손을 지구촌이라는 오늘날의 국제사회에 융합되지 못하게 하려는, 제 아들의 무덤을 제가 파고 있는 무리들……. 불행하게도 우리는 그런 무리들을 이웃에 두고 있다.

그 연구의 목적이 무엇이었는지 - 모성애의 한계 실험이었는지, 인간이 견뎌 낼 수 있는 최대한의 온도 측정이었는지 - 는 잘 알려져 있지 않다. 실험의 주동자들은 젖먹이를 안은 그녀를 6면이 모두 철판으로 조성된 방 안에 들이밀었다. 그리고 나서 주동자들은 그 방의 바닥을 가열하기 시작했다. 방바닥의 온도는 점점 올라가고 있었다. 여인은 처음부터 얼마 동안은 자신의 뜨거워지는 발바닥은 아랑곳하지 않고 그 젖먹이를 감싸며 양 발바닥을 번갈아 들어 올림으로써 바닥의 열기를 견뎌 내고 있었다. 그러다가 드디어 인간으로서는 감당하지 못할 열기가 자신의 발바닥을 공격하게 되었을 때 그 여인은 이때까지 자기가 그렇게 감싸고 보듬었던 젖먹이를 달아오른 철판바닥에 내려놓고는 그 젖먹이의 배 위에 자신이 올라서더라는 것이었다. 그 후에도 실험이 계속되었는지는 듣지 못했다.

자식을 위하여 죽음도 불사한다고 알려진 모성애와, 자신이 바로 지금 당하고 있는 고통을 벗어나기 위하여 영아의 배 위에 자신을 올려놓는 행위 둘 중에서 어느 쪽이 진실에 가까운가? 고통은 지속적이어서 참기 힘들고, 죽음은 그 순간만 넘기면 그만이라는 생각 때문인가? 그녀의 엽기적 행위가 고통은 바로 발밑에서 진행되고 있고 죽음은 그 고통의 다음 단계이기 때문임에 기인하는가? 모성애적 죽음을 택함이 인간적 고통을 견디는 것보다 더 쉽다는 말인가, 힘들다는 말인가?

내가 여기서 말하고자 하는 것이 여자들의 모성 본능을 부정하려는 것이 아님은 매우 당연한 것이다. 내가 여자들과 무슨 철천지 원수지간으로 살아온 것도 아니고, 나 또한 우리 어머니의 지극한 정성으로 길러져 이 세상의 한 개체로 존재하는 것일진대, 그렇게 쌀쌀맞게 '모성애란 아무것도 아니다.'라는 주장을 펼칠 필요도 없고, 펼칠 지식을 가진 것도 아니다.

다만 헷갈린다는 것이다.

지속적인 고통과 순식간의 죽음 사이에서 유한성을 중요 속성으로 가지는 인간이 도대체 무얼 선택하거나 따라갈 수밖에 없는 것인지 헷갈릴 뿐이라는 것이다.

애초에 남녀 인간에게 사랑이란 감정은 존재하지 않았다. 상대방을 아끼고 위하고 배려하는 것이 남녀 간의 사랑이라고 한다면 그것은 인류의 초기 단계에서는 형성되지 않았던 감정이었다. 초기 인류는, 특히 수컷들은 씨를 퍼트리려는 오직 한 목적(이것은 충분히 본능일 수 있다.)만을 달성하기 위하여 그 대상을 자빠트리고, 자신의 DNA를 심고 나서는, 뒤도 돌아보지 않고 달아나는 행위를 반복했던 것이다. 동물들의 세계에서 오늘날 우리들이 보고 있는 것처럼……

왜 모계 사회였겠는가? 남자들의 상대적으로 강한 완력을 여성들이 장악함으로써 모계 사회가 형성되었다고 보는가? 아니지 않은가. 씨나 뿌리고 달아나는 수컷들을 잡아 두지 못하는 한계가 모성 본능을 자극하여 타의에 의한 억지 춘향식의 모계 사회가 형성된 것이 아니겠는가. 그 후 집단이 형성되고 제도가 갖추어지면서 무질서를 우려한 소위 우두머리 계층 — 그들은 자신들에게 어쩌다가 운(運)좋게 얻어 걸린 권력과 그로 인한 기득권을 빼앗기기 싫었다 — 은 사랑이라는 그럴 듯한 구실을 구성원들에게 주입하면서 달아나려는 수컷들을 얽어매었던 것이다. 한번 맺어진 사랑을 어기거나 또 다른 이성(異性)을 탐할 경우, 대상에 대한 집단적 가학 행위를 관습으로 만들어 놓으면서까지. 결국 사랑이라는 감정은 억지 춘향식으로 어리석은 남성들에게 주입되어 버렸으며 시간이 흐르면서 그것은 문화 유전체로 DNA 속에 스며들고 말았던 것이다. 참으로 사랑이 본능적인 것이며 지고지순하며 아름다운 속성을 가진 것이라면, 왜 그들은 사랑하기 때문에 헤어져야 하며, 왜 그들은 사랑했던 자를 배신하며, 왜 관심이 있기 때문에 사랑하기 때문에 싸움도 한다는, 사랑싸움이라는, 말도 안 되는 억설들을 우리는 들어야만 한다는 말인가? 소위 '사랑'으로 맺어졌다는 부부의 관계는, 함께하는 시간이 길어질수록 왜 아내는 사사건건 잔소리 거리만 찾아 헤매며 왜 남편은 그러한 아내와 말을 나누기조차 싫어하는 것으로 변질되고 마는 것인가? 주고받는 한두 번의 대화 뒤에는 왜 히스테리컬한 높은 목소리가 공식처럼 따라 나와야만 하는가?

'사랑은 움직이는 것'이다. 따라서 사랑에 진정성은 없다. 그런 진정성 없는 관계일지언정 그것이 형식적으로라도 유지되는 이유는 남녀 상호간에 단지 자신의 비밀을 모두 다 알아 버린 상대에게 자아 의식을 상처받게 하지 않으려는 치열한 몸부림을 그렇지 않은 척 위장하기 위해서이다. 그러한 위장된 행위를 호도하는 그럴 듯한 용어일 뿐이다, '사랑'이란 낱말은……. 그러니까 '나보다 너를 더 사랑해.' 같은 손발 오그라드는 고백은 앞으로 삼가면 좋겠다. 특히 남성에게 있어서의 사랑이란, 자신의 분출 욕구를 충족시키기 위한 일시적 마음먹기에 지나지 않는다. 욕구 충족이 끝나면 그 부산물로 짐 지워지는 육아나 가정 관리에 남성이 자연히 소홀해질 수밖에 없는 이유다. 간혹 육아나 가계부 작성에 지나치게 매달리는 남성을 보게 되는 경우가 있는데, 그는 남성성 결핍증에 걸려 있는 존재라고 생각하면 된다. 힘들게 맺어졌더라도 이러한데 더구나 맺어지지 않은 상태라면 아름답게 끝날 수 없다는 게 남녀 관계라고 나는 생각한다. 그런데 세상에는 맺어지는 남녀 관계보다 관계 형성에 실패하는 경우가 훨씬 더 많은 것이다. 따라서 남녀 간의 사랑이라는 것은 대부분, 맺어지는 것이 전제되는 본능이라기보다는 상황에 민감하게 의존하면서 남녀 각자가 상대방보다 덜 상처받은 상태에서 갈라설 이유를 탐색하는 일종의 눈치작전의 과정인 것이다.

자, 이제 작은 결론을 내려야 할 시점에 이르렀다. 결혼 제도들 중에서도 일부일처제는 명백히 본능에 배치(背馳)되는 제도라는 것이다. 왜 본능이라는 낱말에 집착하느냐고? 그 이유는 다음과 같다. 한 사람을 사랑해서 결혼으로 맺어지는 것이 본능의 명령이라면 그것은 따를 수밖에 없지만, ─ 따를 수밖에 없다는 표현을 골라 쓴 것은, 예를 들면 승려나 수도사나 수녀 같이 따르지 않는 집단도 있기 때문이다. 그것이 본능이라면 그들의 존재적 가치를 재고해 봐야 할 것이다. 창조주에게 영광을 돌리기 위하여 도(道)를 닦는 그들이 오히려 창조주의 의도를 잘못 읽은 것이니까…… ─ 아니라면 싫을 경우에는 억지로 결혼이라는 그물망 속으로 코 꿰여 끌려갈 필요가 없다는 말을 하기 위해서이다.

그렇다면 결혼을 함으로써 고독을 잠시 동안 잊을 것인가, 아니면 고독을 무릅쓰고서라도 자유를 택할 것인가. 그것은 개체가 선택할 문제이다. 결혼을 강요하지 말라. 이제부터 그것은 개체에게 맡겨 두라. 자기들이 비판 없이 따라가 버린 결혼 문화를 다음 세대들도 맹목적으로 따라와 주기를 강요하는 것은 인간의 본능 중 가장 가치 있는 자유 누리기를 다음 세대들로부터 박탈해 버리려는 비인권적 처사이며, '내가 누리지 못한 자유를 너는 왜 즐기려고 하느냐.'라는, 잠재되어 있던 시기심의 표출과 다른 것이 아니다.

결혼이라는 합의된 생식 제도를 부정한다면 공동체의 번식 능력이 약화되어 개체수가 줄어들지도 모른다고 걱정하는가? 그래서 향후 몇십 세기가 지나지 않아 인류는 이 세상에서 사라지고 텅 비어 버린 지구만이 태양의 주위를 헛되이 돌고 돌 뿐이라는 생각 속에 당신은 사로잡혀 있는가? 약간 핀트가 달라지는 얘기가 될 수도 있겠지만 당신은 언젠가 인류가 멸망할 수도 있음에 동의하는가?

괴롭지만 동의 외에는 대안이 없을 것이다. 쥐라기 시대 1억 몇 천만 년 동안이나 지구를 지배했던 공룡들도 멸종의 비운을 겪지 않았던가. 당신은 우리 인류가 공룡들처럼 1억 년이 넘게 지구를 장악할 능력이 있다고 생각하는가? 선사 시대를 포함하더라도 인류의 시기는 넉넉잡아 이제 겨우 몇백만 년에 불과하다. 그러나 벌써 인간들 때문에 이 지구가 몸살을 앓고 있으며 인간들의 탐욕으로 인하여 자연계의 질서가 무너져 내리는 온갖 부작용들이 그 정도를 넘어서고 있는 오늘날의 현실에 맞닥뜨려 있으면서도 당신은 이때까지의 인류의 삶의 시기보다 수십 배가 넘는 공룡의 생멸 시기를 인류가 따라잡을 수 있다고 생각하는가?

그 반의반만이라도 지탱할 수 있다면…….

아무리 당신이 이 우주와 관련된 어떤 지식도 갖지 못한 우주론의 문외한이라 할지라도 당신은 인류의 멸망이 태양의 노쇠로 인한 폭발로 인하여 지구까지도 그 폭발의 카테고리 안에 듦으로써 비로소 성립된다고 보는 쪽은 설마 아닐 것이다. 인류라는 종의 쇠퇴와 멸망은 어쩌면 지금 우리가 예측하고 있는 미래의 어느 시점보다 훨씬 빨리 닥쳐올지도 모른다. 이렇게 본다면 이제는, 지금까지 아무런 비판 없이 문화적 DNA로 수용하고 계승한, 종족 번식과 보존을 위한 결혼이라는 문화도 한 번쯤 재고해야 할 필요를 인식할 시점이 된 것도 같다. 지금의 결혼 제도를 통한 가정의 성립이 최선이라고 생각하는가? 대안은 정녕 존재할 수 없는 것인가.

아니다. 지금의 결혼 제도가 아니라도 종을 번식시킬 방법들은 얼마든지 있다. 찾으려고만 한다면 지금의 결혼 제도보다 더 괜찮은 방법들이 수두룩하다. 결혼이 있음으로써 필연적으로 생겨나는 이혼이라는 부작용도 없는 방법들이 하늘의 별처럼 — 나의 과장을 용서하시라 — 많다. 우리는 이때까지 너무 타성에 젖어 '사랑'이라는 낱말에 끌려 다니다가 오늘날의 통계 수치에 당혹해하며 불안감을 느끼고 있는지도 모른다.

여기 오늘날의 결혼 제도를 '정(正)'으로 할 때 '반(反)'일 수 있는 하나의 방안을 간단히 소개하려고 한다. 동의 여부는 여러분들의 개인적 판단에 맡겨 둘 것이다. '합(合)'의 단계는 '반(反)'이 실현된 다음에 생각할 문제이니까 그것은 나의 임무가 아니다.

자, '사랑하는'이 아니라 '마음에 드는' 대상이 있다. 즉 남녀 간에 눈이 맞았다는 얘기다. 공공 기관의 인증 따위는 필요 없다. 공공 기관의 인증 따위를 의식한다는 그 자체가 바로 예속에 길들여진 증거이니까. 다음으로 그들은 심신을 서로 나눈다. 다음, 당사자들 간의 합의에 의하여 그들은 같이 생활하거나 헤어지거나 한다. 한쪽이 늙어 죽을 때까지 함께 생활하는 커플들이 백에 하나 있을 수도 있을 것이다. 그건 저희들의 문제이다. 아이가 태어난다. 아이를 탄생시키는 것은 남녀 합의의 문제가 아니고 전적으로 여성이 결정할 문제이다. 여성들은 자신의 마음에 드는 남성의 아이를 가지기를 원하는 경우가 많다. 또한 조직은 아이를 가지는 여성들에게 당연히 인센티브를 주어야 한다. 세금을 내니까. 태어난 아이는 모성애적인 여성이 기를 수도 있고, 해당 여성이 아이로 인하여 얽매이기 싫다고 주장한다면 나라에서 법적으로 길러 주어야 한다.

세금을 내니까. 아이는 적어도 자신을 낳은 아버지, 어머니는 알 수 있다. 감출 필요가 없으니까. 아이는 상대적으로 우수하다. 적어도 여성이 직접 선택한 남성의 유전자니까. 한 여성의 마음에 들었다는 것은 생물학적으로 그 남성이, 적어도 표면적으로는, 그 여성의 판단에 의하면, 상대적으로 다른 남성보다 우월하다는 증거이니까. '제 눈에 안경'이라는 말이 어느 정도까지 진실에 닿아 있는지 모르므로 나는 위의 논리에 책임질 생각은 없다.

　사족(蛇足)이기 때문에 지나쳐도 되는 말이지만 여성의 판단은 믿을 게 못 된다. 즉 여성은 헛똑똑이일 가능성이 크다는 말이다. 왜냐하면 자신이 여러 명의 남자들 중 고민 속에서 고르고 고른 그 남자가 자신을 폭력 행사의 대상으로 삼기도 하고, 또는 그 남자가 능력 없는 우유부단의 전형이 되어 여자 자신이 뼈 빠지게 일해서 먹여 살리기도 해야 할 경우가 있는 것을 주위에서 흔히 보는 바이니까. 그렇지만 어쩌겠는가. 선택은 전적으로 여자의 문제이다.

　이러한 과정을 거치면서 당사자들 간의 합의 하에, 전혀 부담감이나 책임감 ― 부담감이나 책임감은 구속과 동의어이며 그것은 자유에 대한 침해이다 ― 을 가질 필요 없이, 그들은 같이 살 수도 있고 재빠르게 헤어질 수도 있다. 일단 헤어지고 나면 한 남성은 또 다른 여성의 선택을 받게 되며, 한 여성은 또 다른 남성의 유혹에 넘어가는 것이다. 좀 매몰찬 얘기가 될 수도 있겠지만 상대적으로 선택을 자주 받는 남성이나 여성이 당연히 있을 수 있을 것이다. 그건 어쩔 수 없다. 선택을 자주 받는다는 것은 그 남성이나 여성이, 표면적으로는, 생물학적으로 우등하다는 것이므로 그들의 결합은 인류 전체의 경우로 따진다면 오히려 더 나은 후손을 보게 되는 결과를 가져올 수가 있다. 경제적으로 여유 있는 여성들은 자기가 선택한 남성의 아이를 기관에 맡기지 않고 자신이 직접 키우기도 할 것이다. 그것은 전적으로 여성 자신이 판단하고 결정할 문제이다. 나아가 대부분의 여성들은 가정에 얽매이지 않는다. 그 우수한 여성 인력의 활약상을 상상해 보라. 결혼의 혼수 문제? 육아와 관련된 금전 문제? 사교육비 문제? 사회적 이슈가 되고 있는 이혼 문제? 일거에 해결될 수 있는 통쾌한 방안이 아닌가? 정(情)이 없는 사회가 될 것이라고? 그렇다면 지금은 당신이 생각하는 정이 넘쳐나는 사회인가? 엄마와 자식의 사랑(?)은 어떻게 하느냐고? 원한다면 엄마가 키울 수도 있다고 이야기하지 않았는가? 꼬투리를 잡으려 하지 말고 논리적으로 접근해서 반박하라. 멍멍꿍아 철학이라고? 단언하건대 지금부터 반세기가 채 지나기 전에 이러한 문화는 실현되고 말 것이다. 단, 이러한 동거 문화하에서는 오늘날에도 빈번하게 일어나고 있는 성 범죄율이 지금보다 더 높아질 수도 있을 것이라는 우려는 있다. 그러나 그것은 조직의 경찰력이 풀어가야 할 숙제이다. 그때는 지금보다 세금을 더 많이 내어야 할 것이니까.

이런 말을 하고 있는 나도 대부분의 성인 남녀들이 한 번의 만남 또는 인연을 중시하면서 그 관계를 지속시키려 한다는 것을 믿고 싶다. 그러나 한편, 그보다는 적을지라도 또한 많은 사람들이 지금 이 순간에도 마지못해 그 관계를 이어가고 있을 것이라는 기우를 떨쳐 버릴 수가 없다. 우리는 누구나 잃어버린 한 마리의 양이 될 가능성을 가지고 있는 것이다.

그러나 지금 이 순간, 당신은 인류의 존망 같은 그런 걸 걱정할 차원의 위치에 올라와 있지 않다. 당신은 지금 당장 당신의 막내가 학교에서 미리 먹어 버린 급식비를 구해야 하며, 당신의 아들이 춤을 잘 추지 못하는 몸치여서 그룹으로 데뷔할 수 있겠느냐 없겠느냐를 걱정해야 하며, 당신의 딸이 스튜어디스 1차 시험에 합격되어야 할 텐데…… 정도만 염려하면서, 다시 말하자면 별 볼 일 없는 소시민적 삶을 이어가기만 하면 된다는 말이다. 필수가 아닌 선택으로서의 결혼 또는 동거라는 인식이 인구의 급감으로 이어지고 나아가 공동체의 앞날이 걱정된다고 섣불리 판단하면서 벌써부터 인류의 미래를 걱정하다가는 당신은 그 이상한 소집단인, 서로 자기 자랑만 해 대고 이루어 놓은 것은 하나도 없는, 말 바꾸기를 점심 먹듯이 자주 하는(아침은 바빠서, 저녁은 다이어트 등으로 안 먹는 경우가 많지만 그래도 점심은 거의 챙겨 먹는다.), 혐오스러운 저 국회의사당의 누군가가 될지도 모를 일이니까…….

자유에 대한 언급을 끝으로 설익은 나의 논리를 마감하고자 한다. 역사가 발전한다는 견해에 동의하는가? 당신이 동의하든 않든 역사는 발전해 왔고, 앞으로도 발전해 갈 것이다. 긴 말 할 것 없이 정치 형태로만 그 예를 들어 보더라도 원시 공동 사회에서 족장 제도를 거쳐 전제 군주제로, 전제 군주제에서 봉건제로, 거기서 나아가 민주제로 역사는 진행, 발전되어 왔다. 그런데 이러한 역사의 흐름과 변화는 인권 신장의 폭이 넓어지는 것과 그 궤를 같이한다. 다시 말하면 강물처럼 흘러만 가는 시간에 억지로 의미를 부여하여

'역사'라는 낱말을 만들어 놓고 또 그것이 '발전'해 나간다는 생명성 지닌 용어까지 들이대는 것은, 문명의 발달로 인간의 삶이 편리해지고 풍성해지게 되었다는 의미 같은 저급한 인식보다는, 인간의 권리가 점진적으로든 급진적으로든 신장되어 왔다는 측면을 강조하기 위함이라는 말이다. 그렇다면 인간 권리의 신장이란 무엇을 의미하는가? 그것은 앞 시대의 역사에서는 감추어야 했고 드러내지 못했던, 드러내면 치도곤이나 멍석말이를 당하니까, 인간의 본능이 자연스럽게 발현된다는 것과 그 맥을 같이 하는 것이다. 내가 하고 싶은 것을 하면서도 공동체의 다른 구성원들의 눈치를 점점 덜 살펴도 되는 삶, 즉 개인주의적인 삶의 방식은 지금까지의 인간들이 겪어 왔던 어떤 삶의 방식들보다도 본능에 가까운, 본능을 앞세우는 라이프 스타일일 것이다. 역사의 발전은 인권의 신장이고, 인권의 신장은 본능 발현의 퍼센트를 점점 높여가는 것이라는 게, 어줍지만, 나의 견해이다. 구성된 사회 안에서의 인간 삶의 방식의 궁극적인 도달점은 공동체가 와해되기 직전까지 가는 자유분방성일 것이다.

자유는 본능이다.

11. 나와줘

나는 10월 초에 방을 옮겼다. 밥은 그 순한 개(그 개는 여름을 무사히 넘겼다. 조 주사가 다른 개를 건드린 모양이었다.)가 있는 하숙집에서 해결하되, 잠자는 곳은 골목으로 더 들어와 자리 잡은, 고풍스러운 어느 기와집에 딸려 있는 별채를 월세로 빌리기로 결정했기 때문이었다. 본채가 남향으로 떡 버티어 있었고 별채는 서향이었는데 마당의 넓이가 약 100평 정도 되는 시원한 느낌의 집이었다. 주인집 내외는 참 좋으신 분들이었고, 특히 창녕 성(成)씨를 성씨(姓氏)로 쓰시는 아저씨는 언뜻 보기에도 현명함이 비치는 분이었다. M면의 유지로서 면의 개발이나 정책 결정에 대단히 큰 힘을 발휘하는 분이라고 나에게 밥만 먹여 주는 하숙집 아저씨가 말씀하셨다. 성씨 아저씨의 대단함을 이용해 보려고 방을 옮긴 게 아닌 이상 그런 건 아무래도 좋았다.

"최 성생님, 우째 방을 다 옮길라카노? 머 불편항 기 있었구마."

내가 방을 좀 옮겨 보겠다고 말을 꺼냈을 때, 종씨였던 하숙집 아줌마의 반응이었다. 잔뜩 찌푸리면 내 천(川)자가 깊숙이 그려지는 미간을 굳이 숨기려고도 하지 않고 볼까지 부어서는 툭 뱉어내는 말이었다. 나는 당황하지 않았다. 내 말 한마디면 저 아줌마의 이마에 당장 난처한 석 삼(三)자를 그리게 할 수도 있기 때문이었다. 말을 해 버릴까? 할 말이 목구멍을 타고 성대까지 도달했지만 나는 마른 침과 함께 하고 싶은 말도 꿀꺽 삼켜 버렸다.

"방 따로 밥 따로 하마 불편할 낀데. 밥 시간 맞추기도 안 에러불랑가. 그렇키 불편할 꺼를 사서 할라 카능 거 보이끼내 진짜로 맘에 안 드능 기 있었던 개비라. 그기 머라요?"

방 값을 떼여 버린 아줌마의 연속적인 추궁이었다.

나는 화들짝 놀라는 척을 하며 손까지 홰홰 내저으면서 재빨리 대답했다.

"아니, 아니요. 혼자 좀 있고 싶어서요."

궁색한 변명 같았지만 이 말도 틀린 건 아니었다.

사실 전 하숙집 내 방 건너편이 초등학교 선생님의 방이었는데 내 방의 방문만 열면 바로 그 선생님 방문이 보이는 구조였다. 그런데 그 방에 웬 여자들이 그렇게 하루도 쉬지 않고 방문을 하는지……. 퇴근 시간을 넘기고 하숙집의 저녁 시간이 끝나면 그 방은 언제나 여자들의 출입이 줄을 이었던 것이다. 대체로 젊은 남자 교사의 방에는 그 학교 여학생들의 방문이 잦은 편이다. 선생님 방이니까

'어린 제자가 선생님한테 놀러 가는데 뭐랄 사람 있어?'

라는 배짱을 앞세우고 그 학교에서 방귀 깨나 터뜨린다는 여학생들이 찾아오는 것이다. 즉 선생님과의 사적인 대화에서도 주눅 안 들 자신이 있으며, 사이사이 천연덕스럽게 웃음도 날려 줄 만한 담력 있는 친구들이 선생님을 찾아와서는 첫사랑 얘기도 들려 달라 하고, 자기가 견제하고 있는 학급의 라이벌에 대한 험담도 늘어놓곤 하는 것이다. 그리고 토요일 오후 같은 날 선생님에게 놀러 왔는데 마침 선생님이 안 계시고 더구나 방문조차 열려 있다면 그들은 이런 천재일우의 기회를 놓치지 않는다. 그들은 방을 샅샅이 뒤지기 시작한다. 냄새 나는 양말들, 주인도 찾기를 포기한, 구석진 곳에 처박아 두었던 속옷들이 그때 깨끗이 세탁이 되어서는 빨랫줄에 널리게 되는 것이다. 숨은 그림 찾기가 아니라 숨은 빨랫감 찾기 놀이를 즐기는 것이다. 그 여학생들은 참 착하다. 나는 내 것인데도 꺼림칙했었는데……. 나도 한 번 이런 충격적인 빨래를 당하고 나서는 그때부터 속옷 구석에 처박아 놓고 다니는 버릇을 깨끗이 고친 적이 있었다.

그런데 이 초등학교 선생님의 방에는 여학생들이 아니라 그 학교 여교사들이 줄기차게 방문하는 것이었다. 그것도 둘씩 셋씩 짝을 지어서 자기네 집에서 살림 실습 삼아 만든 부침개, 감자 삶은 것, 과일 같은 것들을 가지고 와서는 방문을 닫은 채 자기네들끼리 웃으며 노닥거리며 시간을 즐기는 것이었다. 때로는 먼저 온 한 팀이 채 자리를 비우기도 전에 다음 팀이 와 버려 두 팀 사이에 질시의 시선들이 오가는 경우도 생기는 것이었다. 그 사람들이 가고 나면 나는 맞은편 방에 산다는 이유로 남은 음식들을 잘도 얻어먹었다.

내가 생각하기에 여교사들이 그렇게 뻔질나게 놀러 오는 데에
는 다 까닭이 있었다. 그것은 그 남선생님이 워낙 잘생긴 얼굴의 소
유자였기 때문이었다. 쌍꺼풀진 서글서글한 눈매에다가 곧게 뻗은
콧날, 거기다가 늘씬한 키 등이 여심을 사로잡기에 충분하였다. 남
자인 내가 봐도 반할 만한, 꼭 TV에 나오는 탤런트 같은 느낌을 받
을 정도로 그 선생님이 워낙 잘~생겼기 때문에 나는 속으로 그가
초등학교 교사로 늙기에는 아깝다고 생각했다. 아니, 나는 초등학
교 교사는 잘생기면 안 된다는 생각이나 또는 잘생겨도 그것으로
인한 인센티브가 주어지지 않으니까 그냥 대충 생겨도 괜찮다는
생각을 한 게 아니라, 저런 얼굴이면 다른 어떤 것을 하더라도 성공
할 것 같은 예감을 가지게 만드는 그런 모습을 그가 지니고 있었다
는 말이다. 결국 그 선생님은 서울에 있는 자기 친구 결혼식에 참석
했다가, 피로연 미팅에서 거기 온, 중앙 부처에서 공무원으로 근무
하던, 신부의 친구와 눈이 맞아 다음 해인가 서울의 어느 초등학교
로 그 어려운 시·도간 교류썩이나 하면서까지 전근을 가 버렸다.
말하자면 새로 생긴 애인의 빽으로 그 어려운 서울행을 그렇게나
쉽게 이루어 버렸다는 말이다. 자기의 하숙방에 고구마 싸들고 놀
러 온 그 숱한 여 선생님들을 버려 둔 채…….

그렇게 밤 늦도록까지 그들이 노닥거릴 때면 나는 이쪽 방에서
열심히 교재 연구를 하면서도 자꾸만 흩어지려는 나의 집중력을
애써 붙잡아야 했으며, 나에게는 한 명도 찾아오지 않는 불특정 다
수의 여자들에 대한, 타깃 없는 미움의 감정을 꾹꾹 누르면서 볼펜
에 힘을 주어야 했다. 질투심이라고? 인정한다. 그렇지만 교재 연

구에 방해가 된 건 사실이었다.

그렇지만 내가 방을 옮기려고 마음먹은 결정적인 이유는 다른 데 있었다.

그것은 나의 첫 경험이었다.

며칠 전 새벽, 간밤에 교재 연구를 너무 많이 해서 새로 2시쯤 잠자리에 들었던 나는 아침 7시에 맞추어 놓은 알람의 따르릉거리는 소리를 신경질 섞어 눌러 꺼버리고 미루적거리다가 다시 잠이 들어 버렸던 것이다. 화들짝 놀라 상반신을 일으켰을 때에는 벌써 8시 10분을 막 넘기고 있었다.

'아이고, 큰일 났구나. 지각이다.'

교장 선생님의 얼굴과 함께 교장 선생님과의 굳은 약속이 떠올랐던 것이다.

학교에 새로 부임한 교사들은 거의 의무적으로 수업 연구라는 관문을 거쳐야 한다. 여러 선생님들을 모셔 놓고 자기의 수업을 공개한 후 발전적 조언을 듣는 과정인데, 이 준비 또한 만만치 않다. 교수-학습 지도안을 교생 실습 때 배운 오리지널 양식에 맞추어 짜야 함은 물론, 평소 수업에서는 잘 사용하지도 않던 학습 자료들이나 괘도 같은 것들을 만들어 가지고는

'나 원래 평소에도 이렇게 수업 잘하고 있는 사람이오. 그러니 안심하시고 월급 주시오.'

라는 의도로, 보여 주기 위한 수업을, 반강제로, 타의에 등 떠밀려 해야 하는 것이다. 나는 지난 5월 초에 그 통과 의례를 거쳤다. 그런데 새삼스럽게 그것에 대한 말을 왜 시작하느냐 하면 그것으로 인해서 교장 선생님과 길고 긴 대화를 해야만 했기 때문이었다.

그렇게 수업 연구를 한 그날 저녁, 며칠 동안 수고했다고 키 작은 최 선생이 술을 한잔하자는 것이었다.

학교에는 학생과장인 큰 최 선생님, 그리고 나만 보면 키 얘기부터 먼저 꺼내는 키 작은 국어과 최 선생님, ─ 진짜 작기는 작다. 쉬는 시간에 중2학년 교실에 들어가도 애들한테 파묻혀 버린다. 자기는 키만 큰다면 하루 종일도 운동할 자신이 있다고 말했다. 나는 이것이 빈말인 걸 잘 안다. 왜냐하면 그는 게으르기 그지없어서, 그의 하숙방은 이부자리 깔아 놓은 아랫목 빼고 온통 먼지가 점령하고 있어 그의 양말자국들이 먼지 가운데, 마치 눈 내린 운동장에 발자국 찍히듯 선명하게 찍혀 있기 때문이다. 그리고 나이 30대 초반에는 어떤 운동을 해도, 어떤 약을 복용해도 더 이상 키가 클 가능성이 없다는 걸 그가 너무 잘 알고서 그런 막말을 해댔을 것이라고 나는 생각하고 있다. 또 키만 크다면 이 세상 어떤 여자도 다 꼬실 수 있다고 말했다. 실제로 학교에 웬 낯선 젊은 여자가 찾아왔다면 그 여자는 열이면 아홉은 키 작은 최 선생을 찾아온 것이 맞다. 여자가 많긴 많은가 보았다 ─ 그리고 키 큰 최 선생인 나 ─ 그런데 나로 말할 것 같으면 키가 커서 이익을 얻게 되는 경우는 아무리 생각해 봐도 거의 없었다. 문지방에 자주 부딪히는 경우는 말할 것도 없이 손해 보는 일일 것이다. 그렇다고 해서 큰 키에 마음을 빼앗긴 여자들이 내 뒤에 줄을 서느냐 하면 그건 또 아니지 않은가. 사람들은 '키가 커야 좋다.'거나 '키가 커서 좋겠다.'라고, 자기 일 아니라고 그런 말들을 함부로 내뱉곤 하지만 정작 큰 키의 사람들은 아무 혜택도 없이 그런 말을 듣는 게 차라리 억울하다 — 를 포함하면 최씨 성을 가진 교사가 두 분에 최가(崔哥)가 나, 도합 셋이 있었다.

말하자면 위로의 자리를 비슷한 나이 또래의 교사들이 마련했던 것인데, 그 자리에서 나는 그만 과음을 하고 말았다. 잘 마시지도 못하는 술을 내가 그날 왜 그렇게 미친 듯이 털어 넣었는가에 대해서 젊은 선생님들의 의론이 — 내가 한 행동이었는데도 내 생각은 묻지도 않고 자기네들끼리 — 분분하였다. 혹자는 긴장이 풀려서 그렇게 되었다는 견해를 피력하기도 했고, 누구는 — 이 선생이다 — 문 선생을 탓하기도 했다. 문 선생이 누구냐 하면 나의 대학 3년 직계 후배인데, 그러니까 여자 국어 교사였다. 그 문 선생이 수업 후 수업 강평 시간에 차근차근하고도 조신하게 선배인 나의 수업을 하나하나 비판하고 나섰다는 것이 이 선생의 견해였다. 교과서를 드는 자세부터 판서하는 것, 거기다가 발음의 문제까지 조목조목 따지고 듦으로써 교장, 교감 다 있는 데서 하늘 같은 선배인 나를 물 먹였다는 것이 이 선생이 판단하는 문 선생의 죄목이었다. 이상한 일이었다. 당사자인 나는 전혀 물을 먹지도 않았고, 물 먹였다고 여길 수 있는 지적도 없었다고 생각했는데 옆에서 본 다른 교과의 교사들은 그것을 선배한테 물 먹이는 지적으로 여긴 듯했다.

이 세상에 완벽한 수업이 있을 것인가. 완벽하지 않다면 비판은 오히려 자연스러운 것이고, 당사자는 수긍하고 참으면서 받아들이

면 되는 것이다. 수긍이 안 되는 건

'너나 잘하세요.'

또는

'너는 떠들어라, 나는 내 갈 길 가련다.'

식으로 my way를 속으로 외치면서 흘려 넘기면 그만인 것이지, 그렇게 지적해 놓고

'내가 지적해 준 내용을 고치는지 안 고치는지 확인해 봐야겠다.' 고 하면서 다음 수업 시간에 또 들어오는 경우는, 호박석 속에 파묻혀 화석이 되어 버린 모기의 피에서 공룡의 DNA를 찾아내어 그것으로 공룡을 복제하는 생물학적 행위에나, 또는 죽었다가 다시 살아날 확률 정도에나 해당할 수 있는 것이니까 강평 때의 견해들은 잔소리로 치부하고 그냥 무시해 버리면 된다. 더구나 국어는 잡학이라 할 만큼 얕지만 넓은 지식들을 여러 보따리 가지고 있어야 수업 시간에 막힘 없이 넘어갈 수 있는 과목이므로 수업을 어떤 시각에서 보느냐에 따라 두루뭉술하게

'무난하게 잘했습니다. 수고하셨습니다.'
하고 평가할 수도 있고,

'이건 이래야 하고, 저건 저래야 한다.'
와 같이 많은 지적이 따를 수도 있는 것이다. 문 선생이나 나는, 그런 비판이나 지적에 길들여져 있었다고나 할까? 우리들에게는 지극히 당연하고 또 넘기기만 하면 될 시간이었지만 타 교과 교사들에게는 그게 낯설었던 것 같았다.

그렇게 말 몽둥이로 몰매를 당한 문 선생은 그 술자리에서 울어

버렸다. 하늘 같은 선배를 물 먹인 죄(?)를 앉은 자리에서 고스란히 떠안고는 술과 음식 대신 눈물을 먹으면서 문 선생은 자기 자취방으로 돌아갔다. 나는 그때 문 선생 편을 분명히 들어 주었다. 국어과는 으레 그렇게 하는 것이라고……. 그러나 비판에 신이 난 동료들은 힐책을 멈추지 않았고, 문 선생을 방어하는 나의 말들은 겉 다르고 속 다른 표리부동의 언행으로 매도되었다. 분위기가 그렇게 흘러가니까 정말로 내가 수업을 엉망으로 해서 엄청난 잘못을 저지른 것 같은 생각이 최면에 걸린 것처럼 나를 옭아매는 것이었으며, 그래서였을까, 나는 과음에 술 한 잔을 더 보태어 뻗어 버렸는데 눈을 뜨니 다음날 토요일 오후 1시였다. 어처구니없는 결근이었고 그 다음날 일요일, 일직을 하러 학교에 갔을 때, 나는 이빨을 바득바득 갈고 계셨던 교장 선생님을 만나게 되었던 것이다. 사모님께서 기다리는 집에도 가지 않으신(하긴 그 연세엔 어디 계시나 상관할 사람이 별로 없을 것이다.)…….

"최 선생이 일직이요? 최 선생, 내 방으로 좀 와 봐요."

아침 9시부터 오후 5시까지 학교에서 전화 받고 순찰하고 하는 게 일직의 임무였다. 전화가 오면
"통신 보안. J중·고등학교 당직 근무자 최봉옵니다."
로 시작하는 멘트를 날린 후 용무를 묻는 게 그 당시 관공서의 전화 응답 시스템이었다. 그때는 군대가 아닌데도 꼭 첫머리에 '통신 보안'이라는 네 음절을 붙여야 했던 시대였다.

11시쯤 되었을까. 오래간만에 혼자 있게 된 교무실에서 교감 선생님의 회전 의자에 앉아 두 다리는 뻗어서 책상 위에 포갠 채 엉덩이로 요리조리 의자의 각도를 돌려 가며 무료함을 죽이고 있던 그 때, 갑자기 교무실 문이 거침없이 드르륵 열리면서 웬 문어 대가리 같은 것이 불쑥 들어오더니 이어서 교장 선생님의 얼굴이 따라 들어오는 것이었다. 무심코 보고 있던 나는 순간 바짝 얼어붙어 버렸다. 새까만 쫄따구(군대 용어)가 교감의 자리를 함부로 점령한 것에다가, 더구나 책상 위에 다리까지 쭉 뻗고 있는 걸 더 높은 교장 선생님에게 걸린 것도 그것이려니와, 큰아버지뻘 되는 교장 선생님은 현재의 이 세상에서는 나에게 지상(至上)의 존재였기 때문이었다. 마치 내가 복무했던 부대에서의 쓰리 스타 군단장처럼. 대통령보다 더 실감나는 존재감과 더불어 막강한 무게감으로 나를 주눅들게 만드는 존재였던 것이다. 교감 선생님의 책상 위에 다리를 얹은 채 의자에 붙박이처럼 얼어붙어 있던 내게 교장 선생님은 앵그리 버드처럼 눈썹의 양쪽 끝이 올라간 상태로 그렇게 명령을 내리셨다. 고개는 숙여서 이마에는 – 이마가 어디까지인지는 잘 모르겠다만 – 네댓 줄의 주름살을 그린 채 폭이 좁은 돋보기안경을 콧방울에 걸치고는 위로 치켜 뜬 눈을 구태여 선(善)하게 보이려는 노력도 하지 않으신 채 말이다. 내 입에서 미처 대답도 나오기 전에 구두 뒤쪽을 잘라 만든 슬리퍼 소리로 요란하게 복도를 울리면서 교장 선생님은 교장실로 들어가셨다.

잠시 어쩔 줄 몰라 당황했던 나는 두근거리는 가슴을 쓸어내리면서 조심스럽게 교장실로 들어갔다. 나의 허리는 교장 선생님을 향해 자동적으로 90도 이상으로 꺾여 내려갔다. 교장 선생님이 깍두기들 같은 나의 인사를 받았는지 시선을 거두었는지는 알 수 없었다. 허리를 90도로 꺾은 상태에서는 볼 수가 없으니까…….

"거기 앉으시오."

눈치를 보며 엉거주춤 서 있는 나에게 교장 선생님의 두 번째 명령이 떨어졌다. 엉덩이를 소파에 살짝 걸치자마자 교장 선생님은 비난의 말 화살을 쏘아대기 시작하셨다.

"도대체 사대에서 뭘 배웠는지 알 수가 없어. 그까짓 수업 연군지 연구 수업인지 시답잖은 걸 해 놓고는 뭐 대단한 걸 했다고 그 다음날 덜컥 결근을 해 버리지 않나. 애들 성적도 중간고사 고3 국어 평균이 35점이야, 호부 35점, 100점 만점에……. 뭐 잘하는 게 있어야 '아, 국립 사대 출신은 과연 다르구나.' 하면서 예쁨을 받을 건데, 이건 키만 비정상적으로 커서 말이지, 볼 때면 꼭 쳐다봐야 돼. 하나도 마음에 드는 구석이 없어. 뭘 믿고 그렇게 행동해? 응? 최 선생. 말 좀 해 봐."

비난이 한꺼번에 쏟아지는 걸로 봐서 교장 선생님은 이런 기회를 기다리며 벼르고 계셨던 것 같았다. 나는 다시 벌떡 일어섰다. 그냥 앉아서는 도저히 그 많은 비난을 감당할 수 없다는 생각과 함께 앉아 있는 것이 이 시점에서는 예의가 아니라는 생각이 들어서였던 것이다. 검은색 생고무 실내화를 신고 무릎 나온 짙은 갈색 트레이닝복 하의에 흰 와이셔츠를 아무렇게나 걸친 나의 몰골이 처량하다고 생각되었지만 지금으로서는 그 처량함이 교장 선생님으로

하여금 연민의 감정을 불러일으키게 하기에 더 나은 것 같았다.

"아, 예. 저, 그날 저녁에 술을 좀 심하게……."

"술을 심하게? 술 때문에 결근했다고? 이런 환장할 일이 있나. 여보게, 최 선생. 나는 1년 365일을 술을 마셔도 이때까지 결근 한 번 해 본 적이 없어. 그런 술을 빙자한 변명은 술에 대한 모독이야. 덩치는 산(山)만하게 커 가지고 어디 핑계 댈 게 없어 술이야, 술이……."

사람 편이 아니고 애주가답게 술 편을 드는 교장 선생님 앞에서 나는 할 말이 없었다. 술에 약한 체질이라든지, 알코올 분해를 잘 못 시키는 간을 가졌다든지 하는 말들은 그의 앞에서는 단지 비겁한 몸 사림일 뿐이었다. 여기서 몇 년씩 근무한 선생님들의 말마따나 교장 선생님 옆에만 가도 언제나 술 냄새가 난다는 것은 정말 사실이었다. 지금도 그 냄새가 내 코를 솔솔 자극하고 있다.

'그래서 눈의 흰자위가 항상 붉은 색을 띠고 있었구나.'

나는 볼 때마다 토끼 눈을 떠오르게 했던 교장 선생님의 붉은 눈에 대한 의문을 이 와중에도 풀고 있었다.

"그럼 다음, 왜 중간고사 평균이 35점밖에 안 돼? 내가 모를 줄 알았지? 나는 술 마시고 다녀도 알아야 할 건 다 알아. 어떻게 가르쳤길래 100점 만점에 35점이야? 해명해 봐, 응? 최 선생님!"

'님'자까지 붙이는 걸 보니까 분명히 비웃고 계신 것처럼 들렸다. 그래서 그런지 한쪽 입술이 왼쪽으로 살짝 올라가는 형태를 취하고 있었다. 눈도 웃고 있으신 것 같았다. 자존심이 약간 긁히는 것을 느끼며 나는 말했다.

"고3이 되면 국어책의 내용이 상당히 부담스러워집니다. 특히 '기미독립선언문' 같은 것은 어렵고 생경한 한자어가 많아서, 그리고 '훈민정음 언해본'은 고전 문법의 이해 부족으로 말입니다. 거기다가 '두시언해'까지……. 문제를 쉽게 낸다고 냈는데도 애들이 잘 따라오지 못했습니다. 하필 어려운 단원들이 겹쳐서 시험 범위에 들어가는 바람에 그렇게 된 것 같습니다. 다음 학기말 고사 때에는 평균이 올라갈 것입니다."

나는 모처럼 만에 전공을 들먹이며 교장 선생님에게 설명을 해 드렸다. 이렇게 대답하면 이제 더 이상은 평균으로 인한 잔소리는 안 들을 것으로 짐작하면서……. 그랬더니 교장 선생님이 기다렸다는 듯이 치고 들어오셨다.

"뭐? 기미독립선언문이라고? 그게 뭐가 그렇게 어려워? 나는 지금도 다 외운다, 외워! 공약 3장까지도. 외워 볼까? 최 선생, 내가 쥬우오(中央)대학 법학부 출신이지만 해방 후 국어 선생으로 이 교직계에 발을 들여놨어."

이렇게 당신이 상치(相馳) 교사로 출발한 이력을 소개하시더니 대뜸 '기미독립선언문' 서두를 외우기 시작하셨다.

"'오등은 자에 아 조선의 독립국임과 조선인의 자주민임을 선언하노라. 차로써 자손 만대에 고하야 인류 평등의 대의를 극명하며 차로써 세계 만방에 고하야 민족 자존의 정권을 영유케 하노라.' 한자로 써 볼까?"

"선생님, '자손 만대'하고 '세계 만방'이 서로 바뀌었는데요? 세계 만방에 알려야 인류 평등이라는 대의를 밝힐 수 있고, 자손들을 깨

우쳐야 자손들이 민족의 자주성을 유지하겠다는 의지를 키울 수 있잖아요."

내가 죽을 각오를 하고 잘못된 내용을 지적하자 교장 선생님은 한참 동안을 도끼눈을 해 가지고 요롷-게 나를 노려보셨다. 잠시 후 '으흠' 하는 헛기침과 함께 눈을 내리까시더니 한참을 가만히 계셨다. 그러면서 오른손 집게손가락으로 탁자에 뭔가를 끼적거리시면서 고개를 갸웃갸웃하는 것이었다. 나는 '아차' 싶었다. 이 상황에서 교장 선생님을 곤란하게 했다가는 그의 화를 더 돋우는 결과를 초래하게 되고 그러면 이 시간이 더 오래 지속될 것이기 때문이었다. 나는 재빨리 말을 이었다.

"하기야 젊은 저도 헷갈릴 때가 있는데요, 뭐. 대단하십니다. 지금까지도 그렇게 줄줄 외우시다니……. 그리고 한자를 많이 아는 선생님 세대하고 지금 애들은 인식 구조 자체가 달라서 애들이 한주국종체(漢主國從體) 자체를 글로 취급하려 하지 않고, 따라서 읽는 것부터 어려움을 느껴 아예 포기를 해 버리는 것 같습니다."

교장 선생님의 조그만 실수가 이렇게 나를 여유 있게 만들 줄은 나 자신도 몰랐다. '하기야' 같은 부사가 저도 모르게 입에서 툭 튀어나오다니……. 나는 움찔 하며 내 건방져 버린 행태를 곧바로 후회했는데 나의 염려와는 상관없이, 적들에게 포위당했던 부대의 지휘관이 백만 원군이나 만난 듯이 교장 선생님은 다시 언성을 높이셨다.

"그러니까 그게 인식이 잘 되도록 교사가 지도해야 하는 거잖아. 괜히 월급 주나? 학생들이 '아, 이건 중요하니까 알아야겠구나.' 하는 생각을 할 수 있게 교사가 이끌어가야 하는 거 아닌가? 교재 연구를 할 때에도 지식 나부랭이나 들입다 집어넣지 말고 '이거는 이래서 알아야 하고, 저거는 저러니까 집중해야 한다.'는 식의 학습 동기를 학생들에게 불어넣어서 그들의 성취 의지를 고취시켜야 한다는 말이야, 알겠어요?"

대선배 선생님의 조언은 중요하다. 오랜 경험에서 우러난 교수-학습 과정으로서의 학생들에 대한 접근 방법 같은 것은 사실 책이나 다른 매체들을 통해서는 얻기 힘든 교수 비법이다. 교장 선생님은 꾸지람을 빙자(?)해서 나를 바른 교사가 되도록 이끌어 주고 계신 것인가? 병 주고 약 주는 것인가? 그럴 분이 아니라던데? 성질이 꽁 해서 한번 찍히면 교사 내신을 내어 다른 학교로 전출 갈 때까지 계속 찍고 찍고 하신다던데?

그리곤 전보다 한층 톤을 낮추어서

"그리고 이건 명심해, 최 선생. 앞으로는 어떤 경우라도 결근을 해서는 안 돼. 결근을 대수롭지 않게 생각해 버리면 결근할 거리가 자꾸만 생기게 돼. 술이 안 깨도 결근, 애가 아파도 결근, 나중에는 개새끼 예방 주사 맞히는 데도 결근을 해야 해."

참 경이로운 일이었다. '개새끼'란 낱말이 전혀 상스럽게 들리지 않는 것이었다. 그야말로 '개의 새끼', 즉 '어린 개'로 받아들여지는 것이었다. 교장 선생님은 욕을 욕이 아닌 것처럼 발음함으로써, 욕을 욕이 아닌 것처럼 인식되게 할 줄 아시는, 욕을 평범한 낱말로 승화시키는 능력을 가진, 욕의 연금술사였다. 교장 선생님의 말씀은 계속되고 있었다.

"그러면 그 사람은 성실하지 못한 사람으로 낙인 찍혀 버리는 거야. 공무원, 특히 교사에게 있어서 성실성은 직업 정신 중 제1의 덕목이 돼야 해. 물론 교사가 실력도 있어야 하지만 실력 있는 교사가 성실한 교사를 앞지르지 못해. 성실에 실력이 덧붙으면 금상첨화겠지만……. 그러니까 '나는 죽어도 학교에서 죽는다.'는 자세를 가지고 출발해야 하는 게 이 직업이야, 알았지? 죽어도 학교에서 손가락에 볼펜 끼우고 죽어야 '순직'도 되는 거야. 한 가지만 더 얘기해야겠다. 인간이 가져야 할 덕목들 중에서 남을 높임으로써 자기도 높아지는 게 무언지 알겠나?"

여기서 교장 선생님은 약간 뜸을 들이셨다. 내 눈치를 슬쩍 살피시더니 답이 안 나올 것이라는 확신이 드셨던지 말씀을 이어가셨다.

"그건 바로 겸손이란 걸세. 자신을 낮추면 상대방만 높아지는 게 절대로 아니야. 높아진 상대방은 자기를 높여 준 이쪽을 자연히 높이게 되고, 그러면 상호 상승 작용이 일어나 남을 존중하는 풍토가 형성되는 거지. 자네가 교직 생활을 하는 동안 이 겸손과 성실을 지향해야 할 기준으로 삼아 주면 좋겠네. 최 선생이 결근을 한 것은 겸손한 자세가 생활화되어 있지 않은 데에도 그 원인이 있는 거야. 집단이나 상대방을 배려하는 것, 이것도 겸손과 관련된 자세인 걸세. 최 선생, 바다는 가장 낮기 때문에 가장 넓은 거야. 이건 인생 선배, 교사 선배, K고등학교 선배로서 이제 갓 제대해서 철모르고 날뛰는 하룻 강아지 교사에게 주는 처음이자 마지막 충고가 될 걸세. 자, 이것으로 최 선생에게 나는 벌을 다 주었네."

당신의 실수를 내가 덮어 주어서였는지 그 후의 말씀은 한결 부드럽고 자상하게 이어지고 있었다. 나는 멀거니 서서 그 말씀을 찬찬히 듣고 있었는데 이상하게 저 가슴 속으로부터 울컥하는 느낌이 솟구쳐 올라오고 있었다.

"에, 잘 알았습니다. 교장 선생님 말씀을 좌우명 삼아 성실하고 겸손하게 교직을 수행하겠습니다."

나는 비장한 목소리로 이렇게 말하면서 고개까지 꾸벅했는데 나도 모르게 울음기가 약간 섞인 것 같아 스스로 계면쩍은 느낌이 들었다.

"자, 이제 앉아. 자네 키가 비정상적으로 커서 내 목이 뻣뻣해지고 아파. 잔소리는 끝났으니까 편히 앉아서 커피나 한잔하자. 내가 타 올 테니까 그냥 앉아 있어."

엉덩이를 들썩거리는 나를 손으로 제지하시면서 서무실로 통하는 문으로 들어가신 교장 선생님은 잠시 후 손수 커피 두 잔을 들고 내 앞에 와 앉으셨다. 나는 어떻게 할 바를 몰라 계속 허둥거릴 뿐이었다. 그 뒤에 오고 간 대화는 주로 K고등학교에 관한 것이었으며 따라서 교사로서 내가 배울 건 하나도 없었는데, 교장 선생님은 내가 당신의 고등학교 후배인 것도 알고 계셨다. 몰라도 될 것까지…….

몇 달 전 이런 상황을 울먹임으로 끝맺었던 상태였으므로 8시 10분에 일어났다는 것은 대단한 실수가 아닐 수 없었다. 교장 선생님의 얼굴이 먼저 떠오르고 이어서 실망하거나 비웃으면서 한쪽 입꼬리가 올라가는 듯한 표정이 눈앞에 가물거려 미칠 것만 같았다. 학교까지는 뛰어서 10분! 세수를 하지 말고 뛰어? 그러나 여학생들도 있는데 세수 안 한 얼굴에 부스스하게 까치집 지은 머리털의 총각 선생님이 되기는 죽기보다 싫었다.

상황은 바로 그때 시작되었다.

얼굴과 머리에 물이라도 묻히려고 재빨리 벽에 걸린 짙은 갈색 트레이닝복을 내려 한쪽 다리를 넣고 나머지 다리를 거의 다 집어넣은 순간, 무엇인가 물컹! 하는 물체가 내 사타구니 사이 그곳에 강하고도 오묘한 느낌으로 닿고 있었다. 사타구니에서 시작된 전류가 쫙 하고 상체를 훑어 올라오는 0.001초의 순간, 나는 재빨리 허리춤을 내렸는데, 동시에 그 물체도 내 허리춤으로부터 툭! 점프를 하면서 튀어나오는 것이었다. 나는 튀어나와서 포물선을 그리며 방바닥에 안착하기 직전의 그놈을 오른쪽 발로 힘껏 걷어찼는데 발등의 앞쪽이 조금 전의 그 '물컹!'의 느낌으로 한참 동안 얼얼하였다. 그놈은 나의 재빠르고도 강한 토(toe) 킥의 에너지를 아무런 방비 없이 온전히 다 수용했던 것이었으므로 마침 반쯤 열려 있던 나의 방문을 지나 몇 미터의 공간을 날아 맞은편 초등학교 선생님 방의 앞 벽에 온전히 부딪치며 '찍' 하는 소리를 함께 냈던 것이었는데, 아! 그것은 놀랍게도 제법 살이 통통하게 오른 한 마리의 생쥐였던 것이다. 그놈은 있는 힘껏 벽에 부딪쳤으므로 한참 동안을 그 떨어진 자리에서 꿈쩍도 않고 늘어져 있더니 잠시 후 비틀거리는 움직임으로 천천히 그곳으로부터 사라지는 것이었다. 나는 한동안 넋이 나간 채 멍청히 주저앉아 있었다. 그 촉감을 나는 기억한다. 그 물컹거리는 것과 나의 그것과의 조우는 끔찍함을 넘어 충격적이었다. 그리고 나의 그곳에 다른 존재의 살이 닿은 것도 생전 처음이었으므로 그날 아침 나는 나의 그곳과 다른 존재의 살이 맞닿는 첫 경험을 한 것이었다. 교장이고 교감이고 지각이고 지랄이고 나발이고 뭣이고 아무 생각이 없었다.

이미 지나간 일, 돌이켜 봐야 무얼 할까마는 나는 그놈이 어젯밤 내 자는 방 안에서 무슨 짓을 하며 싸돌아 다녔는지를 몰랐기 때문에 더욱 소름이 끼치는 것이었다. 그놈은 분명히 내가 잠든 새벽 2시 이후에 방문과 문틀 사이의 벌어진 틈으로 그 세모꼴의 대가리를 들이밀고는 들어갈까 말까 한참을 망설이다가 쥐도 새도 모르게 – 제가 쥐니까 쥐는 알았겠지 – 들어와 버렸을 것이다. 2시 이전에 들어왔다고 볼 수는 없다. 왜냐하면 나는 자기 직전에 그 트레이닝복을 벗어 벽에 걸어 놓았으니까. 그리고는 그날따라 웬 청승을 떤다고 팬티까지 벗고는 – '청승'이라고 표현은 했지만 여분의 팬티가 몇 장 없었으므로 그것도 아껴 입어야 했던 게 그때의 내 형편이었다 – 잠자리에 들었으니까. 새만 모르게 들어온 그놈은 한동안 방문 앞에서 이리저리 탐색을 하고는 조금씩 살금살금 방 안을 돌아다니기 시작했을 것이다. 그러다가 자신의 코를 자극하는 어떤 냄새에 이끌려 서서히 자고 있는 내 쪽으로 방향을 잡고는 그야말로 어둠 속을 포복하는 자세로 가까이 가까이 다가왔을 것이다. 그때 내 방에는 음식과 관련된 어떤 것도 없었으므로 고기의 냄새가 있었다면 그것은 당연히 나의 것, 즉 나의 체취였을 테니까. 와서는 나의 머리맡에서 그 예민하고도 뾰족한 주둥이와 코로 내 머리카락 냄새도 맡아 보고 내 얼굴의 비지 냄새도 그 얄미운 놈은 느껴 봤을 것이다. 어쩌면 한두 번쯤은 좁고도 길쭉하여 거머리의 몸통이 연상되는 그 섬세한 혀로 내 얼굴의 어느 부분을 핥아 봤는지도 모르겠다. 먹기에는 너무 커서 주둥이는 대지 못하고 그냥 고기 냄새나 맡는 것으로 만족하면서 그 긴 시간 동안을 내 얼굴 쪽에서 빙빙 돌다가, 간혹 내가 뒤척거리거나 코를 고는 경우 한 번씩 놀라기도 하면서 그놈은 그 스릴을 즐기기도 했을 것이다.

'이걸 먹어 버려? 말아? 시체 같은 놈 같으니라고.'

그놈은 이렇게 나를 업신여기기도 하다가 입을 대면 한이 없겠으므로 – 내 키가 183센티미터에 몸무게가 75킬로그램이 넘으니까 – 내 고기를 맛보기는 포기하고, 동시에

'아, 적어도 이곳은 밤 동안에는 저 시체 같은 놈 때문에 안심해도 되는 곳이로구나. 앞으로 밤에는 이곳으로 와서 눈치 볼 필요 없이 좀 즐겨야겠군.'

하는 여유와 함께 이날 이때까지 눈치 보며 쫓기며 살아온 자신의 삶을 반추할 시간을 가지려 했는지도 모른다. 그렇게 제법 긴 시간이 흘러 이제는 얼마간 내 방의 분위기에 익숙해진 그놈이 마음까지도 느긋하게 잡순 채 밤마다 어디 머무를 만한 곳이 내 방 한 구석에 있는지 없는지를 체크하려던 바로 그때가 아침 7시쯤이었을 것이다.

아침 7시, 내가 잠에서 깨어나려고 맞춰 놓은 돌발적인 알람 소리로 인하여 그놈은 문자 그대로 그야말로 – 한자(漢字)도 같이 붙여 놓아야 더 실감이 나겠다 – 혼비백산(魂飛魄散), 자기 신장의 몇 배나 넘게 공중으로 튀어 오르며 자기가 나갈 방향이나 자기의 지

금 위치나 할 것 없이 모든 것을 놓쳐 버린 상태에서 벽까지 타게 되었을 것이며(그것은 분명 냉철한 판단이 없었다는 증거이다. 들어왔던 문으로 나가지 않은 것 말이다.), 그러다가 무작정 그 짙은 갈색 트레이닝복을 구세주처럼 붙들고 그 속에 몸을 숨긴 것이었을 것이다. 벽에 걸린 옷 속으로 숨을 요량을 가지고 거기로 튀어올랐겠느냐 하면 그게 아니라 놀라서 튄 방향이 공교롭게도 거기였을 것이라는 것이 나의 추측이다. 내가 만약에 몇 날 며칠 동안 그 방 안에만 틀어박혀 있었다고 가정해 보자. 그랬다면 그놈은 오도가도 못 하는 그야말로 '독 안의 쥐 – 트레이닝복 속의 쥐'가 되어 말라죽어 버렸을지도 모른다. 극도의 공포는 죽음보다도 두려운 것이니까.

내 기억의 출발점이 되는 D시의 D동에서도 나는 '공포로 인하여 죽음을 수용한' 그런 현상을 목격한 적이 있었다. 아직 초등학생도 되기 전의 일이었다. 그때 우리 집이 있었던 D동은 D시의 중구였음에도 불구하고 중심가를 조금만 벗어나면 초라한 초가집들로 동네가 구성되어 있을 만큼 오래된 빈촌들이 많았다. 그 중의 우리 집도 수십 년은 된 초가집이었는데 안방 문이 떨어져 나가버려 한 달 정도 군용 담요가 문을 대신했던 기억이 새롭다. 다섯 살 때쯤이었을 것 같다. 어느 날 저녁, 담요 문 앞에서 노래를 하며 재롱을 떨던 내가 갑자기 식구들의 시야에서 사라져 버렸다는 것이다. 제 노래에 흥이 겨워 몸을 움직이다가 담요 문에 몸을 기대는 순간, 문은 자동으로 밀리면서 나를 저 아래 부엌 바닥에 패대기쳐 버렸던 것이다. 노래를 흥겹게 부르던 애가 갑자기 흔적도 없이 사라져 버리자 아버지, 어머니를 비롯한 온 식구들은 황당한 상태에서 한참 동안을 찾아 헤맸다고 하는데 약간의 시간이 흐른 뒤 담요 끝자락을 들추면서 내가 찡그린 얼굴을 방 안으로 들이밀자 그 귀한 아들이 다쳤는지의 여부는 제쳐둔 채 온 식구가 집이 떠나라고 가가대소(呵呵大笑)하며 배꼽을 잡고 뒹굴었다고 한다. 체중이 적게 나가서 그랬던지 다친 곳은 없었다고 한다. 내 몸으로 우리 가족 모두를 웃겨 버린, 태어나서 최초로 수행한 몸 개그의 순간이었다.

바로 그날, 그 담요 문을 통하여 쥐새끼 한 마리가 우리의 모든 식구들이 지켜보는 가운데 정말 과감하게도 안방으로 돌진해 왔던 것이다. 고양이에게 쫓겼던 것일까, 알츠하이머와 관련된 몸짓이었을까. 나의 헌신적 퍼포먼스 이후 얼마 지나지 않은 시간이었다. 식구들이 모두 화들짝 놀라 일어섰다. 그리고는 모두들 열심히, 누구는 빗자루를, 누구는 막대기를, 누구는 방석을 손에 손에 쥐고서 서로의 몸들이 부딪치는 것도 감수하면서 무단으로 침입한 그 쥐 한 마리를 쫓아다녔는데 약삭빠르게도 그놈의 쥐새끼는 어디론가 잽싸게 숨어 버렸다는 것이다. 쥐와 함께 잠을 잘 수 없는 게 문명인이다 보니, 마치 야반도주를 준비하는 것처럼, 아닌 밤중에 거의 이삿짐 싸는 수준으로 장롱을 들어내어 그 밑이며, 앉은뱅이 책상의 서랍이며, 심지어는 이불 한 채 한 채까지 다 뒤져 가며 온 식구들이 그놈을 찾아댔으나 그날 밤, 그놈의 쥐새끼는 끝내 모습을 나타내지 않았다는 것이다.

"이렇게나 찾았는데도 없으면 밖으로 달아난 거지."

아버지께서는 가족의 안위를 책임져야 하는 부담감으로부터 벗어나기 위하여 이 한마디를 던지셨고, 지쳐 버린 온 식구들이 그 말에 무언의 동의를 하고 나서야 어느 가을밤의 활극은 끝을 맺었다는 것인데, 쥐새끼가 침입한 다음 날도, 그 다음 날도 아무 일은 일어나지 않았다고 한다.

그 사건을 거의 잊을 만한 몇 날 며칠의 시간이 흘렀다. 그리고 평온한 어느 날의 오후였다. 재봉틀 앞쪽에 있는, 조금 남은 실 뭉치며 재봉틀용의 작은 부품들이며를 넣어 두는, 직각으로 열리는 좁고 긴 서랍을 무심코 열어젖히던 어머니가 갑자기

"에그머니! 고레와 난다(이기 뭐꼬)!"

라는 일본식 비명을 지르며 몇 걸음씩이나 뒤로 물러나 버리시는 것이었다. 평소 침착하기로는 관운장의 뺨을 치며, 묵묵히 당신의 임무를 수행함에 있어서는 어떤 면에서는 아버지보다 더 아버지 같았던 어머니였기에, 그러한 어머니의 돌발적이고도 호들갑스러운 비명은 온 식구를 경악하게 할 수밖에 없었는데……, 아! 그 서랍 속에는 놀랍게도 며칠 전의 그 쥐새끼가 온몸에 물기란 하나도 없이 바짝 마른, 이름 그대로 하자면 참으로 쥐포가 되어 엎드려 있었던 것이었다. 잡히지 않으려는 의지, 공포를 인식하는 본능은 이렇게 죽음을 견디는 것이었다. 내 어린 날의 쥐에 대한 기억은 이렇듯 그로테스크하게 나의 뇌 속에 각인되어 있었던 것이다.

그날, 결국 나는 지각을 하고 말았으며 교장 선생님은 출장 중이셨다. 그래도, 몰라도 될 것까지 다 알고 계시는 교장 선생님이므로 내가 지각한 것을 그는 알고 계셨을 것이다, 나의 첫 경험까지

도…….

　방 옮기는 것에 대하여 섭섭함을 감추지 않았던 하숙집 아주머
니에게 대뜸
　"아줌마, 나 쥐한테 꼬추 물렸어요."
했다면 어떤 반응이 왔을까? 그런 말은 아주머니에게나 나에게나
별로 도움이 안 될 것이었기에 나는 아주머니의 섭섭한 마음을 모
르는 척하면서 방을 옮겨 버린 것이었다.

12. 정든다고 정 선생

유달리 눈이 많이 오는 해라고 나에게 별채 방을 빌려준 아주머니가 혀를 끌끌 찼다. 11월 중순부터 내리기 시작한 눈은 좀 녹을 만하면 또 내려 쌓이고 또 퍼부어, 12월 초의 어느 토요일에는 눈으로 인하여 논과 길을 구별하지 못할 정도가 되어 버렸다. 도시로 가는 차들은 12월 초의 며칠 동안 이 M면에 들어오지 않았다. 우리들은 고립되었다. 나는 나만의 고립이 아닌 모두의 고립을 마음속으로 즐기고 있었다. 학기말 시험 기간 중이었다.

이 선생이 제안했다.

"야, 최 선생. 우리 눈 쌓인 겨울 산에 올라가 볼래? 가다가 안 되면 산중턱 마을에서 고구마나 구워 먹고 오자, 쟤들하고. 어때?"

이 선생은 참 마음에 든다. 어쩌면 그렇게 기발하며 또 정, 박 선생과 가까이 할 기회를 잘 만들까? 나는 오른손 엄지와 검지 끝을 붙여 동그랗게 만들고 나머지 세 손가락을 쫙 펴서 대뜸 O.K. 사인을 보냈다. 듣던 중 반가운 소리였다.

　나의 월셋방에서 10미터쯤 되는 고샅을 나가면 소달구지나 경운기가 교행할 수 있을 정도의 제법 넓은 골목길이 나타난다. 거기서 오른쪽 길로 약 10미터를 나가면 M면의 메인 스트리트, 반대편인 왼쪽으로 방향을 잡고 조금 가면 오른쪽으로는 그 동네에서 제일 큰 건물인 농협 창고가 자리 잡았고 왼쪽으로는 정겨운 탱자나무 울타리가 이어져 있었다. 조금 더 올라가 작은 네거리 가운데서 직진하면 약 20미터 앞에 이 선생의 하숙집, 오른쪽으로는 학교로 출퇴근하는 논둑길, 왼쪽으로는 이어지는 탱자나무 울타리를 따라 인가가 제법 밀집해 있는 동네로 들어가게 된다. 이 선생이 하숙하는 집을 지나면 좌우의 논들을 가르면서 길은 계속 백화산으로 이어진다. 논은 우정호(이 선생 하숙집 주인 이름) 씨 집을 지나 50미터쯤 좌우로 펼쳐지다가 거기서 끝나고 곧장 오르막길이 되는데 여기서부터 길은 백화산의 한 골짜기로 접어들게 된다. 시계로 치면 10시 방향으로 꺾이면서 왼쪽은 개간해 놓은 밭들 옆으로, 오른쪽은 사람 냄새가 그리웠던 산이 스멀스멀 기어내려 와 있는 산기슭에 붙어 넓이 3~4미터쯤의 산길이 비교적 완만한 기울기가 되어 골짜기로 올라간다. 왼쪽의 밭들은 점점 그 폭이 좁아지면서 약 700~800미터 정도를 그렇게 오르다 보면 갑자기 눈앞을 턱 막아서는 제법 높직한 둑이 나타나는데 경사가 급해진, 오른쪽으로 난 길을 힘겹게 1분 정도 오르면 이제는 눈앞이 탁 트이는, 언제나 물이 찰랑거리는 보를 만나게 된다. 왼쪽에 보를 두고 오른쪽으로는 보의 넓이만 한 널찍한 공터가 펼쳐져서 '이 산중에 웬 운동장?'이라는 느낌이 들 정도다. 한 300평 정도 되는 제법 넓은 보는 그 찰랑거리는 물로 인하여 보의 주변 전체를 갑자기 활기차고 싱그럽게 만들어 버리는데 그래서 그런지 보 옆의 공터는 봄, 여름, 가을할 것 없이 온갖 기화요초가 늘 피고 지는, 어떻게 보면 별천지 같은 곳이다.

이 선생은 부임 후 지금까지 새벽마다 이곳으로 조깅을 했다고한다. 그러면서 이곳을 자기의 정원으로 찍어 두었다는 것이다. 물론 나에게도 조깅에 동참할 것을 권유해 마지않았으나 워낙 밤 늦게까지 교재 연구로 지친 몸인 내가 새벽에 일어나기란 대단히 버거운 노릇이었다. 어느 일요일 새벽, 내 방 앞까지 찾아와 종용하는이 선생을 한번 따라갔다가 나는 그만 그곳의 풍광에 홀딱 반해 버리고 말았다. 그래서 모처럼 일찍 일어난 날은 자발적으로 이 선생의 정원을 찾아 달려가곤 했다.

그 아름다운 보를 뒤로 하고 이제부터는 한층 좁아지면서 경사도 더 급해진, 좌우에 소나무 숲을 거느리며 위로 뻗어 있는 오솔길을 따라 몇백 미터를 더 오르면 초가집 몇 채가 정답게 옹기종기 붙어 있는 산촌이 모습을 드러낸다. 버섯 재배며 산나물 채취, 계단식 밭에서 포도 재배 등을 생업으로 하는 이 동네에서도 우리 학교에다니는 학생들이 몇 명 있다고 했다. 마을을 뒤로하고 이제는 등산의 개념으로 1시간 반 정도를 지그재그로 헐떡거리며 올라가면 마침내 백화산 정상이었다.

그 마을과 산길에 눈이 쌓여 있고 그 위로 함박눈이 또 내리고 있는 장면을 머리에 그려 보시라. 내리는 눈과 더불어 눈 쌓인 산길을, 그것도 한창 관심을 쏟고 있는 대상과 동행한다는 것은 얼마나 낭만적인 그림일 것이냐. 두근거리는 가슴을 안고 무릎까지 푹푹 빠지는 눈길을 걸으면서 손잡아 의지가 되어 주기도 하고 때로는 허리까지 빠져서 허우적거리는 상대방을 빼 주려고 하다가 자기도 그만 넘어져 버린 후 둘이서 함께 안고 그 푹신한 눈 속을 뒹구는 장면은 비단 멜로 영화에서만 잘 써 먹는 연출 기법이 아닐 것이다. 눈길 걷기에 조금 익숙해지면 이제는 조그맣게 눈을 뭉쳐 눈싸움도 해 가면서, 또는 장난을 무기 삼아 눈덩이를 상대방의 뒷덜미로 쑤셔 넣는 척, 그 날 듯 말 듯한 보드랍고도 따뜻한 살 냄새와 더불어 페로몬의 존재를 확인해 보기도 하면서 눈꽃 만발한 오솔길을 올라가는 낭만을 나는 그리고 있었다. 눈으로 인하여 사람의 자취는 끊어졌는데 호젓한, 그러나 풍성하기 더할 데 없는 이 겨울의 전반부에서 한 쌍의 남녀가 그런 눈 속의 데이트를 즐기다 보면 어느 순간, 자연히 눈은 맞추어질 수밖에 없을 것이다. 그리하여 그중의 한 사람이 아름드리 소나무 뒤로 몸을 숨기게 되고, 남은 한 사람은 상대방이 저쪽 나무 뒤에 숨은 걸 뻔히 알면서도

'어디 갔을까? 봉우 씨, 어디 있어요?'

하면서 찾는 시늉이라도 내다가 마침내 그 소나무 뒤까지 마음에 끌려서 가게 된다면 사건은 터지게 되는 것이다. 불꽃 튀는 눈 맞춤의 짧은 찰나 이후 그들은 기다렸다는 듯이 상대방을 호흡하는 것이다. 간혹

'너는 숨어라. 나는 너를 찾을 마음이 없어요.'

와 같은 경우도 상정해 볼 수 있는데 그럴 경우는, 천재일우의 기회를 놓치는, 아깝기 그지없는 순간이지만 어쩔 도리 없이 다음 기회를 만들 수밖에는 없다.

나는 정 선생과 그런 기회를 만들고 싶었다, 눈 속에서 눈을 맞추는……. 그리하여 나는 그녀와 특별한 관계를 맺고 싶었다. 수봉 골짜기를 다녀온 6월 이후 우리 네 사람(이 선생, 나, 박 선생, 정 선생)은 그 전보다 교류가 갑자기 잦아졌는데, 학교에서는 다른 선생님들의 눈치가 있으니까 친하게 지내는 티를 보일 수 없었지만 퇴근을 하고 나면, 한두 해 선배라도 알게 모르게 의지하게 되는 게 선배니까, 졸업하면 선배는 후배들의 밥이니까, 이 선생네 방을 아지트 삼아 자주 모이게 되는 것이었다. 이를테면 이렇게 말이다.

내가 저녁을 먹고 이 선생네 집으로 놀러 간다. 이 선생네 집은 동네 한복판이 아니고 좀 떨어져 있기 때문에 다른 사람들의 눈을 피하기가 쉬웠다. 뭐 역적 모의도 아니고 비밀 회합도 아닌 이상 다른 사람들의 눈에 띄어도 별 볼 일이야 있었겠냐마는 뭐든지 남의 입에 오르내리는 건 별로 유쾌한 일이 아니므로 가급적이면 회자(膾炙)의 대상이 안 되는 게 마음 편한 일이었다. 그렇게 놀러 가서는 이 선생의 기타에 맞추어 노래를 부르기도 하고 대학 시절의 이야기들도 나누면서 시골의 무료한 밤 시간을 때우는 것이었다. 그때 우리가 자주 불렀던 노래는, 목소리를 저 어금니 쪽에서 내어 독특한 음색을 자랑했던 서유석의 '강', '담배'나, 목소리가 비강을 거치되 코로 빠지지 않고 입으로 나오면서도 투명했던 양희은의 '아

름다운 것들', '타박네', '늙은 군인의 노래' 같은 것들이었다. '담배'
라는 노래는 아직도 멜로디와 함께 가사가 떠오른다. 어느 시인의
시라고도 하는데 그 시인이 누구인지는 모르겠다.

두 손가락에 끼여
삶과 죽음의 허무를 가르쳤다.
삶과 죽음의······.
두 입술에 물려 물려
사랑과 미움의 갈등을 배웠다.
사랑과 미움의······.
머 – 엉히
들창 밖을 내다보는 버릇이
너 함께 너 함께
이루어지는 날
내 삶은 색동저고리를 벗고
하얀 소복을 입었구나.

그렇게 놀고 있으면 박 선생과 정 선생이 둘이서 짝이 되어 이 선
생네 방을 찾아오는 것이다. 갑자기 분위기는 화기애애해지고 한
바탕 혼성의 중창이 방 안 가득 울려 퍼지게 된다. 이럴 때 자연히
박 선생은 이 선생 옆에 바짝 붙어 앉게 되었지만, 정 선생은 내 쪽
으로 붙기도 아직은 서먹서먹하고 나도 그녀에게 가까이 다가가기
에는 좀 어색해서 마음이 약간 불편해지곤 했었다. 그러한 몇 번의

모임들을 겪으면서

'이 선생은 박 선생과 짝이 되고, 나는 정 선생과 짝이 되면 좋겠다.'

는 생각이 내 맘속에서 굴뚝같이 솟아오르기 시작하는 것이었다.

정 선생은 예쁨과 그저 그럼 사이를 왔다갔다 하는 얼굴이었다고 앞에서도 잠깐 언급한 적이 있었지만 성격은 참으로 시원스럽고 활달하였다. 평소에 이럴까 저럴까 망설임이 많은, 한마디로 햄릿형의 결정 장애적인 성격을 가진 나로서는 그러한 정 선생의 성격이 마음에 들기 시작하였다. 그녀는 곤란하거나 당혹스러움을 느낄 만한 질문에도 명쾌하면서 즉답적인 반응을 보였다. 혹 연세 많으신 선생님들께서 처녀 선생님을 놀려 보려는 심산으로

"정 선생, 결혼해서 신랑이 바람 피우면 어떻게 할래요?"

같은, 조금은 유치하지만 짓궂은 질문이라도 던질라치면, 다른 여선생님들은 아무 말 없이 웃고 치우거나 슬쩍 자리를 피하거나 할 텐데도 그녀는

"선생님, 그때는 맞바람을 피우면 되죠. 이에는 이."

하면서 마치 미리 생각해 놓은 듯한 대답을 주저 없이 던져 버린다거나, 과학 선생님들이 회의를 하면서 실험 기자재가 없어 ― 시골학교의 최대 약점이다 ― 실험 단원 수업을 어떻게 해야 할까를 고민하고 있을 때, 정 선생은 잠시의 망설임도 없이

"실험 그거 안 하면 되죠. 이론으로 때워 버리면 되죠, 뭐."

하면서 고민거리를 없애 버리는 대답을 해 버리는 것이었다. 물론 그녀의 대답들이 정답에 가깝다거나 완벽한 해결책이 된다거나 하

는 것은 아니라 하더라도 그 대답이 시원시원하고 막힘이 없어 듣는 사람들이 후련함을 느끼게 된다는 말이다.

6월 달에 수봉 골짜기로 놀러 갔을 때 나는 정 선생의 담력에 또한 놀라기도 했다. 오후의 늦은 간식을 라면으로 때우고 나서였다. 절벽 위 쉼터에는 이 선생과 내가 앉아서, 절벽 아래쪽 물가에서는 박 선생과 정 선생이 모래사장에 누워서 쉬고 있었는데 그때 장난 좋아하는 짓궂은 이 선생이 절벽 위에서 주먹만 한 돌멩이를 하나 들고는

"정 선생, 이거 던지기 전에 일어나."

하면서 돌멩이를 정 선생 쪽으로 떨어뜨리려는 시늉을 했다. 그러자 옆에 함께 누워 있던 박 선생은

"어머나, 그러지 마요, 선생님."

하면서 발딱 일어나 물 쪽으로 피해 버렸지만 정 선생은

"배짱 있으면 던져 보시지."

하면서 그대로 누워 있는 것이었다. 여자 후배가 그렇게 나오자 오기가 생긴 이 선생이

"정말 던진다."

하니까

"던지세요, 던져. 여기가 뭐 자기 땅인가?"

하는 유치한 대답에 이어 이 선생이 정말로 그 돌멩이를 던져 버렸는데 옆에서 보고 있던 내가

"어이쿠!"

하는 비명을 지를 정도로 그 돌멩이는 그녀의 얼굴 쪽을 향하여 날아가는 것이었다. 정 선생은 그대로 누워 있었는데, '퍽'하는 둔탁한 소리와 함께 그 물체는 그녀의 얼굴 바로 옆에 떨어지면서 약간의 모래알들을 그녀 얼굴에 튀게 할 정도로 가슴 서늘한 순간을 연출했던 것이었다. 던진 이 선생이 오히려 깜짝 놀라 절벽 밑으로 달려 내려가서 그녀에게 사과하는 촌극까지 벌어졌는데, 돌아오는 길에 정 선생과 박 선생을 앞장세워 놓고 이 선생이

"와, 최 선생. 아까 내가 돌멩이 던진 것 있지? 그때 내가 엄청 놀랐어. 뭐 저런 애가 다 있나 몰라."

하면서 평소 자기 딴에는 한 깡 한다는 이 선생조차도 혀를 홰홰 내둘렀던 것이다.

"이과(理科) 출신들은 다 그렇게 깡이 있고 막무가내예요?"

하고 내가 미간을 찡그리면서 물으니까

"그게 아니고 저 정 선생이 독한 애야, 독한 애."

라면서 이 선생은 그 돌멩이가 정 선생 얼굴에 떨어지지 않은 것에 대하여 천주님께 감사하며 자신의 오른손으로 위쪽, 아래쪽, 왼쪽, 오른쪽 성호를 긋느라고 바빴다.

"왜 안 피하고 있었어요? 그러다가 정말 맞았으면 괜한 오기 때문에 얼굴 박살날 건 생각도 안 하고……."

며칠 후 조용한 교무실에서 내가 조심스럽게 물었을 때 내 말이 미처 끝나기도 전에 정 선생이

"한 번 죽지 두 번 죽겠어요? 맞으면 할 수 없는 거지. 사실 피할 시간도 없었어요. 내가 잘못한 것도 없는데 맞기야 했겠어요? 맞았

으면 이 선생이 데리고 살아 주겠죠."

하고 배시시 웃는 것이었다. 참 나, 말이 안 나왔다.

정 선생의 담력과 명쾌함이 어디서 오는지 멍청한 내가 어찌 알겠는가마는 짐작해 보건대 조선 시대에 열혈 사대부 많이 배출한, 강단 있는 동래 정씨 집안의 핏줄로 인한 것일 수도 있겠으며, 정 선생의 개인적인 자신감, 이를테면 물리교육과를 수석 입학하고 수석 졸업한 자신의 능력을 바탕에 깔아 놓은 자존감 등도 그러한 성격 형성에 한 몫을 하지 않았겠는가 하는 생각도 드는 것이었다. 아니, 거꾸로 생각해 볼 수도 있을 것이다. 하여튼 그녀는 어떻게 보면 털팔이 같은, 영어를 섞어서 미안하지만 보이시한 매력을 가진 여자였다.

흔히 자기의 반쪽은 자기가 가지지 못한 것을 가진 존재에게서 구한다고 하던가? 그녀가 가진 모든 것이 매력적으로 다가오기 시작했다. 거기다가 M면(이 M면은 MD면이다.) 옆의 MS면에 있는 MS중학교에서 과학교사로 근무하고 있던 K고등학교 후배를 완행버스 안에서 우연히 만난 적이 있었는데 그 친구의 입으로부터 정 선생에 대한 호의적인 발언을 듣게 된 것도 그녀에 대한 나의 호감이 배가되는 데 한몫했을 것이다.

"선배님, 정 선생하고 같은 학교 근무합니까? 정 선생요, 대단합니다. 머리 잘 돌아가지, 맺고 끊는 거 분명하지, 얼굴도 그만하면 빠지지는 않잖아요. 내가 정 선생 2년 선밴데 우리 과 전체가 정 선생한테 쥐여 살았지요. 선배님, 잘 함 해 보세요. 대업니다, 대어(大魚)."

하여튼 그리하여 나는 정 선생에게 서서히 끌려가는 나 자신을 발견하게 되었던 것이다. 일단 내 마음이 그녀에게 끌리기 시작하자 그 후로는 걷잡을 수 없는 연모의 감정이 소용돌이치기 시작했다. 나의 오각과 일감은 온통 그녀의 일거수일투족 감시를 게을리하지 않았다. 아니, 그때는 뒤통수에도 눈이 달린 것 같았다. 등을 지고 앉아 있는데도 그녀의 모든 행동이 눈으로 보이는 것이었다. 특히 이 선생이 거슬렸다. 같은 과학과랍시고 둘이서 과학실에 들어가 무얼 하는지 한참을 나오지 않는다든지, 교무실 저쪽에서 둘이 이쪽을 흘깃거리며 무슨 이야기가 그렇게 재미있는지 히히덕거린다든지 하는 등의 행동들이 나에게는 죽을 맛을 씹게 하는 것이었다. 남자의 질투란 이런 것이라고 자조하며 나는 나의 나답지 않은 행동들에 스스로 실망하면서도 그 굴레로부터 벗어날 수가 없었다. 그녀도 자신에 대한 나의 마음이 예사롭지 않음을 눈치챘음인가, 그때부터 조금씩 나와 거리를 두기 시작하는 것 같았으며, 자꾸만 멀어지는 거리감을 느낌으로써 나는 더욱 의기소침해지고 있었던 것이다. 그렇게 기다려지던 식사 시간도 심드렁해졌으며 따라서 밥맛도 없어서 억지로 몇 숟가락 물에 말아서 퍼 넣는 수준을 넘지 못하는 시간들이 되풀이되었다. 교재 연구도 책만 펴 놓고는 정 선생 이름 쓰는 것으로 대체되었다. 정인자(鄭仁子), 정인자, 인자, 인자야…….

'이래서는 못 살겠다. 죽이 되든 밥이 되든…….'

하고 나는 생각했다. 몇 번이나 그녀 집 앞에서 딸막거렸던 나의 행동에도 가부간 종지부를 찍어야 할 판이었다.

9월의 어느 날 저녁, 그날을 기억한다. 그날은 교직원 신체검사를 하느라고 오전 수업을 마친 후 전 교사들이 S읍의 어느 병원으로 출장을 간 날이었다. 나는 언제나 신체검사를 할 때면 주눅이 들곤 했었다. 그것은 나의 나쁜 눈, 자주 아픈 치아 등에 대한 지적을 여과 없이 당해야 하는, 어떻게 보면 나의 치부들이 까발려지는 시간이기 때문일 것이었다. 그날도 별로 유쾌하지 못한 기분으로 검사를 마치고 S읍을 돌아다니다가 나는 계획에도 없이 유리병에 든 커피 가루를 한 병 샀다. 갑자기 이 피를 말리는 시간으로부터 탈출해야 한다는 생각이 문득 들었기 때문이었다.

'나는 해야 할 게 많지. 교재 연구도, 근거지 없는 우리 가족에 대한 생각도, 책 읽기도…….'

불확실한 한 여자 때문에 시간을 낭비할 여유가 없다고 나는 생각했다. 돌아오는 완행버스 안에서 나는 오늘 결판을 내야 한다는 결심을 굳혔다.

그날, 저녁 시간이 되었는데도 식탁에는 나와 눈빛이 착한 강 선생님 둘뿐이었다. 순경 아저씨들과 두 분의 선생님들은 외식을 한다고 보이지 않았다.

"최 선생, 애인 있어?"

젊었을 때 여자깨나 울려 봤다는 강 선생님의 돌발적인 질문이었다. 나는 갑작스러운 질문에 입 한 가득 씹던 밥을 미처 삼키지도 못한 채 허겁지겁 대답거리를 찾아야 했다.

"예? 아니, 아직…….."

"먼 데서 찾을 생각하지 마. 인연은 툭 튀어나오는 거야."

"아, 예."

"내가 총각이라면 말이야, 최 선생. 나는 맞벌이 부부로 살았으면 좋겠어. 그리고 맞벌이 부부 중에서도 교사 부부로 살아 보는 게 원이야. 마누라가 집에서 살림만 해야 한다는 남자들의 시건방진 생각은 버려야 해. 능력도 없으면서 말이야. 교사 부부 얼마나 좋아? 출퇴근 시간 비슷하지, 방학 같이 보낼 수 있지, 여자도 남자하고 똑같은 대우 받지, 관심사가 같아서 서로 말도 통하지, 이쪽이 저쪽을 도와줄 수도 있잖아? 여러 모로 도움이 되는 짝이야. 특히 남자는 더 유리해. 임신은 여자가 하니까 말이야. 자기 여자가 불룩한 배를 안고 교단에 서는 게 좀 부담되고 안쓰럽긴 하지만 그건 여자가 감당해야 할 문제잖아? 평생 동안 관심을 주고받으며 같이 살아야 할 부부지간에 유·불리를 따지는 게 너무 각박하단 생각은 들지만 이를테면 그렇다는 거지. 가장 큰 장점은 아무래도 수입이 두 배잖아. 물려받은 재산 없는 사람에게는 부부 교사보다 더 빨리 일어설 수 있는 방법이 없어."

강 선생님은 조목조목 따져 주면서 마치 자기가 지금 결혼할 나이가 되어 짝을 찾고자 하는 의지를 가진 것처럼 이야기하고 있었다.

"그런데 아무리 부부 교사가 유리하더라도 마음에 드는 사람이 없으면 할 수 없는 것 아니겠습니까?"

나는 어디까지나 원칙론, 즉 사랑 ─ 이 글 앞에서의 '사랑'에 대한 나의 언급은 결혼하고 나서 내가 깨달은 것이므로 총각 당시의 내 정신 상태와는 아무런 관계가 없다. 이 점 양지하시기를…….
인식(認識)은 바뀔 수 있고, 인식이 바뀐다는 것은 그의 사고가 발전하고 있다는 증거이다 – 없는 결혼은 불가능하다는 견해를 제시했다. 그랬더니 강 선생님이 갑자기 흥분하기 시작하셨다.

"마음? 사랑? 그거 다 한때야. 그런 면에서 신은 공평한 거지. 무슨 말이냐 하면 신은 젊음에게는 가능성을 주었지만 사랑이라는 함정도 동시에 옆에 파 두었고, 늙음에게는 시간이라는 가능성은 빼앗아 가 버렸지만 경험과 이력이라는, 인생과 세상을 보는 눈을 하나 더 달아 주신 거지. 젊은이들은 사랑이라는 함정에 빠져 허우적거리면서 그 가능성 많은 시간을 허비하고 말아. 시간을 허비하는 것이 청춘이 가진 특권이라고 착각하면서 말이야. 그래서 현명한 젊은이는 늙은이의 경험을 존중하면서 슬쩍슬쩍 그걸 컨닝해서는 자신이 가진 가능성에 그것을 접목시켜 물질도 얻고 부차적으로 사랑이라는 것도 취하게 되는 거야."

강 선생님은 이제 밥 먹을 생각을 잊어버리신 것 같았다. 오른손에 숟가락과 젓가락을 포개 쥐고는 왼손으로 오른손을 덮은 채 이야기를 계속 이어 가셨다. 자신이 부부 교사가 되지 못한 한을 나를 통하여 풀어 보기나 하려는 것처럼…….

"최 선생, 사랑하므로 결혼하겠노라는 생각은 참 순수하지만 근시안적인 거야. 옛날도 아니지. 몇십 년 전만 하더라도 집안 어른들끼리 술 한 잔 마시면서 농담처럼 한 약속으로 결혼한 짝들이 얼마나 많았어? 그들이 처음부터 사랑이라는 농익은 감정을 가지고 시작한 건 아니지 않겠어? 그렇게 맺어진 짝들이 오히려 사랑함으로써 결혼한 이 시대의 짝들보다 자식들 더 많이 낳고 더 튼튼한 가정을 꾸려 나가지 않았나? 살면서 끈끈한 사람 사이의 정이 형성되는 것의 증거야, 그게. 신은 젊은이들에게 사랑이라는 달콤한 열병을 제공하는 대신에 분별력을 상실하게 하셨지. 물론 두 사람 사이에 좋아하는 감정이 생기는 것은 모든 연령층의 사람들이 피해 갈 수 없는 감정이긴 하지만 아무래도 맺어질 가능성은 젊은이들 사이에서 그 확률이 높다고 봐야지. 그러고는 헤어지기를 또 밥 먹듯이 하는 거지. 얼굴? 여자의 얼굴? 그게 누구를 위한 얼굴이야?"

강 선생님은 점점 높아가는 언성을 굳이 조절하려고도 하시지 않고 큰 소리로 자신이 가진 여성의 얼굴관을 피력하기 시작했다. 강 선생님의 입에서 밥풀 하나가 톡 튀어나와 물김치 사발 안으로 $[y=-\frac{1}{x}(단, x>0):$⊣$]$의 포물선을 그리며 떨어졌다. 나는 모른 체했다. 국물 안 떠먹으면 그만이니까.

"얼굴 예쁘장한 여자와 살면서 싸움 몇 번 해 봐. 그 메리트는 순식간에 사라져 버리는 거야. 오히려 예쁜 얼굴은 마음속의 악이 위장된 것처럼 느껴지는 거야. 못난 사람은 '아, 못났으니까 마음도 그러네.'라고 수긍하면서 포기하고 살지만 예쁜 사람은 '정말 겉 다르고 속 다르네. 나쁜 마음을 저런 예쁜 얼굴 속에 감추고 있다니.' 하면서 더 괘씸한 거야. 마치 나를 속인 것 같은……. 그리고 예쁜 얼굴의 효용이 다른 사람들에게 '우리 마누라요, 마누라가 예쁘니까 못생긴 아내와 살고 있는 당신들 내가 부럽지요?'밖에 더 있어? 그래서 나에게 돌아오는 게 뭐야? 다른 사람들에게 자기 마누라 예쁜 얼굴 보여 주기 위해서 얼굴 예쁜 여자와 결혼하는 건 아니잖아. 2세? 2세들 얼굴은 자기들 팔자야. 부모가 잘생겨도 메주덩어리 같은 게 나올 수 있고, 부모가 별로여도 양쪽의 좋은 점만 똑 따서 이

뿐 애들이 나올 수 있는 거야."

자문자답하고 계시는 강 선생님의 부인이 예쁠 것이라고 나는
어렵지 않게 상상할 수 있었다. 자신의 체험이 아니라면 저렇게 확
신에 찬 손가락질은 어려울 것이라고 나는 생각했다. 잠깐 동안 뜸
을 들인 후 강 선생님은 갑자기 무엇을 상상하는 듯 시선을 한껏 높
이더니 나직이

"금테 두른 것도 아니고 말이야."

혼잣말처럼 중얼거리시는 것이었다. 말귀를 잘 못 알아들은 내가

"예? 무슨 테요, 나이테요?"

하고 반문하자 강 선생님은

"아니, 뭐……."

그냥 얼버무리시는 것이었다.

밥 두 숟가락 퍼 넣을 만큼의 시간이 침묵 속에 지나갔다.

"최 선생."

"예."

강 선생님의 목소리가 갑자기 가라앉았다.

"그래서 말인데 정 선생 어때?"

나는 순간 멸치볶음을 더듬던 젓가락질을 멈추었다. 젓가락에
끼였던 몇 마리의 마른 멸치들이 낙하하고 있었다. 마음속의 한 부
분이 그대로 노출되어 강 선생님이 이때까지 빤히 보고 계셨던 것
이나 아닌가 싶어서 나는 내 가슴 부분과 그 밑으로 시선을 깔고 드
러나 있을지도 모를 그 부분을 찾아 볼 정도였다.

"정 선생 말씀이십니까? 과학과 정 선생요?"

애써 침착함을 유지하면서 나는 강 선생님에게 반문하였다.

"그래, 그 정 선생 말고 다른 정 선생 누가 있어? 참, 교감이 정 선생은 정 선생이지. 내가 쭉 살펴본 바로는 처녀 여 선생들 중에서 정 선생이 제일 괜찮아 보여. 문 선생, 박 선생, 김 선생, 윤 선생, 제주도 강 선생, 영어과 성 선생 들 중에서 정 선생이 제일 나아. 정 선생은 나중에, 비상시에 말이지, 자기 지아비 먹여 살릴 적극적인 생활력을 발휘할 성격을 가졌어. 얼굴도 그만하면 짜증나는 편은 아니잖아? 한마디로 결혼 상대자로는 제격이라는 거지. 남편이 직업이 없어도 미루거나 탓하거나 불평하지 않고 활기차게 벌어 먹일 여자야, 정 선생은……. 그리고 마지막 하나, 마누라 잔소리 그거 죽이는 거거든? 부부간에 말다툼이 있을 때마다 한없이 되풀이되는 게 바로 마누라 잔소리라는 거야, 최 선생은 아직 실감이 안 나겠지만……. 연애할 때 섭섭했던 마음을 애 셋 낳고 키울 때까지도 안 잊어 먹고 되풀이하는 게 바로 마누라 잔소리라는 거야. 오죽하면 잔소리 듣기 싫어서 이혼하는 커플도 다 있을까. 학자들 말에 의하면 남성과 여성은 뇌 구조에 차이가 있어서 여성은 잔소리를 하게 되어 있대. 안 하면 안 된대. 그만큼 여자 쪽을 접어주는 것 같아. 그런데 이상한 건 자기가 잘못했을 때는 끽소리 않고 있다가 남편이나 아이들이 자기와 똑같은 잘못 – 잘못이라고 해 봤자 양말 통에 양말 안 넣기, 같은 수건 여러 번 쓰기, 밥 먹은 그릇 설거지통에 안 넣고 밥풀 말리기 등과 같은 아주 사소한 것이지만 – 을 저지르면 그걸 발견하는 순간부터 속사포처럼 잔소리를 내리 쏘아대는 여인들의 그 사고 메커니즘을 남자들은 이해하질 못하겠다는 거지. 논어(論語)에 있는 '責人之心(책인지심)으로 責己(책기)하고, 恕己 之心(서기지심)으로 恕人(서인)하라: 남을 꾸짖는 마음으로 자신을 꾸 짖으며, 자신을 용서하는 마음으로 남을 용서하라.'는 명구(名句)가 여편네들의 잔소리 철학에는 먹혀들지를 않는다는 거지. 그냥 팔 자(八字)려니 하고 한쪽 귀로 듣고 다른 쪽 귀로 흘려보내 버릴밖에 는……. 그러니까 그걸 윽박질러서 막으려고 하면, 즉 여자들의 스 트레스 해소의 한 방편이 잔소리를 해대는 것인데 그걸 아무 대책 없이 막기만 하려고 하면 우울증이나 화병 같은 부작용이 생겨 더 어려운 일이 발생할지도 모른다니까……. 그러니까 그렇게 강압 적으로 눌러 버리는 무식한 방법은 안 될 것이고, 적어도 잔소리의 횟수가 최소화되도록 힘을 써야겠지? 그러려면 가능한 한 잔소리 의 빌미를 제공하지 않아야 한다는 거야. 그러니까 여자의 잔소리 가 싫은 남자는 자꾸만 여자의 눈치를 살피게 되는 거지(여기서 '남편' 이 아니고 '남자'인 것은 결혼 전 사귀는 사이에서도 그 상황은 동일하다는 것이다.). 처음에는 잔소리 안 들으려고 눈치 보다가 그런 상황이 지속되면 눈치 보는 게 버릇이 되어 자기도 모르게 아무 때나 여자 눈치를 보 게 되는 소위 공처가가 되고 만다는 거야. 뭐, 남자가 힘이 딸려서 여자한테 쥐어 사는 건 아니잖아, 상식적으로 생각해 봐도……. 제 일 좋은 건 너 따로 나 따로 노는 거지, 뭐. 아예 원천봉쇄하는 편이 나은 거야. 그 방안 중 하나가 무관심이고 무대화야. 나도 잔소리 안 들으려고 집사람이 무얼 하든 신경도 안 써. 그게 편해. 이렇게 주말 부부로 지내는 게 나에게는 행운이야. 삼대에 걸쳐 덕을 쌓은 결과인 게지, 허허허……."

갑자기 두서없는 여자 잔소리 얘기에 자신의 가정 얘기까지 쏟아붓던 강 선생님이 옆 눈으로 내 눈치를 슬쩍 보는 듯싶더니 손바닥으로 자신의 입을 막는 손짓을 하며 말을 중단했다. 사모님에 대한 평소의 불만이 자신도 모르게 터져 나온 것 같았다. 오죽했으면……. 잠시 후회하는 눈빛으로 뜸을 들이던 강 선생님은 자신이 먹였던 재갈을 스스로 푼 뒤, 말을 맺어야겠다는 마음이었던지 바로 이어서 이렇게 마무리하셨다.

"내가 왜 이런 말을 하느냐 하면 적어도 정 선생은 덜 그럴 것이라는 게 내 오랜 경험상의 판단이기 때문이야. 정 선생? 쿨(cool)하잖아. 겪어 보니까 그렇지? 이 세상 여자들 중에 쿨~한 여자는 1%가 채 안 된다는 게 내 지론이거든. 어때? 지금부터라도 주의 깊게 살펴보라고. 이때까지 전혀 생각을 안 하고 있었더라도 지금부터 마음속에 정 선생 자리를 하나 마련해 놓고 이렇게 저렇게 저울질 해 봐. 그러면 없던 정도 나게 돼 있는 거야. 어, 정 난다고 정 선생인가?"

마지막 말씀은 차라리 안 보태셨으면 어땠을까 하고 나는 고개를 숙인 채 멋쩍은 웃음을 조금 흘렸다. 강 선생님도 그런 나의 눈치를 슬쩍 살피더니 한두 번의 헛기침으로 자신의 머쓱함을 추스른 후에

"알아들었지, 내 말?"

하면서 나를 향한 길었던 충고를 끝맺고 계셨다.

강 선생님이 혹시 정 선생과 친인척 관계에 있는 것이 아닐까? 그녀의 부모로부터 괜찮은 총각 선생을 알아 봐 달라는 사주를 받

은 강 선생님은 나를 그 대상으로 점찍어 놓고 그게 아닌 것처럼 딴 전을 피우면서 나보고 정 선생을 관심 있게 지켜보라고 종용하는 게 아닐까? 몇 초 정도의 짧은 소설 내용이 나의 머리를 스치고 지나갔으나 정황상으로 파악했을 때 그것은 그야말로 소설에 불과한 것이었으며, 내 생각이 소설적이라는 것을 내가 확신한 근거는 내가 우선 괜찮은 총각이 아니기 때문이었다.

"예, 강 선생님의 좋은 충고 감사합니다. 저도 정 선생이 좋은 사람인 걸 알고 있습니다. 열심히 살펴보겠습니다."
라고 말하면서,

'벌써 그렇게 하고 있습니다.'
라는 말은 억지로 삼키면서 나는 강 선생님과의 1시간여에 걸친 식사 시간을 마무리하고 있었다. 그렇다는 말이지? 인생 선배인 강 선생님의 안목으로도 정 선생이 그 중 괜찮게 보였다고 한다면 오늘 저녁에 내가 시도하려는 행위는 헛짓이 아니고 타당성을 획득하는 것이었다. 강 선생님의 충고는 지금까지의 나의 대 여자관을 바꾸고 싶을 만큼의 충분한 설득력을 지녔으며 또 흘려 넘길 것은 하나도 없는, 구구절절이 옳은 말씀들뿐이었다.

나는 혹시 모를 돌발적인 사태에 대비하기 위하여 이를 닦았다. 충실한 독자라면 내가 왜 이를 닦았는지 알 것이다. 그런데 다른 사람들 다 하는, 그것도 하루에 세 번씩이나 하는 이 닦는 행위를 무슨 자랑이나 하듯이 이렇게 떠벌리느냐 하면 나에게는 대학 4학년 때의 순자와의 사건 외에도 트라우마처럼 따라다니면서 영원한 아쉬움으로 남겨질 기억이 또 하나 있기 때문이었다. 이걸 말해 버려? 말아?

애길 할까 말까 망설이는 마음이 한순간 나의 뇌리를 흔들어 놓는다. 왜냐하면 이걸 읽을 사람들(읽힐 기회나 있을까 몰라.)이 나를 너무 지저분하게 여기지나 않을까 하는 걱정이 앞서기 때문이다.

'쟤는 이를 잘 안 닦나 봐. 생긴 대로 노네.'

또는

'총각이라면 언제 어떻게 닥쳐올지 모를 상황에 대한 대비가 항상 되어 있어야 하는 것 아닌가? 쟤는 돌발 상황에 대한 대비 없이 세상을 살아가나 봐. 그러니까 애인이 없지.'

등 나의 게으름에 대한 핀잔도 상상해 봐야 하는 것이다. 그렇지만 서사라는 장르가 자기 고백으로부터 출발했다가 남의 얘기로 이름을 내고 마지막에는 역사를 나름대로 해석해 보는 것으로 끝을 맺는다니까 이쯤에서 부끄러움을 무릅쓰고, 말이 나온 김에, 그 얘길 해 버려야 할 것 같은 욕구가 내 안에서 샘솟고 있는 이때를 놓쳐 버리면 나중에 나는 울면서 후회할지도 모른다. 그래서⋯⋯.

내가 대학교 2학년 때 JM이라는 그 애는 여고 3학년이었다. 어떻게 만났느냐 하면 나는 그 애한테는 소위 '교회 오빠'였던 것이다. 하나님의 독생자 예수 그리스도의 가르침에 따라 언제나 착하고 순수하며 자기 후배들, 특히 여자 후배들에게는 그야말로 자상하기 그지없을 뿐만 아니라 아무리 어두운 구석에 둘만 있는 절호의(?) 기회에서도

'오, 하나님, 저의 욕망으로부터 이 애를 지켜 주시옵소서.'

하고 기도만 할 줄 안다는 '교회 오빠'. 그러나 호박씨는 제일 잘 간다는 '교회 오빠'. 혹시 순자와 양다리를 걸친 게 아니냐고 의심의 눈초리를 옆으로 슬쩍 돌리는 독자가 있다면 그건 오해라고 자신 있게 말할 수 있다. 그 당시 순자와 나는, 아시다시피, 별 볼 일 없는 사이였다. 간혹 그냥 집에 놀러 와서 그 예쁜 얼굴을 한바탕 자랑하고 사라져 버리는 정도의 친분밖에 없었으니까 그걸 양다리라고 하면 그건 어폐가 있는 것이다. 그건 마치 엄마나 누나가 있는 남학생이 애인이나 여자 친구를 사귀면

'너는 양다리를 걸쳤다. 두세 여자를 동시에 아니까.'

라고 하는 것과 똑같다. 또한 그걸 양다리라고 평가하는 사람이 있다면 그건 나를 지나치게 과대 평가하는 것이라 할 수밖에 없다. 내 몰골이나 능력을 잘 모르고 내리는 판단일 테니까.

그 애는 참 서구적으로 생겼는데 나는 처음부터 그 애에게 호감을 느꼈다. 왜냐하면 그 애는 그 당시 내가 푹 빠져 있었던 미국 여배우 제인 폰다를 쏙 빼다 박은 얼굴을 하고 있었기 때문이었다. 나이 들어서는 예일대를 나왔다는, 고양이 눈을 가진, 지성파 미국 여배우 조디 포스터에게 홈빡 빨려 들어가, 잠 설치는 밤이라도 만날라치면 내 마음의 연인 조디를 떠올리며 잠을 청할 정도였지만 청소년기와 그 약간 이후 동안 섹시(sexy) 여배우의 심벌로서 내 마음을 지배한 건 바로 태평양 건너 멀리 있는, <바바레라>의 제인 폰다였기 때문이었다. 그 제인 폰다가 바로 내 앞에 있는데 내가 그 JM을 좋아하지 않을 수 있었으랴. 그리하여 그 JM과 나는 다른 어린

신도들보다는 좀 더 가깝게 지내게 되었는데 그 애는 참 고맙게도 나를 살갑게 대하고 잘 따라 주는 것이었다.

"오빠야, 이거 해석 좀 해 줄래?"

그 애는 고3답게 공부에 대한 질문을 많이 했었는데 나는 그때마다 내 혼신의 힘을 기울여 그 질문을 해결해 주었다. 그럴 때는 교회의 학생부 전용 방 한쪽 구석에 둘이 머리를 맞대고 앉아 그 애를 괴롭히는 문제를 타도하는 데 여념이 없기도 했다. 얼마나 가깝게 붙어 있었느냐 하면 그 증거로 내가 그 애한테서 몇 번이나 감기를 옮기도 할 정도였으니까. 동시에 JM은 나와 함께 대학 도서관이나 시립 도서관으로 공부하러 가자는 부탁을 많이 했다. 그건 참 유쾌한 부탁이었고 나는 기꺼이 그녀와 동행하였다. 그런 일이 몇 번이나 되풀이되자 용기가 생긴 나는 어느 날 그 애에게 공부하러 가자는 안을 먼저 내놓기에 이르렀다. 그때까지만 해도 나는 그 애에 대해서 수동적 입장이었기 때문에 그 애가 요구하는 경우에만 나는 기꺼이 응하곤 했던 것이다.

늦여름에서 초가을로 넘어가는 어느 토요일 오후, 나는 그 애를 데리고 우리 대학교 도서관으로 공부를 하러 갔다. 도서관 열람실의 긴 테이블에 마주 앉아 우리는 너 나 할 것 없이 정말 열심히 책을 파고들었으며 – 이상하게도 그럴 때는 잡념이 안 생긴다. 화장실도 안 간다. 시험 기간이 아니었는데도 무슨 공부를 그렇게 열심히 했는지 모르겠다 – 저녁이 되어 정문 앞 분식점에서 라면으로 끼니를 때운 후 그녀와 나는 나란히 캠퍼스를 지나 도서관으로 돌아왔다. 수은등 불빛이 군데군데 환하게 비치는 늦은 저녁, 캠퍼스의 숲들은 대낮의 그 분주함을 모조리 흡수한 채 잠으로 가라앉을 채비를 차리고 있었다.

'어둠은 밤의 잠옷인가?'

라는 엉뚱한 생각이 난데없이 내 머리를 스치고 지나갔다. 옆에 JM이 있음으로써 그랬는지는 몰라도 나는 어떤 스산한, 그러면서도 쫓기는 듯한 기분이 들어 빨라지는 발걸음을 애써 늦추어야만 했다. 여름의 막바지와 가을의 초입이 겹치는 계절은 싱그러움 속에서도 어딘가 빈 듯한, 기대고 싶은 누군가를 그리워하게 만드는, 서글픔으로 채워지는 시간인 듯하였다.

막 도서관 2층 열람실을 향하는 계단을 오르려는데 사대 일반사회교육과에 다니는 이우홍이 계단 위에서 내려오고 있었다. 1학년 교양과정부 국어 수업 시간에 나의 시와 나를 한꺼번에 헐뜯었던 그놈이었다. 그놈의 비아냥은 가히 세계 일류급이었다. 그놈에게는 모든 게 비아냥의 대상이 되는 것 같았다. 들리는 말로는 그놈이 우리 국어과에 응시했다가 미역국을 먹고 나서 재수를 한 끝에 사대 일사과에 입학했다는 것인데 그래서 그런지 자기가 한 번 만에 들어오지 못한 국어과에 대한 질시의 감정을 숨기지 않고 드러내는 모양이었다. 우리를 흘깃거리던 그가 한마디 내뱉었다.

"야, 쪽팔려 미치겠네. 대학 2학년이나 된 놈이 애리애리한 고등학생한테 쫄쫄 붙어 댕기면서 대학생 쪽은 지 혼자 다 팔고 있네."

마치 나 들으라는 듯한, 아니, 마치가 아니라 나를 향하여 돌직구를 그대로 날려 버리는 그 빈정거림에, 나는 그 시니컬한 멘트에 대한 내 느낌은 일단 보류한 채 우선 나보다 먼저 계단을 오르고 있던

JM을 쳐다봐야만 했었는데, 그때 제일 먼저 내 눈에 띈 것은 내 시선 바로 위에서 좌우로 흔들리는 그녀의 엉덩이보다도, 하얀 목덜미가 훤히 드러나게 찰랑거리는, 유난히 짧게 보이는 그녀의 단발머리였다. 그 순간 나는 저 우홍이 놈을 무찔러 버려야겠다는 적개심보다는 먼저 얼굴부터 붉어져야 했는데 그건 정말 모를 일이었다. 정말 모를 일이 아닌가. 정상적인 경우라면 남자가 두세 살 어린 여자애를 사귄다는 건 당연에 지당을 몇 번이나 곱해도 실례를 넘지 않는 사귐이 아니던가? 그러면 우홍이 저놈은 여자 친구를 찾을 때 꼭 동갑내기 여자애를 구한단 말인가? 스물한 살짜리 남자애가 열아홉 살짜리 여자애와 같이 다니는 게 그렇게도 이상하단 말인가? 내가 뭘 잘못했다는 것인가? 그런데도 나는 왜 그렇게 얼굴이 붉어졌단 말인가? 그걸 모르겠다는 얘기다. JM이 그놈의 비아냥을 들었는지는 모르겠으나 그녀는 고양이처럼 살금살금 열람실 안으로 들어가자마자 자기가 공부하던 책들을 주섬주섬 챙기기 시작했다. 나도 덩달아 책을 챙겨 우리는 도서관을 빠져나왔다.

하늘은 바야흐로 검어지고 있었다. 하늘의 저 서쪽 끝자락이 검붉은 마지막 색깔을 우리에게 나누어 주고 있었는데 그 밤의 입구에서 나는 이 세상에 JM과 나, 둘밖에 없는 듯한 환상에 사로잡히고 있었다.

"JM아, 우리 저 벤치에 좀 앉아 있다 갈래?"

떨어지지 않는 입술 밖으로 용기(勇氣)를 밀어내면서 내가 제안을 던졌다. 목소리가 많이 떨리고 웅얼거렸을 것이다. 사범대 신관 옆에는 꽤 넓은 소나무 숲이 자리 잡고 있었는데 긴 나무벤치 몇 개가 여기저기 놓여 있었다. 수은등의 은은한 불빛이 나무 그늘을 더 짙게 만들어 주었기 때문에 벤치들 주위는 더 어두운 느낌으로 다가왔다. JM은 나를 올려다보면서 조금 긴장한 듯 조심스럽게 웃고 있었다. JM의 귀여운 오른쪽 덧니가 살짝 보이다가 입술 속으로 숨었다.

"그래, 오빠야. 우리 공부한다고 고생했는데 조-기 좀 앉았다 가자."

JM은 고맙게도 나의 제안을 덥석 받아 주었다. 우리는 숲 가운데쯤에 위치하고 있는 벤치로 가서 그 끝 부분에 엉덩이를 걸치고 가만히 앉았다. 늦은 저녁 벤치의 차가운 기운이 엉덩이를 거쳐 어깨, 뒤통수까지 신경줄기를 타고 찌르르 솟아올라 왔다. 우리는 한참 동안이나 우리의 체온으로 그 벤치를 데우면서 말이 없었다.

아무도 없었다. 간혹 숲 저 아래쪽 길에서 한두 번의 인기척과 발자국 소리가 들리기도 했으나 그 소리는 숲으로 올라오기도 전에 나무와 풀에 흡수되어 버리는 것 같았으며 정말 고맙게도 숲은 우리의 모습까지도 감추어 주는 것이었다. 수은등 불빛은 우거진 소나무 잎과 가지를 통과하지는 못했다. 옆에 앉은 JM이 몸을 살짝 떨었다. 나는 마른 침을 꼴깍 삼키며 내 오른팔을 그녀의 가냘픈 어깨 위로 살짝 얹었다. 그리고는 떨림이 조금 느껴지는 그녀의 몸을 내 옆구리 쪽으로 바싹 당겼다. 그녀의 목덜미 안쪽에서 따뜻하면서도 비릿한 날콩 냄새 같은 것이 훅 끼쳐 왔다. 그녀는 숲 아래 저 먼 곳에 시선을 두면서도 나의 행동에 반발하지 않았다. 마른 침은 계속해서 내 울대를 넘어갔고 나는 그때마다 그 소리가 내 몸 전부를 울리는 것 같은 느낌 때문에 나 자신을 혐오했다.

잠시 후 그녀가 웬일인지 제인 폰다 닮은 그 얼굴을 내 쪽으로 슬그머니 돌리는 것이었다. 그리고는 그 예쁜 눈망울로 내 눈을 살포시 – 조지훈 선생께 미안하다. 그렇지만 '모방은 창조의 어머니'가 아닌가 – 쳐다보는 것이었다. 내가 그녀의 그 맑고 큰 눈을 이렇게 가까이에서 내려다보기는 처음이었다. 질문에 대답할 때의 각도가 아니라 내가 위에서 내려다보는 시선의 각도가 사람의 마음을 이렇게나 싱숭생숭하게 만드는 줄을 그때서야 나는 알았다. 영화 <바람과 함께 사라지다>의 포스터가 막 생각나고 있었다. 엉큼하게 내려다보는 클라크 게이블과 애절하게 올려다보는 비비안 리가 그려진 포스터. 나는 그녀의 눈을 보면서 생각했다.

'지금 JM이 바라는 게 무엇일까? 아마도가 아니라 진짜로 그녀는 내가 키스해 주기를 바라는 몸짓일 거야. 내가 덥석 그녀의 이 말없는 요구를 받아들여 버린다면 그녀는 내가 이 숲에서 쉬어 가자고 한 의도가 그녀와 키스를 해 보고 싶어서였다는 걸 간파하고 말 거야. 그러니까 지금 바로 내가 그녀의 입술에 내 입술을 갖다 대어 버리면 그녀는 나를 이런 행위를 밝히는 이상한 애로 보고 말 거야, 오빠보다는 치한으로……. 그러니까 지금 바로 해 버리면 안 돼.'

이렇게 생각한 나는 그녀의 애절한 – 내가 느끼기에 – 눈빛을 슬쩍 피하면서 그녀의 가슴 쪽을 내려다보았다. 그녀의 가슴 쪽이 앞뒤 또는 위아래로 유난히 바삐 – 내가 보기에 – 움직이고 있었다. 나는 다시 그녀의 눈길에 내 눈을 맞추었는데 그녀는 내 시선을 피하려 하지도 않고 오히려 아까보다도 더 뚫어지게 나를 쳐다보고 있는 것이었다. 그것도 바로 내 턱 밑에서…….

나는 다시 생각했다. 처음 생각으로부터 10초 정도 시간이 흘렀을 것이다.

'그래, 이번에는 내가 피하면 안 돼. 이번에도 내가 피해 버린다면 그녀는 나를 더 이상하게 생각하고 말 거야. 남자다움이라고는 전혀 없는, 여자와의 신체적 접촉을 금기시하는, 그런 말이 있다면, 석남(石男)으로 생각하고 말 거야. 그러니까 지금은 해야 해.'

나는 그녀의 입술을 향하여 내 입술을 내밀면서 서서히 접근해 갔다. 눈을 감은 그녀의 길쯤한 속눈썹이 파르르 요동치고 있었다. 나도 눈을 감았다. 그녀의 입술에 내 입술이 닿았다. 그녀의 입술로부터 전해 오는 따뜻한 감촉이 나의 전신을 휘감았다. 바르르 떨리는 그녀 입술의 미세한 진동조차도 우주가 흔들리는 느낌으로 내 입술에 전해지고 있었다. 잠시 후, 놀랍게도 그녀가 자신의 입술을 살짝 열기 시작하는 것이 아닌가, 마치 유능한 꾼인 듯이……. 일순 나는 화들짝 놀라 버렸지만 그 놀란 감정을 애써 숨기면서 내가 나의 입술을 막 벌리려는 순간, 오호 애재라, 내 머릿속에서 번쩍하는 생각이 뒤통수를 후려쳤다.

'아참, 오늘 나는 이빨을 안 닦았네. 거기다가 아까 먹은 라면 등의 찌꺼기도 내 입 안에 남아 있을 거잖아. 이런 상태에서 그녀와 함께 입을 벌리고 키스를 한다면 내 입 냄새가 그녀에게 얼마나 험오스러울까. 그녀의 입 냄새는 내가 얼마든지 참을 수 있지만 내 입 냄새를 이렇게나 예쁜 그녀에게 맡게 해서는……. 이건 안 돼. 그녀가 내 입 냄새를 맡아 버리는 순간, 그녀는 그걸로 내 모든 것을 평가하고 판단해 버릴 거야. 이 오빠는 더러운 사람이라고……'

요즈음에야 하루에 세 번 이 닦기를 하는 게 문화인의 준거(準據) 같이 생각들을 하고 있지만 그때 - 70년대 초 - 만 하더라도 이는 으레 하루에 한 번 닦는 것이, 나만의 기억인지는 몰라도, 정설로 되어 있었다. 나는 그것을 잘 지켰다. 내가 1번/1일의 습관을 잘 지킨 데에는 그 분야의 전문가가 내놓은 견해를 내가 전적으로 수용했기 때문이었다. 그 치과 의사는 이렇게 말했다.

"이를 하루에 여러 번 닦게 되면 칫솔과 치약이 물과 함께 작용하여 이를 닳게 만드는 마모제 역할을 하게 된다. 하루에 이를 여러 번 닦는 것과 안 닦는 것 두 행위 중 어느 것이 더 이 건강에 도움이 되느냐 하면 나는 차라리 안 닦는 쪽에 걸겠다. 이를 너무 자주 닦아 닳아서 이가 약해지는 것이 안 닦아서 약해지는 것보다 더 심각하다. 단 이 사이를 이쑤시개로 쑤셔대지 않는다는 전제 하에서……. 인간 세상에 이 닦기 문화가 정착된 것은 몇 세기가 되지 않는다."

물론 내가 나의 게으름을 합리화하려는 방향으로만 그의 견해를 수용했다는 것에 동의한다. 훗날 비비안 리의 푸념 섞인 회고에 의하면 〈바람과 함께 사라지다〉의 그 콧수염 멋쟁이 클라크 게이블은 그녀와의 키스신에서조차 이를 안 닦고 그냥 덤벼들었다지 않는가. 그래도 그는 용서가 된다. 그에게는 입 냄새를 파묻어 버리고도 남을 정도의 넘치는 카리스마가 시커먼 눈썹 밑 진한 쌍꺼풀 아래의 부리부리한 눈망울에서, 길고도 날카로운 콧날 끝에서 여과 없이 뿜어져 나오고 있는 것이다! 그에 비하면 카리스마는커녕 변변한 눈썹 하나 갖추지 못한 나는 그날, 집에서 출발하기 전 너무 설레어 설치는 바람에 그 한 번 닦는 이 닦기조차 까먹었을 뿐만 아니라 이런 호젓한 분위기가 조성되리라고는 꿈에도 생각지 못했던 것이다. 한마디로 무비실기(無備失機)였던 것이었다.

그런 생각이 든 순간 나는 그녀의 입술에 붙어 있던 내 입술의 방향을 슬쩍 돌리면서 그녀의 귀밑 목덜미 쪽으로 그 진로를 바꾸어 버렸다. 그리고는 그녀의 보드랍고도 따듯한 목덜미 쪽과 그녀의 왼쪽 뺨, 그녀의 왼쪽 턱, 그녀의 왼쪽 귓바퀴 등 입술을 빼고 난 그녀 왼쪽 얼굴의 모든 부위에 내 입맞춤을 융단 폭격처럼 마구 퍼부었다. 깊은 키스를 하지 못한 아쉬움이 온통 내 머릿속을 지배하고 있었지만 그러므로 나는 더욱 그녀 왼쪽 얼굴의 다른 부위들을 내 입술로 마사지하는 데 여념(餘念)이 있을 리가 없었다.

그녀는 실망했을까? 아니면 키스는 뽀뽀에 다름 아니라는 텔레비전 유치원 뽀뽀뽀 수준의 이 교회 오빠의 순수성에 다시 한번 감복했을까? 그녀에게는 이미 입술을 열어 본 경험이 있었을까? 아니면 말로만 들어 왔던 그 깊숙한 프렌치 키스를 난생 처음으로 과감히 시도해 보려던 고(高) 3짜리 어린 계집애의 꿈이, 하필 그날 이를 닦지 않음으로써 등 떠밀려 순수해질 수밖에 없었던 대(大) 2짜리 멍청이 같은 머슴애를 만남으로써 좌절되어 버린 것이었을까?

몇 년 뒤 J중·고등학교로 발령을 받아 간 내가 키 작은 최 선생과 여자 이야기를 나누던 중 몇 년 전 그날의 아쉬움을 이렇게 토로하자 키 작은 최 선생이 혀를 끌끌 차면서 다음과 같은 힐책을 쏟아 놓는 것이었다.

"에헤이, 최 선생. 참 순진하기는……. 이걸 순진하다고 해야 하나, 바보 같다고 해야 하나. 어이, 키만 큰 최 선생. 이를 안 닦고 하는 키스가 진짜 키슨 거야. 뭐랄까, 이 안 닦고 하는 키스가 콤콤하면서도 더 달콤하고 찝찝하면서도 더 감칠맛 나는 거야. 진작에 만났으면 훈련이라도 시켜 내보내는 건데……. 참 아쉽다, 아쉬워. 내가 더 분통 터지네. 아니, 대학교에서 그런 것도 안 배우고 뭘 했어? 교수들은 그런 것도 안 가르쳐 주고 월급 꼬박꼬박 챙겨 가지들. 이건 인류가 존속되느냐 마느냐의 문젠데도 교수들은 눈 하나 까딱 안 해. 국어사개설(國語史槪說)은 제일 잘 친 애가 70점이야. 날린 애가 25명이었어, 40명 중에……. 아무 쓰잘때기 없는 게……. 생짜로 이쁜 애 하나 날렸네."

도대체 전공과목 학점 놓친 얘기가 왜 하필 그때 나와야 했는지는 모르겠으나 키 작은 최 선생이 '국어사개설'을 날렸다고 나는 확신한다. 그가 자기 딴에는 내가 날려 보내 버린 그 JM에 대한 아까움을 강조하기 위한 화법이랍시고 그런 뚱딴지 같은 소리를 해댄 것으로 나는 이해했다. 그는 날려도 생명에 아무런 지장이 없는 3학점짜리 국어사개설(國語史槪說) 과목 — 생명에야 지장을 안 주었겠지만 졸업에는 막대한 지장을 주는 전공필수였기 때문에 4학년 1학기 때, 입학원서에 잉크도 안 마른 2년 후배들 틈에 꼽사리 껴서 재수강을 해야만 했다는, 귀찮음의 극치를 맛보게 한 과목이었다는 것이다 – 을 날렸겠지만, 내가 날린 것은 내 DNA의 존속에, 나아가 인류의 존속에 영향을 줄 만큼의 이쁜 애였기 때문에 그의 분기탱천에 대하여서 당사자였던 나는 어리둥절해하지 않고 머리를 주억거릴 수 있었던 것이었다. 나 때문에 최 선생 출신 대학교 국어교육과 교수님들이 덩달아 욕을 얻어 잡숫고 계셨다.

키 작은 최 선생이 콤콤하면서도 더 달콤하고 찝찝하면서도 더 감칠맛 나는 키스를 위해서 일부러 이를 닦지 않고 살아가는지는 그 후로 아직까지 밝혀내지 못하고 있다.

그는 어디서 무얼 하고 있을까?

13. 죽음의 무게

지금까지 쉬지 않고 쭈욱 달려온 나의 이야기에 휴식도 줄 겸 부끄러운 일이긴 하지만 이쯤에서 나의 부실한 치아에 대한 변명이나 한 번 하면서 좀 쉬어 갔으면 한다.

나의 치아가 부실한 이유는 내가 평소에 이 닦기를 소홀히 한 것이 조금, 이가 부실한 DNA를 물려받은 것 조금, ─ 나의 아버지는 40대 후반에 완전 틀니를 설치하셨다 ─ 그리고 지금부터 고백하려는 이 사건의 후유증이 {100% ─ (조금+조금)}일 것이라고 나는 확신하고 있다. 그리고 이 사건이야말로 나로 하여금 죽음이 얼마나 삶에 바짝 붙어 있는 존재인지를 확인하게 만들어 준 것일 뿐만 아니라 죽음에 대한 나의 인식을 한 차원 앞으로 나아가게 만들어 준 것이기도 하였다. 물론 이러한 깨달음(?)은 이 사건으로부터 한참 뒤, 즉 나이가 어느 정도 든 후, 그때의 기억을 떠올리다가 얻어 걸린 소득이긴 하다.

생명의 출발은 신비로운 것이다.

인간은 물론이거니와 우리들 인간의 눈에 아무리 미물로 여겨지는 존재일지라도 그것이 이 세상에 처음으로 모습을 드러내는 순간을 '탄생(誕生)'이라고 이름 붙이는 데에는 조금의 망설임도 필요치 않다. 그런 만큼 생명은 고귀한 것이다. 이 세상 모두를 하나의 생명과 바꾸지 않겠다는 성경의 논리를 나는 이해함으로써 그 심각한 과장을 용서한다. 그런 면에서 불교의 생명관을 나는 존중한다.

그럴지라도 그 생명이 유지되거나 소멸되는 순간적인 상황을 파악하는 데 있어서 우리는 거의 백지 상태에 있다. 아차 하는 순간에 한 방에 골로 갈 수도 있고, 거의 죽을 고비 직전에, 죽음에 거의 다다랐을 때조차 기사회생하는 운이 따르기도 하는 것이다.

죽음은 삶의 연장선상에 있다. 그만큼 죽음은 삶과 가까이 붙어 있다.

미술 선생 김 선생이 말했다.

"삶의 그림자가 죽음이에요. 살아 있는 개체에게는 죽음이 늘 따라다니는 거잖아요."

그녀는 어느 이슥한 밤에 우연히 마련된 술자리에서 몇 잔의 소주를 걸쳤으며 긴 호흡으로 담배 연기를, 나를 향하여 똑바로 내뿜으며 그렇게 말했다. 연기에 섞여 온 소주 냄새가 콧구멍 앞에서 살짝 맴돌았다.

"신이 아닌 이상, 뭐, 신도 없지만요, 존재는 부재(不在)로 인하여 가치를 부여받는 거예요."

말하자면 부재(不在), 곧 죽음이라는 것은 지금 살아 움직이는 것들을 가치 있게 인식되도록 만들어 주는 일상적 현상이라는 것이었다. 그런 이유로 주위에서 발생하는 죽음들을 너무 심각하게 받아들이거나 그것 외에는 대안이 없다는 식의, 또한 그것은 모든 행위의 궁극적 도달점이어야 한다는 절대적 인식을 죽음에 부여해서는 안 된다는 것이었다. 죽음의 요소들은 우리 생활 도처에 깔려 있는 흔하고 일상적인 것이며 그로 인하여 삶의 의미를 재확인하는 시간들을 우리는 가지게 된다는 것이었다.

그녀의 눈이 조금씩 풀려 가고 있었지만 나는 그녀의 말이 전적으로 옳다고 생각했다. 세상이 무너져 내릴 것 같았던 어머니의 죽음 앞에서도 나는 소고기 국밥을 꾸역꾸역 입 속으로 밀어 넣었으며, 생명이 사라진 개체들이 널브러져 있는 어느 전쟁터의 아침에도 태양은 어김없이 붉게 솟아오르지 않았던가.

자신의 죽음은 어떻게 평가해야 할까? 그것은 다른 존재의 죽음보다 더 슬프고 아쉽고 아까운 일일까? 미술 선생의 논리에 의하면 그것은 아니라는 것이었다.

"자신은 느낄 수 없잖아요, 그 후의 세상을. 좀 아쉽긴 하지만 '꼴까닥' 하는 그 1초의 몇 분의 일만 참아 버리면 그만이잖아요. 자신이 죽으면 우주도 죽는 거예요."

풀려 가는 눈을 부릅뜨며 그녀가 나를 노려보았다. 확신에 찬 말과 함께 그녀가 뿜어내는 기(氣)를 견디지 못하고 나는 시선을 슬그머니 탁자 위 소주 잔 쪽으로 내려놓았다. 내 잔은 비어 있었지만 그녀는 술을 따라 줄 생각도 하지 않고 자신의 인식에 사로잡혀 있었다. 그녀가 말을 이었다.

"죽은 자신에게 우주란 존재는 더 이상 의미가 없는 것이니까. 그러니까 자신은 우주와 함께 사라지는 거예요. 얼마나 장엄한 일이에요, 이 세상 전부인 듯이 잘난 척하는 우주를 죽여 버리는 일이? 호호호."

담배 필터에 묻은 그녀의 붉은 루즈의 펄이 반짝였다. 그녀의 웃음이 괴기스러웠지만 나는 어색한 표정으로 그녀를 따라 웃었다.

그날을 기억한다.

그날! 내가 새로 태어난 그날!

그날은 초등학교 4학년 때의 어느 봄날이었다. 학교에서 무슨 일을 했는지는 기억에 없지만 집에 도착했을 때는 몹시 목이 말라 있었다. 가방을 던져 놓기가 무섭게 나는 재빨리 부엌으로 뛰어가고 있었다.

"엄마, 물!"

물을 마셔야만 했다. 집에는 아무도 없었다. 아무도 없는 빈집은 참 고즈넉했으며 넓어 보였다. 그런데 뛰어가고 있던 나의 눈에 하필이면 그것이 눈에 띄었던 것은 무엇 때문이었을까.

그것은 내 키가 닿지 않는 선반의 맨 위에 다소곳이 놓여 있었다. 다른 잡동사니들과 함께 섞여 있었지만 그날 그것은 유독 한눈에 쏙 들어와 뛰어가던 나의 발목을 붙잡아 매었던 것이다.

바로 박카스 병이었다.

영진 구론산과 함께 그 시대 최고의 피로 회복·자양 강장의 드링크제로 알려져 있던 동아제약 박카스! 태어나서 그때까지 말로만 들었지 한 번도 접해 보거나 마셔 보지 못했던 그 박카스! 바로 그 박·카·스 세 글자가 내 눈에 쏙 들어왔던 그때의 희열! 나는 한참 동안 마당에서 그것을 쳐다보는 행위를 즐기고 있었다. 다음으로 나는 쪽마루 위에 올라섰으며 거기서 손을 뻗어 본 결과 내 손과 그것 사이에 약 20센티미터 정도의 거리가 있음을 알게 되었다. 나는 부엌 쪽으로 가서 낚시용 간이 의자를 가져다가 쪽마루 위에 놓고 그 위에 올라서서 팔을 쭉 뻗었다. 아, 드디어 말로만 들었던 그 박카스 병이 내 손바닥과 만나고 있었다. 그것을 오른손으로 잡아 내린 후, 나는 짜릿한 기쁨에 겨워 한동안 숨을 죽인 채 그것을 양손으로 감싸 쥐고 그냥 서 있을 수밖에 없었다.

유리병의 차가운 감촉을 느끼며 그 속에 반쯤 차서 찰랑거리는 액체를 바라보다가 나는 드디어 그것을 마시려는 시도에 들어갔다. 뚜껑은 쉽게 열렸으며 나는 낚시용 의자 위에 올라선 채 입술에 병 주둥이를 갖다 대었다.

막 입 안으로 흘려 넣으려는 순간, 혼란스럽게도 나의 입술은 타는 듯한 통증을 느끼며 그 액체를 거부하는 것이었다. 병 주둥이만 갖다 대었는데도 나의 입술과 앞니 몇 개는 시큰거리기 시작했으며 말할 수 없을 정도의 뜨거운 느낌으로 얼얼해지고 있었다. 그 충격으로 인하여 작은 의자 위에서 나의 몸은 심하게 기우뚱거렸으며, 겨우 중심을 잡은 나는 재빨리 그 뚜껑을 닫았고 그것을 그 자리에 그대~로 다시 올려놓았다.

한 번의 당혹스러움이 내 전신을 훑으면서 다리 밑으로 빠져나갔다. 풀린 다리를 겨우 움직여 쪽마루에 걸터앉은 후 나는 타는 듯한 느낌과 함께 얼얼함과 동시에 시큰거리기까지 하는 나의 앞니와 입술을 만지작거리면서 생각에 잠길 수밖에 없었다. 그 액체가 도대체 무엇이냐는 것이었다. 그게 정말 박카스의 맛이었단 말인가? 그 지독한 통증을 동반하는 게? 그런 맛을 즐기기 위하여 돈을 지불한다고? 하기는 좋은 약이 입에 쓰다는 말처럼 박카스의 효능이 지극히 좋기 때문에 그 맛이 그렇게 독한 것인지도 모를 일이었다. 그렇지만 아무리 그래도 그 맛은 너무나 심한 것이었다. 타는 듯한 통증을 동반하고 모든 것을 녹여 버릴 만큼의 강력한 독성이 본능적으로 느껴지는, 병 주둥이에 살짝만 닿은 입술과 앞니가 괴로울 정도로 시큰거리는 그것은 어린 내가 생각하기에도 분명히 박카스가 아니었다.

그러면 무엇이었을까?

그날 저녁, 나는 식구들에게 아무 말도 하지 않았다. 그것을 마시려고 했던 나의 시도가 분명히 잘못된 행동이었음을 눈치채고 있었던 것이다. 시큰거리고 싸~한 입술과 앞니의 통증은 저녁 때까지도 가실 줄 몰랐지만 그런 증상은 나만 참고 있으면 되는, 나만의 고통이기 때문이었다.

기분 나쁘게 싸~한 느낌은 며칠이 지나도 사라지지 않았다. 며칠 후 나는 아버지로부터 그 박카스 병의 정체를 알게 되었는데 그것은 참으로 소름 끼치는 사실이었다.

"요놈에 쥐새끼들이 극성을 부리네. 전에 약 한 번 놨는데도 효꽈가 없어. 거~참, 한 번 더 놔야겠제?"

밤이면, 오래 된 초가였던 우리 집 천장 위는 그야말로 쥐들의 운동장이었다. 방은 3개였어도 그 위쪽은 벽 없는 하나의 공간이었으니까. 이쪽으로 '우르르–', 저쪽으로 '우르르르–', 소리도 요란하게 떼거리로 몰려다니다가 이쪽 끝에서 한 놈이 '찌이익' 소리를 내면서 죽는 시늉을 하면 한동안은 조용해지는가 싶다가도 언제 그랬느냐 싶게 또 다시 그들의 달리기가 계속되곤 하는 것이었다. 어릴 때부터 익히 들어 왔던 소리라 그랬던지 별 거부감 없이 함께해 온 현상이었다. 그런데 그놈들의 활동이 지나쳐 그들의 배설물 – 쌀알보다 큰, 까만색의 초콜릿을 닮은 – 들이 방바닥이나, 심지어는 음식물의 위에 떨어져 있을 때가 있었다. 그럴 경우, 어머니의 푸념에 이어 그것을 막기 위한 아버지의 형식적인 소탕 작전이 전개된다. 형식적이란 말을 사용한 것은 쥐들을 완벽하게 박멸한다는 것이 우리의 경험상 불가능한 일이라는 것을 우리들이 익히 알고 있기 때문이었다.

토요일 오후였다. 엄마로부터 얻어 온 밥 한 덩어리를 잘 으깨더니 아버지는 예의 그 박카스 병에 들어 있던 액체를 나무젓가락으로 밥 덩어리와 함께 잘 섞으시는 것이었다. 아버지는 면장갑 낀 손으로 그 병을 조심스럽게 다루고 계셨다. 아버지 옆에 쪼그려 앉아 그 작업을 관찰하고 있던 나는 며칠 전의 그 느낌으로 인하여 치를 떨고 있었다.

"이게 청산가리야. 이게 얼마나 독하냐 하면……."

아버지의 말이 아득하게 귓가를 맴돌다가 흩어졌다. 그 독성을 이미 경험한 나로서는, 겪어 보지 못한 아버지의 추상적 설명에 귀

기울일 필요가 없었던 것이다. 공부 좀 한다는 초등학교 4학년짜리의 상식에 더하여 고막을 울리는 느낌만으로도 죽음을 떠올리게 하는 그 청산가리? 쥐 잡을 때 사용한다는 그 청산가리를 내가 마시려 했단 말인가? 그 화끈거리며 얼얼하며 시큰거리는 맛은 결국 지금까지 살아 있는 그 누구도 맛보지 못한 청산가리의 맛이었던 것이다.

아, 우리 집에서 귀하디 귀한 존재였던 나는 초등학교 4학년 어느 봄날, 아버지의 부주의한 독극물 처리 행태로 인하여 청산가리 한 모금을 입 안으로 털어 넣고는 쥐처럼 비틀거리면서 이 우주에서 사라질 뻔하였던 것이었다. 아무도 없는 빈 집에서 목과 가슴과 배를 움켜쥐고 몸부림치면서 쓸쓸히, 괴로움의 신음과 함께, 나보다 훨씬 나이 많은 감나무 밑에 쓰러져 생을 마감했을 것이었다.

나중에 중학교에 들어가서 내가 배운 바에 의하면 청산가리=청산칼리=시안화칼륨(KCN)은 치사량 0.15그램의 맹독성 독극물이었다. 그것의 수용액을 박카스인 줄 알고 내가 마시려 했으며, 나의 입술과 앞니가 그 독성을 미리 알아차렸기 때문에 나는 다행히 목숨을 건졌던 것이다. 우리가 그렇게 거창하게 의미를 부여하고, 전부 아니면 전무(全無)로 절대시하던 삶과 죽음은 이렇게 한 방울의 액체 이쪽과 저쪽인 것이었다. 그 생명이 유지되거나 소멸되는 순간적인 상황을 파악하는 데 있어서 우리가 거의 백지 상태에 있다는 나의 말은 이로써 증명되고도 남음이 있었고…….

Mors certa, hora incerta!(죽음은 반드시 오지만, 그 시간은 모른다!)

생각 난 김에 한마디 더,

Hodie mihi, cras tibi!(오늘은 나에게, 내일은 너에게!)

그날 이후 나는 추가로 주어진 삶을 살아 지금에 이르고 있으며, 다행스럽게도, 정말 다행스럽게도 치아의 상태만 다른 사람들보다 약간 더 망가져, 남들 한 번 갈 치과를 두세 번 가기만 하면 되는, 조금만 더 불편함을 감수하는 삶을 살아가면 되는 것이었다.

14. 고백

비닐봉지에 커피 병을 담고서 밤이 이슥해지기를 기다렸다가, 다른 조건으로 인한 망설임은 전혀 아닌, 오로지 용기의 문제로 떼어지지 않는 걸음을 옮겨, 밝은 달빛 때문에 내 앞에서 알짱거리는 진한 그림자에 끌려 나는 정 선생의 자취방 앞에 섰다.

그동안 얼마나 오고 싶었던 곳인가. 또 한편 얼마나 무서웠던 곳인가. 몇 번이나 이 골목을 들락거리면서도 용기가 없어 들어가지 못하고 돌아섰던 곳이 아니었던가. 나는 지금 그녀의 방 앞에 서 있다. 방에는 불이 켜져 있어 그녀는 분명히 방에 있다. 이제는

'지금은 없을 거야.'

같은 핑계도 대지 못한다. 그러나 문을 두드릴 수 없다. 목소리가 나오지 않는다.

'왜 왔어, 그럼?'

나는 자문했다.

‘그녀를 만나러 왔지.’

하고 나는 대답했다.

‘그럼 문을 두드려, 지금.’

하고 나는 재촉했다.

‘두드릴 수가 없어. 용기가 안 나.’

하면서 나는 부끄러워 고개를 숙였다.

‘그러면 돌아갈 거야?’

‘아니, 그럴 순 없어. 또 다시 혼자 끙끙 앓으란 말이야?’

‘그럼 돌격해, 이 바보야. 한 번 죽지 두 번 죽냐?’

정 선생의 말이 귓전을 맴돌면서 그 말을 따라 내가 중얼거리고 있었다. 그러나 지금 이 순간만큼은 피하고 싶었다. 저녁 식사 때 그렇게 절실하게 강 선생님으로부터 접근의 타당성을 부여받았으면서도 우물거리는 나의 우유부단은 꼭 중요한 시점에서 나의 발목부터 잡고 늘어지는 것이었다.

‘내일 할게. 내일 꼭!’

‘그럴래? 그럼 내일 꼭이다?’

‘그래, 내일 꼭!’

나는 간신히 또 다른 나로부터 허락과 다짐을 받고 그 자리를 벗어날 수 있었다. 뭔가 찝찝한 것이 뒷덜미를 잡아당기는 듯한 느낌을 뿌리치며 돌아서서 그 집 대문을 막 나오려 하는데

“최 선생님.”

등 뒤에서 그녀의 목소리가 들렸다. 그녀가 나를 부르고 있었다. 온몸에서 힘이 빠져나가고 있었다. 나는 한동안 앞을 향한 채 그냥

서 있을 수밖에 없었다. 달이 너무 밝아서 몸 하나 숨길 데도 없었다. 달은 휘영청 높이 떠 이 고즈넉한 흙 마당을 온통 은빛으로 물들이고 있었다. 달빛은 차가운 금속성으로 그녀와 나 사이에서 넘실대고 있었다.

"오셨으면 들어오셔야지 왜 그냥 가세요? 주인집 마루에 앉아 있었는데 내 방 앞에서 한참을 서 있다가 그냥 가시길래 불렀어요. 들어오세요. 차 한잔하고 가세요."

어둠에 그녀가 가려 있었던 것이다! 그녀는 내 왼쪽 어깨를 살짝 스치면서 방으로 들어갔다.

정 선생의 말소리가 귓전에서 웅웅거렸다. 달빛이 사지를 비닐 랩처럼 온통 휘감아 꼼짝을 할 수가 없었다. 한참을 그렇게 서 있었는데 다음으로는 온몸이 부끄러움으로 빨갛게 물들 차례였다. 그녀가 어둠 속에서 나를 보고 있었을 줄 어찌 알았으랴. 나의 우유부단은 그녀 앞에서 나를 완벽하게 발가벗겨 버렸다. 눈 좋은 사람이 멀리서 봤다면 아마도 내가 보라색 기둥으로 보였을 것이다. '내일 꼭!'이 '오늘 결국!'으로 바뀌고야 말았다.

방문은 열려 있었고 나는 머뭇거리면서 두 손으로 문설주를 잡으며 그 방으로 들어갔다. 엉거주춤 서 있는 내게 정 선생은 약간 튀어나온 눈으로 미소를 지어 주었다.

"이 금남의 방에 최 선생님이 처음으로 방문해 주시네요. 감사합니다. 앉으세요."

그녀는 '처음'이라는 단어에 힘을 주면서 방석 하나를 내 쪽으로 밀어 주었다.

"처음이라고요? 이 선생은 놀러 안 왔나요?"

"이 선생님? 그 선배가요? 그 선배는 사람이 못 되어 먹어서 놀러 오라고 해도 안 올 사람이에요. 박 선생에게 접근하는 방법 가르쳐 달라고 노골적으로 물어 오는데요, 뭐. 나도 그런 성질 가진 사람은 싫어요. 자기밖에 모르거든요. 몰라, 남자들 사이에서는 어떤지 몰라도……. 과학과 선배만 아니라면 말도 안 해요, 그런 사람하고는."

미리 준비해 놓은 듯한 대답이 그녀의 입으로부터 쏟아져 나왔다. 얽힌 듯했던 속이 갑자기 확 뚫려 내리는 느낌에 이어 생각했던 것보다 호의적인 정 선생의 태도가 나의 긴장감을 누그러뜨리고 있었다. 그랬다는 말인가. 그들의 지극히 업무적인 일상들에 대하여 나는 혼자 상상하고 부풀리고 속 끓였다는 말인가. 질투의 장막이 나를 어리석게 만들고 판단력의 오류를 불러왔단 말인가. 참으로 부끄러운 노릇이었다. 그녀는 내 마음을 다 알고 있다는 듯이 이 선생을 시원하게 부정하고 있었다. 그리고는 커피를 한 잔 태워 주었는데 그것이야말로 내가 이때까지 먹어 본 커피들 중에서 가장 마음에 드는 맛이었다. 그게 정말 맛있는 커피였는지 나는 모른다. 그때까지 나는 설탕의 단맛 때문에 커피를 마셔 왔으니까. 나는 아깝기 그지없는 그 커피를 조금씩 조금씩 목구멍으로 넘겼다. 이 커피를 다 마시고 나면 이제 내가 말을 시작해야 했으므로 시간의 연장책으로 나는 커피의 마지막 한 방울까지도 알뜰히 핥고 있었다. 뜬금없이 커피의 카피가 떠올랐다. The last drop! 그 한 방울을 혀 위에 떨어뜨리고 나서 나는 가져갔던 커피 병을 그녀 앞으로 내밀었다.

　"일단 이것부터 받으세요. 그리고 좀 기다려 줘요."

　그녀는 무엇을, 무엇 때문에 기다려야 하는지 묻지 않았다. 나는 어떤 말을 먼저 꺼내야 할지를 생각했다. 이 기회가 가 버리면 나는 또 후회하면서, 애태우면서 그녀를 감시해야 한다. 이 선생에 대한 그녀의 감정을 확인한 이상 감시의 방향은 달라지겠지만 관심의 시선은 여전히 그녀 곁에 머물러 있어야 한다. 더 이상 그러기가 싫었다. 그것은 엄청난 에너지를 필요로 하는 작업이어서 두 번 다시는 감당할 수 없겠으므로 하고 나는 생각했다. 그녀는 기다려 주었으며 내가 말을 꺼낼 수 있도록 분위기를 만들고 있었다.

　겉으로야 예, 예 했지만 속으로는 이를 갈았던 이 선생이 갑자기 좋아져서 내일은 내가 먼저 그에게 농담을 걸어야겠다는 생각마저 드는 것이었다. 그러나 속단할 수는 없었다. 그녀가 나를 어떻게 생각하고 있는지는 알 수 없었던 것이다. 이제 그녀가 깔아 놓은 멍석에서 나는 혼자만의 윷짝을 던지기 시작했다.

　"정 선생님, 제가 이렇게 찾아온 것에 대해서 우선 이해해 주시기를 바라겠습니다. 밤늦게 환영받지 못할 방문인 걸 무릅쓰고 이렇게 찾아온 것은 정 선생에게 제가 해야만 할 말이 있어서입니다."

　나는 단도직입적으로 나가려고 마음먹었다. 일단 다 털어놓아야 내가 살 것 같았기 때문이었다. 이 시간이 감정의 카타르시스를 위한 절호의 기회였으며 나에게 넘어온 공을 상대방에게 얼른 쳐 넘겨 버려야 할 마지막 타임이었다. 나의 목소리는 심하게 떨리고 있

었다. 이러한 중차대한 순간에 목소리 정도야 좀 떨리면 어떠랴. 그런데

'나는 당신의 떨리는 목소리가 싫어서 당신이 싫어요.'
라고 그녀가 얘기한다면 그것 또한 어쩔 수 없는 일일 것이었다. 나는 마른 침을 한 번 꼴깍 삼키고 말을 이었다.

"솔직히 말씀드리면 처음에 나는 정 선생에 대하여 별로 관심이 없었습니다. 같은 직장에 근무하는 동료? 같은 대학을 나온 후배? 그 정도였을까요? …… 군대를 갓 제대한 사내가 세상에 적응해야 할 시기라고 생각해서 그랬는지, 여자를 좋아하는 게 지금의 내 형편에 어울리지 않는다고 생각한 건지 …… 우리 집의 해결해야 할 다른 일들 때문에 그랬는지는 몰라도 정 선생을 동료 관계 이상으로 생각할 여유가 없었습니다. (여기서 순자 이야기를 하지 말아야 할 눈치는 나에게도 있었다.) …… 그런데 같이 근무하면서, 그 시간이 쌓이면서 정 선생님의 매력이 점점 눈에 들어오기 시작했습니다. 특히나 수봉 골짜기를 다녀온 이후에 말입니다. …… 제가 본 선생님의 성격에는 저에게 없는 무엇이 있었고 …… 말투 하나, 행동 하나하나가 저에게는 눈부신 끌림이 되어 저를 …… 못 견디게 만들었습니다. …… 아까 정 선생님이 먼저 말을 했지만 …… 이 선생과 가까이 지내는 것도 저를 괴롭히는 사건이 되었지요. …… 정 선생님이 미리 말을 해 주어서 그 오해는 풀렸지만요. …… 제가 제 마음을 고백하려고 …… 이 골목에도 몇 번이나 찾아왔지만 그놈의 용기가 뭔지 이때까지 망설이다가 …… 이렇게 오늘을 D-Day로 잡았는데 오늘도 실패할 뻔했습니다. 다행인지 불행인지 …… 정 선생

님에게 들켜서 이 기회가 만들어진 걸 감사하게 생각합니다. 정 선생님, …… 저는 …… 당신을 …… 사랑합니다. 저의 마음은 이렇습니다. 이렇게 말씀드리고 나니까 날아갈 것 같습니다. 부담을 드렸다면 죄송하지만 …… 저는 이제 짐을 벗겠습니다. 정 선생님의 마음을 저에게 주십시오. 저는 이제 다 말씀드렸습니다. …… 정 선생님의 처분만 기다리겠습니다."

느릿느릿 생각에 생각을 거듭하면서 나는 천천히 말했다. 유치하고 어색한 표현을 할 때마다 오금이 저려 왔지만 이미 발설되고 난 후였다. 어떤 미사여구도 생각나지 않았다. 나는 말을 마친 후 한동안을 내려 깐 눈으로 방바닥만 보고 있었다. 그녀의 얼굴을 정면으로 바라볼 수가 없었던 것이다. 방바닥은 풍성한 포도송이들 사이사이로 먹음직한 딸기들이 질서도 정연히 줄을 맞추고 있었다. 더듬거리기도 했으며 긴 침묵도 있었으므로 시간을 꽤나 잡아먹은 것 같았다. 내가 말하는 동안 그녀는 시종일관 방바닥에만 시선을 고정시키고 있었다. 간혹 왼손 집게손가락으로 방바닥에다 무어라 글자를 적기도 했고 동그라미를 계속해서 그리기도 하였다. 손가락으로 입술에 허옇게 일어나 있는 각질을 떼 내기도 했다. 한참 후 마음이 진정되고 나서 그제서야 나는 그녀의 얼굴을 바로 보게 되었는데 그녀는 눈을 내리깐 채 잔잔하게 미소를 띠고 있었다. 그러나 입을 열지는 않았다. 한쪽 무릎을 세우고 거기 두 팔을 얹은 채 조용히 웃고 있었다. 침묵 속에서 시간이 흘러가고 있었다. 무언가 할 말이 있을 법도 하건만 기다리다 지친 내가 자리에서 일어날 때까지 그녀는 그 자세를 유지하고 있었다. 하기야 딱히 듣고 싶은 말도 이 시점에서는 생각나지 않았다. 그녀는 한마디도 하지 않았다.

"가겠습니다."

나는 천천히 일어나 그녀의 왼쪽 어깨를 툭 건드리고는 방을 나왔다. 그녀가 따라 나왔다. 밤이 제법 이슥하였다. 보름에서 하루 이틀 빠지는 둥근 달이 거의 하늘 중간에 걸려 있었다. 밤인데도 저 먼 산의 윤곽이 다 드러나 있었고 기와지붕은 달빛을 빨아들였으며 초가지붕은 그 빛을 쏘아내고 있었다. 달빛이 너무 밝아서 숨고 싶었다. 나는 옆집의 감나무 그늘 아래에 이르러 뒤를 돌아보았다. 그녀가 대문에 기대어 조용히 지켜보고 있었다. 나는 나도 모르게 그녀에게 오라는 손짓을 했다. 그녀가 머뭇거리더니 감나무의 그늘 속으로 걸어 들어왔다. 나는 기습적으로 그녀의 뺨에 가벼운 입맞춤을 던진 후 돌아서 와 버렸다.

다음 날 복도에서 그녀와 마주쳤을 때 나는 고개를 들지 못했다. 그녀의 페로몬 향기는 며칠 동안 나의 코 주변을 계속해서 맴돌았다. 그리고 그녀에게서는 아무런 반응이 없었다.

15. 눈길

9월이 가고 있었다. 제법 선선한 바람이 백화산 쪽에서 몇 차례 불어오더니 10월의 초입에 접어들었다. 10월 초에 나는 이사를, 아니 방을 옮겼고 신체검사 결과를 통보받았다. 결과란에는 '2차 검진 요망'이라는 고무 도장이 찍혀 있었으며 그 이유는 고혈압이었다. 이상했다. 특별히 고혈압으로 인한 이상 징후는 평소 느끼지 못하고 생활했을 뿐 아니라 혈압 수치 또한 130에 80이었다. 이 정도의 혈압으로도 2차 검진이 필요한가 싶었다. 몇몇 선생님들도 '2차 검진' 대상이라며 투덜대고 있었다.

"선생질 25년에 기준보다 높은 건 콜레스테롤 수치뿐이군. 돈도 땅도 전부 기준 이하인데 말이야."

수학과 진 선생님의 말이었다.

"누가 아니래. 남들 할 건 다 하네, 혈압 말이야. 이런 건 좀 빠지면 좋겠는데 2년마다 빠짐없이 당첨되는군."

상과 공 선생님도 짜증을 냈다.

"공 선생은 술 담배도 안 하는데 웬 2차야? 아침에 조깅도 한다면서?"

상과 주임인 우 선생님이 한마디 거들자

"수명은 타고난다는데 술 담배 안 한다고 전부 오래 산답디까?"

평소에 좀 촐랑거린다고 평가되고 있는 음악과 김 선생님 – 키가 작으니까 어지간한 행동은 다 촐랑거리는 몸짓으로 오해받는 것 같다. 다른 사람 두 걸음을 그는 세 걸음으로 이동해야 하니까 – 의 기다렸다는 듯한 끼어들기 반문이었는데 이 말을 들은 공 선생님이 발끈했다.

"아니, 김 선생. 그런 말이 어디 있어? 내가 뭐 죽을병에 걸렸어? 그러면 내가 일찍 죽는단 말이야, 뭐야?"

"에헤이, 무슨 말을 그렇게 알아들어요? 술 담배를 하거나 안 하거나 간에 목숨은 하늘에 달린 거라는 일반론을 말한 거지요."

"일반론이나 마나 나를 대상으로 그런 말을 하니까 나 들으라고 한 말이잖아. 그러는 김 선생은 빵빵한 배 두드리며 오래 살 것 같애?"

공 선생님이 화가 나긴 나신 모양이었다. 왜냐하면 평소의 그는 자신이 이기기 위하여 다른 사람의 치부나 약점을 건드리는 어설픈 디베이터가 아니기 때문이었다. 그저 좋은 게 좋다는 긍정론자로 보였는데 지금 그는 김 선생님이 그렇게도 듣기 싫어하는 똥배 이야기를 주저 없이 던져 버리지 않았는가. 평소에 음악과 김 선생님에게는 자신의 짧은 키보다도 허리 아래에서부터 유별나게 도드라진 똥배가 더 큰 콤플렉스로 작용하는 것 같았으며 또 그 똥배가 성악을 위해서는 필수적인 공명통이라는 김 선생님의 강력한 주장을 이해하지 않아도 되는 선생님은 이 교무실에 아무도 없었다. 김 선생님이 자신의 똥배를 호흡의 흡기로 들이밀면서 발딱 일어섰다. 그런다고 쉬 들어갈 수 있다면 그건 똥배도 아니겠지만…….

그는 공 선생님 쪽으로 한 발을 내디디며 이렇게 언성을 높였다.

"참 나, 악담을 하시네, 악담. 내 똥배 나오는 데 돼지비계라도 사 줬어요? 좋습니다. 그러면 누가 더 오래 사는지 한번 볼까요?"

이번에는 공 선생님도 꺾이지 않았다. 바로 코 밑으로 김 선생님의 얼굴을 내려다보며 두 손등을 양쪽 허리에 바싹 올린 자세로 그가 침을 튀겼다.

"그래, 내기해, 내기. 앞으로 학교 옮길 때, 내신 낼 때 당신하고 나하고 똑같은 학교로 내야 해, 알았지? 그래야 누가 먼저 죽나 옆에서 확인할 수 있으니까."

드디어 누가 더 오래 살겠는지, 누가 더 일찍 죽을 것인지로 말다툼이 진화(進化)했는데 그건 정말 하느님만이 아시는 문제였다.

"아, 이 사람들이……. 됐어, 그만 해. 이러다가 싸우겠네."

상과 주임 우 선생님이 진화(鎭火)에 나섬으로써 두 선생님의 일찍 죽거나 더 오래 살기 논쟁은 끝이 났는데 애들과 같이 생활하다 보면 어른들도 애들을 닮아가는 건 확실한 일인 듯싶었다.

나는 다음날 연가를 내고 S읍의 그 병원으로 갔다. 나를 대하는 간호사의 표정에 안쓰러움이 담겨 있었다.

"최 선생님, 최 선생님은 혈압이 아니라 폐 사진에 이상이 있어서 2차 검진 대상이 됐어요. 폐결핵이라고 통보하면 최 선생님께서 혹시 불이익을 받을지도 몰라서 일단 혈압 이상(異常)으로 보낸 거예요. 오늘 바로 D시 큰 병원이나 폐 전문 병원에 가서서 정밀 검사 받으시고 조치를 취하셔야 할 겁니다."

약간의 당혹감이 내 얼굴을 스쳐 지나가는 것을 놓치지 않은 듯 그 간호사는 재빨리 뒷말을 보탰다.

"아직 초기 같은데 잘하는 병원 알아 보셔서 진단 정확히 받으세요. 요새는 약이 좋아서 몇 개월만 드시면 완쾌되고 직장 생활에도 아무 지장 없습니다. 염려는 절대로 하지 마세요. 또 비활동성이면 아무것도 아니에요."

나는 그 간호사가 예뻐 보였다. 환자를 안심시키려는 그 마음이 참 고와서 고맙다는 말을 몇 번이나 하고 그 병원을 나섰다.

"가만, 이름이 뭐더라? 병우? 동우?"

"봉웁니다. 최봉우."

"아, 그래. 봉우 맞아, 봉우. 어릴 때 몇 번밖에 못 봤으니까. 참, 아주머니 돌아가셨을 때도 보긴 봤구나, 그때도 하긴 뭐 어렸을 때였으니까. 하여튼 이름도 가물가물하네."

아버지의 진외가 쪽으로 친척인 D시의 K외과의원 K원장은 대뜸 나를 알아보긴 했는데 이름은 50%밖에 맞추질 못했다. 안 해도 될 변명도 조금 섞었다. 그래도 알아봐 준 게 어디냐는 느꺼운 마음으로 S읍의 병원에서 가져간 X–Ray 필름을 내밀었더니 K원장은 그 필름을 한참 동안이나 바라보았다.

"아하, 이거 폐병이구나. 최근에 생겼네."

하면서 필름에서 눈을 뗀 그가 이번에는 나를 지긋한 눈길로 쳐다보는 것이었다. 나는 꼭 죄인 같은 심정이 되어 K원장의 눈을 똑바로 바라보지 못했다. 드디어 그가 무슨 용단이라도 내리는 듯이 말했다.

"음, 그럼 이렇게 하자. 쇠뿔도 단김에 빼랬다고 내가 선배 폐 병원에 전화 해 놓을 테니까 거기 가서 진단받고 거기 처방전으로 약국 가서 약 사고 다시 여기 와. 내가 다른 약 좀 더 줄게. 알았지?"

그리고는 D시 한복판에 있는 Q의원의 약도를 그려 주었다. Q의원은 A극장 바로 옆에 있었는데 자그마하고 깐깐하게 생긴 의사 선생님은 거기서 새로 찍은, A3 용지보다 더 큰 필름을 슬쩍 들여다보면서

"아, 폐결핵이 맞네요. 엄격하게 말하면 제2깁니다. 아시겠습니까?"

방금 이야기 들어서 아시겠습니다.

"디벨롭핑 단겐데 처방약 꾸준히, 꾸준히가 중요해요. 안 그러면 균이 약에 톨러런스, 즉 내성이 생겨 강해지니까 꼭 꾸준히 복용해야 합니다. 아시겠습니까?"

이 정도는 이해하시겠습니다.

"약만 잘 먹으면 아무 일 없어요. 한 보름 정도는 다른 사람과의 칸택, 즉 접촉을 의식적으로 좀 피해 주시고 그렇게 비활동성이 되면 그다음에는 아무 걱정 마시고 하시는 일 잘 하세요. 아시겠습니

까?"

예, 잘 아시겠습니다.

"정말 아~무 걱정 안 하셔도 됩니다. 아시겠습니까?"

이 병원에는 온통 뭘 모르는 사람들만 오는 모양이었다. 그러면서 그는 자기 앞에 놓인 타자기로 무언가를 토닥토닥 치기 시작했다. 지금 와서 생각해 보니까 그게 바로 외다리 타법이었다.

"그리고 이 쪽지는 K원장에게 주세요. 아시겠습니까?"

Q의원 원장은 환자인 내가 모르게 하려고 그랬는지 영어로 타이핑된 쪽지를 내밀었는데 그 내용은 영어의 3형식(S+V+O)만 알면 다 해석이 되는 기초 영작문이었다.

To : Dr. K

He is suffering from T.B.

Strictly speaking, it's developing phase.

It's his right lung.

His left lung is clear.

It will take about 6 months to recover with medicine.

From : Dr. Pang

그래도 나는 아는 척하지 않았을 뿐만 아니라

'와, 영어로 작문까지 잘하는 진짜 실력 있는 의사 선생님이네.'

라는 의미의 표정을 지으며 작은 눈이나마 크게 뜨면서 그를 바라보아 주었는데 내 느낌이었는지는 모르겠지만 그는 어깨를 '우쭐'

하는 것 같더니 곧 이어 의자 깊숙이 자신의 자그마한 체구를 파묻는 것이었다. 그런데 그는 왜 그 쪽지를 영어로 썼을까? 그 내용이 너무 충격적(?)이어서 환자 − 환자들은 대체로 영어를 해독하지 못할 것이라고 그는 생각했을까? 아니면 기초적인 영어 정도도 해독하지 못하니까 환자가 되었을 것이라고 그는 생각했을까? − 가 입게 될지도 모를 마음의 상처를 감해 주면서 K 박사에게 실상을 전하려는 의도였을까? 아니지. 그 쪽지를 작성하기 전에 그는 이미 나에게 폐의 상태를 구두로 설명해 주지 않았는가. 그렇다면 그는 자신의 영어 실력을 생면 부지로 처음 만난 환자에게 드러냄으로써 그것이 본인이 가진 의술을 더 돋보이게 만들 것이라는 생각하에서 그런 행동을 한 것이었을까?

나는 D시에서 제일 큰 D약국으로 가서 처방전을 내밀었다. 흰 가운을 입은 여 약사는 처방전을 받아 보더니 무심한 척 나를 슬쩍 쳐다보았는데 그 시선에 약간의 경멸이 섞여 있음을 나는 감지할 수 있었다. 그 경멸의 눈초리 속에는

'이 시대에, 새파란 젊은 사람이 웬 결핵?'

이라는 의미가 들어 있는 것 같았다. 약간 자존심이 상한 나는 그 여 약사를 노려보았지만 그녀는 나와 시선이 마주쳤는데도 내 눈길을 피하기는커녕 오히려 빤히 쳐다봄으로써 자신의 당당함을 유지함은 물론 나아가 나의 기(氣)까지 꺾고 있었다. 하기야……. 결핵 환자에게 약사가 꿀릴 일이 어디 있을 것인가. 에탐부톨? 염산 피리독신? 이름도 요상한 몇 개월치의 약은 종이 팩 하나에 가득이었다. K외과에 다시 가서 그 쪽지를 보였더니 K원장은

"별 거 아니래. 약만 잘 먹으면 O.K.라고 적혀 있어. 밥은 끼니 거르지 말고 잘 챙겨 먹어. 약을 이기려면 밥은 필수야. 알았지?"

그리고는 60개 정도의 앰풀 한 박스를 내 앞에 내놓았다.

"이건 주사액인데 이걸 매일 저녁 1개씩 엉덩이에 주사하는 거야. 그러면 먹는 약만 복용할 때보다 효과가 훨씬 좋아. 알았지?"

그러면서 유리 주사기 몇 개도 함께 포장을 하는데 나는 참 난감하였다. 도대체 내가 나의 엉덩이에 어떻게 그 주사기를 찔러 넣는단 말인가. 멍하니 입만 벌리고 있는 내게 K원장은 자신이 소파에 엎드리면서까지 직접 시범을 보이기 시작했다.

"주사기를 요렇게 쥐고 말이야."

그는 자신의 오른손 검지와 중지 사이에 주사기를 끼우고 엄지로 주사기의 피스톤을 밀었다.

"엎드려서는 고개를 뒤로 돌려서 주사기 들어가는 걸 보란 말이야. 엉덩이는 어디를 찔러도 부작용이 없는 데거든? 그냥 푹 찔러버려. 알았지?"

휴지 뭉치를 엉덩이 위에 올려놓고 나는 병원 소파에 엎드려 몇 번이나 실습을 했지만 자신감 안 생기는 건 마찬가지였다.

"그래, 아무 데나 찌르면 돼. 각각의 엉덩이에 열 십자를 그리고 오른쪽 엉덩이는 1사분면에, 왼쪽 엉덩이는 2사분면에 바로 꼽아버려, 알았지? 깊이 들어가도 아무 관계없어. 단, 찌를 때마다 끓는 물에 소독은 필수야. 하루는 오른쪽, 하루는 왼쪽, 알았지?"

'꼽아 버'리라는 말이 지성인인 의사답지 않은 어투였다. 그런데 그 어투가 나를 편안하게 만들어 주는 것이었다. 언젠가 배가 아파

뒹굴 정도가 되신 아버지가 병원에 실려 가서서 십이지장 천공이라는 진단을 받은 후 내가 조언을 구하고자 K원장에게 전화를 하였을 때 K원장은 대뜸

"창자에 빵꾸가 났단 말이지, 그게. 빵꾸 난 데 짤라내고 이으면 돼. 걱정하지 마. 알았지?"

라는 단순 무식한 말로 우리 가족을 안심시킨 경우가 있었는데, 조금은 과격한 표현을 통하여 환자의 병이 별 게 아니라는 느낌을 가지게 하려는 K원장의 숨은 의도를 간파해 내었다면 내 머리도 괜찮게 돌아가는 편인 것 같았다. 여기 덧붙여 말하고 싶은 것은 나는 두 의사 선생님의 '앎'을 강요하는 말투로 인하여 참으로 많은 것을 알게 되었다는 점이다.

이리하여 나는 약 한 보따리와 근심 한 덩어리를 안팎 가슴에 품고 직행 버스로 S읍에 도착했으며 거기서 M면행 완행버스로 갈아 탔다. 나에게도 이제 꼭꼭 숨겨야 할 비밀 하나가 생겼음을 되새기면서…….

그날부터 나의 고행은 시작되었다. 작업은 항상 밤이 이슥하고서야 인적 없는 시골의 한 월셋방에서 은밀하게 진행되었다. 한밤중이 되기를 기다렸다가 이불을 덮어쓰고 무전기를 '띠-따따--또-뚜뚜--' 치려고 준비하는 간첩 같은 느낌이 들었다. 버너로 코펠에 물을 끓여 주사기를 소독한 후 그것이 적당히 식기를 기다렸다가 앰풀의 끝 부분을 유리 조각이 안 생기도록 경쾌하게 톡 치면 앰풀의 유리 대가리가 '톡' 하고 예쁘게 떨어져 나간다. 주사기로

앰풀 속의 액체를 조심스럽게 빨아들인 후 위를 향하여 한 번 찍-쏘아 줌으로써 주사기 속의 공기를 없애고 나서 드디어 엉덩이에 주사바늘을 찌르는데, 이때가 가장 고통스러운 순간이다. 도대체 주사바늘이 들어가지를 않는 것이다. 아무리 찌르려고 해도 엉덩이가 바늘 끝을 받아들이려 하지 않는다. 긴장한 근육이 단단해져서 엉덩이는 돌덩어리가 되고 망설이는 오른손 엄지손가락에는 힘이 주어지지 않는다. '에라 모르겠다.' 하고 막무가내로 힘을 주어 버리면 이번에는 들어가는 각도가 안 맞아 바늘이 굽어 버리는 것이다. 바늘이 굽어 버릴 정도라면 바늘 끝이 닿은 엉덩이는 얼마나 상처를 입을 것인가. 엉덩이는 바늘 끝으로 인하여 긁힌 자국투성이가 되었을 것이다. 이런 우여곡절을 몇 차례 겪어 내었을 때에야 그 작업도 일상이 되고 있었다.

거의 일주일이나 지났을까. 그날도 나는 밤이 이슥해지기를 기다렸다가 그 작업을 시작하였다. 이제는 손놀림이 제법 익숙해져서 오히려 적당한 쾌감이 동반되는 시기였다. 병이 빨리 나을 수 있다는 기대감과 함께……. 순서에 따라 진행되던 작업이 막바지에 이르러 엉덩이에 막 주사 바늘을 꼽으려는 순간

"최 선생님 계세요?"

조용히 부르는 목소리는 분명히 정 선생의 것이었다. 이런! 그녀가 지금 내 방 앞에 와 있는 것이었다. 그 속삭이는 듯한 목소리가 나에게는 청천의 벽력이 되어 귀를 울렸다. 엉겁결에 바늘은 자신이 들어갈 수 있는 한계까지, 엉덩이 깊숙한 곳까지 푹 박혀 버렸고

"예, 들어오세요."

이건 또 무슨 망발인가! 잠깐만 기다려 달라는 의도의 내 말은 뜻하지 않게, 평소의 인사 말투처럼 '들어오세요.'로 변해서 목구멍을 통과해 버렸다. 발소리도 죽여 가며 방문을 열었던 정 선생의 입은 놀람의 소리도 삼킨 채 그냥 벌어져 있었으며, 주사 바늘을 엉덩이에 깊숙이 꽂은 채, 엎드려 간절히 그녀를 쳐다보는 나의 안면 근육은 경직이 극에 달하여 씰룩거리고 있었다. 눈물 젖은 희극이었을까? 그러한 우리들의 대치 상태가 꽤 오랜 시간 이어져서야 나는 어쩔 수 없음을 인식했고 정 선생 또한 사태의 추이를 어느 정도 간파했는지 침착하게 살짝 들어와 방문을 닫아 주었다. 나는 일단 주사 바늘을 빼고 옷을 추스른 다음 도구들을 한쪽으로 밀어 놓았다. 그리고는 조금 튀어나온 데다가 커지기까지 한 그녀의 눈을 바라보며 힘없이 웃어 주었다. 오른손으로는 주사 찌른 쪽의 엉덩이를 계속 마사지하면서……. 나는 애써 침착을 가장하며 방문 앞에 가장 작은 모습으로, 죄스러운 듯이 쪼그리고 앉아 있는 그녀에게 자초지종을 최소한으로 줄여서 언급했고 그녀도 시종일관 고개를 끄덕이는 등의 행동으로 나의 말을 잘 들어 주었다.

"주사까지 맞으면 금방 비활동성이 된대요, 최 선생님. 제 친구 중에 간호사가 있어서요. 참 친한 친군데 그래서 저도 돌팔이 간호사쯤은 돼요. 걱정 마세요. 아무것도 아니에요, 요즘에는."

그녀가 나를 위로하고 있었다. 나의 비밀을 알아 버린 그녀가 내 편인지 아닌지는 모르겠지만 적어도 그녀는 지금 내 앞에 앉아 있고 이제는 비밀을 공유하는 사이가 되어 버렸다. 한참 동안의 침묵이 흘렀다.

"그동안 많이 생각했어요."

한쪽 무릎을 세우고 그 위에 두 손을 얹은 자세로 그녀가 말을 꺼냈다. 조금 전의 충격은 깡그리 잊은 듯한, 무슨 일이 있었냐는 듯한 태도에 나는 조금 의아했지만 그녀의 평소의 배짱 같은 것이 떠올라서

'정 선생답구나.'

라는 생각이 내 의아심의 끈을 풀고 있었다.

"최 선생님이 전번에 찾아와서 했던 말들을 곰곰이 생각해 봤어요. …… 참 고마웠어요. 제가 생각해도 저는 여자다운 다소곳한 면이 많이 부족하거든요. 말도 함부로 막 해 버리고……. 달콤한 연애라든지, 사랑이라든지……, 그런 건 저한테 안 어울리는 것 같아서……. 제 눈에 안경인가? (약간의 웃음) 그런데도 저를 좋아하신다니 저는 참 고맙고 기뻤어요. …… 그런데 최 선생님, …… 저는 참 나쁜 여자예요."

그러고는 한참 동안 말을 아꼈다. '나쁜 여자'라고? 어떤 점에서? 대학을 이제 갓 졸업한 20대 초반의 여 교사가 나쁜 짓을 했으면 얼마나 했길래 자신을 '나쁜 여자'라고 소개하는지 도대체 짐작이 가지 않았다. 잠시 동안의 침묵의 시간에 나는 정 선생이 말한 '나쁜 여자'라는 의미를 천착하기 시작했다. 혹시 도둑질을 했거나 사람을 해친 형사범일까? 그건 아니겠다. 적어도 교사가 되려면 발령 내기 전에 신원 조회를 하는데 거기에 안 걸린 걸 보면. 그러면 고등학교나 대학교를 다닐 때 따라다니는 남자를 받아들이지 않고 그때마다 매몰차게 차 버렸다는 뜻일까? 그건 나쁜 게 아니고 콧대

가 높은 거지. 정 선생쯤 되면 그렇게 도도하게 굴어도 괜찮은 거잖아. 아니면 학생 때 남자를 여러 명 사귀고 갈아치우면서 몸을 함부로 굴렸다는 뜻인가? 그건 절대로 아니지. 여자들이 가장 떳떳하게 생각하는 게 자신의 순결성인데 - 크게 의미 부여를 할 건 아닌데도 많은 여자들이 정도 이상으로 그 가치를 과대 포장하고 있다고 나는 생각한다. 순결성에 코 꿰여 더 큰 것을 잃을 수도 있는 것이다. 여성의 인권을 소홀하게 다루어 온, 다시 말하면 삼종지도(三從之道)를 강요한 남성 중심주의의 우리 조상들의 문화가 여성들의 의식 구조를 그렇게 길들여 버린 것일 것이다. 확실히 문화적 성향은 유전되고 체화(體化)될 소지가 있다는 견해에 나는 동의하는 바이다 - 그 반대의 경우를 자기에게 사랑을 고백한 남자 앞에 드러낼 정도의 바보가 아니잖아, 정 선생은. 그렇다면 혹시, 혹시 말이다, 불치의 병에 걸린 건 아닐까? 신체검사 결과에도 나오지 않는, 평생을 안고 가야 할 병에 걸려서 자기와 함께 살아가야 할 상대방을 평생 동안 병 수발하게 만들지도 모르기 때문에, 자신을 '나쁜 여자'라고 미리 언급해 놓음으로써, 일이 잘 되어 둘이 결혼하고 난 후 그 사실이 드러나더라도

 '내가 이미 이야기했잖아요. 그런데 괜찮다고 하면서 결혼했잖아요, 우리.'
라면서 물귀신 작전을 쓰려는 건 아닐까? 정 선생 자신이 가진 병이 내가 가진 것보다 훨씬 심각하기 때문에 자신의 엉덩이에 스스로 주사 바늘을 꼽는 흔치 않은 장면을 목격한 지금의 이 상황도 대수롭지 않게 받아들일 수 있는 게 아닐까? 그렇게 봐서 그런지 정

선생의 입술은 언제나 말라 있어서 허연 각질이 일어나 있곤 했다. 지금도 얘기 중에 손으로 입술의 각질을 뜯어내고 있었다, 버릇처럼. 그렇더라도 평소의 활동성으로 보면 아픈 건 아닌 것 같았다. 이쯤에서 나는 추리를 멈춰야 했는데 이유는 정 선생이 말을 이어 갔기 때문이었다.

"최 선생님, 저는 나쁜 여자예요. 모든 면에서 저는 부족하고 …… 때로는 못된 성질이 불쑥 나오기도 하고, …… 엄마하고 항상 싸우고, 제가 막내여서 엄마가 거의 할머니뻘이 되는데도요. 엄마 는 막내의 어리광으로 잘 받아 주시지만 다른 사람들은, …… 친구 들도 저 보고 못됐대요."

조금 모난 성격을 가지고 있다고 '나쁜 여자'가 되는 것인가? 어 떤 사람의 성격은 상대방이 어떻게 보느냐에 따라서 이런저런 해 석을 내놓을 수도 있는 양면적인 것이 아닐까? 예를 들어, '강직하 다'는 표현은 달리 보면 '고집이 세고 융통성이 없다'로 대체될 수 있으며, '유순하다'는 것은 어떻게 보면 '자기 주장이 약하고 물렁 하다'로 바뀔 수 있다는 것이다. 마찬가지로 '못됐다'는 것은 '맺고 끊음이 분명하고 매사가 합리적'이라는 평가를 받을 수도 있는 성 격인 것이다. 거기서 다시 정 선생은 말을 멈추고 잠시 생각에 젖어 들었다. 자신이 뱉어 버린 말을 되씹으면서 후회하고 있는지도 몰 랐다. 넘어 온 공을 다시 내게로 넘겨 버리려고 무리수를 둔 것이나 아니었는지 생각하고 있었을까? 잠시 쉬는 틈에 내가 살짝 끼어들 었다.

"나는 정 선생이 나쁜 여자라고 해서 대단한 범죄자인 줄 알았어요. 자신의 성격을 알고 있다면 그걸 모르면서 살아가는 경우보다는 훨씬 괜찮죠. 고칠 수도 있잖아요."

"얼굴이 못났으면 성형으로 고칠 수가 있다지만 성격이 못된 것은 고치기가 어렵대요. 엄마가 늘 하시는 말씀이 '저거 냄편은 저거 성질 알마 장개 안 올라 칼 끼라.'인데요. 그래서 최 선생님, 우리 잠시 시간을 두고 생각해 봐요. 눈에 콩깍지가 낀 상태로 상대방을 보면 모든 게 다 이뻐 보인대요. 하다못해 덧니나 주근깨조차도 다른 사람에게는 없는 매력으로 다가온대요. 최 선생님, 아직 우리가 서로에게 특별한 존재가 되기에는 좀 이른 것 같은 시간이에요."

합리적이고도 완곡한 거절이었다. 공은 내 쪽으로 넘어오려다가 네트 위 한가운데에서 맴돌며 멈추어 버렸다. 그러면 또 다시 갈등과 눈치 속에서 마음을 졸여야 한단 말인가? 나는 그러기 싫었다.

"정 선생님, 남들 몰래 사귀면서 서로를 알아 가는 건 어떨까요?"

구걸하듯이 나는 그녀를 향하여 나의 마지막 자존심을 스스로 구겨 버렸다.

'이건 나의 마지막 카드야.'

라고 다짐하면서…….

잠시 생각에 잠겨 있던 정 선생은 나를 지긋한 눈으로 바라보았다.

"거기까지는 아직 생각을 안 해 봤어요, 최 선생님. 우리 이제 화제를 돌리죠."

한 발 빼는 듯한 정 선생의 대꾸에 나는 더 이상 구질구질하게 물고 늘어질 수가 없었다. 이왕 이렇게 된 거 그녀에게 적어도 쿨(cool)하다는 인상만이라도 심어 주어야 하지 않겠는가. 그 이후 우리들의 대화는 최근의 학교 이야기, 커피 잘 마시고 있다는 얘기, 이 선생과 박 선생의 진전 상황 등이었지만 그런 내용들은 뒤숭숭해진 나의 머리에 들어오지 않았다. 정 선생이 가고 나서 나는 약간의 혼란 상태에 빠지게 되었는데 그것은

'그렇다면 그녀가 왜 찾아왔느냐.'

는 화두로 인한 것이었다. 찾아와서 시간을 두고 생각해 보자는 말을 할 바에는 안 오고 가만히 있는 것이 자기 의사의 더 나은 전달 방법이 아니었겠느냐는 것이 나의 생각이었다. 그런 말을 하려고 일부러 찾아왔다는 것은 그녀가 나와의 관계 형성을 어느 정도 긍정적으로 생각하고 있다는 방증이 아니겠느냐, 그렇다면 내가 여기서 작업을 멈출 게 아니라 계속 밀어붙여야 하는 것이냐, 혹은 조금의 여유를 두자는 그 말이 진심이라면 나의 계속되는 작업이 오히려 그녀의 심기를 불편하게 함으로써 영영 우리 사이를 멀어지게 하는 역효과를 불러오게 될 것이냐 아닌지……. 밤이 깊었지만 눈은 더 말똥말똥해졌고 따라서 나는 그날 밤을 뒤척이면서 보내고 말았다. 문자 그대로 전전반측(輾轉反側)이었다. 다음 날도, 그 다음 날도 그녀로부터는 가타부타 어떠한 반응도 확인할 수 없었다.

이러한 상황이 지속되는 가운데에서 이 선생의 눈길 등산에 대한 제안은 그야말로 나에게 있어서는 정 선생의 마음을 읽어 볼 수 있는 절호의 기회였던 것이다.

논과 길이 구별되지 않을 정도로 눈은 쌓여 있었다. 눈이 오지 않

앴을 때 논바닥은 길보다 거의 40~50센티미터 정도나 낮았다. 그런데 눈이 쌓였다가 녹기 전에 또 내리고, 그렇게 몇 번이 되풀이되자 논과 길이 눈으로 평평해져 버린 것이었다. 온 땅이 굴곡도 없이 그냥 하얀색이었다. 이곳에 초행인 사람들은 열이면 열 모두 논에 빠져 버릴 것이다. 길을 모르니까. 눈 쌓인 논에 빠진다면 아마 가슴까지 눈에 묻혀 버릴 것이다.

양말을 두 켤레 신고, 평소에는 멋 부린다고 안 입던 내복까지 속에 껴입고, 짙은 갈색 트레이닝 바짓가랑이를 양말 안으로 집어넣고, 면장갑을 끼고, 운동화를 신고, 적어도 종아리는 충분히 빠지는 깊이의 눈길을 허위적거리며 나는 이 선생네 하숙집 앞으로 갔다. 내 방으로부터의 그 60~70미터 정도도 길을 찾는 데 혼란스러우리만큼 눈은 쌓여 있었다. 오후 2시쯤이었지만 하늘은 회색 일변도였다. 간간이 내리는 한두 송이의 함박눈이 나에게 긴장감을 주고 있었다.

"자, 가 볼까. 이런 눈은 평생 한 번 볼까말까 한 거야. 저 한라산이나 지리산 같은 산에 겨울 등반하는 것도 아니면서 이런 동네에서 말이야. 우리 좋은 경험 하는 거야. 비교적 안전하게."

가죽 등산화에, 거기다가 겨울 등반용 스패츠까지 차고, 작은 배낭을 졌으며, 등산복 일색으로 차려 입은 이 선생이 분위기를 잡으며 말했다. 운동화에, 두 켤레라고는 해도 보통 양말을 신고 있던 나는 어쩐지 자신이 없어지고 있었다. 지구과학과는 등산이 교과목의 일부라고 해도 될 정도로 산과 친해져야 하는 학과이므로 이 선생의 그런 차림은 자연스러운 것이었다.

"여기까지 오는데 벌써 지쳤어요."

박 선생이 호흡을 과장되게 헥헥거리며 말했는데 이 선생은 그모습이 마냥 사랑스러운가 보았다. 온 얼굴을 하회 양반탈처럼 곡선으로 만들고는 재미있어 죽겠다는 듯이 웃어댔다.

"이거 만만찮은 분위긴데요. 특히나 옷차림이 이래서 버텨 낼까 의문이에요. 이러다가 '미모의 여 선생 눈 속에서 동사체로 발견'이라는 기사 뜰지 모르겠어요."

정 선생이 낄낄거리며 농담을 했는데 그건 정말 웃기는 말이었다. 왜냐하면 신문에 '미모'라고 표현할 정도의 미모는 둘 다 아니었으니까. 나는 하늘을 쳐다보며 큰 소리로 마음껏 웃었다.

"장비가 허술해서 정상까지는 못 가겠어. 아이젠도 없고 등산화도 없잖아. 동네까지만 갔다 오지, 뭐."

이 선생은 애초의 계획을 바꾸어서 얘기했는데 그건 참 현명한 판단인 것 같았다. 벌써 발이 시린 느낌이 들고 있었으니까. 두 여 선생들도 나름대로는 방한을 한다고 했지만 좀 어설퍼 보이는 옷차림인 건 사실이었다. 청바지를 나처럼 양말에 집어넣고 위에는 두꺼운 털 스웨터를 입었으며 목도리를 하고 있었다. 머리에 방울 달린 털모자까지 함께 쓴 걸 보면 둘이서 복장 통일을 하자고 입을 맞춘 것 같았다. 둘 중에 누가 더 예뻐 보이면 안 되니까 서로 견제하면서…….

이 선생이 앞장을 섰다. 다음이 박 선생, 다음이 정 선생, 내가 마지막이었다.

"자, 내가 발자국을 잘 만들어 놓을 테니까 그 속에 발을 쏙쏙 집어넣으면서 따라와요. 등산화도 아닌데 너무 눈에 노출되면 발이 시려."

리더의 자격으로 이 선생이 조언을 했다. 우리들은 선생님을 앞장세운 유치원 아이들처럼 일제히 "네—." 하고 길게 대답하면서 일렬로 행진해 나갔다. 실제로 이 선생은 무릎까지 푹푹 빠지는 눈길을 처음으로 디디면서 자기 발바닥보다 넓게, 눈을 꾹꾹 다지며 천천히 걸어갔기 때문에 뒤따라가는 우리들은 한결 쉽게 걸음을 옮길 수 있었다. 아무런 흔적 없는, 어떤 자취도 전무한 순백의 눈길이 탐스럽게 펼쳐져 있었다. 보기만으로는 포근함과 아늑함이 느껴지는 질감이었다. 먼저 몇 걸음 앞으로 가 있는 이 선생의 무릎이 겨우 보이고 있었다. 나는 가능하면 정 선생에게 바짝 붙어서 가기로 마음먹었지만 이미 앞 사람과의 거리가 이 선생의 보폭으로 일정하게 제한받아 버린 상태에서 그런 생각은 희망 사항일 뿐이었다. 산길로 접어들기도 전에 몸이 더워지기 시작했다. 온 세상이 하얗게 빛나고 있었다. 하늘은 회색이었지만 땅 위의 눈은 그보다 밝은 빛으로 주위를 환하게 만들었다. 10시 방향의 산길로 막 접어들 때 박 선생이

"어머나."

소리와 함께 눈길 위에 넘어져 버렸다. 갑자기 경사가 시작되어 몸의 중심이 흐트러진 것 같았다. 박 선생의 몸이 일순간 눈 속으로 사라지는 듯했다. 앞서 가던 이 선생이 재빨리 다가와서는

"괜찮아?"

하면서 박 선생을 두 손으로 안아 세워 주었다. 손만 잡아 줘도 될

텐데 좀 지나친 행동 같아서 내가 정 선생을 흘끗 보았더니 정 선생도 나를 보면서 손으로 입을 가리고 눈으로는 웃고 있었다. 혹시 이 선생도 내가 혼자서 꿈꾸었던 낭만 같은 것을 상상하면서 그것을 행동으로 옮겨 보려 한 것은 아니었을까?

'저 둘의 사이가 저렇게 가까워졌단 말이지?'

하고 나는 생각했다.

'정 선생이 넘어지면 나도 저렇게 해 봐야겠다. 그 마음도 알아볼 겸. 제발 넘어져라, 넘어져라.'

나는 속으로 정 선생이 제발 넘어지기를 빌고 또 빌었다.

산길도 밭과 길이 구별되지 않았다. 단지 길 옆에 일정한 간격으로 듬성듬성 서 있는, 밑동을 눈 속에 감춘 나무들이 밭과 길의 경계를 알려 줄 뿐이었다. 나무들은 자신들의 가지보다 몇 배나 두꺼운 눈옷을 위에만 얹고 있었는데 가느다란 가지들은 거의 휘어져 있었다. 갑자기 '텅, 우지직' 하는 소리와 함께 눈앞의 제법 굵은 소나무 가지 하나가 부러지고 있었다. 부러진 가지는 우리들의 진행 방향으로부터 약 5미터쯤 앞에서 길을 막으며 눈 위에 털썩 떨어졌는데 눈이 폭탄이 터지듯이 튀면서 그 덩치가 그대로 눈 속에 파묻혀 버렸다. 장관이었다.

"눈 무게 때문에 저런 굵은 가지가 부러지는 거야. 설해목(雪害木)이지. 만만히 볼 눈이 아니지?"

이 선생의 말마따나 그 보드랍게만 보이는, 쉽게 녹아 버림으로써 힘과는 거리가 멀어 보이는 눈이 저러한 파괴력을 가지고 있다는 게 경이로웠다. 우리들은 한참이나 그 자리에 서서 나뭇가지와 눈이 보여 준 장관의 여운을 되새겼다. 간혹 산골짜기를 울리는 '우지직' 하는 메아리는 저렇게 나뭇가지가 부러지는 소리들이었다. 꽤 오랜 시간이 흘렀다. 몹시도 부자연스러운 걸음걸이가 계속되고 있었으므로 그 팍팍함으로 인하여 말도 꺼내지 못할 정도로 숨이 턱 밑까지 차오르고 있었다. 내가 꿈꾸었던 낭만은 시작도 되기 전에 사라지려는 것 같았다. 저 멀리 봇둑이 보이고 있었다. 보 옆의 길은 제법 경사가 심해서 올라갈 걱정부터 앞섰다. 거친 숨소리와 함께 땀마저 본격적으로 흐르고 있었다. 그러나 운동화 신은 발은 차갑게 식어가고 있었다. 봇둑 아래에 이르러 이 선생은 눈이 쌓여 차라리 덜 미끄러운 급경사 길을 엉금엉금 기어서 올라가더니 위에 도착하자 배낭에서 로프를 꺼내어 아래로 던지는 것이었다. 그러면서 자기가 잡고 있는 로프의 끝을 굵은 나무줄기에 매었다. 여선생 둘은 둑 아래에 서서 잠시 숨을 고르고 있었는데 발그스레하게 홍조 띤 얼굴들이 참으로 예뻐서 시쳇말로 깨물어 주고 싶었다. 그런 생각은 아무래도 박 선생 쪽보다 정 선생 쪽으로 더 쏠리고 있었다.

"자, 아래쪽에 비켜 봐. 내가 내려갈 테니까."

이 선생이 저 위에서 미끄럼을 탈 모양이었다. 배낭에서 비료를 담는 비닐 포대를 꺼내더니 그것을 엉덩이에 깔고는 앞 부분을 잡고 순식간에 그 경사 길을 미끄러져 내려왔다. 비료 포대 위에 거의 누운 자세로 이 선생은 '유후' 소리와 함께 우리가 서 있는 곳을 지나쳐 제법 아래쪽까지 지쳐 나갔다. 우리들은 박수를 치며 탄성을 질렀다.

'참 준비도 많이 했구나. 박 선생과의 낭만을 꿈꾼 게 틀림없어!'

그러면서 나는 이 선생을 이렇게 가감 없이 받아들이게 해 준 정 선생에게 고마움을 느꼈다.

"박 선생, 정 선생. 로프 잡고 올라가서 둘이 같이 이걸 타고 내려와 봐. 자연의 미끄럼틀이잖아. 내가 길 내 놓은 곳으로 내려오면 더 재미있을 거야."

"무서울 것 같은데요?"

박 선생이 한마디 하자

"무섭긴. 내가 앞에 탈게, 박 선생은 내 허리만 꼭 잡고 있어."

정 선생이 신이 나서 앞장섰다. 로프를 잡고 낑낑거리면서 눈 쌓인 언덕길을 올라가는 걸 쳐다보고 있으려니 두 엉덩이가 귀엽게 빼딱거렸다. 박 선생의 엉덩이가 좀 더 큰 것 같았다.

"잘 잡았지, 박 선생?"

이라는 정 선생의 말과 함께 두 사람은 비료포대를 타고 미끄러져 내려왔다. 앞에 탄 정 선생은 한 손을 흔들기까지 하는 것이었다. 그러다가 저 아래쪽까지 지쳐 나가면서 브레이크 잡는 법을 몰랐던지 눈 속에 둘이 함께 푹 박혀 버렸다. 두 엉덩이만 보이고 나머지는 눈 속에 파묻혀 버린 모습이 얼마나 귀엽고 우스웠던지 이 선생과 나는 한참 동안이나 웃음을 멈출 수 없었다. 솔개를 피하려는 오리 새끼 엉덩이 같았다. 잠시 후 모습을 나타낸 여선생들은 얼굴까지 하얗게 눈 화장을 하고 있었다. 우리들은 놀이터를 정복한 어린애들처럼 몇 번씩이나 미끄럼을 타면서 동심을 만끽했다.

보(洑)는 눈으로 가득 차 있었고 따라서 보의 수면은 얼어 있는 게 분명했다. 주위는 굴곡 하나 없는 넓고 하얀 평원을 이루고 있었다. 적막과 함께 맞이하는 눈 쌓인 평원은 그 자체만으로도 여백으로 채워진 수묵화 같았다.

"나의 정원이 눈 이불을 덮고 동면을 하는구나."

이 선생이 제법 시적(詩的)으로 그 느낌을 읊었다, 과학 교사 티를 내면서……. 그리고는 곧장 보를 향하여 걸어갔는데 갑자기 이 선생이 눈앞에서 사라져 버리는 것이었다. 깜짝 놀란 우리들이 보 가까이 다가갔을 때 이 선생은 한 길이 넘는, 얼어붙은 보에 쌓인 눈 속에 파묻혀 있었다.

"와, 굉장한데."

눈 속에 머리까지 빠진 채 얼굴을 하늘로 향한 이 선생이 소리 쳤다.

"최 선생! 이리로 한 번 뛰어들어 봐. 굉장해. 눈에 파묻힌 기분이 어떤가 한 번 느껴 봐."

이 선생의 말소리가 눈 속에서 웅웅거리다가 나에게 전달되었다. 나는 좀 겁이 났다. 보가 정말 꽁꽁 얼었을까? 이 선생이 더는 빠지지 않는 걸로 보아 얼기는 언 모양이었다. 나는 옆의 두 여선생들을 흘깃거리면서 없는 용기를 내고 있었다.

"최 선생님, 파이팅!"

두 여선생들이 동시에 손을 흔들며 외쳤다.

'한 번 죽지 두 번 죽겠어요?'

정 선생의 말이 문득 뇌리를 스치고 지나갔다. 나는 경기에서 우승한 선수가 시상대에 올라 관중들의 환호에 손 흔들어 화답하는 자세로 오른손을 한 번 흔들어 주고는, 조금도 두렵지 않은 것처럼 그녀들을 향해 빙긋이 웃어 주기까지 하면서 삼단 멀리뛰기의 자세를 취하며 그대로 보 위의 눈으로 뛰어들었다. 아차차! 내 몸무게를 받쳐 주기에는 눈은 너무 부력이 작았으며 몸은 서서히 아래로 내려앉고 있었다. 내 몸무게만 한 공포가 뒤통수에 달라붙어서 나를 내리누르고 있었다. 나도 모르게 무릎을 굽혔는데 그것 때문에 내려가는 시간이 몇 배(?)나 더 길어져 버렸다. 그 시간이 꽤 오랫동안 지속된다고 생각했다. 구름 위에 뛰어내린다면 이런 느낌으로 곤두박질할까? 무서움과 함께 바닥에 닿았다고 생각되는 순간 갑자기 위로부터 눈이 쏟아져 내렸다. 머리까지 눈에 완전히 파묻히게 되자 자동적으로 내 몸은 움츠러들었는데 그러므로 나는 완전히 눈 속에 갇힌 상태가 되어 버렸다. 순식간에 눈이 내 몸을 누에고치처럼 감싸 버려 여간 움직이기 힘든 게 아니었다. 눈 속은 어두컴컴했다. 흰 눈 속이었는데도 진한 회색빛으로 어두워져서 답답한 느낌과 함께

'이런, 이거 큰일났구나.'

하는 생각이 거의 막혀 버릴 것 같은 호흡의 뒤를 이었다.

"최 선생님!"

"최 선생님!"

두 여선생들이 목청껏 나를 불렀으며 뒤이어 눈을 헤치고 나간 이 선생이 코치를 하기 시작했다.

"최 선생, 일단 손으로 눈을 헤쳐 봐. 다음에 방향을 소리 나는 쪽으로 틀어."

소리들은 꿈결에서처럼 희미하게 들리고 있었다. 다급한 마음에 숨을 헐떡거리면서 몇 번인가 위로 손을 허우적대자 회색빛 하늘이 보였다. 내 몸은 공중에 떠 있는 것과 같이 눈 속에 들어 있었으므로 방향을 틀기 위해서는 어딘가에 힘을 줄 수 있는 곳이 있어야 하는데 의지가지없는 내 사지가 그 일을 해내기는 어려웠다. 먼저 오른쪽 팔로 오른쪽의 눈을 헤치고 서서히 몸의 방향을 소리 나는 쪽으로 틀어 이제는 앞에 있는 눈을 헤치기 시작했다. 잠시 후 눈 사이로 세 사람의 모습이 눈에 들어왔다. 안도의 한숨이 나도 모르게 입으로부터 터져 나왔다. 이렇게 해서 나는 완벽한 눈 속의 세계를 경험했던 것이다. 생각해 보라. 아무리 헤쳐도 헤쳐도 하늘은 보이지 않고 눈을 헤칠 기운조차 떨어졌을 때의 그 절망감……. 눈사태를 피하여 얕은 골짜기에 몸을 숨겼는데 자신의 몸을 수십 미터 높이의 눈이 덮고 포위해 버렸다면 어떻게 되겠는가. 그 짧은 시간이 나로 하여금 이렇게 끔찍한 상상을 하게 만들었던 것이다.

한바탕의 곤욕을 치른 뒤라 힘은 빠져 있었고 이제는 오슬오슬 추워지기 시작했다. '나 잡아 봐~라.' 식의 낭만은 내 생각을 떠난 지 오래였다. 발은 따갑게 시려 왔고 흘렸던 땀은 식기 시작하면서 체온을 빼앗아 가고 있었다. 나는 두 팔로 몸을 감싸면서 발을 동동 굴렸다.

"이 선배, 더 올라가는 건 무리 같아요. 내려갑시다. 추워서 안 되겠는데요."

라는 나의 제안에 두 여선생들도 암묵적 동의를 눈빛으로 보내 왔다.

"자, 잘 들어요."

이 선생이 눈 속에 갇혀 길을 잃어버린 에베레스트 원정 등반대장처럼 비장하게 입을 열었다.

"여기서 내려가는 건 더 힘들어. 우선 거리가 올라가는 것보다 3배 정도가 되니까 내 생각은 일단 윗마을까지 올라가서 따뜻하게 몸을 덥히고 옷도 말린 후 내려오는 게 좋겠어. 부엌 아궁이 앞에 앉아 있으면 금방 마를 거고 또 뭣이라도 좀 먹어야 기운을 차리지. 그러니까 빨리 올라가자. 자, 힘들 내고. 출발!"

유쾌했던 분위기가 갑자기 서글프고 무겁게 바뀌고 있었다. 이 선생이 앞장을 섰고 우리는 서둘러 그 뒤를 따랐다. 지금까지는 한두 송이의 함박눈이었는데 바야흐로 폭설의 조짐을 보이면서 눈이 쏟아지기 시작했다. 잠시 후 하늘과 땅 사이가 온통 눈으로 가득 차고 있었다. 정 선생의 털모자와 등이 눈으로 덮여 갔다. 걸음걸이는 더디기 짝이 없었으며 우리들은 앞 사람의 발자국을 확인하느라고 고개를 푹 숙인 채 지쳐가고 있었다. 폭설 속의 고립무원(孤立無援)은 십중팔구(十中八九) 동사(凍死)로 이어질 것이었다. 그런 느낌을 실감하게 하는 짧지 않은 시간이 흘렀다.

"야, 다 왔다. 저기 경호네 집이 보이네."

이 선생이 시선을 위로 향하면서 큰 소리로 외쳤다. 세 사람은 멈추어 선 채 일제히 고개를 들었다. 경사가 약간 급한 길을 따라 20미터쯤 앞 왼쪽에 좁은 계곡을 가로지르는 통나무다리가 놓였고 그 다리를 건너 쏟아지는 눈송이들 속에서 눈을 뒤집어쓴 초가지붕이 희미하게 눈에 들어왔다.

"자, 힘내자고. 경호네 집에서 쉬면 돼."

이 선생의 목소리가 생기 있게 빛났다. 김경호는 고(高) 3학년 2반의 부반장인데 착실하고 착했다. 한마디로 참한 학생이었다. 이 산골에서 한 번의 지각도 없는 학교생활을 하다니……. 눈이 쌓여 더 아슬아슬한 통나무다리를 거의 기다시피 하여 건너고 미끄러운 언덕길을 오르자 몇 층의 돌계단 위에 대문이 반쯤 열려 있었다. 마당에도 눈이 한 가득 쌓여서 섬돌이 놓인 30~40센티미터 정도의 축대를 위협하고 있었다.

"경호야!"

마당에 한 발을 내디디며 이 선생이 큰 소리로 불렀으나 안에서는 아무 소리도 들려오지 않았다.

"아무도 없나? 경호야!"

다시 한 번 불렀지만 인기척은 여전히 없었다. 이 선생이 무슨 결단이라도 내린 듯이 부엌 쪽을 가리키며 말했다.

"아직 학교에서 안 온 모양이네. 우리가 먼저 들어가지. 우선 부엌에 들어가서 아궁이 앞에 앉아 불이라도 지피고 몸들 녹이자."

눈이 발목을 잡는 마당에서 오들오들 떨면서 멍청히 서 있던 우리들은 이 선생의 말이 끝나자 판자로 엮어 놓은 문을 열고 잽싸게 부엌으로 뛰어 들어갔다. 아! 이 아늑한 온기여. 문을 닫자 부엌 안이 어둠침침해졌으나 오히려 그 어두움 때문에 느낌은 더 따뜻하게 다가왔다. 이 선생은 우리 뒤쪽에 쌓인 나뭇가지들을 한 아름 내리더니 그것들을 시커먼 가마솥이 걸린 아궁이 안쪽으로 밀어 넣고는 라이터로 불을 붙였다. 가마솥 안에는 물이 반쯤 차 있었다.

"항상 불을 땔 때는 솥 안을 먼저 봐야 돼. 아무것도 없는데 불을 활활 땠다가는 솥이 달아서 불이 나겠지요?"

다시 무거운 솥뚜껑을 덮으면서 이 선생이 말했다. 불길이 서서히 살아나면서 불은 밝음에 따뜻함까지 더하여 우리들을 녹이기 시작했다. 누가 먼저랄 것도 없이 우리는 불타는 아궁이 앞에 쪼그려 앉았다. 이 선생이 먼저 등산화를 벗었고 마치 어린 동생들이 형을 따라하듯 우리들은 일제히 운동화를 벗었다. 웃옷과 모자도 벗어 눈을 털고 솔가지 위에 걸쳐 놓은 후 우리들은 본격적으로 불을 쬐기 시작했다. 여덟 개의 발들이 불타는 아궁이 쪽으로 발바닥을 향한 채 가지런히 세워졌다. 정 선생의 발가락이 양말 안에서 꼼지락거렸다.

"좀 살 것 같죠?"

손바닥을 내밀어 불을 쬐면서 옆에 앉은 정 선생에게 내가 말을 붙였다. 내가 부엌의 맨 안쪽에, 나의 오른쪽에 정 선생, 다음이 박 선생, 부엌 문 쪽에 이 선생이 쪼그려 앉았다. 아궁이가 하나였으므로 네 사람은 바짝 붙어 앉을 수밖에 없었는데 정 선생의 왼쪽 어깨와 나의 오른쪽 팔뚝은 완전히 밀착되어 있었다.

"예, 그러네요. 따뜻해서 살 것 같아요. 노곤해지네요."

아궁이의 불은 활활 타올라 열기와 함께 붉은 빛을 쏘아 내고 있었다. 얼굴의 윤곽들이 타오르는 불길에 따라 또렷해졌다가 희미해졌다가를 반복하고 있었다. 물기로 젖었던 양말에서 김이 솔솔 났다. 김을 따라 약간의 발냄새도 나는 듯했으나 그게 누구의 것인지는 이 시점에서 전혀 중요하지 않았다. 잠시 동안 침묵이 흘렀다. 노곤한 분위기가 부엌 가득 퍼지고 있었다. 정 선생의 옷과 내 옷이 닿은 부분은 불기와는 또 다른 느낌으로 따뜻해지고 있었다. 대학 다닐 때 만원 버스 안, 우리 과에서 제일 예쁜 여학생 양희와 뒷좌석에서 서로의 허벅지를 느끼며 붙어 앉았을 때의 느낌이 되살아났다. 그때는 그녀의 체온을 나의 일부가 감지했다는 것만으로도 사랑 고백이 먹혀들 것 같았는데⋯⋯. 정 선생이 꼬박꼬박 졸기 시작했다. 정 선생의 고개가 자꾸 앞으로 숙여져서 내가 어깨로 정 선생의 고개를 받쳤다. 졸던 정 선생이 눈을 살짝 떴으나 그녀는 아무 거부 없이 내 행동에 따라 주었다. 가슴이 두근거리기 시작했다. 땀이 흘렀을 것 같은데도 향긋하게 풍겨 오는 그녀의 머리 냄새가 내 코를 자극했다. 정 선생이 깊은 잠에 빠져든 것 같았다. 나는 좀 불편한 자세였지만 꼼짝도 않고 그대로 있었다. 내가 꼼지락거려서 정 선생이 불편함을 느껴 깨 버리면 안 되니까.

얼마나 시간이 흘렀을까. 문득 눈을 떴을 때는 아궁이의 불길이 사위어가고 있었고 주위는 조용했다. 정 선생의 머리가 내 쪼그려 앉은 어깨와 무릎 사이에서 편안해 보였다. 나는 이 순간이 계속되기를 바라면서 그대로 앉아 있었다. 손으로 정 선생의 머리카락을 쓸어 보고도 싶었으나 그녀가 잠에서 깨 버릴까 봐, 이 순간이 날아가 버릴까 봐 나는 꼼짝도 하지 않았다. 차라리 나는 달콤하면서도 신선한 정 선생의 향기에 파묻혀 움직일 수 없었다고 고백하고 싶다. 이 선생은 박 선생의 어깨에 왼팔을 얹은 채 서로 머리를 기대고 잠들어 있었다. 불길은 꺼져가고 있었지만 나는 가만히 있었다. 양말과 옷들은 거의 말라가고 있었으며 추운 기운도 완전히 사라졌다.

갑자기 부엌문이 벌컥 열리면서 검은 실루엣이 문을 막아섰다.

"누구래여?"

하는 큰 소리와 함께 나를 향하여

"선생님!"

하는 경호의 목소리가 들렸다. 나는 깨어 있었고 잠들어 있던 세 사람이 일제히 고개를 들었다.

"경호 왔구나."

이 선생이 먼저 알은체를 했다.

"부엌 바닥에서 왜 이러고 있어여? 꼭 난민들 같았어여. 어서 방으로 들어가서요."

경호는 마치 제가 잘못을 저지른 것처럼 허둥거리며 우리들을 방으로 안내했다.

"…… 그래서 깊은 발자국들이 아직 남아 있었네여. 자습 좀 하고 이제 오는 길이었어여. 이 눈 속에 등산을 하시려고 맘을 잡수셨다고요? 대단한 도전을 시도하셨네여. 밖에 아직도 눈이 쏟아져여. 방 안에 들어와 계시지 그 부엌 바닥에 쪼그리고 앉아 계시다니……."

이 선생의 얘기를 다 듣고 난 경호가 눈길 위의 발자국에 대해서 얘기했다. 그리고는 서둘러 고구마며 감자를 구워 오겠다며 밖으로 나갔다. 방 안은 아늑했고 아랫목은 절절 끓었다. 메주 뜨는 냄새가 코끝을 살짝 스쳤으나 그것은 오히려 아늑한 분위기를 위해서 꼭 있어야 할 조건 같았다. 우리들은 아랫목 이불 안에 발들을 들이밀고 거의 눕다시피 편안한 자세가 되어 있었다.

"신발은 엎어서 부뚜막에 올려 놨어여. 그래야 빨리 잘 말라여."

군고구마 등을 내려놓으면서 경호가 말했다.

"천천히 저녁 드시고 가세요. 아버지는 며칠 못 오신대여."

"아니, 저녁을 먹으면 너무 캄캄해져서 못 내려가. 조금만 더 있다 가야지."

이 선생의 대답에 우리들은 동조했다. 산골 초가의 아랫목에서 까먹는 군고구마 맛은 별미였다. 여선생들도 얼굴에 화색이 돌면서 재잘거렸다.

"이 선생님, 눈길로 산에 오를 때는 정말 완전하게 무장을 하고 와야 되겠어요. 아는 길도 이렇게 힘든데 처음 가는 산에서 이런 경우를 당하면 당황하겠던데요?"

군고구마를 하나 까서 이 선생에게 건네며 정 선생이 말했다.

"그럼. 좋은 경험했지, 우리들."

이 선생이 대답하자 박 선생이

"그래도 이런 눈 속에 있어 본 것 자체가 정말 좋았어. 이제 평생 이런 경험은 못 해 볼 거야. 그렇지, 정 선생?"

하면서 동의를 구하자 정 선생이

"그렇겠지, 등산하는 남편 안 만나고는."

하면서 박 선생의 어깨를 주먹으로 살짝 건드리며 낄낄 웃었다. 우리들은 함께 웃었다.

내려가는 길은 거의 미끄럼을 타듯 했는데 올라갈 때보다 옷은 더 젖었지만 갈아입을 옷이 있는 집이 가까워지고 있었기에 오히려 즐거웠다. 내 상상 속에서 기대했던 눈 속에서의 낭만적 데이트

는 그러나 현실에서는 정 선생의 손목 한 번 잡아 보지 못한 채 끝
나 버리고 말았지만 그날의 기억은 오래오래 행복한 느낌으로 남
아 있었다.

공은 네트 위에서 맴돌고 있었다.

16. 시(詩)

"선생님, 시(詩)가 어려워요."

학기말 고사가 끝나고 처음 들어간 국어 수업 시간에 맨 앞자리에 앉은 홍설희가 손을 반쯤 올려서 질문을 했다. 조막만 한 예쁜 얼굴에 키도 얼굴만큼이나 작게 느껴지는 아담한 여학생이었다. 국문과를 지원하려고 해서인지 문학 전반에 대한 관심이 아주 컸다.

"시가 어렵다고? 어렵지. 짓기도 어렵고 감상하기도 어려워."

질문이 모호해서 즉답을 떠올릴 수 없었던 까닭에 나의 대답도 모호하게 출발하고 있었다.

"시험에 모르는 시가 나오면 어떻게 해요? 방법 좀 가르쳐 주세요."

사실 하늘의 별처럼 많은 시들 중에서 수업 시간에 배우지 않았거나 자기 혼자서 공부할 때도 전혀 듣도 보도 못했던 시들이 시험에 나올 가능성은 매우 컸으며, 또 출제 위원들은 그런 문제를 내

놓고서 학생들이 쩔쩔 매는 상황을 상상하는 쾌감을 즐기고 있는 지도 모를 일이었다. 홍설희의 질문에 적확한 대답을 해 줄 교사가 몇이나 있겠는가. 교사인 나도 처음 대하는 시를 봤을 때 감(感)이 얼른 떠오르지 않는 경우가 얼마나 많은가. 나는 잠시 생각에 잠겼다. 학생들의 눈초리가 빛나기 시작했다. 수업 내용을 소 닭 보듯 하던 놈들도 일제히 고개를 들고 나를 주시하기 시작했다. 그들에게 꼬투리를 잡혀서는 안 될 일이었다. 나는 오른손 엄지와 검지로 턱을 괸 채 교단의 이쪽 끝에서 저쪽 끝까지 몇 번을 왔다갔다 하면서 내가 대답해야 할 내용들을 머릿속으로 정리하고 있었다.

"설희야, 그리고 학생 여러분. 모호하지만 정말 알아 놓아야 할 설희의 질문에 대해서 우리 모두 한번 생각해 봅시다. 우선 시를 읽는 목적을 생각해 봅시다. 왜 우리는 시를 읽거나 혹은 공부해야 하는 걸까요? 거기에는 두 가지의 목적이 있겠죠? 첫째, 개인적으로 그 시가 좋아서, 또는 개인적 관심사에 의해서 그것을 접합니다. 그런데 처음 보는 시를 접했을 때 우리는 그 내용을 정확하게 해석할 수 없습니다. 여러분도 알다시피 시라는 장르가 워낙 개인적인 것인 데다가 이성적이라기보다는, 즉 논리로 따져 들어갈 수 있는 것이라기보다는 감성적 영역이 대부분을 차지하는 것이기에 사람마다, 시인마다 가지고 느끼는 감정이 천차만별이기 때문입니다. 어떤 시인이 자기만의 경험이나 감성을 표현하기 위하여 몇 날, 몇 개월을, 아니 때로는 몇 년씩이나 걸려, 조지훈 선생님의 <승무>는 탈고하는 데 7년이나 걸렸다고 합니다, 어려운 비유나 상징을 통하여 압축해 놓은 내용을 독자가 한두 번, 혹은 몇 번 읽고 나서 '아! 이런 내용이로구나.' 하고 당장에 그 표현된 의미를 파악할 수 있다는 것은 거의 불가능에 가깝죠. 감수성이 특출한 어떤 독자가 있어 그 작품이 나타내고자 하는 의미에 거의 근접한다 하더라도 시인이 의도한 내용을 온전히 전달받을 수 있겠습니까? 안 되겠죠? 그래서 어떤 시인은 이렇게 말했습니다."

내가 지방의 K대학교를 다닐 때였다. 사범대 국어교육과에는 현대시를 전공한 선생님이 안 계셔서 같은 대학교 인문대 국어국문학과에 재직하셨던 시인 선생님 한 분이 우리 과로 강의를 도와주러 오신 적이 있었다. 3학년 때였던가? 강좌명은 '현대시 특강'이었다. 일제 강점기 때 세워진, 음침한 2층짜리 붉은 벽돌 건물 1층 107호 교실에서 그 강의는 진행되었는데 그 K선생님이 워낙 우리나라 시단의 거물이셨고 강의 또한 경남 지방의 사투리 억양으로도 또박또박, 귀에 쏙쏙 들어오게 잘 하시는 분이셨기에 그 시간은 우리 과 학생들은 물론 전원 출석이었고 다른 과에서까지 청강하러 온 학생들이 많았다. 40여 명이 공부하게 되어 있는 교실에 거의 70~80명 정도의 학생들이 그야말로 입추의 여지없이 꽉 들어차, 수업 열기가 대단했던 것으로 기억에 남아 있다. 그 선생님은 교단에 의자를 놓고 앉으셔서 교탁 위에 두 손을 깍지 끼고 세우신 채 그 위에 턱을 얹어 놓고 강의를 시작하셨다. 강의를 듣는 학생들은 앉거나 서서 그야말로 쥐 죽은 듯이 긴장을 유지하고는 했다. 학기 초 개강을 했을 때 선생님 바로 턱 밑 앞자리에는 공부 잘하는 착실한 여학생들이 진을 쳤다. 걔들은 앞자리를 차지하려고

비는 시간에 놀지도 않고 거의 한두 시간 전부터 그 자리에 눌러 앉아 있었다. 간혹 선생님께서 수업 시간 중에 피우시는 담배 연기를 감수하면서도 교실 앞쪽을 고수하던 그녀들이, 그런데 언젠가부터 슬슬 뒷좌석으로 피신을 하는 것이었다. 개강 후 몇 시간이 지났을 때 교실 앞 두 줄 정도는 텅 비게 되었으며 그 대신 의자도 없는 뒤쪽에는 서 있을 자리도 없을 정도로 학생들이 꽉 차게 되었다. 알고 보니 그 선생님이 당신의 강의 내용에 흥분하셔서 큰 소리로 부르짖으실 때에는 담배 냄새 섞인 선생님의 침이 앞에 자리 잡은 학생들의 머리로 얼굴로 온통 날아와서 정신을 차리지 못할 정도였다는 것이었다. 선생님께서는 자신의 강의에 취하셔서 입으로부터 튀어나오는 침의 존재를 의식하지 못하시는 것이었다. 아무리 선생님의 침이라도 그것까지는 존경할 수 없었기 때문에 그녀들은 그 아까운 자리를 포기한 것이었다.

K선생님께서는 이렇게 말씀하시면서 흥분을 굳이 감추려 하지 않으셨다.

"시인이 몇 날 며칠을, 몇 달 몇 년을 고심하면서, 잠도 못 자면서 이루어 놓은 한 편의 시를 왜 당신들은 하루아침에, 그것도 한두 번 슬쩍 읽고서는 '왜 이렇게 어려워? 현대시는 난해해. 시인들 자기들은 자기 시의 의미를 완벽히 파악이나 할까 몰라.' 하면서 매도하는가? 현대시가 난해한가, 아니면 독자 여러분들이 게으른 것인가? 독자 여러분들이여, 현대시가 난해하다고 탓하기 전에 당신들의 게으름을 탓하라."

마치 강의를 듣고 있는 우리들이 이 세상 모든 독자들의 대표라도 되는 양 선생님께서는 삿대질 섞어 사자후(獅子吼)를 날리시는 것이었다. 그리고 한참의 침묵 후 선생님께서는 흡연을 위하여 담배 한 개비를 담뱃갑으로부터 뽑으셨는데 그 손가락이 바들바들 떨리고 있었다. 성냥을 직─ 그어 담배에 불을 붙이실 때에도 손가락의 떨림 때문에 그 시간이 꽤 오래 지속되었던 것으로 나는 기억한다.

아, 그리운 선생님.

물론 그 선생님의 주장이나 욕심에 내가 전적으로 동조하는 것은 아니다. 시를 붙잡고 평생을 살아가는 시인과 가족들 먹여 살릴 돈을 벌기 위해서 동분서주해야 하는 일반 독자가 시에 투자하는 시간이 같아야 할 의무는 없는 것이니까. 독자들은 돈과 시 중 어느 쪽을 택해야 할 시점이 되면 백이면 백, 돈을 택할 것이 아닌가? 국어 교사인 나라도 그러겠다.

'그런 정신적 고차원의 놀이는 시인 당신들이나 하시오.'
하면서……. 그렇다고 해서 내가 K선생님의 진의를 모르는 바는 아니다. 물질만이 대우받는 각박하고도 몰인정한 시대, 그러므로 더욱 시가 필요한 ─ 인간적이고 따뜻한 감성을 키워내는 훈련과 상대방에 대한 깊은 배려와 불쌍한 존재들을 향하여 연민을 함께 가질 줄 아는 인간성을 위하여 ─ 이 시대에, 패러독시컬하게도 발가락 사이의 때보다도 못하게 천대받고 있는 시가 처한 상황에 대한 안타까움과 시적 정신의 몰락에 대한 경종의 메시지를 선생님께서는 떨리는 목소리로 설파하신 것이 아니겠는가. 그렇지만 어쩌겠는가. 당장 시 분야를 놓고 정신적 투입 대 금전적 산출 면으로 그 수치를 따진다면 거의 100대0 정도인 걸 어쩌겠는가.

그럼에도 불구하고 나는 K선생님이 그립다. 그 또렷하면서도 귀에 착착 감기는 경상남도 사투리의 억양과 그 떨리는 손가락과 그 날카로운 콧대와 그 쏙 들어간 양 뺨과 반 넘게 벗어져 버린 대머리까지.

"시인이 한 편의 시를 위해서 투자하는 시간의 반의반, 아니 그 반만이라도 독자가 시에 관심을 갖는다면 '시가 어렵다.'는 말은 쉽게 나오지 않을 것이라고 말입니다. 그렇지만 내가 생각하기에 그것은 시인의 욕심일 뿐, 그 말을 한 시인도 시가 너무 천대받는, 도외시되는 현실에 대한 울분을 그렇게 표출한 것이 아니겠습니까? 어쨌든 시는, 특히 현대시는 어렵습니다. 이렇게 어려운 시를 읽었다고 칩시다. 독자들은 다시 세 부류로 나뉩니다. 지금 내가 말하려는 것도 어느 시인의, 바로 앞에서 언급한 시인 말고요, 견해입니다. 일단, 가장 바람직한 경우부터 이야기하겠습니다. 구심적 공감의 세계, 다시 말하면 시인의 의도와 독자의 감상력이 거의 일치하는 경우를 가리킵니다. 이 경우야 말할 필요도 없이 최선의 감상 단계가 되겠죠? 우리들도 처음 대하는 시에서 이런 경지에 도달한다면 얼마나 좋겠습니까? 다음으로 독자의 감상력이 시인의 의도를 뛰어넘는 경우를 생각해 볼 수 있습니다. 공부 많이 하고 감수성 예민한 독자가 어떤 시를 읽고는 그 시인의 의도를 간파해 내었을 뿐만 아니라 시인이 미처 접근하지 못한 세계까지도 더 나아가 볼 수 있는 단계일 건데요. 이런 경우는 참 드물겠죠? 그렇지만 이 경우도 권장할 만한 것은 아니지요. 다음으로는 원심적 괴리의 단계입니다. 이 단계는 시인이 의도한 것과 독자가 감상한 내용이 각각 따로따로 놀 때의 경우를 의미하는 것인데요. 시인이나 독자 모두에게 별로 바람직하지 않은 결과가 되겠죠? 그런데 불행하게도 우리 학생들은 처음 대하는 시를 감상할 때 이런 괴리에 빠지게 되는 것입니다."

나는 혀로 입술에 침을 바르며 학생들을 살폈다. 처음 대다수의 반짝거리던 눈동자들이 이제 서서히 풀려가고 있었다. 설희를 포함하여 앞쪽의 몇몇은 그래도 뭔가를 얻으려고 눈에 힘을 주고 있었다. 나는 그들에게 내 시선을 묶은 채 이야기를 계속했다.

"다음으로는 두 번째의 목적, 우리 학생들이 시를 읽는 목적이겠죠. 시험 문제에 나오는 처음 보는 시를 어떻게 다룰 것인가 하는 것입니다. 시란 것이 워낙 주관적인 글이다 보니까 읽는 사람마다 그 느낌이나 감정의 떨림이 다르게 다가오겠죠? 그런데 시험이라는 객관적 평가 도구에 주관적인 시를 출제해야 한다면 그 시에 대한 해설은 객관적으로 충분히 검증된 것이어야만 할 것입니다. 여기서 객관적 검증이라는 의미는 많은 평론가들이 그 시를 읽고 그 시의 전체, 또는 전체는 아니라 할지라도 그 일부에서라도 적어도 일치된 평론의 부분을 가질 때를 말하는 것입니다. 많은 평론가들에 의한 일치된 해설을 그 시가 가질 때 그 작품은 객관성을 얻은 작품이 되며 시험 문제화될 자격을 가지게 되는 것입니다. 만약 어떤 출제 위원이, 이분이 시인이라고 합시다, 자기가 개인적으로 참 좋아하는 시나 자기가 직접 지은 시를 자기 혼자만의 느낌으로 출제해 버린다면 그 문제는 객관성을 상실한 것이 되겠지요. 여러분과 함께 수업 시간 중에 시를 감상할 때 나는 나만의 감상 결과를 여러분에게 설명하지 않습니다. 그리고 그렇게 해서는 안 됩니다. 그건 참 위험한, 그리고 여러분을 잘못된 길로 끌어들이는 꼴이 되거든요. 설사 나의 해설이 옳고 그 작품에 대하여 이미 알려져 있는 해설이 잘못되었다 할지라도 말입니다. 이런 점에서 나는 교재 연구를 할 때 얼마간의 갈등을 겪기도 합니다. 나는 적어도 한 편의 시에 대하여 이 사람 저 사람 많은 평론가의 작품 해설을 참고한 후 그들의 말 중에서도 일치하는 부분만을 책에 적어 와서는 여러분들에게 전달하는 것입니다. 그러므로 여러분들이 학교에서 나와 함께 공부하고 연구하는 작품들은 그 해설 내용들을 믿어도, '믿어도'라는 말이 좀 어색하게 들린다면, 즉 객관성을 얻었거나 일반화된 의미를 가지게 된 것들이라는 것입니다."

나는 좀 초조해지기 시작했다. 이야기가 생각보다 길어지고 있었기 때문이었다. 사실 시(詩)를, 시의 내용이나 하나의 시어가 상징하고 비유하는 의미를 시험 문제로 출제하는 데 대해서 나는 분명히 반대편에 서 있는 입장이다. 감상하는 독자가 처해 있는 상황이나 그의 체험에 따라 동일한 시를 대하면서도 그 느낌이나 해석을 사람마다 달리할 수 있는 것이 시이고, 또 그것이 시가 존재해야 할 본분이라고 나는 생각하기 때문이다.

김소월의 〈진달래꽃〉에서의 시적 화자가 재고할 필요도 없이 버림받을 수밖에 없음을 강하게 예감하고 있는 여성이어야만 하는

가? 우리는 이 시가 페미너니즘(femininism) – 페미니즘(feminism)이 아니고 거기에 'ni'가 하나 더 붙어 있는 – 의 전형이라고 배웠기 때문에 그것이 당연한 것처럼 인식하고 있다. 나약하며, 그야말로 여자다운 말씨로 자신의 슬픈 감정을 나긋나긋한 리듬으로 덮어 가면서 혼잣말로 그 심정을 읊어 가고 있는 30대 초반의 여성이 이 시의 어느 한쪽 구석에서 툭 튀어나올 것 같기도 하다. 그렇지만 〈진달래꽃〉의 서정적 자아가 꼭 여성이어야 한다는 절대성은 없는 것이다. 같은 상황에 처한 남성도 이 시의 서정적 자아와 자신을 동일시하는 감정을 가질 수 있는 것이다.

따라서 시(詩)의 내용을 학생들에게 주입시킨 후 그것을 오지선다형의 시험 문제로 출제한다는 것에 대해서 나는 회의적이다. 시는 주관적 감상의 대상이어야 한다. 시를 읽은 후 자신의 느낌을 감상문으로 작성하라는 평가 방법에는 동의를 넘어 쌍수를 들고라도 찬성하겠지만……. 오늘날의 교육 현실에서 이러한 나의 가냘픈 주장이 메아리조차 생기지 않는 공허함뿐일 것이라는 점도 나는 잘 알고 있다.

그러나 나의 의지와는 무관하게 나는 설희와 학생들에게 다음과 같은 방법론을 제시할 수밖에 없었다.

"그러면 다시 원래 길로 돌아가서 처음 본 시가 시험 문제로 출제되었을 때의 대처 방법이 무엇이겠는가 하는 문제입니다. 이것은 여러분들의 노력의 결과와 아주 밀접한 관련이 있습니다. 우리 선조들은 공부의 한 방법으로 '독서백편의자현(讀書百遍義自見)'을 내세우기도 했습니다. '백독(百讀) 천독(千讀)에 소원 성취한다.'는, 학문과 관련된 조선 시대 속담도 있지 않습니까? 아무리 어려운 글이라도 읽고 또 읽으면 문리가 트이면서 뜻이 저절로 드러나게 된다는 것이겠지요. '서당 개 삼 년에 풍월 읊는다.'는 속담도 이런 경우를 표현하는 것이겠는데 요즈음에는 그 속담을 우스갯소리로 비틀어서 '식당 개 삼 년에 라면 끓인다.'는 말로 웃기곤 합니다. (별 반응 없음) 흐음 - (좀 머쓱한 심호흡), 이것을 우리들의 시 공부와 결부시켜 본다면 아무리 처음 보는 시라도 읽고 또 읽음으로써 그 뜻을 이해하게 된다는 것으로 바꿀 수 있겠습니다. 그러나 시의 속성상 그 시만 아무리 죽어라고 되풀이하여 읽어도 그 작품이 나타내려는 의미에 온전히 도달하기는 힘들 것입니다. 그러니까 처음 보는 시에 자신감을 가지고 임하려면 시 해설집 같은 것을 한 권 사서 평소에 계속 읽어 나가는 것입니다. 물론 이러한 방법은 국어 교사인 나의 욕심이겠지만요. 다른 과목들 공부는 언제 하느냐고 여러분들이 이의를 제기하겠지요. 그렇습니다. 동의합니다. 그렇지만 시간은 여러분들이 다른 공부를 방해하지 않는 범위 내에서 자투리 시간을 활용해야 하는 것이지요. 계속하겠습니다. 그렇게 읽어 나가다 보면 시를 보는 눈이 열려서 시험에 처음 보는 시가 나왔다 할지라도 비교적 침착하게 그 작품에 접근할 수 있게 된다는 것이지요. 그러면 그 시에 표현되어 있는 시어라든지 시구들의 의미를, 100%의 정확성은 보장하지 못한다 하더라도 '좋은 뜻이다, 나쁜 의미이다, 긍정적이다, 부정적인 표현이다.' 정도로는 파악할 수 있게 된다는 것입니다. 시험에서는 지나치게 구체적인 의미를 묻는 문제는 되도록 피하려는 경향이 있습니다. 수업 시간 중에 시를 풀이하는 수준보다는 비교적 보편적이고 일반적인 의미를 묻기 때문에 평소의 시 해설집 독해를 통해서 이 부분은 극복할 수 있을 것으로 생각합니다."

내가 지쳐가고 있었다. 너무 먼 데서부터 이야기를 시작한 게 화근이었다. 보다 요약된 내용을 전달할 수 없었을까. 나는 이렇게 마음속으로 반성하면서 이제 이야기를 끝내고 싶었다. 잘 듣고 있던 학생들도 몸을 비틀고 엎드리고 짝끼리 소곤대는 등 주의가 산만해지고 있었다. 이야기 중간의 우스갯소리는 호응을 별로 얻지 못한 것 같았다. 그래도 할 얘기는 해야만 했다.

"자, 이제 이야기를 끝맺을 때가 되었습니다. 지금까지는 시 공부의 일반론에 대한 이야기였습니다. 좀 더 구체적으로 시험 시간 중 시 문제에 대처하는 방법을 말해 보겠습니다. 보통 시는 세 편 정도가 나오죠? 한 편은 우리들이 배웠거나 익히 알려진 시, 또 한 편은 평소에 시 공부를 많이 해 온 사람이라면 익숙한 시, 나머지 한 편은 그야말로 생소한 시, 이렇게 세 편이 출제됩니다. 여기서 공부를 한 학생과 그렇지 않은 학생의 유리함과 불리함이 정해집니다. 공부한 학생은 두 편의 시를 통하여 생소한 한 편의 시에 접근할 수 있고, 그렇지 않은 학생은 한 편의 시로 두 편의 시를 유추해야 하는 부담을 가집니다. 자연히 두 편의 시로 한 편의 낯선 시를 유추하는 것이 유리하겠지요? 그러니까 평소의 공부가 중요하다는 것이지요. 또 다른 방법으로는 시 문제들 중 '보기'를 활용하는 것입니다. '보기'는 보통 생소한 시에 대한 힌트를 문제를 통하여 주려는 출제 의도인데, 이 '보기'를 통하여 처음 보는 시의 윤곽적인 의미를 파악하는 머리 회전도 여러분이 염두에 두어야 할 것입니다.

자, 이상이 설희의 질문에 대한 나의 답변입니다. 학문에 왕도는 없습니다. 꾸준히, 차근차근 단계를 밟으면서 공부에 임할 때 여러분도 모르는 사이에 실력이 붙게 되는 것입니다."

나는 이렇게 대답을 끝맺었다. 설희만이 보일 듯 말 듯한 미소를 나에게 보내 주었다. 오래간만에 말을 길게 해서인지 목이 칼칼해 왔다. 곧 이어 마침종이 쳤다.

'말을 그렇게 많이 할 필요가 있었을까? 내가 전달하고 싶은 내용이 있다고 했을 때 상대방의 입장은 고려하지도 않은 채 그것을 깡그리 다 내놓아야만 하는 것일까? 그것은 나의 욕심이 아닐까?'

복도를 걸으면서 나는 미숙한 초보 교사로서의 자괴감에 사로잡혔다. 오로지 전달하려고, 더 알게 해 주려고 하는 교수법만이 능사가 아님을 나는 깨닫고 있었다. '조절의 미학'이 필요할 것이었다. 지루함을 참아 주었던 학생들이 고마웠고 나는 그들에게 미안했다. 나는 스스로가 어설프게 느껴져서 가르침을 주셨던 교장 선생님에게 부끄러웠다.

17. 엄마와 봉달이

크리스마스를 며칠 앞둔 종업식 전날이었다. 크리스마스는 그 이름만으로도 왠지 풍성한 선물이 생길 것만 같은 느낌을 우리에게 준다. 크리스마스 때만 되면 사탕에, 뭐에, 푹푹 퍼 주는 교회의 인심에 길들여진 탓일 것이다. 그날 눈이 오겠지? 그날 식탁 또한 풍성하겠지? 그날이 되면 이때까지 사귀지도 않았던 웬 여인이 익숙한 얼굴을 하고 나타나서는 사랑한다고 말해 주겠지, 순자가 그랬듯이? 일어날 수 있는 사건(?)에 대한 온갖 상상과 일어나지도 않을 기적씩이나 꿈꾸면서 크리스마스를 기대하지만 막상 그날이 되면 나를 둘러싼 세상은 더 고즈넉해지고 나는 세계로부터 소외되어 있음을 절감한다. 많은 사람들이 흥성거리는 크리스마스에 나는 오히려 더 외로워지는 것이므로. 동시에 얼마 안 되는 퍼센트를 빼고 나면 대부분의 사람들 또한 나와 같은 입장이 아닐까 스스로 위로도 해 보면서……. 시골에서의 크리스마스는 어떻게 다가올지 잘 모르겠지만…….

　종업식 전날, 즉 12월 20일에 나는 예기치 않았던 손님을 맞았
다. 그날 오후 퇴근을 해서 이 선생과 나는 '어른이 놀이터'의 소파
에 앉아, 방학 전날의 느긋함도 즐길 겸해서 연말의 시골 분위기를
체크하고 있었다. M면의 중심부를 관통하는 가장 큰 지방도(경상북
도에서 충청북도 방향으로)의 왼쪽에 300평 정도 되는 M면 시외버스 정
류장이 있었다. 거기서 길 건너 맞은편의 낡은 건물에는 '만물 슈
퍼'라는 양철 간판이 한쪽 귀퉁이가 쭈그러든 채 출입문 위에 걸려
있었다. 바로 이 '만물 슈퍼'가 이 선생과 내가 저녁 식사를 한 후 자
주 들러서 주인 내외와 농담도 주고받고 음료수나 간식거리 과자,
담배, 빵 등을 구입하는 이 선생과 나의 놀이터, 즉 '어른이 놀이터'
였다.

　거의 다 녹아 질퍽거리는 눈길을 헤치면서 달려온 S읍으로부터
의 막차였던가, 바로 앞차였던가? 소파에 다리를 꼬고 앉아 방금
도착한 버스를 무심히 바라보며 담배 한 모금을 깊게 빨아들이고
있었을 때 슈퍼의 출입문이 드르륵 열리면서

　"실례합니다. 그런데 말씀 좀 묻겠습니다."

하면서 누군가가 실례를 했다. 나는 왠지 익숙한 그 목소리를 향하
여 무의식적으로 시선을 돌렸는데, 그는 바로 내 동생 봉달이였다.

　"아니, 봉달아."

　일어서면서 내가 이름을 부르자 의아한 시선을 내 쪽으로 던진
봉달이가 갑자기 환한 얼굴빛이 되면서 다가왔다.

"아, 형. 여기 있었네. 안 그래도 형 있는 데를 물어보려고 여기 들어왔더니."

봉달이는 그 큰 손으로 내 손을 잡아당기며 옆에 앉은 이 선생을 흘낏 일별한 뒤 엉덩이를 소파에 걸치고 앉았다.

"이 늦은 시간에 연락도 없이 웬일이야? 아, 일은 나중에 알기로 하고 우선 인사부터 하자."

이 선생과 슈퍼 주인 내외에게 인사를 시킨 후 우리는 소파에 다시 앉았다.

"최 선생님보다 훨씬 미남이구마, 동생 분이……."

슈퍼 아줌마의 꾸밈없는 멘트에 나는 기분이 좋았다. 아버지는 아들이 자기보다 잘생겼다면 좋아하고 형은 동생이 자기보다 잘났다면 싫어한다지만 나는 내 동생 봉달이가 나보다 잘생겼다는 말을 들을 때마다 왠지 좋은 기분이 되는 걸 숨길 수 없었다. 나야 원래 못생겼다고 자인하니까 그건 맞는 말이기 때문이었다. 못생긴 나를 보고 아부성 멘트로

'당신 잘생겼어요.'

라고 해 준다고 해서 내가 잘생겨지느냐 하면 그건 아니지 않은가. 얼굴로 따지 못하는 점수는 다른 것들을 열심히 해서 채우면 되는 것이니까 나는 이제까지 한 번도 얼굴 못생겨서 비관한다거나, 성형이라도 해 볼까 ─ 하다못해 얼굴 중에서도 제일 못생긴 쪽 째진 눈에 쌍꺼풀이라도 한번 넣어 볼까(과거 아주 짧은 한때, 누나들의 도움으로 스카치테이프를 내 눈 사이즈에 맞게 동글길쭉하게 오려서 윗눈두덩에 붙여 본 적은 있었다. 그러나 나의 두꺼운 윗눈두덩이 그걸 용납하지 않았다.) ─ 하는 생

각을 가진 적이 없었다. 단지 내 첫인상이 호감 쪽이 아니므로 미팅 같은 것을 할 경우, 얼굴 점수를 깎이고 들어가야 한다는 점에서 좀 억울한 부분이 없는 건 아니었지만……. 그런데 몇몇 여자들의 경우에는 남자의 얼굴보다 키를 더 쳐 주는, 정말로 세련(?)된 안목을 가진 이들이 드물지 않게 있어서 아직까지도 내 존재가 유지되고 있는 것 같기도 했다. 그래도 우리 가족 중에서 인물 좋은 구성원이 있다는 것 자체가 얼마나 긍정적인 것이냐. 그런데 아무래도 잘생긴 것이 못생긴 것보다 사회생활을 영위하는 데 유리한 건 사실이다. 우선 바로 지금 슈퍼 아줌마만 하더라도 단골인 나에게 시선을 주기보다는 당장 봉달이에게 시선을 꽂아 두고 있지 않은가, 초면인데도……. 하여튼 여자는 늙으나 젊으나 미남을 좋아한다. 남자다운 면을 좋아하는 여자도 있다고? 나의 경험상 그건 '웃기지 마라 그래.'이다. 그것은 미남들의 시선을 끌 자신이 없는 자기의 생김새를 감안한 여자들의, 억지로 찾아낸 자기 위안의 궁여지변일 뿐이다. 예쁜 여자를 좋아한다는 남자들보다 더, 더, 더 여자들은 잘생긴 남자를 좋아한다. 여자들은 이렇게 말하고 다닌다.

"하여튼 사내들은 여자가 예쁘면 그녀의 모든 것을 용서해 주는 것 같아. 여자를 고르는 우선 순위는 첫째도 예뻐야 함, 둘째도 예뻐야 함, 셋째도 예뻐야 함이래. 예쁜 것 밝히다가 집안 말아먹으라 그래."

물론 세상에는 안 예쁜 여자들이 절대 다수이고 그녀들이 그렇게 체험했을 것이니까 위와 같은 내용의 말이 보편성을 획득함과 아울러 세상 이치를 꿰고 있는 듯한 느낌을 주기도 한다. 그렇지만 상대를 바꾸어서 여자들이 시답잖은 남자를 대하는 경우, 그녀들은 아예 그들의 접근조차 차단해 버린다. 그것도 매몰차게시리…….

음료수와 과자 몇 봉지를 사 들고 나는 동생 봉달이와 함께 내 월셋방으로 갔다.

"그런데 형, 내가 가게 하나를 인수하려는데 돈이 좀 모자라서 형한테 돈 좀 빌리러 왔어. 그런데 바빠서 이렇게 밤중에 찾아온 거야. 200만 좀 빌려 줘."

방에 들어오자마자 한숨 돌릴 시간도 없이 봉달이가 대뜸 하는 말이었다.

"와, 200씩이나? 가만 있자, 나한테는 없으니까 내가 어디서 빌려줄게. 일단 오늘은 자고……. 내일은 방학하니까 일찍 끝나."

나는 돈을 마련해 줘야 한다는 의무감으로 가득 찬 상태에서 봉달이에게 말했다. 200만 원이면 당시로는 꽤 큰 금액이었다. 당시의 교사 월급이 낮은 몇십만 원이었고 지금의 교사 월급이 낮은 몇백만 원이니까 주먹구구식으로 따져 봐도 지금으로 치면 거의 1,500~2,000만 원 정도의 돈이었다. 그러나 나는 그 돈을 해 주어야 했다. 왜냐하면 나는 동생 봉달이에게 마음의 빚을 아주 많이 지고 있었기 때문이었다.

내가 고3 때 봉달이는 중3이었고 내가 대학 입시를 준비하고 있을 때 그도 고등학교 입시를 준비하고 있었다. 당시 집안 형편상 두

놈이 한꺼번에 상급 학교로 진학하는 것은 우리 부모님의 경제적 능력으로 봤을 때 힘에 부치는 상황이었을 것이다. 그런데도 나는 그 어려움 같은 것은 전혀 생각도 못 한 채 당연히 대학은 가야 하는 것으로 여겼다. 공납금을 마련해야 한다는 부모님의 강박증 따위는 염두에 두지도 않았다. 단지 아버지로부터 이런 말씀을 들은 적은 있었다.

"봉우 니는 국립을 가야 된데이. 사립은 우리 행편에 돈이 비싸서 안 될끼라. 국립 중에서도 제일 싼 데를 한번 골라 보래. 장남이니까 대학은 그래도 보내 볼 생각인데. 마, 차라리 똑딱 떨어지마 더 좋고……. 떨어지마 내중에라도 부모 탓은 안 할 꺼 아이가."

그래서 내가 택한 곳은 공납금 싸기로 우리나라에서 둘째가라면 서러워할 D시 K대학교 그것도 사범대 국어교육과였다. 그런데 그 학과가 서러워하더라도 말은 하고 넘어가야겠다. 4년제 대학교에서 그 당시 공납금이 제일 싼 데는 서울의 S대학교 사범대 국어교육과였으니까. 말하자면 나는 학과 선택을 함에 있어서 적성이나 장래성 같은 것이 아니라 얼마나 공납금이 싼가를 그 기준으로 삼았다는 말이다.

나중에 동생을 통하여 들은 얘기지만 어머니는 그때 나의 대학 공납금에 조금이라도 보태기 위해서 김 장사를 시작했다는 것이었다. 나는 정말 김처럼 까맣게 몰랐었다. 어머니는 D시의 S시장에서 도매로 김을 사 와서는 거리 행상을 하셨다는 것이었다. 말이 거리 행상이지 길거리를 다니며

'김 사세요.'

한다고 해서 겨울의 추위 속에서 가던 길 멈추고 주머니에서 손을 빼는 수고를 감수해 가면서까지 어머니의 김을 사 줄 사람이 어디 있었겠는가. 그래서 어머니는 김 보따리를 들고 주로 친척집을 전전하셨다고 하는데 그때 돈 많은 집이 김 팔아 주기에 더 인색하였다는 말을 봉달이에게 하시더라는 것이었다.

대학 시험도 치기 전에 어머니는 왜 공납금 걱정을 하셨을까? 당신의 장남이 대학에, 그것도 국립 대학에 합격하리라는 믿음이 있으셨던 것일까? 하기야 어머니는 내가 고등학교에 다닐 때 한 번도 학교에 오신 적이 없었다. 나의 고등학교 성적은 1학년 때, 내가 순진했을 때, 어머니께 한두 번 보여 드린 통지표의 숫자로만 알고 계셨던 것이다. 1학년 그 당시 나의 성적은 서울의 S대 지원을 생각할 수 있을 정도였다는 것을 머리 좋은 독자들께서는 기억하고 계실 것이다. 그 뒤 눈이 나빠지고 키가 크기 시작하면서 나의 성적은 급전직하로 곤두박질 쳤고 그래서 교실 뒷자리 문화도 만끽했다는 것을 박상출 사건 – 어설펐던 교사 모욕 사건 – 때문에 고백한 것도 기억하실 것이다.

당시 어머니의 생각을 내가 상상해 보면 이렇다.

'우리 장남 봉우! 세상 어디에 내놔도 우리 봉우 같은 애 없어. 착하지, 공부 잘하지, 생긴 것도 그 정도면 괜찮지(나는 외탁을 했는데 어머니는 당신을 닮았기 때문에 내가 괜찮게 생겼다고 생각하셨을 것이다.), 뭐. 그 좋다는, 수재들만 들어간다는 K중학을 과외 한 번 안 하고도 덜컥 합격하지를 않나, 뒷바라지도 옳게 못 했는데 또 웬 K고등이라니. – 그때 K고등학교는 K중학교에만 합격하면 동일계 무시험 진학이었다. 솔직히 말하면 나는 어머니의 무지(無知)에 편승하여 공부 잘하는 우수 학생이 되어 버렸다 – 우리 집 형편만 괜찮았으면 이 놈이 대성하고도 남을 놈인데 부모가 되어서 잘 못 받쳐 주는 게 한 (恨)이라, 한. 그 고등학교에서도 공부를 이래 잘했다네? 대한민국 어느 대학에라도 못 들어갈 데가 어데 있겠나. 그런데 뭐? D시의 K 국립 대학? 우습다, 우스워. 서울의 S대학도 자동 합격인데, 참, 서 울 갈 차비가 없어서 보내지를 못한다마는 K대학이라고? 그래 K 대학 너희들 용꿈 꿨다. 우리 장남 입학하면 너희들은 천재를 한 명 그냥 주운 거다. 합격은 따 놓은 당상인데, 자, 이제 어쩐다? 저런 놈 그냥 썩히기에는 우리나라로 봐서도 참 큰 손해일 건데 세상에 돈은 다 어디서 썩고 있는지. 그 꼴난 몇 푼이 없어서 이렇게 걱정 을 해야 되니⋯⋯. 세상 참 불공평한 거라. 안 되겠다. 나라도 뭣 좀 해서 공납금 만들어 놔야겠다.'

만약 그 당시 어머니께서 내 고3 성적을 아셨다면 쥐구멍을 찾으 셨을 것이다. 성적이 야구 특기생 바로 위였으니까. (깨놓고 얘기한다 면 나의 대입 성적은 40명 정원에 36등이었다. K대학교는 모질게도 그 대학 학보에 학과별 성적순으로 합격자를 게재했으며, 눈치 없으신 아버지께서는 그 신문을 들고 동네방네 자랑하고 다니셨다고 한다.) 평소에 말씀이 적으셔서 자식들에 대한 사랑을 잘 드러내지 않는 어머니셨지만 마음속으로는 자식, 특히 장남에 대한 사랑이 끔찍하셨던 것 같다.

이런 일도 있었다. 중2 때였던가? 동네 골목에서 나는 또래들과 놀고 있었다. 그때는 골목마다 비석치기 놀이가 유행하고 있었을 때였다. 비운(悲運)의 그 폭행 사건은 중2 때의 그 어느 날 오후 3시쯤에 발발했다. 너무나 황당해서 어처구니없기까지 한, 단언컨대 나에게는 동네 골목에 발을 딛고 서 있었다는 게 죄라면 죄일 뿐인 사건이었다.

그 시간, 저기 구멍가게 쪽에서 친구들 몇 명이 뽑기를 하고 있었는데 심심하던 내가 그쪽으로 가면서

"얘들아, 우리 비석치기하자."

라고 친구들에게 같이 놀아 주기를 종용한 바로 그때였다. 구멍가게 맞은편 대폿집에서 막걸리를 마시고 있던, 이미 술이 거나해져서 말하거나 듣는 기능이 많이 떨어져 버린, 불그죽죽한 면상에 덩치는 궁디산만 한 웬 아저씨 한 명이

"이 새끼, 얼른한테 무신 욕을 그러키 하노. 뭐어? 빙신 겉은 기술만 처묵는다꼬? 대가리에 소똥도 안 빗기졌는 기이……."

하는 말과 함께 대폿집에서 뛰쳐나와 다짜고짜 내 왼쪽 뺨을 후려치는 것이었다. 졸지에 뺨을 한 대 세게 얻어맞은 나는 아프다는 느낌도 없어 멍하니 아저씨를 쳐다보았다. 그랬더니 그 산적 같은 아저씨는

"하, 요 새끼 봐라. 얼른한테 눈 꼬라 보는 거 봐라. 뭐 요런 못된 놈이 다 있노. 니가 내 술 묵는 데 돈 보태 줬나? 호적에 잉크도 안 마른 기이……."

하면서 그 무지막지하게 큰 손으로 좀 전에 얻어맞아서 얼얼한 내 왼쪽 뺨을 다시 한번 갈겨 버리는 것이었다. 맞은 데를 또 맞아서 정신을 차릴 수 없을 지경이 되자 그때서야 아픔과 함께 분한 기운

이 저 어촌에 쓰나미 밀려들 듯 내 머리를 쿡쿡 찌르기 시작하는 것이었다. 세상에나, 내가 생판 모르는 그 아저씨한테 무슨 말을 했으며 무슨 욕을 했단 말인가. 도대체 '비석치기'가 욕이 되는 그 황당무계한 경우가 어디에 있다는 말인가. 나는 분하고 또 분했다. 분해서 이가 박박 갈렸다. 밖에서 아무리 얻어터지고 쥐어뜯겨도 일단 집 안에만 들어가면 내색은커녕 오히려 명랑조차 가장하는 평소의 내 성격이었음에도 불구하고 이번 일은 도저히 그냥 넘어가지 못할 정도로 나는 분노했다. 나는 엉엉 큰 소리로 울기 시작했다. 그러면서 내 앞에서 약간 비틀거리며 아직도 인상을 풀지 않고 있는 그 아저씨에게 덤벼들었다. 주먹으로 아저씨의 배를 힘껏 치면서 나는 따졌다.

"아저씨, 엉엉, 내가, 엉엉, 언제, 아저씨, 엉엉, 욕했어요? 나는 내 친구들한테, 엉엉, 비석치기하자고, 엉엉, 한 것밖에 없어요. 엉엉, 술 마시고, 엉엉, 말 잘못 알아듣고, 엉엉, 왜 죄 없는 사람, 엉엉, 귀때기를, 엉엉, 두 번이나 갈기는 거라요? 엉엉."

울면 울수록 나의 서러움은 점점 깊어 갔다. 나의 무차별적인 주먹놀림과 분노로 인하여 엄청나게 커져 버린 울음소리가 그 큰 덩치의 아저씨를 주눅 들게 만든 것 같았다.

"어, 이, 이놈 봐라."

소리만 연발하며 그가 뒷걸음질을 치고 있었다. 주위는 어른, 아이 할 것 없이 골목이 꽉 차도록 아저씨와 나를 구경하는 인파로 순식간에 삥 둘러싸였다. 이 세상에서 제일 좋은 구경거리가 불 구경, 다음이 싸움 구경이라고 하지 않던가. 더구나 그것이 애와 어른의

육박전임에랴. 물론 좋은 구경거리를 방해받지 않기 위하여 말리는 사람은 없었다. 바로 그때, 내 친구 동철이로부터 나의 이런 억울함을 빠짐없이 전해 들으신 우리의 엄마가 손에 연탄집게를 들고 둘러싼 사람들을 헤치며 나타나신 것이었다. 어머니는 이미 걷어붙인 소매를 계속해서 말아 올리는 시늉을 하시면서

"언 놈이 우리 장남 때리노? 언 놈이? 이놈이 맞아 죽을라꼬 환장을 했나. 어데 저거 마누라한테 하는 행패를 우리 귀한 아들한테 하노? 이놈 함 죽어 봐라."

하는 외침과 함께 붙어 있는 아저씨와 나 사이에 끼어들어 그 뾰족한 연탄집게를 마구 휘둘러대는 것이었다. 나는 어머니의 그 사나운 서슬에 울음을 뚝 그치고 몇 발짝 뒤에서 관망하는 처지가 되어 버렸는데 그 아저씨는 팔뚝에, 허벅지에, 손에 무차별적인 연탄집게의 공격을 받고는 술이 확 깼는지 멀찌감치 도망가 버렸다.

"어디 술주정할 데가 없어서 어린 아~한테……."

분함을 이기지 못하여 씩씩거리시면서 어머니는, 연탄집게의 폭력으로부터 멀리 도망가서 이쪽을 멍청하게 바라보고 있는 그 아저씨 쪽으로 침을 퉤퉤퉤 딱 세 번을 뱉고는 의기도 양양하게, 모세가 지팡이로 홍해를 가르듯이, 둘러싼 사람들이 터 주는 길 한가운데로 연탄집게를 앞세우며 나를 에스코트하여 집으로 돌아오셨던 것이다. 나는 어머니의 손에 이끌려 집으로 들어오면서 왜 그 아저씨가 나에게 귀싸대기 두 방을 날렸는지를 생각해 봤다. 너무나 난데없는 폭력으로부터 내 자존심을 유지시키는 방법은 그것 외에는 없었기 때문이었다. 즉 맞을 짓의 십분의 일이라도 했었다면 그래

도 내가 덜 억울할 것이 아니겠는가.

아하, '비석치기'의 'ㅂ, ㅅ'이 '빙신(병신: 病身)'의 'ㅂ, ㅅ'을 닮은 것이었다. 세상에나, 그걸 그렇게 이어 붙이다니……. 참 대단한 오버(over)였다. 그렇다면 '술만 처묵는다.'는 말은 나의 어떤 말이 와전된 것이었을까? 내가 했던 말 중에서 닮은 발음을 찾아내려고 얼얼한 왼쪽 뺨을 아무리 어루만져 보아도 나는 그것을 찾아낼 수가 없었다. '비석치기'의 '치-'와 '술만 처묵는다.'의 '처-'가 공통 초성인 'ㅊ'을 가지고 있다 하더라도 나의 대사에서의 'ㅂ, ㅅ'과 'ㅊ'의 위치는 붙어 있고, 아저씨 대사에서의 'ㅂ, ㅅ'과 'ㅊ'은 너무나 멀리 떨어져 있어 아무래도 그 연결고리가 자연스럽지 못했던 것이다. 그렇다면 '술만 처묵는다.'는 말은 나의 말로 인한 것이 아니라 아저씨의 쓸데없는 방어 본능, 다시 말하면 평소에 주변 사람들로부터 너무 많이 들어 왔기 때문에 으레 그런 말이 나오리라는 것을 지레 짐작해 버린 아저씨의 오버 센스로 해석할 수밖에 없는 것이었다. 평소 그 아저씨가 받아 왔을 스트레스를 어린 내가 십분 이해한다 하더라도 상대방의 발음을 오해함으로써 빚어낸 그의 무분별한 폭력은 용서받지 못할 만행이었으며 따라서 우리 어머니의 연탄집게감이 되기에 모자람이 없었다.

나는 어머니가 내 편임을 확신했다. 동시에 어머니 손의 유난스러운 따뜻함을 즐기고 있었다. 보통 때 그렇게 다소곳하셨으며 음전하시어, 동네 아줌마들과 눈도 한 번 제대로 맞추지 못하셨던, 그리하여 동네에서 친한 아줌마 한 분도 가지지 못하셨던 우리 어머니. 그 당시 어머니는 일본에서 건너오신 지 20여 년이 넘었지만 우리말의 달인은 아니셨던 것 같고 그래서 이웃 아줌마들과의 걸쭉한 농담이나 모임의 자리를 의식적으로 피하신 것 같기도 하다. 그랬던 어머니가 연탄집게라는 흉기를 들고 <삼국지>의 여포가 방천화극 휘두르듯이 함부로 해 댔으니 거기 모였던 어른들의 눈알이 튀어나왔을 법도 했겠다. 이렇게 어머니는 자신의 여성성을 자신의 아들을 위하여 여지없이 파괴시켜 버림으로써 내리사랑의 진면목을 보이신 것이었다.

"봉달아, 니는 공부 못하재? 니는 공부 머리 깨이면 그때 시작해도 안 늦지. 머리 잘 돌아가는 형한테 이번에는 양보해라이."

어머니는 중 3짜리 봉달이를 불러 앉혀 놓고 설득시키기 시작하셨다는 것이다.

"그래도 형이 잘 살아야 동생도 떳떳한 거라. 동생이 잘 살고 형이 못 살믄 형은 동생한테 손 내밀기가 부끄럽지마는, 동생은 형한테 한 번 도와 달라고 말 꺼내기가 훨씬 수월한 법이거등? 형은 회사원이나 선생질은 충분히 할 아~라. 지 앞가림은 하겠거등? 그러니까 니가 나중에라도 형한테 손 벌릴 때가 있을 때 큰돈은 못 해 줘도 어지간한 거는 해 줄 수 있을 모냥이니까 니가 이번에 양보해라이."

공부는 죽어라고 하기 싫었던 중 3짜리 봉달이는 어머니의 이런 설득에 대해서 속으로는

'와, 땡 잡았다.'

하면서 좋아했지만 겉으로는

"엄마 말은 잘 알아듣겠는데, 나도 공부하고 싶다. 그렇지만 엄마의 이런 아픈 마음을 내 아이마 누가 알아 주겠노 싶어서 내가 양보하께. 그런데 이거 하나는 분명히 하고 넘어가자. 엄마, 나는 지금 형 때문에 희생당하는 거다, 맞제?"

라면서 봉달이는 먼 미래에 일어날지도 모를 상황에서 우위를 점하려는 심뽀로 자신의 '희생'을 강조했다는 것이다.

거기에 대해서 엄마는 이렇게 대답했다고 한다.

"그렇지, 희생도 진짜 우리 가족을 위한 값진 희생이다. 내 알지. 우리 둘째 아들도 진짜 착하다."

이렇게 모자(母子)는 둘 다 윈(win)—윈(win) 했다고 하는데, 왜 윈—윈인고 하면 어머니는 자신의 설득이 주효했다는 윈이었고, 동생은 하기 싫은 공부를 안 해도 됨으로써의 윈이었다.

"그라고 봉달아, 그래서 말인데 엄마가 요새 형 공납금 때문에 김 장사하고 있다. 배운 기 없으니까 장사밖에 더 하겠나? 작은집으로 찾아다니면서 김 사라 카는데 잘 안 사 주네. 저거 아들들 사고치고 할 때 내가 우리 집에 데리고 와서 숨겨 주고 잘 보살펴 준 거는 다 잊어 버렸데? 특히 둘째 쌀집 있잖아. 그 부자가 김 한 톳 달랑 팔아 주더라. 내가 뭐 공짜를 바래서 이러는 거는 아이지마는 쫌 숭악하제? 은혜를 원수로 갚는다디만 그 짝하고 비슷한 거라. 그런데 봉달아, 내가 이러고 다니는 거 형한테는 말하지 마래이. 니는 좀 약은 데가 있지마는 형 저거는 어리숙해서 내가 지 때문에 이런 거 하는 줄 알믄 지도 대학 안 간다고, 공부 안 한다고 할 거라. 내가 볼 때 니는 공부 안 해도, 다른 거 해도 묵고 살 수 있지마는 형

저거는 공부 안 하믄 묵고 살 끼 없어. 아~가 꼭 맥히서 다른 거 장사 겉은 거는 안 될 아~라. 니가 볼 때도 그렇제?"

어머니는 이렇게 말씀하시면서 나를 뭉갠 다음, 동생의 능력을 높이 평가하는 작전도 구사하셨다는 것이었다. 한마디로 양동 작전을 펴셨다는 얘긴데 지휘관으로 치면 어머니는 아주 훌륭한, 그것도 십여 년 앞을 내다볼 줄 아는 혜안을 가지고 전략을 짬으로써 그 당시 우리 집의 경제적 어려움을, 넘기시기야 했겠는가마는 줄이긴 줄이신 것 같았다. 동생마저 진학한다고 떼를 썼다면 그렇게 보낼 수 없는 부모 마음이 얼마나 쓰리고 아팠으랴. 봉달이로 인하여 그 아픔이 반감은 되었을 것이라고 생각하면 공부 못한 봉달이야말로 진정한 효자일 것이었다.

어머니의 실패한 김 장사 얘기는 나와 동생 봉달이가 어른이 되었을 때, 어머니의 열 몇 번째 기일(忌日)에 내가 봉달이로부터 들은 것이었다.

하여튼 나 때문에 동생이 제때 진학하지 못한 것은, 이유야 어쨌든, 사실이었으므로 말은 안 했지만 나는 봉달이에게 무거운 마음의 빚을 지고 있었던 것이다.

나는 마음이 급해지기 시작했다. 도대체 그 거금을 어디서 구한다는 말인가? 이 시골에서 아는 사람이래야 선생 몇 명, 친하게 지내는 선생들이래야 사회 초년병들뿐이었던 것이다. 그들에게 그만한 돈이 어디 있을 것이며, 설사 있다고 해도 현찰을 쌓아놓고 살지 않는 이상 이 밤중에

'여기 있소, 이 선생. 걱정 말고 쓰시오.'

라는 물주가 어디 있을 것인가.

나는 봉달이한테 부정적인 내색을 숨긴 채 잠깐 쉬고 있으라는 말을 남기고 다시 '만물 슈퍼'로 갔다. 슈퍼 주인 내외와 가깝게 지낸 지는 거의 일 년이 다 되어가므로 되든 안 되든 사정이나 털어 놓자는 심산이었다. 내 자존심 좀 깎이는 것 외에는 밑져야 본전이니까. 그리고 자존심이란 것도 살다 보면 별 의미를 가지지 못하는 것임을 나는 이미 알고 있었으므로. 덧붙이자면 자존심이야말로 자신의 삶을 모나고 피폐하게 만드는 덜떨어진 심리 작용인 것이다. 자신만의 주관적인 인식으로 자존심의 기준을 설정해 놓고 그것이 깨질까 봐 전전긍긍하면서 다른 사람의 눈치나 보아대는 것은 그 삶의 주인공이 자신이 아니라는 증거이다. 사람이 동물보다 나으면 – 별로 나을 것도 없지만 – 그것으로 그만인 것이지, 다른 사람보다 꼭 더 나을 필요는 없는 것이다. 자존심은 행위를 제약한다.

지난 일이지만 슈퍼 주인 내외와의 관계도 사람들 사귀기가 좀 어려운 내 성격상 내가 먼저 그들에게 다가가지는 못했다. 이 선생이 그 유들유들한 성격으로 주인 내외와 농담까지 건넬 정도로 미리 공략해 놓은 관계 속에 내가 슬그머니 공짜 차를 얻어 탄 꼴이었다. 그렇다고는 해도 최근 몇 달 동안에는 내 방이 이 선생 하숙집보다 슈퍼와 훨씬 가까웠기 때문에, 또 내가 음료수를 너무 좋아해서 – 1.5리터 들이 콜라를 원샷한 적도 있을 정도여서 – 거의 매일 슈퍼에 출근하다시피 했기 때문에 이 시골 사람들 중에서는, 학교 교사들을 포함하더라도, 슈퍼 주인 내외와 제일 가깝게 지내고 있었음을 자신할 수 있었다. 그 증거를 들라면 들 수도 있다.

"최 선생님, 애인 있어요?"

11월 말쯤이었을 것이다. 저녁 먹고 콜라 생각이 났으므로 미끄러운 눈길에 엉덩방아를 한 번 찧으면서 잠깐 들른 슈퍼에서 아주머니가 웃음기 없는 표정으로 나에게 물어 왔다.

"예?"

갑작스러운 질문에 약간 당황한 나는 주려고 내밀었던 콜라 값을 손에 쥔 채 아주머니의 얼굴을 바라보았다. 대답을 어떻게 해야 하나? 나는 애인이 있는 것인가, 없는 것인가. 지금 나는 정 선생의 처분을 기다리고 있는 상태이므로 이거 없다고 해야 하나? 정 선생이 확답을 주지 않았기 때문에 없다는 게 맞을 것이다. 슈퍼 아주머니는, 자신의 막중한 임무를 방해받고 있다는 듯한 표정으로 내 손바닥 위의 잔돈 나부랭이를 노려보더니, 내가 내민 그 콜라 값을 빼앗듯이 홱- 가로채어 돈 통에 집어넣고는

"사귀는 애인이 지금 있냐고요, 결혼을 약속한……."
하면서 재차 물어 오는 것이었다. 나는 자신 있는 목소리로 대답해 주었다.

"아뇨, 없죠, 뭐. 연애할 기회나 있나요? 요새는 유배당한 기분인데."

그러자 아주머니는 정색을 하면서 그 둥글넓적하면서도 희고 통통한 얼굴을 내 쪽으로 바짝 들이대었다.

"그럼 잘 됐네여. 최 선생님, 선 한번 안 보실라우?"

"선요? 맞선 보라고요? 에이, 싫어요. 선 자리는 어색해서……."

나는 우선 부정적인 반응부터 보였는데 그것은 그때 내 입장이 결혼을 생각할 형편이 아니었던 것이다, 금전적인 문제부터 시작해서……. 그리고 대학생 때의 나는, 교사가 되어 대학 학과로 놀러 온 선배들로부터 이런저런 얘기를 많이 들었다. 무슨 말인고 하면 총각 선생이 시골 같은 곳으로 부임하게 되면 그 지역의 유지나 되는 사람들은 자신들의 사윗감을 갓 부임한 총각 선생들 중에서 물색한다는 것이었다. 아무래도 대학 물 먹은, 학벌 있는 총각들이 귀할 수밖에 없는 시골에서 직장 안정되어 있지, 배울 만큼 배웠지, 공무원 채용 신체검사 통과했지……, 그래서 특별한 결격 사유가 없는 한 총각 교사들은, 시골의 유지들에게 있어서는, 일종의 딸 시집보내기 프로젝트의 타깃이 된다는 것이었다. 그래서 누구도 그렇게 되었고, 누구도 그렇고 하면서 우리 후배들에게 제법 이름 알려진 선배들이 거명될 때마다

'아, 이거 보통 일이 아니로구나.'

하는, 일종의 위기 의식까지 가지게 되는 것이었다. 선배들은 또한 여학생들에게는 이런 충고를 하기도 했다.

"지방 총각 조심해야 돼. 밤에 잘 때 문 꼭 걸어 잠그고 자취할 때도 가능하면 두 사람 정도가 함께 생활하는 게 좋을 거야. 특히 예쁘고 날씬한 양희 너, 그리고 화진이 너 조심해야 해. 하기야 총각 선생 조심하는 게 더 급선무일지 모르겠지만……. 하하하."

선배들은 그렇게 후배들을 겁 주곤 했다. 물론 내가 슈퍼 아주머니의 말을 이런 각도에서 받아들인 건 아니었지만 말이다.

"아니, 그렇게 기분으로 결정내리지 말고요. 참 좋은 자리래여. 처녀 아부지 돈 많고 처녀도 이뻐요. 왜, 요 위에 '황약방' 있잖아여. 어른 얼굴 넓적하고 대머리 까지고, 그 집이 이 M면에서 돈 많기로 한두째 갈 걸요? 그 집 둘째 딸이라요."

아주머니는 낚싯바늘에 걸린 물고기를 낚아채려는 순간처럼 숨도 안 쉬고 말을 뱉어 내었다. '황약방'이라고? 거기라면 나도 안다. 피부약을 사러 한 번 간 적이 있었기 때문이었다. 지난 여름 어느 날 밤에 목욕을 하다가 거기를 지나치게 문질러 거기 껍질이 까진 적이 있었다. 비밀스러운 곳이어서 그냥 참으려고 했는데 하루 이틀 지나도 나을 기색은커녕 더 따가워지고 더운 날씨에 짓무르는 기분도 들어서 M면에 하나밖에 없는 '황약방'을 찾아갔던 것이다. 그때 내가 약방 문을 드르륵 열고 들어갔더니 허연 얼굴이 넓적하게 퍼졌고 대머리가 벗겨진, 60대 초반으로 보이는 약사가, 약사일까?, 돋보기 너머로 눈을 치뜨고는 반기는 기색도, 어서 오라는 말도 없이 나를 요렇게 쏘아보는 것이었다. 사람을 좀 뻘쭘하게 만듦으로써 고객과의 관계에서 우위를 점하려는 의도인 것을 나는 간파했다. 약사의 태도가 마음에 안 들었지만 나는 '을(乙)'이었다.

"저, 피부에 바르는 연고 사러 왔습니다."

내가 쭈뼛거리며 말을 꺼내자

"어디가 어때서?"

하고 그 독두(禿頭)가 심하게 무뚝뚝한 표정으로 말까지 짧게 끊으며 물어 오는 데 대하여 뭐라고 말해야 할지 할 말이 얼른 떠오르지 않은 내가

"거기 껍질이 까졌어……요."

라고, 같이 말을 놓으려 하다가 아무래도 어른 대접은 해야 할 것 같아서 얼버무리며 대답하자

"거기가 어딘데?"

라고 좀 더 구체적으로 알기를 원하는 대두(大頭)의 얼굴에

'나는 거기가 어딘지 오랜 약사의 경험으로 봐서 이미 알고 있지만 네 입에서 거기를 어떻게 표현하려는지 그 말이 궁금해.'

라는 표정이 지나가고 있는 걸, 동시에 그의 왼쪽 입가가 보일 듯 말 듯 살짝 올라가며 그 언저리에 깊은 주름 한두 줄이 생기다 만 것도 나는 놓치지 않았다. 당황도 스러우면서 약간의 짜증도 동반되는 것을 참으며

"여기요, 여기."

하면서 나는 손가락으로 나의 아래쪽을 가리켰다.

"어떻게 하다가?"

독두이기까지 한 대두는 거기의 껍질이 무슨 이유로 까지게 되었는지를 나에게 묻는 것이었는데 그 어투가 어떤 의심스러움을 억지로 숨기려는 게 아니라 노골적으로 드러내고자 하는 것 같아서 샤워한 죄밖에 없는 나로서는 매우 억울하였다. 그래서 내가 퉁명스럽게

"목욕하다가요."

라고 했더니

"목욕하다가?"

이어서

"웬 목욕을 거기만 했대? 목욕하다가도 까질 수 있는가?"

하면서 자기 혼자 중얼중얼하더니

"이거나 한번 발라 봐."

그러면서 연고 하나를 나에게 내미는 것이었다. 얼른 값을 치르고 돌아 나오면서 나는 약방 문을 '꽝' 소리가 나게 힘껏 닫아 버렸는데 내 뒤쪽으로 그 늙은 사이비 약사의 미심쩍어 하는 듯한, 비웃는 듯한 시선이 계속 따라오고 있는 것 같았다.

'친절? 웃기지 마라 그래. 지가 답답지 내가 답답냐?'

라는 혼잣말의 환청과 함께…….

그날 이후 나는 그 '황약방'인가 헌 약방인가에는 얼씬도 하지 않았다.

"집안도 양반이라, 최 선생님, 황희 정승 알지요? 그 집안이 황희 정승 황씨래여. 내보담 최 선생님이 그런 건 더 잘 알겠지, 뭐."

황희 정승이라면 조선 초의 명재상이 아니던가. 본관이 바닷가 평해(平海)라지, 아마? 성격도 나하고 비슷하여 이것도 괜찮고 저것도 괜찮겠다는, 매사가 구렁이 담 넘어가기 식이어서 정치 생명은 길었다고 하던가? 아무래도 강직함보다는 이도 저도 다 옳다는 식의 우유부단함이 나처럼 적을 덜 만드는 건 확실하니까. 이 시골 동네에는 널린 게 황씨였다. 황희 정승이나 그 후손 중 일부가 이곳에 터를 잡고 살기 시작했던 모양이었다. 우리 반에도 황씨 성을 가진 학생들이 대여섯 명이나 되었다. 황귀남, 황덕남, 황상훈, 황순자, 황형자 등. 황보엽이라는 애도 있었는데 담임 초에 황보엽을 내 딴

에는 다정하게 불러본다고

"보엽아."

라고 불렀다가 황보엽이

"선셈예, 저는 보엽이가 아니고 엽입니더. 성이 황보라예."

하는 바람에 무척이나 그에게 미안해한 일도 있었다.

나는 껍질 사건으로 인한 찝찝한 느낌을 애써 숨기면서

"아가씨는 뭐하는 사람이래여?"

나도 모르게 아주머니의 말투를 따라 하면서 내가 관심을 보이자 머릿속에서 갑자기 투피스 세 벌이 왔다갔다 했던지 아주머니는 계산대로부터 아예 나와서 얼굴을 내 턱 밑으로 들이밀었다. 그러면서

"지금 서울에 있어여. 남동상이 대학 다니는데 밥해 준다고 같이 있대여. 아가씨는 전문대학 나왔어. 이 학교에서 공부 잘했는데 서울에 무슨 전문대학 나왔나 봐여."

하는 말에 이어

"이래도 돼여. 지금 당장 보자, 안 본다 하지 말고 나중에 아가씨 내려오믄 내가 귀띔할 테니께 그때 최 선생님이 몰래 아가씨 얼굴 보고 나서 볼지 말지 결정하믄 돼여. 나는 최 선생님 편이니께."

하고 말했다.

"그런데 아주머니, 나보다 이 선생이 더 급한데 이 선생한테는 왜 이 말 안 했어여?"

하고 물으니까 아주머니는

"아, 그거?"

하더니

"그 약방 주인 황씨가 그저께 저녁에 여게 지나가다가, 왜 둘이 앉아 있었잖여, 그날. 두 선생님 들어가고 나서 다시 여게 와서 이 선생님한테는 관심을 안 보이고 최 선생님에 대해서 뭘 물어 쌓데? 집이 어디며, 과목이 뭐며……. 그래서 내가 잘 모르지만 아는 대로 대답해 줬지. 그라면서 지나가는 말로 '중신 서까요, 둘째하고?'라고 했디만 황씨가 웃으면서 '그래 보든지.' 하는 거라. 그래 내가 말 꺼냈구마는……. 내가 봐도 처녀는 이뻐."

하고 입맛을 쩝쩝 다시는 것이었다. 웬 입맛? 처녀가 뭐 먹는 음식도 아니고……. 처녀가 예쁘면 식욕이 당기는 것인가?

"일단 아주머니 말씀대로 나중에 보고 다시 얘기합시다. 그리고 이런 얘기는 다른 선생님들한테는 비밀입니다. 쉿–."

손가락으로 튀어나온 입술을 둘로 쪼개며 나는 아주머니의 맞선 제의를 일단 접수했으며 혹시 정 선생의 귀에 들어갈지도 모를 경로를 차단하였다.

"하모하모, 그래야지러."

아주머니도 자기의 입술에 손가락을 갖다 대며 성대의 떨림이 없는 은밀한 속삭임으로 단호하게 대답했다.

이렇게 맞선까지 주선해 줄 정도의 관계였으므로 나는 혹시나 하는 마음으로 슈퍼를 찾아갔던 것인데, 마침 주인 내외가 카운터 뒤에 미어캣처럼 나란히 서서 어두운 바깥을 하염없이 내다보며 오지 않는 손님들을 기다리고 있었다. '블라디미르(Vladimir)'와 '에

스트라공(Estragon)'도 저렇게 '고도(Godot)'를 기다렸을까? 만물 슈퍼 내외의 '고도'는 올 것인가, 안 올 것인가. '베케트(S.B.Beckett)'의 '고도'가 안 왔다고 해서 그들의 '고도'도 오지 말라는 법은 없다. 그들의 '고도'는 나일지도 모르는 것이다. '고도'가 '기다림의 이데아(idea)'라고는 하지만……. 그렇게 나는 달아나려는 용기(勇氣)의 뒷덜미를 낚아채는 데 성공하였다. 나는 심호흡을 한 번 한 뒤 슈퍼 문을 밀었다.

"…… 사정이 이렇게 된 거예요. 형이 되어서 동생이 처음으로 하는 부탁 안 들어줄 수도 없고……. 여기서 발이 제일 넓은 아저씨, 아주머니께서 한번 알아봐 줘요. 이자는 요새 이자로 다 쳐 드릴 테니까. 아니면 아저씨가 직접 빌려주시든지."

갑작스런 돈 타령에 당황이 되었는지 두 내외는 한참 동안 서로의 얼굴만 쳐다보고 있었다. 사실 교사라는 신분만 빼고는 그들이 나를 믿을 만한 구석은 어디에도 없었다. 내 근거지를 아나, 내 형편을 아는가.

"우리도 그만한 돈은 없어요. 우리가 빌려주면 면(面)도 나고 좋을 건데. 가만 있자, 여보, 경식이 엄마. 저기 왜, 일수 놀이하는 돼지 엄마 있지? 그 집에 돈 없을까?"

"저 신천 사는 뚱땡이요?"

슈퍼 주인 아주머니도 보통은 넘는 몸피인데 자기가 자기 입으로 동족의 약점을 말하고 있었다. 아줌마는 자기가 뚱땡이인 것을 인식하지 못하는 것일까?

"응, 돈 들어간다고 애 대학도 안 보낸 그 아줌마 말이야. 그 집이라면 혹시 있을지도 모르잖아."

충청도 출신인데 평소에 비교적 사투리가 덜 섞인 말하기 솜씨를 자랑스러워하는 아저씨가 희미하게나마 돌파구를 마련해 주고 있었다.

"우리가 쓴다고 하고 이자는 연 1하리[割] 준다고 해. 지금 전화해 봐. 우리가 힘써 줘야지 이 객지에서 최 선생님이 얼마나 답답하겠어? 만약에 최 선생님 빌려준다고 하면 우리 보고 보증 서라느니 뭐니 해 댈 거 아냐? 우리가 쓴다고 하면 되잖아. 덜 번거롭고, 맞지?"

나는 구렁텅이에 빠져 있다가 구세주의 밧줄을 잡은 것 같았다. 슈퍼 아주머니, 아저씨 ― 정말 슈퍼맨에 원더우먼이다, 망토만 안 둘렀을 뿐이지 ― 에게 하느님의 가호 있으라! 세상에 이렇게 고마울 데가……. 나는 속으로 매일 콜라 한 병에 빵이나 과자 한 봉지씩 사 먹기로 결심하고 있었다. 농담을 던질 마음의 여유가 생긴 내가

"아저씨는 나를 어떻게 믿어요?"

했더니 슈퍼 주인 아저씨의 다음 말이 의미심장하였다.

"최 선생님, 만난 지 일 년쯤 되면 대체로 감이 오잖아요? 최 선생님은 남을 해코지할 사람이 아니에요. 내가 상대방을 이겨야 한다는 의식이 약하고, 내가 양보하고 내가 져 줌으로써 평화를 유지하자는 쪽이에요. 대부분의 사람들은 자신이 깡다구 있는 쪽으로 분류되길 원하고, 또 '한 성질 있다.'는 평가를 받길 좋아하지만 우리 최 선생님은 오히려 그런 걸 싫어하는 것 같았어요. 그리고 나는 손해를 봐도 괜찮은데 내가 상대방에게 손해를 입히는 건 자기가 견

디지 못하는 성격이에요. 맞죠? 이 선생님이나 다른 분들하고 이야기를 나눌 때에도 그런 주의로 나가는 것 같았어요. 그런데 나는 그게 결국 이기는 거라고 생각해요. 그런 사소한 것에 핏대 올리면서 상대방을 제압해 봤자 거기서 얻는 게 뭐겠어요? 몰라, 나중에 목숨을 걸 정도의 어떤 가치에 대해서는 최 선생님이 어떤 결정을 내릴지 모르겠지만 하여튼 나는 최 선생님은 믿을 만하다는 판단을 최 선생님을 처음 본 순간부터 가질 수 있었어요. 그리고 지금껏 그 판단은 틀리지 않았어요. 최 선생님, 나는 관상을 좀 볼 줄 알아요. 관상 책에 의한 게 아니라 내 경험이나 주위의 사람들을 관찰해 보면 눈이 옆으로 길고 시선이 잘 움직이지 않는 사람은 믿을 만하다는 것이지요. 석가모니 보세요."

아저씨는 자신의 쪽 째진 눈을 빛내며 이렇게 덧붙였다.

"거기다가 코가 크면 금상 첨화고요. 최 선생님, 내가 선생님 면전에서 이런 말을 늘어놓아도 될지 모르지만 스스로 생각해 봐도 내 말이 맞지요?"

마치 준비하고 있었던 것 같은 달변이 아저씨의 입으로부터 줄줄 흘러나왔다. 한마디 건넨 농담이 이렇게 심각하게 돌아오자 좀 멋쩍었지만 아저씨의 안목이 참 발달해 있다고 생각하면서 나는, 시선을 똑바로 나를 향하면서 무슨 말로든 맞장구를 쳐 주기를 바라고 있는 아저씨를 향해 빙그레 웃어 줄 수밖에 없었다. 내가 생각하고 있는 나의 약점이 상대방에 따라서는 그것이 좋은 인간성으로 비칠 수도 있는 것이었다. 아주머니가 아저씨의 옆구리를 손가락으로 쿡쿡 찌르지 않았으면 나의 관상 중에서 치명적인 '박복(薄

福)’ 상(相), – 즉 공짜로 생기는 건 평생 눈을 씻고 봐도 좁쌀 하나 없고 자신이 혀가 쑥 나오도록 노력해야만 그 노력의 대가로 겨우 입에 풀칠이나 할 수 있는 팔자 – 까지 까발려졌을 것이었다.

아주머니가 수동식 전화기를 잡았다. 송수화기 든 손으로 전화기 꼭지를 누르고 손잡이를 여러 번 돌려 주면 저쪽에서 교환원 아가씨(인지 아줌마인지는 모르겠으나)가

‘예, 교환입니다.’

하면서 나온다. 그러면 전화를 건 이쪽에서 자기가 원하는 번호를 댄다. 예를 들어

‘296번이요.’,

또는

‘296번 감사합니다.’,

또는

‘296번 부탁합니다. 수고 많으시네요.’

라고 하면 저쪽에서는 이쪽에서 부른 번호를 다시 한번 복창하면서,

‘296번, 연결해 드리겠습니다.’

같은 멘트와 함께 그 번호와 연결시켜 주는 것이다. 이런 걸 이용해서 교환원에게 직접 데이트를 신청하는 사람도 많다고 했다.

전화를 건다. 저쪽에서

“예, 교환입니다. 몇 번 연결해 드릴까요?”

“예, 당신의 마음이요. 당신의 심장에 플러그(plug) – 인지 잭(jack)인지는 모르겠으나 – 를 꽂아 주세요.”

좀 유치하지만 이렇게 해서 교환원 아가씨와 데이트를 성사시킨 경우가 몇 번 있다는 어느 선생님의 고백을 들은 적이 있었다.

"신천이래요?"

아줌마의 통화가 시작되었다. 나는 긴장할 수밖에 없었다. 칼자루는 이제 저쪽 뚱땡이 아줌마가 쥐게 되었으니까.

"날 추운데 별 일 없고?"

"……."

"그래, 밤중에 쉬지도 못하게 전화를 걸었네. 다름이 아니고 요번에 우리 집에서 돈이 좀 필요하거등? 그래서 돈 좀 빌렸으면 해서."

"……."

"한 200 정도?"

"……."

"에이, 그라지 말고 함 긁어 모아 봐여."

"……."

"요새 이자는 몇 부여?"

"……."

"알았어. 한 일 년 정도 쓰께. 괜찮지?"

이때 아줌마가 갑자기 송화기 쪽을 자신의 손바닥으로 막더니 나를 향하여 속삭이는 목소리로

"최 선생님, 월급날이 17일이지여? 봉급날 말이여."

나는 깜짝 놀라 다급한 마음에 고개를 심하게 끄떡거렸다. 그러자 아주머니는 다시 저쪽을 향하여

"응, 응. 이자 쳐서 매달 18일 날 주께. 돈은 언제 돼?"

"……."

"그라믄 내일 아침에 단위 농협 문 열믄 우리 집에 갖다줘. 내 없으믄 우리 아저씨한테 줘도 돼여."

"……."

"알았어. 고마워. 잘 자."

그리고는 전화를 끊었다. 아주머니가 나를 보고 환하게 웃었다.

"이자가 1하리 맞지? 어떻게 하기로 했어?"

아저씨가 물었지만 아주머니는 자신의 성과를 남에게 빼앗기지 않겠다는 의지를 가진 듯 그 물음에는 대답도 하지 않고 바로 종이와 볼펜을 찾더니 내 쪽으로 몸을 돌렸다.

"최 선생님, 이거 함 봐여."

옆에 있던 볼펜을 오른손 엄지로 받치고 검지와 중지 사이에 끼운 뒤 아주머니는 종이에 쓰면서 설명을 시작했다. 아저씨도 고개를 이쪽으로 기웃하면서 곁눈으로 끼어들고 있었다.

"2,000,000이지여? 1하리니께 여게다가 곱해기 0.1을 하마 200,000이지여? 이거를 2,000,000에 더하믄 2,200,000. 이래 되지여? 이거를 12로 노느믄, 자, 보자. 경식이 아빠, 계산기 어딨어? (아주머니 바로 옆에 있었다.) 아, 여갔네. 2,200,000 노느기 12는 이게 얼마여? 183,333.333…. 1억 8천이여, 얼마여? 아니제. 아, 여게 점이 있네. 183,333원이구만. 그러니께 최 선생님, 월급날이 17일이지여? (아주머니는 쓰지도 않는 볼펜심에 침을 묻혔다.) 한 달에 183,333원을, 아니제, 183,334원을 매달 18일 날 나한테 주믄 돼여. 돈은 내일 아

침에 갖고 올라 했으니께 내일 동생이 점심 묵고 가져 가믄 되겠네
여."

"아주머니, 제가 183,334원을 못 챙기니까 매달 184,000원을 드
리지요, 뭐."

내가 고마움을 이기지 못하여 흥분된 목소리로 이렇게 말하자

"안 되지여. 더 줄 필요가 어딨어여? 가만 있자, 184,000 빼기
183,334는, 계산기 어딨나? (아주머니가 방금 썼다.) 아, 여게 있네. 보자,
666원이네여. 적은 돈이 아니네여. 최 선생님, 1원까지 챙기여."

"아니, 아주머니. 두 분이 이렇게 수고하셔서 제 고민을 확 풀어
주셨는데 제가 그냥 있는 건 염치 없는 짓이지요. 그 나머지 666원
은 매달 수고비로 경식이 과자 사 주면 안 될까요, 제가?"

그러자 아저씨가 튀듯이 톡 끼어들었다.

"아니, 최 선생님, 우리가 한 게 뭐 있어요? 그냥 전화 한 번 한 것
밖에 없는데. 전화비도 챙겨 주실래요? 그렇게 각박하게 살지 맙시
다. 우리가 어디 하루 이틀 볼 사람들은 아니잖아요. 최 선생님이
이때까지 팔아 준 것만 해도 그게 얼만데?"

이렇게 옥신각신하다가 내가 최종안을 내놓았다.

"아주머니, 그러면 이렇게 합시다. 184,000원을 매달 18일 아주
머니에게 드리면서 600원어치 정도를 내가 음료수나 빵이나 과자
로 가져가면 되겠네. 그러면 아주머니가 183,334원을 그 신천 아줌
마한테 주면 되는 거고. 그러면 되겠죠?"

아저씨가 다시 끼어들었다.

"일부러 그렇게까지 할 필요가 없는데……. 그건 최 선생님이 알

아서 하세요. 하여튼 일이 잘 풀려서 우리도 기분이 좋네요."

아저씨도 그 쪽 째진 눈이 안 보이도록 웃어 주었다.

고마운 마음이 넘쳐서 절이라도 하고 싶었지만 그들 내외가 괴로워할 것이었으므로 절은 생략한 채 몇 번의 말로만 고마움을 표시한 후 나는 개선장군처럼 의기양양하게 봉달이한테 갔다.

"형, 고마워. 그런데 형밖에 없네. 나도 어지간하면 내가 해결하려고 했어. 그런데 시일이 워낙 촉박한 거야. 내가 인수하려는 그 그릇 가게가 잘 됐거든? 그런데 그 아저씨가 노름에 미쳐서 돈을 다 날린 거지. 왜 호텔 밑에 빠찡꼰가 슬롯머신인가 있잖아. 그런데 날이면 날마다 거기 가서 쓰리포바(≡≡≡≡)인가 삼칠별타(≡7★⊙)인가 뭔가 잡으려고 한다면서 장사도 안 하는 거야. 그 집 아줌마는 결국 보따리 쌌어. 나는 노름이 그런데 그렇게 무서운 것인 줄 몰랐네. 그런데 그런 걸 할 사람은 아니겠지만 형도 조심해. 그거 무서운 거야. 그런데 내가 모아 놓은 돈이 경매 나온 그 가게 인수하는 돈보다 몇 백이 모자라서 이렇게 된 거지. D시에 S시장 5지구에 있어. 그런데 나중에 와 봐. 규모가 생각보다 클걸? 그런데 형은 부담은 안 돼? 그런데 나한테 200 해 주고 나면 그거 갚기가 만만찮을 건데?"

'그런데'를 연발하면서 봉달이는 이제 나를 걱정하고 있었다.

"일 년간 돈을 모으지는 못하겠지. 쓸 데도 없고 괜찮아. 너도 딴 데 눈 돌리지 말고 열심히 해. 나중에 잘되면 갚고……. 안 갚아도 …… 돼."

나는 스스로에게 다짐하듯 뒷부분의 말은 천천히, 꾹꾹 눌러 대답했다.

"아니, 아니. 꼭 갚을게. 그런데 아무리 형제지간이라도 계산은 분명히 해 줘야 우애가 더 돈독해지는 거니깐."

봉달이는 아는 것도 많았다. 박식한 내 동생. 형제는 나란히 자리에 누웠다. 이렇게 함께 누워 본 날이 언제였던가? 10년도 더 된 것 같았다. 내가 동생에게 도움이 되었다는 사실 하나만으로도 나는 내 삶이 보람 있게 느껴졌다. 동생이 코를 골기 시작했다. 형 찾아 낯선 길을 물어물어 온 것이라 피곤했던 모양이었다. 봉달이도 마지막 해결책을 나로 찍었을 때 참 막막했을 것이다. 형에게 큰돈이 없겠다는 걸 예상하면서 불안한 마음을 달래가며 버스에 시달렸을 동생에게 나는 미안함을 느꼈다. 코 고는 소리가 나의 잠을 방해했다. 나는 일 년간 내가 갚아야 할 빚에 대해서 생각했다. 호봉 낮은 나 같은 교사 월급이 25만여 원. 식비, 방값, 빚을 갚고 나면 나는 매월 용돈 한 푼 없이 살아가야 한다. 아, 보너스가 있었지. 석 달에 한 번인가 나오는 보너스로 긴축하면서 살면 살아갈 수는 충분히 있었다. 어둠 속에서 나는 입을 벌리고 소리 없이 웃었다. 뿌듯한 마음이 코 고는 소리를 이겨내고 있었다.

다음날 봉달이는 이제까지 내가 한 번도 만져 보지 못한 거금을 들고 M면을 떠났다. 돈이 그렇게 부피가 많이 나가는 물건인 줄 예전엔 미처 몰랐었다. 2교시를 하고 바로 종업식을 했기 때문에 나는 봉달이를 배웅할 수 있었다.

그렇다면 내가 받은 크리스마스 선물은 형제간의 우애를 확인시켜 준 봉달이였던가?

18. 여행의 의미

철저하게 고독해짐으로써 오히려 고독을 이기는 방법이 있다. 그리고 더불어 자유도 함께 맛볼 수 있다면 당신은 어떻게 할 것인가? 그것은 우리가 마음만 먹으면 오는 주말에라도 실행할 수 있는 방법일 것인데 우리들이 다만 거기에 그러한 의미 부여를 하지 않을 뿐이다. 무엇일까? 그것은 바로 혼자 하는 여행이다. 자기가 알고 있는 얼굴들로부터, 자기가 얽혀 있는 관계들로부터, 특히 자기를 알고 있는 사람들로부터, 자기를 얽어매는 구속으로부터 벗어난다는 것은 참으로 참신하며 기 막히는 사건이 아닐 수 없다. 거기서 나는 새로운 '나'가 될 수 있다. 교사인 내가 막노동을 하는 '나'가 될 수 있으며, 노숙자인 '나'가 될 수도 있다. 바로 최인훈의 <광장>에 나오는 '이명준'이 제3국을 택한 이유도 된다. 따라서 여행의 생명은 '나'가 나에게 새롭게 인식되는 자기 발견이며 자유로움이다. 여행의 조건은 우선 마음이 열려 있어야 한다는 것이며, 다음으로는 공간도 열려 있어야 한다는 것이다. 철조망으로 금을 그어 놓고서 여기는 되고 저기는 안 된다는 식의 차별적 공간은 따라서 여행의 대상지로는 적합하지 않다. 그곳이 비록 천혜의 자연 경관을 자랑하며 맛있는 온갖 먹을거리를 제공해 주는 금강산이라고 할지라도.

　나는 우리나라 대한민국을 사랑한다. 나만 마음을 연다면 이곳은 제한 없이 열려 있으니까. 따라서 나는 우리나라의 일부이지만 지금은 닫혀 있는 북한을 싫어한다. 북한은 여행의 공간으로서 뿐만 아니라 획일적인 이념에 의해서도 닫혀 있다. 주객이 전도된 사회인 것이다. 인간이 머리를 굴려서 만들어 놓은 이념이 오히려 인간을 통제하고 있다. 이념을 수단으로 삼아 인간을 지배해서도 지배하려 해서도 안 된다. 이념은 단지 여러 단계의 사고 과정을 거친 인식의 결과물일 뿐이다. 이념은 개인이 선택할 수 있어야 하며, 개인은 자신의 사고의 변화나 발전을 바탕으로 자신의 이념을 마음대로 바꿀 수 있어야 하고 바꾸어 나가야 한다. 하나의 이념에 붙박여 그것을 끝까지 물고 늘어지는 경우도 있을 것인데, 그것은 개인의 선택의 문제이거니와 사고를 거듭하면서, 경험을 축적하면서 살아가는 게 인간이고 보면 인식의 방향은 수정되게 되어 있다. 개인의 인식이 발전한다는 것은 바꾸어 말하면 자기가 가진 이념이 변화를 거듭한다는 것과 같은 의미이다. 이러한 성질을 가진 이념이므로 집단이나 타의에 의한 하나의 고정된 이념에 인간을 종속시키고자 해서는 안 되며, 또한 인간으로부터 선택의 과정을 빼앗아 버린 획일적 이념에로의 무조건적 추종을 강요해서도 안 된다. 개개 인간은 그 존재 자체만으로도, 존엄성은 차치하고라도, 이념의 위에 존재하는 가치이다. 언제나 인간 개개인의 가치는 이 세상 모든 진선미(眞善美)보다 위대하다. 진선미(眞善美)는 인간이 사고하고 느낀 것들의 선택적 결과물일 뿐이니까. 생각해 보라, 저 혼자 있는 세상에서 아무리 최선의 이념을 부르짖은들 그것이 무슨 소용이 있겠는가를…….

이념이 자유를 훼방해서는 더더욱 안 된다. 진정한 자유야말로 인간의 가치를 높일 수 있는 덕목이기 때문이다. 오늘날 우리 사회에는 자신들에게 주어진 자유를 스스로 거부하면서 자신들이 내팽개쳐 버린 그 자유를 찾아 달라고 부르짖으며 돌이나 던져대는 그 행위에 투쟁 의지라는 이율배반적인 이름을 붙이는 사람들이 있다. 진정한 '앙가주망(engagement)'은 보다 세련되고 더불어 잘 살아가는 세상을 만들어 가기 위한 실천 이념임과 동시에 행위인 것이지, 사회의 절대 다수를 피곤하게 하고 낡아 빠진 이념에로의 회귀를 돌에 실어 날리는 폭력 행위는 아닌 것이다. '국민의 뜻'을 아전인수(我田引水)격으로 써먹지 않았으면 좋겠다.

이념? 그건 너 혼자 생각하고 너의 의지에 맞는 것을 찾아서 너 혼자 즐기면 되는 것이다. 너의 개인적 이념을 너 외의 다른 사람들에게 강요하지 말며, 다른 사람을 꾀거나 부추겨서 네가 가진 이념의 정당성을 과장하지 말라. 참으로 이념이 인간 생활의 중심을 잡아 주는 필요한 철학이라면 왜 특정 집단의 우두머리는 자기가 세운 이념으로부터 자유로운가?

또 이렇게 곁가지를 건드리는 사람도 있을 것이다. 이념은 개인적 차원이 아닌, 집단을 이끌어가는 도구라고. 사회적 동물임에도 불구하고 인간은 개인적 이익을 최우선에 두는 이기적 존재이므로, 개인적 이익이 상충하는 집단 내에서 그 집단이 추구하는 가치를 통합하고 유지하기 위한 방편으로도 이념은 필요한 존재라고. 좋다. 부분적으로는 동의한다. 우리가 표방하는 민주주의도 하나의 이념이니까. 그렇다면 그러한 이념은 상식적이고 교양 있는 구성원들 대다수가 보편타당하다고 생각하는 것을 그 집단 내지는 그 사회가 채택해야 하는 것이다. 이념의 채택이 여의치 않은 사회가 있다면 – 충분히 있을 수 있다. 개인주의가 생활 속에 뿌리박혀 있어 타인에 대한 간섭이나 방해, 타인으로부터의 간섭이나 방해를 죄악시할 정도의 사회가 있다면 그 사회는 개인의 양식(良識)을 믿고 개인이 선택하는 이념의 다양성을 존중해 줄 수밖에 없다. 수정된 아나키즘(anarchism)이라고나 할까.

집단에 의해 그렇게 채택된 이념이 실천을 전제로 구체화되어 있는 것이 바로 법이다. 이것이 법과 이념의 상관 관계이다. 이념은 자유로운 사고의 결과물로서 개인의 선택의 문제이지만 집단에 의해 채택된 이념의 최소한도(最小限度)인 법은 다수의 공동 이익을 확보하려는 최소한의 메커니즘이므로 지켜가야 하며, 또 지킴으로써 보다 넓은 개념 속에서 개인의 자유와 이익도 확보되는 것이다.

생각이 이상하게 심각한 방향으로 흘러가 버렸지만 나는 이 겨울에 여행을 떠나 보고 싶었다. 이곳저곳 정처 없이 떠돌아다니는 여행이거나, 한 자리에 터를 잡고 며칠 동안이나 버텨낼 수 있을지

시험해 보는 여행이거나 간에 나는 우선 출발부터 하고 보자는 심산이었다. 이번 겨울을 여기 시골에서 보내며 도나 닦아 보겠다는 이 선생에게는 D시에 잠깐 다녀오겠다고 작별한 후 나는 간단히 짐을 꾸렸다. 도나 닦겠다고? 박 선생과의 일이 잘 안 풀리는가? 남녀 관계라는 건 참 알다가도 모를 일이었다. 옆에서 보니까 미술 선생 김 선생이 둘 사이에 끼어든 것 같기도 했다. 참, 김 선생도 고향에 있는 동생들이 겨울 방학 때 여기로 놀러 온다고 했던가? 그러면 둘이 여기 남아 있다는 말인가? 나는 버스 차창에 어리는 내 얼굴을 향하여 야릇한 미소를 지어 보았다. 김 선생과 이 선생? 그럼 박 선생은? 나의 미소는 아무래도 하회탈을 닮았다. 좀 촌스럽기도 하고, 약간은 징그럽기도 하고……. 이 선생이 인기가 있는 건지 바람기가 있는 건지는 잘 모르겠으나 하여튼 여복은 있는 것 같았다. 그러다가 나는 머리를 절레절레 흔들었는데 그것은 아직도 공전 상태에 놓여 있는 정 선생과의 관계에 대한 생각이 문득 떠올랐기 때문이었으며 그 생각을 또 지워 버리기 위함이었다.

버스는 막 MS면을 벗어나고 있었다. 사람들의 입김으로 불투명해진 유리를 소매 끝으로 닦아 내며 바라본 차창 밖은 휑하니 비어 있었다. 겨울의 논밭은, 특히 잔설이 아직도 많이 남아 있는 겨울 벌판은 확실히 보는 사람들에게 연민의 감정을 피어나게 한다. 따뜻하게 감싸 주고 싶고, 어디 불기[火氣]라도 한 움큼 던져 따뜻함을 맛보게 해 주고 싶다. 동시에 서글프기는 하지만 낭만적 분위기도 은근히 풍기고 있다. 벌판이 끝나는 숲 저쪽 어디쯤에서 그 곱슬머리를 뒤로 젖히는 몸짓을 하며 키가 훤칠한 슈베르트라도 터벅터벅 걸어 나올 것 같지 않은가. '겨울 나그네'가, 그 중에서도 '회고'나 '고독'이 배경에 깔리면서……. 그러나 신(神)은 한 사람에게 모든 것을 주지는 않는다. 그는 지월공(地月公:땅딸보)이었던 것이다. 자, 어디로 간다? 떠돌아다녀 볼까, 한 곳에 붙박여 있어 볼까? 그런데 아무래도 이 을씨년스러운 겨울의 언저리를 떠돈다는 작업은 체온과 체력과 금전의 낭비를 불러올 것이었으므로 나는 이번 여행의 테마를 '고독 즐기기'로 정하고 따뜻한 한 곳을 물색하여 눌러앉는 쪽을 택하기로 했다. 그렇게 결정을 내린 바로 그때 내 머릿속에서는 끝없는 철길의 이미지가 이어지기 시작했다.

경부선 복선 철길의 어느 구간이었을까? 나는 알지 못한다. 나는 어머니의 손을 잡고 철길 옆을 한없이 걸었다. 어머니의 등에는 돌을 채 넘기지 않은 내 동생 봉달이가 업혀 있었다. 걸어도 걸어도 철길은 끝나지 않았다. 아득한 철길 끝은 오른쪽의 야트막한 야산을 끼고 굽이지며 사라지고 있었다. 그 굽이까지 가까스로 당도하고 나면 철길은 또 그만큼 아득히 멀어져 있었다. 아지랑이 같은 열기가 저쪽 철길 끝에서 피어나고 있었다. 해는 하늘을 벌겋게 데워놓고는 그것도 모자라 철길 옆의 자갈밭까지도 온통 이글이글 끓이고 있었다. 어머니에게 잡힌 손에서는 땀이 물이 되어 삐질삐질 흘러내렸다. 양산이 해를 가렸지만 어머니가 내 쪽으로 치우치게 그것을 들었으므로 나도 어머니도 양산의 득을 누리지는 못했다.

간혹 땅이 부르르 떠는 느낌이 발바닥 쪽에서부터 올라오면 온몸이 떨리기 시작했다. 레일도 잔잔하게 웅웅거리고 있었다. 그럴 때면 엄마가 말했다.

"기차가 오는구나."

그런데 기차는 아직 저쪽 굽이에 나타나지도 않았다. 보이지도 않는 기차를 피하려고 엄마는 내 손을 끌고 철길에서 최대한 멀리 떨어져 언덕배기 풀밭으로 몸을 낮추었다. 내 몸을 왼팔로 폭 안고 양산으로 철길 쪽을 가린 채, 어미 닭이 병아리를 품듯, 그렇게 한참을 쪼그려 앉아 있으면 이제는 우리 들으라는 듯이 '쩨애애—ㄱ' 소리와 함께 무지무지하게 빠르고 거센 공기의 흐름을 동반하면서 그 크고도 시커먼 이미지가 우리의 등 뒤에서 지루할 정도로 오랫동안 달려갔다, 철커덕거리는 굉음과 함께……. 온몸이 날려 갈 것 같았으며 귀가 먹먹할 만큼 소리는 나를 압도했다. 두려움 때문에 나는 엄마 쪽으로 몸을 찰싹 붙였고 엄마는 그런 나를 꼭 안아 주었으므로 기차가 몇 번이나 지나갈 동안에도 나는 그 실체를 확인할 수 있는 경험을 자꾸만 뒤로 미루어야 했다.

한여름 뙤약볕 아래에서의 그 몇 시간이 어린 나에게는 영원으로 이어지는 길처럼 아득하게 느껴졌다. 목적지가 어디였을까? 어머니는 왜 네 살짜리 장남을 그 한없는 길로 끌고 간 것이었을까? 더구나 봉달이까지 업은 그 힘든 여정에……. 길동무였을까? 아니면 그 귀하디귀한 장남을 한시라도 자신의 시야에서 놓치고 싶지 않은 욕심에서였을까? 놓아 버리면 신기루처럼 사라져 버리기라도 할 것 같아서였을까?

나에게는 세 명의 누나들이 있었다. 아니, 네 명이라고 했다. 네 명 중 셋째가 어릴 때 홍역을 앓다가 죽었다고 했다. 나보다 다섯 살 위인 옥자 누나, 그보다 일곱 살 많은 영자 누나, 또 그보다 세 살 많은 경자 누나. 홍역으로 이름을 대신했던 누나는 그러니까 영자의 아래쪽에서 잠깐 머뭇거리다가 저 기억의 피안으로 사라져 버렸다. 또 다시 옥자가 태어났다. 아버지는 투 볼을 던진 후 타자에게 본부석 뒤쪽으로 날아가는 파울볼을 얻어맞음으로써 가슴 아픈 스트라이크를 겨우 하나 기록하고 나서 심호흡 한 번 길게 하며 회심의 역투를 했건만 그것이 또 볼이었던 것이다. 0:0의 스코어에 상황은 9회 말 투 아웃에 만루였다. 카운트는 쓰리 볼 원 스트라이크. 볼 하나만 더 던지게 되면 밀어내기로 점수를 주어야만 할 일촉즉발의 장면. 그러면 게임은 끝나는 것이었다. 절박한 상황이었다. 응원하러 온 고향 관중들조차 야유를 보내기 시작했다. 투수의 인터벌이 길어졌다. 포수는 초조했지만 내색하지 않았다. 참다 못한 심판이 투수와 포수 둘 다에게 주의를 주었다. 기다리다 지친 시어머니 전차분 씨가 맏며느리 강순금 씨 들으라는 듯이 장남인 아버지 최한봉 씨에게

"조개가 밟혀서 자네 집에는 오기가 힘드는구면."

이라는 한 마디를 던졌다는 것이다. 투수는 이를 갈았다. 그는 자신의 손가락에 피 맺힐 각오를 하면서 그야말로 혼신의 힘을 다하여 일구를 뿌렸다. 그것이 바로 나였다. 포수는 카운트가 쓰리 볼 투 스트라이크였는데도 불구하고 마치 쓰리 아웃이나 잡은 양 마스크까지 벗어 던지면서 기뻐 날뛰었다. 어머니의 온 세상이 온통 환희로 번쩍였을 것이었다. 이 세상 모두를 얻은 느낌으로 나의 고추를 감상했을 것이었다. B시에 사셨던 외할머니는 그 전까지 친정 나

들이를 한 번도 하지 않았던 고명딸이 자신의 첫 아들을 업고, 시집 보낸 후 처음으로 당신의 집을 다니러 왔을 때

"니 어데 있다가 인제 왔노?"

라는 윤회론적 질문을 던짐으로써 당신의 종교에 대한 확신과 함께 나의 존재 가치를 한껏 높여 놓으신 다음에, 나의 뺨을 쓰다듬으며 눈물을 흘리셨다고 하는데 태어나기 전 나는 어디에 있었을까? 어디에 있다가 불쑥 튀어나와서 뭇 사람들을 기쁘게 한 것이었을까? 결국 볼 카운트 쓰리 투에서 마지막 스트라이크 봉달이가 태어남으로써 그 게임은 0:0 무승부로 끝났다는 얘기가 전해 온다.

그 영원으로 향하는 길을 걸으면서도 나는 장남답게 한 번도 칭얼거리지 않았다는 것이다. 땀을 비 오듯 흘리면서도 아이스께끼 하나 사 달라고 조르지도 않았다는 것이다. 나는 묵묵히, 그야말로 침묵 속에서 ― 말도 덜 배운 네 살짜리가 뭐 특별히 할 말이 있었겠냐만 ― 엄마 따라 발걸음을 타박타박 옮겼다는 것이었는데, 우직스럽다고밖에 표현할 길 없는 나의 끈질긴 인내심은 바로 이때 형성된 것이 아닐까 싶기도 하다. 조기 교육은 혀 안 돌아가는 외국어 학습 따위에 매달려, 제 혀 아니라고 '혀 길게 잡아 빼기' 같은 몬도 카네(mondo cane)식의 수술이나 시키면서 애들의 인성을 황폐화시키기보다는 바람직한 인간성의 함양이라는 측면을 강조하면서 접근하는 것이 더 효과적일 것이다. 한 가지 더 있다. 교감 선생님께서 언급한 바와 같은 나의 '꺼무튀튀'한 얼굴빛도 바로 이때 착색되었을 것이라고 나는 단언할 수 있다. 왜냐하면 나의 속살은 다른 사람들과 같이 허여멀거니까. 그리하여 영원으로 향하던 기찻길은

시간의 흐름과 함께 결국 끝나고 이어지는 짧은 숲길을 지나 어머니와 두 아들은 목적지의 장엄한 광경을 목격하게 된다.

어렴풋하긴 하나 인상적인 기억에 의하면, 우리의 목적지였던, 도시의 변두리에 자리 잡은 야산은 온통 바위로 된 우뚝 솟은 절벽이었다. 그 우람한 직벽의 꼭대기로부터는 한여름의 번쩍이는 햇빛을 반사하면서 폭포수가 쏟아지고 있었다. 꼭대기 쪽의 폭포수는 햇빛과 마구 섞여 빛의 덩어리 같았다. 눈이 부셔 똑바로 쳐다볼 수가 없을 정도였다. 물길의 폭도 어마어마해서 절벽 전체가 떨어지는 물로 허옇게 장식되어 있었으며 물이 터뜨려 내는 굉음 또한 귀가 먹먹할 지경이었다. 그 절벽의 중간쯤에는 위에서 떨어지는 물을 가두어 둘 정도의 얕은 웅덩이가 절벽의 폭을 따라 길게 형성되어 있었으며 그 아래는 다시 직벽이었다. 아래쪽 직벽의 표면은 웅덩이로부터 넘쳐난 물이 벽지처럼 발려 흘러내리고 있었다. 절벽은 마치 외눈박이 키클롭스가 구름 위의 제우스에게 도전하려고 디딤판으로 만들어 놓은 2단짜리 계단 같았다. 사람들은 아래쪽 절벽의 좌우에 나 있는, 가파르게 열려 있는 돌 틈을 비집고 절벽의 중간으로 기어 올라가서는 꼭대기에서 떨어지는 물의 압력을 온몸으로 맞이하고 있었다. 남녀노소 할 것 없이 거의 속옷 바람으로 다들 물을 맞고 있었으므로, 그리고 속옷들은 물로 인하여 몸에 착 달라붙어 버림으로써 가림의 기능을 상실해 버렸으므로 멀리서 보면 군중들이 나체의 군무를 즐기고 있는 것 같았다.

어머니는 동생을 업은 채 우선 그 절벽의 중간으로 기어올라 가셨다. 거의 울상이 되어 어쩔 줄 모르는 아래편의 나에게는 따라

오라는 일별만을 남긴 채 어머니는 군중들의 가장자리에 진을 치셨다. 자리를 깔고 동생을 내려놓고 내 손을 잡아 자리에 앉힌 다음, 어머니는 동생을 안고 군중을 헤치면서 그 폭포수 아래로 파고드는 것이었다. 그 폭포수는 약물이라는 것이었다. 신경통, 피부병, 종기 등등 각종의 질병들이 그 폭포수의 세례를 받는 즉시 말끔하게 사라져 버린다는 것이었다, 십자가 예수의 보혈의 은혜처럼……. 그 당시 동생은 털이 있어야 할 머리가 온통 부스럼으로 가득 차 있었다. 한 군데도 온전한 데 없이 빼곡히 들어 차 있는 부스럼 때문에 동생의 머리는 마치 우렁쉥이 같았다. 태열이라고 했던가? 병명은 기억이 가물가물하다. 하여튼 어머니는 동생의 우렁쉥이에 그 약물을 맞히기 위하여 그 영원의 길을 걷고 걸어 여기까지 온 것이었다. 한참을 그렇게 폭포수의 은혜를 동생에게 내리고 나면 그제서야 어머니는 자리에 앉아 있는 나를 손짓으로 부르는 것이었다. 그때쯤이면 나는 이미 그쪽으로 갈 마음이 사라져 버린 후였다. 나는 이미 그 물소리로 인한 먹먹함에 주눅이 들어 버린 상태였기 때문에, 나의 더위 또한 폭포수가 가외(加外)로 뿌려 주는 물보라로 인하여 이미 싹 달아나 버린 상태였기 때문에 그때쯤이면 오히려 아래윗니가 약간씩 마주치는 한기를 겪고 있는 중이었던 것이다. 나는 조금 버티어 본다. 어머니는 처음에는 눈웃음을 치면서 손으로 나를 부른다. 그때까지도 나는 외면을 통하여 상대방의 제의를 거절하는 법을 몰랐기 때문에 머리를 도리도리 저으면서 어머니의 명령을 거부해 본다. 몇 번이나 같은 시도를 하다가 그게 먹혀들지 않는다는 걸 깨달은 어머니는 드디어 고개를 약간 숙인 채 윗니로 아랫입술을 깨물며 두 눈을 크게 위로 치켜뜨는 표정을 지음으로써 나를 위협하기 시작하고 나아가 꽉 쥔 주먹까지 흔들게 되면 그때는 나도 어쩔 수 없이 그 물과 사람들과 그들의 탄성이 아비규환으로 소용돌이치는 막막함 속으로 들어가지 않으면 안 되었다. 떨어지는 물은 추위와 함께 나의 머리와 등을 꼬집는 듯한 아픔으로 때리면서 부서졌다. 밀려오는 오한과 싸우며 나는 어머니의 손으로부터 벗어나기만을 바라곤 했었다. 돌아오는 길은 훨씬 가깝게 생각되었지만 이미 겪어서 알고 있는 한없는 길에 대한 출발 시의 아득함은 목적지를 향할 때의 영원한 느낌과 방불하였다.

저녁 어스름에 D시의 D동 초가집으로 돌아오면 우리를 기다리는 건 또 다른 하나의 의식이었다. 어머니는 동생의 우렁쉥이를 얇은 거즈로 둘둘 싼다. 동생은 뼹 둘러앉은 우리 식구들의 한가운데에서 사탕을 빨면서 앉아 있다. 부스럼에서 삐주룩이 솟아 나온 진물이 거즈 위로 방울방울 맺히었다. 어머니는 미리 해 놓은 백설기를 식구들에게 조금씩 떼어 주고는 그 우렁쉥이에 떡을 찍어 먹으라는 명령을 내린다.

"이래야 열기가 나누어져서 빨리 들어가지."

누나들은 그 우렁쉥이에 떡을 갖다 대는 것 자체를 치를 떨면서 주저했다. 어머니의 눈 흘김이 식구들을 한 바퀴 휘 돌면 어쩔 수 없다는 체념의 표정들이 그 우렁쉥이에 집중되면서 동시에 엄지와 검지로만 떡의 끝부분을 쥔 손들도 그쪽을 향하게 되지만 그러나 거기에 떡을 꾹꾹 찍은 사람은 어머니와 또 한 사람뿐이었다. 아버지? 아니었다. 그건 바로 나였다.

"딸년들 키워 봤자 아무 소용없어. 아이구, 봉우 봐라. 봉우가 제일 열심히 찍어 먹네. 저 어린 게 지 동생 병 나으라고 찍어 먹는 거 봐라. 누나들이나 돼 갖고 몸 사리는 것 보라지. 밥은 잘도 처먹지들."

나는 정말로 동생의 병이 빨리 낫기를 진심으로 바랐으며 그래서 꼭 진물이 나와 있는 부분만을 골라서 찍어 먹었다. 그때 나의 잠재의식 속에는 그 영원의 도보 여행을 더 이상 하고 싶지 않다는 바람이 존재해 있음으로 인해서 그 네 맛 내 맛도 없는 밋밋한 진물의 맛을 내가 견디고 있었는지도 모를 일이었다. 그 뒤로도 이 물맞이 여행은 몇 번이나 더 계속되었다.

19. 진주와 천 선생

경상남도 진주는 이름이 참 예쁘다. 진주(晉州)가 진주(眞珠) — 강원도 삼척의 옛날 이름이 진주(眞珠)였단다 — 는 아닐지라도 어감자체가 사람을 — 나를 끌어당기는 매력이 있었다. S읍의 시외버스 정류장에서 진주로 가는 버스를 갈아타면서 나는 진주가 고향이라고 했던 천 선생을 떠올렸다. 차창 밖에는 싸락눈이 떠돌고 있었다. 입자가 작은 눈들은 땅바닥에 떨어지기도 전에 바람에 휘몰리며 공중을 헤맸다. 이미 정류장 바닥에 내린 눈들도 개구쟁이 목동을 만난 양떼처럼 이리저리 쏠려 다니면서 제 자리를 잡지 못하고 있었다.

영어과 천 선생은 1학기 몇 달 간 나와 함께 근무를 하다가 2학기가 시작되면서 경남의 어느 사립학교로 옮겨 버렸다. 자기 말로는 고향 쪽으로 간다고 했으나 아무래도 박 선생에게 버림을 받은게 학교를 옮기게 된 결정적 계기가 아니었겠나 싶다.

지난 5월 중순, 교무과장 성 선생님이 간부 회의를 마치고 교무실로 들어오면서 이러시는 것이었다.

"대단한 선생이 오네. 이 선생이 오백 명 있어도 못 당하겠네."

4월 말에 영어과 교사였던 노처녀 이위자 선생이 시집을 갔다. 이위자 선생의 얼굴이 가로가 긴 직사각형에 가까워 교무실에 남자 선생들만 있을 때에는 그들 사이에서 논란이 많았다. 무슨 논란이었느냐 하면 과연 이위자 선생이 시집을 갈 수 있느냐, 못 가느냐에 대한 것이었는데 대체로 부정적인 견해가 많았다. 신참이어서 목소리를 낼 수는 없었지만 나도 물론 어렵다는 쪽에 마음속으로 한 표를 던지고 있었다.

"얼굴이 저래서는 못 가여. 꼭 테레비 보는 느낌인데, 뭐."

음악 선생 김 선생님이 확신에 찬 목소리로 말했다. 뒤 이어 수학과 장 선생님의 찬조 발언이 이어졌다.

"맞아. 세로로 길쭉해도 사각턱이니 뭐니 하면서 흠을 잡는데 이 선생은 눈, 코, 입이 가로 얼굴에 맞춰져 있어서 힘들 거라, 내가 볼 때에는."

그러자 심각하지 않은 것도 심각하게 만드는 것이 특기인 상과 공 선생님이 고개를 갸우뚱거리면서

"그래도 여자 교산데 좋은 직장 있고 영어 잘하고 하니까 혼처가 있긴 있을 거구만. 정 안 되믄 성형하믄 되잖여."

하자말자 음악 선생 김 선생님이

"저 얼굴은 깎지도 못해여. 깎으려면 눈, 코, 입부터 세로로 먼저

줄여 놓고 광대하고 턱으로 들어가야 돼여. 그러니까 생각을 말아야지, 아예."

하니까 상과 공 선생님이 한참 동안 생각에 잠겨 있더니 지나가는 듯한 말투로

"불 끄는데 뭐가 보이기는 한대?"

라고, 평소에는 자신이 다루지 않는 분야까지 언급하면서, 자기가 마치 이위자 선생 시집보내기 캠페인을 주도하는 수장이나 된 듯이, 토론의 승리에 대한 강한 집착을 나타낸 것까지는 좋았건만

"밥도 불 끄고 먹어요?"

라는, 겨울철 자기 집 저녁 식탁의 광경을 떠올렸을 것 같은 음악과 김 선생님의 단 한마디가 많은 사람들을 웃기면서 그 논란은 끝나고 말았으며, 머쓱해진 공 선생님은 자신의 애꿎은 주판에다가 떨고 놓기를 몇 번이나 되풀이하고 있었다.

그 영어과 이 선생이 시집을 간 것이었다. 시집을 가게 된 과정이야 낸들 알겠는가마는 결혼식에 참석한 선생님들의 말들은 자신이 관찰한 내용에 따라 조금씩 차이를 보이고 있었다.

"신랑이 듬직하니 좋더만. 입술도 두툼하고 입도 큼지막하고 이마도 훤하고 눈썹도 시커먼 게 돈 붙을 상이야. 얼굴 아래쪽 턱이 발달하면 거기 돈이 쌓인다대? 키야 뭐 이 선생이 크니까 됐고, 나이도 지긋해서……. 마흔 살이라지 아마? 신부 아껴 주겠더구먼."

하는 상과 주임 우 선생님의 견해에 일부 호봉 높으신 선생님들은 대체로 동조하는 편이었으나, 신부 우인으로 참석했던 젊은 여 교사들은 입을 삐쭉거리면서

"사람이 가분수야, 글쎄. 반대머리에 3등신 같애."

라는 평가로 어느 집 귀한 사위를 마치 난쟁이 대하듯이 못마땅하게 폄하했던 것인데, 아무리 제 마음에 안 들었어도 남의 새 신랑한테 반대머리에 3등신이라는 것은 너무한 혹평 같았다.

일반적으로 처녀들은 다른 여자의 남자에 대해서는 일단 낮은 평가를 내려놓고 시작하는 것 같았다. 물론 사람 많은 곳에서는 겉으로야 '괜찮네, 어쩌네.' 호들갑을 떨어대지만, 일단 당사자를 제외한 두세 명만 모인 자리가 확보되기만 하면 기다렸다는 듯이 낮은 평가를 내리기 시작하는 것이다. 그러면서 자신들은 그보다 훨씬 더 괜찮은 남자를 만날 수 있다는 자신감을 애써 숨기려 들지도 않는다. 따라서 그녀들은 자신의 생김새나 현재 상황이나 처지에 대해서는 객관적인 파악을 거의 하지 못하는, 아니, 아예 하지 않으려는 것 같았다. 고학력의 처녀들은 대체로 바란다. 우선 자신의 신랑 될 사람은 키가 클 – 키 커 봤자 별 볼 일 없더라마는 – 것, 얼굴은 적어도 탤런트 – 많이 양보해서 하다못해 성격파 탤런트라도 – 누구를 닮았다는 평가는 받아야 할 것, 돈이 많을 것, 십분 양보해서 지금은 돈이 없더라도 나중에 돈을 많이 확보하기 위한 안정된 직장을 가지고 있을 것, 시집에서의 형제간의 서열은 둘째 이하일 것 등등. 오호 통재라! 그런 남자를 남편감으로 기대하는 자기 자신을, 처녀들이여, 성찰하시라! 자신은 그런 남자를 끌어당길 만한 무엇인가를 가지고 혹은 지니고 있는지를 돌아보시라는 말이다. 꿈을 크게 가지는 마음은 평가할 만한 것이지만 자신의 생김새 때문에 당장 그 흔한 애인 하나 못 키우고 있는 사람들이 어째서 백마

탄 왕자를 자신의 신랑감으로 마음에 담고 있는지 한 번쯤 자신을 돌아볼 시점이 되었다는 말이다.

말이 나왔으니 말인데 어째서 여자들은 하나같이 자신의 패션 감각이 이 세상에서 가장 세련되고 고급스럽다고 생각하는지 모르 겠다. 만약에 어떤 여자가 가진 패션에 대한 안목이 객관적으로 봤 을 때도 정말로 세련되고 하이 퀄리티한 것이라면 어떻게 해서 같 은 남자를 세워놓고 이 여자는 빨간색 차이나칼라 계통을 권하며, 저 여자는 파란색 잉글랜드 트러디셔널 계통을 권하는가 말이다. 이 여자가 골라 주었던 브라운색 더블이 어째서 저 여자에게 가면 촌스럽기 짝이 없는 구닥다리 패션이 되고 마는지를 모르겠다는 얘기다. 따라서 시집을 갔건 안 갔건 간에 여자들이여, 이제는 두 손 온전한 남편 세워놓고 넥타이 색깔 골라 매어 주거나 남자 친구 의 티셔츠 색깔을 자기만의 독선적인 시각으로 골라 주는 등의, 사 랑을 빙자한 간섭 행위를 지금부터라도 그만두어 달라는 말이다. 당신의 패션 감각도 검증받은 것이 아니지 않은가 말이다.

여성들의 안목이 완전히 주관에 빠져 자기중심적임을 증명하는 예들은 위에서 언급한 경우 외에도 한두 가지가 아니다. 왜 자기들 은 눈썹 문신이다 뭐다 얼굴을 가꾸어 놓고 예쁜 체하면서 그 눈썹 의 먹물이 채 마르기도 전에 남자들한테로 시선을 돌려서는 대머 리네, 뚜껑을 머리 위에 얹고 다니네 하면서 흉을 보는가 말이다. 툭 까놓고 얘기해 보자. 그와 그녀가 자연 상태로 만났을 때, 즉 눈 썹 없는 여성과 대머리 남성이 조우했을 때 누가 더 놀라 자빠지겠 는가? 꾸며서 아름다워진 여성이 자연 상태의 - 비록 어설픈 몰골

을 지녔다 할지라도 – 남성을 깎아내릴 권리는 그들이 함께 살아
가야 할 이 세상 어디에도 없다.

　말이 조금 엇나가 버렸지만, 국사과 노처녀 김 선생은 까놓고
"그 사람보다야 우리 학교 키 큰 최 선생이 할배야, 할배!"
　[여기서 '할배'란 표현은 나이가 많다거나 많아 보인다는 뜻이 아
니라 비교 대상보다 훨씬 낫거나 나아 보인다는 관용적 표현이다.
동시에 내가 평균 이하의 얼굴을 가지고 있음을 간접적으로 나타
내는 표현이기도 하다. 그게 아니라면 보통으로 생긴 지구과학과
이 선생이나 성격파 영화배우 이예춘(이덕화의 아버지)을 닮은 수학과
의 젊은 안 선생을 다 빼 놓고 구태여 나를 지목할 리가 없겠기 때
문이다. 이(李), 안(安)보다는 못하지만 이위자 선생의 신랑과 비교
해 볼 때는 내가 약간 더 낫다는, 즉 반대머리에 3등신 같은 그와는
바로 내가 비교 대상이 된다는 것이니까……]
하면서 나를 지목해서 공개적으로 구혼(?)을 해 온 것이었는데 나
는 나보다 네 살이나 많은 국사과 김 선생이, 나이는 그만두더라도
– 순자도 나보다 두 살 연상이었다 – 그 크기만 한 키 때문에 부담
스러웠을 뿐만 아니라 40대의 총각에서 이제는 40대의 아저씨가
돼 버린, 이위자 선생의 남편과 비교된 것이 징그럽고 짜증이 났다.
영어과 이 선생은 결혼과 함께 교사직을 그만두었고 거의 보름여
의 공백을 둔 끝에 그 자리에 천 선생이 부임을 한 것이었다.

　"예?"
　나는 교무과장 성 선생님의 말을 미처 알아차리지 못해서 멍청

한 표정으로 성 선생님을 쳐다보고만 있었다. 성 선생님은 다시 한 번 정색을 하고는

"최 선생, 성이 최 씨라서 다행인 줄 알아. 천 선생한테는 이 선생이 오백 명이 있어도 못 당하는 거잖아."

그제서야 나는 실소를 터뜨릴 수밖에 없었는데 성 선생님은 자기의 개그가 한 번 만에 먹혀들지 않은 데 대하여 나의 지능을 비웃는 것 같은 눈초리로 나를 째려보는 것이었다.

'나의 이 촌철살인의 개그를 단번에 알아차리고 웃어 줘야지, 젊은 사람이 머리가 안 돌아도 너무 안 돌아가네.'
라고 생각하는 듯하면서. 곱하기 개그가 썰렁해서 내가 놓쳤는지, 그야말로 고차원 개그여서 내가 늦었는지, 어느 쪽이었는지는 지금 이 순간에도 모르겠다. 적어도 곱하기 개그라면 이 정도는 돼야 하지 않을까?

내가 술주정뱅이 아저씨한테 난데없는 귀싸대기 두 방을 얻어터졌던 그해 여름의 어느 일요일 오전, 마구간 옆에 펴놓은 평상에는 나, 우리 어머니, 옆집 동철이, 동철이 엄마 이렇게 네 명이 앉아 있었다. 어머니와 동철이 엄마는 콩나물을 다듬고 계셨으며, 동철이와 나는 가까운 화분 만드는 공장에서 훔쳐온 진흙으로 권총을 만들고 있었다. 그때 나는 아래에는 무릎 나온 하늘색 헌 트레이닝 바지를, 위에는 런닝 셔츠를 입고 있었는데 그 런닝에는 스물두 군데인가 구멍이 나 있었다. 동철이 엄마도 있고 해서 그 덕을 좀 보려고 나는 구멍 난 런닝에 대해서 언급했다.

"엄마, 이 난닝구에 빵꾸가 스물두 군데나 났어, 내가 세어 보니

까."

나의 갑작스러운 공격에 어머니는 좀 당황하시는 듯하면서 동철이 엄마를 힐끗 쳐다보셨다. 그러더니 역공격을 취해 오셨다.

"야는 그라믄 내가 얼금얼금한 티 사다 주믄 그 구멍 센다고 세월 다 보내겠네."

어머니의 말이 끝나자마자 내가 바로 되받아쳤다.

"그때는 곱하기로 하지, 뭐."

우리는 모두 한바탕 마구간이 떠나갈 정도의 큰 소리로 웃어 제쳤으며, 다음날 어머니는 그야말로 구멍이 숭숭 난 얼기설기한 여름용 티셔츠를 나에게 사 줌으로써 자신의 케이오 패를 인정하셨던 것이다.

"곱하기도 어려울걸."

하시면서…….

그렇게 천 선생은 내 옆에 왔으며 군대 제대 후 복직이라는 공통점과 동갑내기라는 점이 끌렸던지 그는 나와 곧 친해졌다. 지금의 내 월셋방도 천 선생이 거처했던 곳이었다. 그는 고향과 자기 집을 참 좋아했으므로 토요일 오후나 일요일에 이곳 M면에서 그를 볼 수는 없었다. 그는 또 하숙을 하지 않고 자취를 했는데 점심은 – 한결같이 짜장면이었다 – 학교로 음식을 배달시킴으로써, 저녁은 언제나 면내의 식당 이곳저곳을 옮겨 다니며 사 먹음으로써 해결했다. 그는 자신이 이런 시골에서 영어 교사나 할 인물이 아니라고 생각하는 것 같았다. 자기는 경상남도의 유수한 국립대학의 영어교육과를 나왔는데 아무리 경상북도를 희망해서 1지망을 경상북도로 써내었다고는 해도 이런 시골에 배정받을 줄이야 꿈에도 몰랐다고 시간만 나면 푸념처럼 읊어대곤 했다. 말끝마다 '이런 시골 구석'이니, '에이, 떠나야지.'니, '더러워서 못해 먹겠네.' 따위의 말들을 버릇처럼, 문장 종결부호처럼 써 대는 바람에 이곳에서의 생활에 그야말로 100% 만족하고 있었으며 또한 이곳 외에는 대안이 없었던 나로서는 그가 마치 나와는 별종의, 나보다 상류 계급 출신의 존재인 것처럼 생각되어 그의 앞에만 서면 괜히 주눅이 들어 버리는 것을 어찌할 수 없었다. 그는 영어과였으면서도 국어에 대해서 참 많이 알고 있었는데, 그가 지닌 국어에 대한 지식 때문에 내가 낭패를 보기도 했다.

"선생님, 여린히읗(ㆆ) 있잖아요. 히읗에서 위에 꼭지 떨어진 거요. 이거요."

1학기 기말고사가 끝난 직후, 학생들이 기다리는 거라곤 여름 방학밖에 없는 비교적 한가한 국어 수업 시간에 우리 반의 권준수가 느닷없이 질문을 했다. 그는 오른손 검지로 허공에 한 일(一)자를 긋고 그 밑에 동그라미를 그리고 있었다. 평소에 약간 삐딱한 구석이 있고 바락거리는 다혈질의 성격을 가졌기 때문에 내가 좀 조심해서 다루는 학생이었다.

"오, 준수야. 웬일이니? 네가 질문을 다하고? 그래, 여린히읗 있지."

나는 반갑게 그의 질문에 응할 준비를 하면서 칠판에다 'ㆆ'을 써

놓고 워밍업을 시작했다.

"그게, 그 소리값이 지금은 있다고 봐야 돼요, 없다고 봐야 돼요?"

"지금은…… 이게, 없다고 봐야 되는 게 아니라 없지, 우리나라 글자나 말소리에……. 지금은 자음이 열아홉 개잖아."

나는 칠판에 열네 개의 자음을 써 나갔다.

'ㄱ, ㄴ, ㄷ, ㄹ, ㅁ, ㅂ, ㅅ, ㅇ, ㅈ, ㅊ, ㅋ, ㅌ, ㅍ, ㅎ'

그리고 말했다.

"이렇게 열네 개에다가 된소리 다섯 개를 포함하면 열아홉이잖아. 여린히읗은 당연히 여기 없지."

그리고 다시 된소리 다섯 개를 칠판에 썼다.

'ㄲ, ㄸ, ㅃ, ㅆ, ㅉ'

그러자

"선생님, 영어과 천 선생님이 그러시는데 우리나라 말에 여린히읗이 살아 있대요, 말소리 속에……. 그래서 지금 자음의 개수가 하나 더 늘어나야 한대요. 제가 생각해도 그런 것 같아요."

준수는 천 선생으로부터 들은 이론이 자신의 생각과 일치함을 강조하면서 나를 압박하기 시작했다. 여린히읗의 음가가 살아 있다고?

"예를 들어 봐, 한 번. 천 선생님이 뭐라고 하시면서 그런 이론을 내세웠지?"

나는 긴장 상태를 유지하면서 준수에게 물었다.

"예. 우리가 일(一), 이(二) 할 때의 '일(一)'과 '일 열심히 해라.' 할 때의 '일'은 우리 한글 글자는 같지만 분명히 그 발음이 다르잖아요. 그래서 숫자 '일(一)'은 '힐'로 써서 '일한다.' 할 때의 '일'과 발음을 구별해야 한대요. 선생님도 발음 한번 해 봐요. 차이가 분명히 나요."

나는 속으로 '일(一)'과 '일[事]'을 발음해 보았다. 아, 이게 웬일인가. '일(一)'이라고 발음할 때는 긴장이 동반되면서 목구멍이 좁아지고, '일한다.'의 '일'에서의 'ㅇ'은 목구멍에 긴장이 없이 그야말로 음가 없는 형식적인 초성의 'ㅇ'이 되고 있지 않은가. 그 발음의 차이에 대해서는 아예 생각조차 하지 않고 살았던 나는 순간적으로 약간 당황했다. 그렇다면 한자어 '이(二)'도 그런가? '이(二)'는 아니었다. 그러면 몸에 기생하는 '이[蝨(슬)]'나 입 안의 '이[齒(치)]'는 어떤가? 그것들도 'ㅇ'이 목구멍을 긴장시키는 소리였다. 그것은 모음의 길이로 인한 차이는 분명히 아니었다. 물론 사전상으로는 '일(一)', '이[蝨]'가 단음으로, '일[事]', '이(二)'가 장음으로 표시되어 있긴 하지만 'ㅇ' 발음의 차이는 모음이 발음되기 이전의 문제로 생각되었다.['일(一)'의 경우, 모음 'ㅣ'가 원래부터 짧게 발음되는 성질을 가졌다기보다는 초성 'ㅇ'이 'ㆆ'이라는 긴장음의 음가를 유지하고 있음으로 인해서 그 영향을 받아 짧게 발음될 수밖에 없었을 것이라고 생각된다.] 내가 발음을 해 보아도 그 구별이 확연했으므로 당혹감을 느끼면서도 나는 동의를 할 수밖에 없었다.

"그러네. 확실히 발음이 달라."

그러고 나서 나는 지금은 왜 여린히읗을 사용하지 않는가에 대한 대답을 준비해야만 했다.

"대단한 발견이지요? 천 선생님 말씀이 옳은 것 같아요."

준수는 나의 인정에 더욱 힘을 얻은 듯 눈을 반짝거리며 나의 다음 말을 기다리고 있었다. 나는 천천히 말을 하기 시작했다. 말을 하면서 생각하기 위해서였다.

"먼저 준수의 좋은 질문에 대해서 감사합니다. …… 준수야, 그리고 여러분! 천 선생님의 견해를 여러분이 따르든 따르지 않든 간에 여러분들이 …… 이러한 깊이 있는 내용을 이해하고 …… 의문을 가질 수 있다는 것 자체에 대해서 나는 뿌듯하게 생각합니다. …… 그런데 여러분! 말에도 …… 경제성이라는 것이 작용합니다. 경제라는 말이 돈 문제나 상업적인 측면에서만 쓰이는 낱말이 아님은 …… 여러분도 잘 알고 있겠지요? 말이나 글에 있어서의 경제성이란 …… 가능한 한 최소한의 음소나 문자의 수효로 거의 무한대에 가까운 표현을, 즉 말이나 글로 하는 어떠한 표현도 …… 막히는 부분 없이 잘해 낼 수 있도록 하는 것입니다. …… 스무 개의 문자보다는 열아홉 개의 문자로, 열아홉 개의 …… 음소보다는 열여덟, 열일곱 개의 음소로 자신의 …… 의도를 …… 말이나 글로 나타낼 수만 있다면, 즉 …… 음소나 문자는 개수가 적으면 적을수록 경제적이라는 것입니다. …… 그렇지만 표현을 방해할 정도로 그 개수가 적어지면 안 되겠죠? …… 준수의 질문대로 여린히읗은 분명히 음가가 있는데 그러면 왜 여린히읗을 …… 지금 우리들은 문자로나 음소로 사용하지 않느냐 하는 것이 문제입니다. …… 왜냐하면 그것은 여린히읗을 구태여 사용하지 않아도 우리들은, …… 내가 표현하고자 하는 의도를 충분히 달성할 수 있기 때문이라는 것입니다. …… 여린히읗은 그것이 만들어진 세종대왕 당시에도 다른 음소들처럼 …… 일반적으로 쓰인 문자는 아닙니다. …… 당시에도 그것은 주로 특별한 발음을 표시할 때 …… 보조적인 역할로 작용했습니다. 쓰인 예로는 …… 중국식 발음에 가깝도록 한자를 발음하기 위하여 1447~8년경에 펴낸 운서인 '동국정운(東國正韻)'식 한자음에서 …… 일부 한자의 초성에 그 여린히읗이 쓰인 걸 찾아볼 수 있고, '동국정운(東國正韻)'의 한 규정 중 우리가 배운 '이영보래(以影補來)'에서 절음 부호로……, 즉 목구멍을 좁혀서 흐름소리 'ㄹ'의 발음을 빨리 끊어 주게 한다든지 하는 기능을 수행한 것 등을 들 수 있습니다.…… 그때도 다분히 형식적으로만 그것이 사용되었지, …… 그게 일반화된 문자나 음소는 아니었다는 거지요. …… 15세기 중엽에 만들어졌다가 15세기 말경, 그 효용성에 의문이 생겨 벌써 그 형태가 사라지기 시작한 여린히읗을 …… 단지 그 발음의 흔적이 남아 있을 것 같다는 이유 하나만으로 …… 우리가 지금 19개의 자음을 20개의 자음으로 만들어 가면서까지 다시 쓸 필요가 있겠느냐 하는 것이 …… 바로 현재 여러분 앞에 서 있는 나의 생각입니다. …… 그것은 경제성에도 맞지 않습니다. 여러분들 중에서 이때까지 여린히읗을 사용하지 않음으로써 말을 하거나 글을 쓸 때 …… 곤란을 느껴 본 사람이 있습니까?"

설명을 신중하게 하고 나서 나는 마지막으로 힘주어 학생들에게 질문을 던졌는데 그 반응은 나의 설명에 힘을 실어 주는 쪽이었다. 나의 긴 설명이 지겨웠던 몇몇 학생들이 큰 소리로 '아니요.'를 외쳐 줌으로써, 또는 다른 공부를 하던 학생들이 '더 이상 방해받고 싶지 않다.'는 의도로 '됐어요.'를 던져 줌으로써 긴장되어 있던 나

에게도 평화가 찾아왔다. 하기야 이미 배웠다고 하더라도 여린히
웅의 존재 자체를 기억하고 있는 학생들도 드물 것이었다. 그러나
권준수는 여전히 보일 듯 말 듯 고개를 좌우로 도리도리 하고 있었
다. 그러다가

"그러면 선생님."

준수는 비장의 카드를 뽑듯 마지막 질문을 나를 향해 쏘았다.

"고급 언어일수록 정확성이 뒷받침되고 있다는 내용을 어느 책
에서 얼핏 본 바가 있습니다. 제가 알고 있는 게 옳지 않을 수도 있
지만, 그래서 국제회의의 결과물로 체결된 조약을 문서로 남겨 놓
을 때 상대적으로 다른 언어에 비해서 정확한 표현이 된다는 프랑
스어와 영어로 된 문서를 각각 한 부씩 작성한다는 얘기를 들은 적
이 있습니다. 다시 처음으로 돌아가겠습니다. 선생님, 예를 들어서,
'나는 일을 모른다.'고 책에 써 놓았을 때의 '일'은 '하나'가 될 수도
있고 '사실이나 사건'이 될 수도 있지 않겠습니까? 그럴 때는 어떻
게 판단이나 구별을 해야 할까요?"

준수는 적절한 질문을 하고 있었다. 한 학생에 대한 평가는 그와
많은 대화를 나누어 보거나 인간적 교감을 이룬 후에 내려져야 한
다는 것을 새삼 느끼면서 나는 대답을 생각하고 있었다. 다른 학생
들은 이미 준수와 나 사이의 질문과 대답에 흥미를 잃고 있었다.

"준수야, 좀 모호한 대답이 될지는 몰라도 그럴 때는 그 문장의
앞과 뒤를 보면서, 즉 앞뒤 상황의 파악을 통해서 '일'이라는 낱말
이 가지고 있는 뜻을 판단하는 수밖에 없어. 이것은 우리말이 덜 발
달해서 그런 게 아니라 동음이의어나 다의어를 가진 모든 언어가

겪을 수밖에 없는 현상이야. 오히려 언어가 발달할수록 동음이의어나 다의어는 점점 더 많아지게 되는 거지. '일(一)'과 '일[事]'은 동음이의어로 볼 수 있는데 거기다가 '일(日)'까지 같이 생각해야 할 경우도 있을 거잖아. 그럴 때는 우리의 언어 관습에 비추어 보거나 일상생활에서의 사용 상황을 떠올리게 되면 거의 해결될 수 있을 것 같아. 말로 하는 문장보다 글로 기록된 문장에서 이런 어려움이 더 커질 건데 그것은 글에서는 그 낱말의 장단이나 억양을 표시해 주지 못하지만 말로 하면 그 낱말이 가지고 있는 장단이나 억양 같은 것이 뜻을 변별해 주는 작용도 하게 되니까 그렇게 되는 것이겠지?"

　말이 길어지고 있었지만 내친 김에 나는 장음 표기 방법에 대한 나의 생각도 이 기회에 밖으로 드러내고 싶었다. 고3 학생 권준수 한 명뿐인 발표장이었어도 공식적인 수업 시간이므로 공식적인 자리로 볼 수 있지 않겠는가.

　"준수야, 너의 질문과는 약간 핀트가 안 맞을지도 모르겠지만 이런 분위기니까 평소에 내가 가지고 있던 생각도 한번 말해 봐야겠다. 이건 너한테 처음 말하는 건데, 글로 기록할 때도 긴 발음이 나는 음절의 오른쪽에 [:] 표시를 하는 게 어떨까 하는 거야. 옛날 세종대왕 시절 훈민정음 창제 시 글자 왼쪽에 찍었던 방점의 부활이라고나 할까? 그러면 그때는 글자 왼쪽에 찍은 방점을 지금은 왜 글자 오른쪽에 찍도록 하자고 하느냐 하면, 그때는 주로 세로쓰기였고 지금은 왼쪽에서 오른쪽으로 가로쓰기가 일반적이니까 아무래도 글자 오른쪽에 찍는 게 덜 헷갈릴 것 같아서 그런 거지. 높낮

이는 무시해도 되겠지만 소리의 길이는 아직 살아 있어서 그것이 낱말의 뜻을 구별해 주는 역할을 톡톡히 하니까 소리의 길이만이라도 지금 살려 봄으로써 그로 인한 혼란을 줄여 보자는 게 내 생각이야. 지금 당장 시행하기는 뭣하지만 초등학교 1학년 교과서부터 표시해 나간다면 시간이 흐르면서 정착될 거 아냐?"

나는 흘낏 준수의 눈치를 살폈다. 준수란 놈이 팔짱을 낀 채 고개를 끄덕여 주고 있었다.

나는 칠판에 예문을 썼다.

"예를 들면 이런 거야. '나는 밤을 사서 밤에 먹었다.'와 같은 경우, 이 경우는 물론 보면 알 수 있는 쉬운 예가 되겠지만, '나는 밤:을 사서 밤에 먹었다.'처럼 씀으로써, 다른 어려운 문장의 경우 더 효과적으로, 많은 헷갈림을 바로잡을 수 있을 텐데 말이야. 한자어의 경우는 훨씬 더 유용하겠지. '전통(傳統)' 같은 경우, 우리는 일반적으로 '전'을 길게 발음하곤 하는데 사실은 '전[:]통'이 아니라 '전통'처럼 짧게 발음해야 하는 거거든? 화살을 넣는 통을 전통이라고 하는데 그 본음은 '전:통(箭筒)'이야. 이때의 '전'은 길게 발음이 되어야 하지."

나는 숨을 한 번 깊이 들이쉰 후 뱉으면서 다음과 같이 덧붙였다.

"그런데 이건 생각해 봐야 해. 새로운 기호를 넣는 게 경제적인지, 안 넣는 게 경제적인지는 학자들 간에 따져 봐야 할 문제인 거지."

준수가 고개를 끄덕거려 주었다.

"음절 오른쪽의 긴 발음 표시는 여린히읗을 자음의 음소로 치느냐, 안 치느냐의 문제와는 차원이 다르지. 훨씬 많은 낱말에 적용이 될 수 있는 거니까 말이야. 좀 미진한 대답이더라도 지금 내가 너에게 답해 줄 수 있는 건 여기까지야."

나는 길게 숨을 내쉬면서 준수를 바라보았다. 준수가 고개를 끄덕이면서 나를 향해 싱긋이 웃어 주었다.

독자 여러분, 국어의 음운과 관련된 얘기를 너무 많이 해서 지루하셨죠? 죄송합니다. 배우고 공부하고 가르친 게 그거다 보니까 조금만 틈이 생겨도 그런 걸 집어넣으려고 하는 제가 저도 싫지만 어쩌겠습니까, 독자 여러분께서 이해해 주셔야지. 그 대신 보상의 차원으로 제가 이때까지 살아오면서 가장 쪽팔렸던 에피소드를 하나 들려 드리겠습니다. 많이 비웃으시면서 힐링하십시오.

위에 '이[蝨(슬)]'라는 낱말이 나오니까 언뜻 떠오르는 에피소드가 하나 있다. 아래와 같은 상황을 독자 여러분이 겪으셨다면 어떤 기분, 또는 심리 상태가 되셨을지 상상해 보시는 것도, 팍팍한 인생을 살아가다가 한 번 부르르 몸을 떪으로써 '적어도 나는 너보다는 나아.'라며 삶을 위한 새로운 에너지를 얻게 되는 계기로 삼을 수 있을 것이다. 따라서 나의 이 몸 떨리는 고백은 여러분들의 인생에 활력소를 제공하기 위하여 스스로의 부끄러움 정도야 저 들판의 메말라 시들어가는 잡초 한 포기보다 값없이[옛 사람들의 표현을 빌리자면 '초개(草芥: 지푸라기)같이'] 여기는 오롯한 자기희생임을, 독자들이여, 염두에 두시라.

막 신입생이라는 딱지를 떼고 바야흐로 전공 공부를 시작한 지 두 달쯤 지난 대학교 2년째의 4월 말, 봄맞이 사범대 체육대회 때였을 것이다. 스탠드 주위의 붉게 타오르는 참꽃들처럼 남녀 청춘들도 그들의 축제를 더불어 불태우고 있었다. 지금 생각해 보면 그들의 땀 냄새조차도 향그러웠을 것이었다. 우리 국어과는 본부석 오른쪽에 학년별로 질서도 정연히 앉아 응원을 하고 있었다. 우리 과와 수학과의 축구 선수들이 운동장으로 막 입장하고 있었던 바로 그 시간대에, 나는 내 왼쪽 어깨 쪽에서 무언가 피부를 간지럽히는 움직임을 감지하게 되었다. 뭘까? 나는 무심코 내 오른손 엄지와 검지를 동원하여 그 물체를 집어내었다. '섬유의 보푸라기가 뭉쳐진 것이겠거니, 아니면 뭐 여드름 딱지 정도이겠거니'라고 가볍게 생각하며 낚아 올린 그것은 놀랍게도…… 어설픈 손가락질에 운도 나쁘게 잡혀 버린, 커다랗고도 징그러운 ― 자신의 신체에 비해서 몇천, 몇만분의 일도 안 되는 생명체에 대해서 무서움이나 징그러움 같은 감정을 가지는 존재는 인간뿐이라는 글을 읽은 적이 있다. 그건 아마도 인간만이 가지고 있는 상상력 때문일 것이라고 나는 생각한다. 상상력을 인간만이 가지고 있는지는 생물학자들이 연구해야 할 몫이니까 나는 여기서 발을 빼겠다 ― 한 마리의 수퉁니였다. 나는 순간 당황했다. 이것은 월척인가, 아니면 낭패인가. 평소에는 발견도 잘 안 되는, 가려움의 근원이 되기도 하는, 더구나 법정 전염병인 발진 티푸스를 옮기기도 하는 이 흡혈 기생충을 별다른 노력 없이 손에 넣은 것은 분명 월척이었다. 그러나 여기는 많은 사람들이 운집한 개방된 장소 아닌가. 가족끼리야 뭐 자기 식구들의 귀한 피를 빨아대는 놈들을 잡았을 때 그 기쁨과 복수심이 공유되겠지만 다른 사람들에게 놈을 기생시킨다는 인상을 준다는 건 아무래도 낯 뜨거운 일이 아닐 수 없을 것이다. 더구나 나는 대학생 아닌가! 여러 방면에서 장차 이 사회를 앞에서 이끌고 가야 할 리더로서의 자질을 함양하는 과정에 있는, 상아탑 속의 예비 지성인인 대학생 아닌가! 지성인씩이나 꿈꾸며 그 싹을 키워 나가는 귀하신 대학생의 몸이 그와 함께 거의 쌀알만 한, 정말로 꺼무튀튀한 수퉁니를 키우고 있었다니! 그것은 또한 자신의 깨끗지 못한 위생 상태를 폭로하는 낭패임이 분명했다.

엄지와 검지로 그놈이 설치지 못하도록 꼭 잡고서 나는 약 5초 정도 생각에 잠겼다.

'이걸 어쩐다? 지금 다른 사람들은 모두 응원에 정신이 팔려 내 '이'의 존재를 눈치 채지 못했을 것이다. 그렇다면 그냥 양 엄지손톱으로 터뜨려 버려? 아니지, 이놈이 워낙 크니까 몸이 터질 때 소리가 크게 날지도 몰라. 이 시대의 누구나 '이'란 놈에 대한 경험은 공유하고 있는 것이니까 – 호롱불을 가운데 두고 식구들이 삥 둘러앉아 특히 옷 솔기 쪽을 훑으면서 '이' 사냥을 해본 경험 말이다 – 그 소리가 '이'의 배를 터뜨릴 때 나는 소리란 건 당장 알아차릴 거란 말이지. 그렇다면…… 그렇다면 별 거 아닌 척하면서 그냥 버려 버리자.'

라는 생각(그놈의 5초 길기도 하다. 생각은 물같이 흐르지만 그걸 말이나 글로 표현해야 할 경우, 언어의 불연속적 성질 때문에 끊어지면서 또한 지나치게 길어지는 문제가 생긴다.) 후에 나는 주위를 한 번 쓱 둘러보았다. 담을 넘으려는 도둑이 이런 심정이었을 것이다. 그 순간, 나는 내 왼쪽 뒤통수 부분에 레이저 광선을 쏘아대는 것 같은 따가운 눈초리를 느끼지 않을 수 없었는데 그것은 바로 내 자리 바로 위 스탠드에서 이제까지의 나의 일거수일투족을 나보다 더 잘 보고 있었을 것 같았던 일 년 선배 윤상호의 시선이었다. 그와 시선이 마주치는 순간 나는 멈칫했으나 곧 아무렇지도 않은 듯이 내 오른손 엄지와 검지 사이에 꼭 끼워 놓았던 그 빌어먹을 수퉁니 한 마리를 옆 친구의 엉덩이 쪽 스탠드로 툭 던지면서 윤 선배 들으라는 듯이 말도 함께 던졌다.

"이[蝨]ㄴ 줄 알았네."

나는 그의 시선이 나의 수퉁니를 따라가지 않기를 진심으로 빌었다. 곧 국어과 대 수학과의 축구 경기가 시작되는 만큼 그 경기에만 그가 관심을 가져 주기를 바라 마지아니하였다. 그러나 그는 악착(齷齪)같았다. 그는 내가 버린 나의 수퉁니를 찾아내려고 한동안 주위를 두리번거렸다. 어지간한 크기라야지. 그놈은 그 크기로 인하여 결국 상호 선배의 눈에 띄고 말았다. 나의 수퉁니는 이제 그의 엄지와 검지 사이에서 꼬물거리고 있었다. 그놈을 나에게 확인시켜 주면서 그가 내 귀에 입을 바짝 대고 말했다.

"이[蝨] 아인(아닌) 줄 알았네."

그러고는 자신의 양 엄지손톱으로 익숙하게 그놈을 터뜨려 버리는 것이었다. 손톱에 묻은 피를 나의 국어과 단체 T셔츠 왼쪽 어깨에 쓱쓱 문지르며 그는 한쪽 입꼬리가 올라가는 야릇한 웃음을 나를 향하여 제법 길게 흘리고 있었다. 그 시선을 당하고 있어야만 했던 내 느낌의 참담함을 어찌 필설로 옮길 수 있겠는가. 그 이후로 그는 영원한 승자였고 나는 그를 피해 다닐 수밖에 없었다, 그의 입이 무거울 것이라는 근거 없는 기대감과 함께…….

 권준수의 질문 내용을 내가 천 선생에게 확인하지는 않았지만 그 뒤부터는 그를 대하기가 좀 떨떠름하게 변하는 걸 어찌할 수 없었다. 남의 과목을 침범한다는 의미보다는 오지랖이 넓은 것 같아서 속 깊은 대화를 나눌 수 있는 적절한 인물이 아니라는 생각이 들기 시작했던 것이다. 서로 간에 대화를 제일 많이 나누고 제일 친하다는 나부터 그렇게 되니까 언제나 혼자 행동하기를 좋아하는 천 선생이고 보니 나 외의 다른 교사들과의 개인적 교류도 소원해질 수밖에 없었을 것이었다. 교사들과의 어울림이 자연히 뜸해지면서, 표현하기가 썩 유쾌한 것은 아니지만, 교사들이 그를 따돌리고 있는 듯한 분위기가 형성되고 있었다. 그의 주변에는 나밖에 없었다. 그런데도 그는 전혀 개의치 않았다. 오히려 그가 그 외의 다른 사람들을 모두 따돌리고 있는 것 같았다. 대단한 자존감이었다. 그런데 그런 그에게도 관심의 대상이 되는 한 사람이 있었으니 그것은 바로 가정과 박 선생이었다.
 준수의 질문 사건이 있고 나서 며칠 후쯤이었던가. 늦은 밤 한창 교재 연구에 열을 올리고 있던 나는 방문 밖의 인기척에 뒤적거리던 국어사전을 내려놓았다.
 "최 선생! 최 선생 있나?"
 강한 경상남도 억양의 천 선생이 방문 밖에서 나를 부르고 있었다. 술을 마셨는지 혀가 좀 꼬부라져 있었다. 나는 대답 대신 방문부터 엶으로써 나의 존재를 확인시켜 주었는데 그는 내가 방문을 열자마자 방 안으로 쓰러지듯이 들어와 누워 버리는 것이었다. 달콤하지만 눅진한 술 냄새가 그를 따라 함께 쳐들어왔다. 그는 깊은 호흡을 몇 번이나 들이쉬고 내쉬었다. 이어서 벌떡 일어나더니

"최 선생, 머 하노? 책 보나? 책은 머 하로 보노. 기냥 대충 때우마 되는 거로. 이런 시골 구석 얼라들이 대충 씨부린다꼬 저거들이 알아 묵기를 하긋나, 머 하긋노? 책 치아 삐고 내 말 쫌 들어 보래이." 라는, 여과 없이 내뱉는 말로 그는 나의 심기를 살짝 건드렸다. 그의 눈 흰자위는 벌겋게 충혈되어 있었으며 숨을 내쉴 때마다 텁텁한 알코올 냄새가 내 코를 자극했다.

"야, 최 선생. 후---, 내 오늘 실연당했데이. 인자부터 우짜믄 되겠노? 후---, 참 답답이네. 답답해서 미치겠네."

그는 다짜고짜 한숨부터 푹 쉬면서 충격적인 발언을 내뱉었다. 실연을 당했다고? 다방 나들이가 잦더니만 혹시 〈민들레 다방〉 미스 김인가? 그런데 그의 입에서는 의외의 내용이 튀어나오고 있었다.

"야, 최 선생. 후유---, 니는 박 선생을 우째 생각하노? 내는 첨 볼 때부터 박 선생을 찍었다 아이가. 후유---, 여 와서 내가 볼 일이 머 있었겠노? 얼라들이 내 말을 알아들어서 재미있기를 했겠나, 문화 시설들이 많아서 덜 심심하기를 했겠나. 후유---, 정 붙일 데라고는 하날도 없는 이런 시골 구석에서 다방 찾아 댕기는 것도 지겹고, 후유---, 그래서 여선생 한 명 꼬시 갖고 탈출하자 하고 생각했는데 그 목표가 바로 박 선생이었덩 기라. 후유---, 최 선생 니 내 말 듣고 있나?"

귀가 있는데 듣고 있지, 그럼. 숨이 가쁜지 말끝마다 '후유---.' 가 이어졌다. 그런데 알다시피 박 선생은 이 선생이 정성을 들이는 중이었는데 그 사실을 천 선생이 알고 있었는가? 그의 넋두리는 계속되었다.

"그래 한 한 달 전부터 우짜꼬 카다가 마음 베라묵고 메칠 전부터 박 선생 집에 들락날락 안 했나. 후---, 가서 단도직입적으로 '좋아한다.'꼬, '내하고 함 사귀어보자.'꼬, '내도 그렇기 나쁜 놈은 아이라.'꼬 할 말 다 했지, 머. 후---, S읍에 가서 이것저것 사 갖고 메칠 전부터 계속 갔다마는, 후---, 처음에는 '천 선생님을 본 지 몇 날 되지도 않았는데 이런 말이 부담스럽다.'느니, 후---, '한 직장에서 이런 관계를 맺는 건 별로 바람직하지 않다.'느니 하면서 살살 빠져나가는 말만 하데?"

말을 잠시 멈추고 천 선생은 무슨 까닭인지 주위를 두리번거렸다. 그러더니 내가 사 놓은 1.5리터 들이 콜라병을 발견하고는 그것을 벌컥벌컥 들이켰다. 그러다가 갑자기 천 선생은 밭은 기침을 콜록콜록 해 대기 시작했다. 사레가 들린 모양이었다. 자기의 목을 손으로 감싸면서 한참 동안을, 안 그래도 벌건 눈알이 튀어나오겠다 싶을 정도로 그렇게 기침을 해 대던 그가 잠시 '음, 음' 하면서 호흡을 가다듬었다. '휴—' 하고 한숨을 한 번 내쉬는가 했더니 이번에는 '꺼--억---' 하고 트림을 길고도 크게 한 번 하는 것이었다. 내 눈치를 한 번 슬쩍 본 후 그는 말을 계속했다. 그놈의 트림은 그의 말이 진행되는 가운데에서도 계속되었다. 나는 그가 한꺼번에 참 여러 가지를 한다고 생각했다.

"꺼억---, 그란데 오늘 저녁에 찾아갔디만 드디어 최후 통첩을 내리능기라. 그 까시나가 머라꼬 하능가 하모, 꺼억---, 이러능 기라."

천 선생은 여기서 박 선생의 성대모사를 곁들였다. 두 손은 앞으로 모으고 입술이 한쪽으로 돌아가고 있었다.

"'천 선생님, 저에게는 지금 만나는 사람이 있어요. 꺼억---, 그런데 천 선생님이 이렇게 막무가내로 저에게 그런 말씀을 하시면 제가 꺼억---, 참 곤란해요. 그러니 오늘 이후로는 이렇게 찾아오시는 걸 그만두면 좋겠어요. 꺼억---, 이때까지는 같은 직장의 동료로, 참, 꺼억---, 제 방에 방문하는 걸 영광스럽게 생각했지만, 천 선생님께서 그런 말씀만 자꾸 하시려면 꺼억---, 이제부터는 오지 마세요.' 이러능 거라, 그 미친 까시나가……."

천 선생은 말을 하면서 지쳐가는 것 같았다. 눈꺼풀이 자꾸 아래로 처지고 있었다.

"그래서 내가 물었제. '그 사람이 누군데예?' 하고 말이야. 꺼억--, 그러니까 그 까시나가 '그것까지 말씀드릴 필요는 없는 것 같은데요.' 카민서 쌀쌀맞게 팩 돌아 앉데. 꺼억-, 그래 내가 할 말이 어데 있겄노? '알았심더.' 카고 나왔뿟제, 머. 꺼억-, 까시나들 마지막 방패가 다른 남자 있다 카능 거거등? 꺼억-, 더 이상 붙잡고 늘어지마 좆 찬 남자 새끼가 빌빌이가 되고 마능 거라서 내가 놔줬다. 나-뿐 까시나. 그 길로 대폿집에 가서 및 잔 펐뿠지, 머. 꺼억-."

나는 그 텁텁한 막걸리 냄새를 애써 참으며 그의 얘기를 들었다. 그는 말을 끝내고 뒤로 벌렁 드러누워 버렸다. 속전속결이라더니 천 선생이 그런 작전을 썼다가 여지없는 패장이 되어 버린 것이었다. 좀처럼 속을 내비치지 않는, 자기만의 세계를 구축하고 있는 그가 나에게 이런 정도의 깊숙한 말을 내쏟고 있는 걸 보면 술기운을 빌리고 있는 것이 분명했다. 한참을 꼼짝도 않고 누워 있던 그가 다시 벌떡 일어나 앉았다. 그런 다음 자신의 얼굴을 내 코 밑에 바짝 들이대고는 게슴츠레한 눈으로 나를 요렇게 올려다보면서

"야, 최 선생. 가가 니가?"

이러는 것이었다. 여과되지 않은 술 냄새가 내 코를 충격했다. 웬나? 천 선생은 왜 나를 지목했을까? 별 볼 일 없는 내가 왜 천 선생 눈에는 연적으로 비쳐졌을까?

"아니야, 나는 그런 거 할 입장이 아니야."

정 선생이 퍼뜩 떠올랐으나 나는 머리를 좌우로 흔들면서 조심스럽게 부정하였다. 그는 미심쩍어 하는 눈빛으로 다시 한참 동안이나 나를 쳐다보고 있다가

"그라마 누고?"

하고 재차 묻는 것이었다. 나는 하마터면 '이 선생'이라고 대답할 뻔했다. 숨을 한 번 들이쉬고 나는

"모르지, 누군지. 나는 알고 싶지도, 알 필요도 없잖아."

하면서 되받아쳤다. 그게 효과가 있었는지 그는 더 이상 물어 오지 않았다. 한참을 누워 있던 그가 다시 일어나 앉았다. 그는 머리를 절레절레 흔들었는데 그 행동은 아직도 술이 덜 깼다는 표현 같기도 했고, 자신이 내뱉은 말에 대하여 후회하고 있는 것 같기도 했다.

"최 선생, 오늘 밤 이바구는 없었던 걸로 하자이."

는 말을 남기고 천 선생은 약간 비틀거리며 어둠 속으로 사라졌다. 뭐, 나도 다른 사람들에게 이런 내용의 말들을 주저리주저리 옮길 만큼의 호사가가 아니었기 때문에 그의 그런 제안이 도리어 고맙게 느껴졌다.

그 후로 천 선생은 학교에서도 잘 보이지 않았다. 내가 수업이 없는 시간에 그의 자리를 보면 시간표상으로는 수업이 없는 시간인데도 그는 언제나 자리에 없었다. 간혹 나와 복도에서 마주치기도 했지만 그는 늘 고개를 푹 숙이고 바닥만 보며 지나쳤기 때문에 나는 그와 눈길조차 제대로 나눌 수 없었다. 그러다가 그는 마지막 인사도 나누지 않고 가 버렸으며, 우리 교사들은 교감 선생님의 입을 통하여 그가 떠난 사실을 알게 되었다.

20. 사천 아줌마

　남쪽으로 이어지는 국도는 한산했다. 북쪽을 향하는 반대편 차
선에서는 잊을 만하면 한두 대씩 차들이 달려와서는 '쌔애앵—' 소
리를 내면서 스쳐갔다. 국도라고는 해도 길은 굽이가 참 많았다. 이
굽이를 지나면 오른쪽 산기슭에 이름 모를 마을의 초가집들이 옹
기종기, 마치 나무 밑동에 다닥다닥 붙어 있는 버섯들처럼 터를 잡
고 앉았으며, 저 굽이를 지나면 이제는 기와집들이 시야 가득 들어
차고 있었다. 초가집들과 기와집들이 섞여 있는 마을에서는 대체
로 기와집들이 초가집들보다 더 높은 곳에 자리 잡고 있었다. 남쪽
의 산들은 맥(脈)으로 이어지지 않고 보통 들판 한복판에서 우뚝 솟
은 형태를 취하고 있었기 때문에 나는 그 산의 뿌리로부터 머리 끝
까지를 한눈에 파악함으로써 그것이 풍기는 위용을 만끽할 수 있
었다. 어떤 산은 우리가 어릴 때부터 배워 왔던, 산 그림을 그릴 때
으레 도식적으로 그려 넣는, 가운데 봉우리가 좀 높은, 세 봉우리

산의 형태를 그대로 취하고 있었으며, 어떤 산은 너무 길과 가까운 곳에서 솟아 있었으므로 그 꼭대기가 버스로 쏟아져 내리겠다 싶으리만큼 위협적이기까지 했다. 나는 산의 모든 것을 알아 버린 것 같은 느꺼움으로 가슴이 뛰었다. 산은 또 산대로 자신의 비밀스러운 아랫도리를 드러내 버린 어른처럼 부끄러움에 화를 내고 있는 것 같기도 했다. 무엇으로 가리랴, 그 거대한 아랫도리를…….

산의 뿌리 쪽 완만한 경사의 산기슭에 사람들은 그들의 보금자리를 꾸리고 살아가는 것이었다. 마을의 형태로 뿐만 아니라 과수원의 형태로, 계단식 밭의 형태로, 수목원의 형태로 사람들은 자연의 생명력을 빨아들이면서 기생하고 있었다. 자연과 인간의 관계는 '인간이 자연에 기생(寄生)한다.'고 표현할 수밖에 없다. 지구의 입장에서 솔직히 말하자면 자신을 가장 많이 괴롭히는 기생충이 바로 인간 아니겠는가. '가이아 이론'이 괜히 나왔겠는가 말이다. 살갗을 뚫어 지하철에 지하차도까지 내고, 무게 많이 나가는 백 수십 층의 건물로 몸통을 찍으면서 내리누르고, 수많은 유해 물질을 쏟아내어 살갗이 숨도 쉬기 어렵게 만들며, 푸르고 아름다운 지구의 상징인 바다에는 또 온갖 쓰레기들을 쏟아부음으로써 다른 생명체들까지도 병들게 만드는 것이 바로 인간이 아니고 무엇이랴. 더구나 오늘날에 와서는 이산화탄소나 메탄가스로 지구 둘레를 감싸 버림으로써 지구 온난화의 원인을 만들고 있는 존재도 바로 인간인 것이다.

그러나 또 한편 인간의 입장에서 변명이라도 해 보자면 인간이 있음으로써 자연은 예찬의 대상이 되고, 인간만이 그 목소리로, 그

유려한 필치로 자연의 아름다움을 표현할 수 있는 존재인 것을 어찌할 수 없다. '그림처럼 아름다운 경치'라고 할 때의 그 그림도 인간이 그려 주는 것 아니겠는가. 따라서 자연과 인간은 공존할 수밖에 없는 운명이다. 더불어 상생할 수 있는 생태론적 자연관으로의 이행은 금세기를 살아가는 인간 최급선무의 사명이며, 앞으로 인간이 지향해야 할 최고, 최선의 화두이기도 하다. 자연이 제 모습을 잃으면 결국 당하면서 느끼는 존재는 인간일 수밖에 없으니까.

평일인데도 버스에는 승객들이 반 넘게 타고 있었다. 나처럼 젊은 사람은 별로 보이지 않았다. 조금씩은 삶에 지쳐 있는 얼굴들을 가지고 그들은 또 다른 삶을 만나기 위하여 이 옴니버스에 몸을 실었을 것이었다. 사람의 얼굴이란 그들이 살아온 삶의 무게를 가늠할 수 있게 하는 바로미터 같았다. 아, 이 아저씨는 좀 무거운 삶을 살았군, 아래쪽 눈두덩이 밑으로 축 처져 있는 걸 보니……. 저 할머니는 양쪽 뺨이 쏙 들어간 걸 보니 자식들이 양분을 다 빼앗아 가버린 삶을 살았겠군.

오른쪽 창 쪽에 앉은 내 옆에는 나이가 좀 들어 보이는 아주머니가 한 분 앉았는데 내가 짐작하는 40대 초반의 나이 치고는 제법 고운 얼굴을 유지하고 있었다. 그녀는 자리를 잡고 얼마 지나지 않았을 때부터 조금씩 졸기 시작했다. 시간이 흐르면서 그녀의 끄덕거림은 위아래가 아니라 좌우로 변하여 어떨 때는 좌석을 벗어나 통로 쪽으로까지 고개를 한껏 떨어뜨렸는데 그러다가 고개를 떨어뜨린 상태에서 갑자기 화들짝 놀란 얼굴이 되어 눈을 살짝 뜨면서 이쪽의 눈치를 힐끗 보고는 다시 고개를 바로잡곤 했다. 그녀는 고개를 바로잡았다가 떨어뜨렸다가를 반복하고 있었다. 나는 이 아주머니의 삶의 무게를 재는 작업에 들어갔다. 지금까지도 내가 추산하는 나이에 걸맞지 않은 고운 피부를 지니고 있는 것으로 보면 이 아주머니는 풍족한 삶은 아니었을지라도 부족함은 없는 생활을 했을 것이다. 그녀는 20대 초반에 선을 보고 시집을 갔을 것이며 아이는 셋쯤 낳았을 것이다. 남편은 비교적 안정된 직업을 가진 점잖은 사람이었을 것인데 이는 그녀의 잠버릇으로 알 수 있다. 그녀의 잠은 근심을 가지고 있지 않았다. 그녀는 지금 친정에 다니러…….

왼쪽 어깨에 따뜻한 감촉과 함께 아주머니의 삶의 무게는 거기서 끝나고 머리의 무게가 느껴졌다. 그녀의 곱슬곱슬한 파마머리가 내 왼쪽 뺨을 성가시게 하면서 내 어깨에 얹힌 것이었다. 나는 움직이지 않았다. 그녀가 좀 더 편안한 잠을 누릴 수 있도록 나는 도와주고 싶었다. 그녀의 체온으로 나도 따뜻해지고 있었다. 그런데 좀 전부터 무언가 풀리지 않는 덩어리가 나의 뇌리에 달라붙기 시작했다. 생각이 날 듯 하면서도 떠오르지 않는 그런 답답함 말이다. 이 아주머니를 어디서 본 적이 있었던가?

버스는 쉬지 않고 달려갔다. 생전 처음 들어 보는 지명들도 익숙한 느낌으로 다가왔다. 청리, 옥산, 김천은 물론 알고 있었지만, 송죽, 관기, 가조…….거창에선가 버스는 휴게소에서 잠시 쉬어 간다고 했다. 버스가 서자 아주머니의 머리도 동시에 내 어깨를 떠났는데 그녀는 갑자기 눈을 뜨고 나를 쳐다보면서 미안한 표정으로 어쩔 줄 몰라 했다.

"어머나, 미안해요, 총각. 내가 실례를 했나 봐요."

"아니, 괜찮습니다. 덕분에 저도 따뜻했습니다. 괜찮습니다."

나는 웃음으로써 그녀가 미안해하지 않아도 됨을 보여 주었다. 잠시 후 그녀는 두 잔의 커피를 들고 자리로 돌아왔다. 그 한 잔을 나에게 권했다.

"아까는 죄송했어요. 어머, 여기 화장품 묻은 거 좀 봐."

그녀는 내 왼쪽 어깨를 손으로 톡톡 쳐 주었다.

"어제 여학교 동창회가 있었어요. 제 모교가 S읍에 있는 S여고거든요. 졸업하고 처음으로 참석한 동창회였는데 계집애들과 밤새도록 수다를 떠는 바람에 한숨도 못 잤지 뭐예요."

미안함을 만회하기라도 하려는 듯이 그녀가 말을 이었다.

"웬 말들이 그리도 많고 그리도 긴지……. 집 안에 갇혀만 있다가 하룻밤이라도 해방되었다는 생각으로 너도나도 한마디씩 꺼내다 보니 시간 가는 줄도 몰랐어요. 호호호."

나는 그녀가 말을 건넬 때마다 웃었고, 고개를 끄덕거려 주었다. 방해받고 있다는 느낌보다는 스스럼없이 말을 던지는 그녀가 나에게는 친근하게 느껴졌다. 버스가 다시 출발하고 있었다.

"이런, 내 말만 했네. 하여튼 아줌마들이란……. 호호호. 그런데 총각은 어디로 가요?"

나는 어디로 가고 있는 걸까? 철학자연(然)하면서 '저는 고독을 찾으러 가고 있습니다.'라고 대답해 줄까? 나의 머뭇거림이 길어지자 그녀가 답을 재촉했다.

"어디로 가요? 나는 사천으로 가요. 진주 밑에 사천이라고 있거든요. 사천 비행장 들어 봤죠?"

"아, 예. 들어 봤어요. 저는 진주 쪽으로 가고 있습니다. 초행이지만요."

나의 말이 끝나자 그녀는 화들짝 놀라는 시늉을 했다.

"초행이라구요? 진주가 초행인 사람 또 첨 보네. 호호호."

이러는 것이었다. 가지런하고 하얀 윗니가 어디서 본 것 같았다. 웃음을 살짝 멈추고 그녀가 물어 왔다.

"그러면 촉석루니, 진주성이니 이런 데도 못 가 보셨겠네요?"

"예, 사진으로는 많이 봤죠."

"아깝다. 내가 시간만 있었으면 길 안낼 해 드렸을 텐데. 쯧쯧."

그녀는 혀까지 차면서 많이 아쉬워하는 것 같았지만 진심은 아닌 듯했다.

"괜찮습니다. 말씀만 들어도 고맙습니다. 진주도 뭐 목적지는 아니고…… 그냥 혼자 여행을 하면 어떤 느낌일까 하고 무작정 나선 겁니다."

나는 묻지도 않은 내용까지 그녀에게 이야기하고 말았는데, 그녀가 의외의 반응을 보이는 것이었다.

"어머나, 혼자서 여행을요? 그것 진짜 내가 하고 싶은 거였어요. 집 안에 박혀만 있는 아줌마들의 희망 사항이에요, 그건. 가정을 벗어나 낯선 곳의 정취를 느끼면서, 지금처럼 모르는 사람들과 얘기도 나누면서, 알려진 지방 음식 찾아서 입도 만족시켜 주는 여행을

356

참 오래 전부터 꿈꾸어 왔어요, 저는."

기다렸다는 듯이 그녀는 자신의 희망 사항을 얘기했다. 나는 그녀가 저 혼자 말을 많이 함으로써 느끼게 될지도 모를 김빠짐을 덜어 주기 위하여 신경을 썼다.

"저도 이때까지 너무 갇혀만 지내 왔어요. 아까도 아주머니께서 놀라셨지만 진주도 초행이니 오죽했겠습니까? 다니면서 혼자 있는 연습도 하고, 이렇게 아주머니 같은 좋은 분 만나 얘기도 나누고, 좋은 경치 구경도 하면서 다녀 보려고 맘 단단히 먹었습니다. 모르는 사람을 만나는 것도 여행의 일부이고 그 관계 속에서 자유도 느낄 수 있겠죠?"

그녀는 얼굴을 완전히 내 쪽으로 돌려 찬찬히 나를 훑기 시작했다. 그러더니

"실례지만 직업을 물어 봐도 되겠어요? 내키지 않으면 말 안 해 주셔도 돼요."

나는 말을 할까 말까 망설였다. 모르는 사람에게 직업을 냉큼 얘기하는 것은 왠지 내키지 않는 일이었다. 자기를 이 세상 아무 데나 던져 버리는 심정이라고나 할까. 그런데 뭐 어떠랴, 싶기도 했다. 나의 망설임을 그녀가 어떻게 받아들였는지는 모르겠으나 그녀는 자신의 얘기를 시작했다.

"저는 S읍에서 이곳 사천으로 20년 전에 시집을 왔어요. 애들 아빠는 군무원인데, 군무원 아시죠? 군부대에 출퇴근하는 민간인 말이에요. 그런데 5년 전인가 진해로 발령이 나서 사천에서 진해까지 이삼 년간 출퇴근을 하다가 요즘에는 아예 부대 옆에서 하숙을 하

고 있어요. 말하자면 주말 부부가 됐죠."

스스럼없이 자신의 신상을 털어놓는 아주머니의 얘기를 들으면서 나는 머뭇거렸던 스스로를 반성했다. 이 아주머니는 나를 믿고 있는 건가? 그렇다면 나는 왜 아주머니를 믿는 데 주저했을까? 아무래도 그것은 아주머니와 나의 경험의 격차 같았다. 사람들 사이에서 오래 부대낀 이력이 사람 보는 눈을 키워 주는 것일까?

"부부가 나이가 좀 들었을 때 주말 부부가 된다는 것도 참 좋은 것 같아요. 결혼하고 몇 년 동안은 서로 붙어 지내는 게 좋을지 몰라도 결혼 생활 십 년이 넘고 또 애들도 크고 하면 부부는 가장 가까운 무촌이면서도 또 어떨 때는, 예를 들면 그렇게 살 맞대고 살았는데도 자기의 마음을 몰라 줄 때나, 상대방이 나를 헤아려 주는 데 소홀하다고 느낄 때는, 배려해 줄 것으로 기대했던 마음의 깊이만큼이나 배신당했다는 기분이 그만큼 커지는 거거든요. 상대방을 완전히 만족시켜 주는 남편이나 아내는 사람인 이상 없을 거잖아요. 시간이 흐르면서 자연히 서로에 대한 불만이 쌓여 가겠죠? 배려가 없으면서 함께 있는 건, 좀 심하게 말하면 창살 없는 감옥 같은 거예요. 거기는 총각인 거 같은데 아직은 내 말을 실감하지 못하겠지만 그래서 주말 부부는 서로에 대한 해방감도 가지게 되는 거예요. 일주일이나 보름쯤 떨어졌다 만나게 되면 새로운 느낌을 가지게 되면서 상대방의 없는 장점도 찾아보고 싶어지게 되는 거니까요. 오죽하면 이런 말이 생겼겠어요? 주말 부부는 삼대가 덕(德)을 쌓아야 운 좋은 후손 중에 얻어 걸릴 수 있는 거라고……."

몇 달 전 둘만의 저녁 식사 시간에 열변을 토하셨던 착한 눈빛 강 선생님의 말씀이 얼른 떠올랐다. 그렇다면 이러한 현상은 이미 보편성을 획득한 것인가? 연애결혼의 경우, 남녀 둘이 서로 죽고 못 사는 경지가 되어 드디어 결혼식을 올리게 되는 것으로 우리는 알고 있다. 그렇게 없으면 죽을 것 같이 서로를 갈구하던 남녀가 이렇게 서로에게 부담이 되고 짐이 되는 데 걸리는 시간은 과연 몇 년인 것인가? 자꾸만 다른 데로 뻗어나가려는 생각을 나는 애써 거두어들이고 있었다.

초면에 너무 깊은 데를 건드리고 있다는 생각이 들었지만 어색한 가운데에서도 나는 그녀의 말을 경청할 수밖에 없었다. 웃음기도 없이 그녀는 잔잔한 목소리로 자신을 드러내고 나서 나를 보았다.

'내가 이만큼 털어 놨는데 이제는 네가 밝혀 보시지.'

하는 눈빛을 읽은 나는

"이제 제 차례인가요? 교삽니다, 저는. 방학도 되고 해서 이렇게 나서 본 거예요."

하고 조심스럽게 나의 신분을 밝혔다.

"그럴 줄 알았어요. 중학교? 고등학교?"

"고등학교요."

사실 나는 지방의 교육청에서 발령을 낸 중학교 교사였다. 그런데 고등학교 학생들을 가르치고 있으니 고등학교라고 대답을 해도 거짓말은 아닐 것이었다. 그리고 일반 사람들은 중학교 교사보다는 고등학교 교사가 왠지 더 많이 알고 더 실력 있는 교사일 거라고 생각들을 하는 법이니까 두 번 볼 일 없는 이 아주머니에게 이 정도의 뻥은 괜찮을 것 같았다.

"과목은 뭐겠어요?"

내가 교사라고 하면 사람들은 열이면 아홉은 나의 생김새를 쓱 훑어보고는

"체육이죠?"

했던 것이었으므로 이 아주머니의 반응은 어떨까 하는 호기심으로 그녀에게 대답을 요구했더니 그녀는 대뜸

"그야 국어죠."

해 버리는 것이었다. 나는 깜짝 놀랐다. 여느 사람들과는 다른 그녀의 반응 때문이었다. 나는 자연히 그녀에게 되물을 수밖에 없었다.

"참 잘 맞추시네요. 어떻게 단박에 맞춰 버리세요? 다른 사람들은 열이면 여덟이 체육이라던데요."

그녀는 자신의 오른손 검지를 오른쪽 뺨에 갖다 대었다.

"흐음, 풍기는 무엇을 발견해야죠. 과목까지 맞힌 건 소 뒷걸음치다가 쥐 잡기였지만……. 겉으로 드러난 이미지만 가지고 평가해 버리면 대체로 정답에서 멀어지는 건 당연한 거죠. 선생님은…… 말씀의 내용이라든가…… 뭔가 깊은 사고를 하는 사람 같아요."

호칭이 선생님으로 바뀌어 있었다.

하정이라는 지명을 지나치고 관지라는 곳을 통과했을 때 그녀가 머리며 옷을 매무시하기 시작했다.

"이제 얼마 안 가면 진주예요. 내릴 준비하셔야 해요. 멋있는 국어 선생님."

그녀는 '국어'라는 낱말에 힘을 주면서 나를 보고 방그레 웃었다.

나는 그녀가 나이에 걸맞지 않은 매력을 가지고 있다고 생각했다.

"예, 감사합니다. 매력적인 아주머니."

나도 그녀를 흉내 내면서 인사말을 건넸다.

"매력적이라구요? 참 오래간만에 들어 보는 말이에요. 잘 봐 주서서 고맙습니다. 그런데…… 아쉽네요. 얘기를 좀 더 나누었으면 좋았을 텐데. 우리들은 뭔가 얘기가 통하는 거 같지 않아요?"

"동감입니다만 그러기에는 제가 아주머니를 너무 성가시게 하는 것이 아닌가 싶어서요."

"성가시게 하다니요? 오히려 성가시게 한 것 같아서 제가 죄송하죠. 저는 모처럼 마음속의 얘기들을 쏟아내어서 그런지 후련해요."

버스는 진주 시외버스 정류장으로 들어서고 있었다. 인구(人口)에 회자(膾炙)되는 도시의 명성에 비해서 정류장은 생각보다 크지 않았다. 겨울의 정류장은 겨울답지 않은 포근한 날씨임에도 불구하고 인적이 드물었다. 짧은 겨울 해는 어느 새 지고 정류장의 시멘트 바닥 저쪽 끝에서부터 땅거미가 기어 오고 있었다. 겨울의 저녁 무렵은 어두워가는 속도가 걸어가는 속도를 앞지르고 있었다.

"안녕히 가십시오. 아주머니."

버스에서 내려 몇 걸음 옮긴 후 나는 정중하게 허리까지 숙이면서 본의 아닌 인사를 건넸다. 무엇인가 풀리지 않은 찜찜함이 계속해서 내 머리를 감돌았지만 풀고 싶은 내 욕심이 그녀를 귀찮게 할지도 몰랐다. 그녀도 뭔가 미진한 듯한 표정이었다가 나의 인사를 당황스럽게 받았다.

"아, 예. 선생님도요. 그런데……."

"예?"

머뭇거리는 그녀를 향하여 내가 아쉬운 표정을 지으면서 시선을 던졌을 때

"선생님, 저…… 차 한잔하면 안 될까요?"

그녀가 힘겨운 용기를 내는 것 같았다. 나는 물론 찬성이었지만 냉큼

'좋습니다.'

하기도 뭣하고 해서

"댁으로 가시는 데 시간을 너무 빼앗는 건 아닐까요?"

하고 한 발을 뺐더니

"아니, 괜찮아요. 사천은 시내버스가 다녀요. 그것도 밤 늦은 시간까지……."

라는 그녀의 대답에 나는 그만 긴장을 풀어 버렸다.

"아주머니만 괜찮으시다면 저는 좋고말곱니다. 저야 아무 데서나 시간을 보내야 하니까요."

나는 그녀의 요구가 타당할 뿐 아니라 오히려 내 쪽에서 먼저 제안하지 못한 것에 대하여 미안하다는 생각을 내가 가지고 있음을 그녀가 눈치챌 수 있도록 시원하게 대답했다. 그녀의 표정이 환해지고 있었다.

정류장 부근 건물들 중 1층은 거의가 식당, 2층이나 지하는 전부 다방이라고 해도 과언이 아니었다. '진주다방', '만나리다방', '못잊어다방', '삼천포다방', '남해다방' 등등……. 당구장도 한두 군데 눈에 띄기는 했다. 우리는 정류장과 한길이 만나는 모서리에 자리 잡

은 지하의 '만나리다방'으로 들어갔다. 지하 특유의 퀴퀴한 냄새가

"어서 오세요."

라는 다방 아가씨의 소프라노 톤의 인사와 함께 우리를 맞았다. 다방 한복판에는 큼지막하고 따뜻한 연탄난로가 떡 버티고 있어 다방의 공기 전체를 훈훈하게 덥혀 주고 있었다. 난로와의 거리가 가까우면서도 구석진 곳에 우리는 자리를 잡았다. 손님은 아무도 없었다. 엽차를 가지고 콧노래를 흥얼거리면서 주문을 받으러 온 아가씨에게 우리는 누가 먼저랄 것도 없이 '커피' 하고 작게 외쳤는데 그 소리가 억양까지 일치하는 바람에 아주머니와 아가씨 그리고 나는 함께 웃음을 터뜨렸다. 따뜻하고 조용한 분위기 속에서 진한 커피 향과 인간적인 퀴퀴함이 섞여서 나는 냄새는 아늑한 느낌으로 우리를 몰아갔는데 그래서 우리는 한동안 의자 깊숙이 몸을 파묻고 그 분위기에 빠져들어 있었다.

"저⋯⋯, 선생님. 시간을 빼앗아서 미안해요."

한참 만에 자세를 앞쪽으로 당겨 잡으며 그녀가 입을 열었다. 일단 말을 꺼내기 위한 인사치레라고 나는 생각했다.

"아, 아닙니다. 아까도 말씀드렸잖아요. 저는 아무래도 괜찮다고요. 저는 이런 자유를 느껴 보기 위해서 이번 여행을 계획했습니다. 오히려 저는 이렇게 저와 함께해 주시는 아주머니께 감사드려야 합니다. 따라서 커피 값은 물론 제가 낼 것이며, 따라서 부담을 느끼시는 것 자체가 저를 괴롭히는 겁니다."

나는 상체를 그녀 쪽으로 기울이면서 제법 심각하게, 오른손 엄지와 검지를 세워 그녀의 눈앞에서 흔들어대면서까지 그녀가 가진

부담감을 없애 주려고 애를 썼다.

"그러시다면 고마워요, 선생님. 호호호. 총각이 선생님이 되니까 갑자기 높아 보이네요. 선생님, 제가 이렇게 차 한 잔을 제의한 것은 오랜만에, 정말 오랜만에 마음 놓고 얘기를 나눌 수 있는 대상을 만났다는 즐거움 때문이에요. 아줌마들이 제법 진지하게 어떤 주제를 놓고 이야기할 시간이나 대상이 일상생활에서는 거의 없죠. 아니, 전혀 없어요. 그냥 사소하고 자질구레한 얘기들, 예를 들면, 애들한테는 빨리 일어나라, 공부 좀 해라, 어지르지 마라, 방 청소 깨끗이 해라, 밥 흘리지 마라 등의 얘기, 남편한테는 좀 씻어라, 담배 피우지 마라, 일찍 다녀라, 술 좀 마시지 마라 같은 얘기들만 있고, 그야말로 논리적인 담론은커녕 두세 번 이상 내용이 연결되는 대화를 나누어 보지를 못하지요, 가정에서는. 그러니까 식구들한테는 쓸데없는 꾸지람이나 하고 생산성 없는 말이나 주절대는 잔소리쟁이로 낙인 찍혀서는 엄마나 아내를 슬슬 피하게 만들고 마는 거예요. 선생님, 저는 D대학의 불문과를 다니다가 2학년 때 중퇴해 버려서, 그놈의 결혼이 뭔지, 변변한 졸업장 하나 없지만, 아직은 '실 부 쁠레', '쥬 뗌므', '꼼시꼼사' 같은 말이야 기억에 남아 있지만요, 제가 이 세상에서 제일 좋아하는 음악이 샹송이고요, 그중에서도 제일 좋아하는 노래가 비키 레안드로스가 부른 '너 떠난 후 [Après toi(아프레 뚜아)]'에요, 호호호, …… 제 마음 한 켠에는 진지한 대화를 나누고 싶은 갈증이 언제나 고여 있었어요. 재수 없게도 선생님이 저한테 걸려 버렸지만 말이에요. 호호호."

그녀는 웃음과 한숨을 섞어 가며 숨도 쉬지 않을 듯이 꽤 길게 이야기를 늘어놓았는데 나는 그녀의 심정을 이해할 것도 같았다. 사람은 말을 통해 자신을 드러내면서 카타르시스도 함께하게 되고, 대화를 통해 서로 간의 생각이나 감정을 읽음으로써 상대방에 대한 이해의 깊이나 폭을 더하게 되는 것이었다. 나는 재수가 없는 게 아니었다. 그녀의 선택을 받았다는 데 대해서는 오히려 그녀에게 감사해야 할 일이었다. 그리고 바로 그때 내 뇌리에 들러붙어 있던 묵지근한 덩어리가 뚝 떨어져 나가는 듯한 후련함을 나는 맛보게 되었는데 그것은 '불문과'라는 그녀의 힌트로 인해서였다. 그녀와 대면하면서 어쩐지 친근한 느낌이 들었던 것도 이제 생각해 보니 대학 2학년 초, 학교에서 나 혼자 속을 끓였던 불어교육과의 유정희와 이 아주머니가 참으로 닮은꼴이었기 때문이었다.

유정희는 나와 같은 학년의 불어교육과 여학생이었는데 동글동글한 작은 얼굴에 자그마한 체구가 오히려 그녀의 매력 포인트였다. 내가 1학년을 교양과정부에서 마치고 2학년 올라가면서 사범대학 건물로 등교를 시작했을 때 맨 처음 내 눈에 들어온 다른 과의 여학생이 바로 그녀였다. 3월 초의 어느 날, 사대 건물 바깥 계단을 혼자서 올라가고 있었을 때 위쪽에서 웬 외국인 남자와 말을 주고받으며 웃으면서 내려오는 그녀를 쳐다본 순간 나는 그녀가 인형 같다고 생각했다. 하얀 이를 빛내면서 뭔가 재잘거리며 미소 지으며 나는 알아듣지도 못하는 외국어로 외국인 남자와 말을 주고받는 그녀는 내 손이 닿지 않는 먼 저편의 파랑새처럼 느껴졌다. 그 후로도 자주 나는 그녀와 마주치거나 지나치거나 했는데 그때마다 그녀는 예의 그 외국인 남자와 동행이었다. 나는 그녀에게 접근할 기회를 노렸다. 그녀가 설마 같이 다니는 그 외국인 남자와 사귀는 건 아니겠지? 그 외국인 남자는 그녀가 프랑스어를 배우기 위하여 전략적으로 가까이 하고 있는 존재일 것이라고 나는 혼자 결론을 내렸다.

어느 날 같은 과 동기들과 계단에 붙어 서서 노닥거리고 있었을 때 저쪽에서 그녀가 그놈을 동반하고 나타났다. 나는 이때다 싶어 고등학교 때 선택으로 배운 불어 실력을 드러내기로 작정했다. 그것이 불어교육을 전공하는 그녀의 관심을 끌 수 있는 유일한 길이라고 생각했기 때문이었다. 그들이 가까이 오기를 기다렸다가 나는

"엥, 되, 트화, 까트흐, 셍……"

하면서 프랑스어로 일, 이, 삼, 사, 오를 외치기 시작했다. 갑작스러운 나의 외침에 동기들은 눈을 휘둥그렇게 뜨면서 나를 멀뚱멀뚱 쳐다보고 있었다. 여기서 주의해야 할 것은 프랑스어의 발음 중에서 'r(에흐)' 발음을 정확히 해야 한다는 것이다. 'r' 발음을 놓쳐 버리면 이런 유치한 작전은 먹혀들지 않을 뿐 아니라 나아가 내 프랑스어의 천박한 수준을 스스로 폭로해 버리는 위험한 작업이 될 것이기 때문이었다. 영어의 혀굴림소리인 'r'과 달리 프랑스어의 'r'은 프랑스어를 사용하지 않는 외국인들에게는 특히 어려운 발음이었다. 프랑스어의 'r'은 입 안의 아래쪽에서는 혀 뒷부분의 면과 입 안의 위쪽에서는 입천장의 경구개와 연구개가 만나는 경계면 사이에서 만들어지는 통로를 좁게 하여 그 좁은 틈으로 공기를 밀어내는 과정에서, 이때 성대로부터 나오는 공기가 경계면에 부딪치면서 그

공기의 강도로 인해 연구개의 말랑말랑한, 부드러운 부분이 목젖과 함께 떨리며 나는 소리인 것이다. 우리말 발음에는 그 소리가 없다. 구태여 닮은 발음을 얘기한다면 'ㄱ'과 'ㅎ'의 중간음쯤이 되지 않을까. 그렇다고 'ㄱ'과 'ㅎ'이 축약된 'ㅋ'으로 발음된다는 건 아니다. 'ㅋ'은 'ㄱ'과 'ㅎ'을 합친 음이니까. 별로 탐탁한 소리는 아닌데도 은근히 귀를 집중시키는 효과를 가진 음이다. 프랑스어를 듣고 있으면 물 흐르듯 이어지다가도 사이사이에 한 번씩 'r'이 툭툭 나서 주는 바람에 그래도 프랑스어가 '야, 이놈 이거 한 성깔 있는 말이네.'라는 느낌을 청자로 하여금 가지게 하니까 말이다. 우리 글자로는 아무래도 'ㄱ'보다는 'ㅎ' 쪽으로 표기하는 것이 완전하지는 않더라도 가까운 표기가 될 것이다.

그들은 우리들 앞을 조심스럽게 지나치려다가 나의 '엥, 되, 트화, 까트흐, 셍……'을 듣고는 내 옆에서 발걸음을 멈추었다. 나는 의도하지 않은 것처럼 눈을 크게 뜨면서 그들의 멈춤이 의외라는 표정을 지었다.

"고 온."

그놈이 재촉했다. 나는 육, 칠, 팔, 구, 십을 읊기 시작했다.

"시스, 세뜨, 위뜨, 뇌프, 디……."

"엑설런트!"

그놈이 칭찬했다. 그런데 그놈은 프랑스인일 것 같은데도 왜 영어로 얘기하는 것일까? 이제 그들은 미소를 남기고 막 자리를 뜨려하고 있었다. 거기서 나는 한 걸음 더 나아갔다.

"메 농."

그들이 다시 걸음을 멈추었다. 그놈과 그녀가 눈을 동그랗게 떴다. 그놈은 나에게 손을 내밀기까지 했다.

"꼬망 딸레 부. 유어 프렌치 이즈 베리 엑설런트."

"트헤 메흐시."

나는 내친 김에 끝까지 프랑스어로 밀고 나갔다. 그러나 거기까지가 나의 한계였으며 다행히 그들도 나의 한계를 침범하면서까지의 관심은 보이지 않고 바쁜 듯이 그 자리를 떠났는데, 중요한 점은 그녀가 가다가 잠깐 뒤를 돌아보고는 나에게 그 하얀 이를 드러내면서 부드럽고도 예쁜 미소를 날려 주었다는 것이었다. 그때부터 나는 내가 말만 건네면 그녀가 받아 줄 것 같은 생각으로 하루하루를 보냈다. 4월 어느 날, 고등학교 때의 친구가 자신이 다니는 대학의 축제에 파트너를 데리고 놀러와 달라는 초대를 했을 때 기회를 엿보고 있던 나는 우연인 것처럼 유정희에게 다가가 정중히 부탁했다.

"저, 저의 파트너가 되어 Y대학의 축제에 함께 가 주지 않겠습니까?"

그녀는 나를 힐끗 쳐다보더니 일언반구도 없이 그 조그만 몸을 홱 돌려 그 자리를 떠나 버리는 것이었다. 못된 계집애……. 나는 닭 쫓던 개가 되어 버렸다.

이 아주머니가 그 유정희를 빼다 박은 것이었고, 나는 그 사실을 '불문과'라는 낱말을 들었을 때부터 절감했으며, 그 느낀 시점부터 아주머니는 유정희가 되고 말았다. 지금쯤 유정희는 결혼을 했을까? 생각에 빠져 있던 나는 아주머니가 모처럼 가지게 된 대화 분

위기를 망치게 하고 싶지 않았으므로

"그래요. 말이라는 게 지나치면 탈이 나는 거라서 말조심하라는 속담이나 격언도 많이 생겼지만, 하고 싶은 말을 꾹꾹 참으면서 하지 못하고 살아가는 것도 어려운 일 같아요. 오죽하면 불교에서도 묵언 수행이라는 걸 하겠습니까. 또 하고 싶은 말을 참고 참게 되면 답답증 때문에 정신 건강까지도 해치게 된다고 하잖아요. 아주머니의 말씀에 대해서는 진심으로 공감합니다. 말을 안 하게 되면 나중에는 자기 혼자 중얼중얼한다잖아요. 일종의 정신병이겠죠, 심각하지야 않겠지만."
라는 말로 그녀의 즐거운 푸념에 호응해 주었다.

어떤 처녀 교사가 있었다. 그녀는 몇 년 동안이나 사귀었던 애인의 프러포즈를 기다리다가 지쳐 버렸다. 그 애인이 자신을 사랑하고 있다는 건 알고 있었지만 그녀는 그 남자로부터의 진심 어린 청혼이 듣고 싶었다. 그러나 그 남자는 어찌된 일인지 미루적거리기만 했다. 그녀의 부모는 남자의 가난을 이유로 내세우며 그와의 결혼을 반대하는 입장이었다. 기다리다 지친 그녀는 우유부단한 자기 애인에게 본때도 보일 겸 새로운 남자에 대한 호기심도 충족시킬 겸 겸사겸사 복도식 아파트의 옆집의 옆집에 사는 이웃집 아줌마의 주선을 통하여 처음으로 맞선을 보게 되었는데, 아뿔싸, 그 맞선남은 그녀의 미모에 홀딱 빠져 그야말로 물불이나 밤낮조차 가리지 않고 그녀에게 대시해 오는 것이었다. 나아가 맞선남의 집안쪽에서는 이 처녀 쪽의 동의도 구하지 않고 청혼서를 보낸다, 사성

을 보낸다는 등 결혼 절차를 차근차근 밟아 나간 것이었다. 처녀 쪽
에서 망설이며 끌려가는 사이에 어느 새 패물이 오고갔으며 결혼
식의 날짜가 잡혀 버렸다. 맞선남과 처음 만난 때로부터 한 달을 조
금 넘긴 시점이었다. 뒤늦게 정신이 퍼뜩 든 처녀는 그 결혼을 물리
기 위해서 단식 투쟁에 들어갔다. 그러나 쓸데없이 완고하기만 했
던 그녀의 아버지는 이미 잡혀 버린 결혼 날짜를 상기시키며 그녀
를 압박했다. 처녀 아버지의 고집에 의하면 결혼을 물리는 것은 집
안의 체면을 손상시키는 것이었고 나아가 주변의 따가운 눈총을
피하기 어렵다는 것이었다. 그놈의 체면이 한 여자의 평생과 바꾸
어지는 순간이었다. 그 처녀 교사는 해골 같은 얼굴로 울면서 등 떠
밀려 결혼식장에 섰다. 처녀의 집안에서는 그녀의 옛 애인이 결혼
식장을 망칠지도 모른다는 기우까지 곁들이면서 식장을 사설 경호
단체에 의뢰하여 경호원들로 삥 담을 쌌다. 처녀는 결혼하여 경기
도 안산에 신접살림을 차렸다. 여자는 집안 살림만 해야 한다는 사
고방식을 가진 신랑의 종용에 의하여 교사직에는 사표를 냈다. 설
마가 불러온 사랑 없는 신혼 생활은, 의무적이어서 고통스러움으
로 점철되는 잠자리와 대화 없는 대면 시간 속에서 하루, 이틀, 한
달, 두 달이 흘러갔다. 더구나 신랑은 무뚝뚝함을 남자다움으로 착
각하며 성실함을 무기로 삼는, '땡출땡퇴', 즉 시간 맞춰 출근하고
시간 맞춰 퇴근하는 것을 미덕으로 아는 전형적이며 고지식한 샐
러리맨이었다.

어느 날 그녀는 혼자 손빨래를 하고 있었다. 열심히 비누를 문
질러대고 빨랫감을 치대면서 그녀는 혼자서 중얼거리고 있는 자

기 자신을 발견한 것이었다. 자기가 뜻 모를 얘기를 주절대고 있다는 것을 깨달은 순간 그녀는 정신이 번쩍 들었다. 언제부터 그런 증상이 나타났는지는 그녀도 알지 못했다. 아는 사람 하나 없는 객지에서 몇 달 간이나 말을 놓쳐 버린 그녀의 잠재의식이 선택한 것은 '혼자서 중얼거리기'였던 것이다.

영어과 노처녀 성 선생으로부터 들은 이야기였다.

"정말 그래요. 할 말은 하고 살아야 해요. 그런데 같은 여자끼리보다 남자와, 특히 선생님같이 멋있는 남자와 얘기를 나누면 더 즐거워져요. 왜 그런지 선생님은 아세요?"

그녀가 배시시 웃으면서 얘기를 이었다. 그녀는 성(性)을 들먹거리기 시작했는데 그것은 우리들 사이의 이야기에 새로운 화제가 덧붙여짐을 의미하는 것이었다. 만약에 여기서 내가 성을 배제한 이야기를 하게 된다면 그녀는 다람쥐 쳇바퀴 돌리는 식의 이야기 전개에 약간의 지루함을 느낄 것이겠고, 지금의 이 자리가 가지는 의의는 훨씬 줄어들어 버릴 것이었다. 지금의 이 자리도 결국 우리들이 남자와 여자이기 때문에 마련된 것이 아니겠는가. 성이란 참으로 남녀 사이의 영원한 화두인가 보았다.

"그건 저보다 더 많이 살아 보신 아주머니께서 더 잘 아실 텐데 그걸 저한테 물어 보시니까 좀 그렇습니다. 그런 현상은 생식 본능을 바탕에 깐 인간의 속성이겠죠, 뭐."

어떤 의도를 깔면서 나는 단도직입적으로 접근했다. 유정희는, 아니 아주머니는 조금 당황하는 표정이었다. 미처 예측하지 못한 대답이어서인 것 같았다.

"호호호. 결혼도 안 한 총각이 그렇게 얘기하니까 안 어울려요. 남녀 간의 만남은 생식을 전제로 한다? 그것 참 원초적인 답변이네요. 말이 될 것도 같고, 어떻게 생각하면 지나친 것도 같고……. 호호호."

그녀는 웃음으로 자신의 애매한 입장을 얼버무렸는데 나는 내친 김에 이렇게 물었다.

"그렇다면 아주머니께서는 인간이 태어나고 살아가는 궁극적인 목적이 무어라고 생각하십니까?"

나를 바라보면서 한참을 생각하던 그녀가 말했다.

"그야 태어나서 건강하게 자라고 공부 잘해서 좋은 직장 얻고 좋은 배필 만나서 예쁜 아들 딸 낳고 살다가 퇴직해서 여유 있는 세월 보낸 후 저세상으로 가는 거겠죠."

"그건 과정이지 목적은 아니잖아요. 궁극적인 목적은?"

"글쎄, 궁극적인 목적이 무엇일까요? 잘 사는 거?"

그녀의 대답이 제자리 뛰기를 하고 있었다.

"선생님, 선생님이 한번 말해 봐요. 인간 삶의 궁극적인 목적이 뭔지……."

살아온 이력을 발휘하면서 그녀는 부드럽게 나에게로 대답을 넘기고 있었다.

"아주머니, 그러면 제가 생각하는 삶의 목적을 말씀드릴게요. 단, 제 견해에 이의가 있다면 언제라도 반론을 제기하십시오."

나는 그럴 듯한 토론거리를 제시하는 양 제법 거창하게 얘기를 시작했는데 그 이유는 그녀가 앞서 얘기했던 '논리성 없는 잔소리나 늘어놓는 잔소리쟁이'라는 자기 소개를 염두에 둔 것이었다. 양 팔꿈치로 탁자를 누르고 두 손을 깍지 낀 채 그걸로 턱을 받치면서 그녀가 내 얼굴 쪽으로 자신의 얼굴을 바짝 들이밀었다.

"말씀하세요."

"예, 시작합니다. 인간이 이 지구상에 나타난 이후 지금까지 수백만 년 동안, 인간들은 자신들과 똑같은 개체들을 생식 활동을 통하여 번식시킴으로써 그 종을 유지시켜 왔습니다. 그러면서 한편으로는 돌 쪼개던 문명으로부터 이렇게 머나먼 별로 우주선 띄우는 찬란한 21세기의 현대 문명으로까지 문명과 문화를 발전시켜 왔습니다."

나는 말을 끊었다. 이 아주머니에게는 내가 많은 지식을 가지고 있으며 그렇게 호락호락한 인물이 아니라는 것을 보여 주어야 한다. 일관된 주견을 견지하고 있음도…….

"아니, 문화에는 발전이라는 용어가 안 어울리겠죠? 저는 문화 상대론적 입장이니까……. 문화는 시대와 문명 발전의 흐름에 맞추어 변화한다고 해야 그 표현이 적절하겠죠? 무슨 말이냐 하면, 미개한 원시 문화니, 세련된 서구 문화니 하는 구별은 하면 안 된다는 거죠. 문화에 발달 단계가 있는 것이 아니라, 우리들 눈으로 봤을 때 어떤 집단이 아무리 저급한 삶의 양식을 가졌다 하더라도 그 문화는 그 지역의 풍토성이나 그들의 오랜 관습, 또는 그들이 생명과 종을 이어가기 위한 필연적인 선택으로 인하여 그런 양태를 띨 수밖에 없었다는 거죠. 그래서 문화에는 변화라는 용어를 써야 한다는 것입니다. 문명이 발달하게 되면 그에 따라 문화가 변화하게 되고, 문화가 변화하게 되면 부분적이나마 문명도 영향을 받게 되니까 저는 문명과 문화가 상보적 관계에 있다고 보는 것이죠."

이렇게 나름대로의 문화관을 언급한 후 나는 말을 이었다.

"하여튼 언뜻 보면 이렇게 문명을 발달시키는 것이 우리 인류가, 우리를 이 지구에 떨어뜨려 준 쪽이 신이든 자연발생적이든 상관없이, 부여받은 사명이 아니냐 하고 생각할 수 있습니다. 따라서 인간의 출생 목적은 인류 문명의 발달에 이바지하는 것, 이렇게도 생각할 수 있습니다. 그런데 아주머니, 만약에, 만약에 말입니다. 오 세기나 십오 세기쯤에서 그 당시 지구에 살고 있던 인간들이, 자신들이 감당하지 못할 엄청난 재앙을 만났다거나, 공룡들이 운석 만나듯, 유럽 대륙에 페스트 창궐하듯 말입니다, 혹은 살아야 할 의미나 삶의 가치를 발견하지 못하고 절망과 퇴폐에 빠져 저 혼자 아무렇게나 살다 가면 그만이라는 세기말적 사상에 취하여, 자신들의 후손을 번식시키지 못했다면 어떻게 되었겠습니까? 그랬다면 그 이후 지구상의 문명이 계속 발전할 수 있었겠습니까? 발전은커녕 유지조차 되지 않았을 거라는 건 불 보듯 뻔한 상황 아니겠습니까? 그러면 이 세상에 태어난 인간으로서 가장 우선적으로 수행해야 할 것이……."

"잠깐만."

그녀가 오른편 손바닥을 펴서 나의 말을 제지했다.

"그렇다면 죽어라고 성행위만 파고들어야 된다는 말인가요? 그래서 자손 번식에만 신경을 써야 한다는 말씀인가요?"

그녀는 드디어 성에 대한 노골적인 담론에 접근하고 있었다. 그녀가 다시 물음을 덧붙였다.

"문화를 창달한다거나 인간답게 산다는 것들은 무시되어야 한다는 말인가요?"

내가 말을 이었다.

"그렇게 단편적으로 반론을 펴지는 마십시오. 조선 시대에는 혼인을 했는데도 잉태하지 못한 여자가 자기 손으로 시앗을 데리고 와서 그 집안의 핏줄을 유지시키기도 했다지 않습니까? 부처님도 돌아앉는다는 그 시앗을 말입니다. 자손을 유지시켜야 한다는 욕구가, 압력이라고 볼 수도 있겠지만요, 그 꼴도 보기 싫은 시앗을 질투하면서도 동거해야 한다는 불편한 감정을 이긴 것이죠. 제 말씀은 자, 문명의 발전이 우선이냐, 종의 번식이 우선이냐, 즉 둘 중의 하나만 선택하라고 했을 때는 지극히 당연하게도 종의 번식이 우선이라는 것입니다. 비록 그 후손들이 어리버리해서 이때까지 선조들이 구축해 놓은 문화를 갉아먹고 파괴시키는 행위를 한다 할지라도 우선 종족이 유지부터 되어야 한다는 것이지요. 뜬금없지만 6·25 때 얘기를 좀 해 보겠습니다. 폭탄이 자그마치 30만 톤이나 퍼부어졌다는 그 유명한 백마고지 전투에 참가했다가 신의 가호로, 문자 그대로 구사일생으로 살아 돌아온 어느 참전용사의 말입니다. 그에 의하면 방금 폭탄이 떨어져 터진 자리에 생긴 폭탄 구덩이를 골라 ― 폭탄은 한 번 떨어진 자리에 다시 떨어지는 일이 없다고 하던데 이 말이 맞는 건지는 잘 모르겠습니다 ― 몸을 숨기기를 되풀이하는 정신없는 상황에서도 입대하기 전 어머니의 말씀

이 계속 머릿속을 맴돌았다고 하는데요. 그 어머니 말씀이

"아이고, 이 일을 우짜겠노. 우짜믄 좋노. 저놈아 씨도 못 받아놓고 이래 보냈다가 저놈아 덜컥 황천길 가고 나마, 이 시상 태어나서 지 씨 하나 못 냉기고 총 맞아 죽고 나마 이 에미는 무신 민목이 있어 저승 가서 지 애비 대하겠노. 아이구, 얄궂은 인생, 얄궂은 시상이라. 야, 이놈아야, 꼭 살아 댕기오니라. 꼭 살아 댕기와서 열 놈이고 수무 놈이고 니 씨를 이 시상에 쫙 쏟아삐리래이."

이었답니다. 궁극의 상황에서 떠오른 어머니의 그 말씀을 곱씹으면서 그는 자신의 당면 목표를 '살아남아서 씨 뿌리기'로 정했다는 거 아닙니까. 따라서 제가 생각하는 인간 삶의 궁극적인 목적은 자신의 삶의 과정에서 자신과 같은, 또는 자신과 닮은 자손을 생산해 내는 것입니다. 그래서 그 후손들이 계속해서 이 지구상에 존재하게 하는 것입니다. 이상으로 본 토론자는 발언을 마치겠습니다."

나는 손바닥으로 탁자를 탕, 탕, 탕 세 번 쳤다. 그녀는 갑자기 까르르 웃음을 터뜨렸는데 나의 별로 재미없는 행동에도 적극적으로 웃어 주는 그녀가 나에게는 예쁘게 보였다, 나이를 잊게 할 정도로. 새삼스럽게 그녀의 가지런하면서도 하얀 이가 내 눈을 자극했다.

"자, 수고했어요. 여기 엽차 한 모금 마시시고……."

재미있는 표정을 지으면서 그녀는 자신의 엽차 잔을 내 쪽으로 밀어 주었다.

"예, 감사합니다. 마담 누구?"

나는 엽차를 들이켜면서 그녀의 성을 물었다.

"윤이에요. 이름은 알 필요가 없겠죠, 므슈?"

"최가(崔哥)ㅂ니다. 저도 이름은 얘기하지 않겠습니다. 하하하."

우리들은 재미있어서 웃음이 나왔다. 우리들은 서로의 얼굴을 자연스럽게 보면서 재미있다고 웃어댔다.

"그렇다면 므슈 최, 즐기기 위한 성은 없나요? 매번의 성행위가 번식만을 목적으로 해야 하나요?"

그녀가 웃음기 가득한 눈으로 나에게 물었다.

"생물학적인 입장이 어떤 건지는 제가 그 방면에 문외한이어서 잘 모르겠지만, 초기 인류는 지금의 동물들과 같은 생식 시스템을 가지지 않았을까요? 암컷의 발정기에 맞추어 생식의 주기가 정해져 있는, 그야말로 번식만을 목적으로 하는……. 그러다가 인지가 발달하고 자연과의 투쟁에서 우위를 점하게 되자 여유가 생긴 인간들은 환경에 적응해 나간 결과, 성의 또 다른 측면을 발전시키게 된 것이겠지요. 생식 시스템도 여유에 맞추어 지금처럼 변화, 유전되어 오면서요. 그 가운데에서 즐기는 성도 하나의 문화로 자리 잡게 된 것이 아닐까요? 인간의 역사를 성 문화의 성쇠(盛衰) 측면에서 살펴보는 시각도 상당히 재미있는 결과를 보여 줄 것 같아요. 즉 어떤 시대에는 성을 억압했는데 어떤 사회 현상이 나타났으며, 어떤 시대는 성 문화가 문란했는데 어떤 현상이 일어났다는 것 들을 연구해 보면 성 문화가 이 사회에 어떤 힘으로 작용하는가, 또는 사회 현상이 성 문화를 어떻게 변화시키는가 하는 것이 보일 것도 같아요. 말이 좀 빗나가 버렸지만 제 말씀은 인간 존재의 궁극적인 목적이 바로 후손을 퍼뜨리는 것이고 과정이야 어떻든 그것은 성 행위를 통해서만 이루어질 수 있다는 것이니까……."

"예, 알겠어요, 무슨 의민지는."

그녀가 말을 끊었다. 그녀는 뜨거운 엽차를 다시 시켰고 후-후-불면서 그것을 마셨다.

"얘기 잘 들었어요, 므슈 최. 그렇다면 선생님은 성의 개방에 대해서는 어떻게 생각하세요? 지금 이 시대에도 마음이 서로 맞는 대상끼리는 몰래몰래 성을 나누고 있지만요."

나는 엽차 잔으로 향하던 손을 멈칫 했다. 그녀의 보다 적극적인 질문이 순간적으로 나를 당혹스럽게 만들었던 것이다. 나는 갑자기 조심스러워졌다. 내 대답의 내용이 그녀로 하여금 마음으로부터 나를 받아들이게 하느냐 마느냐의 기로가 될 수 있을 것이라고 생각했기 때문이었다. 고백하자면 나는 '불문과'라는 말이 그녀의 입에서 나온 그 시점부터, 즉 그녀가 유정희처럼 하얗고 가지런한 치아로 웃어 줄 때부터 그녀를 떠나보내기 싫다는 욕심을 점점 키워가고 있었던 것이다, 나의 내부에서……, 그것도 깊숙하고 진하게……. 나는 오래간만에 머리를 굴렸다.

'그녀가 자신의 질문에 책임지도록 만들어 버리자.'
라고. 나는 거꾸로 질문을 던졌다.

"마담 윤께서는 그 문제에 대해서 어떻게 생각하십니까? 이때까지 제가 말을 많이 해 왔으니까 그 문제는 마담 윤의 고견을 먼저 들어보는 게 좋을 것 같은데요."

나는 '고견'이라는 낱말에 힘을 실어 그녀를 똑바로 바라보며 말했다. 잠시 뜸을 들이던 그녀가 작정한 듯이 말을 꺼냈다.

"저는 이 사회의 질서를 해치지 않는다면 성은 개방되어도 괜찮다고 생각해요. 물론 그때의 칼자루는 여자 쪽에서 쥐어야 한다고 생각하구요. 다시 말하면 남녀 두 사람의 마음이 일치되어 이루어지는 성 관계를 죄악시해야 할 필요는 없다는 거죠. 대상자가 기혼이든 미혼이든 상대방에 대한 이끌림, 즉 개인의 자유 의지와 연결시켜 본다면 근본적인 인권(人權)의 문제와 이어질 것 같아요, 그건."

마치 평소에 거기에 대한 생각을 많이 해 놓아서 미리 준비된 듯한 답변이었다. 그것이 인간의 타고난 권리라는 문제와 결부시키면서 그녀는 명쾌하게 대답했다.

"동의합니다, 전적으로. 상당한 내공이신데요."

나는 흔쾌히 답했다. 여기서 나는 그녀의 생각을 북돋워 주어야 할 의무감, 또는 그녀가 나를 자신과 같은 견해를 가진 동류로 인식하도록 만들어야 한다는 조급함 같은 것을 느끼면서 이렇게 덧붙였다.

"좀 전에 제가 성에 대한 인식과 사회적 현상이 어떤 관련성을 지닐 것이라고 말씀 드렸죠? 저의 짧은 견해지만 역사나 문학을 통해 접근해 본다면 고려 시대를 포함해서 그 이전에는 성이 대체로 개방적이었는데, 삼국 시대의 설화를 접하거나 고려 시대의 '만전춘'이나 '쌍화점' 같은 작품들을 보면요, 그 시대의 사회적 활동들은 상당히 활발했던 것 같아요. 특히 오늘날 우리의 국호인 KOREA가 '고려'에서 유래했다는 건 잘 알고 계시지요? 그만큼 대외적으로, 국제적으로 활발한 활동을 벌였다는 증거가 되겠죠. 그런데 조선 시대에 들어오면서 국가 정책에 기인된 것인지는 모르겠지만 성 문화는 위축되게 되었고 따라서 그 시대는 사회적 활동 또한 침체되었다는 느낌을 분명히 가지게 되는 것이지요. 겨우 중국 쪽 한 방향으로만 온 시선을 쏟아 부어 그들의 눈치를 보고, 열린 지식인이라는 북학파들조차도 중국 청나라가 먼저 수입해 놓은 서구의 문명을 받아들이자는 쪽으로 노선을 정하지 않았습니까? 사실 우리의 반만 년 역사 중에서 조선 시대가 성 쪽으로나 문호의 개방 쪽으로나 가장 폐쇄적인 분위기를 풍기고 있습니다. 그것이 결국 국권 상실이라는 비극으로까지 이어졌던 것으로 생각합니다. 오늘날의 성 문화가 일부에서는 문란하다고들 하지만, 저는 문란이라는 표현보다는 개방이라는 표현이 더 적절할 것 같은데요, 그러한 개방적 성 문화가 다른 분야의 활발한 활동들을 이끌어가는 모티프로 작용하고 있는지도 모를 일이지요. 즉 본능에 가까이 접근할수록, 욕구의 분출이 자유로울수록 인간이라는 종은 더욱 에너자이저(energizer)가 된다는 것이지요.”

그녀의 대답이 나의 생각과 일치하기도 했거니와 성의 개방을 ‘인권’이라는 개념과 연결시키고 있는 그녀의 내공이 상당하다는 느낌을 내가 받았기 때문에 나는 마음 놓고 어설픈 논리나마 펴게 되었던 것이다. 인간의 존재 자체가 인간이 만들어 낸 어떠한 가치보다 우선한다면, 즉 당연한 말이지만, 목적이 도구보다 중시되어야 한다면, 존재에 있어서의 존재의 욕구 표출이란 바로 권리의 행사와 동의어가 될 수 있는 것이었다. 자신의 견해를 인정해 주는 나를 바라보면서 그녀는 다음에 해야 할 말을 생각하고 있는 것 같았다.

조금의 뜸 들이는 시간이 지나고 그녀가 입을 열었다.

"사회적 관습과 개인의 욕구가 충돌할 때 선생님은 어느 쪽을 택하시겠어요? 단, 공동체의 질서는 유지되어야 한다는 전제하에서요."

그녀가 진지한 표정을 감추려 하지 않고 물어 왔다. 정말 칼자루를 그녀가 쥐고 있는 느낌이었다.

"관습이나 의무가 공동체를 유지하기 위해서 필요한 것이기 때문에 그것과 개인의 욕구는 언제나 충돌하겠죠? 시도 때도 없이 말입니다."

이렇게 운을 뗀 뒤 나는 말을 이었다.

"그건 그렇다 치고, 관습이 형성되기 이전에 개인이 존재했겠죠? 무리의 형성이 미미했을 때에는 관습이란 게 뿌리내리지 않았을 거잖아요. 그러다가 무리가 점점 커지면서 어떤 질서가 필요하게 되었을 것이고 …… 무리의 우두머리들을 중심으로 법이니, …… 관습이니 따위의 기초가 만들어지기 시작했을 것이잖아요. 지배 계층은 …… 자신들의 지배를 가능하면 오래, 또 편하게 하려는 욕심을 섞어 …… 거기에 옷을 입히고 온갖 장식을 더함으로써 부풀려진 관습이나 의무 속에 …… 일반 대중들을 가두어 버리고, 그걸 조금이라도 어길라치면 대단한 잘못이라도 저지르는 것 같은 인식을 가지도록 …… 대중들은 길들여지게 된 거죠. …… 옛날의 …… 멍석말이 같은 경우가 그 예가 될 수 있겠죠, 관습이 개인의 생명보다 우위에 존재하는……. 따라서 관습들 중 많은 것들이 …… 개인의 욕구와 상충되게 되어 있을 것입니다. 공동체 내에서 편안하고

…… 무리 없는 생활을 영위하려면 관습을 따르며 의무를 수행하며 …… 자신을 억제하며 살아가는 게 좋을 것이지만, 어떤 관습이 …… 내가 하고자 하는 행위와 정면으로 배치(背馳)될 때, 그리고 나는 그 행위를 하지 않으면 내 존재를 유지시킬 …… 하등의 이유를 찾아내지 못할 때, 이 사회는 그것을, 아까 마담께서도 인권을 운운하셨지만, 인권적인 측면에서라도 …… 묵인해 주어야 할 것이라고 저는 생각합니다. 휴우--."

정리되지 못한 견해나마 나는 생각을 거듭하면서 말을 이었고 마지막에는 한숨까지 뒤따랐다. 그녀가 웃으면서 고개를 끄덕였다.

잠시 침묵이 흘렀다. '12'자 밑에 '진주다방연합회'라고 쓰인, 벽에 걸린 커다란 둥근 시계가 돌리는 초침이 느릿느릿, 그러나 분명히 째깍째깍 돌고 있었다. 다방 전체가 공명통이 되어 돌아가는 초침 소리를 받아치고 또 받아쳤다. 시간이 제법 흐른 것 같았다. 나는 이 시간이 끝나지 않았으면 하고 생각했다.

선수를 쳐? 여자들은, 특히 아줌마들은 그 대상이 누구든 간에 밥을 챙겨 주려는 속성을 가지고 있다.

"아주머니, 말을 많이 했더니 배가 고파요. 괜찮으시다면 제가 저녁을 대접해 드리고 싶은데요."

"이런, 내가 총각 선생님 학설을 듣느라고 시간 가는 줄 몰랐네. 가요, 누가 사든지요."

바깥은 벌써 어둠으로 가득 차 있었고 인적은 거의 끊어져 있었다. 밤공기는 차갑지는 않았지만 저도 모르게 어깨를 움츠리게 하는 스산한 기운이 거리를 유령처럼 떠돌고 있었다.

"좀 천천히 가요, 선생님. 다리 긴 게 저한테는 불편하네요."

내가 속도를 늦추자 따라온 그녀가 살그머니 나의 팔짱을 꼈다. 나는 어색해하지 않으려고 노력했으므로 그녀도 편안한 느낌을 가지는 것 같았다. 그녀가 밀착해 왔다. 내 왼쪽 팔뚝이 그녀의 가슴을 느끼고 있었다. 내 머릿속에는 수봉 골짜기의 장면이 떠오르고 있었다.

비교적 깨끗한 한식당에서 된장찌개를 시켜 먹으면서도 나와 그녀는 별로 말이 없었다.

"맛있다, 그죠?"

"꼼시꼼사."

그녀가 응수했는데 그녀는 자신이 따지 못한 졸업장에 미련이 있는 것 같았다. 그녀가 먼저 일어나서 밥값을 계산했다. 우리는 어둠이 장악하고 있는 진주 시내를 제법 긴 시간 동안 걷고 걸었다. 겨울로부터, 혹은 젖어 있는 인습(因襲)으로부터 자유롭지 못한 이 거리는 우리 둘만을 괄호 밖으로 빠져나가게 해놓고 마치 들이닥친 비상사태 하에서 계엄령을 발동한 상황처럼 을씨년스러웠다. 나는 이 여인이 갑작스레 다정하게 느껴졌다. 한때 내 낚싯대 위에 내려앉았던 한 마리 나비, 유정희의 현신 같았다. 여인이 자신의 머리를 내 왼쪽 팔뚝에 기대 왔다. 추위에 떠는 가냘픈 몸매의 갓 쓴 가로등들이 자기네들의 발밑에만 그 파리한 빛을 비추고 있었다. 한적한 골목에 들어서자 이때까지 부는 것 같지 않았던 겨울 바람이 더 이상 참지 못하겠다는 듯이 그 날카로운 이빨을 갑자기 드러내었으므로 우리는 더욱 고개를 숙였다. 좁은 골목이 이어지고 있었다. 가로등도 숨어 버린 아무도 없는 골목길 담벽으로 나는 엉겁결에 그녀를 밀어붙였다. 순자 생각이 났다. 순자네 집 앞의 골목길이 생각났다. 그때 순자와의 키스에 성공했더라면 내 삶의 과정과 방향이 달라졌을지도 모른다. 기회라는 게 기다린다고 마침 그때 제 발로 찾아오는 건 아니다! 앞서 가서 망을 보고 있다가 그놈을 덥석 낚아채야 하는 것이다! 망설이는 마음을 다잡은 뒤, 나는 밀어붙인 나의 팔뚝에 힘을 주었다. 그녀의 저항은 완강하지 않았다. 그녀의 입술이 열리고 있었다. 나는 마음껏 그녀를 탐하였다. 그녀가 자신의 팔로 나를 꼭 안았다. 나는 어둠 속에서 자신의 내면을 탐색하고 있을지도 모를, 그리하여 자신의 행동의 방향을 결정하고 있을지도 모를, 따라서 자신의 행동에 마침내 합리성을 부여해 버렸을지도 모를, 흔들리는 눈동자를 덮고 있는 그녀의 눈꺼풀 위에 골목 안에서의 내 마지막 입맞춤을 보냈다. 우리는 다시 걸었다. 그녀는 이제 내 품 안에서 자유로웠다. 어느 숙박시설 앞에서 나는 걸음을 멈추었다. 나는 그녀의 눈을 내려다보았다. 그녀는 애절한 눈빛으로 나를 올려다보았다. 그 애절함이 어떤 의미였는지 나는 알려고 하지 않았다. 애절함의 성격을 따지기에는 추위를 피하고 싶은 (?) 나의 욕구가 그것을 앞서 달리고 있었기 때문이었다. 나는 팔짱을 끼인 나의 왼쪽 팔뚝에 힘을 주어 그녀를 끌었다. 그것은 날카롭게 우리를 물어뜯으려 함으로써 우리가 어딘가로 피신하지 않으면 안 되도록 유도한 겨울바람 탓이었다. 그놈의 겨울바람!

그 후의 망설임을, 두근거림을, 어설픔을, 아득함을 나는 기억하지 못한다. 다만 그녀의 찐빵이 정 선생의 그것을 감싸 버릴 정도였음이 내가 기억하는 전부였다. 나는 새벽에 그곳을 떠났다. 이불 속 그녀의 이마에 가벼운 입맞춤을 남기고 나는 그녀를 떠났다. 동시에 나는 마음속의 유정희와도 작별을 고했다. 그리고 그녀를 추억의 뒤안길로 보내 버렸다. 나의 아래쪽으로부터 한기가 스멀스멀 기어 올라와 어깨를 움츠리게 했다. 나는 허전함을 느꼈다. 모든 것을 다 잃은 것 같았다. 동시에 모든 것을 다 얻은 것도 같았다. 이것도 여행이 주는 자유라고 나는 생각했다. 자유 안에는 얼음만이 존재하는 것이 아니므로……. 오히려 자유는 많은 것들을 버림으로써 얻을 수 있는 덕목이므로…….

21. 귀가

진주대교 아래로 남강이 흐르고 있었다. 제법 큰 폭으로 진주 시가지를 둘로 가른 남강은 그 잔잔한 물 흐름이, 보이지는 않지만 쉼 없이 흘러가는 역사를 닮아 있었다. 우리들의 교과서에서 촉석루는 논개로 말미암아 살아 숨 쉬고 있었다. '거룩한 분노'와 '불 붙는 정열'의 여인 논개! 새벽의 촉석루는 남강의 물안개에 싸여 희미한 윤곽으로 나를 맞았다. 지배층의 향락과 소일을 위하여 좋은 풍광을 거느리며 넓게 자리 잡았던 촉석루는, 천대받는 삶을 살면서도 진정한 애국 애족이 무엇인지를 알고 행동으로 옮겼던 한 여인으로 인하여 의(義)와 절(節)의 상징물이 되어 있었다. 촉석루를 떠받치고 있는 절벽 아래 남강의 한쪽 귀퉁이에 역사의 현장 의암(義巖)이 놓여 있었다. 우뚝 솟아 있었다고 표현하고 싶었지만 그럴 수 없었다.

초라한 바위 한 덩어리.

그러나 인간은 위대해질 수 있는 속성을 누구나 가지고 있으며, 대상 또한 한 인간으로 인하여 위대한 가치를 획득하게 된다. 별 볼일 없었던 조그만 저 바위 덩어리는 이제 논개라는 한 인간으로 인하여 우리의 역사 속에서 어느 누구도 뽑아 버리지 못할 거석으로 자리매김했고, 지금 내가 보고 있으며, 앞으로도 그 존재를 이어갈 것이었다. 나는 논개가 보고 싶었다. 허상일망정 그녀의 존재를 확인함으로써 내 가슴속의 느꺼움을 인정받고 싶었다. 그러나 새벽의 충렬사는 굳게 닫혀 있었고 나는 차디찬 문고리만 잡아당겨 볼 뿐이었다.

대곡을 지나고 척번정을 거쳐 점심 때쯤 나는 고성의 한적한 바닷가에 앉아 있었다. 소나무 숲이 초승달 모양으로 둘러싼 안쪽에 넓이 100평 정도의 길쭉한 모래사장이 바다와 만나고 있었다. 모래사장 군데군데 몇 개의 바위가 놓여 있어 아기자기한 자연의 모래 정원이 형성되고 있었다. 바다 저 멀리서부터 파도가 일정한 간격을 유지하면서 밀려오고 또 밀려왔다. 파도는 머리에 흰 수건을 두른 채 지치지도 않고 모래사장을 덮치고 있었다. 그러나 모래는 물결에 쓸려 내려가지 않았다. 모래는 자신을 덮치는 물의 힘을 빌려 서로를 단단히 결속시킴으로써 끊임없는 물결의 도전을 이겨내고 있었다. 물을 머금는 방법을 터득한 모래의 승리였다.

상대방을 포용할 것이었다. 해변의 모래처럼 상대를 포용하고 받아들임으로써 오히려 나의 입지가 굳건해지는 것이었다. 상대방의 속성이 나의 장점 형성에 이바지함으로써 인간으로서의 나의 조건이 더욱 강화되는 것이었다. 사람은 더불어 있음으로써 사람의 조건을 갖추게 된다. 사람과 사람 사이의 바람직한 관계는 서로의 조건을 높여 주는 상생의 관계이다. '나'로 인하여 '너'가 발전하고, '너'로 인하여 '나'가 보다 나은 삶을 꾸려 가는 과정을 반복함으로써 우리는 서로 간에 인간으로서의 조건을 상승시킬 수 있는 것이다. 혼자 있을 때 인간은 고독하다. 고독은 원초적 필연이다. 어차피 맞이해야 할 것이라면 그것을 즐겨야겠다는 긍정적 사고를 가질 필요가 있다. 따라서 우리는 타인을 수용하듯이 또 다른 자아인 고독을 수용해야 한다. 고독을 나의 자양분으로, 또는 내 삶의 조건을 상승시키는 도구로 만들기 위한 개인적 노력을 게을리하지 말아야 한다. 고독을 삶의 상승 도구로 만드는 방법에는 개인차가 있다. 나는 독서를, 너는 여행을 그리고 그는 사색을……. 그렇게 하지 못할 때 고독은 병(病)이 된다. 일단 고독이라는 병에 걸리게 되면 그는 혼자 있을 때뿐만 아니라 더불어, 나아가 군중 속에 있을 때조차 고독이라는 구렁에서 헤어나지 못하게 된다.

바람이 없는데도 파도는 끊이지 않았다. 파도의 속성은 지겨움을 초월한 끈질긴 반복일 것이었다, 인간의 삶의 과정 또한 끊임없는 반복이듯이……. 신들을 속인 죄로 한없이 바위를 밀어 올려야했던 저 코린트의 왕 시시포스의 반복적 형벌은 바로 수고로움으로 점철되는 인간 삶을 상징하는 것이나 아닐는지.

저 멀리 고깃배 한 척이 물결을 가르며 통통통 지나가고 있었다. 갈매기 한 마리가 배를 따라 날아가다가 되돌아가고 있었다. 혼자 있을 때 우리 각자는 조너던 리빙스턴이 되어야 할 것이라고 나는 생각했다.

배둔, 진동, 마산을 거처 진해의 어느 여관에서 나는 둘째 날의 밤을 맞았다. 희미한 분홍빛의 조명 아래 좁은 복도 양쪽으로 3평 정도의 방들이 다닥다닥 붙어 있었다. 혼자서 여관에 온 남자 손님이 이상한 듯 자꾸만 내 뒤를 기웃거리는 아줌마의 시선을 무심히 넘기며 202호의 열쇠를 받아 문을 따고 들어갔을 때 입구의 오른쪽에 좁은 화장실, 방바닥에는 버석거리는 침구가 놓여 있었고 침구의 맞은편 서랍장 위에 작은 텔레비전이 하나, 벽의 한 모퉁이에 스탠드형 옷걸이 하나가 세워져 있었다. 웬 텔레비전? 나는 그때까지 혼자서 텔레비전을 본 적이 없었다. 어릴 때는 일 년에 겨우 한두 번, 동생과 함께 10원씩을 내고 동네 만화방에서 국가대표 축구 경기나 연말 프로그램인 십대가수 쇼를 본 것이 전부였으며 그것도 고등학생이 되고 나서부터는 차마 하지 못할 행동이 되어 버렸다. 대학생이 되어서는 같은 과 동기들과 함께 야구니, 월드컵이니, 주로 운동 경기를 시내 다방에서 차 한 잔 값으로 즐겼기 때문에 그야말로 나 혼자서 온전히 채널의 독점권을 가지게 된 것은 이때가 처음이었던 것이다.

약간의 설렘과 행복을 느끼면서 오늘밤은 재미있게 보낼 수 있겠다는 벅찬 기대를 안고 나는 텔레비전의 전원을 눌렀다. 마침 화면은 외화를 방영하고 있었는데, 어쩌랴, 그것은 공교롭게도 공포영화였다. 천장에서 붉은 피 같은 액체가 벽을 타고 흘러내리고 있었고 그것을 본 여자가 공포에 떨며 소리를 질러대고 있었다.

'이거 큰일 났다.'

나는 눈을 질끈 감고서 생각했다. 그 화면을 보지 않으려고 일단 눈부터 감은 것이었다. 어릴 때 누나를 따라 가서 '드라큘라'라는 공포영화를 한 번 본 후 그 영화에 대한 기억이 뇌리에서 사라질 때까지 혼자서 화장실은 물론, 어두운 밤 골목길조차 제대로 다니지 못할 정도의 극심한 두려움에 떨어 본 적이 있었던 나는 이 시간 이후 내 머릿속을 점령해 버릴 그 화면의 내용을 어떻게 지워 내야 할지 앞이 캄캄하였다. 더구나 지금 나는 혼자가 아닌가. 텔레비전에서는 여자가 쏟아내는 단말마의 비명만, 우라질 것 같으니라고, 흘러나오고 있었다.

자, 저걸 어떻게 한다? 저 소리를 안 들으려면 텔레비전을 끌 수밖에 없겠는데……. 나는 눈을 감은 채 텔레비전 쪽으로 엉금엉금 기어가기 시작했다. 감은 눈 안이 환해지고 있었다. 눈 안이 어른거리고 있었다. 눈을 감았는데도 화면이 비쳐 주는 공포가 그대로 느껴지는 것이었다. 나는 무작정 채널을 돌렸고 전원을 눌렀다. 눈 안이 캄캄해졌다. 그제서야 나는 눈을 뜨고 화면을 바라볼 수 있었다. 화면은 자신의 소임을 다하지 못한 데 대한 아쉬움으로 지직거리는 소리와 함께 어두워져 있었다. 오늘밤을 어떻게 보내야 할지 나는 참 난감하였다. 이불 속에 들어갔지만 그 화면이, 그 여자가, 그 비명이 나의 모든 감각을 송두리째 지배하고 있었다. 나는 벌떡 일어났다. 이불로 온몸을 감싸고 벽에 기대어 앉아 눈을 감았다. 유정희, 아니, 사천 아주머니를 생각했다. 아주머니의 그 넉넉한 젖가슴을, 그 하얀 살결을, 그 계곡의 숲을 생각하고 생각하고 또 생각했다. 갑자기 그녀가 그리워졌다. 그녀가 지금 여기 있었으면 하고 나는 간절히 바랐다. 그녀가 지금 나와 함께 여기 있다면 나는 그녀를 위하여 어떤 것이라도 해 줄 용의가 있었다. 나를 지배하고 있는 공포를 망각할 수만 있다면……. 나는 그 공포와 싸우느라고 새벽이 될 때까지 생각의 촉수로 그녀의 온몸을 더듬었으며 그러다가 잠이 들었다. 악몽을 꾸지는 않았지만 징그럽게도 악몽 같은 밤이었다.

아침 식사가 되는 진해의 한 식당에서 늦은 아침을 먹었다. 나는 약을 복용해야 했기 때문에 밥을 걸러서는 안 되었다. 장장 6개월에 걸쳐 아침저녁으로 네 알씩을 집어삼켜야 하는 이 지긋지긋한 레이스. 그러나 병균과의 장거리 경주에서 앞서 나가기 위해 나는 그 번거로움을 견뎌내어야만 했다. 식당의 벽에 걸린 달력은 남은 한 장이 여닫이문으로 새어 들어오는 겨울바람에 파르르 떨고 있었다. 달력의 사진은 거제도의 해금강을 보여 주고 있었다. 나는 저 해금강에 가 보지 않았다. 그랬지만 나는 장승포 버스 정류장의 벤치에 앉아 해금강을 멋지게 스케치함으로써 내가 마치 가 본 것처럼 행동했고 친구들에게는 또 그게 먹혀들었다.

대학 1학년 여름방학 때 나는 고등학교 동기 세 명과 남쪽으로 캠핑을 떠났던 것이다. 목적지는 거제도였다. 장승포 뒤쪽 날카롭고도 울퉁불퉁한 바위로 이루어진 해안의 그 투명한 물빛을 나는 기억한다. 그곳은 바위들이 삥 둘러싼, 10여 평 남짓한 웅덩이를 닮은 곳이었다. 그 물 위에 튜브를 띄우고 누워 손을 뻗치면 바닥에 닿을 것만 같았던 투명했던 물빛! 실제로 내 친구 중에 좀 어수룩했던 갑수는 그 물이 정말로 얕은 줄 알고 텀벙 뛰어들었다가 거의 두 길이나 되는 물 깊이에 혼이 나서 허우적대기도 했었다. 그리고 구조라 해수욕장이 기억난다. 해변에 텐트를 치고 신나게 낮 시간을 보낸 후 피곤해서 일찍 잠에 빠져들었던 우리는 새벽의 축축한 기운에 눈을 떴는데 거짓말 좀 보태서 텐트가 바다 가운데 둥둥 떠 있었던 것이다. 텐트가 물결에 밀려간 것이 아니라 밀물이 우리 텐트 너머까지 밀려 올라온 결과였다. 다음날은 바닷물에 젖은 캠핑 도구들을 말리느라 하루를 보낸 바람에 구조라에서 출발하는 해금강 행 배를 타지 못했으며 자연히 우리의 여행 스케줄은 거기서 끝나고 말았다. 돌아오기 위하여 장승포 버스 정류장에 도착했을 때 나는 가보지 못한 그 해금강의 경치가 아쉬워 상상 속의 거기를 공책에 스케치한 것이었다.

"와! 임마 이거 안 보고도 잘 그리네."

창훈이가 감탄을 하며 내 어깨를 쳤다.

"봉우야, 임마. 뭣 땜에 그걸 그리는데?"

갑수가 물어 왔을 때

"야, 임마. 빚내서 갔다 온 캠핑인데 애들한테 자랑이라도 해야지."

하니까 교회 착실히 나가는 제삼이가

"니는 보지도 않고 그려서 애들이 엉터리라는 걸 알믄 어쩔 건데?"

하고 묻길래 나는

"걔들 중에 거기 갔다 온 애가 있기나 하겠나. 안 속으믄 그만이지, 뭐."

하면서 응수를 했었다.

개학 후 과 동기들에게 거제도에 다녀왔음을 목청껏 떠벌리다가 그 증거로 나는 예의 그 스케치를 제시했는데 그림을 본 애들 중 일부가 뭔가 미심쩍어 하는 눈빛을 보내는 것이었다. 갔다 왔으면 그만이지 도대체 왜 그렸냐는 것이었다.

"자랑하는 것도 아이고……."

내전이가 시니컬하게 한마디 내뱉으며 자리에서 슥 일어서자

"맞다, 맞아. 갔다 온 거 생색낼라 카는 거 겉다."

옆에서 형오가 맞장구를 쳤다. 형오 옆에서 그림을 물끄러미 바라보고 있던 열이가

"해금강 맞기는 맞나?"

하면서 드디어 정곡을 찔러 들어오는 바람에 나는 졸지에 자랑쟁이에다 거짓말쟁이가 될 위기를 맞게 되었다.

"아이구, 참. 야들이 저거들한테 보이 줄라꼬 놀지도 안 하고 열심히 그리 왔디마는 이래 대책 없는 비판만 하고 있네. 동기들 사랑하는 것도 죄가?"

머쓱해진 내가 슬쩍 눙치면서 그 아슬아슬한 상황과 함께 그림을 막 접으려 하는데 마침 화장실에 갔다 왔는지 뒤늦게 그림에 눈을 준 해민이가

"맞다, 맞아. 야, 똑같이 잘도 그렸네."

라고 거들어 주는 그 한마디에 애들도 나도 모두 정상적인 상태로 돌아오게 되었다. 해민이는 정말로 거기 갔다 왔을까? 아니면 내가 그린 해금강이 정말로 실물과 방불했을까? 또 아니면 위기의 나를 구해 주려는 수호천사 역할을 해민이가 자임했던 것일까? 그것은

지금까지도 풀리지 않고 남아 있는 의문이다.

그 당시 내가 그렸던 상상화가 어떠했는지 그것은 기억에 남아 있지 않다. 그런데 지금 달력의 사진을 보고 있으니까 비슷한 것도 같았다. 하기야 바다 가운데의 절경이란 게 뻔한 경치 아니겠는가. 저 그랜드 캐니언의 웅장한 협곡이나 옐로스톤 국립공원의 끓는 물 뿜어대는 간헐천이 아닌 이상, 그것은 날카롭게 솟구친 절벽 몇 개에다 잔인할 정도의 해풍에 찌들었으면서도 그 강인한 생명을 유지하고 있는, 기형적으로 비틀어진 소나무 몇 그루를 절벽 위 군데군데에 그려 넣으면 그만이지 않겠는가.

나는 그만큼 기억을 더듬었으면 되었다는 생각에 거제도로 가려던 여정을 바꾸어 M면으로 방향을 틀었다. 한곳에 눌러앉아 고독이나 씹어 보려던 애초의 계획도 무산되어 버렸다. 나의 성질에 어울리는 여행은 아무래도 떠도는 쪽이었다. 그러나 우선 피곤했으며 무엇보다 남은 돈의 액수가 나를 불안하게 했던 것이다. 돌아오는 버스에서 바라본 바깥에는 싸락눈 한두 송이가 흩날리고 있었다. 북쪽으로 향하는 길이어서 그랬는지 히터가 불안정해서 그랬는지 버스 안인데도 발이 시린 정도가 점점 더해간다는 것을 느낄 수 있었다. M면이 가까워지자 떠난 지 며칠밖에 안 되었지만 반가운 마음이 들기 시작했다. M면에서의 생활이 만 1년을 채 넘기지 않았는데도 그곳이 이렇게 반가워지는 걸 보면 사람에게 생활의 근거지가 주는 안정감이 어떠하리라는 것을 미루어 짐작하게 한다. 그렇다면 태어나고 자란 고향에 대하여 가지는 느낌은 어떠하랴? 기억할 수만 있다면 그것은 모태(母胎)의 느낌일 것이었다.

방문을 활짝 열어 놓고 나는 며칠 동안 비워 두었던 방을 구석구석 청소했다. 모처럼 느끼는 상쾌함이었다. 방은 따뜻했는데 주인 아주머니가 그 사이에도 연탄을 갈아 주신 것이었다.

22. 억지춘향

학력고사의 성적에 따라 학생들은 대학에 원서를 내었으며 40여 명 중 그래도 대학교에 합격한 우리 반 애들이 일곱 명은 되었다. 또 아홉 명 정도가 전문대학에 입학했으며 나머지는 재수를 한다고 했지만 대체로 고향에 주저앉아 집안일을 거들게 되는 것 같았다. 좋은 대학 안 좋은 대학은 여기서는 별 의미가 없었다. 4년제 대학이면 다 명문 대학 축에 드는 것이었다. 그래도 예년에 비해서 성적이 좋다고들 야단이었고 선생님들은 나에게

"이러다가 고3 인문반 담임 말뚝 박는 것 아니야?"

"고3 인문반 담임 체질로 타고났구만."

등의 말들로 농담 비슷하게 그 반 담임을 새 학기에도 계속 하라는 압력을 넣었다. 고3 인문반 담임을 해도 월급은 호봉에 따라 지급되었으며 고생은 2배 내지 3배를 더 하게 되니까 하는 말이었다.

1월에 졸업식이 있었는데 축사를 한다고 단 위에 올라온 M면 단

위조합 조합장이 했던 말을 또 하고 또 하는 바람에 애들이 야유를 보내기도 했다. 졸업식장으로 꾸며진 퀀셋형 강당 앞에는 200평 정도의 정원이 자리 잡고 있었는데 한겨울 나목들이 바람에 떨고 있었다. 나는 앙상한 모과나무 앞에 섰다. 왜냐하면 그 앞에는 내가 모과나무를 주인공으로 하여 쓴 시가 베니어판에 적혀 그때까지도 꽂혀 있었기 때문이었다.

"어이, 최 선생. 모과가 달리기는 달렸는데 이상하게 달렸어. 뻴시럽게 꺼꾸로 달렸네. 생긴 것도 울퉁불퉁한 기 달리기도 희한하기 달렸네. 어데 저걸 소재로 시 한 펜 써 보능 기 어떻겠노?"

가을의 중간쯤 교감 선생님이, 교무실 내 자리에서 배 나온 사장님 자세로 쉬고 있던 내게 말씀을 던지셨다. 갑작스러운 제안에 나는 얼른 자세를 바로잡았다.

"예?"

시라니! 나는 그때까지 시 한 편 써 본 적이 없었다. 아니, 딱 한 번 있었다. 대학 1학년 교양과정부 시절에 앞서 언급했던 시인 K 선생님의 제자인 시인 G선생님께서 맡으신 교양국어 시간에……. 그날 그 시간에 시인 G선생님께서는 수업할 거리가 마땅찮으셨던지 4반에 편성되어 있던 100여 명의 학생들에게 시를 한 편씩 써보라는 과제를 내셨다. 난생 처음으로 시 창작의 시간을 부여받은 나는 낑낑거리며 한 편의 시를 엮어서 제출했는데 기억은 희미하지만 그 내용은 산촌에서 쫓김 없는 삶을 살고 싶다는 바람을 담은 것이었다. 아마 노천명의, 제목은 생각이 안 나지만, '놋 양푼에 수

수엿을 녹여 먹으며'라는 희망 섞인 따뜻한 구절이 들어 있는 시를 닮았을 것이다. 그런데 어찌된 일인지 수업이 끝나기 얼마 전, 선생님이 내 이름을 부르시는 것이었다.

"92번 최봉우! 이리 나와서 자네가 지은 시를 낭독해 보게."

그 순간을 말로 표현하기는 어렵다. 어찌나 당황했는지 머리가 빙빙 돌 지경이었다. 나는 그때까지 학교생활을 하면서, 즉 초, 중, 고를 거치면서 수업 시간에 한 번도 앞에 나서 본 적이 없는, 그야말로 없는 듯 있는, 있기는 꼭 있는, 그런 학생 – 단 한 번 나서 본 적이 있었다. 내가 교실 뒷자리에서 잘나가는 애들 흉내를 내고 있었을 때였다. 그때는 주번이 수업하러 들어오시는 교과 선생님들께 '차렷-경례' 하고 인사 구령을 붙일 때였는데 나는 그때 주번도 아니면서 나서 보겠다는 심뽀로 교실에 들어오신 기하 선생님에게 '차렷-경례'의 구령을 힘차게 붙였다. 반 애들이 '안녕하십니까.'하고 모두들 인사를 했는데 그 부처님처럼 점잖으셨던 기하 선생님께서는 우리들의 인사를 받으시지도 않고 붉게 굳어진 얼굴 표정을 굳이 감추지 않으시면서 나를 빤히 바라보시는 것이었다. 영문도 모른 채 긴장의 몇 초가 흘렀다.

"야, 너 이리 나와!"

하고 기하 선생님이 나를 부르셨다. 호출하신 이유를 몰랐던 나는 어깨를 좌우로 약간 흔들면서, 다리 한 쪽을 달달 떨면서 선생님 앞에 섰다. 갑자기 내 왼쪽 뺨에서 번쩍번쩍 두 번의 천둥치는 소리가 났다. 사람들이 대체로 오른손잡이라는 현실은 중2 때부터 내 왼쪽 뺨을 슬프게 한다.

"야 이 자식아. 선생님한테 대표로 인사하는 놈이 호주머니에 손을 쑥 집어넣은 채 꺼꾸정하게 서서 구령을 붙여도 되는 거냐? 그런 인사 안 받고 말지. 마치고 교무실로 와!"

나는 그날 교무실에서 담임선생님으로부터 야구 방망이로 열 대의 곤장을 엉덩이에 지도받았고 몇 십 분에 걸친 정신 교육을 받았다. 태어나서 단 한 번 나섰다가 박상출 꼴이 난 것이었다. 그 후로 나는 개과천선하여 사람들 앞에는 1센티미터의 코빼기도 잘난 체 내밀지 않게 되었다 ─ 이었기 때문에 남들 앞에 나서서 그것도 자신이 지은 시를, 안 그래도 숨기고 싶은 시인데, 낭독하라는 선생님의 명령이 그렇게 가혹할 수가 없었다.

'내가 지은 시가 아니고 베낀 것이라고 할까?'

'머리가 아파서 못 하겠다고 할까?'

등의 수많은 생각들이 스쳐가는 가운데 두 번째로 부르는 소리가 들렸다.

"최봉우! 어디 있어? 빨리 나와."

선생님의 지상 명령이 떨어지면서 나는 속이 타들어가는 느낌으로 절망하고 있었다. 거기다가 내가 최봉우인 줄 모르는, 내 바로 뒤에 앉은 놈이

"언 놈이고? 수업 종 칠라 카는데 참 민폐 끼치네."

라고 뇌까리는 소리를 듣는 순간, 나는 나 한 몸 부서져도 민폐는 끼치지 않아야 한다는 희생 정신을 발휘하면서 벌떡 일어났다. 짧은 시간이었는데도 땀이 얼굴과 손바닥에 흥건하였다. 모든 눈동자가 나를 쳐다보고 있었다. 더구나 4반은 남녀 학생들이 반반 정

도로 구성되어 있었으니 이건 잘만 살리면 뭇 여학생들의 관심을 온몸에 받을 수 있는 절호의 기회가 될 수도 있었겠으나 그때의 나는 그런 기회니 뭐니를 잴 형편이 아니었다. 도축장으로 끌려가는 소처럼 앞에 불려간 나는 꺼무튀튀한 얼굴에, 땀 삐질삐질 흘리며, 손까지 덜덜 떨면서, 떨리는 목소리로 나의 그 빌어먹을 작품을 낭독했던 것인데,

"…………
…………
숲 속의 오후는 고즈넉할 뿐
나는 제왕도 부럽지 않고
…………
…………
꽃 평상에 누워
별 하나 나 하나
모깃불 연기 마시며
별 둘 나 둘"

이렇게 낭독을 겨우 끝내 놓고 나자 선생님은
"자, 어떤 생각이 이런 시를 쓰게 만들었는지 작품의 바탕에 깔린 자네의 생각이나 관점을 얘기해 보게."
이러시는 것이었다. 참 나, 기가 막혀서. 적힌 것 읽는 데도 이렇게 혼이 빠졌는데 거기다가 바탕 생각씩이나 얘기를 하라니 이건

도저히 용납할 수가 없는 요구였다. 나는 나도 모르게 원망스러운 표정으로 선생님을 째려보았는데 그 순간 기다렸다는 듯이 소녀의 기도가 울렸고 나와 눈이 마주친 선생님도 싱긋이 나를 향해 웃어 주고는 교실을 나가셨다. 나를 더욱 비참하게 만든 것은 그 수업 후였다. 학생들이 나를 알아볼까 봐 고개를 푹 숙이고 복도를 걸어가는데 교실 옆에서 저희 학과 애들과 담배를 피우고 있던 일사교육과 이우홍이 나 들으라는 듯이

"그런 되도 안 한 시를 뽑은 선생이나 그걸 읽어대는 학생이나 똑같애, 똑같애."

라고 악담을 퍼붓는 바람에 나는 도망치듯이 그 자리를 피했던 것인데, 그때부터 나는 이우홍을 인간으로 대하지 않았다. 그놈의 시 한 편 잘못 끼적거렸다가 낭패를 본 순간이었다. 그 후로 대학 생활 줄곧 나는 시 한 편 적어 본 적이 없었다.

시에 대한 이러한 나쁜 선입견 – 시는 나를 당황하게 만든다 – 을 가지고 있었던 내게 교감 선생님께서는 내가 단순히 국어 교사라는 이유 하나만으로 그런 엄청난 요구를 하시는 것이었다. 세상에나, 국어를 전공하면 다 시인이 되어야 하고 소설가가 되어야 한단 말인가. 또는 그런 자질을 가지고 있을 것이라는 인식 자체가 얼마나 위험한 발상인가. 나는 속으로 진저리를 치면서 교감 선생님 앞에 섰다.

"교감 선생님은 제가 국어교사니까 시를 잘 지을 것이라고 생각하시지만 시를 잘 지을 수 있는 능력을 가진 국어교사는 만에 하나

정도 됩니다. 모든 국어교사가 시를 잘 지을 수 있다고 생각하지 마십시오. 저는 특히 시와는 거리가 멉니다. 저는 문법 쪽으로 관심을 많이 가진 국어교삽니다. 말하자면 국문학이 아니라 국어학 쪽이라는 말씀입니다. 그건 과수를 전공하신 교감 선생님에게 소젖을 많이 나오게 하는 방법을 연구하라는 것과 같은 무모한 지시입니다. 그러니 저에게 시를 지으라고 하시면 안 됩니다."

나는 비교적 단호하게 내 생각을 전했다. 이건 아니라는 의지였다. 그랬더니 교감 선생님은 앞에 서 있는 나를 고개를 발딱 들어 올려다보시면서

"에헤이, 최 선생. 누가 세상에 이름 날릴 명작을 지으라 카나? 그기 아이고 그냥 아~들 정서를 쫌 순화시키자 카는 차원에서 지어 보라 카능 긴데 머 그래쌓노? 그라마 함 물어 보자. 농사 전공한 내가 잘 짓겠나, 국어 전공한 최 선생이 잘 짓겠나. 대답 함 해 봐라."

'그렇게 따지면 국어 전공한 내가……'

라고 생각하다가 나는 아차 했다. 박상출 잡을 때의 일이 생각나고 있었다. 그때도 교감 선생님의 일방적인 명령을 내가 수행했다가 그만 성공시켜 버리지 않았던가.

"최 선생. 자기가 갖고 있는 능력도 젊은 사람들은 잘 모른데이. 이런 기회에 생각도 많이 해 보고 자기 능력도 함 알아 봐. 그라마 최 선생, 내하고 조~기 함 가 보자. 모과가 참 이상하게 매달렸데이."

교감 선생님은 한술 더 떠서 내 손을 잡고 강당 앞 정원으로 나를 이끄셨던 것이다. 교감 선생님의 손은 투박하고 거칠었지만 따뜻

했다. 모과나무는 막 변색되어가는 나뭇잎들 사이로 그보다 연한 퍼런빛의 열매 세 개를 품고 있었다. 이상하게도 그중 두 개의 열매가 가지와 연결된 꼭지를 아래로 하고 엉덩이를 들고 있는 것 같은 형태로 달려 있었다.

"참 희한하제? 이걸 써 보라니께?"

교감 선생님께서 내 어깨를 부드럽게 톡톡 쳐 주셨다.

등 떠밀려 고을 원님 한다더니 이것이야말로 억지 춘향식으로 시인이 되어야 하는 꼴이었다. 나는 시인이 싫었다. 왠지 가난할 것 같고, 자질구레한 사고에 얽매일 것 같고, 돈 안 되는 양심과 정의에 휘말릴 것 같은 느낌을 시인이라는 어감은 품고 있었다. 적어도 시인이라면 평소에 사람들을 대할 때도 언제나 무언가 깊은 생각을 하고 있다는 듯한 태도로 임해야 할 것 같았다. 아니면 몽환적인 눈동자로 먼 산과 구름 낀 하늘을 쳐다보아야 할 것이었다.

그러나 이 시점에서 나는 시인이 되기를 거부할 수 없었다. 교감 선생님의 그 따뜻한 손의 감촉이 도망가려는 나를 자꾸만 붙들어 앉혔던 것이다. 그날 이후 나는 몇 날 며칠을 밤낮으로 낑낑거려야 했는데 그것은 역작을 써야겠다는 의욕으로 인한 것이라기보다는 교감 선생님도 이해 못 할 표현을 통하여 시가 정말로 어려운 장르임을 그에게 각인시킴으로써 교감 선생님의 입에서 다시는 '시'란 말이 가볍게 나오지 못하도록 하기 위함이었다. 덕분에 나도 그 내용을 잘 이해할 수 없는 한 편의 시가 이렇게 이루어졌다.

모과(木瓜)

햇살이 내려앉아
시름없이 졸고 있는
가을의 정원에

세계의 질서와 인식을 뒤집은 채
너는 역(逆)으로 달렸구나.

가지의 힘에 기대어
여리디 여린 거부의 몸짓으로,
만추(晩秋)를 즐길
과육들의 풍성한 향연에도
참여하지 않는…….

그러나
독선과 화해의 갈림길에서
원형(圓形)의 온전함을 수용하려는
닮음의 몸부림은 차마 어쩌지 못해

상큼하고 빛나는 향기는
향연(香煙)같이 흘러 퍼져
오후의 정원에 고인다.

교감 선생님이 이 시를 이해하셨는지 나는 모르겠다. 고개만 몇 번을 끄덕이셨다. 그리고는 곧장 서무실에 명령하여 베니어판에 그걸 쓰게 하고는 그 위에 니스까지 칠했다. 그게 이 겨울의 정원에 아직까지 버티고 있는 것이었다. 시를 지은 이의 이름은 적혀 있지 않았다. 나의 필사적인 항거의 결과였다. 그건 참 잘한 일이라고 나는 생각했다. 그래도 나는 부끄러워 얼른 그 자리를 떴다.

23. 체벌과 배려

　지금 할 이야기는 기하 선생님에게 시건방을 떨어 백 번 맞아도 싼 짓을 저지른 내가 그 싼 짓에 대한 대가를 톡톡히 치른 후 그로 인하여 인간다움을 회복하게 된 '체벌(體罰)'에 대한 것이다. 이런 분위기로 나가다가는 머지 않아 이제는 학교 교육 현장에서 영원히 사라져 버릴지도 모를 '체벌'이라는 용어의 내 가슴속 울림이 이렇게까지 따로 공간을 마련하여 다시 독자들을 괴롭혀야 하는 죄송스러운 마음을 이겨내고 있다. 나의 시건방을 응징하신 기하 선생님과 담임선생님을 나는 지금도 존경하고 있으며 그 사건 이후 나의 껄렁거림이 많이 사라진 것이 사실인 걸 나는 시인하고 있다. 학교에서의 교사에 의한, 학생들을 향한 체벌에 대하여 나는 전적으로 동의할 뿐만 아니라 어디가 부러지기 직전, 또는 어디에서 피가 나기 직전까지 가는 심한 체벌도 나는 허용해야 한다는 쪽이다. 나의 현업이 교사이기 때문만이 아니라 그렇게 심각한(?) 체벌조차도, 나의 체험에 의하면, 오로지 학생들을 위한 철저한 교육적 행위이기 때문이다. 그리고 수시로 그런 행위를 당함으로써 내가 비교적 바람직하게 성장했기 때문이다.

중학교 3학년 때의 경우가 바로 그러하다. 내가 속해 있었던 3학년 4반 교실은 화장실 바로 위였기 때문에 하루 종일 약한 암모니아 냄새가 솔솔 올라오던 그런 곳이었다. 오늘날 만약에 그런 환경에서 자기 집 귀한 애들이 교육받으면서, 도시락 까먹으면서 하루의 절반을 생활해야 한다고 한다면 가만 있을 학부형들은 손꼽을 정도밖에 안 될 것이다. 대부분의 학부형들은 애들이 뭐 배추냐, 무냐 해 가면서 퉁명을 부릴 것이다.

점잖게로 소문난 농업 선생님은

"비료 냄새를 항상 맡으니까 애들 키가 쑥쑥 크겠군."

이라는 내용의 말씀을 마치 진담처럼 하시곤 했었다, 웃음기도 없이. 그 말(씀)마따나 그때 우리 반에는 중2 때와는 비교도 안 될 정도로 키가 커 버려, 과장 안 보태더라도, 교복 하의가 7부 바지처럼 보이는 애들도 많았다. 암모니아 냄새 때문인지, 하필이면 한창 자랄 때 우리 반에 배정되었는지 그건 잘 모르겠다. 그런데 이 부분의 주인공은 농업 선생님이 아니라 LSS 영어 선생님이셨으며 그때 우리가 배운 영어 교과서는 'Tom and Judy'였다. 그 선생님의 수업은 일주일에 3시간 정도였던 것 같다. 그런데 그 영어 수업이 들어 있는 날은 아침부터 온 교실이 그야말로 면학의 분위기에 둘러싸이는 것이었다. 평소의 중3 교실을 상상하고 계시는 분들은 아마 의아해 하실 수밖에 없으실 것이다. 중3 아닌가? 북한 쪽에서 우리에게 쳐들어오고 싶어도 우리나라 중2가 겁나서 침략의 엄두를 내지 못한다는데 그 중2를 개 잡듯 잡는다는 그 중3이란 말이다. 쉬는 시간의 교실 뒤편은 언제나 시끌벅적했었다. 말 타기 놀이, 까기 놀이(그냥 발로 차고 도망가는 것이므로 '놀이'라는 낱말을 붙이기가 어색하다.) 등으로 난장판이 벌어지는 게 일반적인데, 그 영어 수업이 들어 있는 요일에는 아침부터 조용할 뿐만 아니라 학급의 모든 구성원들이 입으로 무언가를 중얼중얼하면서 쉬는 시간조차 아까워하는 것이었다. 무얼 그렇게 중얼거리는가 하면 그 영어 선생님께서 내 주신 숙제를 하고 있기 때문이었다. 존경하는 선생님의 존함을 함부로 내뱉는 게 아니니까 이니셜 LSS로 대신하고 있다. 선생님께서 내시는 숙제는 그날 배운 것을 그 다음 영어 시간에 무조건 외워 와야 하는 단순한(?) 것이었다. 'Exercise' 부분 빼고 본문만 한 시간에 보통 한 과(Lesson 1, 2, 3, ……)씩 진도가 나갔는데 그 쪽수는 대개 5~6쪽 정도였다. 집에서 외워 와야 정상이겠으나 사람의 기억력만큼 또 믿을 수 없는 게 무엇이더냐. 외우고 또 외워도 틀리는 일이 다반사인데……. 그것도 내용을 삐끗하거나 순서 하나도 바꿀 수 없는 상황임에랴! 그리하여 그 영어 수업이 들어 있는 날은 아침부터 온 교실이 비 맞은 중이 무얼 중얼거리듯이 영어 문장 중얼대는 소리로 가득 차는 것이었다. 동시에 그 시간이 가까워 올수록 한없는 공포감이 엄습하는 것이었다. 웬 공포감이냐고? 그러면 지금부터는 그 수업의 진행 과정을 설명해 드리는 것이 독자 여러분의 이해를 도와줄 것이겠다.

종이 치면 체구도 우리들만 한 LSS 선생님께서 들어오신다. 머리는 M자로 까지시고 안면은 하얗게 반들거리신다. 언제나 양복에 넥타이는 필수이지만 양복의 오른쪽 소매는 때에 따라 약간씩 걷어붙이신다. 물찬 새끼 제비(제비 새끼가 아니다.) 같은 인상이셨다. 선생님께 인사를 드리고 나면 선생님께서

"준비!"

라는 한마디를 던지신다. 재판정에서 호명된 피고가 그 무거운 엉덩이를 억지로 들어 올리듯이 우리 50여 명도 그들처럼 묵묵히 자리에서 일어선다. 일어서는 그 짧은 순간에도 입술은 중얼거림을 쉬지 않는다.

"눈 감아!"

라는 호령에 우리는 눈을 감는다.

"시작!"

이라는 명령에 따라 우리는 이때까지 그렇게 놀지도 않고 준비해 왔던 'Tom and Judy'의 'Lesson 4'를 처음부터 외우기 시작하는 것이다, 공포감 속에서 리듬에 맞춰……. LSS 선생님께서는 그렇게 중얼거리고 있는 우리들 사이를 돌아다니신다. 양말 신은 발로 깨금발을 딛고, 양 손에는 구두 뒷부분을 잘라내어 만든 가죽 슬리퍼를 거꾸로 들고, 마치 먹이를 찾아 풀 속에서 포복하는 하이에나처럼 인기척이나 당신의 온기도 느낄 수 없게 살금살금 돌아다니시면서 그는, 노는 데 정신 팔려서 암기 숙제를 미처 하지 못함으로 인하여, 소위 말하는 립―싱크로 주둥이만 나불거리는 애들을 색출하려는 의지를 불태우시는 것이다. 좀 수상쩍은 놈이 있으면 그놈의 입술에 선생님의 귀가 닿을 정도로 바짝 붙이기도 하시면서……. 한

사람씩 숙제 검사를 하지 않았냐고? 안 그래도 고입 대비로 가르칠 것 많은 중3 교실에서 어떻게 한 사람씩 검사를 할 것인가. 검사하다가 시간 다 가겠다. 드디어 양심 불량의 립-싱커를 찾아낸 즉시 선생님의 가죽 슬리퍼가 둔탁한 소리를 내며 작동한다. 양 뺨에 번갈아 가며 두 대씩 '퍼벅(오), 퍼벅(왼), 퍼벅(오), 퍼벅(왼)'. 생각해 보라, 긴장이야 하고 있지만 눈을 감고 있는 상태에서 인기척도 없이 난데없이 날아드는 가죽 슬리퍼의 그 침략성을. 그 소리는 눈 감고 영어 문장을 외우고 있는 우리 귀에 성능 좋은 각성제가 되어 더욱 우리의 목소리를 크게 만든다. 여기서 '퍼벅', 저기서 '퍼벅', 앞에서, 뒤에서 '퍼버버벅'. 그 소리 가운데에서 우리는 더욱 큰 소리로 영어 문장을 암기하며, '저야말로 완벽합니다. 선생님, 들어 보십시오.'를 속으로 외치면서 그 시간을 견디는 것이었다. 운 좋으면 안 걸릴 수도 있겠다고? 남의 일이라고, 안 당해봤으면서 그런 막말은 하시는 게 아니다. 그런 추측은 LSS 선생님의 개 같은 청각(욕이 아니다. 개의 청각적 성능이 인간의 그것보다 월등하다는 내용을 어느 책에서 읽은 적이 있다. 그러니까 선생님의 청각적 감각을 '개 같다'고 표현하는 것은 일종의 덕담이 되는 것이다.)을 모독하는 것이다. 그 당시에는 제법 착실했던 나도 세 번인가 그 숙제를 놓치고 입만 나불거렸는데 한 번도 예외는 없었다. 3(번)×4(방)=12방을 여지없이 소화해 내었기 때문이다. 잘 외워 갔을 때는 퍼벅거리는 소리가 그렇게 심하게 뇌리를 자극하지는 않는다. 그러나 좀 미진함을 자신 스스로 느낄 때, 또는 외우는 리듬을 놓쳐 버리고 버벅거릴 때, 그때의 긴장감을 어찌 필설로 다할 수 있으랴. 따라오는 공포감은 또 어쩌란 말이냐. 감고 있는 눈꺼풀은 바르르 떨리고, 우리는 그 어디서 우리의 뺨을 노리고 있을 지 모를, 그 찢어지는 듯한 아픔을 제공하는 가죽 슬리퍼의 존재를 과잉 의식하며 그 시간을 보내야 하는 것이었다. 당했을 때의 그 고 통을 당신은 상상할 수 있겠는가? 각각 두 방씩의 가죽 슬리퍼 세 례를 받은 양쪽 뺨은 그날 하루 종일 벌겋게 부어 있는 것이었다.

"니 볼거리 하나? 너거 학교 볼거리가 요새 유행이가? 희한하네. 보통 한 쪽에서 먼저 시작되는 거 아이가? 양쪽에서 동시에 시작되 는 법도 있나?"

밥 잘 먹고 잠 잘 자고 멀쩡하게 학교까지 잘 갔던 아들이, 어떤 징후도 보이지 않은 상태에서, 저녁이 되어 양쪽 뺨이 벌겋게 퉁퉁 부은 상태로 귀가를 하면 그 애의 엄마는 그 현상을 우선 그 전염 잘 되는 볼거리 증상으로 오인하기가 십상일 것이었다. 그렇다고 해서 숙제 안 해 간 결과물이 이것이라고 낱낱이 고해 바치는, 자기 무덤 파는 비겁함을 무기 삼는 애들도 당시의 우리들 사이에는 없 었다. 그랬다가는 벌겋게 부은 뺨이 아버지로부터 이제는 늘어질 정도로 더 얻어터질 것이기 때문이었다. 말하자면 이런 상상도 가 능할 만큼 그 결과가 처참했다는 뜻이다. 뺨이 찢어지기 직전까지 가는 그 아픔을 당하기 직전의 모골(毛骨) 송연(竦然)한 공포!

간혹 억울하게 당하는 경우도 있긴 있었다. 내 친구 철규의 경우 가 그러했는데 그는 말을 제법 더듬는 학생이었다. 그도 긴장 속 에서 겨우 암기 리듬을 따라가고 있었는데 - 철규에게 있어서 리 듬을 타는 것은 필수적 행위이다. 리듬을 탈 때에 한하여 그는 말 을 더듬지 않기 때문이다. 노래 부르면서 노래를 더듬는 말더듬이를 나는 아직까지 경험하지 못했다 – 그의 짝이 마침 준비를 소홀하게 함으로써 선생님의 슬리퍼 세례를 받게 되었다. 그 '퍼벅' 소리에 놀란 그가 안 그래도 더듬는 솜씨에 그만 리듬을 놓쳐 버리고 버벅거리게 되었을 때 돌아온 선생님의 은혜(?)는 가차 없는 것이었다. 우리의 인간적인 LSS 선생님께서는 그날 이후 말더듬이들을 따로 불러 숙제를 확인하심으로써 사전에 민원의 소지를 없애기도 하셨다. 몸, 즉 뺨으로 때우기로 작정했다면 숙제를 해야 하는 수고를 덜 수도 있었겠다고? 웃기지 마시라. 그날 인위적으로 볼거리에 걸린 애들은 방과 후에 따로 남아서 'Lesson 4'를 개별적으로 다 외워야만 어머니의 따뜻한 손길이 기다리고 있는 집으로 돌아갈 수 있었다.

때려 주시고 공포를 주셔서 고맙습니다, 선생님. LSS 선생님 덕분으로 나는 그 'Tom and Judy' 교과서 한 권을 온통 영어로 다 외웠으며 나이답지 않게 영어 회화에 대한 자신감이 넘쳐서 영어로 말할 상대를 찾아다닐 정도였다. 어느 날 오후 하교를 하는데 저쪽에서 까만 정장을 하고 007 가방을 든 젊은 서양인 두 명이 오고 있었다. 나는 회심의 미소를 지었다. 이제 이 유창한 영어 회화 실력을 뽐내어 보리라, 그것도 교과서에 나오는 미국 북동부식 정통 문법으로 무장한. 나는 그들에게 다가갔다. 나중에 알게 된 바이지만 그들은 '말일 성도 예수 그리스도교(모르몬교)'의 선교사들이었다. 나는 느닷없이 그들 앞을 가로막으며 딱 버티고 서서 교과서에 있던

"I am sorry I am very poor of English conversation."

을 소리 높여 외쳤다. 그들의 황당했던 눈빛이 떠오른다. 그렇지 않

았겠는가? 그들과 내가 언제 영어로 대화를 나눈 적이 있었던가. 누가 물어나 봤는가. 갑자기 쳐들어와서는 대뜸 '영어 회화에 서툴러서 미안합니다.'를 외쳐대며 사과부터 하고 보는 까무잡잡한 어린 동양인 소년에게 그들이 보일 반응이 달리 무엇이었겠는가. 아니면 그들이 본국을 떠날 때 참가한 'Orientation about South Korea' 시간에 자신들의 임지인 한국을 '동방예의지국(東方禮儀之國)'으로 소개 받았던 그 실체가 이 어린 한국 소년을 통하여 증명되었는지 그건 모를 일이었다. 한동안 멍~하던 그들 중 한 명이

"I am sorry I am very poor of 한국말 conversation, too."
라고 미소로 대꾸해 주면서 내 어깨를 살짝 건드렸다. 그 신체 접촉에 놀란 내가 다음 말이 떠오르지 않아 머뭇거리자, 미소와 함께 다음 대화가 내 입에서 나오기를 한참이나 기다려 주던 그들은

"So long. See you later."
이라고 손을 흔들어 작별 인사를 하며 사라져 갔다. 나는 떠나는 그들의 뒷모습을 아쉽게 바라보기만 했었다. 비록 한마디로 끝낸 영어 회화였지만 그러한 자신감을 가지게 되었다는 게 어디냐는 것이었다. 그게 다 LSS 선생님의 독특한 체벌형 교육의 효과가 아니겠느냔 것이었다.

　내가 겪은 바에 의하면 영어 선생님들은 대체로 무서우신 편이었다. 그 선생님들은 그러니까 체벌의 생산적인 영향력에 대해서 일찌감치 눈을 뜨신 것이라고 나는 판단하고 있다, 따뜻한 인간미와 함께…… 중2 때의 영어 선생님들 중에는 이런 분도 계셨다. 중2 올라와서 처음으로 맞이하는 영어 독해 수업이 시작되기 전, 담

당이셨던 BJG선생님께서는 종이 치기 전부터 교실 문 앞에서 기다리고 계시다가 '뎅~뎅~뎅~'과 동시에 문을 활짝 열고 들어오시면서

"모두 일어서! 우리는 충무공의 후손들이다."

를 외치시고는 영어 단어 하나를 발음하며 우리를 향해 돌진하셨다. 처음에 우리는 선생님께서 인사도 받지 않으시고 곧바로 시작하신 그 급작스러운 퍼포먼스에 대하여 그게 무엇을 요구하는 행위인지 모르고 멍청하게 서 있기만 했었다. 과정은 건너뛰고, 결과적으로 50여 명 전부 이유도 없이 따귀를 한 대씩 맞았다. 만만한데 말뚝 박는다고 역시 왼쪽 뺨밖에 더 있었겠는가. 그 수업 시간을 편의상 '영독'이라고 하자. 그런 퍼포먼스가 한두 번(한두 시간: 우리들은 그 다음의 '영독' 시간에도 빠짐없이 다 맞았다.) 계속되자 애들은 그 선생님의 의도가 무엇인지를 알아차리게 되었으며 머리를 굴려 영어 단어 암기 공부를 시작했다. 우리의 추측에 따르면 그것은 선생님의 기습적인 그 영어 발음의 낱말 뜻을 맞추어야 한다는 것이었다. 선생님의 영어 발음이 본토 발음에 가까웠는지, 일본식 발음에서 자유롭지 못했는지를 따진다면 그건 제자로서의 인간적 도리가 아닌 것이다! 세 번째 '영독' 시간! 우리들은 공포감 – 단 한 대의 귀싸대기라도, 그 우람하여 우리들의 왼쪽 얼굴 전체를 덮으면서 밀어 버리는 선생님의 오른손바닥의 맛은 충분히 공포스러운 것이었다 – 을 동반한 긴장 상태에서 야릇한 기대감과 함께 그 시간을 기다렸으며 드디어 종소리와 동시에 선생님께서는 '뜨루'라고 외치시면서 우리들을 향하여 돌진하셨다. 교실 문 쪽에 앉은 운 나쁜 애

들의(그 교실은 문이 하나밖에 없었다. 따라서 문 가까이 앉은 애들은 그만큼 생각할 시간적 여유가 없었다. 문이 둘이라도 마찬가지 아니냐고? 아니지. 선생님께서 앞문으로 들어오시면 뒤쪽의, 뒷문으로 들어오시면 앞쪽의 아이들이 상대적으로 생각할 시간을 더 가질 수 있는 것 아니겠는가. 뭐, 결과는 마찬가지일 테지만⋯⋯.) 왼쪽 뺨이 작살나기 시작했다. '퍽!' 소리는 한동안 계속되었다. '뜨루!' '퍽!' '뜨루!' '퍽!' '뜨루!' '퍽!'⋯⋯. 그 소리가 교실 중간쯤에 왔을 때 한 아이가 선생님의 '뜨루!'에 뒤이어 '관통!'이라고 외쳤다. 1, 2초가 흘렀다. 그 애도 '퍽!' 소리로 끝맺었다. 그 1, 2초의 시간 동안 선생님은 '이걸 때릴까 말까' 하고 망설이시는 것 같았다. 나 또한 묵비권을 행사했으며 그 결과는 '퍽!'이었다. 교실의 거의 끝부분쯤 그 '뜨루!' '퍽!' 소리가 이어지더니 또 한 아이가 '진실!'이라고 드높이 외쳤다. 선생님의 손이 그 애의 왼쪽 뺨 바로 앞에서 멈추었다. 아, B선생님의 순발력이라니! 선생님은 바로 그 다음 학생, 즉 마지막 학생을 향하여 '오픈'이라고 새로운 때릴 거리를 발음하시는 것이었다. 그러나 맨 끝의 그 애는 우리 반에서 공부를 제일 잘하는 동식이였다. 이제 완벽하게 선생님의 의도를 알아챈 그는 '열다!' 하고 크게 부르짖었지만 그 부르짖음은 예외 없이 '퍽!'으로 끝나 버리고 말았다.

"'열다'는 '오픈(open)'이고 '오픈(orphan)'은 '고아'야."

p와 f 발음의 변별적 자질을 표현하는 데 약간의 문제점을 가지신 선생님의 이 한마디는 우리 반에서 일등짜리 동식이를 약 올리기에 충분한 것이었다. 그러나 그의 용기는 선생님을 바로 쳐다보지 못하고 고개 숙여, 변별력 없는 그분의 발음에 대하여 씨부렁거

리며 욕하는 것까지였다.

"그거나 그거나, 씨 팔아 똥 사먹어라."

나는 깜짝 놀랐다. 혹시 동식이가 내뱉은 '씨 팔'을 선생님이 들은 것이나 아닌지 내 시선은 동식이와 선생님을 번갈아 봐 대느라고 몹시 바빴다. 다행스럽게도 나의 귓바퀴까지가 그 목소리가 도달할 수 있었던 최대 범위였던 것 같았다. 내가 아는 동식이는 선생님에게 쌍시옷이나 발음해 대는 막가파가 아니었다. 중1 때만 해도 그는 조신하고 소극적인 자세 때문에 나의 호감을 샀던 애였다. 중2가 되면서 그는 보다 적극적이고 열성적이며 활발한 청소년으로 바뀌어 있었다. 자신의 신체적 콤플렉스를 당당하게 이겨낸 것 같은 그의 태도 변화를 나는 물론 환영하는 쪽이었지만 아무래도 중1 때보다는 그와의 마음의 거리가 멀어지고 있다는 것을 느끼지 않을 수 없었다.

이 글이 자꾸만 곁가지로 흐른다고 잔소리를 준비하고 있는 독자 여러분! 용서해 주십시오. 제가 친구인 동식이를 소개하고 싶은 욕구가, 일관성 없는 글쓰기라는 걸 한눈에 파악하고 있는 독자 여러분들의 비평가적 판단을 이겨내고 있는 현상에 대해서 무어라 드릴 말씀이 없습니다. 저는 동식이 얘기를 해야만 합니다.

동식이는 K중학교에 입학하고 나서 내가 맨 처음 사귄 같은 반 친구였다. 얼굴이 순정 만화책에 나오는 예쁜 계집애 같았다. 입학 초, 쉬는 시간에도 언제나 자기 자리에 앉아 책만 보는 예쁘고 조용한 그 애에게 조용한 성격의 내가 마음이 끌린 건 당연한 일이었을 것이다. 그런데 동식이는 소아마비로 인하여 왼쪽 다리를 약간 절었다. 왼쪽 다리를 앞으로 툭 내어던지듯이 걸었다. 그의 비활동성이 그의 걸음걸이로 인한 것이었는지도 모르겠다.

어느 날 방과 후, 동식이와 내가 처음으로 함께 하교를 하던 날을 기억한다. 내 딴에는 그를 배려한답시고 그의 걸음걸이에 보조를 맞추며 천천히 걸어가고 있었는데 큰길 저 앞에서 한 떼의 여학생들이 깔깔거리며 우리 쪽으로 오고 있었다. 갑자기 동식이가 걸음을 멈추더니 가방에서 무언가를 찾기 시작했다.

"동식아, 뭐 하노?"

갑작스러운 그의 행동에 내가 멀뚱한 상태로 물었다.

"으응? 응. 저, 뭐, 찾을 끼 있어서……."

동식이가 얼버무리며 하던 행동을 계속했다. 한 떼의 여학생들이 우리를 지나치고 있었다. 동식이는 고개를 숙인 채 계속 가방을 뒤적거리고 있었다. 그녀들은 우리의 존재를 아예 무시한다는 듯이 더 재잘거리면서, 서로를 밀치면서, 깔깔거리면서 우리 옆을 지나갔다. 그녀들이 오른쪽 골목으로 사라진 후 동식이는 뒤적거리고 있던 가방으로부터 시선을 거두고 다시 걷기 시작했다.

"뭐 찾았노?"

"아, 그냥. 갑자기 뭐가 생각나서……."

동식이는 나를 향하여 무슨 말인가를 하려는 듯 입을 달싹거리다가 흘깃거리면서 앞서 걸어갔다. 나는 고개를 갸우뚱거리며 그의 뒤를 바쁘게 따라갔다.

"봉우야, 니 중1 때 생각나나? 처음으로 내하고 같이 집에 갈 때."

K대학 공대에, 그것도 전자공학과에 입학한 동식이와 오래간만에 만나서 학교 안 로터리의 벤치에 자리를 잡았을 때 그가 내 어깨에 손을 얹으며 말했다. 뜬금없는 그의 물음이 나를 약간 당황하게 만들었다.

"엉?"

나무 벤치 위를 지붕처럼 덮으면서 무성하게 뻗은 등나무 넝쿨 사이사이로 포도송이 마냥 드리운 연보랏빛 등꽃 냄새가 달콤하면서도 시원하게 코를 간지럽혔다. 후각의 덕분이었는지 나는 곧 그때의 장면을 떠올릴 수 있었다.

"언제? 아, 그때……. 6년 전이네. 갑자기 그때는 왜?"

그때 동식이가 뜬금없이 가방을 뒤적거렸고 나는 의아해 했었지.

"내가 왜 갑자기 가방을 뒤적거렸느냐 하면……."

동식이는 한참 뜸을 들였다. 그리고 무심한 듯한 표정을 준비한 후 로터리 가운데 우뚝 솟은 시계탑을 쳐다보며 말했다.

"그 계집애들한테 내가 다리 절뚝이는 모습을 보여 주기 싫어서였어."

나는 무엇에 얻어맞은 느낌이었다. 그가 말을 이었다.

"사춘기였잖아. 나는 길을 가다가도 저쪽에서 누군가가 오면 전봇대 뒤에 숨든지 벽에 기대든지 하면서 내 다리 저는 걸 감췄어. 그렇게 중 1학년을 보냈어."

새끼손톱만 한 등꽃잎 한 잎이 5월의 미풍에 나풀거리며 날아가고 있었다. 어디서 왔는지 나비 한 마리가 그 꽃잎을 따라 날개를 나풀거렸다. 내 시선도 그 꽃잎과 나비를 따라가고 있었다. 동식이의 시선을 피하기에는 마침 적당한 핑계거리였다.

"엄마가 그 사실을 아셨어. 참 슬퍼하셨지. 당신의 잘못이 아닌데도 엄마는 자책하셨어. 홍역 뒤의 소아마비였대. 엄마는 나를 업고 좋다는 병원은 다 돌아다니셨대. 언제나 병원 문이 열리기 전에 문 앞에서 기다리셨대, 제 일착으로 진료 받으려고……. 의사 선생님이 말씀하셨대, 당신 정성이 애를 살린 거라고. 엄마 아니었으면 나는 그때 죽었을 거래. 엄마는 사람들 앞에서 내가 걸음걸이를 감춘다는 사실을 아시고부터 나를 혼자 내보내지 않으셨어. 중 1학년 겨울 방학 때 나는 집 밖으로 나가지 않았어. 덕분에 이것저것 닥치는 대로 읽어제꼈어. 그때 읽은 글 중에 이런 게 있었어. 니도 알걸? 이은상 선생의 수필 중에 '어머니의 초상'인가, '어머니의 그림'인가 있었지? 제목은 대충 그래. 왜, 한 청년의 어머니가 애꾸눈이었잖아. 그런데 성공한 그 청년이 화가한테 자기 어머니의 초상화를 그려 달라고 했잖아. 두 눈이 온전한 상태의 어머니 얼굴을 그려 달라고……."

"아, 생각난다. 그래서 선생님이 그 청년한테 그래서는 안 된다는 내용으로 편지를 써서 충고하는 글 맞제? 어떤 형상이어도 당신의 어머니는 그 한 분뿐이라는……."

"그래그래. 그 글을 읽고 나는 며칠이나 생각했어. 우리 엄마가 나의 그런 행동 때문에 얼마나 속이 상하셨을까. '부모 잘못으로 저렇게 애를 마음 고생 다 시키고…….' 엄마의 마음이 내 눈에 훤히 보이는 거야. 나는 벌떡 일어났어. 아, 내가 이래서는 안 되겠다. 생긴 대로 살아야지. 어차피 내 인생이잖아. 내가 의기소침하다고 해서 누가 내 편이 되어 줄 것도 아니고, 나도 그들이 보내는 연민의 시선에 언제까지나 의지하고 살아서도 안 될 것이고……. 자, 내 앞길은 이제부터 내가 열어나가고 내가 내 인생 책임져야지. 그런 생각이 나를 이끌기 시작한 거야. 생긴 그대로의 어머니를 사랑하라는 노산 선생님의 가르침이 나에게 그대로 적용된 거지. 그렇지, 나는 생긴 그대로의 나를 사랑해야지. 말하자면 내 자존감을 회복한 계기가 그 글이었다는 거야."

동식이는 잠자코 듣고 있는 나를 향하여 싱긋이 그러면서도 환하게 웃어 주었다.

나는 그전보다 몰라보게 달라진 중 2학년 초의 동식이를 떠올렸다. 내가 낯설어 할 정도로 그는 변해 있었다. 그것이 바로 그가 지난한 과정을 이겨내고 얻어낸 결과물이었음을 나는 그때 대학 1학년, 5월의 훈풍 속에서 알게 된 것이었다.

등꽃잎 한 잎이 하늘거리면서 땅에 떨어질 정도의 시간이 침묵 속에서 흘러갔다.

"아이구, 시간이 이래 됐네. 나 수업 간다."

그는, 여전히 할 말을 찾지 못한 채 그를 바라만 보고 있던 내 어깨를 한 번 툭 치고는 수양버들 늘어진 가로수 길을 따라 공대 쪽으로 걸어갔다. 의기양양하게 어깨를 쩍 벌리고는, 그를 아직도 바라보고 있을 내 시선을 위하여 팬 서비스라도 하듯 엉덩이를 과장되게 씰룩거리면서.

내가 생각지도 못했던 아픔을 나보다 공부 잘하고 예쁜 동식이가 앓고 있었구나. 아무것도 아니어서 – 정말 아무것도 아니지 않은가 – 내가 인식할 수도 없었던 사소함이 그에게는 온통 아픔으로 작용하고 있었던 것이다. 그러나 그는 자신을 이겨내었으며 나는 세상에서 가장 강한 작은 거인의 뒷모습을 한참이나 바라보고 있었다.

사람들은 제각각 한두 개쯤의 아픔을 앓으며 살아가고 있었고, 나는 동식이를 통하여 이렇게 타인의 아픔과 그 극복 의지를 배워가고 있었다.

그러나 '관통!'이라고 외쳤던 봉진이는 얼어맞은 왼쪽 뺨을 문지르며 선생님께 이렇게 조심스럽게 반문했다.

"선생님, '뜨루(through)'는 '관통'이 맞지 않습니까?"

라고……. 그러자 t와 θ 발음의 변별적 자질을 표현하는 데 약간의 문제점을 가지신 선생님이 대답하셨다.

"내가 발음한 '뜨루'는 '진실[true]'이고, 니가 대답한 '관통'은 '뜨루'야."

라고…….

그랬지만 나는 B선생님의 체벌에 대하여 손톱만큼의 불만도 없었을 뿐 아니라, 내가 존경하는 분들 중 최상위권에 그분을 앉혀 놓았으며 그 인간적 면모에 대해서는, 나에게 글 쓰고 말할 기회가 또 생긴다면, 필설이 다 닳더라도 쓰고 말하기를 주저하지 않겠다.

중2 때의 늦은 봄, 그때만 해도 학년 초가 되면 학교의 분위기는 선생님들의 가정 방문 건으로 시끌시끌했다. 선생님이 자기네 동네로 가정 방문을 오시는 날이면 그 동네에 살고 있는 애들이 모두

대기 상태로 선생님 맞을 마음의 준비를 하곤 했었다. 자신의 담임 선생님이 아니어도 길 안내 – 친구들 집을 가르쳐 드리려고 – 를 위하여 그 동네 애들은 기꺼이 그 대열에 동참하는 것이었다. 2학년 2반 담임이셨던, 위에서 언급했던 B선생님이 우리 동네로 오신다는 정보가 들어왔다. 나는 3반이었지만 안내 담당 세 명 중에 끼어들었다. 네댓 집을 돌고 마지막으로 영천에서 유학 온 덕수네 집을 갈 차례였다.

일단 가정 방문 시즌이 되면 엄마들은 비상 대기 상태로 돌입해야 했다. 형편이 넉넉한 집이건 그렇지 못한 집이건 간에 선생님 대접을 소홀히 해서는 안 되는 일이었기 때문이었다. 벌써 여러 집을 돈 B선생님은 몇 잔의 커피를 마시셨으며, 따라서 선생님의 자전거를 쫄래쫄래 따라다니는 몇 명의 우리들에게 이제 더 이상은 커피를 마시지 못하겠다고 푸념을 하셨다. 당시만 해도 커피 문화가 활성화되지 못했던 시절이었고, 엄마들의 머릿속에는 선생님에게 그 귀한 커피를 맛있게 타 드리는 것이야말로 가장 세련되고 멋있는 대접이라는 인식이 깔려 있었을 것이었으므로.

덕수 할머니의 말씀을 빌리면 덕수는 영천에서 공부를 너무너무 잘했고 따라서 영천 천재 덕수가 진학할 중학교는 D시의 K중학밖에 더 있었겠느냐는 것이었다. 따라서 덕수는 고향을 떠날 수밖에 없었고 할머니와 함께 이곳 우리 동네에서 자취를 할 수밖에 없었던 것이다. 덕수네 집은 툇마루 딸린 단칸방에 가구라고는 덕수 키 높이도 안 되는, 옆방과 경계를 삼기 위하여 툇마루를 막고 세로로 서 있는 찬장 하나가 전부였다. 선생님을 반갑게 맞이하시면서 덕수 할머니는 우리들도 방 안으로 들어가기를 청하셨다. 덕수를 포함한 우리 네 명은 방 안 윗목에 일렬로 꿇어앉았다. 선생님과 할머니와의 상담이 어느 정도 진행되고 나자 덕수 할머니는 선생님을 대접하신답시고 커다란 된장 뚝배기에 철철 넘치게 커피를 한 ⑺ 잔 태워 오셨다. 할머니는 긴장하셨을 것이었다. 무엇을 대접해야 할지 이웃의 엄마들에게 여쭈어 보셨을 것이었다. 커피 대접이 최선이라는 말씀을 들은 할머니께서는 당신이 평생을 사시면서 한 번도 보지 못한 그 시커먼 커피 가루를 이웃으로부터 얻거나 빌리셨을 것이었다. 이왕이면 다홍치마라고 적은 것보다는 많은 게 더 큰 대접이라고 여기셨을 것이었다. 촌 할머니들이 사탕 좋아하시듯 그 니 맛 내 맛 없이 쓰기만 한 거기다가 설탕도 듬뿍 태우셨을 것이었다.

"선상님, 대접이 변변찮아 죄스럽습니더."

라면서 덕수 할머니는 쟁반째로 커피 한 뚝배기를 선생님 앞으로 들이미시는 것이었다. 당황한 시선으로 한참 동안이나 그것을 물끄러미 들여다보시던 우리의 B선생님께서는 먼저 덕수 할머니의 눈치를 보셨으며 다음으로는 윗목에 쭉 꿇어앉아 선생님을 뚫어지도록 바라보고 있던 우리들을 한 명 한 명 훑어 내리셨다. 나는 양반다리 무릎 위에 놓였던 선생님의 두 주먹이 꽉 쥐어지는 걸 보고 있었다. 마침내 B선생님은

"잘 마시겠습니다."

라는 인사말과 함께 그것을 양손 엄지와 검지를 이용하여 번쩍 들어올리시더니, 막걸리 한 사발 들이켜듯, 꿀꺽꿀꺽 그야말로 원샷

을 해 버리시는 것이었다.

"캬, 맛있네."

라고 감탄까지 하시면서…….

우리는 참으로 궁금했다. 더 이상 커피를 마시지 못하겠다고 우리들에게 푸념까지 하신 선생님이 어떻게 그 많은 커피 한(?) 잔을, 그것도 원샷으로 해치우셨을까? 커피를 너무너무 좋아하시는 선생님의 내숭이셨을까? 덕수와 할머니의 배웅을 뒤로 하고 그 집을 나오자마자 궁금증에 약한 춘식이가 조심스럽게 선생님에게 그 까닭을 물었다.

"샘예, 아까 용식이 집에서는 커피를 안 마시겠다고 하셨잖아예."

B선생님은 우리들 걸음에 맞추어 천천히 밟으시던 자전거를 세우지도 않으시고 무심한 어조로 던지듯 말씀하셨다.

"덕수는 할머니하고 단둘이 살제? 할머니는 커피가 뭔지도 모르셨겠제? 대접은 하셔야 됐겠제? 그래서 그 많은 커피를 내 오셨겠제? 내가 안 마시면 당신의 대접이 마음에 안 들어서일 거라고 섭섭하게 생각하셨겠제?"

그러고는 우리들에게 수고했다는 말씀을 남기신 후 속도의 변화 없이 자전거의 페달을 밟으셨다. 자전거를 타고 가시는 선생님의 어깻죽지에서 날개가 돋아 선생님이 공중으로 훨훨 날아가시는 것 같았다. 나중에 나는 그 선생님의 행위가 '배려'라는 것을 알았다. 배려라는 낱말 뜻보다 그 행위를 먼저 알게 된 것이었다.

학교에서의 체벌은 좀 심한 경우라고 하더라도 그것이 자라는 청소년들을 공부하게 하고 바른 인성을 가지게 하는 지름길적인 방법이 된다고 나는 확신한다. 세상에 공부하기 좋아하는 사람이 어디 있겠는가. 더러 '공부가 제일 쉬웠어요.'라느니, '공부밖에 할 게 없었어요.'라는 등의 멘트를 우리들이 접하게 되지만, 그런 표현이 곧 '공부가 좋아요.'라는 문장과 같은 의미를 가지는 것은 아니지 않은가. 그리고 공부는 또 때를 놓치면 따라잡기 힘든 면도 있는 것이다. 따라서 머리가 좀 열려 있을 때 즉, 공부를 시키면 머리에 그 자취가 남을 수 있는 학생 시기에는 체벌을 통하여 긴장과 공포의 분위기를 조성하면서까지라도, 억지로라도 공부를 시켜야 한다는 게 교사이면서도 아들 딸, 특히 아들 키우고 살아가는 일반인인 나의 지론이다. 물론 학생의 인권도 소중한 것이다. 사람이니까. 그렇지만 그 소중한 인권을 지키고 누리기 위해서 학생들은 인권의 의미를 알아야 하고, 자유와 인권의 관계를 정립할 줄 알아야 하며, 역사 속에서 인권이 어떻게 신장되어 왔는지 그 과정을 배워야 할 뿐만 아니라 궁극적으로는 인권의 신장을 위해서 어떤 신념을 가져야 할 것인지, 어떻게 행동해야 할 것인지를 스스로 결정해야 한다. 그러기 위해서 그들은 배경 지식을 얻기 위한 공부를 해야 하는 것이다. 공부를 해야 하기 때문에 그들은 필연적으로 얻어맞아야 하는 것이다. 어린애가 체벌이나 잔소리 없이 자발적으로 공부하는 경우는 그야말로 가뭄에 콩 나듯 극히 드문 현상이니까, 전 세계적으로……. 그리고 잔소리의 경우도 몇 번만 되풀이되면 괜히 하는 사람 입만 아파지는 상황을 맞이하게 되는 것이므로, 전 세계적으로······. 간혹 학부형들 중에는 체벌이 일상화되다 보면 매질이 별로 필요 없을 경우에도 습관적으로 회초리가 먼저 나갈 수 있다는 염려들을 하시지만, 죄송한 말씀이지만 그건 기우일 뿐이라는 것이다. 내가 아는 한, 교육 현장에서의 체벌에 교사의 사적인 감정이 앞서는 경우는 거의 없다.

불효(不孝)를 넘어 패륜(悖倫)이 횡행하는 오늘날 어느 아침, 이런 대구(對句)가 떠오른다.

'응석둥이로 큰 놈 중에 효자 되는 놈 없고,

매 맞고 큰 놈 중에 효자 아닌 놈 없다.'

'만물슈퍼' 아줌마가 주선하려 했던 선 자리는 없는 것이 되고 말았다. 겨울 방학 중이었던 1월말 어느 날 저녁, 슈퍼에 콜라를 사러 갔을 때 아주머니가 나하고 시선도 마주치려 하지 않으면서 말을 걸어 왔다.

"아이구, 최 선생님. 이거 미안해서 어째여?"

나는 직감적으로 그 선 자리가 무산된 것임을 눈치 챘다. 아니면 슈퍼 아주머니가 나에게 그토록 미안해할 일이 있을 리가 없었기 때문이었다. 내 동생을 위하여 돈도 빌려 주었겠다, 슈퍼에 갈 때마다 다정하고 사근사근하게 잘 대해 주겠다, 농담도 자기 머리가 돌아가는 데까지는 다 받아주려는 배려심도 가졌겠다, 그러니 아주머니가 미안해할 일은 그것밖에 없었다. 알면서도 나는 아주머니가 계속 미안해 하라고 일부러 물어보았다.

"뭐가요, 아주머니?"

"왜, 전에 그 '황약방' 둘째딸하고 선 보자고 했잖아여, 우리."

우리?

"아, 예……. 그거요? 그래서요?"

"그 처녀가 메칠 전에 왔어. 동상 방학은 12월초에 시작됐는데 동상이 방학 때도, 머라더라, 윈타 스쿨?"

"예, 윈터 스쿨이라고 있어요. 겨울 방학 때도 공부하는 거."

"아, 그래여? 공부 참 열심히 했는갑제? 저거 아부지도 나한테 영어로 떠듬거리민서 자랑삼아 해 쌓대. 그래 동상이 그걸 했능개비라. 그래 메칠 전에 내려왔는데 저거 아부지가 선 보라고 하니께 한참 머뭇거리디만 자기는 사귀는 사램이 있대여. 하기사 젊은 나이에 직장도 없는데 서울서 생활하다 보민 애인도 생기고 할 꺼라. 처녀가 그렇기 말하는데 아부진들 머 우짤 수가 있겠어여? 처녀 애인이 누군지는 나종에 알기로 하고 우선 나한테 없던 걸로 하자민서 저거 아부지가 뒤통수 벅벅 긁으민서 말하대여."

나는 아무래도 좋았다. 오히려 잘된 것 같았다. 그것 때문에 정 선생에게 마음으로 꺼림한 느낌을 더는 가지지 않아도 되었기 때문이었다. 정 선생은 가타부타 말이 없었고 내 쪽에서 새삼스럽게 다시 말을 꺼내기도 뭣해서 나는 시간 속에 우리 관계를 던져둘 수밖에 없었다. 그렇게 학년말이 흘러가고 있었다.

24. 어, 어머니

새 학기가 시작되었다. 운동장 구석구석에 잔설이 남아 있는 3월, 백화산에서 불어오는 칼바람은 학교 전체를 을씨년스럽게 몰아갔다. 학교 담장을 대신하고 있는 키 큰 포플러들은 겨울 바람의 긴 호흡에 따라 한번 한쪽으로 쏠리게 되면 좀처럼 바로 서지를 못했다.

> 겨울 나무와
> 바람
> 머리채 긴 바람들은 투명한 빨래처럼
> 진종일 가지 끝에 걸려
> 나무도 바람도
> 혼자가 아닌 게 된다.
>
> ─ 김남조, 〈설일: 1연〉 ─

김남조의 〈설일〉이 떠오르는 계절이었다. 교실의 유리창들은 바깥의 찬 기운을 온몸으로 막아내는 대신에 '퍼르르퍼르르' 가련한 비명을 질러대고 있었다. 무쇠난로가 벌겋게 달아 있는 교무실 안에서도 선생님들은 어깨를 움츠리고 팔짱을 낀 채

"어, 추워."

를 연발하였다. 시골이 그들의 마음을 더 춥게 만드는 것 같았다.

나는 중학교 3학년 2반의 담임이 되었다. 중학교로 발령이 난 교사는 중학교 근무를 원칙으로 한다는 게 그 해 교장 선생님의 방침이었다. 이름도 생소한 84개의 눈동자가 긴장 속에서 나를 보고 있었다. 아니, 82개밖에 안 되었다. 한 명이 보이지 않았다.

"도현진! 현진이는 첫날부터 결석이네. 왜 안 왔는지 아는 사람 있어요?"

출석을 불러 도현진의 결석을 확인하고 나는 애들에게 물었다.

"현진이 아부지가 돌아가셨어여. 교통 사고래여. 어제아래 돌아가셨대여."

현진이와 같은 동네에 산다는 김성탁의 대답이었다.

닷새 후 현진이는 거무스름한 아래쪽 눈두덩을 손으로 비비면서 나타났다.

현진이네는 학교에서 20리쯤 떨어진 신천이라는 마을에서 살고 있었다. 충청도 쪽에서 흘러온 산기슭 아래였다. 어머니는 현진이가 초등학교 6학년 때 돈 벌러 나가서는 지금까지 소식이 없다고 했다. 담배 농사를 지으시는 할머니, 아버지와 세 동생들이 현진이의 가족이었다. 아버지는 1~2년 전부터 농한기인 겨울이면 1톤 트

럭에 잡화를 싣고 이 동네 저 동네 행상을 하셨다고 했다. 그러다가 올 2월말, 눈 쌓인 고갯길을 넘다가 트럭이 미끄러지는 바람에 트럭과 함께 현진이 아버지는 절벽 아래로 굴렀다는 것이었다.

현진이는 소리 없이 울고 있었다. 굵은 눈물덩이가 빛바랜 바지의 무릎 위로 뚝뚝 떨어져 스며들었다. 나는 현진이를 안아 주었다. 현진이의 흐느낌으로 인한 떨림이 내 가슴까지 흔들리게 하고 있었다.

"현진아, 아픈 상처를 다시 생각나게 해서 미안해. 그런데 사람은 누구나 가까운 사람들과 헤어지게 되어 있어. 조금 늦게 이별할 수도 있고 너처럼 조금 빨리 이별할 수도 있어. 이제 네가 집안의 가장이겠네. 그러니까 네가 굳게 마음먹고 용기를 내야 해. 그래야 할머니도 동생들도 너의 강한 모습을 보고 안정을 빨리 되찾을 수 있겠지? 나도 네가 강한 애가 되도록 도와 줄게. 알았지?"

그림자는 길어질수록 짙어지는 법이니까 나는 나름대로 현진이가 하루빨리 그 아픔을 떨쳐 버리고 기운을 차릴 수 있도록 해 주고 싶었지만 그러나 내가 현진이에게 할 수 있는 말은 이런 상투적인 위로뿐이었다. 현진이는 우느라고 대답은 못 하고 그 무거운 고개만 끄덕거리는 것이었다. 누구나 이별 당하게 되는 게 삶의 과정인 걸 어쩌랴.

나도 어머니로부터 한참이나 빨리 이별을 당했다. 내가 고등학교를 졸업하고 대학에 입학하기 직전 어머니는 뇌출혈로 돌아가셨다. 돌아가시기 3년 전, 어머니는 빨랫감 한 자배기를 이고 T동에서 전에 살던 B동네로 빨래를 하러 가셨다. 내가 태어났던 D동에서 B동을 거쳐 T동으로 이사 오고 나서 몇 년 뒤의 일이었다. B동은 가운데로 넓은 신천이 흐르고 있었다. B동 아주머니들은 거의가 신천에서 빨래를 했다. 도시 가운데를 흐르는 물 같지 않게 신천의 물은 맑고 수량도 비교적 풍부했다. 그 강둑 위의 신작로를 건너면 N여고가 서 있었는데 그 N여고의 별명이 빨래 방천이었다. 그런데 T동에서 B동까지의 거리가 참으로 만만찮았다. 걸어서 두 시간은 족히 걸렸을 것이다. 그놈의 빨래가 뭔지 머리에는 한 자배기의 빨랫감을 이고 어머니는 두 시간여를 걸어서 B동의 신천으로 가셨던 것이다. 그리고 첫 번째로 쓰러지셨다.

깨어난 어머니의 말씀에 의하면 그때 빨래를 하는데 자꾸만 몸이 왼쪽으로 넘어가더라는 것이었다. 바로잡으려고 애를 써도 애를 써도 왼쪽으로 넘어가는 몸을 견디다 못해 어머니는 하던 빨래를 대충 헹궈 자배기에 넣고는 왼쪽으로 기울어지는 몸을 억지로 바로잡으며 빨래 자배기는 챙기지도 못한 채 그 먼 길을 서너 시간이나 걸려서 집으로 돌아오셨다는 것이다. 그리고는 우리 집 방문 앞에서 쓰러지셨던 것이다. 아주 나중에 내가 어른이 되었을 때, 당시 어머니의 증상이 무엇을 의미했는지 알고 나서 나는 우리 어머니의 그 초인적인 귀소 행위에 대하여 입을 쩍 벌릴 정도로 놀랐다. 집으로 돌아오는 그 몇 시간의 필사적인 사투에 대하여 어떻게 필설로 그걸 표현할 수 있을까. 어지러움과 흔들림과 올라오는 욕지기에 대하여 나는 달리 할 말을 찾지 못하겠다, 지금도. 왜 어머니는 꼭 집으로 오셔야만 했을까? 비틀거리면서 걸어오시다가 눈에 띄는 아무 병원에라도 쑥 들어가셨으면 어땠을까? 그 상황에서도 병원비가 어른거리셨을까? 그 증세로 인하여 앉아 있어도 자꾸만 한쪽으로 기울어지면서 넘어지는 모습을 나는 먼 훗날 내 옆에 앉아 있던 선생님을 통하여 직접 목격했던 것이다. 그 선생님은 내가 자꾸 바로잡아 앉히는데도 계속해서 오른쪽으로 넘어지곤 했었다.

그렇게 방문 앞에서 쓰러지시고 3일이 지난 후 어머니는 의식을 회복하셨으며 물론 돈이 없어서 병원에는 다니지도 못한 채 눈물겨운 의지만으로 거동을 하실 수 있었는데 왼쪽 팔다리는 항상 저리다고 하셨지만 당신은 절대로 다른 사람에게 그것을 내색하지 않으셨다. 어머니의 자존심이었을까, 아니면 다른 이들에게 부담 주지 않으려는 마음 씀씀이였을까? 견디지 못할 정도가 되면 다른 사람이 들을세라 내 귀에 대고

"어이, 장남. 요기하고 고기가 저릿저릿해. 살째기 주물러 줄래?"

하시는 것이었다. 그것도 내가 책 나부랭이나 펴 놓고 앉아 있으면 절대로 시키지 않으셨다. 그렇게 해서 억지로라도 차도가 보이자 어머니는 빌어먹을 나의 그 공납금 때문에 그 몸을 하고도 앞에서 이야기한 바 있는 김 장사를 하시게 된 것이었다.

내가 K대학에 합격한 직후인 2월 하순의 어느 날 아침……, 그날도 어머니는 툇마루에서 빨래를 하고 계셨다. 최초로 쓰러지신 지 3년이 다 되어가고 있었다. 나는 그때 방 안에서 E. 브론테의 〈폭풍의 언덕〉을 읽고 있었는데 서서 빨래를 치대고 계시던 어머니께서 갑자기 '어어어' 소리를 내시며 땅으로 내려앉는 것이었다. 나는 맨발로 뛰어나가 무너져 내리는 어머니의 몸을 뒤에서 안았다.

어머니는 내 품에서 힘을 놓아 버렸다. 나는 어머니의 무게를 느끼지 못했다. 당혹감과 억울함이 내 가슴을 쳤다. 나는 안 된다고 외쳤다. 소리는 나오지 않았다. 나는 어머니를 방 안으로 모셨다. 옆방 사시던 아주머니가 누워 있는 어머니의 허리 쪽으로 손바닥을 넣어 보더니 고개를 절레절레 흔드셨다. 허리와 방바닥이 붙어 손바닥 들어갈 틈이 없다는 것이었다. 연락을 받고 달려온 K원장은 청진기를 귀에서 떼면서 말했다.

"197×년 2월 24일 오전……."

그는 시계를 보았다.

"10시 13분 운명하셨습니다."

나는 말문이 닫혔다. 울음이 나오지 않는 불효를 저지르고 있었다. 그때 아버지는 안 계셨고 동생도 없었다. 나는 어머니와 함께 나란히 누워 있었다. 흰 천으로 얼굴을 가린 어머니. 나는 그 천을 몇 번이나 들추어 어머니의 얼굴을 바라보았다. 당신의 삶 가운데에서 가장 편안한 얼굴로 어머니는 장남 옆에 누워 계셨다. 가난으로 점철되었던 어머니의 53년의 생애. 일본 큐슈의 후쿠오카에서 태어나셨고, 엄격하셨던 아버지(나의 외할아버지) 밑에서 조용히 유년기와 소녀기를 보낸 후 십대의 막바지에 혼인을 하셨고, 해방 직후 먹을 것 없는 고국을 향하여 똑딱선 타고 현해탄 건너와서는 줄곧 가난 속에서 체념의 삶을 이어가셨던 어머니. 굶는 게 오히려 자연스러웠던 당시의 사회 현실에 어머니의 가난을 책임지라고 할 수밖에 없는 전(全) 국민의 빈곤화. 어머니는 우리나라의 불행한 세대군(群)에 속했다.

더 이상 시신을 묻을 장소가 없는 시립 공동묘지의 아래쪽 길가 한 귀퉁이에서 어머니는 그렇게 영원히 잠이 드셨다. 돌아가신 후에도 넉넉한 잠자리 하나 건지지 못하셨던 어머니의 운명적 가난. 동사무소에 사망 신고를 하러 가는 날, 그제서야 울음이 터지기 시작한 나는 동사무소로 이어져 있는 어느 대학의 몇 백 미터나 되는 담장을 따라 걸으면서 주먹으로 벽을 치며 눈으로는 눈물을 쏟으며 하염없이 울고 또 울었다.

초등학교 6학년으로 진급하자마자 어머니는 나를 잡았다. 매일 새벽 한두 시까지 회초리를 손에 쥔 엄마와 개다리소반을 책상 삼아 가운데 놓고 대치하면서 졸리는 눈을 비벼대었던 나는 명문 K중학 입학을 위한 수험 공부에 그렇게 매진했던 것이다. 중학교 입학시험을 며칠 앞둔 새벽, 겨우 그날 치 공부 양을 끝내고 기진해서 잠에 빠져 버린 나를 보며, 내 이마를 쓸며 어머니는 영자 누나에게 이렇게 말씀하셨다는 것이다.

"이놈아 이거 돈 벌어서 이 에미한테 용돈 쥐여 줄 때까지 살겠나?"

어머니, 자신의 운명을 섣불리 예단하지 마실 걸 그랬어요.

정처 없는 행상의 길을 떠나셨던 아버지는 우리 남매들이 친척들의 도움을 받아 어머니의 장사를 치르고 나서도 3일이 지난 후에야 집으로 돌아오셨다. 아버지께서 시도하시지 않는 이상 대책 없이 연락은 두절되게 되어 있었다.

　아버지께서 그 당시 하신 일은 알전구 행상이었다. 25개 들이 알전구 박스를 수십 통씩, 많을 때는 백 수십 통을 도가(都家)에서 외상으로 떼 와서 짐자전거 뒤에 싣고는 경상북도 일원으로 돌아다니며 시골의 조그만 구멍가게나 소매상에 중도매로 물건을 넘기는 것이었다. 가까이는 D시 근처의 영천이나 하양, 멀리는 울진까지도 다니셨기 때문에 한번 장사길 나가시면 보름씩, 어떨 때는 한 달씩도 집을 비워야 하는 것이 아버지의 삶이었다. 알전구 하나의 무게는 가볍기 짝이 없었지만 그것이 종이 박스에 담겨 자전거 뒤에 어른 키보다도 높게 쌓이게 되면 어지간한 이력 없이는 그 자전거의 중심을 잡는 일조차 버거워지는 것이었다. 몇 날씩 걸려서 소매상에 한두 통씩 물건을 넘기고 빈 자전거로 돌아오는 길은 물론 힘이 안 드는 자전거 드라이브였겠지만 짐을 가득 싣고 출발할 때는 집에 남은 우리 가족 모두가 새벽같이 일어나 뒤뚱거리며 멀어져 가는, 알전구 박스들이 공중에 둥둥 떠서 날아가는 듯한 아버지의 짐자전거를 배웅해야만 했던 것이다.

　잘 깨어지는 속성을 가진 물건이었으므로 당시 아버지께서는 어머니에게 푸념처럼 물건의 약 5% 정도가 한 번의 장삿길에서 깨어져 날아가 버린다고 하셨다. 그리고 또 다른 불평거리는 오르막을 만났을 때 밀어 주겠다는 착한 마음을 가진 애들을 액면 그대로 믿어서는 안 된다는 것이었다.

　"요놈들이 말이야. 오르막에서 밀어 주겠다고 해 놓고 다마를 몇 개씩 빼 가는 거라. 언덕배기 다 올라가서 고맙다고 얘기라도 할라

치면 어느 새 달아나 버려. 뒤에 가 보면 박스가 째져 있고 몇 개씩 이나 없어요."

그러면 어머니는

"남는 건 개들이 다 가져가고 다 깨지고 당신은 헛수고만 하시는 거군요."

하면서 아버지보다 더 화가 나서 투덜거리시는 것이었다.

염소젖에 으깬 감자를 섞어 영양가밖에 없는 먹을거리를 만드시 곤 했던 아버지가 어떤 과정으로 알전구 행상을 하게 되었는지는 잘 모르겠다. 나의 초등학교 시절 후반부, 우리 집으로 들어가는 골 목길 입구에서 대폿집을 잠깐, 아주 잠깐 하신 것 외에는 그 일을 꽤 오랫동안 하신 것으로 나는 기억하는데 적어도 그 알전구 행상 일은 나의 중·고등학교 시절에서부터 내가 대학을 졸업할 때까지 계속되었던 것 같다.

그렇게 긴 행상 길에서 돌아오시면 아버지는 나를 당신의 바로 앞에 불러 앉히고는 돈 계산을 하셨다. 매번 돈의 총액은 조금씩 달 랐으나 아버지가 가져오시는 그 수금액은 당시로 볼 때는 제법 큰 액수였다. 기다란 전대에서 돈이 쏟아지면 나는 돈을 가지런하게 챙기고 아버지는 그것을 세셨다. 돈을 챙기는 일 외에 내가 또 해야 했던 작업은 일부가 떨어져 나가 버린 지폐를 짜깁기하는 것이었 다. 돈을 깨끗이 다루어야 한다는 인식은 아무래도 그때가 좀 소홀 했을 터였는지 아버지가 수금해 온 돈에는 일부가 찢어져 날아간 지폐들이 제법 있었다. 어떤 것은 이분의 일 정도나 사라져 버려서 이게 지폐로서의 기능을 할 수 있을까 하는 의구심마저 드는 것도 있었다. 돈 계산이 거의 끝나고 그런 지폐들 몇 장이 — 많을 때는 열 장이 넘을 때도 있었다 — 내 앞에 쌓이면 나는 준비된 흰 종이, 스카치테이프, 색연필 등을 가져와서는 불완전한 지폐를 정상적인 지폐에 대어본 후 그 떨어져 나간 부분만큼을 흰 종이로 채우고 거기다가 색연필로 지폐의 그림을 본떠 사라진 부분의 앞뒤를 감쪽같이 그려 넣곤 했었다. 어느 날은 그 작업이 너무 하기 싫었는데도 계속해서 시키는 아버지에게 나는 이렇게 대든 적도 있었다.

"아부지는 내가 위조 지폐범이 되면 좋겠습니꺼?"

그 당시 나는 그런 행위가 범죄에 속하는 것이라고 생각했다. 그래서 언제나 찜찜한 마음으로 그 작업을 수행해 왔었는데 그날은 바로 나의 그 도덕성이 폭발해 버린 것이었다.

"뭐?"

갑작스러운 나의 공격에 아버지는 일순간 당황하시는 것 같았다. 한참 동안이나 멍하게 나를 바라보고 계시던 아버지는 내가 하고 있던 작업을 당신 앞으로 끌어당겨 그 돌아가지 않는 손으로 흰종이를 메워 나가는 것이었다, 나의 반항에 대처할 말씀을 놓쳐 버리신 채……. 지켜보고 있던 내가 엉뚱하게 그려지는 그림을 견디다 못해 빼앗듯이 다시 가져와 그 작업을 계속하기는 했지만 나는 지금도 그때 아버지가 내게 보내셨던 그 애매모호한 눈길을 기억한다.

이제 와서 고백하지만 이렇게 보름이나 한 달 정도의 주기로 돈 계산을 하게 되는 이런 때면 나는 속으로 침을 꿀꺽꿀꺽 삼키면서 긴장 속에서 기회를 엿보아야 했는데 그것은 나의 용돈이 바로 이때 충당되어야 했기 때문이었다. 돈 간추리는 작업은 나의 중학교 3학년 때쯤부터 시작되었을 것인데 작업 초기에는 내가 어리기도 했을 뿐만 아니라 나의 엄격한 도덕성이 그런 행위를 스스로 용납하지 않았다. 더구나 손익을 따지면서 한숨 푹푹 내쉬시는 아버지를 볼 때면 나는 안타까워서, 내가 몰래 모아 놓은 돈이 있어 그거라도 더 보태 드릴 수 있다면 얼마나 아버지께서 좋아하실까 하는 마음을 가질 정도였다.

그것은 아버지의 돈 계산에 동참한 지 한두 해 정도가 지날 때까지는 감히 엄두도 내지 못하던 행위였다. 그런데 어느 날인가 계산을 다 끝내고 자리를 정리했을 때 나는 내 발바닥을 간지럽게 하는 무엇인가를 감지했던 것이었는데 발가락 사이로 그 존재를 확인한 결과 그것은 당시로서는 제법 큰 오백 원짜리 지폐 한 장이었다. 가슴이 두근거리기 시작했다. 진정코 말하건대 의도한 바는 아니었다. 그것은 그렇게 우연히 내 발 밑으로 기어들어 왔던 것이다. 나는 한동안 그 자리에 꼼짝 않고 앉아 아버지가 자리를 뜨기만을 기다렸다. 배추장수 장부 계산하듯 아버지는 그 오백 원의 존재를 모르고 계시는 것이었다. 이미 끝난 계산이었으므로 나는 그 사실을 아버지께 말씀드리지 않았고 그 오백 원은 자연히 갈라진 논바닥으로 스며드는 달디단 빗물처럼 나의 궁핍한 일상생활을 기름지게 하였는데 바로 그것이 이런 행위가 반복되게 하는 시초가 되었으며 그 뒤부터는 어떤 기대와 설렘 속에서 돈 계산하는 시간을 기다리고 있는 나를 발견하게 되었던 것이다. 바늘 도둑이 소 도둑 된다고 내가 발바닥 밑에 숨기는 돈의 액수는 점점 커 갔다. 백 원짜리, 오백 원짜리 그리고 드디어 오천 원짜리로까지 그 액수는 발전하고 있었는데 나는 한 번도 아버지에게 들킨 적이 없었다. 아버지는 알고 계셨을까? 아니면 장남의 도덕성을 지나치게 높이 평가한 것이었을까? 그것도 아니라면 당신이 작성한 장부는 으레 정확하지 않을 것이라는 선입견을 가지신 것이었을까? 그러나 단언컨대 오천 원 이상을 내가 삥땅친 적은 단 한 번도 없었다는 걸 여러분은 알아 주셨으면 좋겠다.

솔직하게 말해서 나는 중·고등학교 다닐 때 부모님들로부터 공식적으로 용돈 한 번 받아 본 적이 없었다.

'오늘 용돈 받았어. 내가 빵 살게.'

하는 친구를 볼 때면 나는, 내가 상상도 할 수 없는 저쪽 사회 계층이 존재하고 있으며, 거기에 소속되어 있는 그는 양반일 것이고 나는 상놈밖에 안 될 것이라는 인식에 사로잡혀야 했다. 동시에 나는, 그런 높은 계층에 속해 있는 그가 나를 친구로 대해 준다는 사실에 감사하면서 앞에 놓인 빵덩이를 꾸역꾸역 삼키곤 했었다. 참고서는 안 사면 되었고, 학교에 낼 납부금 같은 것은, 내가 말씀드리면, 내어야 할 시기는 언제나 놓침으로써 담임선생님의 찌푸린 표정을 한두 번 맛보게 한 후에야 주기는 주셨지만(나는 중·고등학교 6년 동안 집에서 학교까지의 편도 6킬로미터의 등·하굣길을 매일 걸어서 다녔는데 학교는 으레 걸어 다녀야 한다는 촌스러운 인식에 사로잡히신 아버지 때문에 부모님께서는 나의 차비는 아예 염두에 두지도 않으셨다.) 그 외의 잡비는 아예 말도 꺼낼 수 없는 분위기였다. 먹여 주고 재워 주고 공납금 대 주면 그만이지 뭐가 또 필요하냔 주의(主義)이셨던 것 같다.

중학생 때는 사실 용돈이 뭐 필요 없다. 학교에서 집에 오면 애들하고 돈 안 드는 비석치기나 올케바닥이나 하고, 노는 날이면 공장 다니는 동네 형들하고 장기나 두면서 시간을 때우면 되는 것이었지만, 그러나 여러분도 겪으셨다시피 적어도 고등학교 2학년쯤 되면 돈 쓸 일이 생기는 것이다. 동네 애들하고 만화방에도 가야 하고 낱담배도 한두 대 사 피워야 하고 친구들과 빵집에서 단팥빵, 크림빵, 곰보빵 따위로 군것질이라도 해야 그 무리의 일원으로서의 자격을 유지하게 되는 것이다. 만날천날 얻어 먹고 다니기만 해서는 동류 집단의 눈치 속에서 헤매다가 결국 무리로부터 배척당하게 되어 있는 것이다. 적어도 열 번에 한 번은

'내가 사 주께.'

라는 말을 해야 하는 것이다. 시간이 흘러 대학생으로서의 생활을 시작하였음에랴. 대학생들의 소비 패턴이나 성향을 여기서 조목조목 따질 필요는 없다. 그것은 지면의 낭비라는 것을 당신이 더 잘 알고 있을 것이므로……. 더구나 K대학교까지 장장 십 몇 킬로미터의 편도 길을 걸어 다닐 수는 없지 않았겠는가. 고등학교는 그렇다 치고 그러면 대학생이 된 후에 아르바이트는 왜 안 했냐고? 아르바이트를 모든 대학생들이 다 할 수 있다고 한꺼번에 넘겨짚는 것은 곤란하다. 거기에 적응하고 못 하고는 개인차가 있는 것이니까. 나도 아르바이트를 몇 번 시도한 적은 있었다. 주로 중학생들을 대상으로 한 영어, 수학 가르치기였는데 이상하게도 한두 달 하고

나면 그만하겠다는 클레임이 걸려서 타의에 의한 그만두기가 반복
되는 바람에

'아, 나에게는 이것이 맞지 않는 일이로구나.'

하고 그 후부터는 아예 시도조차 하지 않았던 것이다. 따라서 나의
삥땅은 아버지에게는 좀 미안한 감이 없진 않았지만 그것은 내가
생존하기 위한 자연발생적 행위였던 것이다. 누가 나에게 돌을 던
지랴. 그것은 내가 가난한 아버지의 아들임을 망각하고 흥청망청
써댈 정도의 금액도 아니었을 뿐만 아니라 겨우 학교 가는 차비 정
도의 액수였음을 생각한다면, 이 시점에서 나에게 던질 돌을 준비
하고 계셨던 여러분들은 오히려 나의 그 비참했을 대학 생활을 상
상하면서 돌 대신 연민의 시선을 던져 주셔야 하지 않겠는가!

"순금아, 순금아."

아버지는 시립 공동묘지 아래쪽에 터를 잡은 어머니의 민둥산
같은 무덤 앞에서 땅을 치며 어머니의 이름을 불렀다. 겨울의 떼는
벌건 황토에 파묻혀 존재조차 보이지 않게 꼭꼭 숨어 있었다.

"살아 생전 마음 놓고 한 번 먹어 보지도 입어 보지도 못하고 이
래 가 버리나. 나를 원망하소. 나를 원망하소. 내중에 만나면 내가
무슨 낯으로 당신을 볼꼬. 불쌍한 순금이."

아버지의 넋두리는 오랜 시간 동안 계속되었다.

나중에, 아주 나중에 내가 결혼을 하고 손자를 아버지 품에 안겨
드리고도 몇 년 후에 아버지께서 돌아가셨다. 나는 그때 이미 직장

으로서의 학교를 그만두고 야간으로 재학생 학원에서 강의를 하고 있었는데 할 일 없는 대낮에 나의 20층 아파트에서 바깥을 내려다 보고 있다가 불현듯 아버지가 떠올라 이렇게 시를 한 편 지었다. 그 당시 나에게 있어서 시는 더 이상 거부의 대상이 아니었으며 무료한 낮 시간을 때울 수 있는 좋은 소일거리가 되어 주었다.

아침이 올 때까지

시장은 아직 조용하고
배춧잎 몇 닢 발바닥을 간지럽힌다.
아버지의 일상(日常)을
하물역에 부치고 돌아오는 새벽길
보안등 불빛 속으로
터벅거리는 소리 뒤따라와 돌아다보면
아버지는 어느 타향을
알전구(電球)의 무게로 헤매고 계실지…….

캡을 눌러 쓴 콩국 아저씨의 대접에는
언제나 겨울비 같은 아쉬움이 출렁인다.
버림받은 아픔을 메우기 위해서는
아직도 몇 그릇의 콩국을 더 끓여내야 할지…….

어제의 뉴스에 신이 나는 TV를 보면서,
창문에 매달려
한낮의 고요가 그어져 있는 주차장을 내려다보면서,
우리는 이제 어느 밧줄을 잡아야 할지…….

그래도 단꿈 꾸는 저 어린것들의
작은 바람벽이라도 엮으려면
이 완강한 어둠하고라도 한 판 붙어 볼밖에는
별 도리가 없다.

저기 젖가슴 출렁이며
꽁꽁 언 고기 상자 쌓아올리는 아주머니 이마 위에
새벽이 송골송골 맺혀 있다.

25. 현진이

현진이는 결석을 자주 했다. 전화도 안 되었으므로 나는 김성탁을 통하여 내 잔소리를 전달했고 성탁이를 통하여 현진이의 근황을 들을 수 있을 뿐이었다. 모처럼 학교에 오는 날이면 현진이는 수업시간 내내 책상에 엎드려 잠만 퍼질러 잤다. 나는 서서히 현진이가 처한 상황과 그 애의 가정 형편을 잊기 시작했으며 그를 매로 다스리기 시작했다. 반 전체의 기강을 바로잡기 위해서는 어쩔 수 없는 일이었다.

4월의 둘째 주 토요일 오후, 며칠째 결석한 현진이를 보기 위하여 나는 성탁이를 앞세우고 가정 방문을 가기로 했다. 성탁이와 함께 자장면을 점심으로 먹고 '만물슈퍼'에서 음료수 한 박스를 사서 손에 들고서 M면의 중심지를 벗어나 수봉 골짜기 가는 길을 따라 우리는 걸어갔다. 시멘트 다리를 건너서 바로 가면 수봉, 왼쪽으로 꺾으면 신천 가는 길이었다. 좌우로 과수원들이 펼쳐지고 있었다.

사과, 복숭아나무의 꽃망울들이 가지마다 볼록볼록 튀어나오고 있었다. 4월의 잎새는 꽃보다 예쁘고 싱그러웠다. 가지로부터 갓 올라온 유선형의, 새끼손톱만 한, 또는 손가락 한 마디 길이만 한 잎새들은 아직 태양의 은총을 덜 입어 자신들의 속을 훤히 내비치고 있었다. 투명한 연두색 잎들은 쏟아지는 햇살을 온몸으로 받아들이면서 보고 있는 그 순간에도 쑥쑥 소리를 지르며 넓어지고 길어지고 두꺼워지고 있었다. 성탁이가 저 앞에서 나를 불렀다.

"샘예, 볼 꺼 다 보고 가마 몇 시간 걸리여."

과수원 길을 벗어나자 이십여 호의 초가들이 옹기종기 붙어 있는 조그만 마을이 나타났다. 한 집 건너마다 흙으로 세운, 높이 4~5미터 되는 창고 같은 구조물들이 눈에 띄었다.

"성탁아, 저게 뭐지?"

내가 그것들을 손가락으로 가리키며 묻자 성탁이는

'내가 아는 걸 선생님이 모르는 것도 다 있네.'

라는 듯한 표정을 지으면서 신이 나서 가르쳐 주었다.

"그거 담배 말리는 데예여. 그런데 샘예, 담배 말릴 때 저거 연탄을 한 번에 열 장 넘게 때야 해여. 그때는 식구들이 잠도 잘 못 자여."

마을의 가운데로 나 있는 완만한 언덕길을 거쳐 우리는 저쪽 끝에 몇 채의 초가집이 보이는 오솔길로 접어들었는데

"샘예, 우리 집은 바로 조거라예."

하면서 성탁이는 그 마을의 산 쪽 끝자락에 붙어 있는 조그만 초가를 가리켰다. 싱그러운 봄나무들이 조그만 초가를 에워싸고 있었다.

"이렇게 경치 좋은 곳에 사니까 성탁이는 좋겠다."

내가 진심으로 한마디 하자 성탁이가 정색을 했다.

"선생님, 그런 말씀 마세여. 얼매나 갑갑한지 알아여? 맨날 보믄 진짜 지겹어여."

하면서 성탁이는 침을 퉤 하고 뱉었다. 나는 성탁이에게 미안했다. 깊이 생각해 보지도 않고 뱉어 버린 말이었다. 그곳에서 늘 살아가는 것과 나그네로서 지나치는 것과의 차이였다. 산길로 접어들자 폭 2미터 정도의 흙길을 가운데 두고 좌우로 봄의 자연이 우거져 있었다. 나뭇잎의 색깔은 일 년 중 이때가 가장 아름다울 것이었다. 나무들이 뿜어내는 봄의 생명력은 싱그러우면서도 쌉싸래한 향기가 되어 온 산에 퍼져 나가고 있었다. 내 몸이 바로 봄이 되는 것 같았다. 나는 자연이 주는 한없이 값진 은혜를 온몸으로 감사하며 그 오솔길을 걸었다. 현진이 생각을 잠깐 놓아 버릴 정도였다. 출발한 지 거의 두 시간이 넘어서 우리는 산 중턱에 자리 잡은 서너 채의 초가집 앞에 다다랐다.

성탁이의 안내를 받아 들어간 현진이의 집은 작은 초가였다. 울바자 사이로 사립은 열려 있었다. 성탁이가 현진이를 불렀다. 두 번쯤 부르자 현진이 대신 할머니인 듯싶은 분이 굽은 허리로 급하게 고무신을 끌면서 나타나셨다. 나는 공손하게 인사를 드리고 찾아온 이유를 말씀드렸다. 나를 향해 몇 번씩이나 굽은 허리를 더 굽히시던 할머니는 내 손을 잡아끌면서 방 안으로 나를 들이셨다.

"아이고, 귀하신 선상님을 이래 진 걸음하기 해서 우짤꼬, 지송시러버 — 나는 경상도 사투리에 아직도 'ᄫ(순경음 ㅂ)'의 음가(音價)가

엄연히 존재한다고 생각한다. 그 발음은 확실히 'ㅂ'보다는 약하고 '오'나 '우'가 되기에는 'ㅂ' 성질이 강하다. 참 고마운 경상도 사투리! – 서……."

그러고는 아랫목으로 자리를 권하셨다. 몇 번이나 사양했지만 할머니께서 윗목에 털썩 앉아 버리시는 바람에 나는 어쩔 수 없이 아랫목에 앉게 되었다. 이불이 덮였던 아랫목은 미지근했다. 낡은 서랍장 하나, 벽에는 옷가지들이 못에 걸려 있었다. 앉자마자 할머니는 치맛귀를 눈에 대시면서 나에게 현진이가 남긴 편지를 건네주시는 것이었다.

할머니 전상서

할머니 현진이에요.
할머니 죄송해요. 할머니에게 다 맡기고 가려니까
발길이 안 떨어져요.
할머니, 공납금도 없는데 공부는 해야 하나요?
저는 공부보다 돈 버는 게 더 급하다고 생각해요.
그래서 돈 벌러 갈께요. 나중에라도 우리 식구들 잘 지내려면
장남인 제가 돈을 벌어야 해요.
그래서 할머니 호강시켜 드리고 동생들 공부는 제가 시킬께요.

현수야, 현숙아, 현덕아!
형은 학교 안 다니고 돈 벌러 간다.

너희들은 공부 열심히 해라. 형이 돈 버는 목적은 너희들 공부 시키려는 거니까, 알았지?

할머니 말씀 잘 듣고 남매들끼리 서로 다투지 말고 열심히 공부하고 있어.

형이 돈 많이 벌어서 빨리 올게.

옛날처럼 그냥 이렇게 보내면 우리 가족은 잘 살아볼 날이 없을 것 같아서 형이 큰 마음 먹고 떠나는 것이니까 너희들은 이해해야 해, 알았지?

할머니, 다시 한번 미안해요. 제가 빨리 자리 잡을께요.

걱정하지 마시고 건강하게 잘 지내세요.

소식은 자주자주 드릴께요.

생활비는 바로 보내 드릴께요.

다시 만날 때까지 안녕히 계세요.

할머니를 걱정하는 손자

– 현진이 올림

편지는 거기서 끝나 있었다. 어디론지 정처 없이 떠나 버린 손자에 대한 걱정으로 할머니는 무릎에 얼굴을 박고 울고 계셨다. 도대체 무슨 말로 위로해 드려야 한단 말인가. 나는 한참 동안 고개를 숙이고 말을 잃었다.

가까운 곳에서 뻐꾸기가 울었다. 뻐꾸기의 울음은 이 산 저 산으로 메아리치며 한동안 계속되었다. 나는 지빠귀의 버림받은 알들을 생각했다. 자신들보다 일찍 부화된 뻐꾸기 새끼에게 어미의 따뜻한 입질을 빼앗기다 못해 마침내 둥지로부터도 밀려나 떨어져 산산조각이 나 버리는 지빠귀의 알들. 현진이는 뻐꾸기 새끼라는 운명에 내몰린 지빠귀의 알 같았다. 제발 산산조각이나 나지 말아라. 어디에 있든지 할머니를 생각하고 동생들을 떠올려라. 나는 속으로 현진이의 앞날을 빌었다.

"현진이는 빠릿빠릿하니까 잘 해 낼 겁니다. 할머니, 너무 걱정 마시고 기다려 보세요."

나는 오솔길까지 따라 나오신 현진이 할머니의 거친 손을 잡으며 이런 공허한 위로밖에 해 드릴 게 없었다. 돌아오는 길은 현진이의 가출로 인해서 내내 우울했다. 성탁이에게는 입단속을 시켰지만 언제까지나 무단결석을 봐줄 수는 없는 일이었다. 그러나 버틸 수 있을 때까지는 버텨 보리라 하고 마음먹었다. 그리고 가까이 사니까 친구 집에 자주 들러 보고 현진이한테서 소식이 오면 즉시 선생님에게 알리라고 성탁이에게 부탁도 해 놓았다. 성탁이는 사명감에 불타는 듯한 비장한 표정으로 고개를 주억거렸다.

26. 아, 아버지

   '잔인한 달' 4월도 중순이 지나가고 있었다. 초목들은 겨울이 굳혀 놓은 질서를 파괴시키면서 다투어 새로운 세상을 만들어가고 있었다. 교무실 유리창으로 바라보이는 바깥 풍경은 하루가 다르게 변해가고 있었다. 남쪽 지방의 벚꽃 소식을 들은 후 한참을 지나야 이 지방의 벚나무들은 흰 옷을 입기 시작하는 것이었다. 한번 입기 시작했다 싶으면 그것들은 응축되어 있던 에너지를 터뜨리듯이 한꺼번에 폭발해 버렸다. 흰색의 화려함을 실감하는 계절이었다.

   복사꽃이 망울을 터뜨리기 직전에 더욱 잔인하게도, 4월의 하순이었는데도, 큰 눈이 내렸다. 참 이상한 경상북도의 S군 M면이었다. 벚나무들은 더 하얀 눈 때문에 자신들의 화려한 흰색을 잃어버렸다. 올망졸망 맺혀 있던 보랏빛 꽃봉오리들 가운데에서 이제 막 한두 송이의 맑은 보라로 꽃망울을 터뜨리던 교정 한 켠의 라일락도 계절을 삼켜 버린 흰 눈송이들만 가득 얹은 채 오소소 떨고 있었다. 운동장이 때 늦은 눈으로 하얗게 덮여 있었다. 올 3월에 이곳으로 처음 발령을 받은 제주도 비바리 양 선생은 하얀 눈 속에서 탄성을 지르며 이리저리 뛰어다니고 있었다. 양 선생의 부임으로 이 시골 학교에 그 귀한 제주도 출신 선생님들이 세 명이나 근무하게 되었다. 수학과 고 선생, 생물과 강 선생 그리고 사회과 양 선생.

"저거 봐라, 저거 봐. 강새이걸이 뛰댕기네."

교감 선생님은 만면에 웃음을 띠면서 그런 양 선생을, 마치 재롱 피우는 손자 손녀 대하듯이, 귀여워 죽겠다는 눈으로 바라보고 계셨다.

"제주도에는 눈 귀경이 어렵제?"

발갛게 물든 뺨을 두 손으로 감싸면서 교무실로 들어오는 양 선생을 향하여 교감 선생님이 물었더니

"네에, 저는 이런 눈 처음 밟아 봤어요. 진짜 좋아요."

비바리 양 선생은 흥분을 가라앉히지 않았다.

"아니, 한라산에는 매년 폭설이 온다는데 양 선생님은 한 번도 안 봤어요?"

이 선생이 끼어들었다.

"제주도에 사는 사람들은 한라산에 별로 안 가요. 그냥 먼 데서 산꼭대기가 허옇게 눈으로 덮여 있는 건 보지만 그걸 보러 일부러 올라가진 않아요. 아니, 저는 아직 어리목밖에 못 가 봤어요."

양 선생이 웃으면서 대답했다.

5월에도 현진이는 오지 않았다. 성탁이는 귀찮을 텐데도 불구하

고 전령 노릇을 잘해 주었다. 성탁이의 말에 의하면 현진이가 자리
를 잡았는지 처음으로 생활비라고 보내 왔다면서 할머니가 말씀하
시더라는 것이었다.

현진이가 오지 않은 대신이었는지 나의 아버지께서 5월의 중반
쯤 다니러 오셨다. 슈퍼 아주머니의 말씀에 의하면 웬 잘생긴 노신
사 한 분이 슈퍼에 들어와 아들이라면서 나를 찾더라는 것이었다.
그래서 내가 사는 집을 아주머니가 직접 모시고 가서 가르쳐 드렸
다는 것이었다. 퇴근하면서 콜라나 한 병 사 가려고 슈퍼에 들른 내
게 아주머니는

"최 선생님은 주워 온 자식인 갑네여."
라는 첫마디 말로 나를 긴장시켰는데

"왜요? 갑자기 무슨 말씀이래여?"
하고 내가 묻자

"그렇지 않으믄 동생도 그렇키 잘생깄제, 어른도 그렇키 잘생기
싰는데 우째 최 선생님만 생긴 기 쪼매 떨어져여?"
라면서 호호호 하고 웃어 제치는 것이었다. 좀 미안한가 보았다.

"우리 아부지 보셨어여?"

"아까 오셨어여. 한참 됐구만. 얼른 가 봐여. 집에서 기다리실 게
구만."

"우리 아부지가 미남이래요?"

"그람, 영국 신사 같더만. 연세가 얼만데 그리 정정하시여?"

"예순 다섯인가?"

"그래여? 와! 그런데 청년 같더만. 새 장개 보내 드리야겠네. 얼른

가 봐여."

집에 들어서자 대청 끝에 앉아 주인 내외분과 웃으면서 얘기를 나누고 계시던 아버지께서 반갑게 나를 맞으셨다. 아버지의 사회성이라니……. 주인 아저씨와 벌써 친해지신 것 같았다. 아버지는 대인 관계에 자신이 있으신 듯하였다.

오죽했으면 대폿집을 하려 하셨을까. 그때가 내 초등학교 5학년인가 6학년 때였을 것이다. D시의 D동에서 B동으로 이사 가기 얼마 전, 아버지는 우리 집으로 들어가는 골목 입구에 대여섯 평짜리 점포를 얻어 술장사를 시작하셨다. 점포 앞에는 폭이 5~6미터 되는 소방도로가 있었고 그 도로 앞으로 축대를 쌓은 개울이 흘렀다. 그 점포 오른쪽으로 좁은 골목이 나 있었고 골목을 따라 약 30미터쯤 들어가면 바로 우리 초가집이었다. 아버지 가게의 메뉴는 막걸리, 어묵꼬치, 파전 따위였다. 나의 하굣길은 언제나 신이 났다. 집에 들어가기 직전 나는 그곳에 들러 적어도 어묵꼬치 하나에 국물한 종지를 필수적으로 먹을 수 있었기 때문이었다. 아버지는 하얀 앞치마를 두르고 머리에는 요리사들의 흰 캡을 쓰고 계셨다. 왜, 위쪽에 반달 세 개를 엎어 놓은 것 같은 하얗고 길쭉한 모자 말이다. 내가 가게에 들를 때마다 아버지는 무언가 열심히 하고 계셨다. 연탄난로 위에는 커다란 양푼 속에서 어묵꼬치가 반투명한 국물에 잠겨 먹음직스럽게 익고 있었고 아버지는 그 안에 파며, 다시마, 무따위를 썰어 넣기도 하셨다. 그런데 손님은 별로 눈에 띄지 않았다. 기껏해야 동네 아저씨나 아줌마 한두 분을 볼 수 있을 뿐이었다. 그런 손님도 없을 때가 더 많았다. 4인용 탁자가 셋, 꽉 차도 12명이 정원이었는데 12명은커녕 4명의 손님도 한꺼번에 있는 걸 본 적이 없었다. 아니, 한 탁자에 한 명씩 해서 3명이 있는 날도 드물었다. 아버지는 하우스 뽀이 시절을 떠올리며 가게를 여셨겠으나 그 가난했던 시절, 막걸리 한 사발도 서민들에게는 사치였던 것이었을까?

"손님 좀 있더나?"

내가 집에 도착하면 어머니의 제일성은 이것이었다. 어린 마음에도 손님이 많기를 바랐던지 나는 그때마다 대답할 말이 궁해서 쩔쩔매었다.

"응? 아니, 뭐……. 저…….."

"그러게, 안 된다고 그렇게 얘기해도……. 휴--."

어머니는 언제나 한숨으로 나와의 대화를 마감하셨다. 외할아버지와 외삼촌의 들이붓는 말술에 학을 떼신 어머니는 아버지의 대폿집 구상을 애초부터 극구 반대하셨던 것이다.

"봉우야, 내가 있을 데가 없다."

밥만 먹는 하숙집에서 번거로운 인사 절차를 거치며 저녁을 먹은 후 월셋방으로 돌아와, 인스턴트 커피 한 잔씩을 앞에 놓고 부자 간에 마주 앉았을 때 아버지는 나에게 애처로운 눈빛을 보내며 말씀하셨다. 그 쌍꺼풀진 큰 눈이 아들의 눈치를 살피는 것 같았다.

"예? 거기는 어쩌고요?"

나는 갑작스럽고도 황당한 아버지의 말씀에 넋이 빠질 지경이었다. 계실 데가 없으면 내가 모셔야 하는 건데 아버지와 함께 하숙을 할 수는 없지 않은가. 하루 이틀 다니러 오신 줄 알았는데, 아이구, 이건 큰 낭패였다.

"거기가 아파트촌이 들어선대. 아파트 부지로 팔려서 올 9월에는 비워 줘야 한다더라. 그래 9월이 되믄 내가 있을 데가 없어져. 땅값이 시가보다 많이 나왔어. 엄청나더라. 얼마 안 되는 돈으로, 한 평에 몇 백 원 주고, 산비탈 사서 완전히 떼돈 벌었지, 뭐. 그 사람은 확실히 돈복이 있는 사람이라. 이만 평에다가 곱하기 만 원만 해도, 가만 있자, 영이 몇 개야? 으헥, 억이네, 억이야. 이억이네, 이억!"

당장 있을 곳이 없는 아버지는 다른 사람 돈복을 부러워하고 계셨다. 그렇게 심각한 상황인데도 남이 받은 돈복 타령이나 하고 있는 아버지에 대하여 나는 낙천적이라는 생각보다는 심술이 일고 있었다. 잔잔한 바다에 풍파를 일으키시는 아버지. '거기'란 아버지의 지인이 경영하고 있는 D시 변두리의 농장이었다. 그때 아버지는 거기서 농장 일을 거들며 입을 벌고 계셨다. 나는 숨을 크게 들이쉬었다.

"아부지, 아부지는 그런 격변기에 돈 안 모으고 무얼 하셨어요? 일제 치하는 그렇다 치더라도 해방 직후나 6·25 사변 통이나 그 후에, 그런 혼란기에, 머리 조금만 굴리셨으면 얼마든지 부자 될 수 있었잖아요. 그런 시기 잘 이용해서 부자 된 사람들이 얼마나 많아요? 지금 재벌 기업으로 떵떵거리는 산성(山星)도 옛날 D동 우리 집 앞 밀가루 공장에서 시작했대잖아요."

나는, 불확실한 지식이었음에도 불구하고, 좀 심한 게 아닌지 스스로 생각해 볼 시간도 없이 내친 김에 정곡을 찔러 버렸다.

"그랬으면 이렇게 계실 곳 걱정 안 하셔도 될 것 아닙니까?"

아버지께서도 머리를 안 굴리신 건 아니었던 모양이었다. 다만 잘못 굴리신 것이지. 내가 고등학생 때 어머니께서 지나가는 말처럼 푸념 섞어 하신 말씀에 의하면 우리 집도 일어설 수 있었던 기회가 있긴 있었던 것 같았다. 내가 초등학교 입학하기 전, 당시로서는 큰돈인 백만 원 정도가 있었는데 아버지는 그걸 비단 짜는 공장에 투자를 하셨다는 것이었다. 당시 우리나라의 산업은 대체로 노동 집약적인 성격을 띠었고 그런 산업계의 대표 격으로 섬유 공장이 잘 돌아가던 때였으니 충분히 그럴 만했을 것이다. 그러나 시기가 문제였다. 바로 그때 합성 섬유인 나일론이 등장하기 시작했으며 그것은 나오자마자 값싸고 가볍고 질기다는 성질을 십분 활용한 마케팅 전략을 통하여 성공적으로 퍼져 나가 기존의 섬유 공장들을 무너뜨리기 시작한 것이었다. 그렇게 호황을 누리던 비단 공장들은 서서히 사라지게 되었으며 거기에 투자한 우리의 아버지는 맥 한 번 못 추고 곱다시 그 거금(당시 우리가 살았던 초가집이 일이십만 원 정도였다고 한다.)을 떼여 버린 것이었다.

"내가 그러지 말고 땅을 사 놓자고 했거등? 그때 저 서쪽 변전소 있는 데는 한 평에 십 원도 안 했어. 그 돈이믄 몇만 평 땅 주인이 됐을 거잖아. 애들 고생 안 시키고 당신은 저렇게 자전거 때문에 치질도 안 걸렸을 거고……."

나는 어머니의 이런 원망 섞인 푸념을 몇 번이나 들었던 기억이 있다. 그 말끝이면 어머니는 아쉬움으로 치를 떠셨다.

아버지는 당신의 무능을 노골적으로 탓하고 있는 아들을 한참 동안 바라보고 계셨다. 그러더니 슬그머니 이불 속으로 들어가 돌아누워 버리시는 것이었다.

"야, 이 자슥아. 재물은 팔자에 있어. 내 팔자가 세 빠지게 움직이라는 건데 낸들 어쩌겠냐. 키워 놓으니까 애비 원망이나 하고……. 자알 한다. 휴우―."

삐치신 듯했던 아버지는 잠시 후 코를 골면서 깊은 잠에 빠져 드셨다.

심각한 상황이었다. 아버지의 출현이 나의 생활에 일대 변화가 일어날 조짐임을 나는 직감했다. 잠드신 아버지 옆에 앉아 나는 생각에 잠겼다.

'이곳에서 아버지와 함께 하숙을 할 수는 없잖아. 아버지가 계실 곳이 다른 데 어디 없을까? 동생한테 가 계시라고 해? 동생은 점포에서 생활하는데 거기 가 계실 수는 없겠네. 작은집에 얹혀사시게 해? 그건 안 될 말이지. 내가 좀 있을 때에도 어찌나 눈치를 주던지……. 작은어머니들이 시아주버니 모시려 하겠어? 그건 말도 안 되니까 그렇다면 내가 아버지 쪽으로 가야겠군. 아버지 쪽으로 가는 방법이 뭐가 있을까? 사표를 내? 사표 내면 수입원도 사라지고 당장 할 일이 없으니까 안 되겠고 근무지를 옮겨야겠지? D시의 공립으로 갈 수는 없잖아. 교육청에서 개인 사정 봐줘 가며 인사 이동 하는 것도 아니니까. 그렇다면 D시의 사립학교로 가는 수밖에 없겠는데, 후유――, 사립은 공무원이 아니잖아. 교육 공무원인 것과 아닌 것의 차이가 뭘까? 그리고 내가 가겠다고 하면 '어서 오이소.'

하면서 당장 자리를 만들어 줄 사립도 준비돼 있는 게 아니잖아. 휴우--, 나는 여기가 진짜 좋은데 꼭 떠나야만 하나?'

생각의 시간은 점점 길어지고 있었다.

'봉달이가 빌려 간 돈도 갚아야 되는데……. 그거야 슈퍼 아주머니한테 내가 진심으로 얘기하고 매달 부쳐 준다고 하면 될 것이고……. 안 되면 이 선생한테라도 보증 서 달라고 하지, 뭐.'

아직도 그 빚은 반이 넘게 남아 있었다. 약의 복용은 이미 끝났으며 비활동성의 판정을 받았으므로 나는 그 끈질긴 병마와의 싸움에서 승리자가 되었다. 정 선생은? 정 선생은 그 후 나에게 아무런 반응을 보이지 않았다.

'내가 그녀에게 사랑한다고 고백했잖아. 그녀가 내 마음을 모르는 건 아닐 테니까 이제는 그녀 쪽에서 내게 반응을 보여야 되잖아. 그녀가 나를 좋아하느냐 싫어하느냐 그것이 문제이므로 내가 더 이상 그녀에게 치근덕대거나 접근하는 건 도리가 아니지. 아직도 그녀의 마음이 정리되지 않은 걸까? 하여튼 좋아. 지금 이 상태로 보면 정 선생한테는 내가 별로 내키지 않는 존재인 모양이니까 뭐 할 수 없겠네. 이 세상에 여자가 정 선생 하나뿐인가, 지구 위에 반은 여자잖아, 여자. 아깝기야 하지만 인연이 아니라면 이쯤에서 그만두는 수밖에…….'

나는 마음속으로 이곳에서의 생활을 정리하기 시작했다. 어차피 아버지를 모셔야 한다면 내가 거취를 빨리 결정하는 수밖에 다른 도리가 없었던 것이다. 날 밝는 때부터 D시의 사립학교에서 근무하는 동기들에게 자리를 수배해 달라고 부탁하리라는 생각을 하면서 나는 밤이 이슥해서야 잠을 청하게 되었다.

현진이는 끝내 결석 일수를 넘겨 버려서 장기 무단결석으로 인한 자퇴서를 할머니 도장을 찍어 제출했다. 7월 중순을 넘긴 어느 날 나는 D시의 사립인 S고등학교로 오라는 통보를 받았다. 젊은 교사들끼리의 송별연을 마치고 정 선생의 방까지 함께 가면서 나는 내 마음이 변함없음을 그녀의 가슴속에 심어 주었다. 우리는 가벼운 악수를 나누면서 헤어졌다.

대학을 졸업하고 나서 입대하기 전까지 Y고등학교에서 보낸 5개월의 직장 생활은 그야말로 눈밭의 강아지마냥 천방지축인 생활이었지만 그래도 제대 후 J중·고등학교에서는 직장인다운 마음가짐으로 1년 반을 보낸 것이었다. 좋은 사람들, 특히 이 선생, 정 선생, 박 선생 같은 사람들을 만났고 '만물슈퍼' 주인 내외나 하숙집 아주머니, 월셋방 주인 내외 같은 지역민들과도 알게 되었다. 그들로부터 인간적인 사귐이 어떤 것인지를 배우기도 했었다.

내 의지가 아니라 아버지로 인하여 떠날 수밖에 없었던 이별이었기에 아쉬움은 더욱 짙어갔다. '그런 걱정 말라.'며, '못 받으면 이 선생 월급 차압하면 되지.' 같은 농담으로 내 마음을 편하게 해 줬던 슈퍼 아주머니는 마침내 눈물을 보이고 말았으며, '최 선생이 돈 안 보내면 내가 줄 테니까 이자 좀 깎아 달라.'며 울고 있는 슈퍼 아주머니를 웃겨 아주머니의 어디어디에 솔이 나게 했던 이 선생은 나를 태운 버스가 첫 굽이를 돌 때까지 내내 손을 흔들어 주었다.

시간은 그물에 걸리지 않는다. 그러나 추억은 뇌리의 낚싯대 위에 내려앉아 아름다운 날개를 위, 아래로 흔들어 향내를 풍기며 그 자리에 하나하나 오롯이 살아 있다.

내 젊은 날의 한때를 함께해 준 아름다웠던 그들에게 감사한다.

에필로그

나에게는 예쁜 도장이 하나 있었다. 길이는 8센티미터, 긴 쪽의 지름이 8밀리미터 정도 되는 타원이며 위아래의 굵기가 같은, '奉雨(봉우)'라는 한자가 굵게 새겨진 우윳빛 상아 도장이었다. 나는 그 도장을 찍을 때마다 순자 생각을 했다. 순자가 병아리 교사가 되려는 내게 선물한 도장이었다.

"자요, 내가 주는 선물. 이걸로 학급일지에도 찍고, 출근부에도 찍고, 찍으면서 내 생각도 하고……."

순자는 도장이 들어 있는 길쭉한 갑을 예쁘게 포장해서 내 앞으로 밀어 놓으며 그 예쁜 반달 같은 눈으로 생글생글 웃었다. 2월 말일은 마침 토요일이었다. 오후의 은행 앞 다방은 좀 한산했고 우리들이 앉아 있는 자리 옆에는 톱밥 난로가 벌겋게 달아 있었다.

"뭘 이런 걸……. 나는 순자 씨에게 해 준 게 하나도 없는데 순자 씨는 돈 번다는 죄로 밥 사 줘, 커피 사 줘, 이제는 도장까지…….

내가 첫 월급 타면 챙길 엄마 안 계시니까 순자 씨한테 한 턱 단단히 낼 게요. 먹고 싶은 거 생각 많이 해 놓으세요."

사대를 졸업한 3일 후, 즉 2월 말일, D시 지방 신문의 교원 인사 발령 코너에 경상북도의 북부 Y고등학교로 초임 발령이 난 내 이름이 실려 있었다. 그걸 송순자가 먼저 보고 주인집으로 전화를 해서 만나게 된 것이었다.

"알았어요. 내가 먹고 싶은 건 스테이크보다도 봉우 씨 관심? 호호호. 농담이에요, 농담. 또 총각 마음 설레게 했네."

순자는 자기가 예쁘다는 걸 확실히 알고 있는 것 같았다. 그러니까 자기 말 한마디에 내 가슴이 설렐 것이라는 사실도 아는 것 아니겠는가.

순애 누나에 의하면 언제나 명랑하고 화끈해서, 거기다가 얼굴까지 예쁜데 내숭조차 안 떠니까 직장 남자 동료들로부터의 인기가 하늘을 찌른다는 순자였다. 그런 순자를 내가 독대하고 있다는 것만으로도 나에게는 그것이 얼마나 영광인지 몰랐다.

"도장 만들어 줬으니까 근무 잘 해요. 도장 값 받으러 내가 Y고등학교에 놀러가도 되죠?"

"그럼 되고말고요. 내가 자리 잡히면 연락할게요. 꼭 와야 해요."

나는 횡재 만난 실업자처럼 흥분했는데 그러나 순자는 Y고등학교에서 군대 가기 전까지 내가 반 년 동안이나 근무했지만 한 번도 놀러오지 않았다. 참, 이제 생각해 보니 내가 한 번도 연락을 안 한 것 같기도 하고……. 그래도 그렇지, 내가 첫 직장 생활에, 숨 가쁘게 닥쳐오는 입대 날짜에, 뭐조차 못 가릴 정도로 정신이 없어서 연락을 못 했다면 저라도 나를 각성시켜 주었어야 했던 게 아니었는지…… 아무래도 빚 진 놈이 더 잘 잊어버리게 되어 있으니까.

그 도장이 없어진 것이었다. 군대 갈 때도 아버지에게 도장 간수 잘 하라고 신신 당부를 했으며 이 J중·고등학교에서도 보물처럼 아끼고 쓰다듬었던 그 도장이…….

D시의 S고등학교는 산기슭에 세워져 있었는데 아버지와 나는 학교 아래 조그만 한옥에 방 한 칸을 전세로 얻어 살게 되었다. 전세 방값은 물론 공립에서 사립으로 넘어오면서 타게 된 나의 퇴직금이었다. 아버지가 밥 짓고 빨래하는 등의 살림을 맡으셨으며 나는 주로 짜증내기를 맡았다. 10월의 어느 좋은 날을 택하여 나는 시립 공동묘지의 아래쪽 구석에 버려진 듯 모셔져 있던 어머니의 산소를 사립 공원묘지 맨 꼭대기 전망 제일 좋은 곳으로 이장했다.

어머니, 이 높은 곳에서 우리 식구들 내려다보며 영면하소서.

S고등학교에 근무한 지 몇 개월이 지난 12월 초에 나는 뜻하지 않은 손님을 맞게 되었다. 숙직 근무를 하고 있던 내게 난데없이 그녀가 찾아왔던 것이다. 바로 정 선생이었다. 우리는 서무실의 소파에 앉아 인스턴트 커피를 마시며 서로의 근황을 나누었다. 그 주의 토요일 오후, 우리는 D시의 한 다방에서 만나 지난날의 추억을 서로 더듬었다. 그 다음 토요일 오후, 그녀는 자기가 빼앗듯이 가져

간, 내가 담당한 학생들의 시험 답안지를 군더더기 하나 없이 잘 매겨서 가지고 왔다. 그런데 이상도 하지. 내 맘속에는 그녀에 대한 애틋함이, 사랑스러움이, 그리움이 더 이상 존재하지 않았다. 내가 몇 달 전에 가졌던 그녀에 대한 소중한 감정들을 다시 떠올리려고 나는 무진 애를 써 보았지만 그런 감정들은 더 이상 나의 것이 아니었다.

이놈 저놈 살펴봐도 나만한 놈이 없었을 것이라고 나는 정 선생을 보내고 나서 정 선생이 되어 생각해 봤다. 내가 잘났다는 게 아니라 1년여 동안 서로를 겪으면서 나온 결론이 그것이 아니었겠나 하고 나는 생각해 봤다. 아무래도 팔은 안으로 굽게 되어 있으니까. 그런데 나는 왜 그런 감정을 잃어버린 것일까? 사귀는 여자가 나에게 있었던 것도 물론 아니었다. 정 선생을 보내고 나는 그녀를 보내 버린 나의 감정에 대해서 두고두고 아쉬워했다. 인연은 정말 인력(人力)으로 되지 않는 것인지…….

도장 얘기를 왜 꺼냈냐고? 그녀가 S고등학교로 나를 찾아왔으므로 나는 그 도장을 정 선생이 가져갔을 거라고 단정 짓는다. 그 이유는 이렇다. 내가 그녀에게 사랑을 고백한 그때 그녀는 속으로 참 기뻤을 것이다. 그녀 자신도 나를 좋게 평가하고 있었을 테니까. 그래도 영악한 그녀는

'Me, too.'

라고 당장 대답하지 않았던 것이다. 왜냐하면 그녀는 그렇게 쿨(cool)하게 관리해 온 자기의 이미지가 별 볼 일 없는 남자, 그것도 교사 정도와 연애나 하고 다니는 여자의 이미지로 전락해 버리는

것을 바라지 않았을 테니까. 한편 그녀는 또 이렇게도 생각했을 것이다. 같은 직장에서 그렇게 연인 사이로 생활한다는 것은 어딘지 모르게 부자연스럽고 아무래도 처신상의 문제가 있을 수 있을 것이라고. 특히 자기처럼 남자 선생님들의 농담에 스스럼없이 끼어들게 되는 성격상 남자 애인 눈치를 볼 수밖에 없는 불편함을 감수하면서까지 한 직장 안에 애인을 만들어 놓을 필요가 있겠느냐고. 따라서 그녀는 우선 나의 고백에 호응하지 않았을 것이다. 그러다가 내가 그녀에게 지쳐 그녀를 포기해 버리면? 그녀는 생각했을 것이다.

'…… 그러면 안 되지. 그래도 생활해 보니까 생긴 건 그저 그래도 키 크겠다, …… 키밖에 안 크네? 웬 장점이 키 큰 것밖에 없냐? 그래도 다른 여 선생들이 '저만하면 괜찮다.'고 하니까 남이 채 가기 전에 얼른 내 껄 만들어 놔야 하는데 그러기에는 좀 이른 것 같고……. 어쩐다? …… 아, 여기 예쁜 도장이 있네. 이걸 내가 간직하고 있어야겠다, 부적처럼……. 내가 이 도장을 간직하고 있는 한, 봉우는 나를 생각하는 마음을 지우지 못할 거야. 나만 봉우 쪽으로 마음을 기울이면, 지금 하는 걸로 보면, 봉우는 언제라도 내 쪽으로 오게 되어 있으니까. 나중에 일이 잘 되었을 때, 그때 가서 이걸 내놓으면서, '그때 그랬어요.'하면 얼마나 나를 사랑스러워 할까? 마침 최 선생이 없네. 그래, 이걸 내가 일단 간직하자 …….'

이렇게 되어서 나의 그 도장은 사랑의 끈을 놓치지 않으려는 정선생의 부적으로 그녀에게 가 버린 것일 것이었다.

'소설 쓰고 있네.'

라고? 소설 쓰고 있잖아. 소설보다 더 소설 같은 것이 우리네 삶의 과정임을 당신은 아는가? 현실이 있음으로써 소설이 있을 수 있다는 것도?

그러나 그녀의 부적 작전은 그녀를 향했던 나의 연정(戀情)이 이유도 모르게 식어 버림으로써, 따라서 내가 그녀를 데면데면하게 대함으로써 실패로 끝나 버리고 말았던 것일 것이었다. S고등학교로 나를 찾아오기까지 얼마나 그녀는 망설였을 것인가? 답안지를 빼앗다시피 가져갔을 때 그녀는 '이것이야말로 나의 자존심을 까뭉개는 짓'이라는 걸 알면서도, 이성이 아닌 그 빌어먹을 감성을 탓하면서, 거기에 자신의 사랑의 명운(命運)을 걸었던 것은 아니었을까?

'사랑이 죄지, 내가 죄인인가, 뭐.'
하는 말로 자신을 위로하면서……. 그래도 나오는 한숨은 어쩔 수 없이 폭폭 내쉬면서…….

또 하나

   J중·고등학교 교사 시절로부터 20여 년이 흐른 후 나는 현진이로부터 전화를 받았다. 나는 그를 만나서 저녁을 같이 먹고 오랜 시간 얘기를 나누다가 헤어졌다. 현진이는 안경 공장의 사장이 되어 있었다, 그것도 D시에서…… . 나는 그가 대견하였다. 그리고 자랑스러웠다. 그날 저녁 나는 그 느꺼움을 이기지 못해서 이렇게 몇 자 끼적거려 놓고는 단잠을 정말로 푹 잤다.

교사 일기

   현진이는 제3학년 2반 32번이 되었다기보다는 모동면 신천리 산 2번지의 가장이 되어 있었다. 바람조차 지쳐 쉴 데를 기웃거리는 새벽 2시 더도 덜도 말고 도둑질하기 딱 좋은 새벽 4시 설익은 포돗빛으로 힘겹게 어둠을 밀어내는 새벽 6시에 담배 말리는 아궁이 속으로 한 번에 16장의 연탄을 갈아 넣고 거무스름한 눈자위 비비며 이십 리 산길 넘어 학교로 왔다. 3명이나 되는 동생 녀석들의 간절한 눈망울에 밥 반 공기만 먹으면 언제나 배가 아팠다.

국립 사대를 나온 투철한 교육관을 지닌 졸보기 안경이 콧등으로 흐르는 담임 선생은 공부를 해도 해도 너무 안 한다고 잠을 자도 자도 너무 잔다고 교직 과목에서 배운 아동 및 청년 발달과 문제아 상담 기법을 책에 있는 대로 달달달 외워서 타이르고 다독이고 저도 울면서 현진이를 사랑의 매로 때렸다.

현진이가 집을 나간 것은 담임선생의 매 때문이 아니라 산처럼 쌓인 수백 장의 연탄을 며칠 만에 삼켜버리는 그 아궁이의 지긋지긋한 포식성 때문이었다. 채워도 채워도 넘쳐도 넘쳐도 한없이 찾아 헤매는 우리 시대의 그들 같은 아궁이 제 졸업장 대신에 남들 졸업시키려고 밤 새우며 박아 내던 인쇄소의 새벽 2시에 알전구 비치는 인쇄소 뒷담을 등지고 현진이는 귀퉁이 떨어져 나간 불량 졸업장에 담임 이름 쓰고 자기 이름 쓰고 자기 지장 찍고 중학교를 졸업하였다. 마침 그때 달이 밝았다.

나는 말할 수 없다. 나의 권리가 또한 나의 의무가 그 빌어먹을 나의 교육 철학이 그의 생존 위에 존재할 수 있는지를 내가 죽겠다고 말할 때 그는 죽었다가 다시 태어나고 있었는지를 전화가 왔다.

선생님, 저 때리다가 안경 떨어뜨리셨지요. 선생님께 안경테를 드리고 싶어요.

나는 전화기를 붙들고 꺼이꺼이 울었다. 반가움이 아니라 죄스러움이었다.

나의 젊음이 언제부터 시작되었는지 나는 알지 못한다. 그러나 내가 생각하는 나의 젊음은 아버지와의 동거로 인하여 끝나 버린 것 같았다. 시작도 못 해 보고 끝나 버린 나의 청춘. 페이지를 넘기는 손끝에는 언제나 놓아 주고 싶지 않은 아쉬움이 풀처럼 쩍쩍 들러붙는다.

어떻게 생각하면 젊음은 망설임의 연속인 것처럼 보인다. 망설임의 끝에서 놓쳐 버린 기회와 시간을 반추하면서 젊음은 언제나 회한의 눈물로 무릎을 적신다. 그러나 그 망설임 하나하나가 다음에 오는 머뭇거림의 시간을 줄여 주고 타인들의 마음을 읽는 법을 가르쳐 주며 세상 보는 눈을 뜨게 해 준다.

망설임은 성장 통(痛)이다. 끝.

후기

　나의 석사 논문 제목은 〈素月 詩에 나타난 自然〉이었다. 논문 발표 직후의 어느 날 저녁 어스름 무렵 연구실을 나와, K대학교에서 뒷동네로 넘어가는, 탱자나무 울타리 사이로 난 과수원 길을 걸으면서 〈현대 소설론〉을 우리들에게 가르치셨던 이 모(某) 선생님께서 나에게 말씀을 건네셨다.

　"이 군, 자네는 왜 시시한 시를 했지?"

　나는 순간 당황했다. 당신이 소설을 하셨으면 하셨지 어~~떻게 다른 사람이 전공한 시를 시시하다고 깎아내리는 말씀을, 그것도 아무런 주저 없이 발설하실 수 있을까? 의아함에 섭섭함을 보태어 머뭇거리는 나를 향해 선생님께서는 이렇게 덧붙이셨다.

　"소소한 소설을 안 하고……."

　선생님과 나는 서로를 쳐다보면서 함께 낄낄거렸다.

　과연 소설은 소소하다.

인생이라는 강물을
건너가고 있는 여러분의 마음속으로
추억의 나비 떼가 날아들기를 기원합니다

권선복
(도서출판 행복에너지 대표이사)

저자 이매(李昧)님은 삼십여 년이 넘는 세월 동안 교단에서 학생들을 가르쳤습니다. 저자는 그 긴 세월 가운데에서 참으로 많은 학생들과 교사들을 만났습니다. 저자는 교직생활을 하면서 겪어 온 이야기들을 한 편의 소설로 풀어내기 위해 오랫동안 이야기를 구상했습니다.

이 책 『내 낚싯대 위에 내려앉은 나비 떼』는 저자가 자그마치 십여 년이란 긴 세월 동안 구상하고 집필하고 퇴고한 노력의 결과물입니다. 이 책은 병장으로 전역한 화자가 시골 중학교로 부임하면서 펼쳐지는 이야기입니다. 소설 속에서 화자는 동료교사를 좋아하기도 하고, 때로는 학생들을 체벌하기도 합니다. 교사로서, 혹은 한 인간으로서의 면모가 이야기 속에 다양하게 녹아 있습니다.

이 책『내 낚싯대 위에 내려앉은 나비 떼』는, 따라서 저자의 한 인생이 투영된 작품이라고 할 수 있습니다. 퇴임 후에 지난 과거를 이렇게 생생히 떠올려 소설로 재구성해 나가는 저자의 기억력이 그저 놀라울 뿐입니다.

저자의 언급에 따르면, '프시케(psyche)', 즉 '나비'는 '영혼'을 의미한다고 합니다. 영혼의 한쪽 구석에 추억은 자리 잡고 있습니다. 살다 보면 어느 날 문득 옛 추억들이 나비처럼 날갯짓하며 다가오는 순간들도 있게 마련이지요. 인생이라는 낚싯대 끄트머리에 앉아 있는 나비 떼는 바로 지난날의 추억인 것입니다.

이 책『내 낚싯대 위에 내려앉은 나비 떼』를 읽는 독자 분들의 마음속 에도 추억의 나비들이 날아들기를 바랍니다. 독자 여러분이 가까운 사람들에게 선한 영향력을 행사하고 행복의 에너지를 전파하는 삶을 영위하는 데 이 책이 도움이 된다면 편집자로서 저는 그만 한 기쁨이 없겠습니다.

도서출판 행복에너지의 책을 읽고 후기글을 네이버 및 다음 블로그, 전국 유명 도서 서평란(교보문고, yes24, 인터파크, 알라딘 등)에 게재 후 내용을 도서출판 행복에너지 홈페이지 자유게시판에 올려 주시면 게재해 주신 분들께 행복에너지 신간 도서를 보내드립니다.

www.happybook.or.kr
(도서출판 행복에너지 홈페이지 게시판 공지 참조)

책에 나를 바치다

책 · 바 · 침 지음 | 값 16,000원

『책에 나를 바치다』는 책과 사람을 통해 그렇게 꼭꼭 숨겨 놓은 고민을 풀어 놓고, 공감 받고 공감해 주며, 사색과 긍정으로 순화하여 지속적인 성장을 꿈꾸는 사람들의 진솔한 자기고백이자 성장의 일기다. 서로 간에 선한 영향력을 전파하며 발전하는 책 · 바 · 침 멤버들의 모습은 극한 경쟁 속에서 지쳐가는 현대 사회의 많은 이들에게 '나도 책을 통해서 변할 수 있다!'는 작지만 큰 희망을 선사해 줄 것이다.

시간의 복수

홍석기 지음 | 값 16,000원

본 도서는 '한세상'이라는 가난한 농부의 아들로 태어난 주인공이 이 '세상(世上)'을 어떻게 살았는가에 관한 일대기를 그린 작가의 자전적 소설이다. 작중에서 독백을 꾸준히 이어 나가는 한세상의 마음을 통해 독자는 조금씩 조금씩 글 속으로 빠져든다. 꾸준한 인내 끝에 마침내 환경을 극복하고 운명을 성취해 나가는 주인공의 짜릿한 행보는 독자들이 각자가 처한 저마다의 '세상'을 부딪쳐 가는 데 있어서 힘이 되어 줄 것이다.

마음그릇

정선 지음/윤혜경 그림 | 값 16,000원

클레이 공방을 운영하는 공예강사이자 소통강사인 정선 작가의 이 책은 '소통의 여신'으로서 많은 이들과 교류하면서 느낀 솔직담백한 감정과 자신의 생각을 '시'라는 외피를 빌려 담담하게 풀어내고 있는 작품이다. 자신만의 시선을 담아내는 윤혜경 그림작가의 따뜻한 그림들과 함께하는 문장 사이사이에 절제와 배려, 사람과 삶에 대한 따뜻한 시각, 세련된 경청과 지지, 동감과 공감이 담겨 우리를 위로한다.

풀잎에도 상처가 있다는데

이창수 지음 | 값 15,000원

이 책 『풀잎에도 상처가 있다는데』는 평범한 일상 속에 존재하는 프레임을 깨는 지적 즐거움을 우리에게 제공해 주는 한편, 끊임없는 경쟁 속에서 지쳐버린 독자들에게 따뜻한 위로를 전달해 준다. 격렬한 경쟁 속에서 수시로 변화하는 이 세상 속 우리 역시 '나무'보다는 '풀잎'에 가까운 존재이기에 당연하게 인식되는 일상과 프레임을 벗어 던진 작가의 따뜻한 시선을 통해 위로받을 수 있을 것이다.

메남 차오프라야

경시몬 지음 | 값 20,000원

『메남 차오프라야』는 태국의 민주화운동을 배경으로 전개되는 로맨스 소설이다. 한국과 태국, 서로 국적이 다른 두 사람의 기적적인 인연은 여러 어려움을 겪지만 민주화운동의 성공과 함께 결실을 맺게 된다. 경시몬 저자는 멀면서도 가까운 두 나라 한국과 태국의 역사적인 동질성과 이해에 더 많은 한국인들이 관심을 가져 주었으면 하는 마음으로 이 책을 집필하게 되었다고 밝혔다.

세계 최고령 기업의 비밀

김정진 지음 | 값 15,000원

『세계 최고령 기업의 비밀』은 노년층을 위한 평생학습기관이자 사회적 기업인 '은빛둥지'의 실화를 기반으로 하고 있는 소설이다. '잘나가는 사업가'에서 'IMF 노숙자'를 거쳐 '할아버지 컴퓨터 선생님'으로 극적인 재기를 이룬 라정우 원장과 다양한 사연을 갖고 '은빛둥지'의 일원이 된 사람들의 감동적인 꿈과 열정, 갈등과 화합을 통해 이 시대의 노년층에게 진정으로 필요한 복지가 무엇인지 생각해 볼 수 있는 계기를 제공할 것이다.

아름다운 눈

이세혁 지음 | 값 12,000원

이 책 『아름다운 눈』은 번잡한 사회 속에서 피상적인 감정으로만 살아가는 우리들을 위해 '사랑', '이별', '삶'을 소재로 하여 언뜻 평범해 보이지만 가슴을 울리는 이야기를 들려준다. 작가 자신의 체험의 형태를 빌어 현대인의 사랑과 이별, 삶과 생각의 형태를 가장 보편적인 언어로 담아낸 책으로서 많은 이들이 위안과 공감을 얻고, 자신의 삶을 뒤돌아볼 수 있는 마음의 여유를 가질 수 있을 것이다.